D0696321

9/21

LE CALICE NOIR 1
LE SECRET DES TEMPLIERS

Peter Berling est né en 1934 dans la partie de l'Allemagne de l'Est aujourd'hui polonaise. Sa famille — des émigrés russes venus des pays Baltes — est traditionnellement vouée aux métiers militaires et scientifiques. À la fin de la Seconde Guerre mondiale, après une jeunesse passée sous les bombes à Osnabrück, il est envoyé dans une école expérimentale autogérée par les élèves. En 1954, il part étudier l'architecture à Munich mais entre finalement à l'Académie des Beaux-Arts. Alors promoteur de voyages dans le Maghreb, Peter Berling s'engage ensuite politiquement auprès du FLN. De retour à Munich, il découvre le milieu cinématographique : il produit une cinquantaine de documentaires de jeunes metteurs en scène allemands et devient l'agent de Juliette Gréco, Charles Aznavour, Gilbert Bécaud et Marcel Marceau. En 1969, Peter Berling travaille avec Rainer Werner Fassbinder, Jean-Jacques Annaud et Martin Scorsese, de même qu'il interprète des rôles importants dans des films tels que *Aguirre ou La Colère de Dieu*, *Le Nom de la rose*, *Francesco*...

En 1984, il cède à une nouvelle passion et devient journaliste pour *Der Spiegel*, *Lui*, *Playboy*, *Cinéma*. Il est également l'auteur de livres à succès : *La Vie de saint François d'Assise*, *Les Enfants du Graal*, *Le Sang des rois*, *La Couronne du monde*, *Les Treize Arts de Rainer Werner Fassbinder*.

Peter Berling vit aujourd'hui à Rome.

Paru dans Le Livre de Poche :

Les Enfants du Graal :

PETER BERLING

LE CALICE NOIR 1

Le Secret des Templiers

ROMAN TRADUIT DE L'ALLEMAND PAR OLIVIER MANNONI

JC LATTÈS

Titre original :

DER SCHWARZE KELCH

publié par Gustav Lübbe Verlag.

TANT MIEUX JE GRIFFE, TANT PIS!

*Dédié à mes frères et sœurs
et à mes amis*

NEC SPE NEC METU

LE COUPLE ROYAL

Roger-Ramon-Bertrand Trencavel du Haut-Ségur, dit « Roç »

Isabelle-Constance-Ramona Esclarmonde du Mont Y Sion, dite « Yeza »

SES COMPAGNONS, PROTECTEURS ET SOUTIENS

Guillaume de Rubrouck, *moine franciscain*

Jordi Marvel, *troubadour catalan*

Philippe, *écuyer et page*

Sigbert von Öxfeld, *chevalier teutonique, commandeur de Starkenberg*

Constance de Sélinonte, dit « Faucon rouge », *chevalier de l'empereur*

Taxiarchos, dit « Le Pénicrate », *marin*

Gosset, *prêtre, ancien ambassadeur du roi de France*

Potkaxl, *princesse toltèque*

Kefir Alhakim, *charlatan d'Ustica*

Kadr ibn Kefir Benedictus, dit « Beni le Matou », *son fils*

Sutor, *berger des Apennins*

Dietrich von Röpkenstein, *chevalier de l'Empire*

Rinat Le Pulcin, *peintre et agent secret*

Arslan, *chaman mongol de l'Altai*

D'Occitanie

Jourdain de Levis, *comte de Mirepoix*
Pons de Levis, *son fils*
Melisende, *sa fille aînée, épouse de Comminges*
Mafalda de Levis, *fille cadette du comte Jourdain*
Gers d'Alion, *fiancé de Mafalda*
Simon de Cadet, *neveu du comte Jourdain*
Burt de Comminges, *beau-fils du comte Jourdain*
Gaston de Lautrec, *beau-frère de Jourdain*
Esterel de Levis, *épouse du comte de Lautrec*
Mas de Morency, *fils adoptif du comte de Lautrec*
Raoul de Belgrave, *chevalier*
Xacbert de Barbera, dit « Lion de Combat », *chef d'armée au service de l'Aragon*
Wolf de Foix, *noble proscrit*
Mauri En Raimon, *prêtre des cathares*
Na India, *herboriste cathare*
Geraude, *sa fille*

Membres de l'ordre des Templiers ou du Prieuré

Thomas Bérard, *grand maître de l'ordre des Templiers*
Gavin Montbard de Béthune, *précepteur de Rhedae*
Marie de Saint-Clair, dite « La Grande Maîtresse », *grande maîtresse du Prieuré*
Guillaume de Gisors, dit « Face d'Ange », *son fils adoptif*
Guy de la Roche, *Templier*
Botho de Saint-Omer, *Templier*
Laurent d'Orta, *franciscain*
Georges Morosin, dit « Le Doge », *commandeur d'Ascalon*
Jakov Ben Mordechai, *érudit juif*
Ezer Melchsedek, *cabaliste*

PATRIMONIUM PETRI

Alexandre IV, *pape*
Octavien degli Ubaldini, dit « le cardinal gris », *chef des Services secrets*
Arlotus, *notaire pontifical*
Rostand Masson, *nonce pontifical*
Brancaleone degli Andalò, *sénateur romain*
Bezù de la Trinité, dit « Le Gros Trini », *inquisiteur au Languedoc*
Jacob Pantaleon, *patriarche de Jérusalem*
Bartholomée de Crémone, *franciscain, agent de la Curie*

AU SERVICE DE LA FRANCE

Louis IX, *roi de France*
Yves le Breton, *son garde du corps*
Gilles Le Brun, *connétable de France*
Olivier de Termes, *renégat occitan*
Pier de Voisins, *sénéchal de Carcassonne*
Fernand Le Tris, *capitaine du sénéchal*
Charles d'Anjou, *le plus jeune frère du roi*
Comte Robert de Les Beaux, *vassal de Charles d'Anjou*

ENTRE LA SICILE ET LA GRÈCE

Manfred, *roi de Sicile*
Constance, *sa fille*
Hélène d'Épire, *épouse du roi Manfred*
Galvano di Lancia, *prince de Salerne*
Jean de Procida, *médecin, chancelier du roi de Sicile*
Maletta, *chambellan du roi de Sicile*
Le roi Enzio, *bâtard de l'empereur Frédéric II*
Oberto Pallavicini, *vicaire de l'Empire allemand*
Alekos, *aubergiste à Palerme*

Hamo l'Estrange, *comte d'Otrante*
Shirat Bunduktari, *son épouse*
Alena Elaia, *fille de Hamo et Shirat*
Nikephoros Alyattes, *ambassadeur de l'empereur de Nicée*
Ugo d'Arcady, *seigneur du castel Maugriffe*
Zaprota, *podestà à Corfou*
Démétrios, *moine grec*

LE MONDE DE L'ISLAM

An-Nasir, *souverain ayyubite, sultan de Damas*
Clarion de Salente, *sa compagne*
El-Aziz, *fils d'An-Nasir*
Turan-Shah, *malik d'Aleph, oncle d'An-Nasir*
Rukn ed-Din Baibars Bunduktari, dit « l'Archer », *émir mamelouk*
Mahmoud, dit « Le Diable du feu », *son fils*
Fassr ed-Din Octay, dit « Faucon rouge », *émir mamelouk*
Madulain, *son épouse, princesse saratz*
Nur ed-Din Ali, *fils d'Aibek, sultan mamelouk assassiné*
Saif ed-Din Qutuz, *successeur d'Aibek au Caire*
Naiman, *son agent*
Abdal le Hafside, *marchand d'esclaves*
El-Ashraf, *émir de Homs*
Abou Bassiht, *soufi*

AU ROYAUME DE JÉRUSALEM

Rabbi Jizschak, *chef de la communauté juive de Jérusalem*
Miriam, *sa fille*
Jacob Pantaleon, *patriarche de Jérusalem*
Plaisance, *reine de Chypre et de Jérusalem*
Godefroy de Sargines, *bailli du royaume*
Philippe de Montfort, *seigneur de Tyr*

Julien de Sidon, *chevalier-brigand de Beaufort*

Hanno von Sangershausen, *grand maître de l'ordre des Chevaliers teutoniques*

Jean de Ronay, *maréchal de l'ordre des Chevaliers de Saint-Jean*

LE SECRET DES TEMPLIERS

I

LUCIFER À RHEDAE

Dans le buisson de roses

À contre-jour, face à la clarté violente du soleil couchant, le peintre aveuglé ne discernait plus les contours ; les couleurs criaient, les fleurs blanches de la roseraie paraissaient danser, et ce qu'il désirait voir par-dessus tout, le texte, les signes et les lignes incompréhensibles tracés sur la pierre, disparaissait dans l'ombre. La pierre noire (était-ce du marbre ?) n'avait ni taches ni veines, on l'aurait dit venue d'un autre monde. Rien n'avait pu y changer : ni le socle, taillé dans un granit de la même couleur, ni le couvercle sculpté avec art, dans lequel les volutes blanches alternaient avec des incrustations rouge carmin et témoignaient de la valeur que l'on attribuait à ce cube si bien protégé.

Le maître qui se battait avec ces conditions défavorables était habillé avec beaucoup d'élégance, comme il convenait à un artiste de cour. Rinat Le Pulcin n'avait en fait aucun besoin d'aller pratiquer son art dans la nature, dans un jardin plein d'épines et d'insectes, sous les rayons ardents du soleil. Il était apprécié dans les palais pour ses portraits flatteurs, et aimait à se faire gâter par les puissants. La mission (bien payée, mais anonyme) qu'on lui avait confiée cette fois-ci ne paraissait pas très différente des autres : dans un château dont le nom n'importait guère, il rencontrerait un jeune chevalier et sa *damna*, qu'il devrait représenter sur la toile tels qu'il les trouverait. On lui avait annoncé que son travail ne se déroulerait pas à l'atelier, comme d'habitude, mais en plein air, et il avait pris cette nouvelle tel un défi. Rinat avait pourtant ressenti un léger frisson : une fois déjà, alors qu'on lui avait passé une commande en des termes analogues, il lui avait fallu peindre sur la toile l'image des deux corps encore chauds d'un jeune couple abattu. Ce ne fut pas le cas cette fois-ci : après plusieurs heures de chevauchée rapide, lorsqu'on lui ôta le bandeau des yeux, il découvrit ceux dont il devait brosser le portrait étonnés, sans doute, mais bien vivants.

On avait ordonné à maître Rinat de ne poser aucune espèce de question, ni aux deux personnes ni à ceux qui les accompagnaient et les entouraient. Le château (en réalité, un puissant donjon isolé) ne semblait pas habité, même si rien ne laissait penser qu'il avait été pillé. Le portail en était grand ouvert, et un rapide regard à l'intérieur lui avait permis de constater que la halle, au moins, était vide et déserte. Aucun visage n'apparut à la haute fenêtre de la barbacane, aucune lance de garde ne pointait au-dessus des créneaux de la haute tour.

Son accompagnateur, un homme maigre que sa tenue désignait comme un prêtre, ne lui laissa pas le temps de satisfaire sa curiosité : il le prit par le bras et lui fit descendre le coteau, pour rejoindre un bosquet où se serraient des rosiers en buissons. La poigne énergique de l'homme qui s'était présenté sous le nom de « Gosset » avant d'ajouter sèchement, sans le moindre tressaillement de ses sourcils épais, les mots « *clericus maledictus* », ne se relâcha qu'à l'instant où ils eurent fait le tour du buisson de roses.

L'image qui s'offrit alors à Rinat s'intégrerait admirablement à la miniature qu'on attendait de lui. Un bâti soigneusement agencé soutenait un châssis de bois qui lui donnait la position et le cadre de son tableau. Rinat n'avait encore jamais vu pareille construction, mais il en comprit aussitôt l'utilité : elle lui laissait les deux mains libres pour travailler. On ne lui donna pas le temps de s'émerveiller. À sa droite, le buisson de rosiers était ouvert ; les branches épineuses avaient été taillées sans ménagement, comme en témoignaient les pétales encore frais sur le sol. La grotte artificielle ouvrait la vue sur cette sorte de tombe noire que les fleurs splendides entouraient et protégeaient encore des regards, peu de temps auparavant. Le jeune chevalier, debout devant la pierre, était plongé dans ses pensées. Il n'avait pas ôté son armure : il avait simplement posé ses gants sur la corniche de marbre de la stèle, et tenait son casque sous le bras.

Le regard attentif du peintre s'arrêta sur les couleurs de la cuirasse. Elle était zébrée de bandes rouge-jaune enflammées qui lui rappelèrent d'abord les armes des Trencavel, la fameuse lignée des vicomtes de Carcassonne. Mais, en y regardant de plus près, il discerna des guépards entremêlés et des animaux fabuleux, rappelant des dragons, qui se déplaçaient gracieusement les uns vers les autres. C'est le genre d'ornementation que l'on réalisait à Paris depuis que l'école rigoureuse de Byzance s'était propagée parmi les Francs. Le jeune chevalier n'avait ni salué ni regardé le maître. Mais Rinat fut impressionné par ce front hardi surmontant des traits tendres et entouré par des boucles sombres, trempées de sueur. Le peintre aurait volontiers regardé ses yeux, mais le chevalier les tenait baissés, et ses paupières de velours étaient fermées. Rinat Le Pulcin se racla la gorge, ravala sa vanité blessée et sortit de son sac des creusets, de la craie teintée et pulvérisée, et des fioles contenant des peintures liquides et épaisses. Il versa les couleurs dont il pensait avoir besoin ; pour les éclaircir, il suffirait d'ajouter de la farine de plâtre blanche ; pour les assombrir, du charbon de bois pilé. Au début, la jeune dame s'était montrée très intéressée par les préparatifs, on aurait même dit qu'elle connaissait les techniques pictu-

rales. Elle s'était ensuite rendue sur le coteau et avait
laissé l'écuyer prendre à sa place la position qu'elle
comptait adopter pour le portrait. Le jeune homme
paressait dans l'herbe, aux pieds du chevalier, la tête
insolemment appuyée sur le bras, tenant nonchalamment par les rênes les chevaux de ses maîtres, ce
qui ne l'empêchait cependant pas de dormir profondément. L'un des animaux passa sa tête dans le châssis et rumina près de son oreille ; l'écuyer ouvrit les
yeux et dévisagea Rinat un bref instant. Il ne songea
même pas à ouvrir la bouche pour le saluer : il se
contenta d'écarter le naseau importun du cheval
avant de retomber dans sa somnolence.

Le cheval délimiterait donc le côté gauche du
tableau ; le château en occuperait le haut. Mais la
position du chevalier dérangeait l'artiste. Il l'aurait
volontiers installé derrière la pierre noire pour repla-
cer le cadre au centre de l'image. Il faudrait bien lui
céder sur ce point, même si on ne lui accordait pas
beaucoup d'attention par ailleurs. Il appela Gosset,
qui avait rejoint la dame sur le coteau : auparavant,
le prêtre avait fait dire à l'artiste que c'est à lui qu'il
devrait s'adresser s'il avait des questions à poser.

— Mon cher clerc maudit, s'écria Rinat, agacé, je
vous prie de déplacer la pierre ou le château, puisque personne ne veut bouger.

Le jeune chevalier lui lança un regard amical.

— Philippe, ordonna-t-il à son écuyer, taille les
rosiers derrière la pierre ! J'aimerais passer derrière
cette chose pétrifiée, mais de telle sorte que je puisse
regarder ma *damna* dans les yeux et qu'aucune
ombre ne me tombe sur la tête.

Rinat remercia d'un sourire auquel, cette fois, l'on
répondit, tandis que le jeune homme nommé Philippe se levait et sortait de la bâtière un sabre
recourbé, un précieux cimeterre.

— De la belle lame de Damas ! s'exclama l'artiste,
admiratif, tandis que le jeune seigneur se plaçait de
côté et que l'écuyer s'attaquait au buisson épineux.

Entre-temps, Gosset, le prêtre, les avait rejoints.
Rinat préféra devancer les reproches.

— Je n'ai posé aucune question, commença-t-il courageusement, alors que son interlocuteur fronçait les sourcils. Mais le chevalier vint à son aide :

— C'est moi qui ai donné les ordres.

Gosset accepta en haussant les épaules la nouvelle disposition. Le prêtre faisait grise mine. En dessous, au pied invisible du piton rocheux où s'élevait le château, on entendait des rires et des chants. Une joyeuse assemblée s'amusait manifestement. Gosset leva la tête et écouta ; son visage s'assombrit.

« E cels de Carcassona se son aparelhetz.
Lo jorn i ac mans colps e feritz e donetz
e, d'una part e d'autra, mortz e essanglentetz.
Motz crozatz I ac mortz e motz esglazietz. »

Les yeux du prêtre cherchèrent ceux de son protégé, mais le jeune chevalier ne s'intéressait plus qu'au recto du cube noir, dégagé par les coups de sabre de l'écuyer.

« Peireiras e calabres an contral mur dressetz,
quel feron noit e jorn, e de lonc e de letz.
Lo vescoms, cant lo vi, contra lui es corrut
e tuit sei cavalier, que n'an gran gaug agut. »

La taverne avait été creusée à l'arrière de la montagne, c'était une cave sans fenêtre à laquelle on accédait par un escalier abrupt. L'avant servait d'écurie et d'étable ; des portes taillées à mi-hauteur y laissaient tomber au moins un peu de lumière. L'air était à couper au couteau. La plupart des noceurs ne brandissaient cependant pas leur épée, mais leur gobelet.

« Barò de Quéribus,
Xacbert de Barbera,
Leon de Combat ! »

Ils reprirent tous en braillant le refrain de cette chanson qui évoquait le héros de la liberté occitane,

Xacbert de Barbera, chassé de sa patrie par les Français et contraint de servir à l'étranger le roi Jacques d'Aragon. L'enthousiasme qu'inspirait le « Lion de Combat » était tel que l'on ne comprenait plus que des bribes de la chanson. Il était question de Quéribus, son château imprenable. Il avait fallu la trahison du renégat Olivier de Termes pour que cette place forte tombe entre les mains du sénéchal de Carcassonne, et donc en possession de la couronne française. Même son ami Jacques le Conquérant, l'*Expugnador*, n'y avait rien pu changer. Mais, un beau jour, il reviendrait dans les montagnes et chasserait les occupants.

Le troubadour qui, armé de son luth et de ces fortes paroles, donnait à ces hommes l'envie de battre la mesure avec leurs cruches, n'avait pourtant pas la stature d'un effroyable rebelle. Jordi Marvel tenait plutôt du nain, c'était un gnome à fine barbiche et aux jambes maigres. Mais, de sa cage thoracique mal formée, les notes sortaient puissantes, mélodieuses et superbes, et allaient arracher des larmes aux yeux de tous ces rustauds. La voix du chanteur déclenchait le dépit et la rage, et enflait pour prendre parfois des allures de coup de tonnerre. Certains des noceurs étaient déjà montés sur les tables et célébraient en dansant le triomphe sur les *Francos*, jusqu'à ce que la soif succède à l'appétit de victoire. Alors, l'hôte resservait à boire.

Lorsque le silence fut revenu parmi les hommes épuisés, quelqu'un cria :

— Et maintenant, Jordi, chante-nous l'histoire de Roç et Yeza, le couple royal !

Aussitôt, d'autres se mirent à crier : « *E viven los infantes del Grial !* »

Cette proposition ne parut pas particulièrement ravir le troubadour. Au lieu de prendre son instrument, il commença par tendre son gobelet vide à l'aubergiste.

— Je suis catalan, murmura-t-il, et j'aime chanter des héros faits de chair et de sang. Ces *reyes de paz,* vos rois de la paix, sont une légende, une chimère stupide, tissée par les faidits ! Une rumeur aussi absurde que la légende du Graal !

L'aubergiste, d'un coup, lui ôta des mains son gobelet rempli.

— Ne redis jamais cela ! dit-il entre ses dents.

Sa grosse main attrapa le nain par le haut du pourpoint et le fit tournoyer en l'air comme une fronde.

— Le Graal est l'espoir de ce pays !

— Sans rancune ! balbutia en haletant le troubadour malingre. Mais je n'arrive pas à croire à ces rois sans royaume.

L'aubergiste desserra son emprise et, de l'autre main, colla de nouveau son gobelet sous le nez de Jordi.

— Bois, Catalan, et chante ! ordonna l'aubergiste en élevant la voix. Chante la ballade de Roç et Yeza, les rois du Graal !

Et le troubadour fit résonner son luth.

> *« Grazal dos tenguatz sel infants*
> *greu partenir si fa d'amor*
> *camjatz aquest nox Montsalvatz*
> *Grass vida tarras cavalliers*
> *coms Roç et belha Yezabel,*
> *oltracudar infants Grazal,*
> *rassa boratz ains sporosonde,*
> *Roç Trencavel et Esclarmonde. »*

Sur le coteau, en dessous du château abandonné, un silence ensommeillé régnait désormais, si bien que l'on percevait presque chaque mot du texte.

> *« Papa di Roma fortz morants*
> *peiz vida los Sion pastor*
> *magieur vencutz mara sobratz.*
> *Byzanz mas branca rocioniers*
> *coms Roç et belha Yezabel,*
> *oltracudar infants Grazal,*
> *rassa boratz ains sporosonde,*
> *Roç Trencavel et Esclarmonde. »*

La jeune dame, qui avait repris la place occupée par l'écuyer, écoutait ces vers en s'amusant beaucoup. Elle avait posé sa belle tête sur sa main, comme le lui avait demandé le peintre en l'appelant, flatteur, « *la belle dormeuse* ». La chanson la distrayait trop pour qu'elle s'endorme : ses yeux gris-vert surveillaient, derrière les cils noirs, tout ce qui se passait alentour. Elle fronça les sourcils. Au loin, un nuage de poussière s'élevait sur la route qui montait vers eux. Personne d'autre ne remarqua l'approche rapide d'une troupe d'hommes à cheval. Son jeune époux était assis derrière la pierre, plongé dans ses pensées, observant quelque chose qu'elle ne voyait pas.

Rinat Le Pulcin avait déjà fixé le groupe sur sa toile, en quelques traits de graphite. Il accordait manifestement une importance essentielle à la pierre noire. Il l'avait disposée plus en biais qu'elle ne l'était en réalité, et s'efforçait, à s'en tordre le cou, de déchiffrer les signes et les lignes qu'une main avait tracés légèrement, mais proprement, sur la surface sombre. Les hommes qui avaient gravé ces hiéroglyphes incompréhensibles avaient dû utiliser des diamants, ou une flamme d'une chaleur inouïe, comme seule peut en produire la lumière focalisée du soleil. Les images, des espèces de runes, paraissaient avoir été gravées au burin. Mais le peintre ne pouvait pas les reconnaître. La lumière de l'après-midi tombait en biais sur la surface libre et aveuglait le curieux, comme pour le punir de vouloir en savoir trop.

Gosset, le prêtre maudit, se tenait derrière lui. Afin de ne pas se trouver dans le champ, affirmait-il, mais en réalité, cette posture lui permettait de contrôler chaque coup de spatule avec lequel l'artiste déposait ses couleurs avant de les affiner au pinceau, pour qu'elles produisent l'effet voulu. Philippe, l'écuyer (à moins qu'il n'eût été le page de la belle ?), était revenu auprès des chevaux et dormait. Des pinsons énervés entrèrent en gazouillant dans le buisson de roses ; un bourdonnement agacé d'abeilles répondit à cette agitation qui troublait leur récolte de pollen. Une araignée tissait sa toile. Et depuis la taverne, au pied du piton rocheux, montait la voix distincte du troubadour :

> « *Grazal los venatz mui brocants*
> *desertas tataros furor,*
> *vielhs montanhiers monstrar roncatz,*
> *mons veneris corona sobenier,*
> *coms Roç et belha Yezabel,*
> *oltracudar infants Grazal,*
> *rassa boratz mons sporosonde,*
> *Roç Trencavel et Esclarmonde.* »

Le jeune chevalier était tellement plongé dans la contemplation de la pierre, il était tellement ensorcelé qu'il paraissait lui-même pétrifié. Au recto de l'épitaphe, entre des signes magiques, le centre de la pierre était creusé. Il avait la forme d'une coupe. On aurait dit que la main d'un magicien avait découpé le calice dans la pierre noire, comme on extrait un cœur d'une poitrine. Le récipient, s'il y en avait eu un dans cette cavité, devait avoir été au moins à moitié incrusté dans la pierre : de l'extérieur, on n'en voyait sans doute qu'un relief. Ce qui captivait le jeune homme, ce n'était pourtant ni cette cavité ni l'image du calice qui s'y était trouvé : c'était la source. Un filet d'eau fin comme une aiguille sortait de la pierre en haut de l'excavation. Juste en son milieu, elle descendait à la verticale sans trembler et sans former de gouttes, avant de disparaître, sans éclabousser, dans le pied de la coupe imaginaire. Cette colonne d'eau argentée était tellement régulière qu'elle aurait tout aussi bien pu couler du bas vers le haut. L'œil humain n'était pas capable de percevoir le sens du courant, seule l'habitude incitait le chevalier à supposer que cette source suivait les lois de la nature. Le jeune homme voulut s'assurer qu'il n'était pas victime d'une hallucination. Imperceptiblement, il vérifia que personne ne pouvait le voir faire. Il leva prudemment la main pour briser le jet d'eau du bout des doigts. Mais à peine s'était-il approché de l'excavation qu'une force invisible en éloigna sa main. Il fit une deuxième tentative, mais son poignet se mit à trembler. Son regard tomba sur l'anneau de fer qu'il portait au doigt. Ce gage d'amour était aimanté, il le savait. Il l'ôta, d'un geste résolu, et tendit de nouveau la main. Cette fois, il eut l'impression d'avoir reçu un coup, tant sa main avait reculé vite, sans avoir pourtant rencontré la moindre résistance matérielle et descriptible. Au même instant, tout autour de lui, les pétales des roses se mirent à tomber, ce qui consterna encore bien plus le jeune curieux. Effrayé, il leva les yeux vers sa *damna,* mais le regard de celle-ci était dirigé vers la vallée et ne cherchait pas du tout le sien.

Le maître, lui non plus, paraissait n'avoir rien remarqué de tout cela. La jeune belle attrapa un caillou et, avec un geste peu féminin, le jeta sur la tête de l'écuyer qui se releva d'un seul bond.

— Philippe! appela-t-elle en secouant sa crinière blonde. *Dormire in lucem!* Va me chercher le prêtre!

Le peintre arrêta son travail, décontenancé. Philippe, le dort-debout, se leva et regarda autour de lui pour chercher Gosset qui se trouvait à deux pas à peine de sa maîtresse. Mais le prêtre comprit avant lui, se rendit près de l'amazone et se pencha vers elle.

— Ne regardez pas en bas, chuchota-t-elle, des hommes arrivent, des soldats du sénéchal de Carcassonne. Cela pourrait annoncer quelques problèmes pour les chanteurs, dans leur grotte. Descendez en vitesse et prévenez ces braves gens!

Gosset fit signe à Philippe de le rejoindre avec deux chevaux. Ils galopèrent ensemble vers la vallée. Dans la caverne, on entendait résonner, plus fort que jamais, la ballade de Roç et Yeza, ces rois qui libéreraient le pays du joug des Capétiens :

> « *Ni sangre reis renhatz glorants*
> *ni dompna valor tratz honor,*
> *amor regisme fortz portatz*
> *uma totz esperanza mier*
> *coms Roç et belha Yezabel,*
> *oltracudar infants Grazal,*
> *guit glavi ora ricrotonde,*
> *Roç Trencavel et Esclarmonde.* »

Derrière sa pierre noire, le chevalier semblait ne pas être concerné par tout cela. Il regardait fixement l'excavation en forme de calice dans laquelle le filet d'eau continuait à monter ou à descendre doucement, comme pour se moquer de lui.

La canso du faidit

Le toit de la taverne, recouvert de roseaux et de branches en bataille, donnait sur le coteau. Le pignon ouvert laissait tout juste passer les charrettes grâce auxquelles on pouvait charger sous les poutres la paille et le foin apportés d'en haut. « C'est ainsi, en général, que l'on nourrit les animaux dans les étables situées devant les maisons », se dit Gosset en découvrant cet orifice. Il laissa à Philippe les rênes de son cheval et reprit son chemin à pied, tout seul. S'il descendait vers la route pour entrer dans la caverne, il courait le risque d'être aperçu par les soldats, ou de perdre trop de temps. Cela dit, jusqu'à présent, il n'avait vu aucun casque ni aucune lance briller entre les arbres. Mais il n'envisageait guère une erreur de la princesse. En matière militaire, cette jeune femme valait bien son homme. Le prêtre quitta le couvert de la maigre forêt qui entourait le château et se faufila vers le pignon, dans lequel une porte de bois délabrée s'ouvrait de guingois.

On continuait à chanter le refrain de la dernière ballade, sous les applaudissements et les rires. Le son était assourdi, mais il lui parvenait distinctement.

« *E tant cant lo mons dura, n'a cavalher milhor,
ni pus pros, ni pus larg, pus cortes ni gensor...* »

« ... le Graal rayonne encore dans la sombre nuit
de la caverne, le *Pog* se dresse encore dans la lumière
bleue du ciel, le sang de Perceval coule dans nos
veines, et nous montrons notre cul nu au cureton
gaulois. »

Ces braillements insouciants agacèrent Gosset. Il
n'entendit pas le craquement derrière lui, et ne vit
pas le mouvement dans les buissons, à la lisière de la
forêt. À cet instant, trois ou quatre soldats surgirent
de derrière la porte du pignon, et le prêtre se retrouva entouré de pointes menaçantes. Un petit capitaine bedonnant ôta fièrement de son casque les
branches vertes qui l'ornaient comme des cornes, et
se campa devant Gosset.

— Où allez-vous de si bon pas, le prêtre ?
demanda-t-il d'un air bienveillant. N'entendez-vous
donc point quel accueil on vous réserve ?

— Un serviteur du Seigneur ne se laisse pas effa-
roucher par des gros mots. Du reste, les culs nus ne
sont pas un argument : ils claquent d'autant mieux !
répliqua Gosset.

— Prenez seulement garde que ce ne soit pas le
vôtre ! l'interrompit une voix désagréable.

Un dominicain aussi trapu que le capitaine, et plus
gras encore, sortit du pignon.

— Je suis Bezù de la Trinité, ajouta-t-il d'une voix
de fausset.

Gosset avait déjà entendu parler de cet inquisiteur
aux méthodes bestiales, mais il l'avait imaginé plus
effrayant. Comme personne ne lui avait demandé ni
son nom ni ce qu'il désirait (sans doute parce qu'il
portait l'habit clérical), il décida de ne pas révéler
son statut douteux, et de toute façon périmé,
d'ambassadeur du roi. Mais son air irrespectueux
fâcha le pesant inquisiteur. Il désigna les instruments.

— S'il vous plaît d'y descendre, joignez-vous à
cette couvée d'hérétiques.

— De la canaille, des renégats! maugréa le capitaine.

Bezù de la Trinité le fit taire d'une bourrade.

— Si vous rejoignez ce nid de vipères cathares, ajouta l'inquisiteur, je ne tiendrai aucun compte de votre robe et je ne m'arrêterai pas à l'ingénuité de vos fesses : je vous livrerai au bras séculier, ici représenté par mon glorieux petit frère.

— Fernand Le Tris!

Le capitaine se rengorgea, ce qui lui valut un coup de pied, et il ne put finir sa phrase : « Capitaine du sénéchal de Car... » Bezù put alors reprendre, sur le ton inquisitorial qui s'imposait :

— Vous avez entendu de vos propres oreilles le chant scélérat qu'ils ont braillé?

Il remarqua que le silence s'était fait dans la taverne. En tout cas, les braillements avaient cessé et laissé place au bruit habituel d'une auberge.

— Qu'est-ce que je suis censé avoir entendu? demanda Gosset en feignant l'innocence. A-t-on blasphémé contre notre Seigneur? ajouta-t-il, indigné. Voici son fidèle serviteur mis en garde!

Du coin de l'œil, il vit que Philippe avait compris et se retirait sous les arbres avec les chevaux.

— Vous êtes devant la porte de l'enfer! Ne criez pas ainsi! le semonça l'inquisiteur. Les damnés pourraient, autrement, échapper au feu qui les attend.

— Vous comptez les brûler vifs?

Gosset paraissait enthousiaste. Il espérait que quelqu'un entendrait sa voix.

— Ceux qui échapperont aux flammes purificatrices, confirma avec satisfaction Fernand Le Tris, nous les accrocherons aux arbres.

— Admirable! cria Gosset, qui s'efforçait désespérément de se faire entendre des occupants de la caverne. Ainsi, chacun de ces faidits aura le choix : soit mourir en torche pour la juste foi, soit se transformer en petit fanion flottant aux vents pour les couleurs de la France.

Il avait forcé sa voix vers les aigus, elle était à présent stridente. Mais, loin d'être perçue des noceurs, elle ne fit qu'exciter les nerfs sensibles de l'inquisiteur.

— Disparaissez, homme de Dieu, dit celui-ci entre ses dents, ou bien j'oublierai que votre gorge chante aussi les louanges de Dieu. (Il brandit tout d'un coup un couteau.) Taisez-vous, ou bien...

Gosset s'était tu, horrifié, d'autant plus que deux soldats l'avaient attrapé par les bras, si bien que Bezù n'aurait eu aucun mal à mettre sa menace à exécution. Le prêtre tomba à genoux, ce qui incita les surveillants à relâcher leur prise.

— Ne commettez pas un acte pareil, bredouilla-t-il, visiblement intimidé, laissez-moi partir !

Bezù se contenta de lui donner un coup de pied aux fesses dès que le prêtre se fut relevé. Gosset dévala le coteau pour rejoindre l'ombre des arbres. En se retournant, il vit que la forêt grouillait d'hommes en armes. Des archers avaient pris position tout autour de l'auberge, et avaient préparé des flèches incendiaires. Seule la route qui passait devant la taverne semblait totalement déserte, comme une invitation à sortir dans une quiétude illusoire.

À cet instant précis, ces fous recommencèrent à chanter leur ballade de Montségur.

« Mas cò qu'es a venir no pòt hòm trespassar...
E morit en après la nuèit, a l'avesprar... »

La « flamme de la liberté » ! Bandes d'insensés ! C'est eux qui allaient brûler d'un instant à l'autre, et comme des torches !

La peinture, sur le chevalet, avait progressé : Rinat Le Pulcin, le peintre, avait déjà commencé à répartir quelques taches de peinture blanche pour représenter les roses autour de la pierre noire. La jeune dame s'étira, impatiente ; son bras recourbé était engourdi. Elle n'avait plus aucune envie de retenir d'une main

les boucles blondes qui lui tombaient sur le visage.
Son front hardi, ses yeux brillants, et même son nez
droit de Normande disparaissaient de plus en plus
souvent sous les mèches. Elle écoutait les sons qui
montaient de la vallée.

— J'aimerais avoir le troubadour près de moi,
lança-t-elle, impérieuse, à son compagnon, ce chevalier dont elle ne pouvait voir que la tête penchée derrière l'épitaphe. Sa voix est puissante comme les
cloches d'une église, mais elle est tellement harmonieuse, ajouta-t-elle avec entrain.

Et comme elle n'avait toujours pas de réponse, elle
commenta, d'une voix douce :

— C'est certainement un bel homme.

Le jeune chevalier ne lui fit pas ce plaisir. Ce
n'était ni par dépit ni par jalousie, mais parce qu'il
n'avait rien entendu, plongé qu'il était dans ses
réflexions sur la pierre. Il rêvait du calice noir, qui
avait laissé une trace tellement claire, aussi limpide
que la source qui le pleurait — ou s'amusait de lui. Il
entendait les abeilles bourdonner, voyait les arai-
gnées tisser leur toile. Il remarqua alors qu'elles
avaient été sculptées dans la pierre, si fidèles à la
réalité qu'il s'était laissé prendre à l'illusion. Furieux,
il passa son gant de combat en fer sur la main qu'il
n'avait, jusqu'ici, pas réussi à approcher de la pierre.
Ce jet d'eau grotesque émis par une source cachée ne
lui résisterait pas plus longtemps. Il serra le poing, et
sans prendre son élan, comme s'il s'agissait de
s'emparer de la pierre magique par la ruse, il
l'enfonça dans l'ouverture en brisant ce jet d'eau fin
comme une aiguille. Le silence qui s'instaura immédiatement l'épouvanta. Les oiseaux avaient cessé de
chanter, les abeilles ne bourdonnaient plus, et la
toile d'araignée était déchirée. Il regarda son poing
ganté de fer — du sang rouge coulait dessus. Il le
retira lentement.

Sa *damna* avait bondi sur ses jambes. Ce n'est pas
lui qu'elle regardait, mais Philippe, qui revenait sans
Gosset et gesticulait comme s'il était devenu fou.

Rinat Le Pulcin n'avait rien remarqué de tout cela. Satisfait, il jeta un dernier regard sur sa peinture, et la compara avec la réalité. Il découvrit alors que le buisson avait perdu ses roses. Un tapis blanc comme neige recouvrait le sol. Il vit aussi le sang qui coulait, et le chevalier qui s'efforçait de cacher sa main.

« Ladoncs viratz lo pòble en auta votz cridar... »

Un hurlement de rage accueillit les assaillants. La partie arrière de la taverne s'était remplie d'une fumée âcre, et, à l'avant, de la paille enflammée s'abattait entre les hommes et les animaux. Les faidits avaient immédiatement compris qu'ils étaient pris au piège et qu'ils y périraient tous s'ils n'agissaient pas ensemble, et vite. Ils avaient jeté des seaux et des fûts pour lutter contre les flammes, saisi des tables et des bancs pour s'en faire des boucliers, chassé à l'extérieur les chevaux excités, et les avaient suivis en phalange compacte. Cela força le capitaine, sous les vociférations de son frère religieux, à faire sortir ses hommes des cachettes, de part et d'autre de la route, et à les envoyer vers les faidits avant que ceux-ci aient pu se libérer. Mais la fureur désespérée des enfermés était plus forte que la volonté hésitante des soldats. Fernand Le Tris ne put faire intervenir ses archers : dans l'épaisse fumée, amis et ennemis formaient déjà une mêlée si serrée qu'il eût aussi atteint ses propres hommes.

— Tirez, tirez! couinait Bezù, l'inquisiteur. Nous avons des réserves, seuls les chiens sont comptés!

Mais les archers ne songèrent pas un instant à tirer sur leurs propres compagnons au seul motif que ce gros homme voulait enfumer une taverne remplie de faidits.

— Prenez-les à revers! ordonna le seigneur de la Trinité à son frère. Mais les archers devancèrent les ordres du capitaine. Ils jetèrent leurs flèches et leurs arcs, brandirent leur poignard et se précipitèrent dans la bataille, une mêlée qui allait et venait entre la sortie enfumée et les étables en flammes.

Personne ne chantait plus. Chacun combattait avec acharnement, homme pour homme. L'aubergiste apportait de son arrière-salle des baquets d'eau dont il inondait ses hôtes ; parfois, il lui arrivait de briser un fût sur le casque d'un soldat, lorsque l'occasion s'en présentait : de toute façon, pour lui non plus, il n'y aurait pas de quartier. « Pris avec les autres, pendu avec les autres », pensa-t-il. Il sourit en voyant le frêle troubadour assis sous l'un des tonneaux de vin, qui tentait de protéger avec ses bras son luth contre la paille en flammes.

— Ouvre le robinet ! lui cria-t-il. Ce vin, personne ne le...

Il n'alla pas plus loin : une poutre venait de lui tomber droit sur la tête. Jordi Marvel, épouvanté, bondit hors de sa cachette pour l'en dégager. Alors, un soldat égaré trébucha sur les deux hommes et leva son poignard. Jordi assena un bon coup de luth sur son visage ébahi, et l'assaillant tomba contre la bonde du tonneau, qui commença immédiatement à se vider. Voyant ce flot rouge et épais, le Français éclata de rire et plaça son casque sous cette précieuse fontaine. L'aubergiste en fut tellement indigné qu'il trouva la force de se dégager de la poutre. Il envoya le bois buter contre le buveur et l'écrasa contre le tonneau. Mais d'autres Français vinrent au secours de leur ami. Ils taillèrent l'aubergiste en pièces et se tournèrent vers Jordi, qui n'avait, pour toute arme, que son luth brisé.

— À présent, c'est pour nous que tu vas chanter ! crièrent-ils, et ils se firent un plaisir de ballotter le petit homme comme un sac de sable.

Alors, au-dessus d'eux, le trou ouvert dans le plafond éclata et un chevalier dévala, sur sa monture, l'escalier de pierre. Il avait refermé sa visière, et son épée plate lançait des éclairs effrayants. Le cheval parvint à franchir les marches sans désarçonner son cavalier.

Cela effraya tellement les Français qu'ils oublièrent leur nombre et s'enfuirent en abandonnant sur place le chanteur sans défense. Le chevalier, dont le bouclier et la cuirasse étaient ornés de bandes rouge et or, attrapa au vol le troubadour malingre, le fit monter en selle, éperonna son animal, passa au-dessus des tables et des chaises, bousculant amis et ennemis, et atteignit la sortie sans être inquiété. Ceux qui se battaient sur la route reculèrent eux aussi devant lui, on aurait cru qu'ils venaient de voir apparaître Lucifer en personne. Le chevalier brida son cheval devant le capitaine, qui s'avança, l'air résigné. Son seul salaire fut un coup du plat de la lame sur son casque. Fernand Le Tris s'agenouilla, puis tomba en avant comme un sac. Le chevalier fit volte-face et remonta le coteau, faisant sauter sur le côté tous ceux qui s'y trouvaient, dont l'inquisiteur, qui se mit à crier derrière lui : « Halte ! C'est un ordre : halte ! » Mais, peu de temps après, ce mystérieux étranger avait disparu entre les arbres, portant devant lui, sur sa selle, le petit troubadour.

Cette apparition inattendue avait redonné du courage aux faidits : ils avaient quitté leurs tables et leurs bancs et s'étaient précipités hors de la taverne, avaient traversé la route et dévalé l'autre versant du coteau. On ne revit jamais les quelques Francs qui les avaient suivis.

LA CHIMÈRE D'UN ÉTAT DES TEMPLIERS

L'ancienne ville royale gothique de Rhedae, simple siège du tribunal du comté de Razès, avait encore connu quelques heures de gloire lorsqu'elle était devenue la citadelle du catharisme. Elle s'était même offert le luxe d'accueillir un évêque hérétique dont les partisans avaient mené une résistance longue et acharnée. Au bout du compte, les conquérants français réduisirent en cendres non seulement les murailles, mais aussi toutes les maisons de la ville. Ils ne laissèrent que l'ancienne citadelle, cœur d'un village enchanté qu'ils appelaient Rennes-le-Château. Mais la véritable raison de cette destruction était tout autre : ils cherchaient le trésor de Salomon, celui que les Romains avaient volé à Jérusalem, que les Vandales étaient censés avoir ravi au Capitole et rapporté jusqu'ici avant de franchir les Pyrénées. Ensuite, ce sont les conquérants maures qui s'étaient abattus sur cette région, et lorsque les rois d'Aragon arrivèrent finalement à repousser ces flots humains, nul ne se rappelait plus où l'on avait enterré le trésor.

Un voile de mystère pesait ainsi sur les murs, dont chaque niche, chaque angle, était l'objet de sombres histoires. On racontait que le diable avait pris possession de cette terre où ce passé invisible était partout vivant. C'était un lieu de clandestinité. Même le château des Templiers n'avait pas été construit pour des raisons stratégiques : l'Ordre disposait d'assez de commanderies à proximité immédiate.

La citadelle était l'œuvre d'un seul homme. Le précepteur de l'ordre, Gavin Montbard de Béthune, était une personnalité hors du commun. De son vivant, déjà, cet homme auréolé de mystère, l'un des plus hauts responsables de la société secrète, était considéré comme un original. Il prenait des libertés que son activité multiple d'ambassadeur ne suffisait pas à expliquer. La forteresse de l'ancienne citadelle, que Gavin aménageait en permanence, domina très longtemps Rennes-le-Château. On racontait que ses installations s'étaient étendues sous terre, au-delà des limites de l'ancienne ville, et qu'elles devaient servir de futur siège au grand maître de l'Occitanie.

— Rhedae sera-t-elle le germe du nouvel État de l'ordre des Templiers ?

C'est Yeza qui avait posé cette question ironique. Elle avançait à côté de Gosset, à l'avant de la petite troupe. Son « peintre de cour », c'est le titre qu'elle avait donné sans cérémonie à Rinat Le Pulcin, la suivait en compagnie de Jordi Marvel. L'artiste avait son propre cheval bâté, une ganache fatiguée qui traînait le support du retable de bois, comme une catapulte démontée. Son troubadour fraîchement gagné au combat était en revanche tellement léger qu'ils auraient pu l'installer en plus du reste sur l'un des chevaux de trait que Philippe avait chargés de la tente et du reste de leurs biens. Roç et le serviteur formaient la queue du cortège.

— C'est certainement l'idée fumeuse qu'entretient secrètement votre ami le précepteur.

— Un royaume souverain des Templiers, avec Messire Montbard de Béthune comme *Despotikos* ? (Yeza éclata de rire à cette idée.) Gavin l'aigre-doux en nouveau roi Arthur ? Et qu'en disent les Templiers ?

— Fort intelligemment, ils ont commencé par se taire, répondit Gosset, car il faut tout de même l'approbation de la France.

— Ils pourraient acheter le terrain, fit Yeza en balançant la tête, l'air malin. Avec les dettes que le roi a accumulées auprès de l'Ordre...

— Paris ne cédera pas ce pays qu'il a acquis au prix de tant de peine et de sang, fit le prêtre en lui coupant la parole.

— Au prix du mensonge et de la tromperie ! rétorqua la cavalière aux allures de garçon, en rejetant en arrière sa chevelure blonde. Et en dépit du droit ! ajouta-t-elle.

— C'est le résultat qui compte, ma reine. Même Aragon n'en conteste plus au roi la possession légale.

— Mais moi, si ! répliqua Yeza.

— Eh bien soit, répondit Gosset en souriant, il est vrai que vous avez commencé votre existence à Quéribus.

Ils avaient monté l'élévation désertique en empruntant des chemins sinueux qui s'élevaient entre des ruines, des murs éclatés, des arcs de pierre effondrés, et s'approchaient de la citadelle que l'on avait plantée tout au sommet de Rhedae. Une église fortifiée dépassait du mur comme une barbacane. Son toit était entouré de créneaux en escaliers, et intégré au système de défense qui courait tout autour de la muraille du château. Un escalier abrupt menait à l'unique porte, si petite et si basse que deux hommes n'auraient pu la franchir ensemble, surtout pas à cheval. Mais les arrivants firent monter tout de même leurs chevaux et atteignirent le parvis recouvert de plaques de pierre. On laissa Philippe à l'arrière avec les animaux. Roç voulut monter *stande pede* les marches restantes, mais Gosset tenta de le retenir.

— Cela ne peut être l'entrée officielle, fit-il remarquer, mais Roç était enthousiasmé par l'idée qu'un accès secret menait forcément de l'église vers la citadelle.

— C'est toujours comme ça, affirma-t-il, et je saurai bien le trouver.

— Je t'accompagne, déclara Yeza.

— Il ne me reste donc plus qu'à préparer messire le précepteur, dit Gosset, à l'idée que ses hôtes vont arriver par la cheminée ou par une armoire afin de lui présenter leurs hommages.

Ce qu'ils n'entendirent ni l'un ni l'autre : ils faisaient déjà la course dans l'escalier, prudemment suivis par Jordi et Rinat. La porte était ouverte, un crâne encastré dans le mur les saluait en souriant depuis le tympanon. En dessous, on lisait : « *Terribilis est locus iste.* » Roç poussa la lourde porte à madriers et la lumière tomba sur une face de diable grimaçant. Roç eut un mouvement de recul, mais on n'intimidait pas Yeza aussi facilement.

— Il te ressemble un peu, dit-elle au troubadour difforme qui les avait rattrapés.

Le personnage cornu se tenait accroupi juste à côté de l'entrée, et tendait la main comme pour demander l'aumône. Rinat emprunta son luth au Catalan et le plaça entre les mains de la figurine, avec tant d'habileté qu'elle avait l'air d'en jouer.

— Il ne lui manque plus que ta voix, Rinat.

La plaisanterie resta coincée dans la gorge de Roç. Une voix puissante retentit au même instant, emplissant toute la nef :

« On met fin aux ténèbres, on fouille jusqu'à l'extrême limite la pierre obscure et sombre. »

— Qui était-ce ? demanda Roç dès que la voix eut cessé de résonner.

— *Hic domus Dei est.*

Jordi, tout en marmonnant le texte, montra une autre inscription gravée devant eux dans le sol.

— C'était Dieu ! chuchota-t-il. Tu dois honorer son...

Rinat ôta le luth des mains du petit diable, et le rendit à son propriétaire.

« Ainsi chemineras-tu dans la voie des gens de bien, tiendras-tu le sentier des justes. Car les hommes droits habiteront le pays, les gens intègres y demeureront, mais les méchants seront retranchés du pays, les infidèles en seront arrachés. »

La voix retentit une deuxième fois et répéta les mêmes phrases mystérieuses. Mais ils avaient beau regarder autour d'eux dans la pénombre de l'église, ils ne découvraient personne. Ils ne parvenaient pas non plus à déterminer la direction d'où était venue cette litanie. La voix de basse profonde parcourait la nef, enflait et dégonflait avant de se perdre comme l'aurait fait la mélodie d'un orgue. Intimidés, ils avancèrent dans la salle intérieure dont les fenêtres étaient percées tout en haut des murs, si bien que la lumière ne tombait que sur certains points bien précis. Elle éclairait des niches, dans le mur, où se tenaient des personnages qui semblaient tous regarder en bas, vers le petit groupe. Une troisième fois, la voix tonna :

« Mieux vaut un enfant pauvre et sage qu'un roi, un roi vieux et stupide qui ne se soucie plus de rien. »

Son écho emplit tout l'espace, renvoyé par tous les murs, si bien qu'une fois encore, ils furent incapables d'en deviner l'origine.

« Le sage a ses yeux dans la tête, mais le fou erre dans la pénombre. »

Les visiteurs indésirables étaient arrivés devant l'autel. Ils y découvrirent un gigantesque calvaire. Une colline qui paraissait naturelle s'y élevait, por-

tant à droite et à gauche les croix des mauvais larrons, et remplissait toute l'abside. La croix du Christ
était encore à demi suspendue au-dessus du sol. Les
valets du bourreau commençaient tout juste à la hisser à l'aide de cordes alors qu'un homme enfonçait
encore le dernier clou dans la racine du pied. Un
bruit derrière Roç, Yeza et Jordi les fit se retourner.
De l'une des niches, qui portait le nom de « Joseph »,
une silhouette était descendue. Vêtue d'un habit
ondoyant, elle quitta l'église d'un pas mesuré, la
capuche profondément rabattue sur le visage. Au
même instant, une voix profonde articula : « Shalom. »

Le prêtre Gosset était assis sur un tabouret. Il avait
tout loisir d'observer son vis-à-vis dans le haut siège,
de l'autre côté du bureau en chêne. Le précepteur de
Rhedae, l'air serein, observait la campagne par la
fenêtre ouverte. Gavin Montbard de Béthune était
un être particulièrement impressionnant, avec sa
tête de César qui paraissait avoir été taillée par un
sculpteur, sa chevelure courte au teint de glace grise.
Sa silhouette raide était toujours enveloppée d'un
clams, dont la couleur n'était point le blanc immaculé, mais le noir, qui n'avait rien à voir avec les
habitudes de l'Ordre. Il portait sur la partie droite de
la poitrine la croix griffue et rouge sang des Templiers.

C'eût été un *protopoma* de Templier, se dit Gosset,
si la couleur avait été la bonne. Et puis il avait ces
yeux, avec leur étrange clarté sous les lourdes paupières, et cette bouche tendre prise entre un menton
dur, imberbe, et un nez fin à l'air fragile.

Lorsque Gosset était entré dans la pièce de travail
lambrissée du précepteur, celui-ci faisait un sermon
à trois jeunes gens que leur tenue désignait comme
des novices de l'Ordre. Ils regardaient le sol avec une
mine de chien battu.

— Si vous n'avez pas appris la première règle, qui
consiste à vous considérer comme de vulgaires soldats de l'Ordre, et à servir avec obéissance sans

poser de question, alors faites-la entrer de force dans votre noble crâne ! lança-t-il d'une voix froide. L'état de chevalier est un préalable, mais les manières courtoises n'ont rien à voir avec le style de vie d'un Templier.

Le supérieur de l'Ordre posa un regard narquois sur les trois garçons.

— La mission que vous aviez à remplir à Quéribus était de ne pas vous faire remarquer au sein de la garde. Résultat : le sénéchal vous renvoie chez moi en vous traitant de chiens arrogants, qui dérangent la meute parce qu'ils aboient trop fort et montent la garde trop négligemment. Vous m'avez ridiculisé. Maintenant, dehors !

Et les trois jeunes garçons s'éclipsèrent, piteux.

— Ce sont des fils tardifs des conquérants ; ils n'ont aucun héritage à espérer, et n'ont pas envie de devenir prêtres. Avant qu'ils ne finissent chevaliers-brigands...

— ... vous voulez en faire profiter votre ordre, compléta Gosset. Car vous cherchez une relève docile, qui soit attachée à ce bout de terre depuis une ou deux générations sans avoir été contaminée pour autant par le virus occitan de la rébellion, et sans avoir succombé non plus aux hérésies cathares.

— Voilà une vision étonnamment juste, pour un prêtre qui n'en est pas un, confirma Gavin sans l'ombre d'un sourire. Chaque homme compte !

— Vous vous imaginez les choses trop simplement, reprit Gosset. L'ordre des chevaliers Teutoniques a pu établir un État en Prusse-Orientale, son pays d'origine, parce qu'il a soumis des païens sans droits et s'est approprié leur territoire.

Le précepteur, songeur, dirigea le regard vers Gosset.

— Il s'est passé quelque chose d'analogue ici, Gosset. Rome et Paris, main dans la main, ont persécuté les hérétiques, les ont éliminés et ont chassé la noblesse d'Occitanie.

— Cela ne crée pas un droit de propriété particulièrement appétissant, l'interrompit tranquillement le prêtre, mais c'est un fait accompli. Et vous n'en êtes pas l'auteur, hélas.

— Nous ôtons à la France le souci que constitue une province insurgée, et à l'Église les problèmes que causent les hérétiques. Avec un prix d'achat tel que le monde n'en avait encore jamais vu, et une généreuse remise de dettes, il s'agit tout de même d'une offre très acceptable.

— Vous autres Templiers, vous raisonnez comme des marchands. Vous ignorez les idées dynastiques, fit Gosset sans rien laisser paraître de sa colère. Vous oubliez la *gesta Dei per francos*, cette aura mystique autour d'un royaume sacré voulu par Dieu, la gloire de la France, des idées de sang et de sol qui se mêlent et que l'on a sanctifiées depuis longtemps. Vous oubliez la noblesse française dont les pères ont reçu des fiefs sur ces terres, en récompense de leur participation à ce pillage mené au nom de la couronne. Vous oubliez les dignitaires de l'*Ecclesia catolica*, qui ont trouvé des prébendes dans le Languedoc et le Roussillon. De tous ceux-là, vous allez vous faire des ennemis ! Même le pape ne peut se réjouir de pareils projets, et vous dépendez *encore* de lui.

Gavin baissa les yeux et lança un regard amusé sur le prêtre.

— Pour la chrétienté, la perte de la papauté serait un gain. Et un grand maître du Temple ferait le meilleur pape qui soit !

— Certainement, répondit Gosset en souriant. Le roi de France peut espérer le même destin. Sa Majesté est déjà folle de joie !

— De nouvelles solutions exigent la hardiesse de la pensée, répliqua Gavin d'une voix forte en se relevant. Leur mise en œuvre est une question de démarche prudente et de discipline très rigoureuse.

Il donna trois coups à la porte.

— Mon cabaliste, annonça le précepteur, d'une voix feutrée cette fois-ci. Jakov Ben Mordechai Gerunde, de Gérone, donc, est mon hôte, parce que

ses juifs talmudiques le lapideraient s'ils lui mettaient la main dessus.

Gosset voulut répondre quelque chose, mais Gavin
avait frappé quatre fois avec son abaque sur le plateau de la table, et les jeunes gardiens du Temple
laissèrent entrer l'érudit. De sous la capuche émer-
gea un visage de paysan qui respirait la bonté. Jakov
resta debout à la porte.

— Qu'ont donc de nouveau commis les jeunes seigneurs Pons de Levis, Mas de Morency et Raoul de
Belgrave, pour qu'ils se fouettent jusqu'au sang les
uns les autres, torse nu, avec des verges de saule ?

— Ils feraient mieux de remplir leur crâne vide.
Ils se sont comportés d'une manière tellement idiote
que même Pier de Voisins a compris de quoi il
retournait. Ils ont raté leur admission au sein de
l'Ordre. Pour le moment.

— Redonnez-leur une occasion de faire leurs
preuves, fit le savant en penchant la tête avec humilité.

— Le prestige des Templiers exige que l'on se
débarrasse de ceux qui ne réussissent pas leur mission. Ils nous ont causé du tort, parce qu'ils se sont
laissé démasquer comme des agents du plus bas
niveau. Le sénéchal ne les a même pas punis : il me
les a renvoyés indemnes, un geste amical qui cache
une pure et simple raillerie. Je peux seulement espérer que toute l'équipe que j'avais infiltrée à Quéribus
pour protéger Roç et Yeza ne sera pas découverte et
éliminée.

— Laissez-moi m'en charger, proposa Gosset,
mais Gavin ne voulut rien savoir.

— En tant que confesseur du couple royal, vous
êtes accrédité auprès de nos adversaires. Soyez heureux de conserver ce statut, fit le précepteur, qui
tournait autour de la table. Qu'est-ce qui amène les
enfants du Graal dans notre région reculée ?

— Voilà bien longtemps que Roç et Yeza ne sont
plus des enfants. Le couple royal l'a déjà prouvé aux
Mongols, auxquels ils ont tourné le dos après la destruction brutale d'Alamut.

— Les héritiers de Gengis-Khan ont ainsi perdu ceux qui portaient leurs espoirs. Et la réconciliation entre l'Orient et l'Occident n'a toujours pas eu lieu.

— Ils sont rentrés en Occident, ont rendu visite au roi Louis à Paris, et les voilà dans votre demeure.

— Leur fièvre de la découverte a peut-être été troublée par mon départ, dit Jakov pour s'excuser. Mais je devais aller faire ma prière du *nichmat* !

— Je sais, grogna le précepteur. Vous autres juifs, vous loueriez le Seigneur jusque sur le bûcher, si le Talmud vous l'ordonnait.

— Je dois m'occuper de Roç et de Yeza, dit le prêtre, pour prendre congé.

— Vous pouvez observer d'ici les efforts qu'ils font pour percer les mystères du *locus terribilis*. Je suis curieux d'assister à cette scène.

Gavin marcha jusqu'au mur, déplaça un panneau de bois et fit signe à ses invités de le rejoindre. Des fentes dans le mur leur permettaient de voir la nef de l'église.

MADELEINE DANS LE ZODIAQUE

— Je te le dis, chuchota Roç à Yeza, dans cette église, quelque part, se trouve la clef du trésor de Salomon, sinon le trésor lui-même.

Elle le regarda en biais.

— Tout est trop évident, ici, marmonna-t-elle. Regarde donc les deux anges, ou ce que sont censés représenter ces deux jeunes gens vêtus de blanc qui gardent le rocher, là, devant. Bien entendu, il est mobile, mais tu ne trouveras rien derrière.

— Le cadavre, répondit Roç en frissonnant. Car ceci est la tombe.

— Pas même un cercueil ! rétorqua Yeza sans accorder un regard de plus à ce menhir lourd de plusieurs tonnes.

— Je vais l'examiner, dit Roç, qui n'en démordait pas. Si je trouve des traces de parchemins...

Yeza n'écoutait plus : en compagnie de Jordi, elle

inspectait les niches, celles d'où Joseph s'était échappé un peu plus tôt. Le petit chanteur y avait grimpé : un escabeau se trouvait encore devant. Il avait pris la place du menuisier, et y avait fait une découverte.

— Sainte Germaine, là, dans la niche d'à côté ! s'exclama le nain, tout excité. Elle cache quelque chose de brillant dans sa main, à l'arrière.

Roç et Rinat furent les premiers à côté de cette statue qui tenait une main sur son entrejambe, coquette, comme si sa chevelure blonde qui lui tombait jusqu'aux genoux ne suffisait pas à voiler sa pudeur. Mais lorsqu'on la regardait de plus près, on constatait que la pointe du pouce et l'index formaient un anneau, une sorte d'invitation obscène. L'autre main avait été ramenée en arrière comme si elle tenait un poignard caché, pour punir un éventuel importun. Mais c'est un miroir qu'elle portait. Roç posa une main tâtonnante sur le socle, et sentit aussitôt qu'il était rotatif. On découvrit ainsi l'arrière de la pieuse Germaine. À cela, on se serait attendu. Mais pas à voir se refléter son postérieur dans la plaque d'argent poli tenue dans la main comme si elle voulait inspecter la raie de ses fesses.

— Mes nobles seigneurs ! dit Yeza d'une voix cassante en les rejoignant. Souhaitez-vous que je vous éclaire ?

— Le martyre de la sainte était peut-être qu'elle souffrait d'hémorroïdes ? plaisanta Rinat Le Pulcin, révélant ses connaissances médicales.

Mais personne d'autre ne s'engagea sur cette voie graveleuse.

— Un rayon de lumière devrait...

Roç réfléchissait à haute voix. Son regard se promena tout en haut, sur la voûte pointue de la nef. Un rayon de soleil y tombait par un trou du plafond, il donnait sur la niche, mais pas sur le miroir.

— La face cachée de la pruderie..., fit le troubadour, constatant que personne ne proposait de le soulever. Il avait quitté en toute hâte la niche de

Joseph pour ne pas manquer le spectacle. Déçus, ils s'éloignèrent de la belle femme aux longs cheveux.

— Nous devrions aussi nous préoccuper des artifices des autres dames, suggéra Rinat, et le petit Jordi les devança.

Il grimpa agilement dans la niche de la Vierge qui tenait dans les bras un enfant dont la dimension valait bien la sienne. Le nain avait d'ailleurs sans doute l'intention scélérate de lui prendre sa place : il se dressa et fit mine d'ôter le Jésus à Marie. Et l'enfant se laissa effectivement détacher de sa poitrine ! Apparut alors un diablotin dessiné derrière l'Enfant Jésus, mais la tête suspendue vers le bas comme une chauve-souris, avec une longue langue, tandis que la nuque innocente du Sauveur formait l'arrière-train dénudé du diable, dirigé vers la tendre mère. Mais une chose intéressa beaucoup plus les chercheurs de trésor : sur la poitrine de Marie, comprimée sous une robe haute, se trouvait aussi un miroir en médaillon — et cette fois, un rayon lumineux tombait tout droit sur le métal étincelant.

— Eh bien voilà, dit Roç, tout heureux de voir son raisonnement confirmé, nous n'avons plus à présent qu'à découvrir le chemin que nous indique l'étoile de Bethléem !

Mais le reflet tombait sur le derrière reluisant du diable.

— Tu oublies que le temps passe, dit Yeza, tu oublies le cours des saisons !

Rinat bondit alors sur ses jambes.

— Le cycle du zodiaque ! s'exclama-t-il, en regardant fixement la voûte que formait la niche derrière la mère et l'enfant. Le mur était orné de fresques allégoriques.

— Regardez, là-haut, le Sagittaire et le Centaure..., dit-il en désignant l'image, tout excité. Et en dessous, les Dioscures et les lions ! Ce sont les voisins célestes du solstice !

— Ah, dit Yeza en désignant le haut, on ne montre pas le passage estival des Gémeaux au Cancer, et...

— ... du chasseur Chiron au Capricorne ! l'interrompit Rinat en faisant tourner son index en l'air.

— L'archer est Nessos, corrigea Yeza. Mais le raisonnement est juste. Il ne manque que le printemps et l'automne.

— Je les ai trouvés ! fit Roç, qui jubilait. Derrière Germaine !

Ils revinrent à grands pas vers la niche de la sainte.

— Vous voyez la mer ? Zeus déguisé en taureau la franchit d'un bond. Il enlève Europe...

Rinat était tout feu, tout flamme. Cette fois-ci, il devança Yeza.

— Il n'est là que pour attirer l'attention loin des poissons, dans l'eau, et des bêtes à cornes cachées, l'équinoxe du Bélier, à gauche. Et à droite, voilà la Vierge. Elle tient même la balance à la main ! C'est entre eux que s'établit l'équilibre parfait du jour et de la nuit, même si, en haut, l'aigle trace son cercle.

Yeza laissa sa fierté au peintre et se contenta d'ajouter :

— Cela signifie qu'ici, y compris dans le Scorpion, nous serons servis...

— Mais comment ? demanda Roç d'une voix maussade, déjà miné par l'idée qu'il n'avait pas, cette fois-ci, brillé par ses talents de découvreur.

— Réfléchis donc ! lui rétorqua sa *damna*. Ou bien la lumière doit suivre le miroir, c'est-à-dire qu'elle se reflète sur lui pendant toute l'année, ou bien c'est le miroir qui suit la lumière.

— Aidez-moi donc à monter, pria Jordi.

— Tu veux juste regarder les fesses de la bl...

— Chut ! ordonna Roç au peintre. Nous sommes ici avec des dames.

Et il souleva le nain à hauteur de la niche.

— Nabot lubrique ! s'exclama Rinat en voyant le troubadour plonger son nez entre les fesses de la statue et en ressortir la tête toute rouge, en s'ébrouant de plaisir.

Il fit le tour du personnage et, en écartant la chevelure qui la protégeait, l'attrapa sans la moindre

pudeur entre les cuisses. On vit alors apparaître un
tube qui rappelait, sans doute volontairement, un
pénis. Il s'adaptait parfaitement à la main recourbée
de la bonne Germaine. Le nain déplaça le bras
arrière, celui qui tenait le miroir, et le mouvement se
transmit à celui de devant.

— Dans quel décan de la Vierge nous trouvons-
nous ? demanda Rinat avec une voix rauque d'excitation, et il répondit lui-même : — Dans le second !

Jordi fit tourner le bras dans le dos de Germaine,
comme s'il voulait le tordre, jusqu'à ce que la main
de la dame se trouve à la hauteur du signe correspondant sur la fresque. Un rayon de lumière éclatant
tomba sur le miroir. De là, le tube le dirigea depuis
l'anus et par la vulve avant de le faire réapparaître
sous forme d'une tache bien distincte sur la paroi de
l'église, de l'autre côté. Au-dessus, un candélabre sortait du mur, en forme de poisson.

— Voici la poignée de la porte ! jubila Yeza.

Ils traversèrent à pas mesurés la sombre nef de
l'église.

— Surtout pas de faux mouvement, chuchota
Roç.

Ils franchirent le calvaire qui s'élevait devant eux.

— Tout cela ne servirait-il que d'amusement à
messire Gavin ? murmura Yeza.

Plus nostalgique que respectueuse, elle leva les
yeux vers les croix dressées, les échelles des bourreaux qui y étaient encore posées, les cordes et les
amarres, les valets zélés et les légionnaires romains
qui jouaient aux dés. Plus grands que nature, ils
avaient été découpés avec un extrême réalisme dans
un matériau tendre, sans doute du peuplier, et
recouverts d'une série impressionnante de couches
de peinture, si épaisse que l'on entendait une sorte
de bruit d'argile lorsqu'on les frappait du doigt. Les
croix, elles, avaient été taillées dans un bois plus
noble.

— Notre vieil ami, le précepteur, veut nous mettre
à l'épreuve. Je sens ses yeux braqués sur nous.

— C'est bien possible, dit Roç, qui paraissait moins intimidé. Mais je sens, moi, qu'il nous utilise et qu'il se sert de notre fameuse expérience de chercheurs de trésor pour vérifier si ses sécurités fonctionnent. Je parierais que nous sommes encore loin du but. Autrement, il serait intervenu depuis longtemps. Laissez-moi rejoindre le poisson tout seul, dit-il à ses accompagnateurs, et regardez bien ce qui se passe.

Yeza, Rinat et le petit troubadour s'arrêtèrent au centre de la salle. Roç s'approcha du mur, la tache lumineuse brillait comme une étoile au-dessus de lui. Il se dressa, attrapa le poisson-candélabre des deux mains et le tira vers lui, le regard rivé au menhir, attendant sans doute que celui-ci se mette en mouvement et libère le chemin. Un claquement retentit à l'autre bout de l'église, mais Yeza eut le temps de voir un tremblement parcourir la silhouette agenouillée de Madeleine. Le bloc rocheux n'avait pas bougé, mais Roç avait exclu d'emblée qu'il puisse s'agir de la porte menant à la chambre au trésor. Il hocha la tête, satisfait. Entre-temps, tous s'étaient rassemblés devant la pécheresse.

— J'aurais dû y penser tout de suite, dit Yeza, en colère. C'est avec Marie-Madeleine, proclamée putain, que l'Église joue son jeu le plus infâme. Je n'aurais pas dû m'étonner que...

— En tout cas, messire Gavin, puisqu'il est responsable de tout ce qui se trouve ici, lui a fait l'honneur d'un autel personnel. Il semble constituer la divinité principale de cet arrangement blasphémateur, dit Roç, qui défendait plus la femme que le Templier. Tous ces moines guerriers sont des voyeurs !

Il espérait que le précepteur l'entendait.

— Allons donc voir ce que cette femme aimante cache sous sa robe ! ajouta-t-il.

— Ce n'est pas si mal ! fit une voix qui semblait venir du haut de la voûte.

Roç et Yeza reconnurent Gavin à son seul ton sarcastique.

— Je puis à présent demander que vos accompagnateurs quittent le *locus terribilis* et attendent à l'extérieur. Le couple royal parcourra seul le dernier chemin.

Cela semblait passablement lugubre. Mais Roç se raidit et renvoya à l'extérieur Rinat, qui fulminait, puis Jordi Marvel, tout heureux quant à lui d'échapper à ce lieu. La niche de la pécheresse était installée dans le mur, presque au niveau du sol. Elle non plus n'était pas ornée de fresques, mais habillée d'un superbe rideau de velours rouge rubis. Devant la femme agenouillée, on avait encastré dans le sol un pied de marbre, sans doute pour compléter l'image de la servante pécheresse. À côté se trouvait un bol d'essences odorantes vers lequel sa main s'abaissait pour aller prendre l'onction. Roç remarqua bien que ce récipient ressemblait à un calice noir, mais l'idée qu'il puisse s'agir de celui qu'il recherchait ne lui vint pas.

— À présent, Yezabel Esclarmonde du Mont y Sion se retourne et ne détourne pas ses yeux du calvaire, tonna la voix invisible. Et elle ne regarde pas derrière elle !

— Songe à ce qui est arrivé à la femme de Lot ! lui chuchota Roç entre ses dents, fier d'être l'élu, celui que l'on croyait capable d'affronter n'importe quelle vision. Mais ensuite, il sentit son ventre se nouer, et, pour le coup, il aurait volontiers échangé sa place avec Yeza. Celle-ci se détourna, mais marcha vers sainte Germaine, grimpa sur l'escabeau qui s'y trouvait encore, s'agenouilla vers la martyre et pria en tenant sa main cachée. Puis elle embrassa la statue devant sa chevelure blonde, redescendit et se rendit, tête baissée, à l'autel devant la reproduction du Golgotha. Roç avait assisté à cette scène, à la fois amusé et soucieux, avant de se tourner vers Madeleine. On lui donna presque aussitôt les instructions suivantes.

— Marche sur ses orteils, prends la tête de Madeleine avec les deux bras et fais-la descendre vers toi jusqu'à ce que tu sois toi-même à genoux.

Roç fit ce qu'on lui avait ordonné. Une fois de plus, son regard tomba sur le récipient. Il était en pierre noire. Mais Roç était tellement captivé par la découverte de ce mécanisme qu'il n'établit pas le lien avec la pierre noire devant laquelle Rinat avait fait leur portrait. Il tira vers lui la tête de la pécheresse. Le pied de marbre céda et il put, sans grande difficulté, faire basculer la femme agenouillée vers l'avant, sans la lâcher, jusqu'au moment où il lui fallut lui aussi mettre un genou à terre. La statue n'était pas lourde : à l'arrière, elle était creuse comme un tronc d'arbre frappé par la foudre. Puis il vit ce que dissimulait la cavité, ou ce qu'il y avait fait entrer en baissant le poisson-candélabre : un gigantesque membre courbé, comme celui de Priape, était sorti du rideau et avait sodomisé Madeleine. Il était à présent dressé sur le sol de la niche.

— Maintenant, prends la clef, elle t'ouvrira la porte, ordonna Gavin. Mais garde-toi bien de regarder derrière le rideau.

Roç n'avait aucune envie de transgresser l'interdiction. Il avait assez souvent entendu parler de la tête de Baphomet, dont on disait que les Templiers l'adoraient, commettant ainsi un blasphème. C'est sans doute la statue de cette créature diabolique qui, derrière le tissu rouge, lui présenterait son visage effroyable. Prendre en main ce phallus gigantesque lui fut déjà bien assez pénible. Roç l'abaissa. Il entendit un craquement et un grincement monstrueux, comme si le tonnerre et les éclairs se déchaînaient. Un trou rond apparut au plafond de l'église, mais la lumière du soleil n'y tomba pas. Le calvaire devint rouge comme l'enfer. Des volutes de vapeur s'élevèrent du sol et (Roç n'avait pas quitté des yeux le menhir, la gigantesque plaque de roche) la pierre se fendit en son milieu. Si beau que fût le spectacle, Roç était furieux de ne pas avoir découvert la fente. Mais ses rebords étaient si fièrement découpés que la ligne de séparation était vraisemblablement invisible. En tout cas, les deux ailes s'ouvrirent vers l'arrière, dévoilant une salle obscure.

Au seuil de cette porte de granit apparut alors la haute silhouette de Gavin. Le précepteur portait un clams noir et la croix griffue rouge brillait sur sa poitrine.

— Bienvenue, mes petits rois ! dit-il d'une voix affectueuse. Entrez donc !

Jusqu'à l'apparition de Gavin, Yeza n'avait observé la pierre tombale que d'un œil ; de l'autre, elle avait utilisé le miroir de Germaine pour voir ce qui se passait derrière son dos.

— J'ai tout vu, chuchota-t-elle à Roç, triomphante. Mais j'ai un besoin urgent à satisfaire, ajouta-t-elle lorsqu'il constata en souriant qu'elle avait volé le petit miroir. Devance-moi, j'arrive.

— Derrière la mère de Dieu, tu trouveras une porte dans la paroi, dit alors Gavin. Elle mène à un lieu tranquille.

Yeza se tut, consternée, en comprenant que le précepteur entendait sans doute leurs moindres murmures. Elle traversa l'église vide, d'un pas mesuré, pour rejoindre la petite porte indiquée. Roç répondit à l'invitation du Templier et franchit la porte de pierre.

VOLEURS DE CERISES

Les trois jeunes gens que Gavin avait si brutalement congédiés et chassés se tenaient assis sur une muraille et songeaient à leur destin injuste. Ils ne se rejetaient nullement les uns aux autres la faute de l'échec de leur mission secrète : ils étaient fiers de ne pas s'être comportés à Quéribus comme de simples soldats de garnison. En se tapant sur les cuisses de plaisir, ils savouraient encore leur triomphe : ils s'étaient bien moqués du commandant, un capitaine corpulent.

— Mon gros, singeait Pons de Levis, qui avait luimême un certain embonpoint, j'ai un sou qui est tombé par terre !

Ils s'ébrouèrent de plaisir en se rappelant la scène :

le capitaine s'était baissé avant de réaliser qui l'offensait ainsi, avec d'autant plus d'insolence que Morency lui offrit ensuite la pièce de monnaie, comme on récompense dédaigneusement un serviteur.

— Messire Fernand Le Tris, intervint Raoul de Belgrave, le plus grand d'entre eux, et sans doute aussi celui qui avait la meilleure allure, t'aurait volontiers enfoncé son épée dans la poitrine si je ne m'étais pas mis à hurler : « Laissez-moi régler son compte à ce chien galeux, ce porc a séduit ma *damna*... »

Pons lui donna aussitôt la réplique :

— « *Damna !* » À ce cri, je me suis jeté entre les deux coqs. « Misérable canaille ! Depuis quand Madame Le Tris est-elle ta catin ? » et j'ai brandi mon poignard dans ta direction, Raoul...

— Cela m'a suffi, continua en souriant de bonheur Mas, l'homme au visage de renard, pour décamper devant ta lame redoutée. Tu t'es mis à courir derrière moi, suivi par notre Pons, qui brandissait son poignard et écumait de manière effroyable.

— Et le gros est resté sur place comme s'il avait pris racine, la gueule ouverte. Il a tourné la pièce dans la main et a fini par la mettre dans sa poche en hochant la tête, avant de repartir...

— ... pour aller donner une raclée à sa femme qui...

— ... pour être franc, ne s'est jamais commise avec aucun de nous trois !

Yeza avait ouvert la porte de l'armoire, et comprit aussitôt que la paroi arrière coulissait. Elle se trouvait dans une galerie basse qui serpentait sans doute autour de l'église, à l'intérieur des murailles : à intervalles réguliers, elle pouvait jeter des regards à l'extérieur par des fentes minuscules. Entre les contreforts extérieurs, des boyaux abrupts permettaient sans doute d'envoyer vers le bas de la poix ou de l'huile bouillante sur d'éventuels assaillants. Elle s'apprêtait à s'en servir pour faire ses besoins lorsqu'elle aperçut dehors, par une fente, de l'herbe verte et des buissons où elle pourrait s'abriter. Elle décida donc de passer par la fosse suivante. Collée au mur comme un lézard, elle descendit le mur sans regarder autour d'elle. Une pierre s'effrita, elle perdit prise, fit une brève chute et se retrouva dans le petit jardin du cimetière, à côté de l'église. Sous l'ombre des arbres, entre des croix usées par les intempéries et d'antiques pierres tombales recouvertes de mousse, elle vit les chevaux. Philippe dormait, couché dans l'herbe. De sa propre bâtière dépassait, bien visible et à portée de sa main, l'arc mongol et le carquois que lui avait offerts le Il-Khan. Elle jugea que la disparition de cette arme effraierait l'écuyer paresseux et lui donnerait une bonne leçon. Yeza se faufila devant lui et attrapa son arc et ses flèches.

Le cimetière était délimité, d'un côté, par un muret, des fondations où proliféraient les ronces, et les restes d'un ancien bâtiment. Yeza descendit prudemment un escalier en forme de fosse dont les marches de marbre n'offraient pas beaucoup d'équilibre. À ses pieds, un figuier sortait de la pierre ; son ombre lui parut le meilleur cadre possible pour ce qu'elle avait à faire. Yeza descendit ses chausses, souleva sa chemise et s'accroupit. Elle n'avait pas encore fini lorsqu'une pierre lancée du mur tomba sur l'arbre devant elle. Elle entendit un rire étouffé. Yeza leva les yeux et vit un garçon inconnu filer à travers le feuillage du figuier, derrière la rambarde du mur. Elle allait se lever lorsqu'un autre visage apparut au-dessus de la corniche. Un homme l'observait sans la moindre gêne. Un visage de loup, deux yeux froids et gris qui la regardaient comme un gibier sans défense.

Remettre mes chausses ! se dit-elle en un éclair : un troisième lascar venait de sauter sur le mur, au-dessus d'elle, et riait bruyamment. Celui-là était gigantesque, et n'avait pas mauvaise allure.

— Attendez donc, jeune vierge, ne verrouillez donc pas si vite votre jardinet !

Les rires reprirent, plus forts encore. La face de lune apparut alors entre les bottes de l'homme campé devant elle, et annonça :

— Voilà Mas qui vient s'en occuper.

Yeza fut prise de rage et bondit comme si elle avait été piquée par un scorpion. Sachant qu'elle ne pourrait pas éviter de dévoiler un instant sa nudité, elle se tourna en un éclair et montra aux mauvais bougres ce qu'elle pensait d'eux en pointant ses fesses dans leur direction, tout en remontant ses pantalons. Elle n'aurait peut-être pas dû agir ainsi : les petites fesses dures de Yeza étaient tout à fait attirantes. Un bruit sourd, derrière elle, lui indiqua que le premier des trois lascars était descendu chercher son butin.

Elle se retourna; elle avait déjà glissé la flèche sur la corde de son arc. Le loup se tenait à moins de dix pas, sous un vieux cerisier dont il avait sans doute utilisé les branches pour descendre rapidement.

— La saison des cerises est terminée, dit-elle pour tenter de détendre l'atmosphère.

La seule chose qui comptait désormais, c'était de ne pas avoir à affronter les trois à la fois — pour autant qu'ils n'étaient que trois.

— Je sais bien où cueillir les fruits que je veux récolter, fière donzelle ! dit-il en faisant un pas en avant. N'allez pas croire que vous puissiez m'en empêcher avec votre jouet. Savez-vous seulement vous en servir ?

Il tripotait déjà le lacet de ses chausses.

— Montrez-moi donc l'endroit que je dois atteindre sur le tronc, demanda Yeza d'une voix naïve.

Mas de Morency savourait déjà son triomphe. « Une fois que la petite aura tiré sa flèche, se disait-il, je serai sur elle avant qu'elle ait pu réarmer son arc. » Il se retourna vers le cerisier. Il posa les doigts à plat contre le tronc, juste au-dessus de sa tête. Mais la flèche était déjà partie et le cloua au bois par le milieu de la main. Yeza avait visé depuis la hanche. C'était sa seule chance.

Mas poussa un cri de rage bestial qui se transforma en un long gémissement lorsqu'il tira sur la flèche plantée en profondeur, ce qui ne fit qu'accroître la douleur. Yeza s'était retirée, par l'escalier branlant, sur la plate-forme à hauteur d'homme. Le grand bonhomme sauta du mur sans même s'aider avec les branches du cerisier, et atterrit habilement sur ses deux pieds. Il était armé d'une épée et fit mine de libérer son compagnon, toujours cloué à l'arbre.

— Laisse ça, cria Yeza, si tu ne veux pas lui tenir compagnie !

— Raoul de Belgrave n'a jamais laissé un ami en plan, et surtout pas pour une petite sorcière ! répondit-il en criant.

Sa mâchoire de fauve était crispée : il avait fini de rire. Yeza avança au bord de la plate-forme et leva l'arc, décidée à empêcher définitivement ce lascar d'enlever sa flèche. Les feuilles du figuier s'agitèrent. Face-de-lune surgit juste devant elle et lui arracha l'arme (du moins glissa-t-elle des mains crispées de Yeza) avant d'atterrir en dessous de la plate-forme, sur le ventre, qu'il avait rondelet.

Yeza ne perdit pas son calme un seul instant. En un éclair, elle avait fait passer sa main par-dessus son épaule et tiré son poignard de sa crinière. Elle profita de l'élan de son bras pour projeter son couteau. Raoul venait de sortir son épée, et s'apprêtait à frapper entre la flèche et la main de son ami lorsque la lame étincelante survint, lui transperça le bras et le cloua à son tour au tronc du cerisier, comme Yeza le lui avait annoncé. Il laissa tomber son épée.

Pons, la face de lune, s'était redressé. Il resta figé sur place en voyant ce qui était arrivé à ses amis.

— Prends le fer ! cria Mas de Morency d'une voix stridente en poussant dans sa direction, du bout du pied, l'épée tombée au sol. Plonge-le dans le corps de cette diablesse, ouvre-la en deux !

Il avait la voix cassée. Mais Pons de Levis émit un grognement sourd et monta les marches en courant, tête baissée.

— Je vais t'étrangler! hurla-t-il en se précipitant vers Yeza, et en cherchant son cou, les deux mains en avant. Elle parut aller à sa rencontre en dansant, souleva l'une de ses mains, attrapa son poignet et frappa, plia le genou comme pour une révérence et fit voler son agresseur au-dessus d'elle. Elle ne tenait que le poignet, qui craqua affreusement lorsqu'il se brisa, avant même que l'homme ne se soit affalé, face contre terre. Elle sauta de la plate-forme et reprit son arc, ce qui incita Raoul à baisser définitivement la main, après avoir retiré d'un coup, dans un effort désespéré, le poignard qui la tenait clouée à l'arbre.

— Laisse-le tomber, dit Yeza d'une voix rauque, ou je te tire dans le cou.

À cet instant, Philippe, Rinat et Jordi entrèrent dans le cimetière.

— Prenez-les sous bonne garde, ordonna Yeza, et occupez-vous de leurs blessures jusqu'à ce que je vous aie envoyé de l'aide.

LE TAKT

Devant le portail de l'église, Yeza rencontra deux Templiers que Gavin avait envoyés pour la chercher.

— J'ai pris trois voleurs de cerises dans votre jardin de curé, dit-elle d'un ton léger. Emparez-vous d'eux!

L'un des Templiers s'y rendit en secouant la tête, l'autre escorta Yeza dans l'escalier en colimaçon éclairé par des torches, qui descendait sans doute vers la crypte de l'église. Devant un sas formé de deux herses de fer, qui ne laissait passer qu'une seule personne à la fois, le Templier la laissa seule. Yeza tressaillit d'effroi lorsque les pointes de fer s'abattirent d'un seul coup derrière elle et fondit en larmes en constatant que l'autre partie de cette écluse ne s'ouvrait pas tout de suite.

Elle finit par entrer dans une salle où la lumière tombait d'en haut, par un orifice circulaire. C'était sans doute la citerne. De l'eau pure, comme de source, se déversait dans un bassin en pierre. Elle se lava le visage et les yeux. Puis elle monta un escalier abrupt, de l'autre côté.

Yeza sentit qu'elle franchissait un seuil. Allait-elle enfin être initiée au grand mystère, allait-elle enfin voir le Graal ? Ou bien est-ce du fond d'elle-même que montait cette gêne qu'elle éprouvait ? Elle ne voulait pas se sentir comme une jeune femme, et surtout pas comme une reine. Mais elle serait toujours aux côtés de son époux, elle serait un chevalier comme Roç. Elle ne voulait pas non plus en avoir honte.

Tenant fermement son arme, elle reprit sa progression. Yeza découvrit en dessous d'elle une salle ronde, sans doute profondément enfouie dans la terre. D'innombrables cercles de piliers entouraient la haute coupole qui se trouvait en son centre. Cette grotte artificielle avait des dimensions que Yeza ne pouvait qu'évaluer grossièrement, en se fiant au nombre de torches et de petites lampes à huile accrochées aux piliers. Leurs lueurs se perdaient comme une ronde de lointains vers luisants dans le demi-cercle formé par l'arrière de la salle. C'était le « Takt » ! C'était forcément cela, la salle sacrée dans laquelle se déroulaient les rites mystérieux des Templiers, sur lesquels couraient tant de rumeurs. Au milieu de la rotonde, dans le sol de pierre, se trouvait une excavation rectangulaire remplie de corps géométriques, certains brillants, d'autres en verre, d'autres encore en matériau opaque. Quelques-uns étaient incandescents, comme s'ils avaient été plongés dans un poêle magique. Des flammèches bleues scintillaient autour d'eux, les éclairaient tantôt d'une lumière blafarde, tantôt du reflet d'une braise incandescente. Mais plus que par les cylindres et les pyramides, les cônes et les dés de cristal et de marbre, elle était fascinée par la gigantesque sphère qui reposait ou volait au-dessus de ce lit. Elle avait un reflet métallique mat et était entourée d'une maille de fils de fer verticaux en or et en argent qui la découpaient en quartiers, comme un citron. Ces segments grandissaient au fur et à mesure qu'ils approchaient du centre supposé du monde.

Autour de la sphère se tenaient Roç et Gavin, qui donna à Yeza l'impression d'avoir beaucoup changé. Ce n'était pas qu'il fût devenu vieux. Le précepteur ressemblait étrangement à une corneille, avec ses cheveux gris et son clams noir. Auprès d'eux se trouvait une autre silhouette dont Yeza ne connaissait pas les traits de paysan. Mais elle se rappelait ce manteau de prière de l'Ancien Testament : c'était saint Joseph, le chanteur qui s'était caché dans la niche pour dire la prière du *nichmat* !

Yeza vit Roç tourner prudemment la grosse sphère. On y avait gravé des masses de terre bizarres et des mers inconnues qui brillaient un moment avant de replonger dans le noir. Gavin avait aperçu la frêle silhouette en haut de l'escalier. Il lui fit signe.

— Bienvenue, Esclarmonde ! s'exclama-t-il d'une voix grinçante. Nulle plus que vous n'a la vocation d'éclairer le monde !

Yeza hésita. Elle se demanda une fraction de seconde si le rigoureux précepteur ne lui avait pas collé les trois garçons aux trousses en guise de punition, pour ne pas avoir obéi à l'ordre qu'il lui avait donné dans l'église, et pour avoir regardé dans le miroir comment le levier en forme de phallus empalait la pauvre Madeleine. Pourquoi les hommes faisaient-ils donc tant d'histoires dès qu'il s'agissait de cette petite différence ? Il est vrai qu'en l'espèce, la différence était de taille ! Mais Dieu sait que cette vision n'avait pas aveuglé Yeza. Et elle n'avait aucune envie d'admirer à présent cette sphère qui représentait le monde des hommes.

Yeza se mit lentement en mouvement et prit le temps d'observer la salle. Des parois de bois un peu plus hautes qu'un homme, disposées comme un labyrinthe, entouraient la dure couche de Gea. Il fallait être là, sur l'escalier, pour pouvoir embrasser du regard toute cette installation. Les murs étaient couverts de cartes géographiques qui montraient des océans, des mers de glace et des îles dont Yeza n'avait encore jamais entendu parler. Elle ne pouvait pas imaginer où ils se trouvaient, pour autant qu'ils existent. On distinguait des déserts aux couleurs sablonneuses — *hic sunt leones* — et des taches entièrement blanches qui pouvaient représenter des montagnes couvertes de neige ou une *terra incognita*. Les grandes forêts et les marécages étaient représentés en vert. Mais une chose captiva la jeune fille : ces lignes recourbées qui s'étiraient partout comme des galeries creusées par des larves dans le bois. C'étaient les voies ouvertes par l'homme dans des déserts sans fin, des routes qui franchissaient d'immenses obstacles rocheux accumulés. Et les traits tout droits sur les eaux devaient sans doute permettre aux navires d'éviter les tempêtes et les écueils. Ces peintures murales gigantesques étaient certainement sorties de l'imagination débridée de Gavin, songea Yeza, la terre n'était tout de même pas aussi grande que cela. Roç et elle-même en connaissaient précisément les extrémités, car ils étaient arrivés jusque chez les Mongols — et ce n'était pas le cas du précepteur !

— L'ordre des Templiers se considère lui-même comme la lumière du monde, lança-t-elle, mutine, pour saluer le maître des lieux. Qu'a-t-il encore besoin de mon humble personne, d'une femme maladroite ?

Elle s'approcha de Roç et lui jeta un regard hargneux. Son chevalier et protecteur n'avait pas été près d'elle au moment où elle aurait eu besoin de son bras. Le héros était totalement accaparé par les outils de métal posés à côté de la sphère rotative.

— Regarde, s'exclama-t-il, enthousiasmé, un sextant, et ici, un astrolabe ! Jusqu'ici, je n'ai jamais vu d'instruments aussi précis que chez les Assassins, à l'observatoire d'Alamut.

— Je sais, répliqua Yeza, pincée. C'était avec ton amante céleste, Kasda, l'astronome !

Roç se tut. Il regrettait amèrement de lui avoir raconté son aventure avec Kasda. Gavin leva un sourcil et dirigea leur attention sur l'homme en manteau de prière.

— Voici Jakov, mon cabaliste, dit-il d'une voix grave. Le rabbi Jakov Ben Mordechai connaît une réponse à toute chose. Si ce n'est à une question : pourquoi est-il détesté par le monde entier, y compris par ses juifs talmudiques ?

Yeza regarda l'homme droit dans les yeux, sans la moindre gêne. Il avait le visage franc et révélait une bonté qu'on aurait cherchée longtemps chez le Templier.

— Le jour où vous ne pourrez plus supporter le précepteur, brave homme, dit-elle d'une voix douce mais parfaitement audible, je vous prendrai volontiers à mon service.

Le rabbin sourit.

— Je ne serais qu'un poids pour vous, car ma science est inutilisable pour vos projets, ô reine, et mon savoir-faire ne suffit pas, loin de là, à pouvoir vous soutenir. Je suis moi-même un migrant entre les mondes. Mais chaque fois que nos chemins se croiseront, je vous servirai sans salaire.

— Prends-en de la graine ! lança Yeza à Roç. Voilà le genre d'esprit que j'aimerais voir régner autour de moi.

— Comme tu viens de l'entendre, ma noble dame, ce n'est concevable que de manière sporadique. Les hommes sages ont quelques autres occupations en ce monde.

Il fit tourner la sphère, se plongea dans les dessins, à sa surface, et les compara avec les cartes, sur le mur.

— Vous voulez donc dire... (Roç continuait à s'adresser à Gavin) qu'au-delà du Djebl al-Tarik, on ne trouve pas seulement l'océan de l'Atlas, mais aussi, bien loin derrière, des terres et des mers. Et que l'on peut...

— Garde cela dans ton cœur audacieux, dit solennellement le Templier. Ce n'est un savoir pour personne, c'est l'avenir, encore dissimulé.

— Et le connaître représente une grande force ? demanda Roç.

— La connaissance de soi ! dit le rabbi à la place du précepteur. Autrement, le savoir n'est qu'une futilité pour vaniteux, ajouta-t-il dans un murmure.

La voix de Gosset retentit alors dans la salle. Elle venait d'un tuyau de cuivre qui descendait du plafond.

— Précepteur, l'hôte que vous attendiez est arrivé, avec une grande escorte et de nombreuses caisses. Et même des esclaves...

Gavin s'était approché du tuyau. Le conduit était tellement recourbé qu'on pouvait en approcher aussi bien l'oreille que la bouche. Le précepteur avait donné trois coups impérieux de son abaque contre le tuyau, pour interrompre cette logorrhée.

— Ne laissez venir que Taxiarchos, ordonna-t-il, nerveux et grognon. Personne d'autre. Vous m'avez bien compris, le prêtre ?

— *Bauséant alla riscossa !*

Le cri de guerre des Templiers était une sorte d'accusé de réception. Puis le silence se fit. Ils attendirent. Roç regarda autour de lui pour vérifier si la salle circulaire pouvait encore avoir d'autres entrées, mais il ne put en découvrir aucune. Le Templier l'avait amené en le faisant passer par l'écluse, et le jeune homme avait aussitôt compris que la salle de la sphère terrestre, nommée par Gavin « le globe de l'Atlas », était inaccessible à quiconque ne savait pas nager sous l'eau, pour peu que l'on inonde cette chambre souterraine. On n'étoufferait pas pour autant : on avait creusé dans le plafond quelques trous qui laissaient percer la lumière blafarde. Selon les calculs de Roç, elle tombait sans doute des piliers de l'église qui s'élevait au-dessus de la salle. Ils devaient être creux, et acheminaient l'air et la lumière depuis le toit de l'édifice. En regardant bien la forme de ces deux espaces superposés, on pouvait

aussi penser qu'il existait au moins une échappatoire. Mais le visiteur annoncé apparut, comme lui et
comme Yeza, devant le mur qui refermait la citerne.

Gosset guidait l'homme dont on avait annoncé la
venue, le fameux « Taxiarchos ». Roç se rappela les
récits mouvementés de Guillaume, qui avait passé
des heures à parler de cet homme, que l'on appelait
aussi le « Pénicrate ». Le roi des mendiants de
Constantinople, un homme massif au teint hâlé,
semblait ne pas avoir froid aux yeux. On lisait
l'héroïsme, et même la sauvagerie sur son visage. Il
plut aussitôt à Roç.

— Mon vieil ami, Taxiarchos! annonça fièrement
Gosset.

Manifestement, les deux hommes étaient très heureux de se revoir.

— Nous nous connaissons, dit Gavin avec une
douce ironie. C'est nous qui avons envoyé le Pénicrate vers l'Occident, aux commandes de l'un de nos
meilleurs navires...

Entre-temps, les deux amis les avaient rejoints.

— Que nous avez-vous rapporté de ce voyage? (La
voix de Gavin tremblait d'excitation.) Mais vous
pourrez nous raconter tout cela plus tard.

— Je commence par vous rendre la boussole.

Il plongea dans la poche de sa cape verte brodée
d'or et en tira une petite boîte ronde ornée de pierres
précieuses.

— Cette petite aiguille tremblante nous a rendu
d'excellents services.

— Vous me direz tout cela tout à l'heure, répliqua
Gavin.

Le précepteur cachait à peine son impatience. Roç
ne l'avait jamais vu ainsi. Taxiarchos claqua alors
dans ses mains. Tous les regards se dirigèrent vers
l'escalier, où surgit une jeune fée des Mille et une
Nuits, enveloppée d'une tenue en or qui recouvrait
ses épaules, s'élevait au-dessus de sa tête et la forçait
à adopter une attitude raide, presque rigide.

— Est-ce une fille des dieux? demanda Roç en
tirant discrètement le prêtre par la manche.

— Plutôt une vestale! répondit celui-ci avec un air allusif tellement appuyé que Yeza le remarqua aussi. Du moins, ajouta le prêtre, elle pouvait prétendre à ce *status animae* avant de tomber dans les bras de Taxiarchos.

Roç n'avait encore jamais vu le *monsignore* sous ce jour. Il se hâta de répondre, d'homme à homme.

— Le mot de temple est donc le bon!

Yeza lança un regard agacé aux deux mâles. La petite femme avançait posément, pas à pas. Entre ses fines mains, elle tenait une petite cassette sur laquelle se trouvaient une cuiller en or et un mince tuyau ciselé. Comme Gavin ne la quittait pas des yeux, Roç put s'emparer de la boussole que le précepteur avait négligemment déposée à côté de la boule. Il était impossible d'ouvrir le couvercle, mais une vitre en quartz taillé permettait de voir l'intérieur. Un morceau de tôle insignifiant, découpé en forme de pointe de flèche, se balançait sur une pointe d'aiguille et se déplaçait en tremblant, toujours dans la même direction. Roç constata que l'on avait gravé dans la marge l'initiale des quatre points cardinaux. Il eut une intuition subite et approcha sa bague en aimant : la flèche se tourna vers lui. Il remit vite la boussole à sa place. La toute jeune femme-enfant s'était avancée. Elle avait un charme exotique. Seul son nez courbé comme le bec d'un aigle dérangeait Roç. Elle s'agenouilla devant Gavin, qui n'accorda pas la moindre attention à sa parure d'or, ni à son visage cuivré. D'un geste rapide, le précepteur lui prit des mains la cassette et l'ouvrit avidement. Roç se dressa pour voir ce qu'elle contenait, mais Gavin avait déjà versé dans le couvercle ouvert une cuiller pleine de poudre blanche. Il saisit le petit tuyau, le prolongea dans sa narine, se pencha sur le couvercle et aspira la poudre blanche par le nez. Ses yeux eurent un étrange éclat. Il battit des mains et s'exclama avec une gaieté totalement inhabituelle :

— Une fête, une fête! Mes amis, offrons un festin! Vous me raconterez tout, dit-il ensuite à Taxiarchos, vous me ferez voir tout ce que vous avez pu acheter, conquérir ou prendre par la ruse! Montrez-moi le butin, je vous récompenserai comme un prince!

Il prit Yeza par la main pour donner le signal du départ. Mais celle-ci s'intéressait à la jeune étrangère.

— D'où vient cet oiseau doré de paradis? demanda-t-elle.

— Potkaxl est une princesse toltèque, répondit Taxiarchos. Je l'ai aidée à s'échapper du temple du dieu-soleil. On l'avait installée sur la plate-forme, et le grand prêtre brandissait déjà son scalpel...

— ... Pour lui arracher le cœur toute vive.

Yeza sourit à Taxiarchos. Cet homme lui plaisait. Son propre statut lui revint subitement à l'esprit.

— Pourquoi devait-elle être sacrifiée, puisqu'elle est une princesse?

— Potkaxl est l'une des dernières descendantes des Toltèques. Cela suffisait pour que l'on veuille envoyer cette vierge servir d'épouse au dieu.

Taxiarchos dévisagea la jeune fille qui l'écoutait avec intérêt.

— L'ancienne dynastie des souverains a été dépossédée du pouvoir des rois-prêtres par la nouvelle dynastie des Mayas. Ce renversement s'est fait dans un bain de sang.

Gavin n'avait pas lâché la main de Yeza. Il la tira énergiquement loin du Pénicrate.

— N'allez pas croire, ma chère Yeza, dit-il avec une excitation qu'elle n'avait encore jamais vue chez le rigoureux précepteur, que notre Taxiarchos ait préservé cette jeune fille dorée d'un tel destin par pur altruisme! C'est un aventurier de la pire espèce.

C'était censé être une mise en garde. Gavin avait même dressé l'index, mais son rictus cassa son effet.

— Cette petite vestale lui promettait un double plaisir! dit-il en gloussant. D'abord le costume, il était en or pur. Et puis ce qui se trouvait dessous : la peau nue!

Yeza se retourna vers Roç, décontenancée. Mais

celui-ci marchait avec Jakov, manifestement plongé dans une grande conversation.

— Si une aiguille désigne toujours la même direction, lui demandait Roç, naïvement, et que l'on ne sache pas laquelle?

Le rabbin éclata de rire.

— La boussole ne peut désigner que le Nord. Là-bas, sous la glace, se trouve sûrement une gigantesque montagne magnétique. Elle le sait parfaitement, nous pas.

— Mais cela nous permet de savoir, même en pleine nuit, où se situent le *meridies*, l'*oriens*, l'*occidens*, y compris sur la mer, et même si l'on ne connaît pas les étoiles...

Roç jugeait cela très satisfaisant. Mais s'il avait espéré que le précepteur allait à présent lui indiquer une autre voie pour sortir de la salle ronde, il fut déçu. Ils traversèrent la citerne par laquelle ils étaient arrivés. Yeza marchait à côté de la princesse toltèque et chercha à engager la discussion. Mais cette créature venue du pays des temples d'or, dont Yeza n'avait encore jamais entendu parler, articulait à peine quelques bribes de grec que Taxiarchos lui avait enseignées pendant la traversée.

— Je suis ton heureuse hétaïre, balbutia-t-elle, et je suis toujours à tes ordres.

Cela amusa extraordinairement Yeza.

Gosset et le Pénicrate, les deux vieux complices, formaient la queue du cortège.

— Potkaxl est toujours persuadée qu'ensuite elle va être mise à mort. Chaque fois!

— Ton sacrifice orthodoxe grec deux fois par semaine a dû lui faire l'effet d'un prélude aux vrais plaisirs divins qui l'attendent dans l'au-delà, répondit Gosset en ricanant...

La Toltèque

La salle du chapitre de Rhedae, la citadelle des Templiers, ne frappait pas par sa taille, mais par sa décoration choisie. Elle était lambrissée d'un bois sombre et précieux dans lequel on avait aussi taillé la table et les sièges. La pièce était assez sinistre : la seule ornementation était le Beauséant qu'un porte-bannière brandissait sur une lance, à l'extrémité de la longue salle. Et l'unique tache de couleur était, au pignon de la pièce, la croix griffue rouge sang incrustée dans le marbre noir comme une fine mosaïque de coraux. En biais, sur une estrade de trois marches, se trouvait la table où Gavin accueillait ses hôtes.

Les Templiers se levèrent sans un mot à l'entrée de leur précepteur. Exceptionnellement, Gavin Montbard de Béthune portait le clams blanc prescrit par son ordre — à une petite extravagance près : sa croix rouge n'occupait pas toute la largeur de sa poitrine, mais était brodée à hauteur de son cœur, grande comme la paume d'une main. Il lança à ses hommes un regard sévère, pria Roç et Yeza de prendre place à sa droite et offrit au Taxiarchos une autre place d'honneur, à sa gauche. S'installèrent ensuite Gosset, le prêtre, et Jakov, le rabbin, tandis que l'on plaçait la princesse toltèque entre lui et le Pénicrate.

La mince jeune fille avait quitté sa parure d'or pour une tenue turquoise ornée de perles. Elle était coiffée d'une tour pointue d'argent tressé, ornée de clochettes qui sonnaient à chaque mouvement. Gavin le remarqua avec mauvaise humeur, mais, comme Taxiarchos le regarda au même instant avec un rire désarmant, il réprima sa remarque sarcastique. Ceux qui le connaissaient savaient cependant que le précepteur n'accepterait pas la présence dérangeante de cette jeune créature.

L'apparition de Potkaxl avait effectivement déclenché une rumeur dans la salle, un événement inouï, compte tenu de l'inflexible discipline de l'ordre. Et un chuchotement continua à bourdonner dans la pièce, même lorsque tous les chevaliers furent assis sur leurs bancs, raides comme si chacun d'entre eux avait avalé la lance du Beauséant.

À côté du couple royal, auquel Philippe servait de page, s'était installé Rinat Le Pulcin, le peintre. Jordi Marvel, le troubadour, s'était quant à lui posté de côté, sur les marches de l'estrade, et accordait son instrument. Sur les conseils de Rinat, Roç et Yeza avaient choisi pour le festin une parure mongole simple mais précieuse, qui leur allait fort bien. Yeza aimait particulièrement ces tenues, parce que celles des femmes ne se distinguaient pas spécialement de celles des hommes, entre autres à cause des pantalons et des épaules rembourrées.

> *« Chanterai por mon corage*
> *que je vueil reconforter. »*

Le précepteur avait frappé trois fois sur la table avec son abaque. Les chevaliers prirent place et Jordi se mit à jouer tandis que les serviteurs et les sergents apportaient les premiers plateaux.

> *« Qu'avecques mon grant domage*
> *ne quier morir ne foler,*
> *quant de la terre sauvage*
> *me voi mes nul retorner*
> *ou cil est qui rassoage*
> *mes maus quand j'en oi parler. »*

Les chevaliers reprirent le refrain. Un brin de nostalgie perçait dans leur voix rauque.

> *« Dex, quant crieront "Outree",*
> *Sir, aidiés au pelerin*
> *par cui sui espaventee,*
> *car felon sont Sarazin. »*

Les entrées étaient un choix de saucisses fumées et marinées dans l'huile, accompagnées de genièvre et de champignons, de jambon de sanglier et d'ours séché au grand air. On servit avec des airelles rouges et des oignons cuits à l'étuvée. Il y avait aussi des cailles frites et piquées de bandes de lard, et des bécasses en gelée de pomme. Leurs œufs avaient été cuits dur dans une saumure et empilés avec des olives et des herbes épicées dans des récipients en terre. On disposa sur la table du pain grillé et un vin blanc âpre du Razès.

> *« Soufrerai en tel estage*
> *tant quel voie rapasser.*
> *Il est en pelerinage ;*
> *molt atent son retorner,*
> *car outre de mon lignage*
> *ne quier achoison trover*
> *d'autrui face mariage :*
> *Folz est qui j'en oi parler... »*

Des hommes du Pénicrate (enveloppé comme un seigneur dans du drap vert, mais avec autour du front un bandeau rouge qui lui donnait son mauvais genre) portèrent dans la salle de nombreux bahuts et corbeilles. Les bagues et les bracelets d'or tintèrent lorsqu'on déposa les caisses devant la table du précepteur.

> *« Dex, quant crieront "Outree"... »*

Il ne les fit pas ouvrir, ce qui chagrina beaucoup les curieux qui se trouvaient dans la salle. Mais tous les Templiers restèrent figés sur leurs sièges et ne regardèrent même pas dans la direction des caisses. Ils savaient que Gavin n'attendait pour les punir qu'un signe montrant qu'ils ne se dominaient plus.

On apporta ensuite de grandes coupes débordant de figurines superbement sculptées : des objets de culte forgés, ornés de pierres jamais vues, d'incrustations d'or et de joyaux étincelants ; des corbeilles de travaux de cuir aux multiples couleurs et de gigantesques coquillages chatoyant comme des arcs-en-

ciel; des coiffes ornées de plumes et d'étranges
masques qui paraissaient faire la grimace mais
étaient le plus souvent des faciès menaçants, destinés à semer l'effroi et la terreur. Tout cela était porté
par des esclaves à la peau mate, presque des enfants,
comme on le vit lorsqu'ils enlevèrent leur coiffe
devant Gavin et s'inclinèrent timidement.

— Xolua!

Ce cri avait échappé à la princesse toltèque; mais
aussitôt après, elle baissa la tête et resservit Taxiarchos. C'est Yeza qui, en demandant : « Potkaxl, que
se passe-t-il? », lui donna le courage d'ajouter à voix
basse :

— Xolua, mon petit frère.

— Va le chercher! répondit Yeza, après s'être
entendue avec Roç, d'un bref regard.

Avant que la jeune fille ne puisse se déplacer, l'un
des sergents qui se tenaient derrière le précepteur
pendant le repas et lui servaient de garde du corps
cria « Halte! » d'une voix sans appel.

— Que diriez-vous, s'enquit Yeza à Gavin, avec un
air de défi, si je vous demandais les deux en cadeau,
le frère et la sœur?

Gavin laissa son regard flamboyant glisser sur elle
et s'arrêter sur la princesse toltèque, dont le tinte-
ment vestimentaire lui était devenu insupportable.
Sa mine sombre s'éclaira pour prendre un air inha-
bituellement cordial.

— Je vous offre volontiers le garçon, dit-il d'une
voix douce. Mais les lèvres de la jeune fille pourraient révéler les secrets du lointain pays de l'or si
elles n'étaient pas scellées. Ses yeux ont vu la voie
qui traverse l'Oceanus Atlanticus, et sa vive intelligence pourrait retrouver le chemin. Je ne peux lui
offrir ni la liberté ni la vie.

Ce verdict brutal répandit un silence. Roç se leva
alors si vivement qu'il renversa sa coupe de vin.

— La princesse Potkaxl se trouve sous la protection du couple royal, tout comme son frère Xolua,
cria-t-il, hors de lui, au précepteur. Que personne
n'ose porter la main sur elle!

Yeza, par précaution, avait posé un bras autour des épaules de la petite. Roç, lui, sauta au-dessus de la table et prit une main du garçon.

Le visage de Gavin s'était de nouveau assombri, et une veine de colère lui barrait le front. Puis il émit un rire mugissant.

— Qui est ici sous la protection de qui? Dois-je, dans ma propre maison...

Il sentit une main de fer lui enserrer le bras, si fort que la douleur le contraignit à se taire. Son hôte d'honneur, Taxiarchos, lui souriait de toutes ses dents de prédateur.

— Mon vénéré seigneur, dit-il doucement, avec une extraordinaire amabilité, Potkaxl n'a vu que les ondes de la mer, elle ne sait rien du fleuve secret qui passe sous les eaux et ne connaît pas le chemin de ce flot dissimulé que nul ne peut suivre sans boussole.

— Le spectacle qu'elle offre suffit à exciter la curiosité des jaloux, grogna Gavin. Mais Gosset intervint à son tour.

— Vous oubliez au service de qui elle se trouve à présent! s'exclama-t-il avant de reprendre en chuchotant, mais d'un ton sans appel : Voulez-vous que le Prieuré perde les faveurs du couple royal à cause d'une païenne, et même d'un enfant non baptisé?

Le précepteur ronchonna : il s'avouait vaincu. Une voix aiguë résonna alors à l'entrée de la salle.

— Gavin Montbard de Béthune, vous ne respectez pas la règle en vous faisant apporter des esclaves dont le Temple ne peut approuver l'origine.

Guillaume de Gisors entra dans la salle. Le chevalier n'occupait pas un rang élevé dans l'ordre. Mais chacun savait qu'il était le grand maître désigné de l'ordre secret qui se cachait derrière celui des Templiers, le Prieuré de Sion. Et tous, au chapitre, attendaient avec impatience la réaction de Gavin. Celui-ci se leva et donna trois coups brutaux sur la table avec son bâton.

— Bienvenue, Guillaume de Gisors. Je punirai sans trop de rigueur votre arrivée tardive. Vous tiendrez le Beauséant. C'est une fonction à remplir debout, s'exclama-t-il en riant bruyamment. Il vous est ainsi interdit de prendre place à notre table.

Il attendit que Guillaume ait marché jusqu'au bout de la longue table et qu'il ait saisi la bannière. Puis il s'assit de nouveau sur son siège et se tourna vers ses invités. Mais Gisors reprit la parole dès qu'il eut en main la hampe du Bauséant.

— Le port du Beauséant est pour moi un honneur, mais il ne me détournera pas de mon devoir. Je dois vous parler.

Il mit la lance à l'épaule et traversa la salle au pas, jusqu'à ce qu'il se retrouve sur l'estrade, derrière Gavin. Celui-ci ne se retourna pas vers lui. Il se contenta d'expliquer :

— Personne n'a offert d'esclaves, ni à moi ni à l'ordre. Ces gamins sont uniquement chargés de porter les marchandises que notre ami Taxiarchos nous a apportées en gage de sa mission réussie. Ces enfants païens sont et demeurent sa propriété, et il repartira avec eux.

Gavin prit sa coupe. Le Pénicrate se leva et sourit à Roç et à Yeza.

— Je me permets d'offrir au couple royal les enfants Potkaxl et Xolua, du peuple des Toltèques. Ils sont de sang princier, et j'espère qu'ils serviront leurs nouveaux maîtres avec joie, de toute leur âme et de tout leur corps.

> *« Chevalier mult estes guariz,*
> *quant Deu a vus fait sa clamur. »*

Jordi Marvel profita de cet instant de répit pour faire sonner les cordes de son luth.

> *« Des Turs e des Amoraviz,*
> *ki li unt fait tels deshenors.*
> *Cher a tort unt ses fieuz saisi ;*
> *bien en devums aveir dolur,*
> *cher la fud Deu primes servi*
> *e reconuu pur segnuur. »*

On apporta les plats de résistance, des assiettes de gibier rôti à la broche, des canards rôtis dans le jus de châtaignes, des bigarades et des oranges, des perdrix en croûte saupoudrées de cannelle, servies avec des amandes pilées dans la mélasse au miel, et une mousse de betteraves et de haricots.

Mais si délicieux qu'aient pu être les plats, certains convives continuaient à lancer des regards à la dérobée en direction des enfants étrangers, ce gamin et cette fillette qui s'étaient installés aux pieds du couple royal.

— Je vais faire leur portrait, annonça froidement Rinat au prêtre. Avant que le Temple ne les ait secrètement transformés en angelots.

— Il ne manquait plus que cela, lui répondit Gosset, effaré. C'est une véritable incitation au meurtre !

— Je suis un artiste, *Monsignore* ! se défendit le peintre. Imaginez-vous le monde d'où viennent ces créatures, leurs temples, leurs villes ! Tout cela en or pur ! Cette Potkaxl doit me...

— Je vous interdis même de lui adresser la parole ! dit Gosset entre ses dents. Sans cela, je vous brise d'abord le pinceau, puis les os.

> « *Alum conquer Moïsès,*
> *ki gist el munt de Sinaï ;*
> *a Saragins nel laisum mais,*
> *ne la verge dunt il partid*
> *la Roge mer tut ad un fais,*
> *quant le grant pople le seguit.* »

Les cruches étaient à présent emplies d'un vin rouge clair venu de l'autre côté des Pyrénées, de l'Andalousie occupée par les Maures, une attention du vizir de Murcia.

> « *E Pharaon revint après :*
> *El e li suon furent perit.* »

À peine était-il sur la table que tous le savouraient déjà. Les langues des chevaliers se dénouèrent. La princesse toltèque, arrachée au dernier instant au rituel sanglant, était l'objet de toutes les conversations. Quel dieu ces païens adoraient-ils ? À qui sacrifiaient les prêtres ? Leur pouvoir était-il égal à celui des rois ? Leur savoir secret était-il tellement supérieur à celui de l'Occident et de l'Orient qu'ils n'envoyaient même pas d'ambassadeurs ? Cela troublait considérablement les chevaliers du temple de Salomon.

Contre toutes les règles du protocole, Guillaume de Gisors frappa alors à trois reprises de sa lance sur le sol et s'exclama :

— Que l'on fasse entrer les seigneurs Mas de Morency, Pons de Levis et Raoul de Belgrave !

Cette fois, Gavin se retourna lentement vers l'homme qui se tenait debout derrière lui.

— Vous vous donnez trop souvent le rôle du juge ! lui chuchota-t-il, mais l'autre ne répondit pas à ce blâme.

En dessous, dans la salle, les trois hommes que l'on venait d'appeler avaient été amenés par des sergents. Ils portaient des chaînes, bien qu'ils eussent tous trois le bras gauche en écharpe. Roç lança à Yeza un regard interrogateur. Elle secoua énergiquement la tête, sans quitter des yeux les malheureux boucs que leur concupiscence juvénile avait placés dans cette mauvaise situation. Pons, petit et trapu, paraissait totalement abattu. Morency, la face de loup, regardait vers le sol, l'air haineux. Seul Raoul de Belgrave, qui dépassait ses amis d'une bonne tête, lui souriait encore. Yeza songea à la comtesse qui avait porté le même nom, et regretta d'avoir livré ces lascars à la juridiction de l'Ordre.

Gisors donna de la voix.

— Vous avez perdu votre vie. J'épargnerai à votre victime la honte de raconter de quoi vous vous êtes rendus coupables.

Il fit une brève pause qui ne leur laissa pas le temps de demander pardon.

— Profès ! cria-t-il au bourreau debout au seuil de la porte. Emmenez-les et faites votre office !

— Halte! s'exclama Yeza. Je ne suis pas une victime et...

Elle tremblait de tout son corps. Roç la poussa doucement sur le côté.

— Leur acte mérite la mort, dit-il, l'air pensif. Mais leur jeune vie n'a pas été préservée jusqu'ici pour que vous la leur ôtiez. Car nous pardonnons aux malfaiteurs.

Gisors se tut, mais Gavin se rengorgea.

— L'Ordre que je préside à Rhedae admet tous les pécheurs.

— Pas du tout! l'interrompit Gisors. L'Ordre n'est pas un asile pour les canailles!

— Ils paieront cher leur geste, ils accompliront les travaux les plus vils, répondit Gavin, mais sans convaincre son adversaire.

— La communauté des Templiers n'a pas besoin de débiles incapables de se maîtriser. La bienfaisance est l'affaire des Samaritains.

— La miséricorde! s'écria Yeza, indignée.

Gisors la dévisagea, impassible, et se tourna vers les condamnés.

— Le couple royal a fait usage de son droit de grâce. Vous ne l'avez pas mérité, ajouta-t-il sèchement. Vous serez confiés au Pénicrate, et vous rejoindrez les rangs de ses galériens. Il décidera lui-même de la durée de votre peine et de la date de votre libération.

Avant d'être emmenés, les trois garçons s'inclinèrent.

— Nous remercions le couple royal pour sa bienveillance, commença Raoul de Belgrade en s'agenouillant, et ses compagnons s'empressèrent de l'imiter. Pons lui coupa la parole :

— Dieu fasse, ô maîtresse, dit-il gauchement, que nous puissions un jour vous revaloir ce geste en vous servant.

Puis on les entraîna hors de la salle, et Jordi joua rapidement quelques accords avant de chanter.

> « *De ce sui molt deceüe*
> *quant ne fui au convoier,*
> *sa chemise qu'ot vestue*
> *m'envoia por enbracier.* »

L'heure du dessert était venue. Les serviteurs apportèrent du fromage et des *naranjas de Tarok* découpées, des citrons rouge sang nageant dans l'huile d'olive et saupoudrés de sel et de poivre, le tout accompagné d'un madère doux.

> « *La nuit, quant s'amor m'arguë,*
> *la met avec moi couchier*
> *molt estroit a ma char nue,*
> *por mes maus assoagier.* »

Jordi savait prendre les chevaliers par les sentiments. Ils entonnèrent le refrain d'une voix puissante :

> « *Dex, quant crieront "Outree"...* »

II

SOUS LE SIGNE DE LA CROIX ROUGE GRIFFUE

La crypte de Saint-Denis

La cathédrale qui se dressait au nord de Paris avait été l'église de l'ancien monastère de Saint-Denis, et ne s'était pas dépouillée de son âme sobre lorsqu'elle avait été pourvue d'une nouvelle façade richement ornée et élevée au rang de lieu des couronnements et des funérailles des rois de France.

> *« Concurrunt universi*
> *gaudentes populi*
> *divites et egeni*
> *grandes et parvuli. »*

Louis IX, de la maison Capet, n'aurait pas porté de son vivant son surnom de « Saint Louis » comme une bure de moine s'il ne s'y était pas rendu en toute hâte, pour faire pénitence, chaque fois que ses affaires gouvernementales le lui permettaient.

> *« Princepes et magnates*
> *ex stirpe regia*
> *saeculi potestates*
> *obtenta venia. »*

Louis, qui était au fond un être très fruste, avait horreur de séjourner dans sa capitale profane, avec son université à l'esprit libre, la vie dévoyée de la cour (le Louvre lui faisait l'effet d'une Babylone du péché) et les intrigues vaniteuses. Il voulait être un homme pieux, mais ce n'était qu'un monarque étriqué et bigot, un souverain intolérant et un juge suprême dont l'injustice touchait à l'atrocité.

> *« Peccaminium proclamant*
> *tundentes pectora*
> *poplite flexo clamant*
> *hic : Ave Maria. »*

Le roi fut le dernier, comme toujours, à quitter avec sa suite la maison de Dieu. Après la messe, dite cette fois-là par le cardinal Rostand Masson, nonce apostolique, le souverain avait l'habitude de prier encore un peu. Qui plus est, l'homme vêtu de pourpre avait demandé un entretien particulier au roi.

La reine Marguerite et sa cour attendaient sur l'escalier, devant la cathédrale : elle ne voulait pas laisser son mari exposé aux seules influences romaines, d'autant moins qu'elle devinait le motif de cette démarche religieuse. Elle avait prié le connétable de faire en sorte que la rencontre entre le cardinal et le roi ait lieu sur l'escalier. Gilles Le Brun, le maréchal du royaume, n'était certes pas un homme de la reine. Mais il était toujours sur ses gardes lorsque l'ambassadeur du pape menaçait de s'ingérer dans la politique de la France. Il entraîna donc son seigneur dès que celui-ci se fut levé de son prie-Dieu et l'escorta à travers la nef, en l'abreuvant de paroles, jusqu'à ce qu'ils soient parvenus au portail central. Ce guerrier, d'ordinaire avare de ses mots, déversait cette fois-ci une cascade de phrases sur son souverain. Rostand Masson, lui, ne s'était pas laissé distancer et attendait l'instant où le connétable cesserait de pérorer.

— Quéribus est un lieu d'une extrême importance, que dis-je ?, ce bastion est une clef, c'est lui qui nous assure le libre passage vers le Roussillon, c'est là où

loge la plus puissante de nos garnisons, expliquait le
maréchal de sa voix mugissante. Et comme il n'obte-
nait pas de réponse, il ajouta rapidement : Nous
avons eu beaucoup de mal à prendre possession de
ce fort...

— Ce sont la ruse et la perfidie qui nous ont permis de nous en emparer, répondit le roi d'une voix
brutale, en lui coupant la parole.

— Et vous voulez le confier à ces descendants pro-
clamés du Trencavel, Sire ! reprit le connétable indigné, qui paraissait avoir totalement oublié l'étiquette. Ces vagabonds sans royaume hisseront sur
votre citadelle le drapeau de l'insurrection. Les faidits du Languedoc n'attendent que ce manant, Roç,
et cette princesse rebelle, Yeza !

Il avait ainsi fourni, sans le vouloir, le mot qui permit au nonce apostolique de reprendre la parole.

— Le connétable a raison, Majesté. Vous encoura-
gez les ennemis de notre sainte *Ecclesia catolica*.
Cette couvée d'hérétiques, ces rejetons du diable !

— Comme vous venez de me le dire, connétable,
et comme le sénéchal de Carcassonne me l'a
confirmé, Quéribus abrite une puissante garnison
qui devrait sans doute être en mesure de préserver
nos possessions, même si j'y loge en invités deux
jeunes personnes sans patrie qui tiennent une place
dans mon cœur et que je veux guider vers le bon chemin !

Le cardinal ne se sentit pas concerné par cette
réplique sans appel. Le groupe avait à présent atteint
le portail. La reine marchait vers les trois hommes.

— Protégez votre âme contre les formes que
prend le malin, l'adjura le nonce. Si ce Roç et cette
Yezabel qui se fait insolemment appeler Esclarmonde sont des orphelins, c'est parce que leurs
parents, des cathares, ont été livrés aux flammes
purificatrices. S'ils n'ont pas en plus du sang de
serpent des Hohenstaufen dans leurs veines, et du
sang juif pour combler le tout, ils sont...

— Prenez garde à vos paroles ! Frédéric, l'empereur Hohenstaufen, était mon ami, je ne tolère pas...

Le nonce apostolique était allé trop loin, et le fidèle conseiller du souverain, le comte Jean de Joinville, se vit contraint d'intervenir rapidement. En murmurant « *De mortibus nihil nisi bene* », il poussa le cardinal loin de l'orage royal qui menaçait d'éclater. Puis il ajouta, l'air aimable, à l'attention du connétable :

— Soyez heureux, messire Gilles, que notre sage roi ait très bien su faire la différence entre le bon cœur et la raison d'État avisée lorsqu'il n'a *pas* accordé aux demandeurs ce qu'ils lui réclamaient : Montségur !

— Roç et Yeza au château des hérétiques, il n'aurait plus manqué que cela ! laissa échapper le cardinal, et le connétable ne voulut pas être en reste :

— Leurs revendications insolentes ont pourtant été récompensées. On leur a donné le château de Quéribus, comme s'ils étaient des chevaliers méritoires de la couronne.

— Scriez-vous en train de me blâmer, Gilles Le Brun ? demanda le roi d'une voix dangereusement basse.

La reine vint à son secours :

— C'est moi qui ai pris cette décision. Non pas à la suite d'un penchant subit pour ces créatures étrangères, ajouta-t-elle avec un regard perçant à son mari, mais parce qu'ils serviront la couronne ; nous pourrons utiliser ces trouble-fête contre certaines menées de l'ordre chrétien des Templiers, qui dépend de votre pape.

— Ils ne sont malheureusement pas aux ordres du roi de France, ajouta sèchement Joinville. Et ce bien qu'ils se soient largement répandus sur ses terres...

— Sur ses terres, effectivement, tandis qu'ils ne sont responsables que devant votre seigneur le pape ! ajouta Marguerite en pointant le doigt sur la poitrine du nonce.

Le comte de Joinville se dit avec un sourire qu'en prononçant ces mots dame Marguerite voulait aussi porter un coup à son beau-frère mal aimé, l'orgueilleux Charles d'Anjou. Charles avait épousé sa sœur, et elle ne la laisserait pas ajouter à son diadème le précieux joyau de l'Occitanie. On pourrait donc utiliser Roç et Yeza contre les ennemis du royaume, à la manière d'un caillou lancé dans les rouages d'un moulin. Mais cette brave femme (une sorcière malveillante) se trompait dans ses calculs. D'abord, parce que Roç et Yeza, tels que les connaissait Joinville, ne se laisseraient pas manipuler. Ensuite, parce qu'ils étaient soutenus par une puissance qui, jusque-là, avait tenu sa main protectrice au-dessus des enfants, d'une manière cachée, souvent incompréhensible. Et en dernier lieu parce que la pierre précieuse était peut-être d'une tout autre nature que celle imaginée par toutes les personnes présentes.

Le cardinal n'avait aucune envie d'aborder la question des Templiers, et voulut s'assurer un repli la tête haute.

— Je vois, Majesté, répondit-il en essayant de ne pas faire sentir sa moquerie, que vous statuez sur le destin de ces pauvres créatures selon les critères du registre des pauvres, que vous avez institué, grâce vous en soit rendue. Qu'ils restent dans cette forteresse, tant qu'on les empêche de propager leurs idées hérétiques dans ce pays de notre Sauveur Jésus-Christ, pays que l'Inquisition vient tout juste de net...

— Ils ne sont en rien des prisonniers, répliqua le comte de Joinville, agacé, en lui coupant la parole. Ils peuvent aller et venir comme il leur plaira. Le Languedoc est leur patrie. Et pour ce qui concerne la juste foi, notre sage roi a chargé le père Gosset, un prêtre expérimenté de l'*Ecclesia catolica,* d'assurer leur éducation.

Joinville, lui aussi, souhaitait trouver une issue acceptable à cette conversation : ennuyé par tant de bavardages, son roi s'était déjà séparé du groupe.

— Nous devrions peut-être les tenir éloignés de ces Templiers ? suggéra la reine.

— Au contraire, Votre Majesté, répondit le comte,

qui pouvait être sûr de la confiance du roi. Si l'Ordre accepte de donner à Roç et Yeza un pouvoir profane, ou même de les reconnaître comme princes du pays, nous aurons gagné la partie. Roç et Yeza pourront nous prêter le serment d'allégeance, alors que le grand maître ne le peut pas, même s'il le voulait !

— Je vous apprécie comme *spiritus rector*, mon cher comte, fit le cardinal, flatteur. Attendons de voir ce qui se passe, d'autant plus que le roi s'efforce manifestement de réparer l'injustice qui a été commise à l'égard des descendants des Mérovingiens.

— Même les saints éprouvent parfois, sans raison, une mauvaise conscience, répondit Joinville pour amortir la nouvelle attaque du religieux — mais le coup était aussi dirigé contre Marguerite.

— Vous avez sûrement aussi fait en sorte que les tombes de vos prédécesseurs, démis malgré eux et enterrés à Saint-Denis, soient rénovées à grands frais ?

La reine lança au cardinal un regard incendiaire et sourit de toutes ses dents.

— Mais bien sûr, Excellence, je vous dois des remerciements personnels pour ces bons tailleurs de pierre. Ce sont ceux que vous aviez fait venir de Rome pour exécuter les sculptures de Notre-Dame. Paris peut attendre, puisque c'est au roi Dagobert que l'Église doit la construction de cette maison de Dieu, et la France son temple d'honneur.

Le cardinal ne voulut pas s'avouer vaincu.

— Vous lisez trop le *Livre des femmes*, dame Marguerite !

Mais son ton de patriarche se retourna contre lui : la reine s'agenouilla, l'air insolent.

— C'est l'esprit chevaleresque, messire Rostand, dont on dénonce à juste titre la disparition dans ce livre.

Elle embrassa son anneau et s'éloigna sans lui adresser le moindre regard supplémentaire. Le roi congédia son escorte. Seul Joinville fut autorisé à l'accompagner.

— Commandez à mon ancien chapelain de la cour, Robert de Sorbon, un rapport sur la possibilité d'intégrer désormais « les enfants du Graal » dans l'avenir de la France. Soit ils acceptent de prendre leur place (pour notre profit, cela s'entend), soit ils partiront.

— Le baiser ou l'exil ! laissa échapper Joinville. Maître Robert de Sorbon avait ouvert à côté de l'Université une école de théologie qui, en un peu moins de trois ans, avait déjà tellement prospéré que les *studiosi* la nommaient irrespectueusement « la Sorbonne ».

— Faites en sorte que le nonce soit informé de cette demande. Je ne veux pas qu'il se sente battu, maintenant qu'il nous a laissé le champ libre.

— Rostand est comme un éléphant, répondit Jean de Joinville. Ils ont la peau épaisse, ils vont leur chemin, mais ils n'oublient pas.

Joinville soupira, soulagé, lorsque Louis prit brusquement congé de lui en faisant avancer son garde du corps, qui marchait toujours deux pas derrière lui, comme son ombre. Joinville esquissa une révérence et attendit que le roi s'éloigne.

Le cardinal avait fait signe au connétable de s'approcher de lui.

— Vous êtes un ami des Templiers ? constata l'homme d'Église plus qu'il ne le demanda. Est-ce cette idée d'un État de Dieu qui vous dérange ?

Gilles Le Brun n'était pas homme à dissimuler son opinion.

— Je vais retourner la question à notre Sainte Mère l'Église : l'idée n'est-elle pas venue au pape qu'un tel royaume de Dieu, sur le sol français, pourrait rendre superflu aussi bien lui-même que Rome tout entière ?

Il ne s'arrêta pas au geste hâtif du nonce qui, effrayé, venait de se signer.

— Je refuse un royaume de Dieu dont les maîtres ont acquis un pouvoir sans limites par l'usure, la traite des esclaves, les monopoles extorqués, si bien que même les rois ont des dettes chez eux et doivent payer intérêt et surintérêt. Le peuple sue sang et eau pour les payer aux rois, lorsque l'on n'a pas déjà affermé à cet Ordre chrétien des *militiae templi Salomonis* la perception des impôts. Je me ferais passer l'épée à travers le corps plutôt que de demander ne fût-ce qu'un sou de crédit à cette bande d'arrogants !

Gilles Le Brun était furieux. Le nonce lui tendit sa bague pour qu'il l'embrasse.

— Je te pardonne la dureté de tes paroles, mon fils, mais je les garderai dans mon cœur.

Le roi vit que la reine était encore avec ses suivantes et l'attendait manifestement, immobile. Il dévisagea son garde du corps, l'air dubitatif.

— Est-ce une bonne chose de faire appel à Belzébuth pour chasser le démon ? demanda-t-il à l'homme auquel il avait confié sa vie.

— Non, répondit Yves le Breton d'un ton résolu, comme toujours. Seulement Roç et Yeza ne sont pas Belzébuth. Ce rôle-là serait plutôt celui des Templiers. Mais ils ne parviendront pas à vivre ensemble.

— Comme l'eau et le feu ?

— Sauf s'ils trouvent leur pierre philosophale.

— Le Graal ?

Le Breton se taisait.

— Le Graal ? demanda une deuxième fois le roi Louis. Il n'existe pas ! ajouta-t-il rapidement, d'une voix presque implorante. Il n'a jamais existé !

Yves sourit imperceptiblement.

— Dans ce cas, Votre Majesté n'a rien à craindre.

L'ŒUVRE UTILE DU DIABLE

Le « Temple de Paris » n'était pas du tout un bâtiment sacré aux colonnes corinthiennes, mais un quartier entier, une partie de la ville entourée de murailles qui se rattachait au Marais. Son cœur était une tour sinistre, objet de nombreuses rumeurs parce qu'on y conservait les fonds de l'Ordre, et peutêtre même son mystérieux « trésor ». Semblable à un donjon normand, il se dressait, large et puissant, au milieu des halles, des ateliers, des dortoirs et des réfectoires. Les salles d'audience et l'administration se situaient à proximité du portail principal, au premier étage. De ses hautes fenêtres, on pouvait observer l'extérieur, mais la vue ne portait pas bien loin. Gilles Le Brun, le connétable de France, n'apprécia pas de rencontrer Olivier de Termes pendant son attente dans le vestibule. Il marmonna quelques mots de justification, alors qu'il n'avait aucune obligation de le faire, expliqua qu'il fallait déterminer le nombre d'hommes qui constitueraient la garde permanente de Quéribus, et établir la répartition des frais.

— Ah! fit Olivier d'une voix aiguë. L'Ordre vous a-t-il proposé de les assumer tant que Roç et Yeza séjourneront sous le toit du château?

— Ce n'est pas tout, répondit fièrement Gilles Le Brun, ils sont aussi disposés à fournir à leurs frais l'escorte que notre roi exige pour la sécurité des deux prunelles de ses yeux.

Olivier se demanda si la moquerie du connétable révélait une mauvaise humeur suffisante pour que l'on puisse aborder franchement le problème.

— Cela signifie, mon cher Gilles, que vous avez utilisé de manière totalement inutile ma vieille amitié avec Xacbert, et même que vous l'avez gâchée lorsque j'ai fait sortir le lion de sa caverne et que je l'ai envoyé se précipiter dans le piège grillagé du sénéchal de Carcassonne. Je l'ai fait pour la France! Et vous ne trouvez rien de mieux que de livrer Quéribus à ses ennemis! Le roi le sait-il? demanda-t-il avec emphase.

Olivier, l'ancien seigneur cathare qui s'était réfugié au sein de l'Église et sous l'oriflamme, la bannière de guerre de la France, laissait libre cours à sa fièvre patriotique. Le connétable se vit contraint, malgré ses convictions, de défendre l'autre partie, ne serait-ce que pour éviter de faire cause commune avec des gens comme Olivier de Termes.

— On vous a récompensé pour cette prise heureuse, commença-t-il, méprisant. (Effectivement, le roi Louis avait restitué à Olivier Termes, qui avait appartenu à son père.) Vous pouvez aussi ne pas accorder trop de valeur au pouvoir de deux orphelins à peine majeurs, sans terres, sans moyens et sans armée. Pour ce qui concerne les mobiles de nos chers amis du Temple, si j'étais vous, je tiendrais mieux ma langue et je me garderais bien d'accuser les chevaliers d'être intéressés ou même hostiles.

Olivier avait rougi jusqu'aux oreilles et priait pour que l'irritable connétable veuille bien, au moins, baisser sa voix de sergent. Mais, d'un autre côté, l'envie de houspiller un peu plus ce bonhomme le démangeait.

— Si, à l'époque, Xacbert de Barbera s'en est sorti sans punition, en perdant uniquement Quéribus, la faute en revient au sénéchal de Carcassonne nouvellement nommé, Pier de Voisins. C'est lui qui a laissé l'adversaire déclaré de tous les Francs se réfugier en Aragon. J'ai fait en sorte qu'au bout de dix jours il soit relevé de ses fonctions et remplacé par un homme fiable ! ajouta-t-il, triomphal. Mais le connétable éclata de rire.

— Vous ne savez donc pas encore, messire Olivier, qui vient tout juste d'obtenir sa nomination à Carcassonne ? Eh bien c'est un homme qui vous porte un amour brûlant : Voisins en personne ! (Le connétable se serait ébroué de plaisir.) Termes n'est-il pas situé dans son secteur ?

Olivier fit mine de ne pas être atteint par ce coup ; mais il était si profondément touché qu'il en oublia toute prudence, aussi bien à l'égard de l'homme qu'il avait en face de lui, le chef de guerre de la Couronne, que vis-à-vis du lieu où il se trouvait, et qui appartenait au Temple.

— Comme vous avez raison, valeureux messire Gilles. Chacune de mes objections peut bien n'avoir aucune valeur en soi mais... (il baissa la voix jusqu'au chuchotement)... si le grand œuvre devait réussir...

Il n'acheva pas sa phrase et prit le temps de se repaître de la confusion qui s'emparait de son interlocuteur avant de continuer, d'un ton léger :

— À supposer que l'on ait trouvé la pierre, l'eau et le feu peuvent nouer une puissante alliance. Je suppose que vous en savez tout de même assez sur l'alchimie pour comprendre cela ? Ce qui se produira lorsque le couple royal célébrera ses noces chimiques avec l'ordre des Templiers, lorsque Roç et Yeza ne feront plus qu'un avec les gardiens du Graal ?

Il attendit en silence et approcha ses mains du visage du connétable ahuri, avant de les faire claquer d'un seul coup.

— Quéribus est la fiole sous laquelle darde la flamme bleue, l'élixir bouillonne dans le verre, des vapeurs vénéneuses s'élèvent, la mixture bout, elle cuit, et vous, Gilles Le Brun, que faites-vous ? Regardez donc dans un miroir !

Le connétable n'eut pas le temps de se demander s'il devait simplement envoyer son poing dans la figure du renégat ou lui faire sentir la pointe froide de son poignard sous le menton : ils entendirent du bruit dehors, sous les fenêtres qui donnaient sur la rue. On aurait dit une émeute. Son devoir était de s'en occuper. On ne voyait rien, si ce n'est la foule qui courait vers le Marais, les commerçants qui arrêtaient leurs charrettes et les artisans qui sautaient de leurs bancs. Un jeune Templier se précipita dans l'antichambre.

— Le roi est-il auprès du grand maître ? demanda-t-il, excité, en désignant la lourde porte.

— Non, répondit le connétable. Sa Majesté reçoit Thomas Bérard au Louvre.

Le novice voulut repartir, mais Gilles le retint par la manche.

— Qu'est-ce qui émeut autant le peuple, là-dessous ? s'enquit-il en désignant les toits du Marais, d'où l'on voyait monter de la fumée.

— Un prêtre est en train d'exciter la foule. Il

demande aux gens de brûler notre moulin à papier et de détruire le *librarius multiplex* que nous construit maître Villard de Honnecourt. Il se copie *eo ipso* « avec une valeur identique », expliqua le jeune Templier, enthousiaste, si fine que soit l'écriture.

— Et pourquoi cela émeut-il tant les esprits ? interrogea encore Gilles Le Brun, qui avait déjà tiré son épée.

— Parce que cet inquisiteur, un crétin venu des provinces, convainc les gens que cet *imprimendum mecanicum* est l'œuvre du diable.

— Comment s'appelle ce lascar ? grogna le connétable en sortant. Mais il se doutait déjà de l'identité de celui qui se mettait ainsi en scène.

— C'est un tas de graisse de la sainte Trinité !

Le Gros Trini ! Il ne manquait plus que lui à Paris ! Le connétable descendit bruyamment l'escalier de pierre, heureux, à chaque pas, de ne pas avoir vendu son âme. Le Seigneur l'avait préservé contre la tentation d'accepter l'argent de ceux qui étaient sans aucun doute alliés au Malin. Ses dettes de jeu pouvaient rester ce qu'elles étaient : des dettes d'honneur ! Devant le temple, il siffla pour appeler son escorte, se plaça à sa tête et se dirigea sur les lieux de l'action.

Les ruelles du Marais étaient étroites et sinueuses. Le ruisseau d'eau sale qui traversait le quartier servait aux équarrisseurs et aux teinturiers à se débarrasser de leurs bouillons puants, si bien que même les rats évitaient ces eaux saumâtres. Autrefois, elles animaient encore de nombreuses roues de moulin. Mais les gens avaient fini par dire que le pain empestait, et l'on avait mis au repos toutes ces installations. Le fait que les Templiers aient repris les meilleures d'entre elles avait inquiété les voisins, notamment lorsque la rumeur avait couru que l'on y broyait par sacs entiers des morceaux de tissus, de la poudre d'os, des récipients de levure et toutes sortes de poudres. Quelques malins expliquèrent que l'on fabriquait désormais du parchemin artificiel, et cela avait suffi pour mettre en émoi les tanneurs, qui redoutaient que leurs fines peaux de fœtus d'agneaux ne perdent de leur valeur.

Dans ces conditions, même un agitateur balourd comme pouvait l'être Bezù de la Trinité avait la partie facile; mais le moulin à papier ne voulait pas brûler, tout était trempé et poisseux, les flammes refusaient de prendre. La foule déçue s'était contentée de déchirer au milieu de la rue des piles de plaques qui ressemblaient à des bouses de vache blanchâtres et séchées, et d'y mettre le feu en braillant. Mais des voix s'élevaient déjà pour dire que le véritable ouvrage du diable était une effroyable machine qui ressemblait au croisement d'un métier à tisser et d'une presse à olives. Elle avalerait le papyrus des Templiers et le recracherait couvert de texte, beau comme une page de Bible. Une telle perspective émut aussi l'inquisiteur, et il se dirigea, à la tête d'une meute de braillards de plus en plus nombreuse, dans la rue voisine où l'on disait le *librarius* caché dans une cave voûtée. Pour mettre ses adeptes dans l'ambiance, le dominicain entonna le vieil hymne des croisés, « *Veni creator spiritus* », ce chant que l'on avait entendu lorsque des villes entières du Languedoc avaient été réduites en cendres. Le gros agitateur arriva sur les lieux en même temps que le connétable, qui fit immédiatement poster ses hommes devant la lourde porte de chêne, l'épée dégainée. Cela n'était peut-être pas nécessaire : la porte était verrouillée et les fenêtres aussi hautes que celles d'une forteresse. Deux sergents des Templiers se tenaient devant l'entrée, lances croisées.

— Que se passe-t-il ici ? demanda Gilles Le Brun. Au nom du roi...

— Au nom du roi, l'interrompit le plus vieux des gardes, faites en sorte que cette foule se disperse ! Ce bâtiment est placé sous la protection de la Couronne.

Le connétable prit le temps de réfléchir. Mais Bezù tempêtait déjà :

— Ce n'est ni à la Couronne ni au Temple qu'il revient de propager la parole de Dieu !

Il haletait : la peur que quelqu'un ne l'interrompe lui coupait le souffle.

— Seuls l'Église, ses ordres monacaux et ses couvents, ont le droit de diffu... (Il dut s'arrêter pour respirer.) La copie illégale des Textes saints, et ce avec l'aide d'un instrument du diable, sans même faire appel à la main de copieurs bénis de Dieu, n'est autorisée à personne, surtout pas à un ordre de chevaliers qui devrait se consacrer à protéger l'Église, et pas à saper ses privilèges sacrés !

Il dut faire une pause. Il avait parlé trop vite, le peuple ne comprenait plus rien, des murmures parcouraient la foule. Quelques-uns jetèrent leurs torches au sol, mais attendirent tout de même l'issue de la dispute. Le connétable était certes, au fond de lui-même, du côté du gros moine : lui aussi haïssait les Templiers. Mais il ne pouvait pas faire fi du sigle royal apposé sur la porte, et c'est la cause de celui-ci qu'il devait défendre.

— Trini, dit-il d'une voix sévère, autant que je sache, votre Ordre et l'Église vous ont chargé de combattre les hérétiques en Occitanie. Vous n'avez aucun droit d'intervenir en public à Paris, surtout pas en tant qu'inquisiteur.

— Voulez-vous m'interdire d'accomplir la volonté de D...

Il n'alla pas plus loin, deux hommes du connétable l'avaient pris sous le bras à gauche et à droite, et Gilles Le Brun annonça d'une voix menaçante :

— Encore un mot sur Dieu ou une parole de résistance au roi, et je vous fais enfermer.

Le gros moine tremblait de rage, mais il se mordit les lèvres et joignit les mains pour la prière.

— Mais délivre-nous du mal, marmonna-t-il en jetant à son contradicteur un regard brûlant de haine. Seigneur, pardonne-leur, car ils ne savent pas ce qu'ils font.

S'il avait espéré que son martyre suffirait à ranimer la colère du peuple, il fut bien déçu. Les gens se dispersèrent aussi vite qu'ils avaient accouru, d'autant plus qu'à l'extrémité de la rue une patrouille des Templiers à cheval était apparue. Cela suffit à faire disparaître les derniers téméraires qui voulaient encore jouer les héros.

— Bezù de la Trinité, annonça le connétable d'une voix forte, Bezù de l'ordre de saint Dominique, nous vous ordonnons d'éviter jusqu'à nouvel ordre les alentours du temple. (Il fit signe à ses hommes de relâcher le moine.) Allez faire brûler les hérétiques dans votre Languedoc! ajouta-t-il encore, l'air bienveillant.

Le gros décampa sans lui accorder le moindre regard. Le connétable adressa un très bref salut à la garde du temple et quitta les lieux. Il aurait volontiers observé cette machine dont on disait tant de merveilles. Elle accomplissait à elle seule autant de travail que les copistes de douze monastères! Et chaque feuille écrite était propre et soignée, toutes semblables, comme une file d'œufs alignés! Pour que messire Louis accepte que son sigle cache et protège un dangereux instrument appartenant aux Templiers, on lui avait certainement versé du vin pur dans sa coupe!

Le nonce pontifical, le cardinal Rostand Masson, détourna son regard des toits biscornus du Marais. La colonne de fumée qui montait jusqu'au ciel un instant plus tôt s'était interrompue. En tout cas, on ne la distinguait plus de la brume qui montait des centaines de cheminées avant de se disperser. Son interlocuteur lui ouvrit la porte de la salle d'audience. Il avait affaire au jeune Guillaume de Gisors, qui n'était pas un membre haut placé dans la hiérarchie de l'ordre. Mais ce n'était pas du tout une erreur. Le cardinal savait que sa belle-mère était Marie de Saint-Clair, celle à laquelle des langues perfides avaient donné le surnom ambigu de « Grande Maîtresse ». C'est une femme qui dirigeait l'ordre secret du Prieuré de Sion, une organisation tentaculaire, présente dans le monde entier, qui était sans doute le pire ennemi de l'Église. Et Guillaume de Gisors passait pour son successeur désigné, même s'il ne portait que le modeste titre de commandeur.

— Le Saint-Père, dit le cardinal à voix basse, persuadé que les murs, ici, avaient des oreilles, le Saint-Père est soucieux.

Il commença par laisser ses mots produire leur effet, et attendit la réaction de Guillaume de Gisors. Mais celui-ci se contenta de lever les sourcils, ironique, comme pour dire : « Il a bien raison. » Mais il laissa à son invité le soin de l'admettre ouvertement.

— Après l'écrasement du pouvoir impérial des Hohenstaufen, reprit le cardinal, l'air inquiet, l'équilibre traditionnel du continent s'est mis à vaciller. Jusqu'ici, la France jouait un rôle d'arbitre extérieur au conflit. Maintenant, elle est la seule à occuper le terrain.

— Qui donc a prêché la croisade contre l'Occitanie ? Qui l'Anjou veut-il faire venir en Sicile, comme s'il ne suffisait pas déjà que règne à Constantinople un empereur franc, et en Terre sainte un roi désigné par la grâce de messire Louis ?

Le commandeur n'exprimait aucune colère, c'était plutôt de la moquerie. Et Rostand Masson baissa la voix :

— Rome, comme tout pouvoir, a connu une longue série de porteurs de la tiare, mais aussi de porteurs des passions des hommes, de leurs préférences, de leurs angoisses, de leurs désirs, je veux parler des papes qui se sont succédé. Et c'est la somme de leurs faiblesses qui a mené à la situation à laquelle il nous faut aujourd'hui remédier par la purification.

— Ah ! s'exclama le commandeur. Le Saint-Siège a commencé par crier au feu dès qu'il apercevait un cierge qu'il n'avait pas béni ou allumé lui-même. Ensuite, il a cherché à les éteindre avec un seau d'eau, ou plutôt de sang. Et il est à présent trempé jusqu'aux os...

— Épargnez-vous ce tableau, le tança le cardinal, je parlais de purification.

— Et je parle pour ma part du liquide, pour rester dans cette image qui ne vous est pas agréable. Il faut pour cela un contre-pouvoir, car Rome, d'elle-même, ne se...

— Je parle de la France, dit le cardinal d'une voix ferme. L'*Ecclesia romana* n'est pas le problème de la France. En revanche, l'omniprésence de la France pourrait devenir insupportable à Rome. Nous ne nous sommes pas défendus pendant des siècles contre l'hégémonie allemande pour tolérer à présent une contre-Église sur le sol occitan. (Il leva les mains, implorant.) Surtout si elle prend la forme d'un État dans l'État. Cela aussi serait un pur et simple affront à la couronne.

— Depuis quand vous en souciez-vous ? répliqua Guillaume de Gisors. Le couple royal n'a pas seulement fait allégeance au roi Louis, mais aussi à Alphonse de Poitiers, le seigneur de Toulouse.

Le cardinal leva les yeux, étonné.

— Je ne parlais pas de ce jeune fou de Roç et de sa Yeza, qui a si peu d'une dame, ces deux pièces de jeu d'échecs que vous tenez dans vos mains. Je parlais de l'ordre des Templiers. Il mène une politique d'encerclement, et je ne m'étonnerais pas si la Couronne aux abois n'était un jour forcée de trancher le nœud par la violence !

— *Gesta Dei per Francos !* (Le commandeur avait pris une voix pleurnicharde.) Comment pourriez-vous y participer sans dévoiler votre identité ? Le pape est le commandant suprême des Templiers, c'est bien lui qui devrait appeler cet ordre à la modération. Eh bien, vous vous taisez ?

— Pour ne pas rire !

Ce n'était pourtant pas l'impression que donnait le nonce.

— Vous, c'est-à-dire, disons le mot, le Prieuré, vous avez mis cet œuf de coucou dans le nid de Rome. Et vous demandez à présent que le pape fasse preuve d'autorité paternelle !

Le commandeur sourit.

— Le Saint-Père pourrait aussi attribuer au Temple un champ d'action qui pose moins de problèmes. Que diriez-vous de la Sicile ?

— Vous êtes voué au diable ! L'Ordre, voisin du *Patrimonium Petri* ? Mieux vaut avoir les Hohenstaufen dans la nuque que les Templiers au bout du pied !

— On ne peut pas tout avoir.

Guillaume éclata de rire. Mais le cardinal prit l'air grave.

— Rome est disposée à accepter vos protégés en Occitanie, tant qu'ils ne rétablissent pas le culte du Graal à Montségur — et tant qu'ils ne font pas appel aux Templiers dans ce dessein...

— Vous savez que nous avons d'autres projets pour le couple royal.

— Pourquoi ne les mettez-vous pas en œuvre ?

— Ah ! laissa échapper le commandeur, Roç et Yeza doivent donner de l'air au pape en se rendant tous deux *stande pede* à Jérusalem et en emmenant les chevaliers avec eux pour les protéger.

— Il en est ainsi, dit le nonce, telle est leur véritable destination.

L'auberge « De Leeve van Flanderen » se situait devant la porte d'Aubervilliers, au nord de la ville. Elle était comble du matin au soir. Mais les quatre hommes assis dans un coin attiraient tout de même l'attention. Ils ne ressemblaient ni à des commerçants en voyage ni à des paysans des environs ; quant aux nobles, on ne les voyait guère ici d'ordinaire. Personne ne les connaissait. Ils formaient une singulière équipe, isolée des autres clients. L'aubergiste ne laissait personne s'approcher de leur table, ni les curieux ni les ivrognes qui se dirigeaient vers eux en titubant. S'étaient réunis dans ce lieu où ils espéraient ne pas attirer les soupçons : Olivier de Termes, un noble écervelé, aux gestes nerveux et aux traits amollis ; le nouveau sénéchal désigné de Carcassonne, Pier de Voisins, un grognard énergique à la barbiche mélancolique et aux yeux aqueux ;

l'inquisiteur Bezù de la Trinité, venu *incognito* en vulgaire dominicain pansu; et un peu à l'écart, Yves le Breton, portant le pourpoint bleu aux lis d'or brodés. C'est ce qui avait le plus impressionné l'aubergiste. Depuis quand les hommes du roi s'égaraient-ils dans sa fosse aux lions? Mais à toutes les questions des curieux, Yves avait opposé le silence et une sombre mine.

C'est Olivier qui commença.

— L'expertise juridique de maître Sorbon a pris exactement le tour qu'espérait la couronne, aussi mou que les bonbons de ce seigneur religieux.

— Tout de même, grogna le sénéchal, il se prononce clairement contre toute installation à Montségur, et demande que la garnison de Quéribus soit clairement placée sous mon commandement!

— Ha, ha! s'exclama le gros en riant et en soufflant. Je parie que vos hommes ont été échangés depuis longtemps contre des sergents du Temple déguisés.

— Jamais! Certainement pas! tonna le sénéchal. Ils ont l'ordre rigoureux de ne...

— Vous connaissez mal votre Gavin Montbard de Béthune, répliqua le dominicain, moqueur. Le précepteur a passé un pacte avec le diable, il vous ôtera vos chausses sans que vous le remarquiez, et vous gravera sur les fesses une croix griffue au fer rouge.

— Tout le monde n'a pas un gros derrière insensible comme le vôtre, Trini!

Olivier avait mis les rieurs de son côté. Même le Breton eut un rictus, et avant que l'inquisiteur ne puisse vraiment se mettre en colère (il était habitué aux moqueries), Olivier lui donna un peu de miel à lécher:

— Mais votre tendre cerveau de bavard a raison de nourrir quelques soupçons. On ne peut pas faire confiance aux Templiers.

— Dans ce cas, changeons de nouveau les soldats de la garde, décida le sénéchal, partisan des solutions simples.

— Laissez-moi faire, proposa Olivier, je sais manier Quéribus.

Cette fois, c'est de lui que les autres se moquèrent.

— Il est une chose bien plus grave, dit le gros en soufflant : favorisée par la présence de ces deux enfants, l'hérésie cathare recommence à se propager dans le pays, les bonshommes à la barbe blanche passent de nouveau clandestinement dans les Pyrénées ou se faufilent hors des grottes dans lesquelles nous les avons emmurés, et prêchent contre la sainte Église.

— On ne peut pas non plus négliger le fait que l'Aragon guette depuis l'autre côté des montagnes. Ce bon Xacbert de Barbera n'attend que sa chance. Et Quéribus est aux mains de ce petit couple que notre bienveillant seigneur Louis traite, et même encourage avec tant de soin : un appât auquel le vieux lion aura bien du mal à résister, ajouta le sénéchal.

— Mais c'est tant mieux ! s'exclama Olivier, moqueur. Ne soyez donc pas aussi ballot que notre Trini, qui a voulu capturer un gnome chantant, ce Jordi Marvel, et qui a ainsi laissé passer entre les mailles de son filet l'agent le plus dangereux de Venise.

— Qu'ai-je à faire de la Serenissima ? rétorqua le dominicain. D'ailleurs, je n'ai vu personne qui lui ait ressemblé !

— C'est bien ce que je dis ! répondit Olivier en lui riant au visage. Rinat Le Pulcin, déguisé en peintre, séjournait sur les lieux de votre acte héroïque.

— Il n'y avait qu'un prêtre répondant au nom de Gosset.

— Lequel accompagnait deux jeunes seigneurs, un chevalier et sa dame, vous vous les rappelez sûrement.

— À contrecœur, admit Trini. Toute l'affaire a été gâchée à cause d'un lascar...

— Le chevalier téméraire ! C'était Roç Trencavel du Haut-Ségur, triompha Olivier. À moins que ce ne soit sa *damna,* la sauvageonne Yezabel Esclarmonde du Mont Y Sion! On ne peut jamais en être sûr!

— Ils chevauchent tous deux comme le diable et ne craignent rien au monde! commenta Yves le Breton.

Tous le regardèrent, consternés.

— Et c'est eux que vous avez laissés filer? grogna le sénéchal. Tous nos problèmes seraient résolus si...

Le gros inquisiteur baissa la tête et murmura :

— Si eux aussi ont un pacte avec l'enfer... je vais...

— Laissez cela au bras séculier, lança le sénéchal en lui coupant la parole, avant de s'adresser à Olivier. Vous connaissez bien les cachettes secrètes de Quéribus.

Ce n'était pas une question : il venait d'engager le renégat.

— Votre mission sera d'indiquer le chemin qui, sans se faire voir, de l'intérieur, le...

— Pourquoi moi? s'exclama Olivier. Je me tiens scrupuleusement en dehors de cette affaire.

— Vous y êtes jusqu'au cou, répondit Pier d'une voix paternelle. Mais, même sans votre aide, l'homme qui sait accomplir ce genre de missions trouvera bien son chemin.

Tous suivirent le regard du sénéchal, dirigé vers Yves le Breton. Mais celui-ci baissait les yeux.

— Le meurtre n'a jamais été mon fort, dit-il sans cesser de regarder le sol. J'ai mis fin à beaucoup de vies pour servir mon roi. Aujourd'hui, la paix est dans mon âme. Rien au monde ne pourra me l'ôter à nouveau.

Il dévisagea ses trois interlocuteurs. Son regard était perçant.

— Je ne veux rien avoir entendu de tout cela!

Ils restèrent là, assis, jusqu'à ce qu'ils soient partis l'un après l'autre. Yves le Breton fut le dernier à quitter la taverne.

MINIATURES

Le voyageur soupire de soulagement, lorsque la vallée s'élargit encore sur le Grau de Maury et qu'il se sait éloigné d'une journée de cheval seulement des côtes du Roussillon, avec leurs lagunes salées. Il a fait de bonnes affaires dans les villages retirés, au pied des Pyrénées, et se croit désormais hors de danger sur cette route sans arbres, entre les champs et les rangées de vignes, à l'abri des brigands qui rendent la montagne incertaine. Le château de Quéribus se dresse comme un pic entre les roches. Mais il faut se retrouver juste au-dessous pour voir le plus puissant donjon du pays se dresser tout d'un coup, large et majestueux, poussant sur le côté les pointes des rochers, avec une force de titan, montant jusqu'aux nuages bas et même au-delà : un tableau vertigineux. Ce n'est pas un mortel, c'est un géant qui a dû se construire ce billot, assemblé fragment après fragment, chacune de ses dimensions défiant le plus téméraire des châteaux forts. Quel qu'en soit le maître, il n'a nul besoin du brigandage pour subsister. Effrayé, le marchand attrape son sac pour payer son tribut avant même qu'on lui ait demandé le péage à la garde du portail, heureux que les masses rocheuses ne se précipitent pas sur lui pour l'écraser. Mais ensuite, il éperonne son cheval et fuit ce lieu sans même se retourner.

Le chevalier Roç Trencavel du Haut-Ségur était campé sur le donjon et s'imaginait avec plaisir comment il pourrait se divertir et distraire les siens, d'une manière conforme à son rang. Il organiserait des tournois, cela plairait certainement aussi à Yeza, qui s'était imaginé, en arrivant à Quéribus, une cour pleine de trouvères jouant du luth, de jeunes filles dansant la ronde et de galants chevaliers faisant la cour à elle-même et à ses dames. C'est ce qu'ils avaient vu pendant leur voyage à travers la France, à la cour de Poitiers, qui vivait encore sur la gloire de l'extraordinaire Aliénor d'Aquitaine, ce personnage

presque légendaire qui fut successivement reine de
France et d'Angleterre, et donna le jour à Richard
Cœur-de-Lion.

Cela avait profondément impressionné Yeza.
Richard était pourtant un roi misérable, stupide et
cruel dans son rôle de héros. Mais comme sa jolie
mère, les poètes et les chanteurs le vénéraient avec
une telle ferveur qu'il s'était finalement retrouvé
auréolé d'une couronne de rayons, et était devenu
l'idole de toute la chevalerie. La dame souhaitait que
son Trencavel connaisse le même destin, mis à part
la faiblesse de Richard pour les fesses de matelots, ce
que Yeza estimait être une rumeur malveillante.
Elle-même ne se considérait certes pas comme une
réincarnation de cette reine d'Aquitaine bonne
vivante. Yeza était trop sérieuse pour cela : elle aussi
avait des ambitions intellectuelles plus élevées. Mais
ses exigences envers le chevalier qui l'accompagnait
et les nombreux autres hommes qui l'escortaient
pouvaient tout à fait se mesurer à celles de la reine.
Il lui fallait ici une cour en bonne et due forme.

On avait commencé à la constituer, modestement,
avec Potkaxl, même si la petite au nez d'aigle ne
connaissait que la langue toltèque. Elle avait au
moins l'avantage de répandre la bonne humeur
autour d'elle, et son insouciance avait un effet rafraîchissant. Yeza disposait également de Jordi Marvel,
ce nain qui buvait plus qu'il ne chantait, et elle
revendiquait aussi Rinat Le Pulcin, qui prétendait
volontiers avoir des « manières courtoises ». Roç
soupira. Il ne lui restait plus que Philippe, son serviteur et son écuyer, que Yeza lui aurait volontiers ravi
pour en faire son page, et le prêtre. Gosset est au
moins un interlocuteur digne de ce nom, se consolait
Roç. Il comprenait bien que quelque chose devait se
passer à Quéribus, qu'il fallait y installer la vie d'une
cour, sous peine de compromettre, à long terme, leur
séjour en ces lieux. Mais ce qui était triste, c'est
qu'aucune âme humaine ne s'égarait dans les montagnes pour passer par le Grau de Maury, surtout

pas un Crésus que l'on aurait pu dépouiller. Et en
dessous, dans la vallée, patrouillaient les cavaliers du
sénéchal de Carcassonne, qui pratiquaient en profes-
sionnels le vol de grand chemin. Ici, dans le château,
il disposait d'une garnison de sergents templiers grognons qui ne montreraient aucune compréhension
pour ce genre de désirs. Pourquoi s'était-il laissé
donner de force ce tas de pierre ? Le château le plus
puissant de toute l'Occitanie ! Ils auraient mieux fait
d'insister pour obtenir Montségur, même si c'était
une ruine ! Et puis il regrettait l'absence de Guillaume de Rubrouck, leur joyeux frère mineur. Il en
allait certainement de même pour Yeza. Ce franciscain avait le talent d'embellir la vie.

Roç et Yeza lui étaient un peu tombés dans les
bras, lors de la dernière nuit de Montségur. L'Église
et la France, marchant main dans la main, avaient
déjà lancé l'assaut contre la forteresse des hérétiques
lorsqu'au dernier instant on avait descendu deux ballots au bout d'une corde. Avec eux, le frère mineur
rondouillard avait traversé la mer. Ensemble, ils
avaient défié le sbire du pape avant d'arriver à
Otrante. Guillaume n'avait cessé de surgir auprès
d'eux, tirant toujours un nouveau fil de la pelote
emmêlée de leur destin, de ce sort qu'avaient
esquissé les puissances invisibles du grand projet, ce
qui n'avait certes pas rendu leur vie plus simple,
mais plus intéressante. Même si ni lui ni eux
n'avaient à l'époque eu la moindre possibilité de rencontrer le grand khan, ils étaient revenus glorieux de
leur prétendu voyage au royaume des Mongols. Ils
avaient plongé tout l'Occident dans la confusion
lorsqu'ils avaient affirmé triomphalement, à
Constantinople, qu'ils s'étaient rendus en Extrême-
Orient. Ce genre de folles audaces, seul Guillaume
de Rubrouck pouvait se les permettre, ce Flamand
rusé aux cheveux roux. S'il avait été là, il aurait
depuis longtemps fait croire au monde entier que
Roç et Yeza, le couple royal, avaient pris le contrôle
de l'Occitanie, sinon de toute la Méditerranée. Guil-

laume les aurait intronisés triomphalement à Montségur. De Byzance aux Maures, au-delà des Pyrénées, des chefs des Frisons jusqu'à l'émir de Tunis,
on aurait envoyé des délégations, certes pas pour
faire allégeance, mais pour apporter des cadeaux
précieux et des animaux étranges. Beaucoup
auraient envoyé leurs fils et leurs filles, résolvant
ainsi les difficultés qu'il y avait à constituer une cour
digne de ce nom !

Le vent sifflait, glacial, des bribes de nuages
filaient entre les roches. Roç décida de se retirer à
l'intérieur de la muraille. Il y trouverait au moins
une cheminée allumée, et il pourrait peut-être
convaincre Gosset d'accepter une partie d'échecs. Le
jeune maître du château descendait l'escalier en colimaçon abrupt lorsqu'il découvrit dans l'arrondi du
mur une porte de bois soigneusement encastrée qu'il
n'avait encore jamais remarquée. Elle n'était pas verrouillée. La curiosité de Roç était plus forte que son
envie de chaleur, et puis il avait toujours su flairer
les passages secrets.

Un étroit chemin montant le fit accéder à un étage
intermédiaire où il n'avait encore jamais mis les
pieds, et dont il n'avait même pas soupçonné l'existence. De petites ouvertures laissaient même passer
la lumière. Mais qui, de l'extérieur, prenait le temps
de faire le lien entre chaque meurtrière ou archère
de cette tour gigantesque et les pièces auxquelles
elles correspondaient ? C'était une construction
complexe, sans doute faite pour que, même au terme
d'un coup de main réussi, les défenseurs puissent
échapper à leurs assaillants. Il était en réalité
inconcevable que Quéribus tombe, à la suite d'un
assaut ou d'un siège, entre des mains hostiles. C'est
ce qui faisait sa renommée. Le dernier maître du
château, le célèbre et redouté Xacbert de Barbera,
avait été attiré hors de ses murs par une ruse, la
lâche trahison d'Olivier de Termes.

Roç prenait bien garde aux trappes et aux autres
obstacles qu'il rencontrait ; il se retrouva d'un seul

coup dans une pièce qui sentait la présence humaine. On voyait aussi des traces fraîches, et, pour Roç, elles désignaient sans le moindre doute l'homme qui fréquentait ce lieu : Rinat Le Pulcin, le peintre de cour. De petites billes séchées aux couleurs pâles couvraient le plancher de bois comme des crottes de mouton, et sur la table de travail, une porte posée sur deux tréteaux, on trouvait un creuset et des bols. Dans quelques mortiers sales, on voyait de nombreux restes poussiéreux de craie, de glaise et de schiste écrasés. Mais aucune œuvre du maître n'était visible. Roç n'eut pas à chercher bien longtemps. L'armoire installée dans le cadre de la porte pivota en grinçant et il se retrouva dans une pièce voûtée et basse qui avait dû, jadis, servir de bibliothèque : elle contenait des étagères vermoulues avec des tiroirs qui fermaient mal, et dont certains étaient du reste restés ouverts. Rien n'indique plus sûrement des compartiments secrets et des doubles fonds, toutes choses que Roç avait l'instinct de déceler. Ses doigts glissèrent sur les bords, firent pression çà et là, et il ne tarda pas à trouver la fissure. Roç poussa le casier secret et plongea la main dans l'étroite ouverture. Il attrapa d'abord de petites planches de bois blanc ovales, grandes comme la paume d'une main. Sur chacune d'entre elles, il découvrit un portrait de sa bien-aimée !

Il eut un pincement au cœur, comme si le peintre lui avait ravi sa dame, mais sa beauté admirablement restituée l'emplit aussi d'émotion et de fierté. Yeza riant ; Yeza rêvant ; Yeza, avec sa ride verticale sur son haut front, plongée dans ses pensées ; l'œil étincelant de l'audacieuse Yeza. Yeza la sauvage, avec sa crinière blonde qui ne se laissait pas dompter ; Yeza le regard vague, mélancolique, triste et nostalgique. Yeza telle qu'il l'aimait plus que tout au monde !

Roç reposa les miniatures ; mais cette découverte éveilla ses soupçons. Il avait déniché trop facilement cette galerie de tableaux. Sous les admirables ca-

mées qu'il recelait, le tiroir avait un double fond. Roç
le souleva légèrement et en sortit des feuilles de parchemin aplaties. Elles provenaient certainement
d'un précieux bréviaire, car sur chaque page, on
avait orné les initiales de miniatures en couleurs,
souvent enluminées à la feuille d'or. Mais c'était le
recto de ces pages qui intéressait Roç. Un scélérat les
avait utilisées comme fond pour des esquisses extrêmement précises et profanes. Les contours et les
creux étaient parfois réalisés avec une encre noire
que l'on pouvait seulement se procurer, pour beaucoup d'argent, au pays du soleil levant, parfois simplement dessinés avec une simple sanguine. Il
reconnut aussitôt l'architecture et les objets que l'on
avait reproduits. C'était le « Takt », la centrale de
commandement souterraine des Templiers de Rhedae, placée sous le commandement de Gavin, et qui
avait peut-être même été aménagée par le précepteur. Roç n'avait pas vraiment fait attention à ses
dimensions et à ses formes, car son intérêt avait été
attiré par un autre détail dans la rotonde. Mais Rinat
avait observé les lieux avec froideur ; il était manifestement habitué à saisir les choses vite et précisément. C'est alors seulement que Roç reconnut la disposition des lieux, sous la nef de l'église, qui se
répétait, en miniature, dans la cavité rectangulaire et
portait cette sphère aux étranges gravures qui représentait la terre et la mer, posée sur un champ de
corps géométriques. C'est précisément ce qui avait
séduit le dessinateur : Roç trouva quantité de pyramides, souvent inachevées, esquissées, corrigées,
rejetées. Pour le reste, Rinat semblait ne s'être
attardé que sur une plaque de pierre circulaire. À
moins que ce ne fût un pilier, ou un cône renversé ?
En tout cas, on voyait toujours revenir ce disque
dans lequel était inclus un rectangle.

Roç pensa d'abord au lit de la sphère, puis à la
lourde pierre du buisson de roses. Bien entendu !
C'est là que lui et Yeza avaient rencontré pour la première fois ce Rinat Le Pulcin ! L'épitaphe recouverte

de signes et de symboles incompréhensibles que Roç y avait vue faisait partie de l'énigme du « Takt ». Elle symbolisait quelque chose qui s'y trouvait, ou qui s'y était trouvé. Mais qui se tenait derrière le Temple, que cachait-il, qu'était-il censé dissimuler ? Roç secoua la tête, puis il aperçut un portrait de Gavin. C'était indiscutablement le crâne du précepteur. Roç fut touché par la froideur de ce tableau. À l'arrière de la tête du chevalier, juste sur la nuque, le peintre avait tracé en rouge sang, comme une blessure mortelle, la croix griffue des Templiers.

Un grincement du plancher fit sursauter Roç. Il se retourna : derrière lui se tenait Rinat Le Pulcin, le poignard à la main. Mais le peintre souriait, l'air confus, et finit par ranger son arme.

— Vous êtes le maître du château, seigneur Roç, dit-il d'une voix calme, mais je ne me serais pas attendu à vous rencontrer en ce lieu.

— Où vous dissimulez vos manigances ?

— Je n'ai rien à vous cacher, répondit-il fermement. J'ai choisi ce refuge pour son calme.

Roç brandit le portrait macabre du précepteur.

— Pour ne pas être gêné... (Il reposa le portrait avec les autres parchemins.) Je suppose que vous ne me révélerez pas pour qui vous travaillez avec tant de zèle et de talent ?

— Je sers ceux qui me paient, dit Rinat, et il commença à remettre de l'ordre dans les feuilles volantes que Roç avait étalées sur la table. Je peux seulement vous garantir, mon seigneur et maître, que ce sont les mêmes personnes qui veillent sur votre bonheur et votre bien-être.

Roç dévisagea le peintre. Il était, comme toujours, élégamment habillé, et aussi lisse que sa langue. Si Rinat jouait un double jeu, ce n'était pas visible. Les manières courtoises étaient dans sa nature. « C'est un faussaire ! » se dit Roç tout d'un coup. Cela le distingue des autres peintres, même s'il maîtrise admirablement son art.

— Vous ne pouvez pas souffrir Gavin ? demanda-t-il sans ambages.

Rinat secoua la tête.

— Il ne me fait pas souffrir, répondit-il prudemment. Mais il en fait sans doute souffrir d'autres.

— À qui barre-t-il donc la voie ?

Roç désigna le tableau qui tranchait comme une accusation sur tous les autres dessins.

— Il a emprunté un chemin qui... (Rinat reprit le parchemin.) C'est son chemin, ajouta-t-il avant de se taire.

— Toute sa vie était et est demeurée au service de son Ordre.

Roç décida de défendre le Templier qui, aussi loin que remontait sa mémoire, lui avait toujours ouvert la voie, à lui comme à Yeza, intervenant chaque fois qu'un danger les menaçait. Il ne leur avait jamais fait de mal. Tandis que Rinat se taisait obstinément, Roç réfléchissait à voix haute :

— Il a certainement aussi influencé son ordre, peut-être même l'a-t-il utilisé pour atteindre ses objectifs ?

— Vous êtes sur la bonne piste, lui confirma obligeamment Rinat. Je ne suis pas son juge, croyez-moi, mais je pense que, grâce à (ou malgré) des personnalités aussi fortes que celle du précepteur, que je ne peux m'empêcher d'admirer, l'Ordre tout entier a pris une direction qui n'était pas prévue.

— Vous voulez dire que les Templiers ont quitté le droit chemin ? demanda Roç, indigné. Aucune communauté de chevaliers n'a accepté pareilles aventures, n'a versé dans de telles proportions le tribut du sang en combattant les incroyants. Ils se sont sacrifiés. Tous les martyrs assemblés n'arrivent pas à leur hauteur, les Templiers sont des héros !

— Vous parlez des moines-chevaliers du passé. Mais aujourd'hui, l'Ordre est une puissance économique qui fait trembler les républiques commerciales. Le roi a de lourdes dettes auprès de lui. Les Templiers peuvent faire et demander ce qu'ils veulent, et, arrogants comme ils le sont, ils ne s'en privent pas !

— L'Ordre s'est donc fait des ennemis, constata Roç. Et vous en faites partie?

— C'est trop d'honneur! répondit Rinat en riant. Je ne suis pas le pape! (Puis il devint sérieux:) Je vais formuler les choses ainsi: le plus grand, l'unique ennemi des Templiers, ce sont les Templiers eux-mêmes! Ne m'en demandez pas plus, je vous prie.

Songeur, Roç descendit derrière le peintre la pente escarpée de la tour, jusqu'à ce qu'ils se retrouvent dans l'escalier de pierre qui les ramena au corps principal du château.

Yeza l'attendait.

— Savez-vous, mon chéri, dit-elle pour l'accueillir, un bandeau sur les yeux, tirant soigneusement flèche après flèche vers une corbeille d'osier molletonnée sur le mur qui lui faisait face et qui ressemblait déjà à un hérisson, savez-vous que j'ai décidé de conquérir Montségur?

Elle ôta son bandeau et lança à son chevalier un regard rayonnant. Il n'avait encore jamais pu résister à ces yeux-là. Dans la plupart des cas, c'était le signal précédant l'instant où ils se tombaient dans les bras, ou l'un sur l'autre, quel que soit l'endroit. Mais cette fois-ci, il remarqua à temps que le prêtre se réchauffait devant le feu de cheminée.

— Peu m'importe ce que messire Louis et ses conseillers auront à objecter! conclut Yeza avec énergie, même si elle pensait manifestement à tout autre chose.

— Je vous suivrai, ma dame, et je hisserai vos couleurs sur le plus haut des créneaux.

— Des mâchicoulis: vous ne trouverez rien de plus là-bas! glissa Gosset. Je vais attendre ici, devant ce feu bien chaud, jusqu'à ce que le froid de la nuit qui règne entre les murs nus vous ramène.

— Je veux revoir le Pog! s'exclama Yeza, et Roç l'approuva.

— Nous le devons à notre sainte mère, dit-il à voix basse. Et à nous-mêmes, aussi. Ne sommes-nous pas les enfants du Graal?

Ça n'était pas une question. Il ajouta aussi, immédiatement :

— Le Graal doit y être plus présent qu'au « Takt » de notre Templier de Rennes-le-Château.

— Où il y a beaucoup de coquille et peu de noisette, approuva Yeza, mais Roç répondit :

— Et cette coquille, il faut encore la faire éclater. Car l'Ordre a du mal à approuver ce que Gavin y fait. Par conséquent, le précepteur paie de sa propre poche ses dépenses non négligeables. Mais cette poche, c'est une source bouillonnante qui la remplit. Gavin a trouvé un trésor !

— Et alors ? demanda Yeza d'une voix aiguë. En quoi cela nous concerne-t-il ? De quel droit voulez-vous vous approprier son or, mon Trencavel ?

— Mon seigneur n'a pas tellement tort, dit Gosset. Si messire Gavin Montbard de Béthune veut tenir sa parole et vous installer comme couple royal sur un trône d'Occitanie, que ce soit dans un État des Templiers ou comme vassaux de la France, il doit aussi faire en sorte que vous ayez une cour conforme à votre rang.

— Si je deviens roi, proclama Roç, ce ne sera pas dans un pays, mais sur un pays.

— Il me paraît oiseux de s'échauffer les méninges en réfléchissant aux lubies de Gavin. La France ne songe pas un seul instant à céder ne fût-ce qu'un pouce du sol occitan, lança Yeza aux deux hommes, l'air sévère, et l'Ordre ne tolérera jamais au-dessus de lui, en son sein ou à côté de lui une dynastie de souverains. Si le couple royal accepte de servir de simple figure de proue, il en pâtira !

Mais Roç n'abandonna pas si vite la partie.

— Le trésor, s'il en existe un, appartient à celui qui le trouve.

Gosset se désolidarisa à son tour.

— Si c'est le précepteur qui l'a trouvé, tel que je le connais, il n'abandonnera pas. Ou bien il faudra lui passer sur le corps. Est-ce ce que vous voulez ?

— Non ! dit Yeza, plus vite que Roç, qui s'apprêtait à protester de nouveau. Savez-vous, mon chéri, lança-t-elle en baissant son regard étoilé sur ses chausses, ce que ma suivante puérile a déclaré tout à l'heure ? « Quand Dieu a créé l'homme, il se trompait. »

— Grammaticalement, ça n'est pas tout à fait correct, dit le prêtre en souriant.

— Potkaxl fait des progrès, commenta Roç, depuis que monseigneur Gosset l'a prise sous sa protection.

— Savez-vous, au fait, quel âge a cette enfant ? demanda Yeza. Treize ans, tout au plus !

— La princesse des Toltèques fait cependant preuve d'une étrange maturité, remarqua le prêtre, notamment pour ce qui concerne les relations avec les hommes, tels que Dieu les a créés...

— Ah, répondit Yeza d'une voix mutine, parce qu'elle lave son petit frère tout nu ? On dit qu'il y a des hommes, notamment parmi les prêtres, qui ne se lavent jamais le bout !

Et sur ces mots, elle sortit en trombe, furieuse.

Entre Bagdad et Le Caire

— Une lettre de Guillaume !

Philippe brandissait un paquet scellé, qu'un messager du Temple avait apporté à Quéribus. Yeza laissa d'abord Roç le regarder, puis elle sortit son poignard d'un geste décidé et ouvrit l'enveloppe. Ils lurent ensemble.

Guillaume de Rubrouck, O.F.M.
au couple royal
Roç Trencavel du Haut-Ségur
et Yezabel Esclarmonde du Mont y Sion

Devant Bagdad, octobre, Anno Domini 1257
Mes très chers petits amis, je me permets encore de vous nommer ainsi même si vous n'êtes plus depuis longtemps les petits enfants que j'ai pu porter

dans mes bras. Mais depuis, vous avez grandi dans le cœur du gros Guillaume, ornement de son ordre et favori du grand khan, et je ne trouve pas les mots pour dire à quel point vous me manquez chaque jour. D'autant plus que je continue à chevaucher dans l'escorte du Il-Khan, non par inclination, mais parce que l'éminent khagan Möngke m'a confié cette mission. Bagdad est enfin devant nous ; je peux espérer en devenir le patriarche. À bien y réfléchir, je monterais bien plus volontiers sur ce trône de conte de fées que sur le siège pliable et transportable de la yourte qu'un char à bœufs tire constamment dans la steppe. Surtout si je me fie aux descriptions du luxe et de la vie confortable que l'on mène dans la ville de Babylone, entre l'Euphrate et le Tigre, ville que nous allons arracher aux mains molles du calife. Alors, votre Guillaume sera gouverneur de tous les chrétiens nestoriens pratiquants ou non qui, selon le vœu de Dokuz-Khatun, échapperont à un massacre sans doute inévitable. Les dames qui constituent la suite de cette pieuse femme sont déjà à l'ouvrage pour me coudre les vêtements d'apparat dont j'aurai besoin.

Leur époux, le Il-Khan Hulagu, est certes loin d'être aussi confiant qu'elles : ses astrologues refusent de lui garantir une victoire éclatante. Il redoute des trahisons dans ses propres rangs, et tout particulièrement des ruses de la Horde d'Or, qui pourrait lui jalouser le gain de cette riche métropole. Comme vous le savez peut-être, Sartaq, le fils et successeur de Batou, est mort, et c'est son frère Berke qui a repris la direction de la Horde. Sa cour est chrétienne, mais lui-même a pour l'islam des sympathies sans équivoque. Hulagu, qui n'est de toute façon pas le plus courageux des hommes, est aussi hanté par le cauchemar que serait une intervention de l'Égypte et de la Syrie pour venir en aide au calife. Mais cette perspective ne l'incite pas à se presser. Il préfère tenir calmes les mamelouks du Caire en leur faisant des manières et en laissant courir des rumeurs apaisantes tout en menaçant ouvertement

le dernier souverain ayyubide, An-Nasir, à Damas.
Pour ce type de diplomatie, il utilise à juste titre son
chambellan, Ata el-Mulk Dschuveni. Comme vous
vous le rappelez sans doute, cet homme, qui a
l'intrigue dans le sang, est un ardent musulman. S'il
avait été au service de Rome, il serait certainement
devenu inquisiteur. Il n'y a qu'un seul côté positif à
ses missions secrètes : je le vois rarement, et lui n'a
pas à supporter ma présence trop souvent. Il ne
m'aime pas.

Ce bon vieux général Kitbogha se trouve hélas le
plus souvent en inspection dans les différents camps
de l'armée, dans lesquels on rassemble les troupes.
Votre paternel ami n'a malheureusement pas surmonté la perte de son fils Kito, ce que je peux
comprendre. J'ai de la peine, chaque fois que je rencontre sa silhouette voûtée. Le chagrin a marqué son
visage, mais à chaque rencontre, il demande de vos
nouvelles. Vous avez été les compagnons de son fils
pendant tout le temps que vous avez passé chez les
Mongols, et il s'est pris d'affection pour vous. D'ailleurs, nul ici ne vous a oubliés. Dokuz-Kathun, elle
aussi, se renseigne sans arrêt sur son indocile petite-
fille adoptive, la princesse Yeza, et je crois que dès
qu'elle se rend à l'église, elle vous inclut dans ses
prières. Et même le Il-Khan regrette souvent,
lorsque Dschuveni n'est pas là pour l'entendre, que le
petit roi l'ait abandonné, il affirme qu'il se sentirait
mille fois mieux si le jeune couple de souverains chevauchait à ses côtés pour cette campagne imminente.

Dans le camp militaire mongol, devant Hamadan,
au mois d'octobre Anno Domini 1257
Je me trouve depuis une semaine dans le quartier
général de l'armée qui s'est regroupée. Dokuz-Khatun a réclamé ma présence, et je ne veux pas me faire
mal voir de cette haute dame. Car pour tout ce qui
concerne les questions du christianisme, c'est-à-dire
de la future église nestorienne de Bagdad et de son
chef, le Il-Khan a délégué les responsabilités à sa

femme. Dans un premier temps, elle voulait juste que je prie avec elle — la bonne âme! Elle a l'esprit simple, et veut sans doute vérifier mon niveau de piété.

Savez-vous qui j'ai trouvé tout d'un coup devant moi, envoyé par Manfred de Sicile? Faucon rouge! J'ai trouvé cela follement audacieux, de la part de cet émir mamelouk, de se jeter dans la gueule du loup sous l'identité du chevalier Constance de Sélinonte pour vérifier de ses propres yeux la force de la bête. Car, selon moi, il y en a trop ici qui le connaissent aussi comme le fils du célèbre grand vizir du Caire. Mais il était impossible de l'appeler par son vrai nom, Fassr ed-Din Octay, tant il s'était parfaitement glissé dans le rôle du prince venu de l'Occident et anobli personnellement par le grand empereur Frédéric. Lorsque je l'interrogeai sur Madulain, je ne pus apprendre qu'une seule chose : à ce jour, son mariage avec la princesse des *Saratz* n'avait pas donné naissance à un enfant. Sur tous les autres épisodes de la cour du Caire, dont on parle jusqu'ici, il a gardé un silence de marbre, comme s'il n'avait rien à voir avec tout cela.

En revanche, il a su nous apporter les nouvelles de Palerme : son seigneur Manfred visait à présent un couronnement comme roi de Sicile. L'héritier légitime, le petit Conradin, petit-fils de l'empereur, était décédé en Bavière à l'âge tendre de cinq ans. Constance de Sélinonte considérait pour sa part que cette nouvelle n'était qu'une rumeur, qui faisait seulement l'affaire d'un bâtard. On disait en revanche que le roi anglais Henri III, auquel on ne prêtait guère, d'ordinaire, de sens des réalités, avait suspendu d'un seul coup les paiements qu'il versait à Rome afin qu'Alexandre IV lui donne la Sicile en fief pour son fils Edmond. Faucon rouge estimait que pareil projet tenait de la chimère; d'une part, l'Angleterre n'avait pas suffisamment d'or, et les barons n'approuveraient plus une nouvelle aventure loin de leur île, après que Richard de Cornwall avait déjà prétendu en vain à la couronne allemande, et alors que la guerre en France engloutissait sans arrêt des sommes monstrueuses. Ce serait en outre pure folie que de lancer Edmond, ce gamin, contre Charles d'Anjou, un être rompu à tous les combats et avide de pouvoir qui n'avait pas encore enterré, loin de là, les ambitions qu'il nourrissait sur l'héritage des Hohenstaufen, au sud de l'Italie. Si les Services secrets des Mongols devaient avoir écouté notre conversation, ils pourraient être persuadés de la profondeur des connaissances diplomatiques de l'ambassadeur, s'ils n'en étaient pas encore convaincus. Nous convînmes d'une seule autre rencontre, au cours de laquelle je compte lui remettre ce pli à votre intention.

Hamadan, au mois de novembre Anno Domini 1257

Notre départ est imminent, je veux donc vous décrire rapidement la situation de Bagdad, puisque vous avez jadis eu le plaisir d'être reçus par le calife el-Mustasim. Il gouverne toujours, de plus en plus fatigué. Le pouvoir est aux mains du grand vizir Muwayad ed-Din et du chambellan Aybagh, le gros *dawatdar* dont vous aviez tous deux fait la connaissance. Le premier est chiite et tient à préserver la paix, le deuxième est partisan de la doctrine sunnite, il est donc extrêmement hostile au vizir et veut une confrontation militaire.

Bagdad est fortifiée, son armée est puissante. À elle seule, sa cavalerie compte cent vingt mille hommes. Mais qu'est-ce que cela représente, par rapport aux Mongols ? Le calife (contrairement à tout bon chef d'armée mongol) n'a pas un pouvoir de commandement illimité. Il dépend de l'envie qu'auront ses vassaux de transmettre ses décisions, ce qui est impensable chez les Mongols ! En outre, depuis l'effondrement du royaume des Choresmii, la machine de guerre de Bagdad n'a plus été véritablement mise à l'épreuve, elle est devenue lourde et manque de fiabilité. Le vizir l'a bien compris et a

conseillé au calife de dégraisser son infanterie et de
la remettre en forme. L'argent ainsi économisé, el-
Mustasim l'emploie en partie pour couvrir les
dépenses de sa cour dispendieuse, car il croit à
tort que cet étalage est capable d'impressionner
quelqu'un. Certainement pas les Mongols! Entre
nous soit dit : cela ne les rendra que plus avides
encore à l'idée du butin qui les attend! Le reste, le
calife l'a volontairement envoyé au Il-Khan en guise
de tribut, espérant que cela l'inciterait à suspendre
sa campagne. Ce calcul, lui aussi, s'est révélé totalement faux! Car à ce moment, Hulagu a exigé d'être
reconnu comme souverain, et donc que l'on se sou-
mette à lui. Cela a ruiné sur-le-champ la position du
vizir pacifique. Le gros *dawatdar,* le chambellan
d'Aybagh, a pu se faire proclamer chancelier du
royaume et se donner des airs de sauveur. Contre la
volonté du *dawatdar,* qui attendait juste l'instant où
il pourrait lancer la bataille, le vizir a demandé de
l'aide à Damas et au Caire. Mais la politique habile
de Hulagu, entre l'assoupissement et la menace,
porte à présent ses fruits. Ni l'Égypte ni la Syrie ne se
soucient d'aller sauver Bagdad.

L'armée du Il-Khan, en revanche, a considérablement grossi ces derniers jours avec l'arrivée des
troupes de la Horde d'Or. Hier, nous avons aussi été
rejoints par un régiment de la cavalerie chrétienne
de Géorgie, qui s'est, il y a un certain temps déjà,
soumise aux Mongols et leur verse le tribut. À
présent, ses cavaliers sont là pour prendre d'assaut la
respectable citadelle du commandeur de tous les
incroyants. Ce qui m'étonne, en réalité, c'est l'indifférence avec laquelle, au bout du compte, le monde
de l'islam attend le coup mortel qui sera porté à la
ville des descendants du Prophète. Le fameux chef
de guerre Baitschu, qui avait déjà plongé les territoires frontaliers de l'Occident dans l'angoisse et la
terreur dix ans plus tôt, est lui aussi en marche.
Depuis cette date, il avait conservé son armée aux
frontières de l'Asie Mineure pour repartir à l'attaque

une nouvelle fois contre les peuples de la région. C'est la raison pour laquelle les Grecs et les Seldjoukides ont depuis longtemps conclu la paix avec le grand khan. Le signe du début de la grande attaque peut être donné à n'importe quel moment.

Après une audience d'adieu auprès du Il-Khan, Faucon rouge a demandé qu'on l'escorte en Arménie, un pays ami dans lequel il compte prendre un navire pour la Sicile. Cela n'a éveillé aucun soupçon. Je confierai cette lettre à Messire l'ambassadeur.

Vous savez à présent combien vous me manquez tous ici, mais aucun ne peut se mesurer avec moi, votre gardien et plus vieil ami, qui vous aime plus que tout sur cette terre. Mes petits rois, acceptez les baisers de

votre Guillaume.

P.-S. : Vous voudrez certainement savoir ce qu'est devenue mon « épouse » Xenia. Elle a effectivement cherché à m'imposer le mariage, à moi, vous vous rendez compte ! si bien que j'ai dû la mettre dans un navire à destination d'Antioche. J'ai eu du mal à me séparer de ma fille adoptive Amál, à laquelle s'est attaché votre Flamand malin, ce vieux coureur de jupon. Le petit Shams, Dieu soit loué, ressemble de plus en plus à sa mère Kasda, et non à son veau de père. Je suppose qu'un jour ou l'autre, les Assassins de Masyaf l'accueilleront avec joie et fierté comme leur nouvel imam. Mais rien ne presse. *Allahu Akbar !*

G.d.R.

Dans le hammam en marbre du palais du sultan à Damas, les maîtres du bain suaient beaucoup plus que la montagne de viande qu'ils travaillaient. Et ce n'était pas rien : car la transpiration coulait par petits torrents de la peau rose à gros pores d'An-Nasir Yusuf sur le sol chaud en mosaïque. Il suait de peur : après les jets d'eau chauds et froids arrivait en effet l'instant qu'il redoutait, même s'il fallait seulement, pour le franchir correctement, une main tran-

quille et puissante. Une main ? Que dis-je, cinquante
mains ! Le sultan An-Nasir était un géant, il pesait
autant qu'un bœuf adulte (un taureau, bien
entendu). Et il pouvait devenir aussi violent. Le
moment critique approchait, celui où il faudrait se
redresser. Une fois, il avait glissé entre les mains des
maîtres du bain (ils n'étaient que cinq) et était allé
s'écraser sur le sol avec un gros claquement. Il ne
s'était pas fait de mal. Sa garde personnelle avait
accouru, l'avait aidé à se lever, puis avait dû le soutenir. Les malheureux maîtres du bain s'étaient aplatis
au sol, sur le ventre, et An-Nasir leur avait sauté dessus de tout son poids jusqu'à ce qu'ils ne donnent
plus le moindre signe de vie. Compte tenu de cette
expérience, ils s'y mettaient à vingt, désormais, pour
mener à bien ce travail. Et, sur un ordre donné à
voix basse par le maître des bains (lequel avait, à
l'époque, survécu au massacre : parti installer les
coussins dans la salle de repos, il y était resté caché
jusqu'à ce que la colère de son maître se soit dissi-
pée), cinq maîtres se postaient de chaque côté du
souverain et lui passaient de solides draps de lin
sous les genoux, les cuisses, les fesses, le dos, les
épaules et la nuque. Sur un deuxième ordre, ils soulevaient ce poids, qui leur paraissait bien valoir celui
d'un buffle, tandis que cinq portefaix sélectionnés
s'ajoutaient à l'équipe, les épaules chargées d'un mât
de barque. Les maîtres du bain enroulaient les extrémités des draps autour de ces barres épaisses
comme des arbres, installaient cette précieuse
masse, au son d'une mélopée rythmique, dans une
position confortable au seigneur, et nouaient le tissu
pour en faire un solide hamac. Ensuite, ils n'étaient
plus responsables de rien et allaient en vitesse
prendre position de part et d'autre de la couche couverte de coussins, dans la salle de repos, tandis que
les portefaix approchaient d'un pas lent et régulier,
en portant le taureau. Il avait fallu élargir plusieurs
portes, entre le hammam et leur objectif final, pour
que ce convoi puisse passer dans toute sa largeur.

An-Nasir Yusuf aimait ce dernier épisode de ses plaisirs du bain : dès la première porte, il voyait danser autour de lui les jeunes filles de son harem, auxquelles revenait l'honneur de le frotter avec des serviettes de soie parfumée une fois qu'il avait atteint sa couche. Si elles parvenaient à ériger son membre puissant, toutes se réjouissaient. Mais aujourd'hui, il resta pendant et mou. Le front du souverain révélait son inquiétude. À peine déposé dans ses coussins, il chassa son maître du bain, ses porteurs et ses jeunes filles et exigea que le grand eunuque aille lui chercher la fille de l'empereur. Le serviteur en fut étonné : cela faisait longtemps, déjà, qu'An-Nasir ne s'était plus rappelé son ancienne favorite, Clarion.

— Nu ? demanda l'eunuque, incrédule, ce qui lui valut un coup de pied.

— Je dois lui parler ! souffla le sultan. Il suffit que ma panse soit couverte par un drap.

— Depuis le nombril !

Le grand eunuque transmit l'ordre au grand maître du bain, et se dépêcha de ramener celle que réclamait son maître. Ce n'était pas toujours une tâche facile, car Clarion de Salente, dont il était prouvé qu'elle était la fille naturelle du grand Hohenstaufen, avait gardé de sa période de favorite la mauvaise habitude de se refuser de temps à autre. En informer An-Nasir était une mission extrêmement douloureuse, car le sultan, comme tous les souverains ayyubides, éprouvait une profonde vénération pour l'empereur. Ainsi, chaque fois, c'est le messager qui recevait le fouet, et pas l'esclave indocile. Mais depuis que Clarion avait donné le jour à une fille (la sienne plus que celle de son souverain), les désirs charnels d'An-Nasir à l'égard de cette maîtresse excitante s'étaient éteints, et il ne cherchait plus sa compagnie que lorsqu'il accueillait des ambassades occidentales. Ou encore lorsqu'il avait des problèmes avec les barons du « royaume de Jérusalem », puisque c'est ainsi que les seigneurs féodaux des États des croisés désignaient encore leurs propriétés grandes comme des mouchoirs de poche, éparpillées dans le désert et dépourvues de toute signification stratégique.

Clarion avait fait preuve de sens diplomatique en exigeant, un beau jour, de partir pour Saint-Jean-d'Acre afin de revoir d'anciens amis. Il l'avait laissée filer, supposant qu'il n'aurait plus jamais à entendre son organe souvent strident, d'autant plus que, malgré les ordres, elle avait emmené sa fille. Il fut très étonné, et presque ému, en constatant que Clarion était revenue au bout de quelques semaines comme si cela allait de soi, chargée d'une offre de cessez-le-feu dont Damas avait un besoin urgent. Depuis, elle avait statut d'ambassadeur, et il lui laissait la responsabilité de toutes ses entreprises. Elle avait toute sa confiance, et personne ne pouvait en dire autant. Il sentait que ce qu'il aimait désormais en cette femme n'était plus la sauvage de jadis, celle que désirait le taureau, mais l'amie et la conseillère qu'elle était devenue. Il ne comprenait pas pourquoi Clarion l'aimait, lui, mais il en était sans doute ainsi. Qui comprend donc les femmes ? se demandait-il justement au moment où elle entra.

La maternité n'avait pu entamer sa beauté méditerranéenne. Dans un accès de tendresse, An-Nasir remarqua que sa chair molle n'était nullement endormie, et eut envie de la serrer, de sentir le parfum de sa poitrine rebondie. Mais le sultan écarta ces pensées.

— Je vous ai priée de venir, chère amie, parce qu'il m'est venu aux oreilles...

Elle lui coupa déjà la parole.

— Vous devriez commencer par vous inquiéter de votre fille, répliqua-t-elle. Mais Salomé s'épanouit même sans votre attention paternelle, ajouta-t-elle aussitôt. (Elle l'embrassa sur le front et remonta le drap, qui avait glissé, avant de reprendre sur un ton léger :) Baibars est dans la ville. (Elle lui prit la main.) Vous devrez bien réfléchir avant de prendre votre décision : allez-vous l'ignorer ou l'inviter dans votre palais avec tous les honneurs ?

— J'y ai déjà réfléchi, dit An-Nasir en souriant d'être si bien informé. L'émir Rukn ed-Din Baibars Bunduktari est tout de même encore considéré comme le plus capable de tous les officiers mamelouks d'Égypte. Même en exil, l'Archer reste l'homme fort du Caire, ajouta-t-il avec un certain respect. Pour moi, Baibars est le futur souverain. Dans cette mesure, même en tant que réfugié politique, il est le pire ennemi de mon sultanat, car tous les mamelouks sont des ennemis jurés de la dynastie légitime, celle des Ayyubides.

— C'est un doux euphémisme, mon souverain et maître, répondit Clarion. Baibars a assassiné de sa main le dernier Ayyubide, votre neveu, le sultan Turan-Shah.

An-Nasir croisa les bras sous la nuque et regarda vers le plafond.

— Il me tuerait aussi, moi, si...

— Si les Mongols n'étaient pas devant la porte...

— La chute de Bagdad est imminente, à moins d'un miracle dont je ne puis croire capable notre grand général, le *dawatdar* Aybagh.

Cela ne paraissait pas l'émouvoir particulièrement. On aurait même dit que cette idée l'amusait.

— Après Bagdad, ce sera le sort d'Alep, conclut sèchement Clarion. Ensuite, ce sera Damas.

Elle laissa la question sans réponse, dans le faible espoir qu'An-Nasir lui ferait entrevoir une solution. Mais le souverain ne profita pas de cette occasion, ou bien il était véritablement résigné.

— Ce n'est pas une fatalité. Si la Syrie et l'Égypte se reprennent, mettent de côté leurs disputes traditionnelles et font face ensemble...

Elle n'acheva pas non plus cette phrase, l'idée d'une unité de l'islam lui semblait sans doute inconcevable, même face au plus grand péril. Clarion devança encore une fois la pensée de son calife.

— Si les musulmans l'emportent, ce sera la victoire des mamelouks. Damas sera sacrifiée, ou bien elle sortira tellement affaiblie de cette confrontation...

— Et pourtant, répondit le sultan, obstiné, je veux parler à Baibars. À ce moment-là, au moins, je l'aurai regardé dans les yeux et je saurai ce que j'ai...

— Ce que vous avez à attendre de Baibars, vous le savez parfaitement.

Clarion se releva et se campa devant la couche du souverain.

— Aujourd'hui, vous l'avez entre vos mains, le destin ne vous offrira pas cette chance deux fois de suite. Vous devez tuer l'Archer !

— Mais cela, je peux encore le faire !

— Pas si vous lui accordez votre hospitalité !

Clarion perdait son calme, mais An-Nasir ne se laissa pas troubler.

— Je veux le voir ! décida-t-il. Ce qui est dit est dit.

— Dans ce cas, moi, je n'ai plus rien à ajouter, répliqua-t-elle tranquillement. Permettez-moi de me retirer.

Il ferma les yeux et battit de la main en direction de Clarion. Elle lui avait déjà tourné le dos.

An-Nasir se sentait attiré par cet adversaire inconnu. Il ne savait pas non plus très bien pourquoi. Il était impressionné par sa témérité : venir chercher asile à Damas, parce qu'il avait eu des démêlés avec son sultan Aibek. Les espions du calife avaient aussi indiqué à leur maître que Baibars était accompagné par son fils Mahmoud. Cela toucha le cœur paternel du sultan, et il songea à la jeune Shirat. Mais il ne pouvait pas en parler à Clarion. An-Nasir fit rouler ses masses de chair sur le côté et glissa dans le sommeil et les rêves agréables.

À peine arrivé à Damas, Faucon rouge se retrouva nez à nez avec Sigbert von Öxfeld, le commandeur grisonnant des Chevaliers teutoniques de Starkenberg. Cette rencontre eut lieu au comptoir commercial de la Serenissima. Les Vénitiens tenaient des concessions, parfois même des quartiers entiers, dans toutes les villes et ports importants, que ce soit chez leurs ennemis ou chez leurs amis. Les bonnes relations de la Serenissima avec l'Égypte étaient notoires, et n'avaient pas été affectées par la prise du pouvoir par les mamelouks; mais les Vénitiens accordaient aussi une grande importance à la conservation de leurs liens d'amitié avec les Ayyubides. Et les marchands de Damas se sentaient honorés de pouvoir mettre à leur disposition un bâtiment luxueux et fortifié. C'était le point où tous les commerçants de la terre se donnaient rendez-vous; mais les chrétiens des États croisés voisins, de Saint-Jean-d'Acre à Antioche, s'y rencontraient aussi lorsqu'ils venaient acheter des armes à Damas ou proposer des prisonniers sur le marché aux esclaves. Le commandeur, qui avait tant servi son Ordre et devait avoir dépassé la soixantaine depuis longtemps, si solide fût-il, aimait à séjourner dans cette ville, ne serait-ce que pour échapper aux contrées désertiques de Starkenberg. Ici, un vieil ours comme lui, même s'il se trouvait à côté de la caverne du lion ayyubide, pouvait tranquillement fumer son narguilé et savourer le thé indien corsé de menthe fraîche et de miel.

Faucon rouge avait bien fait de se présenter à Damas sous le nom de prince Constance de Sélinonte: chez les Ayyubides, on accorderait plus de crédit à un chevalier chrétien qu'à l'émir mamelouk Fassr ed-Din Octay. L'amitié entre les deux hommes s'était nouée bien des années auparavant, lorsqu'ils avaient tous deux reçu la mission périlleuse et honorable de sauver deux enfants de Montségur, le château du Graal. Faucon rouge et Sigbert avaient mené Roç et Yeza à travers la France hostile et par-dessus la mer, ils avaient été dès le début les gardiens du couple royal.

— Et Guillaume de Rubrouck? demanda Sigbert en ôtant l'embouchoir du narguilé. Comment va ce gros malin?

— Comme un coq en pâte! répondit Faucon rouge en riant. Il semble bien avoir un peu maigri chez les Mongols. Mais notre frère mineur s'apprête à devenir patriarche de Bagdad.

— Il y en a déjà un! s'exclama Sigbert, étonné. Je crois bien qu'il s'appelle Makika.

— Baibars séjourne-t-il encore à Damas ? Je sais qu'il a pris de modestes quartiers dans la ville, camouflé en marchand de chevaux arménien.

— Il avait, répliqua sobrement Sigbert. Il vivait ici avec son fils Mahmoud, un gamin de quinze ans, sans doute, fabuleusement doué, que les Vénitiens auraient bien gardé auprès d'eux, car c'est un génie pour ce qui concerne le mélange de poudres, d'huiles et de toutes sortes d'ingrédients susceptibles de faire de jolis pétards, solides ou liquides. Il en fait même éclater sous l'eau, de toutes les couleurs, avec ou sans fumée, au choix. Un feu d'artifice par la grâce de Lucifer !

— Il aurait pu devenir un homme riche en Occident ! remarqua Faucon rouge.

— Je l'aurais bien engagé moi-même, soupira le commandeur, mais c'est un fils obéissant, et il est rentré en Égypte avec son père. Hier, ils ont pris la mer à Tripoli, à bord d'une galère des Templiers.

Le palais d'été du grand vizir se situait loin de la ville agitée. Une route pavée menait depuis Le Caire jusqu'au bourg de Gizeh où, face aux temples et aux pyramides, les villas des riches et des puissants étaient nichées dans une oasis de palmiers. Faucon rouge, qui avait hérité cette propriété de son père, s'était enfui. Ses rapports avec le sultan gouvernant, Aibek, un ancien général des mamelouks, s'étaient sensiblement améliorés lorsque Baibars, son vieil adversaire, avait dû quitter les lieux après de nombreuses querelles avec Aibek. Celui-ci n'avait jamais laissé passer une occasion de présenter Fassr ed-Din Octay, en raison de ses excellentes relations avec les Hohenstaufen, comme un inlassable défenseur de la cause de l'islam. Il y avait autre chose : la femme que Faucon rouge avait secrètement amenée avec lui était certes une *muslima*, mais provenait, fait incroyable, du cœur de l'Occident, les Alpes rhétiques.

Madulain était une princesse des *Saratz*, ethnie descendant d'aventuriers mauresques qui, quatre siècles plus tôt, avaient remonté le Pô avec leurs convois et avaient pénétré dans un univers montagnard qui leur était totalement étranger. Comme dans le sud de l'Italie, ces Sarrasins devenus sédentaires s'étaient rapidement montrés les plus fidèles soutiens de l'empereur allemand, qui les plaça sous sa protection. Madulain était une femme solide. Elle menait seule le palais d'été, ce qui tenait plus de l'administration des terres que de la tenue d'une cour. À la demande du sultan, elle avait pris sous sa coupe son fils Ali, fruit d'un ancien mariage. Elle n'avait pu refuser cette demande. Elle n'aspirait qu'à une chose : voir enfin son mari nommé grand vizir. Pour consolider son pouvoir, le sultan Aibek avait épousé la veuve de l'ancien Sultan, Shadjar ed-Durr, qui avait tenu à ce que l'un de ses petits-fils, Musa el-Ashraf (qui était encore un enfant, mais de sang ayyubide), soit nommé co-sultan. Ne serait-ce que pour cette raison, il n'y avait pas de place, du moins pas de place sûre pour Ali à proximité du trône. Ed-Din Ali avait à peine quinze ans, c'était un gamin joli et farouche qui avait perdu sa mère prématurément et souffrait beaucoup d'être séparé de son père. Le ménage que formait l'ancien général mamelouk avec Shadjar, une Arménienne avide de pouvoir et qui n'était plus de toute première jeunesse, ne s'arrangea pas après ce partage imposé des titres. La double cour grevait les caisses de l'État, et Shadjar remplissait, à son propre profit, celles du petit Musa. Elle aimait les vêtements précieux et ses favoris se battaient pour lui en offrir. Mais elle mettait surtout cette situation à profit pour constituer peu à peu une sorte de gouvernement fantôme, espérant pouvoir s'arroger, au bout du compte, le pouvoir sur l'État.

Aibek, un militaire aux mœurs spartiates, se heurtait de plus en plus souvent à la sultane, dont les dépenses luxueuses et inutiles le privaient des moyens indispensables. On échangeait des propos sans douceur, au palais. Shadjar n'avait aucune intention de se laisser offenser par un parvenu. Et ce jour-là, alors qu'Aibek, épuisé, prenait un bain, elle le fit assassiner par ses eunuques.

La nuit même, la nouvelle de la mort du sultan provoqua une insurrection dans la capitale. L'armée se divisa. Les partisans de Baibars, dont tous savaient qu'il était un adversaire d'Aibek, se battirent du côté de la sultane, ce que Baibars, l'Archer, n'aurait jamais autorisé. Mais il était en exil. Les autres mamelouks, ceux sur qui Faucon rouge exerçait une influence, tentèrent de prendre le palais d'assaut. C'est un émir nommé Saif ed-Din Qutuz qui était à leur tête. Une guerre civile paraissait imminente lorsque des trombes d'eau se mirent à tomber, chassant des rues les militaires insurgés et surtout le peuple en rébellion. Qutuz profita de l'occasion pour se rendre au galop à Gizeh, avec une escorte nombreuse : c'était à ses yeux l'unique possibilité de garder le dessus. Il comptait, dès le lendemain matin, présenter Ali, le fils du sultan assassiné, comme le seul successeur légitime. Mais il espérait aussi s'y retrouver face à l'épouse de Faucon rouge : il ne l'avait vue qu'une seule fois, mais cette rencontre avait suffi à lui inspirer une passion brûlante. Il savait qu'elle était seule.

La nouvelle des événements qui agitaient la ville était déjà arrivée à Gizeh. Madulain fut bouleversée, mais elle savait qu'en l'absence de son époux elle devait garder la tête froide. Elle prit l'initiative de réveiller Ali en pleine nuit et le fit habiller. Elle ordonna aux serviteurs de ne rien dire et de conduire l'adolescent dans la salle d'audience du palais du vizir.

Le garçon ensommeillé n'était au courant de rien. Mais comme il vénérait son hôtesse, et en était même secrètement amoureux, il fit tout ce qu'elle lui demanda.

À sa grande joie, Madulain le reçut seule. Elle prit dans ses bras le joli garçon et lui annonça sobrement : « Ali, à présent, vous êtes un homme. » Elle vit une lueur éclaircir ses yeux sombres, et elle eut bien du mal à ajouter : « Votre père nous a quittés cette nuit. »

Elle le laissa pleurer contre sa poitrine, lui caressa la tête et lui raconta peu à peu ce qui s'était passé.

Lorsque l'audacieux Qutuz entra, le grand eunuque l'arrêta dans l'antichambre, en lui annonçant d'une voix sévère : « Ceci est une maison en deuil ! » Madulain avait fait apporter une coupe d'eau de rose et lavait le visage du jeune garçon, toujours secoué par les sanglots. Mais il finit par l'écarter, d'un geste presque violent, s'essuya les yeux et ne la laissa pas le sécher.

— Recevons l'émir Qutuz, déclara Ali d'une voix ferme. Cet homme espère secrètement, et depuis longtemps, monter un jour sur le trône de mon père. Il a simplement besoin de moi comme marchepied !

Madulain sourit. En l'espace d'une nuit, Ali était effectivement devenu un homme. Entouré par ses servantes et par sa garde, il reçut l'émir Qutuz, qui commençait à perdre patience. Mais on ne laissa pas passer son escorte armée. Pour ne pas perdre plus de temps, et en supposant, ce qui était absurde, qu'il trouverait Madulain toute seule, il accepta cette condition. Madulain avait demandé à Ali d'attendre quelques instants dans la pièce voisine. Lorsque l'émir fit irruption, elle ne le laissa pas prendre la parole.

— Je suppose, émir Qutuz, lança-t-elle d'une voix glaciale, que vous avez veillé à ce que la meurtrière soit punie avant de venir rendre hommage à votre nouveau seigneur ?

Qutuz ne sut que répondre.

— Le palais est encore entre les mains des partisans de Baibars, répliqua-t-il en guise d'excuse.

À cet instant, Ali entra et se campa devant lui, d'un air impérieux. Qutuz comprit dans quelle situation il se trouvait. S'il ne prêtait pas immédiatement un serment d'allégeance, il pouvait dire adieu à ses ambitions. Entouré par les gardes de l'émir, des soldats fidèles qui bloquaient la porte derrière lui, il ne lui

restait plus qu'une issue : s'agenouiller et faire allégeance d'une voix posée. Il prononça en hésitant le
halafan al jamin, embrassa la main tendue d'Ali et
s'exclama :

— *Fal yahya as-sultan Nur ed-Din Ali !*

Sur ce, l'enfant se pencha vers lui, le releva et dit :

— Je vous remercie, émir Qutuz. Soyez mon ami,
plus encore que vous l'avez été pour mon père
vénéré. J'ai besoin de votre conseil et de votre aide...

— Ordonnez à votre serviteur ! répondit celui-ci.

— J'attends dès aujourd'hui un acte prouvant
votre savoir-vivre, rétorqua sèchement Ali. Honorez
la mémoire de mon père et épargnez à votre nouveau
sultan l'obligation de monter sur son trône tant que
la femme dont je veux oublier le nom sera encore de
ce monde. Je m'installerai au Caire lorsque le palais
sera nettoyé.

Avant que Qutuz ne puisse reprendre la parole
pour le contredire, Madulain intervint.

« Le peuple, mon seigneur et maître, dit-elle d'une
voix soumise en pliant le genou et en évitant de
regarder Ali, ne veut pas seulement entendre parler
du nouveau sultan : il veut le sentir, le voir de ses
yeux. Alors, il le portera au palais à bout de bras. Il
faudra cette tempête pour ramener à la raison les
hommes égarés de Baibars. Il ne doit pas y avoir de
combat ni d'épanchement de sang — hormis celui de
cet homme maudit par Allah. Livrez-le au peuple !
lança-t-elle à Qutuz, qui avait entendu bouche bée
son appel enflammé. Il avait aussi remarqué l'éclat
dans les yeux de ce gamin qui devait devenir sultan.

— Il en sera ainsi ! proclama-t-il avec un air de
général. Je vais infiltrer des hommes de confiance
dans le palais. Quant à vous, Messire, j'enverrai les
mamelouks de votre père vous chercher ici, ils vous
escorteront avec tous les honneurs à travers la ville.

Il salua d'un geste bref et se précipita hors de la
salle. Peu après, on le vit descendre au grand galop,
avec son escorte, la route pavée qui menait au Caire.

— Restez mon amie ; ce n'est pas le sultan qui

vous le demande, mais l'homme qui doit assumer ce fardeau.

Madulain ordonna à ses serviteurs d'habiller le sultan avec les vêtements les plus somptueux qu'ils pourraient trouver dans les chambres du vizir.

Au Caire, dès les premières heures de la matinée, les gens se rassemblèrent sur les places publiques. Ils étaient de plus en plus nombreux à se diriger, en groupes excités, vers le palais du sultan. Bientôt, une mer de têtes ondula à perte de vue devant le vaste escalier et la garde renforcée du portail, ct comme des ondes dans le ressac, les chœurs furieux vinrent résonner contre les hauts murs. Bientôt, on n'entendit plus que çà et là quelques expressions de haine et de fureur. Et d'un seul coup, la foule se tut. Bien que des milliers de personnes se soient trouvées à cet instant devant le palais, un silence pesant régnait. La foule poussa contre la porte jusqu'à ce qu'elle s'ouvre dans un craquement. Alors, les eunuques jetèrent dans l'escalier de pierre le corps d'une vieille femme. Le peuple poussa un unique cri qui se transforma en hurlement strident lorsqu'il commença à avancer comme une mer déchaînée. Les vagues s'étaient déjà abattues sur la malheureuse. Lorsque, vers midi, le nouveau sultan fit son entrée sous les acclamations, toutes les traces de ce qui s'était passé avaient déjà été effacées.

Dans la lointaine Mésopotamie, la gigantesque armée mongole s'était mise en mouvement. Seules restèrent en arrière les femmes de la cour. À la demande insistante de l'épouse principale du Il-Khan, Dokuz-Khatun, Guillaume de Rubrouck ne fut pas non plus autorisé à partir avec les troupes. On le pria d'apporter aux dames chrétiennes une assistance spirituelle et de leur lire quotidiennement la messe au cours de laquelle il faisait dire des prières ardentes pour la réussite de cette campagne militaire.

Le général expérimenté qu'était Baitschu se mit en route avec ses troupes près de Mossoul, sur le Tigre, et redescendit la rive occidentale du fleuve. Kitbogha, le vieux grognard, assura le commandement de l'aile gauche et, abandonnant Bagdad à l'ouest, entra dans la plaine mésopotamienne.

Hulagu lui-même avait pris en charge le centre des troupes et marchait sur Kermanshah.

Pendant ce temps-là, le gros des troupes du calife était sorti de Bagdad pour affronter le Il-Khan et chercher une issue rapide en bataille rangée. C'est le secrétaire Aybagh qui détenait le commandement suprême. Mais lorsque le gros *dawatdar* entendit dire que Baitschu avait déjà franchi le Tigre, il craignit d'être coupé de Bagdad et de son arrière-garde. Aybagh repassa donc le pont aussi vite que possible, avant que l'ennemi ne l'attaque par-derrière. Près d'Anbar, à environ trente lieues de Bagdad, il se heurta aux Mongols. Baitschu, un homme expérimenté, fit semblant de se replier, attirant ainsi les Arabes sur un terrain marécageux. Pendant la nuit, il envoya des éclaireurs qui contournèrent le camp d'Aybagh et, derrière lui, percèrent la digue de l'Euphrate. Le lendemain matin débuta la bataille proprement dite. La fameuse cavalerie du calife resta coincée dans les marais et fut une proie facile pour les archers mongols. Les fantassins furent repoussés dans les champs inondés. La plus grande partie des assaillants arabes resta assommée sur le champ de bataille, beaucoup se noyèrent, les survivants se réfugièrent dans le désert et y moururent. Le gros *dawatdar* lui-même parvint, à l'aide de sa garde du corps, à franchir l'eau et les marécages, et à rejoindre Bagdad.

LE FAUCON ROUGE

La ville portuaire d'Ascalon, au sud de la Palestine, avait perdu depuis longtemps son statut de territoire du royaume chrétien de Jérusalem. Pourtant, les

Pisans et les Génois s'y déplaçaient comme s'ils n'avaient jamais cessé d'être les maîtres de la ville. La Serenissima y avait elle aussi un quartier opulent, juste devant le port, et même les ordres de chevalerie y entretenaient des représentations auxquelles les autorités égyptiennes avaient accordé une sorte de statut d'ambassade. Ascalon se trouvait juste à la frontière du royaume des mamelouks, objet de conflits incessants ; les deux parties l'utilisaient pour échanger les prisonniers, mais surtout pour se livrer à un commerce intense d'armes et d'engins de guerre.

Abdal le Hafside résidait à la lisière du quartier des Vénitiens. Le palais du fameux marchand d'esclaves, un bâtiment gigantesque, s'élevait comme une citadelle au-dessus des maisons basses de la vieille ville. Il logeait dans l'ancien siège du commandeur des Templiers. L'Ordre, tenant compte des aléas de l'époque et du fait que le Hafside était en affaires un interlocuteur fiable et solide, avait renoncé à obtenir la restitution de cette propriété et s'était contenté d'y installer un vieux chevalier. Abdal s'était en outre montré magnanime et avait laissé aux Templiers le puissant donjon de l'installation fortifiée.

Georges Morosin était un Vénitien né dans l'Empire latin. Il était lié par alliance à la famille des de la Roche, despotes d'Athènes. Cela lui avait permis de monter rapidement les échelons au sein de l'ordre des Templiers. Morosin, un homme de caractère qui perdait vite son calme et se montrait assez tyrannique, n'était pas le fleuron de son ordre. Mais il avait son utilité, surtout ici, à Ascalon. Il s'était immédiatement attribué le titre de commandeur, profitant du fait que ni son grand maître ni son maréchal n'étaient là pour le surveiller. Il s'entendit d'emblée admirablement avec Abdal. Celui-ci n'avait pas tardé à noter les petites faiblesses du « commandeur » et avait eu l'habileté d'en faire son représentant pour toutes les affaires courantes, une délégation qui devint quasi permanente, le maître de maison étant très fréquemment absent. Le Hafside savait fort bien que Morosin, derrière son dos, parlait de lui comme d'un employé, mais il l'acceptait volontiers. À peine en possession du donjon, le Templier s'était rappelé son origine vénitienne et s'était assuré la docilité, puis l'obéissance de la colonie de la Serenissima installée à Ascalon : il invitait ses compatriotes, leur offrait des cadeaux et leur réservait d'autres gratifications. Ils lui avaient même donné son surnom : le « Doge ».

Faucon rouge fut reçu avec tous les honneurs par le commandant égyptien du port. Dès qu'il remit le pied sur sa terre natale, il redevint l'émir mamelouk Fassr ed-Din Octay, fils de l'inoubliable grand vizir Fakhr ed-Din. Bien sûr, ce sol n'était que celui du poste-frontière le plus éloigné à l'est, coupé du royaume des mamelouks par les dunes de Gaza, derrière lesquelles commençait le désert du Sinaï. Dans la plupart des cas, les nouvelles du Caire, poussées par le vent au large de la ville, ne s'arrêtaient même pas à Ascalon. Damas et Saint-Jean-d'Acre les recevaient plus vite, au moins sous forme de rumeurs.

Dans les récits confus du commandant du port, l'émir ne vit aucune raison de s'inquiéter. Il comprit cependant pourquoi Baibars avait quitté son exil aussi vite que possible : non pas par crainte d'une intervention d'An-Nasir, mais parce qu'il avait flairé une possibilité de s'emparer du trône du sultan.

Sur un minaret, le muezzin appelait pour le *salat adhdhuhur*. Faucon rouge comprit que le temps était venu de replonger dans le monde islamique où il avait été éduqué, bien que sa mère ait été une chrétienne. Faute de tapis de prière, il s'agenouilla sur une natte qu'un vieil homme lui déroula sur la route poussiéreuse.

> « *Assalamu aleikum ua rahmatullah,*
> *assalamu aleikum ua rahmatullah !* »

Faucon rouge, songeur, traversa la cour du cara-vansérail, se dirigea vers le donjon et se fit annoncer au Doge par deux porteurs de turban armés de cime-terres. L'émir réfléchissait à la situation dans la capi-tale. « Je peux faire une croix sur ma nomination au poste de vizir, se dit-il. Au contraire, si Baibars arrive à se faire désigner sultan, je dois être sur mes gardes, même si l'on peut croire l'Archer capable d'oublier généreusement notre vieille inimitié, une fois atteint son objectif. Non, mieux vaut que je me cherche d'ores et déjà un exil adéquat. »

Un majordome aux vêtements somptueux, sans doute un eunuque, apparut et lui demanda de le suivre.

Le Doge serra l'émir dans ses bras avec une amabi-lité exagérée. Ils s'installèrent dans la pièce qui occupait toute la largeur du donjon et servait sans doute de comptoir au Templier, car des cartes de tous les pays et de toutes les mers étaient accrochées aux murs, recouverts de tapis de soie.

Un pupitre élevé dominait la salle, couronnée par une balustrade de bois. Ils étaient assis sur des cous-sins de cuir mous et un enfant maure, vraisem-blablement venu du Soudan, leur servit de l'eau d'orange amère fraîche, du lait de coco et du thé brû-lant avec du gâteau aux amandes et des figues confites.

— Messire Georges, s'enquit le majordome qui surveillait les opérations, votre digne invité préfère-t-il du lait, du *shai* ou plutôt quelques gouttes de *citrus medicatus* ?

— Laissez-nous seuls ! ordonna le Doge avant de s'adresser au Faucon rouge. Avez-vous réussi à vous faire une idée de ce que nous pouvons attendre des hordes mongoles ? demanda-t-il d'abord. Bagdad est-elle déjà tombée ?

— Ce n'est qu'une question de temps, répondit l'émir. Ce qui ne fait aucun doute, en revanche, ce sont les objectifs que les Mongols poursuivent obsti-nément.

— Y a-t-il une possibilité de leur résister ?

— Tout à fait, mais il faut pour cela agir en commun.

— Baibars est en route pour Le Caire, nota le Doge.

— Je veux parler d'une action commune des États des croisés et des Ayyubides, car si une décision est prise, c'est sur leur territoire qu'elle le sera. Les mamelouks doivent être sûrs de disposer de ce terrain de parade. De toute façon, ils constituent la majeure partie des troupes, et l'émir Baibars est certainement le chef le plus approprié pour mener une entreprise de ce type.

— Une entreprise hasardeuse, rétorqua le Doge. Est-ce véritablement dans notre intérêt ?

— *Notre* intérêt ? demanda Faucon rouge, ironique. Pour moi, en tant qu'Égyptien, certainement. Mais vous, en tant que représentant du royaume chrétien ? Peut-être — et peut-être pas, sauf si vous voulez finir comme un État vassal des Mongols, avec un parent du grand khan comme gouverneur et un patriarche nestorien.

— Ce qui exaucerait enfin le rêve d'un franciscain corpulent que vous connaissez aussi.

— Le rêve de Guillaume de Rubrouck, confirma Faucon rouge. Et qui voyez-vous comme vice-roi ?

— L'ordre des Templiers plaidera sans doute pour les enfants du Graal, parce que la puissance qui les soutient le veut ainsi.

— Il ne semble pas que vous partagiez cette opinion ?

— C'est le moins qu'on puisse dire ! tonna le Doge. Sur bien des points, je ne partage pas les idées de notre précieux Prieuré. Je sais, émir, vous aussi, vous faites partie de cette société élitaire qui prône la restauration des Mérovingiens, mais qui se coupe ainsi peu à peu du monde. Une histoire grotesque, à mourir de rire !

Mais le Templier ne riait pas : il frappa du plat de la main sur le tabouret, faisant tinter les verres et basculer le pot de crème. Le majordome accourut.

— Mess... Georges ?

— Dehors ! Cesse donc d'écouter aux portes !

Le Doge adressa un grand sourire à son interlocuteur.

— Mais soyons sérieux, dit-il en se tranquillisant, peu importe si ce sont les Mongols ou les mamelouks qui l'emportent : il n'y a plus de place pour l'ordre des Templiers, dans sa structure actuelle. Surtout pas pour un ordre disposant d'un territoire spécifique, tel que l'envisage mon frère égaré, le seigneur Gavin Montbard de Béthune, qui vit dans l'idée démente qu'il pourrait faire surgir de son trou, à Rhedae, la capitale d'un État souverain, comme un papillon sortant de sa chrysalide. Je vous le dis : c'est un ver qui sort du fromage, un fromage de France, bien entendu !

— C'est pourtant là-bas que Roç et Yeza, le couple royal, seraient...

— Oubliez donc ces pauvres orphelins, l'ordre des Templiers n'en a plus besoin, ils ne sont plus qu'un fardeau pour lui.

Morosin eut du mal à dissimuler son agacement, d'autant plus que l'émir venait de lui répondre :

— Un ordre, tel que vous vous l'imaginez...

Le Doge se força à tempérer sa nature explosive. Il resservit son invité, en rajoutant du jus de citron dans la tasse, après y avoir versé ce qu'il restait de crème.

— L'ordre des Templiers est moins aujourd'hui une machine de guerre permettant de garantir la possession des déserts conquis qu'une société commerciale considérable, dotée de sa propre flotte. En outre et surtout, c'est une puissance financière immense, pour ne pas dire la plus puissante de toutes.

Il attendit que l'émir ait hoché la tête et reprit :

— Je vous le demande (mais cela n'avait rien d'une question) : en quoi les Templiers ont-ils besoin de leur propre territoire ? C'est une source d'embêtements, il faut le défendre, trouver des habitants, y faire régner l'ordre, la paix et la justice.

— Telles sont sans doute les obligations de tout souverain, objecta Faucon rouge.

Ce n'était pas une question non plus. Cette remarque mit le Doge dans un tel état d'excitation qu'il haussa de nouveau le ton.

— Qu'est-ce que les Templiers en ont à faire? Leur royaume...

— ... n'est pas de ce monde?

Faucon rouge s'offrait à présent le plaisir de railler son adversaire, mais celui-ci ne réagit pas à la provocation.

— C'est exactement cela! Vous êtes plus malin que je ne l'ai cru au début. Ce dont les Templiers ont besoin, c'est d'un réseau bien rodé de concessions, de comptoirs et de représentations dans le monde entier, et des meilleures voies de communication, les plus rapides et les plus sûres. De cela, et de rien d'autre!

— Mais vous les avez déjà!

— C'est exact, nous les avons, et nous les mettons constamment en péril en nous laissant entraîner dans des confrontations stériles, comme ces « croisades » absurdes, et ces querelles encore plus ridicules autour du trône de Roç et Yeza, comme... Ah! vous connaissez bien toutes ces questions sur la vraie foi, l'hérésie et l'incroyance! Tout cela n'a rien à voir avec les affaires, conclut-il en fulminant.

L'émir l'observa longuement. Le Doge devait avoir la cinquantaine, c'était un homme massif, qui courait certainement à l'apoplexie. S'il apprenait à mieux garder son calme, il pourrait peut-être voir son objectif atteint avant sa mort.

— Mais l'ordre du Temple de Jérusalem n'a-t-il pas été fondé pour protéger le saint sépulcre de votre prophète, pour garantir la sécurité des routes de pèlerinage et, finalement, pour mener le combat contre nous, les incroyants?

Le Doge avait une réponse toute prête.

— C'est comme pour les Mérovingiens. À un moment ou à un autre, toute idée spirituelle relève du passé. Ou bien on la momifie, elle pèse sur vous comme un fardeau, elle agace ou s'achève dans le malheur, le meurtre et l'assassinat. Allez demander aujourd'hui à un baron chrétien du royaume ou à un émir musulman voisin pourquoi ils se fracassent le crâne, ils vous répondront : parce qu'il a exigé un tribut, parce qu'il a attaqué ma caravane, parce qu'il a volé mon bétail. L'argent gouverne le monde !

— Mais la mission d'un ordre de chevaliers chrétiens, dont les membres ont dû, à leur entrée, renoncer à toute possession dans ce monde et à tout enrichissement personnel, n'est-elle pas précisément de s'opposer à cette laïcisation ?

— Devons-nous devenir une secte fanatique d'assassins qui, pour toute l'éternité, abattra des musulmans à coups d'épée parce qu'ils ne veulent pas adopter la foi chrétienne, et uniquement celle de l'*Ecclesia catolica* par-dessus le marché ? Même les Assassins ont cessé depuis longtemps de tuer au nom de la doctrine ismaélienne. Ils se battent sur commande, oui, à gages ! Il nous faut vivre avec son temps ! Ni l'islam ni le christianisme ne peuvent l'emporter par les armes. Ils doivent donc coexister jusqu'à ce que l'une des deux doctrines se soit imposée comme la meilleure dans les esprits des hommes, et que l'autre se rallie faute de partisans. C'est le cours naturel du monde. Et le rôle de l'ordre des Templiers dans ce monde-là ne peut être différent de celui tenu jusqu'ici. Sans cela, sous peu, il aura fait son temps et disparaîtra. Tel qu'il se présente aujourd'hui, avec ses châteaux forts et ses terres, il est extrêmement vulnérable. Il ne peut pas fournir suffisamment de chevaliers pour défendre ces pièges à souris, ni contre les hordes mongoles ni contre vous, les mamelouks.

Faucon rouge haussa un sourcil en souriant.

— Vous nous accusez d'avoir envie d'attaquer les Templiers. Mais vous, personnellement, vous êtes bien installé comme une grosse souris baignant dans la graisse de la ville égyptienne d'Ascalon !

— Parce qu'ici, je n'entretiens pas un château menacé par les Égyptiens mais un comptoir commercial dénué de toute prétention territoriale. Et l'Ordre n'a pas besoin de plus. Des concessions, des entrepôts, des moyens de transport : tout cela peut être acheté et ne constitue pas de menace pour le souverain local. Pour n'importe quel hobereau, ces rapports-là sont beaucoup plus plaisants que des relations de vassalité qui, tôt ou tard, mènent à des querelles féodales. Nous sommes les amis de tous. Et nous payons pour cela, par-dessus le marché !

— Et à quoi bon tout cela ? demanda Faucon rouge, dont la vision du monde commençait à se troubler un peu.

— Dans quel dessein les Mongols déploient-ils leur puissance ? Que voulez-vous qu'ils fassent d'autre ? répliqua aussitôt le Doge. S'ils ne le faisaient pas, l'inactivité commencerait par paralyser leur empire, puis elle les corromprait et ils deviendraient la proie d'un autre pouvoir qui se donnerait comme objectif de soumettre les Mongols.

— Vous cherchez donc tout de même la souveraineté ?

— La souveraineté sur le monde entier ! proclama fièrement le Doge. Nous maîtriserons l'univers avec notre argent.

Il s'était levé, indiquant sans doute ainsi que son invité devait prendre congé. Cela ne déplut pas à Faucon rouge, désormais persuadé que ce Templier n'était pas en possession de toutes ses facultés mentales. Son regard s'arrêta sur les cartes accrochées au mur. Il crut voir devant lui des milliers de coffres et de caisses portés dans le désert à dos de chameau, ballottant sur les planches des galères dans la mer démontée. On ne distinguait pas la moindre tribu de brigands bédouins dans les dunes, ni la moindre voile d'un vaisseau pirate à l'horizon. Il vit des rois regarder avec un air de convoitise les coffres aux trésors ouverts, mais aucun n'y plongeait la main, bien que l'on n'aperçût nulle part un chevalier armé vêtu du clams blanc à la croix griffue rouge. L'ordre des Templiers avait disparu depuis longtemps, mais son or, porté par des mains invisibles, traversait les océans, les montagnes, les déserts et les forêts, d'un comptoir à l'autre. Ensuite, les images pâlissaient elles aussi, et les caisses roulaient, glissaient, nageaient à l'aventure dans des lacunes marécageuses et des fleuves puissants, sur des sentiers pierreux et des cols balayés par la neige. Alors, il ne vit plus non plus les caisses et les bahuts, il ne restait plus que l'argent, dévalant les montagnes comme une avalanche d'éboulis et descendant en larges flots vers la mer, comme un glacier. Puis, enfin, il disparut.

Faucon rouge respira, soulagé. Le Doge lui avait amicalement tapé sur l'épaule, l'arrachant ainsi à ses songes.

— Si votre parole a quelque poids au Prieuré, dit Morosin sans la moindre intention de l'offenser, exercez votre influence pour que le prince Roç Trencavel du Haut-Ségur et Yezabel Esclarmonde du Mont Y Sion restent où ils sont et où ils doivent se trouver, comme en témoignent les noms qu'ils se sont eux-mêmes choisis.

Faucon rouge perçut de nouveau dans sa voix l'élan du missionnaire.

— Leur destin s'accomplira plutôt à Montségur qu'à Jérusalem. Ici, ils n'auront que des malheurs.

— Je sais, répondit laconiquement Faucon rouge. Vous, Georges Morosin, commandeur d'Ascalon au service de Venise, vous ne voulez pas les avoir ici. Vous n'oserez sans doute pas les regarder dans les yeux. Vous ne voulez même pas faire leur connaissance.

— Il en est ainsi, messire. Saluez l'Archer de ma part. Un jour, Baibars fera un bon sultan. Un jour, mais pas maintenant. Dieu fasse que je ne doive pas vivre cette journée-là !

Et il poussa l'émir vers la porte. Le majordome, toujours aux aguets, était prêt à accompagner l'invité à l'extérieur.

— Vos amis parmi les mamelouks, lui chuchota-t-il, ont nommé Ali, le fils d'Aibek, au titre de sultan.

— Autre chose ? s'exclama Faucon rouge, agacé, par-dessus l'épaule, au lieu de remercier courtoisement avec un *bakchich*.

— Oui, fit l'eunuque entre ses dents, votre femme vous trompe.

L'émir Fassr ed-Din Octay n'avait peut-être pas entendu la fin, il traversa la cour et marcha droit vers le port.

Dans le donjon de Quéribus

Dans la salle des chevaliers du château de Quéribus, Roç et le prêtre Gosset étaient assis face à face et jouaient aux échecs. Les serviteurs avaient recouvert les murs nus de gros tapis et de toutes sortes de couvertures. Mais la fraîcheur humide de l'automne resta sensible et particulièrement désagréable entre les murs de pierre du château, elle franchissait le sol et les murs, si bien que Yeza finit par exiger que le feu, où brûlaient les bûches noueuses de vieux châtaignier, soit alimenté jour et nuit.

Emmitouflée dans une cape de fourrure d'ours beaucoup trop grande pour elle, elle se tenait à l'une des fenêtres ouvertes et attendait patiemment que Rinat ait achevé son portrait. Le peintre gravait son profil de trois quarts, en enfonçant une lame chauffée à blanc dans une plaque de bouleau blanc et tendre, grosse comme une paume de main. Les contours de son visage hardi se creusaient peu à peu dans le bois, tendres, fins et sombres. Jordi Marvel, le troubadour malingre, était recroquevillé sur un tabouret, à ses pieds. Il était presque entièrement recouvert par la couverture de velours dans laquelle il s'était enveloppé. Pourtant, il frappait bravement sur son luth avec ses doigts raides et chantait d'une voix grinçante :

> « *Amors me tienent jolis,*
> *car adés me font penser*
> *a la douce debonaire*
> *que je ne puis oblier :*
> *Le cors a gent et polis.*
> *Les euz vairs et le vis cler.* »

Gosset et Roç avaient interrompu leur partie et se servaient des figurines pour préciser la position des amis et ennemis, celle de leurs généreux soutiens et de leurs faux mécènes.

— Les adversaires déclarés, comme le pape, dit le prêtre en désignant le tas de pions qui entourait la dame noire, je les préfère encore à ces alliés incertains, avec leurs blancs manteaux.

— Vous parlez des Templiers ?

Roç relançait les réflexions de ce « conseiller » qui lui avait été envoyé sans qu'il sache par qui. Faute de responsable manifeste, c'est toujours le Prieuré qui était à l'origine de ce genre d'initiatives.

— Trois courants s'opposent aujourd'hui au sein de l'Ordre. Le premier est représenté par notre ami Gavin, ici présent. (Il souleva le cavalier blanc et le reposa.) Le précepteur s'est mis en tête, de sa propre initiative ou encouragé par je ne sais qui, de créer un État de l'ordre des Templiers au cœur de l'Occident, en Occitanie, justement.

— Et où pourrait-il l'installer, objecta Roç, sinon sur le lieu où tout a commencé, sur cette terre d'où nous sommes venus, où le Graal...

— Attendez un peu, l'interrompit Gosset. Cela ne signifie pas, loin s'en faut, que tous les partisans de cette entreprise veuillent vous intégrer à leurs plans, vous, le couple royal. C'est peut-être le vœu personnel de Gavin ?

— Il nous l'a promis ! protesta Roç.

— En a-t-il le pouvoir ? demanda le prêtre avec une pointe d'ironie, avant de reprendre, plus sobrement : En tout cas, ce serait le parti de ceux qui veulent prendre des précautions pour le jour où l'Ordre n'aura plus de refuge en Terre sainte, mais qui ne veulent pas renoncer à un territoire spécifique pour les Templiers.

— Ils n'ont pas d'autres soucis en tête ? C'est Roç, à présent, qui s'amusait.

— La question de la légitimité de leur existence après une telle désertion ne se pose pas pour ces chevaliers, répondit sèchement Gosset. Pour eux, le Beauséant peut être planté partout où le sol permet d'installer la bannière de l'Ordre. Le deuxième groupe partage cette opinion, pour ce qui concerne l'idée et l'utilité de la communauté des chevaliers, mais d'une manière beaucoup plus abstraite, et en se projetant sans doute aussi beaucoup plus vers l'avenir. Nous avons un excellent spécimen de ces commerçants et de ces prêteurs d'argent — je ne puis les appeler des chevaliers : je veux parler du Doge, qui n'est pas vénitien pour rien.

— Je pensais que seuls les juifs étaient autorisés à pratiquer l'usure.

— Lorsqu'un juif prête de l'argent à titre individuel, on dit de lui qu'il est un usurier, dit Gosset en riant. Mais lorsque les Vénitiens s'y mettent à plusieurs, on parle des intérêts légitimes d'une *banca* ! Appelez cela comme vous voulez : faiseurs de rois, exploiteurs, secouristes ou vampires ! En tout cas, le Doge a l'intention de libérer son Ordre de tout fardeau territorial. Il ne veut conserver que la flotte, afin d'être présent partout où il flaire la présence d'un butin, à l'instar de la Serenissima, qui le soutient d'ailleurs. Il suffit pour cela d'un comptoir, d'un pupitre, d'un abaque et d'un gros livre dans lequel sont portés les noms et les créances des débiteurs.

— Mais à quoi bon, dans ce cas, conserver des chevaliers armés ?

— Pour protéger les transports, les dépôts de marchandises, et faire rentrer les fonds !

— Quelle noble mission pour des seigneurs de grande lignée ! se moqua Roç. Si j'étais Templier, je préférerais mourir dans l'honneur !

— Et nous en venons ainsi au troisième courant,

que je considère comme *cardinale,* car derrière lui se trouve le pouvoir qui a jadis mis l'Ordre au monde et, selon moi, s'arrogera aussi le droit de le libérer de ses souffrances, d'une agonie dépourvue de toute orientation spirituelle. Il est vraisemblable que les Templiers aient un jour, il y a bien longtemps, rempli la digne mission qui leur avait été confiée à leur fondation. Mais Jérusalem est perdue à tout jamais. Ou bien ce n'est plus qu'une enveloppe vide. C'est du reste le sentiment qu'ils ont désormais d'eux-mêmes, puisqu'ils se considéraient comme les gardiens de cette cité.

Gosset s'arrêta.

— Vous parlez à présent du Graal, demanda Roç, certain de la réponse. Ce sont les Templiers qui le détiennent?

— S'ils l'ont jamais eu, répondit le prêtre, il leur a certainement de nouveau échappé, il s'est volatilisé, car il est esprit!

— Un chevalier doit-il constamment repartir à la conquête du Graal?

Roç était à présent captivé, suspendu aux lèvres de cet homme qui voyait les choses avec tant de lucidité et savait les exprimer si simplement. Cela ne pouvait pas être un véritable prêtre de l'*Ecclesia catolica.*

— La quête du Graal est la première mission d'un chevalier. Et il ne doit pas le chercher sous terre, comme un trésor, ou dans une caverne, comme un précieux calice, mais en lui-même. Celui qui pense qu'il l'a trouvé, qu'il le possède, l'a déjà perdu.

— Il n'en est pas digne?

— Sa main se referme sur le vide, il est aveugle, sourd, c'est un mort vivant.

— Tels sont donc les Templiers, constata Roç. Et ce serait à eux de nous hisser, Yeza et moi-même, sur le trône promis au couple royal?

Le jeune homme, qui voyait un univers s'effondrer devant lui, faisait de la peine à Gosset.

— Je l'ai déjà dit, il existe une troisième force...

— Le Prieuré?

C'était pour Roç une lueur d'espoir; Gosset ne voulut pas la lui enlever.

— ... une force qui fera en sorte que sa créature se relève de son lit de malade et se métamorphose; qui ne tolérera pas que son propre bras armé continue à se dessécher et à pourrir comme s'il était atteint par la lèpre, qui le forcera à reprendre l'épée.

— *Beauséant alla riscossa!* s'exclama Roç, enthousiaste. Et la Sainte Jérusalem?

— Oubliez ce lieu, répondit Gosset. Il s'agit du Graal! Ou bien les Templiers redeviennent ses chevaliers, ou bien...

— Ou bien? demanda Roç avec un peu d'angoisse, mais Gosset resta inflexible.

— Ou bien la mère serrera les dents et plongera ce bras gangrené et incurable dans le feu qui le consumera et le purifiera, elle se séparera de lui avant d'être elle-même atteinte par la corruption.

— Eh bien! dit Roç d'une voix rauque, belles perspectives! (Il se leva.) C'est donc ainsi qu'agit la Grande Maîtresse? Cette gentille dame qui nous a dit : « Je serai à vos côtés jusqu'au dernier jour. » Cela paraissait un peu désespéré.

— Cette parole vaut encore, proclama Gosset en se levant et en adressant à Roç un sourire encourageant.

> « *Je ne puis, ni si vœil,*
> *departir de ma tres doce amie;*
> *si m'en duel,*
> *quant amer ne me veult mie.* »

Roç regarda Rinat Le Pulcin par-dessus l'épaule et lança un regard triste à Yeza, qui paraissait tellement mignonne avec sa chevelure blonde auréolée par la peau de l'ours. Elle a les plus beaux yeux du monde, songea-t-il, et il imagina Yeza nue et chaude sous la fourrure. Il aurait volontiers été avec elle à cet instant. Il regarda la miniature qui se formait sous les mains de l'artiste. Rinat avait bien sûr oublié la peau d'ours, il avait dessiné sa chevelure avec des

feuilles d'or aux teintes nuancées et l'avait saupoudrée d'un jaune qui rappelait un champ de blé plein
de fleurs, de pavot rouge et de violettes, de delphi-
nium, de lis et de lupins. Son visage était encore un
peu hâlé, comme si l'été avait eu envie de rester
encore un petit peu avec Yeza, la rafraîchissant au
matin avec sa rosée, la réchauffant de ses rayons à
midi, et la caressant tendrement, la nuit, avec sa
lune d'argent. En déposant des ombres ingénieuses
sur son menton énergique et sur sa fossette, qui descendait vers l'incomparable naissance de son cou, le
peintre avait admirablement rendu cette teinte en
mélangeant de la pêche et de la cannelle, ses yeux
étaient couleur émeraude, ses lèvres étaient rubis.

> *« Ne mes maus guerredonner.*
> *Las ! Si n'en puis sans lui durer ;*
> *trop chier me fet comparer*
> *l'amour qu'ai en li.*
> *Hé, las ! Bien me doit peser*
> *quant onques la vi,*
> *car ne puis endurer*
> *les maus que sent pour li. »*

Roç allait s'arracher à cette image lorsque les deux
rubis s'ouvrirent ; entre ses dents, blanches comme
des perles, apparut la langue rose de Yeza. Elle la
passa sur ses lèvres pour leur donner un nouvel éclat
et demanda :

— Savez-vous au juste, mon seigneur et maître,
que votre serviteur Philippe s'est approché peu
galamment de ma suivante ?

Roç éclata de rire.

— Ta Potkaxl l'a attrapé entre les jambes, sans
pudeur mais avec savoir-faire, et avant que le pauvre
bonhomme n'ait pu dire ouf, elle tenait déjà sa lance
dans la main !

— Elle n'était sûrement pas molle ! rétorqua Yeza,
moqueuse. Depuis des jours, il lui court après
comme s'il avait caché un manche à balai dans ses
chausses !

Roç tenta de défendre son écuyer.

— Il avait au moins encore un habit. Ta princesse toltèque, elle, ne portait rien sous sa jupe !

— Il a donc donné du manche à cette enfant ? La voix de Yeza devint toute petite, serrée par l'émotion.

— Il ne peut être question de cela. Potkaxl avait l'objet à la main, et elle l'a guidé sans le moindre mot d'excuse ou de regret.

— C'est-à-dire sans pardon !

Yeza se mit à rire et fit tourner une fois de plus sa langue agile.

— Potkaxl, que vous aimez encore à appeler une enfant, ma *damna*, a forcé mon écuyer à accomplir un travail de domestique. Il a dû balayer, balayer, balayer.

— Arrêtez ! gémit Yeza. Allez vous coucher, je vous prie, et que la honte vous y cloue, jusqu'à ce que j'arrive !

Cette fois-ci, elle sortit la langue, mais Rinat se permit de la rappeler à l'ordre :

— J'ai encore besoin de la dame un quart d'heure dans sa peau d'ours, sans cela je me serai donné tout ce mal en vain. Je vous en conjure, Messire, acceptez ce sacrifice au nom de l'art, demanda-t-il à Roç en souriant. En contrepartie, j'immortaliserai votre bien-aimée !

Roç hocha la tête.

— C'est ce que vous m'annoncez à chaque fois ! Combien de temps encore comptez-vous me ravir ma *damna* ? (Mais il changea vite de ton :) Soit, Maestro. Cette fois, vous avez l'air de réussir particulièrement bien votre portrait.

— C'est le destin de l'artiste, répondit Rinat en s'inclinant, que de ne jamais s'avouer satisfait du résultat. Vous avez raison, Messire, tous les essais précédents pâlissent devant cette tentative encore insuffisante pour capter le charme de votre dame. (Rinat regarda son œuvre, non sans fierté.) Et pourtant, elle n'apaise pas encore mon orgueil.

— Eh bien continuez, déclara cordialement Roç.

Il lança un baiser à Yeza, qui l'attrapa avec les lèvres comme une cerise, et sortit de la pièce.

> *« Com'antt'as pedras bon rubie*
> *sodes antre quantas eu vi ;*
> *e Deus vus fez por ben de mi,*
> *que ten comigo gran amor ! »*

Roç n'avait pas noté le chemin qu'il avait suivi. En tout cas, il se retrouva tout d'un coup dans la tour, sur l'escalier en colimaçon, devant une porte. Il se rappela l'entretien avec Gosset. Il n'existait en fait que deux sortes de Templiers : ceux qui voulaient porter le couple royal sur le trône et étaient disposés, pour cela, à faire des sacrifices, même celui de leur vie, et ceux auxquels Yeza et Roç étaient indifférents. Et il devait peut-être même envisager l'existence d'un groupe disposé à sacrifier tout autre chose : la vie de Yeza et la sienne.

Bon, ou plutôt mal, se dit Roç. Le Prieuré continuait à tirer ses ficelles comme un grand marionnettiste. Il jouait un jeu dangereux avec le couple royal qu'il prétendait protéger. Car la main qui veillait sur eux semblait oublier que Yeza et lui-même n'étaient pas des poupées animées, mais des créatures en chair et en os. Et s'ils jouaient avec eux, ce n'était même pas pour obtenir un résultat concret, pour leur offrir le trône promis, mais non ! Le but était le chemin ! Mais si la puissance secrète qui se cachait derrière eux avait raison, si elle connaissait réellement le grand projet, si elle était seule à savoir le chemin qui menait au Graal ? « Garde confiance, Roç ! lui avait lancé le vieux Turnbull, ultime testament avant une mort volontaire. Garde confiance en la force de l'amour ! » Turnbull passait tout de même pour l'auteur du grand projet, et lui devait bien savoir de quoi il retournait. Roç se rappela, mélancolique, son père spirituel, et se reprit. Le Graal était-il l'amour ?

Roç entra sans hésiter dans la pièce du peintre et, par la fausse armoire, dans la crypte cachée. Il ouvrit le tiroir secret dans les étagères poussiéreuses. Les portraits de Yeza étaient beaucoup plus nombreux. Rinat comptait-il donc en faire commerce ? Roç souleva le double fond et en fit sortir les parchemins qui s'y trouvaient toujours. Il les passa en revue deux ou trois fois. Le double portrait du précepteur Gavin Montbard de Béthune, dont il avait gardé un souvenir tellement désagréable, n'était plus là. Roç inspecta le meuble méticuleusement, de haut en bas, puis toute la pièce et les moindres angles de celle qui la jouxtait. L'image avait disparu.

III

LA NUIT DE MONTSÉGUR

ROSEMONDE

L'hiver était arrivé sur le Roussillon, les sommets des Pyrénées brillaient déjà depuis longtemps d'un blanc resplendissant. En une nuit, la neige recouvrit aussi les montagnes qui entouraient le Grau de Maury. Elle n'alla pas tout à fait jusqu'au château de Quéribus, qui reçut une averse de pluie froide et dont la cour se transforma en marécage. Seuls les porcs s'en réjouissaient et se roulaient en couinant dans les flaques boueuses. Un petit cochon se tenait à l'écart : on l'appelait Rosemonde, et Rosemonde était amoureuse. Sa passion n'allait d'ailleurs pas à l'un de ses semblables, mais à Potkaxl. Depuis quelque temps, la princesse toltèque s'était mise à nourrir les porcs. Nul ne l'y obligeait : c'est elle qui avait choisi d'accomplir cette tâche qui lui permettait d'échapper plusieurs fois par jour au donjon et à la vie de la cour, pour se retrouver dans la paille avec son Philippe. Il n'y avait nulle trace de fausse pudeur là-dedans, cette petite tête brûlée au nez d'aigle ne connaissait pas ce sentiment. Mais chaque fois qu'elle s'abattait toute nue sur l'écuyer, elle poussait des piaillements si aigus et de tels grognements de délice que Ycza avait fini par lui suggérer de cantonner ses séances de copulation dans les salles d'habitation du château, si elle ne parvenait pas à tempérer ses ardeurs vocales.

Yeza savait s'exprimer très clairement, et la fille des Toltèques connaissait désormais la plupart des mots qu'elle employait. Elle se mit ainsi à gâter les cochons, et Rosemonde ressentit peu à peu un penchant muet pour Potkaxl. La petite truie commença par venir à la rencontre de sa bienfaitrice. Bientôt, elle lui courait même après, avide et insatiable. Il arriva ce qui devait arriver. Imitant la très active Potkaxl, Rosemonde passa dans la paille et entendit pour la première fois les sons produits par l'accouplement, des bruits d'ailleurs bien connus des cochons. Au lieu de se détourner discrètement, elle glissa en grognant de joie son museau rose entre les corps, poussa Philippe sur le côté et se roula en couinant sur la princesse, lui passa entre les jambes, la souleva, bascula avec elle dans la paille. Aucune menace ne parvint à la chasser. La suivante et l'écuyer eurent bien du mal à échapper à la brûlante Rosemonde. Par la suite, il leur fallut verrouiller la porte chaque fois qu'ils se retrouvaient. Et de l'autre côté, la petite truie réclamait en reniflant de jalousie sa belle Potkaxl, qui devint ainsi un objet de moquerie pour toute la domesticité. Les jours où la suivante ne se présentait pas dans la basse-cour, on rencontrait Rosemonde sur l'escalier menant au donjon ou dans tout autre lieu où elle avait flairé la présence de l'objet de son amour porcin. Et on l'aimait, ce petit animal qui assurait distraction et gaieté au cours de cet hiver sinistre : tous les habitants du château rejetèrent donc avec indignation la proposition de Philippe, qui avait demandé qu'on l'abatte.

Yeza et Roç accueillirent avec beaucoup moins de joie la désagréable visite d'un moine qui grimpa, furibond, la montagne où était perché le château. À en juger par son froc, il s'agissait d'un franciscain. Les soldats de Quéribus qui surveillaient le portail et le regardaient avec curiosité espérèrent d'abord que c'était un Guillaume amaigri qui s'avançait vers eux.

Mais ensuite, Gosset arriva dans la tour, passablement excité, et annonça que Bartholomée de Crémone était arrivé.

Roç fut aussitôt sur ses gardes. Guillaume ne lui
avait-il pas déjà parlé de ce franciscain perfide qui
lui avait volé le grand projet et poursuivait le couple
royal pour le compte du Cardinal gris, c'est-à-dire de
Rome ?

— Comment ça... Le Triton ? Yeza ne paraissait
pas faire grand cas de ce nouveau péril.

— Que vient-il faire ici, grogna le maître des lieux,
si ce n'est nous découper en rondelles ?

— Barth ne prend jamais le poignard, répondit
Gosset pour le rassurer. Il s'y connaît en revanche
très bien en poisons.

— Il s'est peut-être égaré ? suggéra Yeza. Il veut
peut-être juste prendre une soupe chaude dans notre
cuisine ?

— En ce cas, je renonce à tout autre repas pour
aujourd'hui, annonça Gosset en riant. La cuisine est
bien le dernier lieu où nous devrions le laisser
entrer. Car ce n'est pas le hasard qui l'a mené ici. Je
l'ai vu descendre du carrosse de l'inquisiteur.

— Seigneur, aie pitié de mon âme ! Le gros Trini
et Barth, le Triton ! jubila Yeza. Quel couple !

Mais Jordi Marvel, lui, avait tellement peur qu'il
était passé sous la table.

— Il vient me chercher ! gémit-il.

— Ça m'étonnerait ! estima Rinat. Bartholomée de
Crémone n'est pas un sbire, mais un fonctionnaire
de la curie. Il n'est pas membre des Services secrets,
même si cela ne lui déplairait pas !

Roç mit un terme à la conversation :

— Recevons ce grand seigneur !

Le troubadour attrapa son luth et disparut dans
une niche du mur, derrière le tapis. Rinat quitta la
pièce, lui aussi, avant que Philippe ne laisse entrer le
franciscain.

D'un rapide regard, Barth vérifia à qui il avait
affaire, avant de commencer d'une voix mielleuse :

— Sa Sainteté le pape Alexandre IV et le roi de France adressent du fond du cœur leurs salutations au couple royal et lui souhaitent une longue vie.

C'était une vraie provocation! Yeza dut se pincer les lèvres pour ne pas éclater bruyamment de rire. Roç bouillait, mais il laissa le visiteur continuer.

— Ils m'ont envoyé, moi, simple serviteur du Seigneur, pour vous rappeler sa parole et prier avec vous pour le salut de vos âmes.

Le Triton s'agenouilla.

— Prions, dit-il d'une voix fluette, mais Gosset abrégea cette plaisanterie en lâchant un « Amen » retentissant dans le silence embarrassé. Yeza avait fait comme si elle n'avait pas entendu l'invitation du moine; elle regardait par la fenêtre. Roç prit place dans son siège en forme de trône, ce qu'il ne faisait jamais d'ordinaire, et chuchota à Gosset:

— Que diriez-vous, mon père, si ce pieux homme commençait par se présenter et nous remettait les lettres de créance qu'ont certainement dû lui confier ces hautes personnalités?

Toujours à genoux, le moine chercha quelque chose dans sa bure. Il était devenu cramoisi.

— Je suis Bartholomée de Crémone, annonça-t-il d'une voix saccadée, et nul ne doit mettre ma parole en doute.

Il sortit de son habit deux rouleaux de parchemin scellés. Gosset les lui prit de la main, brisa, après que Roç eut hoché la tête, les sceaux du roi, déroula le message et parcourut les lignes en marmonnant.

— Lui sont transmis les droits spirituels du fief de Quéribus, avec ses terres, ses animaux et ses habitants, domestiques et seigneurs, comme il en a été convenu avec l'évêché de Carcassonne, dont il dépend... C'est à lui seul qu'il revient de prélever la dîme dans le district religieux du Grau de Maury, et d'assurer l'enseignement chrétien...

— Mais nous avons déjà un prêtre, fit Roç, agacé, en interrompant la lecture. Puis il s'adressa à Barth, qui s'était relevé. Sa Majesté a-t-elle déjà oublié qu'elle nous a elle-même confié Gosset?

Le Triton dodelina du chef.

— J'ai omis de vous le dire en arrivant : le roi a un besoin urgent de monseigneur, pour une mission rigoureusement secrète. C'est la raison pour laquelle il a fallu que j'intervienne, afin de ne pas vous laisser sans assistance spirituelle.

— Il n'en est pas question ! lança Roç, hors de lui. Je veux voir cela par écrit !

Bartholomée désigna le second rouleau. Il avait du mal à dissimuler son triomphe.

— Un ordre du nonce pontifical, le cardinal Rostand Masson, au père Gosset : dès qu'il aura reçu cette missive, il devra se rendre à Carcassonne pour prendre d'autres instructions auprès de l'évêque. (Le Triton s'était gonflé comme une grenouille.) Je suppose qu'un fidèle serviteur de l'Église, et un ambassadeur du roi qui a fait ses preuves, ne refusera pas d'obéir à cet ordre ?

La question était adressée à Gosset, mais c'est Yeza qui répondit.

— Nous remercions de tout notre cœur le roi et le Saint-Père pour tant de bienveillance.

Elle sourit amicalement au Triton et fit signe à son écuyer.

— Philippe, montre à notre cher hôte et directeur spirituel la chambre qui se trouve juste à côté de celle de Rosemonde, là où logeait Monseigneur Gosset. (Son sourire s'élargit encore.) Vous devez savoir qu'à Quéribus, nous ne pouvons guère vous offrir de confort.

— Ah, répliqua Barth avec modestie, comme tous les adeptes de saint François d'Assise, nous autres, pauvres frères, nous nous contentons d'une écurie et de ce qui tombe de la table des riches...

— Tant de frugalité vous fait honneur et nous fait honte.

— Comme moi, ajouta Gosset, résigné, vous obtiendrez chaque jour à la cuisine votre pain quotidien, et vous le bénirez. Prions, à présent !

Et le prêtre força le frère mineur à s'agenouiller

une fois de plus, tandis que Roç et Yeza se souriaient en joignant gentiment les mains. Ensuite, Philippe fit sortir le Triton. À peine la porte refermée derrière lui, ils éclatèrent tous de rire. Jordi sortit en rampant de sa cachette. Lui n'avait aucune envie de s'amuser.

— Vous riez! s'écria le gnome, mais il va tous nous tuer!

— Il faudra d'abord qu'il affronte Rosemonde, expliqua Yeza, car le réduit où il va s'installer servait de nid d'amour à Potkaxl. Son parfum flotte encore au-dessus de la paille!

— Quant à moi, j'ai fait annoncer aux cuisines, sous le sceau du secret, annonça Rinat, revenu sans que personne l'ait remarqué, que le moine souffrait d'une maladie contagieuse. Et que tout ce qu'il touche porte ensuite les germes d'une maladie effroyable et insidieuse.

Rinat raconta son histoire avec tant de gravité que Jordi se mit aussitôt à gémir, mais le peintre reprit :

— J'ai donné l'ordre d'interdire strictement au franciscain l'accès aux salles de l'intendance. Le jour, ils doivent barricader la cuisine de l'intérieur, et la nuit, enfermer le moine dans sa petite chambre.

— Dans ce cas, Rosemonde ne pourra pas..., objecta Yeza. L'idée de Rosemonde sautant sur le Triton l'amusait profondément.

— La truie trouvera bien le chemin pour rejoindre Barth, puant comme il le sera au bout de trois jours. Mais même si vous vous amusez beaucoup, et quelle que soit la plaisanterie que vous aurez inventée tous les deux, ne sombrez pas dans la frivolité. Ce franciscain est sans doute stupide, c'est aussi un bouffon, mais il est coriace et très inventif lorsqu'il s'agit d'accomplir une mission. Les deux lettres qu'il s'est procurées suffisent à le prouver. Ce n'étaient pas des faux!

— Je vais le garder à l'œil, dit Rinat. Partez sans vous faire de souci. Vous pouvez vous fier à moi, ajouta-t-il à l'intention de Yeza et de Roç.

« Je n'en suis pas si sûr », songea celui-ci, mais c'est Yeza qui répondit :

— Comme vous le voyez, nous sommes sinon dans de bonnes mains, du moins dans des mains habiles. (Elle ne regarda pas Rinat Le Pulcin.) Et puis le couple royal a toujours su défendre sa peau.

— Et je suis encore là! s'exclama Jordi. Je lui offrirai le rempart de mon corps!

Ils éclatèrent tous de rire. Mais le sourire du peintre paraissait un peu tourmenté. Le troubadour n'y prit pas garde et fit résonner son luth.

> « *Dòmna, pòs vos ai chausida,*
> *fatz me bèl semblant,*
> *qu'ieu sui a tota ma vida*
> *a vòstre comand.* »

Entre-temps, la neige avait fini par tomber sur Quéribus. Ceux qui n'étaient pas forcés de se rendre dans la cour pour accomplir d'urgentes besognes restaient dans leurs pièces chaudes. Bartholomée ne quittait son réduit que pour prendre son maigre repas avec les soldats, dans la salle de garde. On l'avait d'ailleurs installé tout seul en bout de table. Les hommes l'évitaient, ne serait-ce qu'en raison de son odeur très forte, pour employer un euphémisme. Le frère mineur avait aussi très rapidement renoncé à inculquer au couple hérétique les dogmes de l'Église. Dans la plupart des cas, il trouvait verrouillé l'accès au donjon et à l'aile habitée où se situait la salle des chevaliers. Et lorsqu'il parvenait à se faufiler par la porte après avoir longtemps attendu, dans la cour, l'instant où elle s'ouvrirait, les gardes attentifs l'arrêtaient dans l'escalier en prétendant que dans une quelconque baraque enneigée, une cabane perdue dans la montagne, un mourant avait, de toute urgence, besoin de son assistance, ou un nouveau-né du baptême chrétien. S'il acceptait de se déplacer, l'agonisant qui le réclamait était toujours mort avant son arrivée, après avoir manifestement reçu le *consolamentum* cathare. Quant aux nouveau-nés, ils étaient encore le plus souvent bien au chaud dans le ventre de leur mère, lorsque les prétendues futures mères n'étaient pas de vieilles femmes qui n'auraient pas mis au monde une grenouille sèche. Souvent, il ne trouvait pas la moindre maison dans le lieu qu'on lui avait indiqué.

Et même lorsqu'il parvenait à tromper l'attention des gardes et à se frayer un chemin jusqu'au couple royal, le perfide Rinat et Jordi Marvel, ce gnome croassant, lui causaient mille désagréments effroyables. Chaque fois qu'ils le voyaient, ils lui demandaient une confession. À côté de ce qu'ils lui confiaient, les péchés mortels n'étaient plus que peccadilles. Des abîmes s'ouvraient sous ses yeux, et c'est lui que le diable rôtissait et écorchait dans les feux de l'enfer. L'écuyer à la vie dissolue et la suivante, une païenne venue d'un pays abandonné de Dieu à l'existence duquel Bartholomée ne pouvait croire, participèrent eux aussi au jeu en lui montrant de petits temples et des rites effroyables. Aux manigances de Philippe et de Potkaxl s'ajoutaient les cochonneries épouvantables de Rosemonde. Il était difficile de faire la leçon à la truie, et la possibilité que les visites nocturnes de l'animal dans son réduit soient un jour connues de tous l'accablait. Il devrait alors supporter les allusions infâmes du peintre. Le couple royal, lui, semblait s'amuser beaucoup de tout cela. Inutile de dire que ni Roç ni Yeza n'allaient jamais se confesser auprès de lui, et qu'ils ne lui demandèrent pas une seule fois l'hostie consacrée. Chaque fois qu'il s'approchait d'eux, ils le chassaient en affirmant que le couple royal avait le rang de grand prêtre (ce qui était un blasphème) et n'avait pas besoin de ses services d'intermédiaire : Roç et Yeza avaient une relation directe avec Dieu. Mais lorsque le frère mineur insistait pour sauver leurs âmes, ils lui répondaient : « Eh bien ! Prions ! », une invitation à laquelle le moine ne pouvait se soustraire. Il récitait donc le Notre-Père en latin, tandis qu'eux le disaient d'une manière inaudible dans la langue vulgaire dans laquelle Pierre Valdès l'avait fait traduire sans autorisation. Lorsque Barth voulait protester, on répétait la prière jusqu'à l'épuisement ; il finissait par renoncer et se retirait dans ses appartements. Dès que les gardes avaient refermé la porte derrière lui, tous éclataient de rire.

— Nous devrions adresser nos remerciements à monseigneur le pape, dit Yeza, pour nous avoir envoyé pareille distraction.

— Si seulement le Triton ne puait pas autant ! répliqua Roç. Mais cela nous forcerait à lui révéler où se trouvent les baquets !

— Ni le cuisinier ni les servantes ne le laissent accéder à la cuisine, précisa Rinat. Ils ont oublié depuis longtemps l'histoire de la maladie infectieuse. Mais à présent, ils flairent le franciscain à trois lieues contre le vent.

— Vous voulez dire, demanda Yeza, que nous sommes parvenus à ôter le venin des dents du Triton, et que nous pouvons désormais songer à mettre mon rêve en œuvre ?

— Comment cela ? s'exclama Roç, stupéfait. Ma *damna* veut à présent, en plein hiver...

— Nous passerons, vous, mon amant, et moi, votre amante, la nuit du solstice à Montségur, annonça Yeza sur un ton qui rendait toute résistance inutile.

Roç fut aussitôt d'accord. Ce n'était pas le cas de Rinat.

— Jusqu'ici, vous avez pu échapper à cette morsure empoisonnée, mais n'allez pas croire que votre confesseur empêché, le gardien de votre vertu, vous laisse faire ne serait-ce qu'un pas à l'extérieur sans lancer à vos trousses la garnison française la plus proche. C'est la première mission de ce mouchard. Et vous choisissez Montségur, par-dessus le marché ! gémit le peintre. Vous agitez le chiffon rouge devant l'Église et l'occupant !

— Votre mission à vous, Rinat Le Pulcin, annonça Roç d'une voix ferme, sera de cacher notre disparition à notre surveillant, assez habilement et assez longtemps pour que nous ayons pu franchir depuis longtemps toutes les montagnes au moment où il s'apercevra de notre absence.

Roç s'était manifestement accommodé du désir de sa reine, il s'en faisait même un plaisir. Le peintre oublia l'artiste sensible qu'il était, et montra une fois de plus ce qu'il était sans doute : un agent secret expérimenté. Il réfléchissait avec une rapidité étonnante.

— J'ai besoin pour cela de votre écuyer Philippe, et de votre suivante. (Rinat expliqua aussitôt son plan :) À vous, le couple royal, je demande seulement que vous cédiez votre chambre.

— Quoi ? fit Roç, indigné. Leurs corps nus, collés par la sueur, doivent se vautrer dans notre lit ?

— Exactement, confirma Rinat, impassible. Et ils doivent ensuite faire en sorte, comme on l'attendrait de vous, qu'après avoir poursuivi votre *damna* toute la soirée, ivre et excité, vous besogniez celle-ci pendant peu de temps, mais avec force bruits audibles de tous.

— Le Triton doit donc penser que je couine, gémis, grogne et crie comme Potkaxl ? résuma Yeza.

— Ou comme Rosemonde ! fit Roç, moqueur, mais il le regretta vite : il venait de recevoir une gifle sèche et bien ajustée.

— Il faut pour cela deux personnes, mon chéri, un qui te fait chanter de délice, et...

— Nous nous sommes compris, répondit Roç rapidement. Lorsque je porterai ma bien-aimée sur le seuil, fou de désir, le serviteur me remplacera, et la suivante prendra la place de ma dame. Tous deux joueront le rôle du couple royal, assez bruyamment pour que chacun l'entende. Quant à nous, nous disparaîtrons silencieusement du château, dans le plus grand secret.

— Je vous fournirai des chevaux, des provisions et des couvertures de fourrure à la lisière du Grau de Maury...

— Non, dit Roç. Vous resterez ici. Le moine ne doit pas prendre le pouvoir sur ces lieux. Vous êtes la seule personne d'autorité qui reste ici. Car nous emmenons Jordi Marvel avec nous.

Le petit homme entendit la nouvelle sans manifester plaisir ni déplaisir. Il ne rayonnait pas vraiment de bonheur lorsqu'il reprit son luth et chanta, résigné :

> *« A vòstre comand serai*
> *a tots los jorns de ma via,*
> *e ja de vos no'm partrai*
> *per deguna autra que sia. »*

LE CHEMIN DES CATHARES

La petite troupe marchait vers l'ouest sur ce sentier muletier des Pyrénées que les gens appelaient encore « le chemin des cathares ». Éloigné des grandes routes militaires, il menait à travers les buissons sauvages des forêts obscures, suivait des crêtes difficilement praticables lorsque l'eau bouillonnante avait trop profondément creusé les gorges. Jordi, que Roç et Yeza avaient emmené en remplacement de Philippe, se révéla être un guide sûr, qui connaissait bien le pays. Le petit homme avançait sur l'un des chevaux bâtés, à l'avant, et reprenait des couleurs au fur et à mesure qu'ils s'éloignaient de Quéribus et de son Triton. Ils avançaient lentement dans la neige profonde. Yeza était perdue dans ses songes. La nuit de Montségur, qu'elle avait si longtemps désiré oublier, revenait à son esprit en images vives et douloureuses, remontant des profondeurs de sa conscience. La lumière bleuâtre des dernières heures, sur le château, le visage qui pâlissait, tout cela prenait peu à peu des contours plus vivants. Yeza sentait sa mère qui la serrait dans ses bras, elle souhaita pouvoir répondre à ce geste de tendresse : à l'époque, elle était engoncée dans un lange qui ne lui permettait pas de nouer ses petits bras autour du cou de la belle Esclarmonde. On les avait descendus comme deux chrysalides, elle et Roç, au bout d'une corde, le long de la falaise rocheuse. Elle avait eu peur pour son petit frère. Des mains d'homme gantées de fer les avaient recueillis ; une cabane enfumée, à la lueur du feu, et pour la première fois, le visage rose, souriant et étonné de Guillaume, entouré de bouclettes rouge et or. À partir de ce moment-là, le franciscain avait remplacé leur mère, c'est lui qui leur avait donné à manger, qui les avait baignés et leur avait essuyé les fesses, il avait dormi entre eux, ri et bu en leur compagnie.

Yeza sursauta : perdue dans ses rêves, elle s'était mise à somnoler et avait manqué tomber de cheval. Pour leur retour après tant d'années, Guillaume aurait dû de nouveau être parmi eux. Yeza n'aurait pas été étonnée de le voir surgir derrière le sapin suivant. Le moine lui manquait, et elle savait que Roç partageait ce sentiment. Ils contournèrent la ville de Quillan, avec sa forte garnison, et franchirent l'Aude à la ravine du Lys. Un vieillard aux cheveux blancs et à la longue barbe, portant un habit de lin clair, les y attendait ; Jordi ne leur avait pas annoncé cet accueil.

— Est-ce un druide ? demanda Roç en chuchotant, tout excité, lorsque la maigre silhouette apparut entre les sapins couverts de neige, sur l'autre rive du fleuve, dont il se distinguait à peine.

— C'est Mauri En Raimon, répliqua le troubadour tout aussi doucement. Un « bonhomme », l'un des derniers prêtres cathares à avoir encore pu échapper à l'Inquisition. Ils vivent avec les animaux, dans les forêts. (À sa voix, on sentait qu'il était fier de connaître un homme pareil.) Mais ils savent tout ce qui se passe dans le pays, ajouta-t-il, car la nuit, ils vont dans les villages, où des partisans secrets de la doctrine pure les accueillent et s'occupent d'eux.

La silhouette blanche avait désigné en silence les marches creusées dans la roche et les avait guidés vers le passage le plus étroit, où un tronc jeté au-dessus de la ravine permettait de franchir l'abîme.

— Bienvenue aux messagers du Graal, dit-il d'une

voix rauque dès qu'ils eurent fait passer leurs chevaux au-dessus du pont glacé. *Que Diaus vos bensigna!*

Roç et Yeza étaient trop fatigués pour répondre ou
entamer une conversation avec le parfait, même si
tous deux étaient curieux d'entendre enfin, de la
bouche d'un initié, des réponses aux questions qu'ils
se posaient depuis si longtemps sur leur origine et
leur destin. Le pur devait bien savoir, lui, ce qu'il en
était réellement du Graal. Mais, pour l'heure, ils se
contentèrent de s'incliner avant de remonter sur
leurs chevaux et d'entrer à la file dans la sombre
forêt de sapins. Le cathare avançait devant, à pied ;
on ne pouvait de toute façon pas aller plus vite, la
neige recouvrait tout et les animaux posaient prudemment un sabot après l'autre pour ne pas glisser.

Yeza était à deux doigts de s'endormir sur sa selle.
Roç attrapa une branche recourbée et la fit remonter
avec son chargement de neige, laissant s'abattre un
nuage blanc sur le visage de sa dame. Elle s'ébroua
et enfonça plus profondément sa capuche sur son
front. Jordi avançait en éclaireur avec les chevaux
bâtés, il était de bonne humeur et aurait volontiers
joué du luth si Roç ne le lui avait pas interdit. Un
sentier latéral croisait le lcur. Le vieux Mauri En
Raimon s'arrêta tout de suite et attira l'attention de
Roç.

— Des cavaliers sont passés ici, il n'y a pas longtemps, fit-il d'une voix douce et grinçante, et ils
étaient très pressés ! ajouta-t-il en désignant les
traces de sabots dans la neige. Ils étaient certainement armés. Nous allons devoir prendre garde, à
présent.

Roç envoya Jordi en arrière-garde. Yeza était à
présent tout à fait éveillée et le prouva en lançant
droit dans la bouche de Roç une boule de neige. Et
c'est en crachant que le jeune chevalier alla se placer
en tête du cortège, à côté du convoi. Ils suivirent la
trace, jusqu'au moment où Roç aperçut de petits
points rouges dans la neige : du sang ! Les traces

avaient été piétinées par les sabots. Ils remarquèrent ensuite l'empreinte d'un pied nu.

— Une femme, dit Mauri. Si elle n'est pas parvenue à semer ses poursuivants ici même, dans la forêt de Camelier, elle est perdue. Car ensuite s'ouvre le plateau de Sault, où l'on ne trouve aucune cachette, et qui avantage les hommes à cheval !

Ils avançaient prudemment dans la forêt épaisse, nez baissé pour ne pas perdre la trace. Tout d'un coup, les traces s'arrêtèrent, et l'on ne vit plus d'empreintes de pas.

— Elle leur a échappé, dit Roç en bridant son cheval. Elle a sauté, regardez, nous franchissons une ravine, un lit de torrent asséché. Elle le savait certainement.

Il descendit de cheval et se pencha au-dessus de la rambarde de bois recouverte de neige. Il distinguait nettement l'empreinte de pieds nus, et il vit aussi les gouttes de sang, de plus en plus nombreuses.

— Cette femme est en danger ! s'exclama Roç. Nous devons la trouver.

— Je crois que je sais…, murmura le vieil homme en regardant autour de lui. Suivez-moi !, et il reprit sa marche avant d'obliquer dans un chemin creux, dissimulé de l'autre côté du sentier.

— Mais elle est partie de l'autre côté ! protesta Roç.

Le vieil homme le regarda tranquillement, de ses yeux clairs comme de l'eau de roche sous ses sourcils blancs et broussailleux.

— N'avez-vous donc pas vu que sa piste ne s'achève nulle part ? (Il éclata de rire.) Na India, cette vieille sorcière ! grogna-t-il d'une voix qui révélait la reconnaissance, et presque l'amour. Elle est revenue sur ses pas, elle est passée sous le pont et elle a couru chez elle !

Le vieil homme marchait rapidement. Peu après, les traces de pieds et les gouttes de sang réapparurent dans le chemin creux, et ils aperçurent la cabane, suspendue entre les grands arbres.

— Elle cache l'entrée d'une grotte, qui ouvre sur un système de galeries ramifié, expliqua Jordi, qui les avait rejoints. Il tenait le cheval de Yeza par les rênes : la jeune femme s'était de nouveau assoupie, la tête sur la poitrine.

— Une fois que la mère et la fille ont atteint leur refuge, poursuivit Jordi, aucune armée ne peut plus les capturer : dans les grottes, les hommes disparaîtraient l'un après l'autre. Ils se perdraient, tomberaient dans des gouffres, se noieraient et mourraient de faim.

— Elles devraient nous avoir vus depuis longtemps !

Le vieil homme observait. La porte de la cabane s'ouvrit effectivement ; une jeune fille au visage très pâle, les épaules et la poitrine couvertes d'une longue chevelure blonde, sortit et leur fit signe, apparemment très émue.

— En Raimon, venez vite, Mère a besoin de votre aide !

Ils avancèrent rapidement vers le coteau sans arbres, puis montèrent par les marches qui décrivaient dans la roche un escalier sinueux.

— Voici Geraude, fit le vieux en présentant la jeune femme, qui ne devait pas être beaucoup plus âgée que Yeza.

Roç imagina ses seins blancs comme le lait, parcourus de veines bleues, lourds et mûrs. Mais ce qu'il remarqua surtout, c'étaient ses yeux bleu clair. Ils ressemblaient à ceux de Mauri En Raimon ! « Absurde ! » se dit Roç, et il regarda Geraude droit dans les yeux, avec une telle insolence qu'elle baissa les paupières en rougissant. C'est une vache idiote, conclut-il avant de la frôler pour entrer dans la cabane.

La vieille femme blessée était couchée sur un lit de paille. Un mauvais coup du plat de la lame lui avait fait éclater l'épaule ; le sang coulait goutte à goutte sur le drap. Yeza s'était installée au bord du lit, près de la malade, et lui rafraîchissait le front avec un chiffon humide. Sur le feu, dans un pot de terre, bouillonnait une décoction d'herbes épaisse. Le vieux Mauri la touilla, la goûta, puis recommença à y remuer la cuiller.

Roç, désemparé, se tenait dans la salle basse et sombre éclairée par la seule lueur vacillante du feu de bois. C'est à cet instant seulement qu'il découvrit l'âne, mangeant tranquillement sur le lit la paille qu'il tirait de ses longues dents proéminentes sous le corps de la femme. Roç, fasciné, observa le visage de la blessée. Ses cheveux gris étaient hirsutes, collés par le sang que Yeza s'efforçait de nettoyer. Deux grains de beauté poilus enlaidissaient les joues ramollies, et des canines pointues et jaunes sortaient de sa bouche édentée. C'eût été la femme la plus laide que Roç ait jamais vue, s'il n'y avait eu ces yeux clairs, admirables. Ils brillaient comme des chrysoprases, deux cristaux d'un lac de montagne souterrain recevant sa lumière par des cheminées inaccessibles, un cadeau du bon Dieu. Roç était déconcerté par ce hiatus entre une beauté abyssale et une laideur épouvantable sur le visage d'une créature qui souffrait et gémissait.

— Ça ira bien, Mauri, fit-elle en chuchotant, les lèvres sèches. Étalez à présent le brouet sur cette coupure idiote que m'a infligée ce mauvais Fernand Le Tris, le capitaine de Carcassonne !

Elle se mit à rire, les traits déformés par la douleur, et Roç comprit pourquoi le prêtre aux cheveux blancs l'avait traitée de sorcière. Geraude, sa fille au teint laiteux, prit sa mère par-dessous la tête et la releva lentement, si bien que la vieille femme put étaler ce brouet d'herbes sur un morceau de drap tenu par Yeza, avant de le poser sur l'épaule blessée. Mauri plongea le doigt dans cette masse vert foncé qui rappela à Roç une bouse de vache fraîche, et hocha la tête en direction de Geraude, pour qu'elle recouche la blessée sur ce baume.

— Le lierre apaise la douleur. L'écorce de chêne ôte le venin, l'achillée referme les blessures, mar-

monna En Raimon. Na India gémissait doucement,
mais cette plainte se transforma bientôt en une hila-
rité courroucée.

— Ce gros crétin tente de m'attraper depuis des
années pour me livrer à son frère l'inquisiteur, dit-
elle en riant et en haletant. Trini est encore plus gras
que lui, mais il est moins stupide, malheureusement.
Il m'a fait appeler auprès d'une malade qui avait
besoin de moi. S'il nous avait prises ensemble, nous
serions sans doute toutes les deux sur la place du
marché, à nous réchauffer sur un bon petit feu. Ah !
J'ai été plus rapide, j'ai soigné l'agonisante avant
qu'il ne puisse s'en apercevoir. Mais, sur le chemin
du retour, j'ai oublié que même un aveugle peut
suivre avec son bâton ma trace dans la neige. Il a
bien failli me prendre !

— Repose-toi, maman ! supplia la douce Geraude.
Ce bon En Raimon va nous quitter, après avoir prié
avec nous.

— Oui, continue ton chemin, Mauri, conseilla la
femme d'une voix ferme, les yeux brillants. Cette
égratignure ne justifie pas le *consolamentum*.

— Une femme comme vous, Na India, ne rejoint
pas le Paradis d'un pas aussi léger et aussi rapide,
répondit gentiment le vieil homme, et il ferma les
yeux sans joindre les mains. Il priait. Tous se taisaient à présent, et l'on n'entendait plus que les cré-
pitements de la résine de pin dans le feu.

Yeza embrassa la femme sur le front, et la vieille
leva les yeux vers la jeune fille.

— *Diaus vos bensigna*, chuchota-t-elle.

Roç fut le premier à ressortir. Jordi les attendait à
l'extérieur avec les chevaux. Le soir tombait déjà
lorsqu'ils sortirent du bois. Le vaste haut-plateau
s'étalait devant eux.

— Les étoiles vont nous éclairer, annonça,
confiant, l'homme aux cheveux blancs.

Cette fois, c'est Roç qui exigea que le vieux prêtre
fasse le chemin sur l'un des chevaux bâtés.

— Je veux traverser ce plateau de Sault aussi vite

que possible. La lueur des étoiles suffirait pour que l'on nous distingue aussi bien que des haricots sur une assiette blanche. Et ce soir, nous avons la pleine lune !

Ils chevauchèrent toute la nuit, et au terme d'une journée supplémentaire, ils longèrent, sous les falaises, le long Bac d'en Filla, un massif rocheux sans arbre semblable à une gigantesque limace. On ne trouvait pas la moindre fissure, la moindre ravine dans sa pierre lisse. Ici, le chemin des cathares faisait la part belle aux poursuivants, mais ils en acceptaient le risque. Ensuite, on débouchait entre la forêt de Corret, à droite, et le haut cône, à gauche, et l'on pouvait pour la première fois apercevoir le but du pèlerinage : devant les voyageurs, à la lumière du soleil déclinant, s'élevait Montségur. Quelle importance avaient encore les périls de ce monde, les serviteurs zélés du mal portant les bures noires des dominicains, les valets stupides du pouvoir séculier avec leurs pourpoints à fleurs de lis, les sbires de l'Inquisition et les agents du roi ? Comme une couronne dorée, solitaire, à une hauteur vertigineuse, le château du Graal s'élevait sur le Pog. Il paraissait plus appartenir au ciel bleu qu'à la roche sur laquelle il se dressait. Les ultimes rayons du soleil couchant, qui réchauffaient pareillement chrétiens, païens et hérétiques, transfiguraient les murs, faisant oublier qu'ils n'étaient plus qu'une enveloppe vide d'où s'était échappé le trésor. Des mains ensanglantées et des visages haineux s'en étaient emparés. Tout cela traversa l'esprit de Roç et Yeza au fur et à mesure qu'ils s'approchaient du Munsalvatsch, la Montagne salutaire. Mauri En Raimon, l'homme à la barbe blanche, s'arrêta et leva le regard vers le haut du château.

— Voici votre couronne, couple royal, lança-t-il à Roç et Yeza sans détacher les yeux de ce spectacle. Le précieux calice de la véritable divinité. Je serais heureux si je pouvais quitter ce monde avec cette image dans le cœur, marmonna-t-il, à part. J'endure-

rais avec joie, pour cela, tous les feux de l'enfer!
(Puis il dirigea son regard clair sur les deux jeunes
rois et ajouta, sans avoir aucunement l'air de se
plaindre :) La terre est un lieu de damnation, le
royaume scintillant du Malin, qui sait cacher l'enfer
devant nos yeux et nous fait croire que nous sommes
libres. Il tient ainsi fermement nos âmes, il nous fait
croire qu'il peut exister un « royaume de la paix »
terrestre.

— Comment cela? l'interrompit Roç. Ne peut-il
pas exister si l'on s'efforce de l'atteindre?

Le vieux le dévisagea longuement.

— Non, répondit-il lentement. Pas dans ce monde.
Mais ne soyez pas tristes, ajouta-t-il en les voyant tellement décontenancés par sa réponse brutale. Car en
compensation nous est apparu le Paraclet, donné
par Dieu pour que nous cherchions le Graal, pour
que nous le distinguions et que nous nous montrions
dignes de lui.

— Le Graal? demanda Roç. Dis-m'en plus là-dessus. Est-ce un trésor?

La question fit sourire l'homme aux cheveux
blancs.

— C'est un réceptacle de lumière, le calice de la
vie éternelle. Lorsque tu y bois, tu ressens ce qu'il y a
de divin en toi, et tu te sépares de la création du
Démiurge, de ce monde du Malin.

Il se tut et pria.

— Je vais à présent vous quitter, dit-il ensuite.
Jordi Marvel vous montrera le chemin le plus sûr
vers le Pog. La montagne ne vous sera pas hostile,
elle sait que votre enveloppe corporelle est venue au
monde ici et que vos âmes y reviendront toujours
jusqu'à ce que, libérées, elles planent dans les airs et
prennent leur place au paradis céleste. *Diaus vos
bensigna!*

Ils le suivirent du regard jusqu'à ce que sa silhouette blanche disparaisse entre les rochers.

Des âmes perdues dans les murailles

Les ombres de Yeza et de Roç étaient déjà longues lorsqu'ils traversèrent le Camp des Crémats, au pied du Pog, le coteau qui descendait doucement et sur lequel avait jadis brûlé le bûcher, ce chemin qu'avait choisi leur mère pour atteindre un monde meilleur. Quatorze années s'étaient écoulées depuis. Le disque solaire descendait encore lorsqu'ils commencèrent leur ascension par le bois. Jordi grimpait en avant. À l'abri des derniers arbres, ils nourrirent leurs montures et ne prirent avec eux que le cheval qui s'était montré le plus habile dans les éboulis. Ils le chargèrent de chaudes peaux de bêtes et de provisions frugales pour passer la nuit. Ils montèrent la pente raide à pied. C'est la lune, à présent, qui éclairait les rochers acérés.

— Je ne pensais pas qu'il ferait nuit aussi tôt, s'excusa Jordi.

— C'est aujourd'hui le jour le plus court de l'année ! répondit Yeza, moqueuse. Cette nuit sera la plus longue. Elle appartient aux fées et aux lutins, aux magiciens et aux sorcières. Ce qu'ils apprécient par-dessus tout, ce sont les gentils gnomes qui ne font pas plus de cinq pieds, ils les mesurent tous avec leurs balais. Lorsque tu as poussé trop court, tu leur appartiens.

— Ils tirent le terrestre dans les airs, ajouta Roç, le souffle court. Et lorsque tu as fait ce qu'ils voulaient, ils te laissent retomber sur la terre et...

— Il n'y a qu'un remède à cela : la chanson flatteuse et le beau son de l'instrument, répliqua le petit troubadour. Réjouissez-les, ravissez-les, et ils dansent toute la nuit. Mais lorsqu'ils sentent des mortels qui ne chantent pas et ne font pas de musique, des mortels qui suent le plaisir de la chair par tous leurs pores, comme le parfum du bulbe d'ail, alors ils s'abattent sur lui, ils le tiraillent et le chahutent jusqu'à ce que le rut ait cessé.

— Tu parles par pure jalousie, Jordi Marvel,

s'écria Yeza. Le couple royal n'est pas ici, il est justement en train de faire follement l'amour à Quéribus!

— Et le Triton s'est glissé devant la porte de sa chambre, l'oreille collée au bois. Il a déjà les joues et le front cramoisi! (Cette image réjouit Jordi, qui ajouta en chuchotant :) Et le voilà qui s'en va discrètement, qui descend l'escalier à pas feutrés, se faufile à l'ombre des murs, traverse la cour et entre dans son écurie. Il se jette en gémissant dans la paille...

— Jusqu'à ce qu'il entende le grognement mâtiné de couinements qu'il connaît si bien.

— Pouah! s'exclama Yeza en feignant l'indignation. Vous êtes vraiment des porcs, vous autres, les hommes! Soupçonner de sodomie un homme de l'Église!

— Silence! fit le nain entre ses dents. J'entends des voix.

— Ce sont les diables qui viennent chercher le calomniateur, chuchota Yeza. Mais ils aperçurent ensuite les lueurs en dessous d'eux, dans la forêt, et crurent voir dans le mur des silhouettes vêtues de blanc.

— Qui cela peut-il être? demanda anxieusement Jordi.

Roç se mit à rire.

— As-tu cru que ma chère *damna* aurait eu la glorieuse idée d'entrer dans ce lieu magique pendant la *nox solstitii*? Ce sont les âmes des défunts.

— Rebroussons chemin! chuchota Jordi, qui tremblait de peur. Il est encore temps de sauver nos âmes.

— Trop tard! (Roç avait mis ses mains en conque devant la bouche, pour que sa voix résonne comme dans une crypte.) Ne vois-tu pas, Jordi Marvel, là-bas, dans la forêt... Jordi Marvel! Nous allons te trouver!

— Arrête tes bêtises! lança Yeza. Nous ferions mieux de nous dépêcher, sans cela nous ne trouverons plus la moindre petite place libre.

Elle avait franchi les derniers paliers rocheux. La nuit leur épargna la vue sur les abîmes qu'ils venaient de franchir. Deux hommes, vêtus de blanc, la capuche rabattue sur le visage, sortirent de l'ombre d'une fissure et marchèrent devant eux vers la porte du château, qui sembla s'ouvrir comme une sombre bouche pour accueillir les arrivants. Les hommes éclairèrent leurs derniers pas avec leurs torches, sur des marches taillées dans le roc. Intimidés, Roç et Yeza entrèrent dans la cour vide du château et s'étonnèrent de la hauteur des murs bien conservés qui les entouraient. Mais nul n'accourut pour les saluer, pour les prier de participer à la fête, fût-ce comme deux visiteurs anonymes. Les silhouettes inconnues disparurent dans une partie des murailles où se trouvait encore une salle couverte, un lieu de prière, mais aussi de résistance aux occupants.

— Ils ne savent pas qui nous sommes, constata Yeza, dégrisée. Jordi offrit aussitôt d'aller annoncer la nouvelle de leur arrivée de l'autre côté, dans la salle où les hommes semblaient s'être rassemblés.

— Non, répondit Roç. Laissons les choses ainsi, passons cette nuit ici *incognito*.

— Je propose que nous occupions le bastion Est, dit Jordi. De là, on distingue ce qui se passe en bas, et l'on a vue sur la région.

— Et sur la voûte céleste ! s'exclama Yeza, enthousiaste. Nous y serons toujours mieux logés que dans une salle froide, surpeuplée, pleine de cathares zélés et de faidits brailleurs. Les uns veulent faire voler leurs âmes, les autres veulent que les Francs s'envolent du pays !

Yeza n'appréciait guère ni les uns ni les autres.

— Ce sont nos partisans ! protesta Roç. Nos futurs sujets.

— Rien ne m'oblige à partager la même salle qu'eux, ni maintenant ni plus tard, rétorqua Yeza, alors que Jordi était depuis longtemps parti leur installer un campement sur la plate-forme, avec les peaux de bêtes. Si cela devait être une condition à notre accès au trône, ajouta-t-elle, je préférerais devenir jardinière à Otrante, ou à Antioche, chez notre ami le prince Bohémond !

— Et qui cultivera ton petit jardin ? demanda Roç, l'air coquin.

— Tu viendras avec moi ! annonça Yeza en lui attrapant fermement le sexe sous ses chausses. Puis elle redevint sérieuse : Je te le dis tout de suite, cette nuit est sacrée, et tu ne la profaneras pas ! (En voyant le rictus incrédule de Roç, elle ajouta :) Nous ne pourrons recevoir l'esprit de ce lieu qu'en nous étant libérés des tentations charnelles du Démiurge. Je ne suis pas venue à Montségur pour badiner, très cher !

Roç avait cessé de sourire. Si sa *damna* voyait les choses ainsi, son épée pouvait bien grandir autant qu'il le voudrait, cela nc servirait à rien.

Jordi revint, et ils gravirent l'escalier de pierre qui montait à pic jusqu'à la plate-forme, bien au-dessus de la couronne de murailles. Roç pensa malgré lui à la citadelle vertigineuse d'Alamut, à la nuit qu'il avait passée à l'observatoire avec Kasda. Cette nuit-là aussi, les étoiles lui avaient paru à portée de main.

Jordi emmitoufla ses maîtres dans des peaux de bêtes et les recouvrit dc fourrures.

— Bonne nuit, faites de beaux rêves, grogna-t-il, et il redescendit prudemment l'escalier étroit. Le troubadour s'assit sur la marche la plus basse, interdisant l'entrée à quiconque. Son brave cheval se coucha à ses pieds, sur la paille que son maître avait soigneusement étalée. Songeant aux esprits de ce lieu, Jordi Marvel prit son luth et s'efforça de donner à sa voix une nuance de tendresse.

> « *Nâch den kom diu künegîn.*
> *Ir antlütze gap den schîn,*
> *si wânden alle ez wolde tagen.*
> *Man sach die maget an ir tragen*
> *pfellel von Arâbî.*
> *Úf einem grüenen achmardî*

> *truoc si den wunsch von pardîs,*
> *bêde wurzeln unde rîs.*
> *Daz was ein dinc, das hiez der grâl,*
> *erden wunsches überwal.* »

Lorsque Jordi se tut, subjugué par le respect (plus envers la poésie de Wolfram von Eschenbach que devant la teneur des paroles mystiques), Roç chuchota sans paraître impressionné :

— Pour moi, le Graal n'a rien à voir avec un « *dinc* », une chose, c'est plutôt...

— Un savoir secret ? proposa timidement Yeza.

— Un savoir très, très ancien, confirma Roç, sans pouvoir rien ajouter.

Roç et Yeza étaient couchés sur le ventre, blottis l'un contre l'autre, la tête sur les mains, et regardaient vers le bas, dans la sombre cour. Des silhouettes enveloppées de longues capes continuaient à passer sous le cintre du portail et rejoignaient rapidement l'escalier qui menait à l'intérieur. Leurs torches s'éteignaient avant d'entrer, les ombres noires se fondaient dans les murs comme si elles les avaient traversés. Puis plus rien ne bougea dans la cour. Jordi, lui aussi, avait cédé au silence impérieux de ce lieu sacré et avait cessé de chanter. Roç et Yeza avaient beau écouter de toutes leurs oreilles, le silence le plus complet régnait à présent derrière les murs qui leur faisaient face et derrière lesquels un escalier menait dans la grande salle.

— Penses-tu qu'ils prient ? demanda Roç en chuchotant. Yeza répondit à voix basse, sans détourner ses yeux du cœur de la forteresse.

— Ils le vénèrent...

— Le Graal ?

Yeza se contenta de hocher la tête et força son bien-aimé à observer en silence le tableau qui s'offrait à eux. Une lumière bleuâtre, un rayon qui paraissait venu des profondeurs de la terre sortait des quelques ouvertures du mur, elle ne vacillait pas, gagnait au contraire en intensité. Ils eurent ensuite

l'impression d'entendre un son léger, un bourdonnement surnaturel qui rappelait la vibration d'une
harpe. Il enflait et diminuait alternativement. Lorsqu'il cessa, la lumière disparut avec lui.

Roç, déçu, se tourna vers sa compagne.

— Alors, il leur est apparu, oui ou non?

Yeza réfléchit longtemps.

— Cela dépend sans doute de chaque individu,
estima-t-elle alors. Il apparaît à celui qui se montre
digne de lui.

— Toi non plus, tu ne l'as jamais vu, remarqua
Roç, qui souhaitait calmer l'ardeur que ces scènes
mystiques inspiraient à la jeune femme.

— Non, concéda Yeza, mais je suis sûre qu'il
existe. (Elle se retourna vers Roç pour qu'il puisse la
regarder dans les yeux, qu'il soit même forcé de la
regarder.) Pourquoi n'as-tu manifesté aucune
compassion envers Na India? Elle souffrait, et tu ne
lui as pas adressé un mot de sympathie.

Roç fut d'abord ahuri par cette accusation, puis
agacé. Mais il répondit comme si elle l'avait amusé.

— Es-tu Herzeloïde, suis-je Perceval?

— Certainement, dit Yeza, c'est le nom que tu t'es
choisi, mon Trencavel, c'est ton sang, et tu ne peux le
renier.

— Ne me refais pas la scène des gouttes de sang
dans la neige, répondit Roç en se moquant doucement d'elle. D'ailleurs, puisque tu veux vraiment
faire appel au mythe, la vieille était Kundry! Tu n'as
pas remarqué son âne?

— Tu te trompes, et tu le sais! répondit fermement Yeza avant d'ajouter, après un instant de
réflexion : C'était Amfortas!

Cette idée laissa Roç bouche bée. Il regarda au-
dessus de Yeza. Elle s'était laissée rouler sur le dos et
avait fermé les yeux. Mais il savait qu'elle lui appartenait. Le regard rivé au donjon et à la salle souterraine, Roç chuchota :

— La lumière sort de la pierre noire, elle se ravive,
son bleu naît du vert clair, comme un lac de mon-

tagne sous la terre, dans une grotte rocheuse, la
lueur du soleil reflétée dans l'émeraude. C'est un
spectacle admirable.

Roç gémit doucement, et Yeza murmura :

— Continue à raconter !

— L'œil veut se détourner parce qu'il ne supporte
pas la puissance d'un tel rayon, mais il se sent attiré,
aspiré par la source de lumière, il ne peut en avoir
suffisamment. Voilà qu'apparaît une vierge, elle
porte le calice et le présente à tous pour qu'ils y
boivent.

Roç se tut : la vierge était Geraude. Il vit ses longs
cheveux blond doré et elle lui adressa un sourire
doux et laiteux, lorsqu'elle lui proposa le calice.

— Qu'y a-t-il ? s'enquit Yeza en constatant qu'il
s'était tu.

— Je bois..., dit Roç, et il ne put s'abstenir d'ajouter : ... dans la coupe de la compassion divine, de
l'amour universel.

Il pensait aux seins blancs de Geraude, à son
ventre tendre où il aurait aimé presser ses lèvres, les
laisser glisser sur sa peau chaude jusqu'à ce que le
duvet blond se concentre pour former une fourrure
dorée.

— Ainsi le cœur s'ouvre-t-il à l'ultime vérité, balbutia Roç, plus confus qu'excité, il découvre l'amour
cosmique de la création pour elle-même.

Roç était trop épuisé pour continuer, et il avait
honte devant Yeza, qui lui demanda :

— Sois sincère ! As-tu bu dans le calice ?

Il fut contraint de se taire.

Yeza était inquiète. Elle se laissa rouler vers Roç :
elle avait besoin de le voir.

— Et si le pêcheur avait raison ? chuchota-t-elle,
songeuse.

— Pêcheur ? Quel pêcheur ? répondit Roç inter-
loqué.

— Tu n'as donc pas compris ? Mauri En Raimon
était le pêcheur sur le lac, et son message nous
enseigne que nous devons y boire pour prendre sur
nous la souffrance du monde.

— Sur nous? Roç n'était absolument pas d'accord. Jésus de Nazareth ne l'a-t-il pas déjà fait avant nous? Et à quoi cela lui a-t-il servi? Le monde est plus mauvais qu'il ne l'a jamais été!

— Le prophète nous a apporté l'espoir, rétorqua Yeza, obstinée, pour que l'amour universel dépasse le malheur, la terreur et la mort. C'est cela, le calice!

— Jusqu'ici, il est passé devant nous sans nous voir, dit Roç sans exprimer de regret.

— À juste titre! riposta Yeza. Nous ne l'avons ni cherché ni demandé.

Roç comprit qu'il devait faire ses preuves comme chevalier du Graal s'il voulait encore exister aux yeux de sa dame.

— Je le chercherai, je peux prendre ma part du mystère du Graal.

Il voulut se relever, mais il lui sembla qu'un poing géant le pressait contre le sol. Ses membres étaient comme du plomb.

Yeza n'en avait rien remarqué. Roç continua donc comme si de rien n'était:

— Qui sait même si ce sont eux qui le détiennent..., murmura-t-il, dédaigneux.

— Quelle qu'ait été leur révélation, dit Yeza en fermant les yeux, le calice est devant nous, mais nous ne pouvons pas le prendre car nous ne sommes pas prêts à renoncer au monde.

— Devons-nous nous sacrifier pour eux?

Roç n'y était pas disposé. Pour éviter une dispute, Yeza changea de sujet.

— Je l'ignore, admit-elle, mais je vois clairement à présent des gens qui se sont sacrifiés pour nous. Ils s'échappent de la lumière bleue, comme en apesanteur, leurs corps sont transparents comme des ailes de libellule.

— Qui vois-tu? demanda Roç d'une voix rauque d'émotion, mais qu'il ne força pas afin de ne pas troubler la vision de Yeza.

— Le vieux Turnbull, dit-elle. Très maigre, mais d'une parfaite gaieté, tout à fait comme tu me l'as

décrit lorsqu'il a fait sauter Vitus dans l'enfer qu'il
méritait, en lui laissant miroiter l'accès au paradis.

— Le vol de l'aigle! confirma Roç à voix basse.
Qui vois-tu encore?

— Créan! dit Yeza. On dirait saint Sébastien, le
corps criblé de flèches.

— Continue! demanda Roç.

— Les autres, je ne les connais que par les récits
de Guillaume. Celle-là doit être Loba, La Louve,
étranglée par son propre fils Vitus parce qu'elle ne
voulait rien révéler sur nous. Notre nourrice, que
l'inquisiteur a entraînée elle aussi dans la mort. Et je
les vois tous à présent, ceux dont les esprits hantent
encore ces lieux où ils ont perdu la vie. Les défenseurs de Montségur, ils sont des centaines, ils
tournent comme un essaim de moustiques, ils
sortent de la lumière bleue qui se transforme en
soleil blanc incandescent... je ne peux plus regarder!
gémit Yeza. Cela m'aveugle!

Elle posa les mains sur ses paupières fermées et
secoua la tête de part et d'autre.

Roç la prit dans ses bras et couvrit son visage de
baisers éperdus.

— Réveille-toi, Yeza, cria-t-il, horrifié, en voyant
qu'elle n'ouvrait plus les yeux et ne semblait plus respirer. Roç passa la main sous la couverture et
effleura sa vulve. Elle était trempée. Au même instant, elle lui mordit l'oreille, et ses yeux lui sourirent
comme deux étoiles exténuées.

— Oh, dit-elle en inspirant profondément, je serais
presque partie avec eux au paradis, je me sentais déjà
si légère.

— N'y songe plus, lui ordonna Roç, inquiet, en
rajustant la couverture en peau de bête. Il regretta de
ne pas l'avoir interrogée sur sa mère, descendue du
château avec beaucoup d'autres pour brûler au
Camp des Crémats sur l'un des bûchers. Il aurait
tant aimé savoir si Esclarmonde était aussi sa mère.

Yeza s'était aussitôt endormie. Roç la pressa
contre lui, si fort qu'il entendait battre son cœur. Il

leva les yeux vers le ciel, sous la voûte céleste. Il vit des myriades de lumières qui scintillaient et clignotaient. Quelque part, lui et Yeza dessinaient eux aussi leur trajectoire, le couple royal, un double astre brillant dont Dieu seul savait quelle ellipse il parcourait. Rien ne pourrait arrêter leur course.

Roç s'était endormi peu après. Yeza, elle, s'éveilla au milieu de la nuit. Elle écouta la respiration tranquille de son compagnon. En dessous, dans la salle du château, la lumière s'éteignit, les premiers participants quittèrent le donjon par l'escalier. Ici et là, on rallumait les torches.

Il n'est pas bien grand, le pas qui sépare le secret magique de l'aventure mystérieuse, songea Yeza au moment où elle aperçut Gavin. C'était bien lui, le Templier ! Son clams blanc brillait dans l'obscurité, et Yeza aurait juré que la croix griffue diffusait une lueur rouge sang. Elle voulut l'appeler, mais sa voix se serra. Elle regardait fixement le précepteur, qui ne marchait pas vers la porte comme les autres, mais vers le mur, et qui parut se perdre dans le néant, comme s'il avait transpercé l'épaisse muraille de pierre. Yeza secoua Roç pour le réveiller.

— J'ai vu Gavin !

— Pourquoi pas ? soupira son compagnon, ivre de sommeil. Yeza décida d'en rester là pour l'instant et s'enroula de nouveau dans la couverture. La chaleur de Roç lui fit du bien. Sa main chercha tendrement son sexe et s'y posa. Yeza aimait à s'endormir ainsi.

> « *Der grâl was von söhler art :*
> *wol muose ir kiusche sîn bewart,*
> *diu sîn rehte solde pflegen :*
> *diu muose valsches sich bewegen.* »

SIGNES DE FEU

Le matin s'annonçait déjà, blafard. Les dormeurs avaient été réveillés par les sons de l'hymne au château du Graal, qu'avait entonné Jordi.

> « *Mit zühten neic diu künegîn*
> *und al diu juncvröuwelîn*
> *die dâ truogen balsemvaz.*
> *Die künegîn valscheite laz*
> *sazte vür den wirt den grâl*
> *Daz maere giht daz Parzivâl*
> *Dick an si sach un dâhte,*
> *Diu den grâl dâ brâhte :*
> *Er hete ouch ir mantel an.* »

Chanter était une arme contre le froid. Le cheval hennit et se leva de son maigre lit de paille, ses fers firent des étincelles sur les silex dont était pavé le sol. À l'est, comme une boule de feu, le soleil se levait sur les forêts. C'est alors qu'ils virent les lumières sur les murs. Deux signes orange enflammés apparurent précisément dans les deux niches creusées par les fenêtres du mur. Les rayons du soleil passèrent par les deux archères, de l'autre côté, et avancèrent lentement sur la pierre, annonçant au moins une certaine agitation. Mais une personne sûre d'elle ou qui se sentait protégée par la main de Dieu pouvait aussi les interpréter comme l'indice d'un grand secret, symbole d'un code que seuls les initiés pouvaient lire, inscrit en lettres de feu, à cet instant précis, à l'heure du solstice, cet événement unique où prenait fin le soleil d'hiver.

— Nous voici! laissa échapper Yeza. Mais Roç s'intéressait à tout autre chose.

— Regarde bien cet angle! s'exclama-t-il en se redressant pour ne rien perdre de ce spectacle subjuguant. C'est un message géométrique! s'exclamat-il lorsque les deux lumières atteignirent les fenêtres vides avant de s'éteindre d'un seul coup. Yeza n'aurait jamais vu les choses ainsi, mais Roç avait peut-être raison. Ils se relevèrent et appelèrent Jordi, qui monta aussitôt l'escalier abrupt.

— Un coin tranquille, dit-il, juste un peu froid.

Tandis qu'il rassemblait les couvertures et les peaux, Roç aida sa compagne à descendre les marches glacées. Ils se retrouvèrent dans le trapèze formé par les hauts murs d'enceinte.

— Nous devrions peut-être aller jeter un coup d'œil dans la salle, en bas ? proposa Roç, qui avait retrouvé sa fièvre d'explorateur. Nous trouverons peut-être...

— ... le trésor ! compléta Yeza en riant. Non, fit-elle, nous devrions laisser le royaume de la nuit à ceux qui le peuplent. Le jour nous appartient.

Elle arriva ainsi devant le portail ouvert et regarda le vaste paysage qui s'étendait jusqu'aux lointains sommets des Pyrénées. Roç l'avait suivie, il passa ses bras autour de sa taille.

— Ce monde est trop beau pour qu'on le quitte, dit-il à voix basse.

Yeza se tut. Son sourire était celui d'un sphinx.

Guidés par Jordi et le cheval bâté, accoutumé aux sentiers de montagne, Roç et Yeza descendirent le Pog par les bois et les éboulis. Ils trouvèrent leurs animaux bien installés entre les arbres, au-dessus du Camp des Crémats. De jour, sur ce coteau qui descendait en pente douce, tout rappelait le cadre où s'étaient jadis dressés les bûchers, aussi hideux que des bubons pestilentiels. Même sous la couverture neigeuse, les traces de l'incendie se voyaient encore. L'indignation et la rage se mêlaient dans l'esprit de Roç.

— Lorsque le printemps fera de nouveau pousser ici de l'herbe et des fleurs, alors ceux qui, cette nuit, se sont glissés dans le château, protégés par l'obscurité, devraient prendre place ici, visière levée.

Yeza tendit l'oreille.

— On organisera à Montségur un tournoi auquel tous...

— On ne le fera certainement pas sur ce pré, où l'herbe pousse sur la cendre des croyants ! répondit Yeza en lui coupant brutalement la parole.

— Mais au contraire ! C'est justement sur ce sol de

la résistance sans armes, du calvaire subi et accepté,
que je veux défier quiconque le voudra.

Yeza le dévisagea, inquiète.

— Est-ce cela, l'esprit de l'amour cosmique universel qui s'est abattu sur vous la nuit dernière, mon
seigneur ?

Roç se tut, mais il se reprit vite.

— C'est l'esprit du tournoi chevaleresque qui
m'habite. L'esprit galant de ma dame, pour l'honneur de laquelle les nobles montent en selle, aurait-il
disparu pendant la nuit ? Les spectres vous auraient-
ils ravi cette témérité dont vous faites preuve d'ordinaire ?

— Je parle sérieusement, lorsque je dis que je
veux me consacrer à un autre amour, répliqua Yeza
sans regarder son compagnon. Je veux m'exercer au
renoncement.

— Voulez-vous commencer par moi ?

Yeza finit par lever les yeux vers son compagnon.

— C'est un enfant que nous devrions...

Elle n'en dit pas plus : sur la route, en dessous du
Pog, apparut une troupe de cavaliers au grand galop.
Leurs pourpoints portaient les couleurs du sénéchal,
et la bannière de la France flottait au-dessus d'eux, à
l'extrémité de leurs lances.

— Le gros, en tête du cortège, s'exclama Roç
d'une voix sourde, je le reconnais, c'est messire Fernand Le Tris !

— Le chasseur d'hérétiques ! ajouta Yeza en
remarquant les chiens qui filaient derrière la troupe
en tirant sur leurs laisses. Yeza avait beau aimer pas-
sionnément la chasse, elle haïssait les chiens que l'on
utilisait pour traquer les hommes.

— N'est-ce pas lui qui a blessé Na India ?
demanda-t-elle.

— C'est le frère de l'inquisiteur, répondit Roç.
J'aimerais bien avoir de tels héros devant ma lance !

— Ce ne sera pas nécessaire, dit Yeza en désignant l'autre extrémité de la route : trois, quatre,
puis six chevaliers trottaient nonchalamment vers

les Français. Ils n'avaient même pas sorti leurs lances ni levé leurs boucliers.

— Je reconnais le blason du comte de Mirepoix, trois chevrons noirs ! s'exclama-t-elle, l'œil brillant. Ils ne donnent pas l'impression de vouloir dégager la route !

Roç lui lança un rapide regard. C'était elle, la Yeza qu'il connaissait et qu'il aimait. Elle n'avait qu'une seule envie à cet instant : entendre le choc des armes les unes contre les autres. Il n'avait pas fallu bien longtemps pour qu'elle oublie l'abstinence, la maternité et toutes ces billevesées. Il se mit à rire.

— Voilà qui me plaît !

Les Francs avaient compris qu'il s'agissait d'une affaire d'honneur : la route était si étroite que deux cavaliers pouvaient tout juste y passer de front. Mais les chevaliers restèrent les uns à côté des autres comme s'ils n'avaient pas remarqué ceux qui venaient à leur rencontre. Fernand Le Tris ne demanda donc pas à ses hommes de se ranger sur une seule file. Le capitaine ne se sentait tout de même pas à son aise : lui et la meute de chiens constituaient à présent l'avant-garde de la troupe. Et les autres levaient désormais joyeusement les lances, sans se mettre pour autant au galop. Les Francs, en revanche, ne pouvaient pas ralentir le pas sans perdre la face. Le choc était inévitable, et le gros homme qui les dirigeait allait se faire embrocher. Les chiens glapissaient. Jusqu'au dernier instant, le capitaine espéra ardemment que la supériorité numérique de sa troupe allait ramener les orgueilleux chevaliers à la raison et les forcer à dégager la voie. Mais rien n'y fit : les lances se rapprochaient, se rapprochaient encore...

— Au nom du Roi ! cria Fernand Le Tris en se retournant vers ses hommes. Le renard est lâché !

Il fit faire volte-face à son cheval, quitta le chemin et descendit le coteau, entouré par les chiens qui aboyaient à s'en briser la voix et par ses cavaliers qui ne s'étaient pas préparés à pareille péripétie. Les

autres soldats s'étaient déjà mis en chasse et
criaient : « Le renard ! Le renard ! »

En haut, sur le chemin, les chevaliers occitans passèrent au trot sans même accorder un regard à ce
qui se déroulait en contrebas.

Lorsque Roç et Yeza eurent traversé le Camp des
Cremats, les chevaliers s'arrêtèrent là où le chemin
des pèlerins débouche sur la grand-route. Le plus
âgé d'entre eux, manifestement leur chef, un homme
qui paraissait n'avoir pas tout à fait achevé sa croissance mais portait une épaisse moustache, descendit
et marcha vers Roç et Yeza, qui bridaient leurs chevaux, aux aguets.

— Je suis Jourdain de Levis, comte de Mirepoix...,
dit-il, avant d'ajouter en désignant la ruine qui se
dressait sur le Pog : ... et maître de Montségur.

Roç se laissa à son tour descendre de cheval et dit
d'une voix aimable :

— Nous n'avions aucune intention de vous léser,
monseigneur, en pénétrant ici sans votre autorisation...

— Pas un mot de plus ! fit le comte d'une voix de
stentor. Je suis venu présenter mes hommages au
couple royal, et s'il faut que quelqu'un exprime des
excuses, c'est bien à moi de le faire, moi, père hon-
teux d'un fils dégénéré !

Yeza se rappela alors le nom de ce garçon cour-
taud qu'elle avait cloué à un arbre à Quéribus : Pons
de Levis !

— Pardonnez-moi de lui avoir joué un aussi vilain
tour, dit-elle. Cela devait lui servir de punition.

— Je vous en prie, vous lui avez fait grâce de la vie
à deux reprises, répondit messire Jourdain en considérant la jeune guerrière avec le respect qu'il lui
devait. Une fois en le laissant réchapper à un lancer
de couteau digne d'une magicienne. La seconde fois
en sauvant sa tête de crétin devant le tribunal des
Templiers. Je vous dois de très sincères remerciements.

Il fit mine de s'agenouiller. Roç eut tout juste le
temps de bondir vers lui pour l'en empêcher.

— Messire, vous ne nous devez rien ! s'exclama-t-il, confus. Nous voulions juste voir Montségur...

— Acceptez-le en cadeau ! s'exclama le comte. Comme mon cœur se réjouirait de savoir le Pog entre vos mains !

— Nous ne pouvons accepter cela, dit Yeza. Le roi Louis, de terreur, en ferait tomber sa couronne, et monseigneur le pape en aurait une apoplexie !

Le comte éclata de rire à son tour.

— Voilà une expérience qui mériterait d'être tentée !

— Permettez-moi en revanche, répliqua Roç, d'organiser ici un combat chevaleresque, un tournoi de fête.

Le comte laissa aller son regard de Yeza à Roç avant de s'exclamer d'une voix tonitruante :

— Voilà une idée magnifique ! Et une idée digne de vous, ô couple royal ! Approchez-vous, Messires ! hurla-t-il à ses chevaliers. Nous allons organiser un tournoi sous le parrainage (il lança un bref regard interrogateur à Yeza, qui hocha la tête) de cette audacieuse jeune dame !

— Ce sera pour le solstice de mars ! décida Yeza tandis que les chevaliers descendaient de cheval et se hâtaient de venir lui embrasser la main.

Le comte présenta ses hommes :

— Wolf de Foix ; mes neveux Gers d'Alion et Simon de Cadet ; Burt de Comminges, mon beau-fils ; Gaston de Lautrec, mon beau-frère.

Ils s'inclinèrent aussi devant Roç, un peu ahuri d'entendre tous ces noms illustres. Tous étaient ses parents par un biais ou par un autre, s'il était le dernier des Trencavel. Le comte était déjà devant lui et lui donna l'accolade.

— Puisque vous ne voulez pas devenir notre suzerain, je vous souhaite la bienvenue, au nom du sang qui coule dans nos veines à tous.

Ils embrassèrent alors fraternellement Roç sur les deux joues, les uns après les autres, en l'appelant « Mon cher cousin ». Il leur répondit tout aussi cordialement.

— Nous nous reverrons lorsque le jour et la nuit seront aussi longs, lorsque le printemps sera arrivé ! cria Roç pour prendre congé, en montant à cheval.

— Notre printemps, c'est vous ! s'exclama le comte en regardant Yeza, comme le faisaient aussi la plupart de ses chevaliers.

— J'attends aussi le velours de vos dames, répondit Yeza. Je n'aimerais pas présider seule à l'affrontement de si nobles couleurs. Faites donc venir les belles du pays, que je devienne leur amie.

Tous levèrent alors leur lance et s'exclamèrent :

— Longue vie au couple royal !

Le Triton et la truie

Lorsque Roç et Yeza approchèrent du château de Quéribus, Jordi trottant derrière eux avec ses chevaux bâtés, les lieux ne leur parurent pas totalement étrangers. Les gardes qui surveillaient le portail ne jugèrent même pas nécessaire de les saluer. Entre les Templiers et le couple royal, on avait certes toujours respecté une certaine réserve, mais l'on n'avait jamais manqué d'échanger quelques amabilités, ne fût-ce que pour demander si le voyage s'était bien déroulé. Il ne se passa rien de tel ce jour-là. Roç et Yeza chevauchaient l'un derrière l'autre sur le chemin pavé de la tour, le bruit des sabots les étonna : pendant tout le voyage, ils avaient marché sur la neige.

— As-tu vu ces oiseaux de potence ? demanda Yeza à son compagnon. On dirait que ce ne sont plus les mêmes !

— Vous pourriez avoir raison, ma *damna*, répondit Roç. Je ne connaissais aucun de ces visages. Le Triton aurait-il renvoyé la garnison chez elle pour nous imposer des gueux venus de France ? Il en serait bien capable !

— Mettez ce faux franciscain à la question, vous êtes le maître des lieux ! exigea Yeza d'une voix sévère en descendant de cheval. *Principiis obsta !*

— Qu'est-ce que cela signifie? rétorqua Roç, qui s'apprêtait à rendre à Yeza la monnaie de sa pièce. Mais à cet instant, son regard tomba sur le bâtiment de la cuisine. On y avait suspendu un porc découpé en deux parties, la tête vers le bas. Le boucher était en train de lui tailler les pattes antérieures avec son long couteau.

— Arrêtez! s'écria Roç. Serait-ce Rosemonde?

Le boucher eut un rictus confus et hocha la tête. À cet instant, Philippe arriva en trombe — il sortait de la paille, ses cheveux étaient couverts de foin séché. Potkaxl, ingénue, le suivait. Mais elle éclata en sanglots lorsqu'elle vit Roç et Yeza.

— Un meurtre! cria-t-elle en sanglotant.

Philippe la poussa sur le côté.

— Rosemonde a été lâchement assassinée, confirma-t-il en se passant les doigts dans les cheveux.

— Par qui? demanda Yeza.

— Eh bien..., commença Philippe, nous avons fait ce que messire Rinat nous avait ordonné, nous nous sommes couchés dans votre lit et nous avons...

— Je vois, grogna Roç avec une certaine impatience, je n'ai pas besoin de détails.

— C'était comme d'habitude, admit Philippe, peut-être un peu plus fort, parce que, sauf votre respect, la chose est plus agréable dans votre lit que dans la paille.

— C'était l'effet recherché, approuva Yeza. Mais quel rapport avec Rosemonde? Oh mon Dieu, ça ne signifie tout de même pas que cette truie est montée dans notre lit...

— Nous l'avons vue tout d'un coup. (L'écuyer était tout de même un peu gêné.) Nous ne l'avons pas entendue venir, et je ne comprends pas comment Rosemonde a pu ouvrir la porte.

— Elle couinait de joie, ajouta Potkaxl, elle a sauté dans le lit, puis sur nous, avant de se jeter comme une sauvage sous la couverture. Elle a fait plus de remue-ménage que nous deux réunis, en produisant de tels grognements que j'étais sûre de voir accourir tout le château.

— Il n'y avait pas moyen de l'arrêter, nous n'arrivions à rien, et puis une truie donne de sacrées bourrades. Ça vous laisse de beaux bleus quand ça vous passe dessus!

— Ensuite, elle était tellement contente qu'elle s'est mise à mordre, ajouta la suivante dans un nouveau sanglot. La pauvre Rosemonde...

— Nous sommes donc sortis du lit, nous avons jeté toutes les couvertures sur le porc et nous nous sommes glissés sous le sommier, en espérant qu'elle ne pourrait pas nous y rejoindre. Mais elle nous a certainement sentis : elle s'est mise à sauter dans les draps et à donner du groin contre les oreillers, comme un âne sauvage qui cherche à désarçonner son cavalier. À cet instant, nous avons entendu des bottes devant votre lit. Nous ne voyions pas grand-chose, mais c'étaient bien des jambes humaines, je pus m'en apercevoir à la lueur de la bougie qui brûlait encore sur la table. Mais elle s'est éteinte presque aussitôt, et Rosemonde a commencé à pousser des gémissements pitoyables, c'était affreux. Elle a encore émis un dernier petit couinement et on ne l'a plus entendue. J'avais fermé la bouche de Potkaxl dès qu'ils étaient arrivés. Nous nous tenions tranquilles comme de petites souris, la peur nous garda serrés l'un contre l'autre jusqu'à ce que les bottes s'éloignent, aussi discrètement qu'elles étaient venues. C'est à ce moment-là qu'un liquide rouge et collant a commencé à nous couler dessus!

— Je suis immédiatement sortie de sous le lit et j'ai soulevé les couvertures, l'interrompit sa compagne, encore bouleversée par ce souvenir. Rosemonde nageait dans son sang!

— J'ai compté vingt-huit blessures, soupira Philippe. Les draps et les couvertures étaient en lambeaux. J'ai empêché Potkaxl de crier, et je me suis efforcé de ne pas vomir.

— Et tout cela dans notre lit! constata sèchement Roç, mais la suivante précisa aussitôt :

— Vous ne trouverez plus la moindre trace de sang, juste du linge frais et parfumé.

— Et ensuite? demanda Yeza à l'écuyer.

— Ensuite, nous avons réveillé messire Rinat, et il est allé chercher le moine...

— ... qui était couché tout habillé sur son lit! s'exclama Potkaxl.

— Je m'en doutais, dit Roç.

— Messire Rinat, en compagnie du moine, a ordonné que tout reste comme on l'avait trouvé jusqu'au matin, conclut l'écuyer.

— Et que s'est-il passé ensuite?

— Messire Bartholomée s'est mis dans une colère effroyable en constatant que vous aviez quitté le château en pleine nuit, vous et votre dame, sans l'en informer. Il a accusé Rinat d'avoir fomenté un complot avec vous.

— Je suis bien heureux de ne pas m'être trouvé sous les couvertures cette nuit-là!

— Après avoir manqué son attentat, s'exclama Rinat, le moine aurait bien pu avoir l'idée de nous accuser devant l'Inquisition d'avoir pratiqué un meurtre rituel sur un cochon!

— Nous avons tous eu de la chance, dit Roç, mis à part Rosemonde. Elle vous a sauvé la vie.

— Faut-il que ses meurtriers la mangent, par-dessus le marché? songea Yeza. Halte! ordonna-t-elle au boucher qui n'avait de toute façon pas osé poursuivre sa besogne. Rosemonde sera enterrée avec tous les honneurs. Installez-la dans une belle caisse, et qu'il ne m'en manque pas un seul morceau!

— Messire Bartholomée me l'avait ordonné, répondit le boucher pour s'excuser, et il essuya son couteau sur son tablier.

— Et où se trouve ce moine? fit Roç d'une voix hargneuse. L'homme désigna la porcherie, de l'autre côté.

— Le pauvre ne se montre presque plus, répondit-il avec un sourire scabreux qui n'allait pas du tout avec sa remarque compatissante.

— Et c'est tant mieux! gronda Roç en se dirigeant vers l'escalier qui menait à ses appartements.

— Et Rinat? demanda Yeza à sa suivante. Nous lui avions confié le commandement du château. Il a bien mal rempli son office.

Potkaxl préféra se taire et guida sa maîtresse à la porte de la chambre. Elle était entrouverte. Rinat Le Pulcin était couché sur un lit de paille et enveloppé de draps. Son visage était aussi blanc que le linge trempé de sueur. Il eut un sourire terne en apercevant Yeza.

— Ce porc a cherché à m'empoisonner! expliqua-t-il d'une voix rauque. Le Triton! corrigea-t-il en comprenant que Yeza pouvait se méprendre. Il voulait abattre immédiatement le *corpus delicti*, le faire rôtir et manger par tout le monde afin d'éliminer les traces. Il a fait brûler vos draps et vos couvertures, en disant qu'il fallait éviter les épidémies.

— Il nous paiera cela! lança Roç, qui était entré dans la chambre après les femmes. Laissons Rinat se reposer et guérir tranquillement, suggéra-t-il. L'émotion et l'effort lui sont certainement nocifs, et Philippe m'a déjà raconté tout cela.

— Je me sens déjà mieux, ne vous faites pas de souci pour moi, lança Rinat dans un souffle avant de fermer les yeux, exténué. Roç tira Yeza hors de la chambre qui empestait.

— Le peintre a eu l'esprit assez léger pour accuser le moine de complot meurtrier et d'usurpation de Quéribus. Car cette nuit-là, sans doute juste après que nous avons quitté le château, les Templiers ont été rappelés par un ordre urgent du précepteur Gavin Montbard de Béthune. Rinat a soutenu que le parchemin était un faux, mais le Triton l'a jeté en riant dans les flammes, qui ont consumé les traces de cette nuit sanglante. Le lendemain matin, en tout cas, la garnison avait été remplacée par des mercenaires français. Je pense que cette canaille était déjà sur place auparavant. Ce sont eux qui ont commis l'attentat! conclut Roç.

— Comme c'est agréable, mon noble chevalier et protecteur, de dormir sous le même toit que de si braves gens !

— Ils n'essaieront pas une deuxième fois, répondit Roç pour tranquilliser sa compagne. À partir de maintenant, nous logerons le Triton dans notre tour, sous bonne garde.

— Même s'il s'agit de garantir notre intégrité physique, messire, cela me paraît trop sévère. Voulez-vous que je meure empoisonnée par sa puanteur ? Non ! dit Yeza. Nous devons juste lui montrer que nous ne craignons aucun d'entre eux.

— Comme vous le voudrez, mon audacieuse *damna*, je suis toujours disposé à mourir à votre côté, mais je voudrais auparavant, encore une fois...

— Certainement pas ! répliqua Yeza. Cette maison est en deuil. Nous allons commencer par offrir à Rosemonde son dernier repos. Je pense au buisson de roses.

— Un enterrement chrétien ? demanda Roç en riant, mais Yeza resta très digne. Il va falloir que notre cher frère Bartholomée lui accorde sa bénédiction. Je n'ai pas l'intention de lui épargner ce sacrement-là.

À la lueur des derniers rayons d'un soleil rougeoyant, le personnel des cuisines porta solennellement les restes de Rosemonde dans le petit jardin où l'on avait creusé une tombe fraîche au pied d'un rosier en buisson. Yeza avait envoyé deux soldats de la garde tirer le moine de son étable, qu'il ne voulait surtout pas abandonner.

— Comment voulez-vous que je sauve de la damnation l'âme de cette pauvre créature, puisqu'elle n'en a pas ! gémit-il en se cabrant des quatre fers. Il fallut que Yeza le menace de le faire enchaîner pour que le Triton se débarrasse de son escorte et suive le cortège qui accompagnait la caisse. Devant la tombe, Yeza lui demanda d'une voix pénétrée s'il ne voulait pas prononcer quelques mots, car, affirma-t-elle, « si vous ne pouvez reconnaître une âme à cette créature, Rosemonde vous a tout de même prouvé qu'elle a un grand cœur ».

Yeza attendait une réaction du franciscain, qui était resté derrière tous les autres. Elle vit alors des larmes lui couler sur les joues. Le moine pleurait. Roç jeta la première motte de terre sur la caisse qui descendait lentement dans le trou. Potkaxl s'approcha de la fosse et dit à voix haute :

— Dans ta vie ultérieure, tu seras un superbe prince et tu recevras en retour tout l'amour que tu as donné, ô truie !

Le personnel des cuisines et les serviteurs applaudirent. Jordi Marvel attrapa son luth et se mit à chanter :

> « *Fetu fu pour a tous pleire ;*
> *chascuns la devroit amer.*
> *Onques plus tost ne la vi,*
> *Que sorpris me vi de li :*
> *Si n'em puis mon cuer oster.* »

IV

CARNAVAL ET AUTODAFÉ

<small>Devant le tribunal de l'Inquisition à Carcassonne</small>

Toute la ville gothique de Carcassonne, avec son double anneau de murailles et de tours, n'était qu'une unique forteresse. Sa citadelle n'était donc pas particulièrement élevée, elle se dressait au cœur de la cité, dont elle n'était séparée que par un mur d'enceinte. Jadis, les vicomtes de Carcassonne avaient régné depuis ce château. À présent, c'est un sénéchal qui y représentait la France.

Pier de Voisins aurait aimé que son siège eût été fortifié plutôt trois fois qu'une. Il n'était pas chez lui ici, il se sentait comme un prisonnier de la ville de Perceval. Nul n'avait oublié ce chevalier, le plus fameux fils de la lignée des Trencavel, et les fiers bourgeois de la ville enrageaient encore à l'idée que lui et l'imprenable Carcassonne étaient tombés par la trahison et la perfidie entre les mains de l'ennemi abhorré.

Pier de Voisins était un vieil homme. Il avait déjà occupé dans le passé la fonction de sénéchal. Cette fois, il assurait seulement l'intérim. Mais sa connaissance des lieux ne lui donnait ni confiance ni envie de passer à l'attaque, comme le lui demandait avec fièvre son interlocuteur corpulent. Bezù de la Trinité, l'inquisiteur d'Occitanie, était extrêmement déçu par la mollesse du sénéchal. Le dominicain se rengorgea.

— Si vous ne vous rangez pas à mes arguments, Pier de Voisins, je mènerai la lutte tout seul. Mais cela me donnera à réfléchir. Ne l'oubliez pas : aujourd'hui, vous êtes encore sénéchal, fier de votre pouvoir et de votre trône. Mais demain déjà, vous pouvez être un cas pour l'Inquisition.

— Vous avez une âme de poète, mais nulle muse ne pleurera votre disparition, répondit Pier en triturant ses longues moustaches tombantes qui lui donnaient un air mélancolique. À moins que ne se cache derrière votre panse grasse l'un des troubadours qui agitent secrètement le peuple contre le roi ? Réfléchissez bien à ce que vous aurez à avouer, vous, lorsqu'on vous montrera les instruments.

— Essayez donc de me dépasser en méchanceté ! rétorqua le gros homme dans un feulement. Mais songez-y : après Bezù de la Trinité, le dominicain, il ne reste plus que le diable ! Si vous lui avez voué votre âme, vous relevez de ma juridiction et vous brûlerez sans procès, comme cette vieille garce de Na India.

Le sénéchal laissa longtemps ses yeux aqueux fixés sur le pesant dominicain. Il aurait dû le pendre. Il se contenta de dire :

— Vous n'incendierez pas cette ville sans procès !

L'inquisiteur se cabra sur son siège avec un couinement de fureur.

— Vous aurez de mes nouvelles, sénéchal !

— Je n'y tiens pas, marmonna-t-il sans se relever. Mais le gros moine était déjà à la porte, où il faillit heurter Olivier de Termes. Celui-ci suivit l'inquisiteur du regard, en riant.

— Eh bien, quelque chose serait-il resté coincé dans le gras gosier de cette torche de Dieu ?

— Comme d'habitude ! (La mine du sénéchal s'éclaira elle aussi.) S'il était mince et sec comme la plupart des *canes Domini*, on pourrait le décrire comme un chien de chasse imbécile qui rapporte à son maître tout ce qui lui tombe entre les babines : vieilles poules, orvets, taupes mortes ou musaraignes. Mais jamais un lion, un aigle, et encore moins un dragon !

— Vous en demandez trop, mon vieil ami ! « Le gros Trini », c'est ainsi que l'appellent tous ceux qui ne peuvent le supporter, et, pour ceux qui connaissent ses penchants, « la grosse Trini » !

— Ne commencez pas à broder, vous aussi, l'interrompit le sénéchal en feignant le désespoir. Ce dominicain poète me ramène en chaîne tout ce qu'il peut trouver comme barbus aux cheveux blancs et vieilles herboristes pour que je les brûle à Carcassonne comme hérétiques, *coram publico*. Et chaque fois, cela provoque des émeutes !

— La ville bout déjà de nouveau comme une marmite de poix et de soufre, lui confirma Messire de Termes. Une étincelle, et vous danserez sur le plus beau des feux grégeois !

— La gigue, effectivement, confirma le sénéchal, résigné. Le couple royal, ce Roç Trencavel, puisque c'est ainsi qu'il se nomme à présent, et sa dame Yeza...

— Esclarmonde, c'est tout à fait cela ! Du Mont y Sion, ajouta Olivier. Je connais ces deux créatures du Prieuré !

— En tout cas, c'est eux qui ont fait courir cette dangereuse rumeur. Ils ont annoncé qu'ils donneraient un tournoi au mois de mars. Et savez-vous où cela se déroulera ? Vous n'allez pas me croire : au pied du Pog !

— À Montségur, pour l'équinoxe ? (Olivier réfléchissait à voix haute.) Le moment est bien choisi, *constellatio maxima* ! L'heure sainte pour tous les cathares, celle qui a précédé la reddition du château. C'est génial.

— Ne serait-ce que pour une raison : je ne peux l'interdire.

— Parce que le territoire du Pog est placé sous la juridiction du comte de Levis ? supposa rapidement

et justement Olivier, mais sans participer à l'indignation du sénéchal, si elle était sincère.

— Savez-vous, raconta ensuite Pier de Voisins,
l'air soucieux, que mon prédécesseur, le très capable
sénéchal Hugues des Arcis, qui dirigeait le siège, a
qualifié de pure alchimie ce qui s'est passé autour du
Montségur, sur ses murailles et à ses pieds. Les
assaillants étaient très proches des défenseurs. Ils
étaient issus des mêmes familles. Le commandant
des gardes du château était Pierre-Roger, vicomte de
Mirepoix. Et dans les rangs des assaillants combattait celui auquel le château était promis, Guy de
Levis, son neveu direct, qui hérita effectivement du
titre de comte.

— Et à présent, son héritier Jourdain rassemble
autour de lui tous ceux dont les pères étaient encore
des cathares déclarés, Wolf de Foix à leur tête, issu
de l'union morganatique du dernier Trencavel !

— Le jeune Roç prétend lui aussi être le dernier
descendant du Trencavel, corrigea Olivier d'une voix
claire. Il serait le fruit de ce fils qui, en 1241, a entrepris une nouvelle tentative désespérée pour
reprendre Carcassonne à votre prédécesseur, et qui y
a perdu la vie.

— Hypocrite ! s'exclama le sénéchal. Ne prenez
pas l'air aussi peu concerné, Olivier de Termes ! À
l'époque, vous combattiez au côté du Trencavel.

— Mais j'ai ensuite rallié la bannière fleurdelisée
de la France !

— Soit ! concéda le sénéchal, mais il reprit aussitôt : Et ce Roç, du côté maternel ?

L'idée de dévoiler cette mystérieuse origine plaisait à Olivier.

— En règle générale, on a des doutes sur l'identité
du père. Dans le cas de Roç, c'est la mère qui est
inconnue. La même année, une nonne aurait rendu
visite à Montségur. On l'y aurait reçue et soignée
avec tous les honneurs. La fille du châtelain, Esclarmonde de Perelha, s'est placée au service de l'étrangère, car cette noble dame était enceinte.

— De qui s'agissait-il ?

Pier de Voisins aimait ce genre d'histoires. Olivier prit son temps.

— On l'appelait Blanche. Et le monastère d'où elle venait gardait sur son origine un silence de glace.

— Dommage, regretta le sénéchal, déçu.

— Il a cependant été établi que le pauvre couvent des clarisses recevait des sommes considérables depuis l'entrée de Blanche ; elles venaient de la Sicile, *via* l'Aragon. L'homme chargé du paiement se donnait beaucoup de mal pour ne laisser aucune trace de leur passage.

— Ne vous lancez pas dans la haute politique ! implora Pier de Voisins, qui brûlait de curiosité. La pointe de ses moustaches en tremblait d'excitation.

— La France devrait se rappeler le nom de ce fondé de pouvoir, poursuivit Olivier avec un sourire. Jean de Procida était le médecin personnel de l'empereur Frédéric, et les versements provenaient de la caisse personnelle du grand Hohenstaufen.

— Ah ! s'exclama le sénéchal. Je comprends à présent pourquoi l'on fait tant d'histoires avec ce Roç. C'est un mélange de sangs royaux !

— C'était aussi la raison pour laquelle les défenseurs de Montségur ont cru dur comme fer, trois ans plus tard, que l'empereur allait accourir à leur aide !

— Mais il ne l'a pas fait !

— Les gardiens du Graal avaient oublié que Frédéric, de toute sa vie, n'avait jamais eu la moindre sympathie pour les hérétiques, et qu'il les persécutait sans pitié sur ses propres terres. Montségur ne reçut pas un sou, et *a fortiori* pas le moindre soldat allemand. Au contraire, ils ont combattu du côté français ! Immédiatement après la défaite, Blanche disparut du château. Son enfant, un garçon, fut nourri par Esclarmonde comme s'il était le sien, car elle-même était enceinte et accoucha peu de temps après d'une petite fille, cette Yeza Esclarmonde.

— Et de quelle lignée provient-elle, du côté de son père ?

— Sa mère a emporté ce secret-là dans les flammes. Après la chute de Montségur, elle est montée sur le bûcher où périrent tous les cathares qui avaient refusé d'abjurer leur foi.

— On trouve encore aujourd'hui beaucoup d'entêtés qui l'imiteraient.

— Si on les attrapait ! répondit Olivier en riant. Les adeptes secrets de l'ancienne doctrine ne constituent une menace que lorsqu'ils vous haïssent, vous, les occupants.

— Comme vous-même, Olivier de Termes, répliqua sèchement le sénéchal. Pourquoi aimeriez-vous la France ? Elle a tué votre père, elle vous a pris Termes !

— Mon père était une tête de lard, rétorqua froidement le renégat. Quant à Termes, je l'ai récupéré. Peu m'importe qui me l'a donné en fief.

— Tout le monde ne pense pas comme vous.

Pier de Voisins restait sur ses gardes, d'autant plus qu'Olivier continuait à jeter de l'huile sur le feu.

— Depuis que l'on a annoncé ce tournoi, on voit réapparaître ici, dans votre ville...

— Dans ma résidence surveillée, vous voulez dire !

Olivier ne releva pas les propos du sénéchal.

— ... on voit réapparaître ici tous les chevaliers que l'on poursuivait encore il y a peu parce que c'étaient des faidits. À présent, ils redressent insolemment la tête et se pavanent les armes à la main dans les rues : Alion, Cadet, Comminges et Lautrec ! Tous des bannis !

Le sénéchal balança la tête, l'air chagrin. Ses yeux bleus étaient dirigés vers l'extérieur, sur les toits de la ville. Il semblait soucieux.

— Ceux qui m'inquiètent, ce ne sont pas ceux qui montrent leur visage et qui portent les bandes jaune et rouge sur leur bannière, comme un signe visible de leur opposition. Non, l'inquiétant, c'est ma propre chevalerie, ces hommes auxquels la France a généreusement offert terres et prébendes en terre conquise, et qui, eux, ne paradent pas dans la ville.

Leurs pères se sont battus pour gagner ces terres, ils les ont payées de leur sang, mais la génération suivante, et plus encore celle des petits-enfants, ne se sent plus française depuis longtemps. Elle se comporte comme des gens du cru. Pis encore, par pure envie de se distraire, ils se dressent contre le droit et la loi que je dois défendre ici au nom de la Couronne. Ils font même cause commune contre l'autorité avec ces faidits, auxquels ils sont depuis longtemps alliés par le sang et le mariage!

— Tout cela sent l'insurrection, confirma Olivier, ce qui ne rassura guère le sénéchal.

— On dit que l'on a vu la nuit, dans les rues, la litière de la Grande Maîtresse. On raconte que se tiennent des réunions secrètes, que l'on distribue des armes, que des chevaliers étrangers affluent dans la ville et sont accueillis dans les palais de ceux que j'ai cités.

— Vous avez encore l'armée sous votre contrôle. Qui pourrait vous la prendre? Vos soldats sont des Francs, tout dévoués à leur roi.

— Je ne veux pas de combats de rue, marmonna le sénéchal. C'est la raison pour laquelle j'éviterai tout ce qui pourrait créer des troubles. Y compris l'autodafé réclamé par ce faible d'esprit qui prétend servir Dieu. Organiser cela maintenant, au milieu de la ville, sur la place de la cathédrale!

— Bannissez la grosse Trini! suggéra Olivier. Attirez-le en lui demandant d'aller détruire un nid d'hérétiques à l'extérieur, en rase campagne, il ne pourra pas résister à l'appât.

— La seule personne à avoir le droit de le bannir est l'évêque. Quant à votre appât, il ne l'attirera pas. Ce gros chien a déjà attrapé suffisamment d'hérétiques, il voudra les voir brûler avant de partir.

— Vous ne pouvez pas non plus éliminer l'homme de Rome, cela provoquerait le soulèvement des chrétiens. Toutes les cloches des églises se mettraient à sonner et la tempête se déclencherait.

— Une insurrection chez les bourgeois! s'exclama Pier de Voisins en frissonnant. Ce serait l'enfer.

— Je vous laisse cuire ici, lança messire de Termes en s'en allant, regardez bien ce qui se passe dans les rues. C'est la nuit de Carême, la nuit des bouffons, le carnaval !

Dans les rues de Carcassonne, le cortège masqué avançait comme une vague. Taillées dans le bois, creusées dans l'écorce de chêne-liège, tressées dans la paille, les figures grossières étaient accrochées au-dessus des têtes. Rien ne distinguait plus les bergers et les charbonniers, qui avaient quitté leurs montagnes pour affluer dans la ville, des citadins qui, depuis bien longtemps, avaient pris l'habitude de se masquer comme les gens de la campagne. Nul n'aurait pu dire depuis combien de siècles on célébrait le carnaval pour se moquer de l'hiver et invoquer le printemps. Sans doute d'origine celte, ce jour où l'on oubliait toutes les règles, cette fête excitée et parfois même violente existait au moins depuis l'époque des Romains. Elle débutait au moment où, depuis les forêts, les masques d'animaux apparaissaient dans les rues : au début, ce n'étaient que quelques loups solitaires, puis des truies sauvages et leurs marcassins, des vaches en chaleur groupées autour de leur taureau. À la tombée de la nuit, ils se faufilaient sous les portes, arpentaient discrètement les rues et effrayaient les bourgeois avec le fracas de leurs tambourins, de leurs chalumeaux et de leurs flûtes. Ensuite, les tambours résonnaient de toutes parts, les renards, les ours, les castors et les lynx sortaient des maisons et se mêlaient à la meute, en couinant, en feulant, en grognant et en sifflant. La chouette et la souris, le héron et le poisson hululaient, piaillaient, claquaient du bec et gobaient l'air. Qui aurait pu dire si c'était une femme qui, là-bas, poussait comme un bouc, ou un joyeux lascar qui faisait voler les jupes ? Les habitants de la région appréciaient de pouvoir s'amuser *incognito ;* les étrangers, eux, profitaient de cette période de dépravation pour se permettre des gestes qui leur étaient interdits d'ordinaire, passer leurs mains entre les

jambes des dames et leur pincer les seins. On aurait
cherché en vain le moindre cri d'indignation, le
moindre signe de plaisir humain. Chaque émotion
restait au niveau de l'animal, s'exprimait dans le jeu
de la créature que chacun s'était choisie comme
emblème. C'était l'unique règle dans cette fête sans
limites. Lorsqu'on la transgressait, lorsqu'on se promenait en portant au cou un crucifix, une amulette
représentant la Vierge ou un autre saint de l'Église,
on ne pouvait espérer assistance. Mais si vous alliez
trop loin dans le déguisement, on vous arrachait
votre masque, parfois même vos vêtements. Et l'on
vous poursuivait dans les rues comme un gibier, on
vous frappait jusqu'au sang, on vous piétinait même
parfois à mort si vous n'étiez pas parvenu à atteindre
les portes ouvertes d'une église. Or, en cette nuit de
carnaval, les portes des maisons de Dieu étaient le
plus souvent fermées à double tour.

Les battants de bronze du portail de la grande
cathédrale étaient cependant restés grands ouverts,
cette nuit-là, comme pour inviter les fidèles à entrer.
À l'intérieur, le tribunal de l'Inquisition avait
commencé à siéger, et à Carcassonne, ses audiences
devaient être publiques.

Sur les sièges du chœur étaient assis, le visage
pétrifié, les membres de la curie romaine, menés par
leur évêque et renforcés par les abbés et les prieurs
des monastères et des couvents voisins. C'est Bezù
de la Trinité qui représentait l'accusation. Le gros
moine suait à la lumière vacillante des grandes bougies de cire, non pas parce qu'elles dégageaient de la
chaleur (il faisait assez froid dans la cathédrale),
mais parce que les portes ouvertes laissaient passer
de plus en plus de ces étranges animaux qui reni-
flaient, chuchotaient et paraissaient très menaçants.
Par prudence, il n'avait pas encore fait entrer les
accusés : ils étaient restés sous bonne garde à l'écart
du public, dans la sacristie. Il savait fort bien que ces
animaux ne se battraient certainement pas pour
défendre le droit de l'Église. Or il allait lui falloir

ouvrir la séance d'un instant à l'autre. Et au bout du
compte, c'est lui qui devrait énoncer les jugements
du tribunal — lesquels étaient établis depuis longtemps. L'inquisiteur se contenta donc de faire lire
reus absente la longue liste des chefs d'accusation
par l'un de ses frères d'ordre, une litanie qui s'étira
sans fin sans susciter le moindre effroi, ni même une
once d'indignation, parmi les auditeurs. Bien au
contraire : Trini entendit les intrus grogner et siffler
irrespectueusement chaque fois qu'était évoquée la
sainteté de l'Église, de ses membres et de ses sacre-
ments, fredonner ou même rire lorsqu'on décrivait
les infamies des hérétiques. La Vierge Marie en soit
louée : son frère, le capitaine, avait fait dresser par
les soldats du sénéchal un cheval de frise hérissé de
pointes à travers l'église. Ce bétail n'oserait pas s'y
attaquer. Mais la pression pouvait encore monter :
les masques étaient de plus en plus nombreux à
affluer par le portail. Le gros inquisiteur sentit un
filet de sueur glacée lui parcourir le dos.

Fallait-il suspendre l'audience *sine die* après la lecture de l'acte d'accusation, au moins jusqu'à la fin de
ces journées païennes ?

L'inquisiteur n'eut pas le temps de prendre une
décision. À l'extérieur, devant la cathédrale, il entendit un grand tumulte. La foule avait formé une
gigantesque haie d'honneur. À la porte de la ville,
peu de temps auparavant, un étrange cortège s'était
mis en marche et avait attiré l'attention de tous,
même de ceux que les événements de la cathédrale
avaient laissés relativement froids jusque-là. Ceux
qui le composaient étaient des étrangers, et ne faisaient pas partie du petit peuple de Carcassonne.
Sous leurs masques d'animaux, ils portaient des
pourpoints taillés dans le tissu le plus fin, souliers de
velours fourrés et bottes de cuir, qui n'avaient rien à
voir avec les bures grossières et les sacs en lambeaux
qui revêtaient tous les autres. La rumeur n'avait pas
tardé à courir dans toutes les rues : « Le couple royal
est arrivé à Carcassonne ! » Ceux qui, un instant plus

tôt, se poursuivaient, se montaient désormais dessus, buvaient et se battaient, se bécotaient et se cajolaient, affluaient autour du cortège des hommes aux beaux habits.

Roç et Yeza portaient tous deux la tête d'un cheval de race, ce qui soulignait encore leur élégance. Potkaxl, leur suivante, enveloppée de la tête aux pieds dans un déguisement de lézard émeraude, bondissait autour d'eux, tandis que Philippe jouait la salamandre cracheuse de feu. Devant se dandinait Jordi, la taupe. Il menait par une chaîne de fer un personnage à tête de cochon, recroquevillé de honte. C'était Barth, qui aurait sûrement aimé se grimer en triton, mais les soldats de la garnison avaient préféré le déguiser en porc avant de le confier au petit troubadour. Sur le chemin de la ville, d'autres hommes et femmes masqués les avaient rejoints, toujours plus nombreux. Ce n'étaient pas des paysans, mais de jeunes seigneurs et damoiselles des châteaux avoisinants. Aucun n'avait décliné son identité, mais Roç et Yeza pouvaient deviner le nom et le rang de beaucoup d'entre eux par la tête d'animal qu'ils avaient choisie. La vieille carpe à la bouche ouverte était naturellement le comte Jourdain de Levis de Mirepoix, et le loup de Foix dissimulait mal l'homme qui le portait comme son prénom. Ceux qui n'avaient pas d'animal dans leurs armoiries avaient passé une chemise et l'avaient décorée selon leur imagination. On y voyait des dragons et des licornes, des griffons et des phénix, mais aussi des sorcières et des pendus, Merlin l'enchanteur, des lutins et des gnomes, des elfes et des sylvains, des ondines et des reines des fées.

Tout ce cortège, on s'en doute, fit grande impression lorsqu'il atteignit la place de la cathédrale sous les cris de joie, les battements de pieds et les applaudissements. Jordi, qui le guidait, tira sur la chaîne pour faire entrer son porc dans l'église. Jusque-là, Barth avait docilement suivi son berger, mais, face au tribunal qui siégeait dans le chœur, il se détacha

d'un seul coup, sauta de côté, dans la foule qui salua
sa fuite avec des bêlements de rire et disparut en
traînant sa chaîne derrière lui. Nul ne put le rattraper. Jordi n'eut pas non plus le temps de réagir : la
foule qui emplissait déjà la nef l'avait poussé contre
le portail.

Le troubadour se rappela sa mission et, en compagnie de Philippe et de Potkaxl, se fraya un passage
pour que ses maîtres puissent avancer jusqu'à l'autel.
Comprenant qu'un événement se préparait, les
fêtards leur laissèrent la voie libre.

Sur le côté s'élevait l'estrade qui, jadis, accueillait
le trône de la lignée des souverains lorsque l'un des
Trencavel s'égarait dans l'église — un événement
assez rare, puisqu'on les considérait tous comme des
cathares. Depuis la mort du dernier descendant, les
prie-Dieu étaient vides. Le peuple respectait ce carré
de bois désert, mais entretenait le souvenir de son
héros, Perceval. Et même le sénéchal français, qui
avait hérité de l'autorité du vicomte, s'en tenait à
cette tradition et s'installait toujours sur les sobres
sièges destinés au tout-venant.

La foule ouvrit donc tout naturellement à Roç et à
Yeza un chemin vers cette estrade. De là, on voyait le
chœur tout entier, par-dessus la tête des soldats. Les
vieillards pétrifiés du clergé levèrent les yeux, effarés, en constatant que quelqu'un s'installait sur les
sièges des souverains, en haut, dans la pénombre.
Aveuglés par la lumière des nombreuses bougies, ils
étaient incapables de reconnaître ceux qui venaient
de s'asseoir, et cela aviva encore leur inquiétude.
L'évêque était tellement troublé qu'il coupa la parole
à l'inquisiteur et ordonna aussitôt de faire entrer les
accusés. Bezù n'avait plus le choix.

— Les choses suivent leur cours, murmura-t-il
pieusement, sans que sa transpiration diminue pour
autant.

Un groupe de moines vêtus de noir entonna un
choral qui réclamait pénitence avant le jugement
dernier.

> « *Vila cadaver eris,*
> *cur non peccare vereris ?*
> *Cur intumescere quaeris ?*
> *Ut quid peccuniam quaeris ?*
> *Qui vestes pomposas geris ?*
> *Ut quid honores quaeris ?*
> *Cur non paenitens confiteris ?*
> *Contraproximum non laeteris ?* »

Alignés sur de longues files, les prisonniers condamnés d'avance étaient acheminés vers le centre du chœur. Il y en avait des vieux et des jeunes, mais les femmes étaient les plus nombreuses. Roç aperçut aussitôt Na India, qui était de loin la plus laide de tous. Il était trop bouleversé pour ressentir de la colère. Ses yeux cherchèrent Geraude, mais la blonde jeune fille n'était pas parmi eux. Se rappelant le sermon de Yeza, pour qui même la plus laide des créatures de Dieu méritait sinon l'amour, du moins la sympathie et même la compassion, il fit signe à Philippe de le rejoindre.

— Nous montrer ici n'apaisera pas les tourments de cette pauvre femme, chuchota Roç à sa compagne. Mieux vaudrait que je fasse venir des renforts.

— *Ecce homo* ! fit Yeza, moqueuse. Elle n'était nullement surprise de voir la vieille herboriste ici, parmi les accusés. Mais rester là, impuissante, la mettait hors d'elle. Elle demanda sèchement à Roç :

— À qui voulez-vous réclamer assistance, noble chevalier ? Le peuple rassemblé ici est une force bien suffisante. Les pointes des soldats se briseront sur eux comme roseaux secs dans la tempête.

— Un bon conseil, ô ma dame ! Mais celle qui le formule ne se trouve pas aux premier et deuxième rangs. Ce n'est pas elle qui se fera transpercer comme un scarabée.

— Lorsque l'on veut mettre le feu, il ne faut pas épargner le petit bois, répondit Yeza, de mauvaise humeur. Mais allez-y, je porterai ma main protectrice au-dessus de la malheureuse si je ne parviens pas à l'arracher aux griffes de ces vautours, avec leurs cous de vieillards rouge pourpre !

Roç, suivi de Philippe, fendit à nouveau la foule pour ressortir de la cathédrale. La capuche rabaissée jusqu'au milieu du visage, les moines continuaient à chanter :

> « *Quam felices fuerint*
> *qui cum Christo regnabunt*
> *facie ad faciem*
> *sic eum spectabunt ?*
> *Sanctus, sanctus Dominus*
> *Sabaoth conclamabunt*
> *Sabaoth conclamabunt.* »

Muet, entêté, aveux amicaux

Sur le parvis de la cathédrale, Roç heurta l'homme à la carpe.

— Miralpeix ! fit-il en haletant. À l'intérieur, les prêtres condamnent vos sujets, et vous traînez là sans rien faire ! Roç s'était adressé à son aîné avec rage, oubliant l'usage qui voulait qu'avec sa tête de cheval, il ne fût autorisé qu'à hennir et à souffler.

La carpe approcha sa bouche de poisson tout près de l'oreille du jeune étalon.

— Nous sommes en train de nous regrouper, s'excusa-t-il à voix basse. Mais je vous accompagnerai volontiers chez le sénéchal, le seul à pouvoir mettre un terme à cette vilaine affaire !

— Pourquoi n'y allez-vous pas directement, avec la force de l'épée ? Le peuple se soulèvera...

— Parce que nul ici ne porte d'épée, comme le veut la coutume, répliqua calmement de Levis. Et ne comptez pas trop sur l'insurrection des masses. Pensez au destin de Notre-Seigneur Jésus-Christ à Jérusalem : branches de palmier et plein soleil. (Il éclata de rire.) Alors, vous acceptez mon offre ?

Roç n'entendit pas les derniers mots : déçu, il avait

déjà replongé dans la foule. Une oie l'attrapa et fit danser ses petits seins bien fermes devant son visage.

— Venez, mon étalon, chuchota-t-elle dans son plumage blanc. Je vais vous pondre un œuf, et votre pilon m'ouvrira le nid ! Elle l'attrapa agilement entre les jambes. Roç souleva les deux bras en hennissant comme s'il voulait l'attirer à elle. Mais il se contenta de la faire tourbillonner autour de lui et la déposa entre les bras du premier venu. Il poursuivit sa marche aussi vite que possible, sans très bien savoir dans quelle direction il allait. Un ours gigantesque passa ses deux pattes autour de lui, et alors qu'il se demandait si le grognement était celui d'un homme ou d'une femme bien en chair, une main se posa par-derrière entre ses fesses. Cette fois, Roç frappa droit entre les cuisses poilues, là où même un ours est très sensible. La prise se relâcha et Roç fila entre les lapins qui dansaient, s'éloignant à quatre pattes des griffes qui tentaient de l'attraper en hurlant. Il heurta un renard auquel un mouton léchait le dessous de la fourrure, et lorsqu'il se redressa, il se trouva devant Wolf de Foix, qui montait une ânesse.

— Maître Lobo, fit Roç, les dents serrées. Où trouve-t-on le trou du sénéchal ?

Alors, l'ânesse courbée sortit sa langue rose et lui montra la direction.

> « *Et quam tristes fuerint*
> *qui eterne peribunt*
> *pene non deficient*
> *nec propter has obibunt.*
> *Heu heu miseri*
> *numquam inde exibunt*
> *numquam inde exibunt.* »

Dans la cathédrale, le procès contre les hérétiques reprit : les citadins ne s'émouvaient guère du destin de leurs compatriotes venus de la campagne. Quant aux cathares des montagnes arrivés masqués dans la ville, la présence des soldats et des sbires invisibles de l'inquisiteur dispersés dans la salle les dissuadait

d'exprimer leurs protestations en public. La nef se
vida peu à peu. Le tour de Na India n'était pas
encore venu, et Yeza écoutait avec attention et une
certaine répugnance l'interrogatoire d'un paysan
auquel le gros Trini tentait d'arracher un aveu utilisable.

— Croyez-vous en Dieu, l'unique, le Père, le Fils et
le Saint-Esprit?

— Oui! cria aussitôt le paysan.

L'inquisiteur s'y attendait. Il reprit donc :

— Croyez-vous en Jésus-Christ, né de la Vierge
Marie, mort pour nous sur la croix, ressuscité et
monté au ciel?

Au grand dépit de Trini, le paysan répondit avec
joie :

— Mais bien sûr!

— Croyez-vous que, dans une messe célébrée par
un prêtre, le pain et le vin sont transformés par la
force de Dieu en corps et sang de Jésus-Christ?

Cette fois, la voix de l'inquisiteur était devenue
dangereusement basse, et l'accusé essaya de s'en
tirer par une pirouette.

— Il ne faut pas le croire?

— Je ne vous ai pas demandé si vous devez le
croire, mais si vous le croyez!

— Je le crois comme vous le croyez!

— Vous voulez donc me faire croire que vous êtes
croyant! s'exclama Bezù avec un regard arrogant.
Mais moi, je veux en être sûr! Alors dites-le : « Je le
crois! »

Le paysan faisait mine de ne pas comprendre,
mais le faisait avec une bonne volonté qui mit
l'inquisiteur sur les charbons ardents. L'homme
répondit de nouveau :

— Et vous, messire, vous n'y croyez pas?

— Je le crois tout à fait et de tout mon cœur!
s'exclama l'inquisiteur, et le paysan répliqua :

— Cela, je le crois aussi!

Trini n'en pouvait plus.

— Vous croyez que je le crois. Mais ce n'est pas ce

que je vous ai demandé. Ce que je veux savoir, c'est si vous y croyez.

Le paysan était désespéré, ou faisait mine de l'être.

— Vous tordez les mots qui sortent de ma bouche, je suis un homme simple!

— Bien, répondit le bourreau. Vous voulez donc jurer?

Le paysan blêmit.

— S'il faut que je jure, je le ferai.

— Non! cria Trini. Je ne vous ordonne pas de jurer, je veux savoir si vous voulez jurer!

— Alors, je dois jurer, ou non?

— Je n'ai pas l'intention de vous forcer à le faire. Vous autres hérétiques, vous considérez le serment comme un péché dont vous pouvez vous débarrasser mutuellement lorsqu'il a été obtenu par la force. Et vous attribuez ensuite la responsabilité du péché à celui qui vous a contraint. Je vous connais!

— Mais alors pourquoi dois-je jurer si vous ne le voulez pas?

— Pour écarter un peu le soupçon qui pèse sur vous : vous êtes un hérétique entêté.

Alors le paysan leva la main droite et cria :

— Dieu vienne à mon secours et prouve que je ne suis pas un hérétique!

— Dieu ne viendra pas à votre secours parce que vous mentez.

— Je ne suis pas un hérétique, répliqua l'homme, l'air rayonnant, car je dors auprès de ma femme, j'ai des enfants et je mange de la viande, je mens, je jure que je suis un chrétien pratiquant, aussi vrai que Dieu est venu à mon secours!

Sur un signe de l'évêque, le chœur des moines noirs reprit sa litanie :

> *« Ni conversus fueris*
> *et sicut puer factus*
> *et vitam mutaveris*
> *in meliores actus*
> *intrare non poteris*
> *regnum Dei beatus*
> *regnum Dei beatus. »*

L'évêque fit circuler une petite tablette de cire, et les assesseurs, dans leurs sièges élevés, y gravèrent leur verdict.

— Chacun y met sa petite touche, lança Jordi, qui s'efforçait d'expliquer de manière divertissante à Yeza ce qui était en train de se passer. On a prévu un hiéroglyphe spécifique pour chaque punition, chuchota-t-il à sa maîtresse. Tout en haut de la hiérarchie, parce qu'il est le plus proche du ciel ou de l'enfer, on trouve la mort sur le bûcher ou, pis encore, l'agonie emmuré vif.

Yeza lança un regard réprobateur à son troubadour trop bavard, ce qui ne le troubla guère.

— Ensuite vient la marque à la croix jaune, qui permet de reconnaître le proscrit de loin. Très embêtant, j'en ai fait l'expérience personnelle.

Il attendit de voir si Yeza s'intéressait au moins à ce détail, mais elle ne le fit pas. Il reprit donc :

— Le palier inférieur est la flagellation. Le fouet en public est déjà plus supportable, parce que les prêtres qui en sont chargés ne savent pas vraiment comment s'y prendre.

— C'est à cela qu'il faudrait te condamner, toi, chuchota Potkaxl, parce que tu es incapable de tenir ta langue !

Jordi se contenta de ricaner et reprit :

— La plus belle punition, c'est le pèlerinage, parce que les bonnes femmes accueillent les pécheurs d'une manière très amicale, elles les gâtent.

— Et il n'est pas prévu de couper les langues ? le taquina la suivante. Mais Jordi fit semblant de ne pas avoir entendu.

— Tous les jugements prévoient aussi des amendes, ne serait-ce que pour payer leur exécution, par exemple le bois du bûcher, termina le troubadour avec plaisir.

Yeza l'avait à peine écouté. Elle regardait le petit écriteau aller et venir ; tous ces vautours courbaient le cou avant de graver leur jugement, comme du bout de leurs serres. Puis on le rendit à l'évêque. Un secrétaire qui connaissait l'algèbre calcula le résultat, et le serviteur de l'Église annonça avec indifférence :

— Flagellation jusqu'au jour de l'Ascension, puis Santiago-de-Compostelle *per pedes*.

Le malin paysan tomba à genoux et remercia le tribunal pour sa clémence. Les soldats le ramenèrent à la sacristie.

Bezù de la Trinité bouillait. Ce serait le dernier que l'on traiterait avec tant de douceur. La vieille garce, elle, irait au feu ! Il hurlait déjà :

— Na India, vous êtes connue de tous pour vos sortilèges, ne tentez donc pas de nier !

Alors, Yeza se leva, ôta sa lourde tête de cheval, et ses cheveux blonds tombèrent sur ses épaules.

— As-tu des preuves, Trini ? cria-t-elle, et ceux qui étaient encore dans l'église éclatèrent de rire. On entendit même quelques gloussements depuis la barrière des soldats. Les vautours chuchotèrent, l'inquisiteur s'était recroquevillé comme sous un coup de fouet. Mais il ne regardait pas en direction de celle qui avait crié, il savait que la voix était venue de l'estrade. Et mieux valait s'écarter du chemin de ceux qui osaient y prendre place, même si ce n'était qu'une jeune femme. Le gros inquisiteur reprit donc son office.

— Na India, continua le dominicain d'une voix douce, un aveu soulage l'âme, donne au grand tribunal la possibilité de faire preuve de miséricorde, et facilite mon travail !

En prononçant ces mots, il s'était peu à peu rapproché de la vieille femme, avec un sourire de citrouille évidée. Mais Na India se redressa, lui lança un regard étincelant de ses yeux de louve et lui cracha en plein visage.

— Sorcière ! cria Trini. Tu me le paieras ! Montrez-lui les instruments ! hurla l'inquisiteur d'une voix de fausset.

Les vautours se mirent à dodeliner du cou : pareil recours à la torture n'était pas prévu.

— Je suis prête à avouer, lança l'accusée à la grande surprise de toute l'assistance.

Yeza comprit qu'elle n'obtiendrait plus rien ici. Elle remit énergiquement la tête de cheval sur sa coiffure et s'apprêtait à quitter la cathédrale lorsqu'une poule excitée aux yeux rougis par les larmes s'approcha d'elle en caquetant.

— Aidez-nous, noble princesse! gémit Geraude.

— Il veut voir son âme purifiée s'élever des flammes, pour que le diable puisse enfin s'en emparer, commenta brutalement Jordi.

Yeza avait dévisagé avec mauvaise humeur la jeune fille aux yeux de vache.

— Cessez de vous lamenter! laissa-t-elle échapper. Mais elle sentit aussitôt combien la jeune femme était désespérée, et elle eut honte de sa dureté. Na India est prête à entrer au paradis par la porte du feu, dit Yeza en caressant tendrement la main tendue de Geraude. Ni Bezù ni aucun autre démon ne pourra l'en empêcher.

La jeune paysanne au visage laiteux pleura encore plus fort.

— Je n'ai personne d'autre au monde! Elle ne peut pas me laisser seule.

— Mon enfant, répondit maternellement Yeza, en se comportant comme elle le fait, Na India s'assure le *consolamentum*. Elle est consolée, ne te place pas en travers de son chemin, il est déjà bien assez difficile.

— Non! Elle ne doit pas mourir!

Geraude se jeta à genoux devant Yeza. Un cercle s'était formé depuis longtemps autour des deux femmes.

— Aidez-moi, ou j'irai brûler avec elle!

Tant de déraison était pénible à Yeza.

— Je te prends à mon service, dit-elle pour mettre un terme à cette scène. Mais Geraude continuait à implorer. Yeza s'adressa à Jordi et Potkaxl.

— Faites-la sortir d'ici, dit-elle sèchement. Et veillez à ce qu'elle ne commette pas de bêtise, je vous en rends personnellement responsables. Moi, je vais parler aux Templiers.

— Merci, noble princesse, bredouilla la jeune fille secouée par les sanglots. Vous allez la sauver, j'en suis sûre.

Elle couvrit la main de Yeza de baisers humides jusqu'à ce que celle-ci se libère et sorte rapidement de la cathédrale.

Sa mince silhouette rehaussée d'une tête de cheval lui donnait une allure extrêmement séduisante. Un véritable troupeau de cerfs ne tarda pas à entourer Yeza. À cet instant, surgissant de nulle part, Wolf de Foix et la vieille carpe, Jourdain de Levis, se campèrent devant les porteurs de ramures qui s'arrêtèrent immédiatement et rentrèrent la tête. Flanquée de ses deux chevaliers, Yeza put continuer son chemin sans être dérangée.

Sous la citadelle, la geôle de Perceval

Dans la citadelle, Roç se tenait devant le sénéchal Pier de Voisins. Il avait ôté sa tête de cheval avant d'entrer dans le palais du gouverneur, et l'avait confiée à la garde de Philippe. Le vieux soldat avait été déconcerté par la demande du jeune homme qui lui faisait face, et qui était entré d'un pas suffisamment assuré pour que Pier se lève de son siège, lui qui avait horreur de rester debout. Il était furieux que l'inquisiteur soit passé outre ses ordres, pourtant parfaitement clairs.

— Bezù de la Trinité a agi de son propre chef, répondit-il à Roç en faisant tourner la pointe de sa moustache. Je lui avais ordonné explicitement de ne rien faire. Si nous nous asseyions ?

— Je tiens bien debout, répliqua Roç, tout au contraire de la femme que votre nervi a enchaînée en dépit de vos ordres, puisque c'est ce que vous affirmez. Si vous acceptez ce crime, vous vous en faites le complice !

— Mon cher jeune seigneur, le moine n'est pas mon sbire, et il ne dépend pas non plus de ma juridiction.

— Je ne parle pas du gros Trini, mais de Tris, son frère, et sauf erreur de ma part, c'est bien votre capitaine !

— Je vais immédiatement le rappeler à l'ordre ! garantit le sénéchal.

— Cela ne fera pas revenir le temps en arrière. À cette heure, le dominicain a déjà obtenu ce qu'il voulait. Na India se trouve devant le tribunal de l'Inquisition, qui va la torturer et la condamner sur la base des aveux qu'il aura obtenus. Vous le savez aussi bien que moi. Après la condamnation, elle sera remise au bras séculier, car l'Église ne se salit jamais les mains. Ensuite, vous serez même obligé d'organiser l'exécution, comme le veut le pacte entre la Couronne et Rome. Un pacte qui fait de vous un bourreau, sénéchal.

— Vous parlez bien, Roç Trencavel. Vous avez même raison. Mais comment un serviteur de la France peut-il s'y opposer ? Mon roi m'accuserait de désobéissance !

— Ne laissez pas s'enclencher le processus ! s'exclama Roç avec force. Nous n'en arriverons là que si vous restez sans rien faire. Dissolvez ce tribunal, vous en avez le pouvoir !

— Et sous quel motif, messire l'*advocatus* ?

Pier de Voisins oscillait entre l'amusement et l'agacement. Il aurait volontiers ignoré toute cette histoire, quitte à se laisser placer ultérieurement devant le fait accompli et, comme Ponce Pilate, se laver les mains dans l'innocence. En songeant à ce grand exemple, il eut des regrets.

Roç avait réfléchi. Il n'était pas question de duper ce serviteur résigné de la Couronne, mais d'atteindre le résultat souhaité, et rapidement.

— Le motif pourrait être l'ordre public ! Un auto-

dafé pendant le carnaval pourrait provoquer une
émeute !

Le sénéchal cessa de triturer sa moustache et
observa son interlocuteur, les yeux à demi fermés.
Malgré sa jeunesse, ou justement à cause d'elle, il ne
pouvait s'empêcher d'avoir pour lui une certaine
estime.

— Prenez donc place, grogna-t-il, conciliant. Je
vais voir ce que je peux faire.

Roç comprit que rester debout ne lui donnerait
pas plus de force et se laissa tomber dans le siège
qu'on lui offrait.

— J'ai entendu dire, messire, reprit Pier de Voisins précautionneusement, que le couple royal avait
l'intention de parrainer un tournoi de printemps à
Montségur ?

— Vous avez bien entendu, répondit Roç d'une
voix rogue, car il ne pressentait rien de bon. Ma
dame, Yezabel Esclarmonde du Mont y Sion, prési-
dera l'assemblée des femmes. Quant à moi, comme
d'autres chevaliers, je me battrai pour obtenir sa
faveur.

— Cela vous honore beaucoup. Mais pareille rencontre ne constitue-t-elle pas un événement susceptible de semer le trouble et d'inciter à la rébellion,
tout autant que l'exécution par le feu de quelques
hérétiques et de votre vieille empoisonneuse ?

— C'est répugnant ! (Roç avait bondi de son
siège.) Votre démarche n'est pas digne d'un homme
d'honneur ! Le marché que vous vous apprêtez à proposer témoigne d'un esprit infâme !

Le sénéchal fut tellement surpris par la sortie de
Roç qu'il resta assis et se contenta de le regarder
fixement, l'air hagard.

— Épargnez-vous tout autre mot pour justifier
votre chantage ! Comment ai-je pu me tromper
autant sur un chevalier ! Mais il est vrai que vous
venez de France !

Roç avait l'impression d'avoir atteint le sommet de
l'abject : c'était la pire insulte qui lui soit venue dans

sa colère. — Français ! lança-t-il encore avec rage et mépris en bondissant vers la porte. Il l'ouvrit et quitta les appartements du sénéchal. Il dévala l'escalier, tourna vers la garde de la porte, où l'attendait Philippe. C'est à cet instant-là qu'un coup sur la nuque lui fit perdre connaissance.

— Beau travail ! lança Barth, le Triton, au soldat qui avait brandi le gourdin, et il lui jeta une pièce.

— Faites-le descendre au cachot ! ordonna d'une voix sourde le capitaine qui avait dirigé l'action. Ses hommes étaient sortis de derrière les piliers, à gauche et à droite. Dépêchez-vous, gueux du roi, avant que messire Pier de Voisins ne se rende compte de ce qui arrive à son invité.

Le gros capitaine leva les yeux vers la porte ouverte du bureau, plus insolent qu'anxieux, tandis que deux soldats attrapaient Roç sous les aisselles et par les pieds, et lui faisaient descendre l'escalier de la cave.

— Toi, dit Fernand Le Tris à Bartholomée, veille à ce qu'il soit enfermé dans la geôle la plus reculée, là où l'autre type est déjà aux fers. Il pourra hurler autant qu'il en aura envie, personne ne l'entendra !

— J'espère que nous ne lui avons pas fendu le crâne ! marmonna le Triton.

— C'est toi qui ne l'as pas voulu ! répondit le capitaine. Moi, ça m'aurait été bien égal. Il pourrira en bas de toute façon, qu'il soit mort ou vivant...

— Merci, Tris, chuchota le Triton. *Electio supplicii comes.*

— Ton prince est en sécurité jusqu'au Jugement dernier. Tu as encore le temps de te demander si tu ne préfères pas l'empoisonner. Maintenant, je dois retourner à la cathédrale, sans quoi mon très cher frère va m'excommunier !

Fernand Le Tris rit doucement et se rendit au portail d'un pas assuré tandis que le Triton descendait l'escalier derrière Roç et ses porteurs. En haut, la porte du bureau se referma en claquant.

Le château des Templiers de Carcassonne était un

long bâtiment sans décorations, collé entre deux grosses tours rondes sur la face arrière de la muraille de la ville. Personne ne pouvait dire précisément jusqu'où s'étendaient, à partir de là, les possessions de l'Ordre. On parlait de bras tentaculaires qui, au moins sous terre, allaient presque jusqu'à la citadelle et rejoignaient plusieurs églises. Nul ne s'en serait douté en voyant la sobriété des lieux.

Lorsqu'elle entra dans cette ville dans la ville, Yeza prit congé de son escorte, le poisson et le loup : les gardes ne toléraient pas le passage du carnaval à l'intérieur de la cour commerciale. Sa tête de cheval faillit aussi lui interdire l'accès au lieu, mais, grâce à Dieu, l'un des gardes reconnut la jeune femme, qui réclamait rien de moins que le commandeur. Elle dut accepter de poser sur les yeux un bandeau de velours noir. Yeza le passa elle-même pour être certaine que les sergents ne trouveraient pas le couteau caché dans sa chevelure.

— Voulez-vous donc me conduire à l'échafaud, plaisanta-t-elle, faut-il m'épargner la vision de mon bourreau et de sa hache ?

Le soldat qui l'accompagnait éclata de rire :

— Chez nous, on étrangle les belles femmes avec un cordon de soie, pour éviter les taches disgracieuses sur leurs vêtements précieux.

— Le Temple en est-il déjà réduit à faire commerce de robes de seconde main ? rétorqua Yeza. Elle attrapa le bâton par lequel l'homme devait la mener : il n'était pas permis au soldat de prendre une main de femme dans la sienne.

Leur pruderie est un peu exagérée, songea Yeza en suivant le Templier, écoutant soigneusement ses exclamations lorsque approchait un seuil ou lorsqu'elle devait rentrer la tête pour franchir un cadre de porte trop bas. Puis son guide frappa sur du bois (sans doute du chêne massif, songea-t-elle), on leva bruyamment un verrou de fer, le portail grinça sur ses gonds, Yeza entendit des chuchotements et le bâton passa sans doute dans une autre main : à partir de ce moment, on la tira avec énergie. Ils ne marchaient plus sur un sol de pierre, mais sur des tapis, et une voix qu'elle connaissait bien annonça tout d'un coup avec un ton amusé :

— Vous pouvez à présent ôter le bandeau, ma reine, mais laissez votre poignard en place.

Elle fit ce qui lui avait été demandé. Elle se tenait devant Guillaume de Gisors, le Templier au visage d'ange, le fils de la Grande Maîtresse. Ils se trouvaient dans une salle ronde dont les fenêtres n'étaient que de petites meurtrières. Contre le mur, on avait posé la litière noire de sa mère, Marie de Saint-Clair. Les rideaux étaient tirés, ce qui ne signifiait nullement que la vieille grande maîtresse du Prieuré de Sion ne s'y trouvait pas. Yeza ne l'avait jamais rencontrée ailleurs — et elle n'avait vu la Grande Maîtresse qu'une seule fois en chair et en os, à Constantinople. Cela remontait déjà à dix ans.

— Puis-je vous demander ce qui amène le couple royal dans la ville ?

Gisors avait une voix divinement tendre, on aurait juré que son sexe aussi était celui des anges. Mais Yeza n'avait pas l'intention de se laisser prendre par ce genre de détails, comme un moustique dans une toile d'araignée.

— Cela ne fait rien à l'affaire, messire ! répliqua-t-elle brusquement avant de reprendre un ton doucement ironique. Passez-vous donc l'hiver à Quéribus ?

— Cette idée ne m'est pas encore venue. (Le sourire du Templier se glaça.) Je me trouve là où l'exige mon devoir, et j'attends de vous un comportement identique ! (Il ne laissa pas à Yeza le temps de répondre.) Ici, votre apparition suscite une attention malvenue, sans même parler du fait que le couple royal s'expose à des dangers dont nous devrons ensuite...

— Mettre en danger et sauver sont pourtant vos jeux favoris, rétorqua Yeza. (Cette fois, c'est elle qui n'avait pas laissé le commandeur finir sa phrase.) Quant à notre sécurité à Quéribus, je n'en donnerais pas cher non plus. Je ne suis cependant pas venue pour que vous me disiez où nos pas peuvent nous conduire, mais pour...

— Je sais, l'interrompit Gisors, impassible. Vous voulez que le Temple intervienne en faveur d'une herboriste inoffensive que l'Inquisition accuse de magie et d'hérésie !

— Na India n'est ni une sorcière ni une... (Yeza était indignée, mais elle se garda bien de prononcer le mot « hérétique », parce que le Templier savait très bien que la vieille femme était une cathare. Elle ajouta donc :) C'est précisément parce qu'elle est une adepte de notre foi que vous devez la sauver !

— Nous devons ? répéta le commandeur, narquois. Vous ne pensez tout de même pas que l'ordre chrétien des Templiers de Jérusalem, officiellement soumis au pape, va se dresser contre l'Inquisition, institution officielle de l'*Ecclesia catolica*, pour défendre une créature aussi insignifiante ? Ôtez donc cette idée de votre jolie tête !

Yeza imaginait ainsi l'ange à l'épée de feu, l'expulsion du paradis de l'amour fraternel et de la miséricorde ! Sa colère impuissante lui donnait mal au cœur.

— Les Templiers sont-ils trop lâches, s'exclama Yeza, pour mettre en actes les commandements du Christ ?

— Qui fait donc cela ? riposta Gisors, moqueur.

— Les cathares ! répliqua-t-elle, furieuse. Et cela leur vaut d'aller dans les flammes !

— Et depuis les flammes, droit au Paradis ! répondit-il sur un ton amusé. Pour le Temple, ce commandement-là ne vaut pas.

— Pas encore ! dit Yeza, et elle se retourna pour partir lorsqu'on frappa à la lourde porte de fer. On poussa Philippe dans la pièce, les yeux bandés.

— Roç ! cria-t-il, hors d'haleine, en arrachant son bandeau. Non, non ! corrigea-t-il dès qu'il vit Yeza devant lui, livide et muette. Ils lui ont juste tapé sur la tête avec un gourdin, et l'ont traîné dans la cave !

— Qui et où ? demanda le commandeur d'une voix tranchante.

— Des soldats, le Triton, et...

— Qui ça ? s'exclama Gisors, incrédule.

— Le moine Bartholomée de Crémone, dit le Triton, commenta Yeza, hors d'elle. Ce moine auquel vous avez déjà permis à plusieurs reprises d'attenter à nos jours.

— Celui-là, et le capitaine Tris, Fernand Le Tris, ajouta Philippe, qui tentait de reprendre son souffle. Ils guettaient mon maître lorsqu'il est revenu de chez le sénéchal.

— Ils l'ont jeté dans un cachot souterrain, mais le sénéchal n'en sait rien ! ajouta Philippe. J'ai tout vu et tout entendu, c'est le moine qui a poussé Tris à agir ainsi.

— Mais qu'allait-il faire là-bas ? demanda Gisors avant de répondre lui-même à sa question. Ne me dites pas que Roç s'est rendu seul à la citadelle uniquement pour sauver cette maudite sorcière...

— Tu es sûr qu'il vit encore ? (La voix de Yeza s'était faite toute petite.) Dis-moi, jure-moi que Roç est vivant !

— Il a le crâne dur, et, s'ils avaient voulu le tuer, ils auraient utilisé un couteau, estima Gisors pour la tranquilliser. Roç s'en sortira avec une grosse bosse et un bon mal de tête !

— Nous devons le libérer immédiatement et punir les coupables ! ordonna Yeza.

— Chaque chose en son temps ! répondit le commandeur, et il appela la garde, devant la porte. Si Pier de Voisins n'est pas au courant, il n'opposera aucune résistance à notre demande. Dix hommes à cheval, un étendard, ordonna-t-il au sergent de service, et deux chevaux pour mes amis !

« C'est bien un ange, songea Yeza en lui adressant un sourire. Pauvre Na India ! Je ne l'oublierai jamais ! »

Yeza se jura, lorsque Roç serait sauvé, de trouver un moyen de sortir la vieille du bûcher. Mais il fallait d'abord s'occuper de son chéri, son seigneur et son roi. Elle n'aurait jamais dû le laisser partir seul pour chercher de l'aide !

Il faisait sombre à présent dans les rues de Carcassonne, la dernière nuit du carnaval s'achevait. La danse des masques ne durerait pas jusqu'au petit matin suivant, comme tous les jours précédents : elle s'arrêterait brusquement à minuit. Ceux que l'on prendrait encore déguisés après cette heure s'en repentiraient. Les attardés que les soldats du sénéchal capturaient alors et emmenaient dans les geôles de la citadelle jusqu'à ce qu'ils retrouvent leur état normal pouvaient s'estimer heureux. Mais d'autres créatures interviendraient cette nuit-là, de sombres silhouettes au long manteau noir, le visage caché par un voile de tissu qui ne laissait que deux minces fentes sur les yeux. Ils portaient sur leurs têtes de hauts chapeaux pointus et des croix blanches sur la poitrine. C'étaient les partisans de l'*Ecclesia catolica*. Ils arrivaient en groupes et portaient sur leurs épaules de lourdes statues de la Vierge, en marchant d'un pas solennel et mesuré. De toutes parts, ils convergeaient vers la cathédrale, des cierges à la main. Et c'est dans un recoin, le lendemain matin, le plus souvent poignardés, que l'on retrouvait les animaux qui avaient croisé leur chemin. Les chrétiens accomplissaient en silence leur cruel office. Ainsi, dès que l'aube s'annonçait, les gens des montagnes et des forêts fuyaient Carcassonne. Quant au peuple de la ville, qui s'était laissé entraîner par eux dans les rites païens du carnaval, il cachait ses masques et s'enfermait dans les maisons.

Mais ce soir-là, c'est ce que ses mouchards annoncèrent au sénéchal, les noirs ne pouvaient reprendre le pouvoir sur la ville comme ils en avaient l'habitude : les fêtards s'étaient rassemblés en meutes, et refusaient de s'en aller. Lorsque les noirs apparaissaient, ils devaient franchir sous une grêle de coups des haies d'animaux rétifs et haineux.

Pier de Voisins envoya à son capitaine Fernand Le

Tris, qu'il savait à la cathédrale, l'ordre de ne pas se mettre tout de suite à capturer les adeptes du carnaval : il voulait à tout prix éviter une émeute. Il attendait d'autre part un rapport immédiat sur le verdict qu'aurait prononcé le tribunal de l'Inquisition. Aucune exécution publique ne devait avoir lieu ce jour-là, surtout pas par le feu ! Il n'aurait plus manqué que cela.

Pier de Voisins regarda par la fenêtre cintrée qui donnait sur la ville. On ne remarquait rien de spécial, hormis le fait que les cornes de vache et les chalumeaux des percevaliens, comme il appelait les masques, continuaient à mugir et à couiner, et se rapprochaient de sa forteresse.

Dans les caves voûtées de la citadelle, on n'entendait rien de ces notes rebelles. Les cachots étaient situés sous le premier sous-sol, et certaines geôles devaient sans doute être creusées bien en dessous du niveau de l'eau. On disait qu'un escalier y menait, mais nul ne le connaissait. La plupart des trous sombres creusés dans le sol étaient fermés par des barreaux. On y jetait les condamnés. Et pour tout dire, il était rare que l'on se demande comment les en sortir. En revanche, dans la plupart des cas, leurs habitants avaient toute liberté de se promener dans les sous-sols.

Roç, qui s'était réveillé avec une douleur inconnue au crâne, commença ainsi par ramper vers un pan de mur où coulait de l'eau fraîche, et pressa doucement la tête contre la pierre froide. Ses yeux s'habituèrent peu à peu à l'obscurité, et il se redressa. Il retrouva aussi ses esprits, et avec eux son instinct d'explorateur. En cherchant une issue, il trouva des ossements suspendus au mur, accrochés à une chaîne de fer. Les rats les avaient depuis longtemps soigneusement nettoyés. Leur présence en bandes couinantes, la puanteur de plus en plus vive lui évitèrent de buter contre des cadavres sur lesquels ils n'avaient pas encore achevé leur travail. Il arriva ensuite dans une salle qu'un trou dans le plafond plongeait dans une lumière blafarde, et dans laquelle un corps humain se défendait encore contre les rongeurs. À l'arrivée de Roç, les animaux se dispersèrent.

L'homme, qui tenait son visage caché entre les bras, et avait posé ses mains contre le sol en les protégeant avec ses manches, leva la tête. C'était Gosset, amaigri jusqu'aux os, un fantôme à la barbe folle. Mais, quelle que fût sa faiblesse, le prêtre n'avait pas encore totalement perdu son humour grinçant.

— Mon roi, chuchota-t-il, à peine audible. Je savais que mes services vous manqueraient ! Ces quelques mots prononcés, il lâcha, dans un râle : Soif !

Roç revint aussi vite que possible au point où il avait vu une source d'eau sortir de la pierre. Il ne pouvait rapporter plus que la coupe formée par ses deux mains, et dut faire plusieurs aller-retour avant que Gosset fût enfin désaltéré. Chaque fois que Roç s'en allait, les rats assaillaient de nouveau le prêtre. Et chaque retour de Roç les rendait plus nerveux : ils devenaient menaçants. Gosset avait un bâton, mais il était trop faible pour s'en servir. Entre les mains de Roç, il devint une arme efficace contre les rongeurs.

— Le rôle de triton ne me sied guère ! dit Gosset. Quittons ces lieux, mon roi !

Roç dut déployer une assez grande force de persuasion pour faire comprendre au prêtre qu'il partageait, hélas !, son destin. Mais cette mauvaise nouvelle ne suffit pas à entamer l'énergie retrouvée de Gosset.

— Tant que je n'aurai pas perdu ma raison, et vous l'agilité de vos membres, nous sommes certains de trouver la liberté.

— Le fait que ma tête soit bosselée, monseigneur, ne devrait pas vous inciter à ne plus faire confiance à mon cerveau.

— Faites simplement en sorte que mon corps ne soit pas entamé par ces impatients fossoyeurs en fourrure grise, car j'ai vu ici, tout en bas, pousser des herbes qui vont apaiser rapidement votre douleur : du véritable pariétaire, de la morelle douce-amère et de la prèle. Le chemin mène sans doute au cloaque romain, et donc à la liberté. Le seul obstacle est une grille.

— S'il n'y a rien de plus ! répondit Roç pour se donner du courage. Je ne tiens nullement à partager le destin de mon grand-père putatif, qui a été affreusement empoisonné dans ces cachots.

— « *Miserabiliter infectus* », fit Gosset, confirmant ainsi la version de Roç. C'est en ces termes que le pape s'est exprimé dans sa lettre de condoléances après la mort de Perceval. Sa Sainteté avait commis une seule erreur : sa lettre avait huit jours d'avance !

La torche de l'inquisiteur

On dressait le bûcher sur le parvis de la cathédrale. Sur un tas de bûches sèches entrecroisées, on avait amassé une bonne couche de paille, afin d'obtenir rapidement la fournaise nécessaire à la combustion des corps. Le capitaine fit aussi déposer une bonne quantité de mousse humide et de feuillage frais au-dessus du bois : la fumée couperait le souffle aux condamnés et les empêcherait de crier avant que les flammes ne leur ôtent totalement l'air et ne les étouffent. Messire l'inquisiteur considérait certes cela comme une répugnante intervention du bras séculier, pourtant censé lui garantir que ses victimes souffriraient vraiment. Mais le capitaine prétendit qu'il voulait apaiser « l'ambiance insurrectionnelle » et « éviter des troubles ». Le plus sage eût certes été de reporter à un autre jour l'autodafé de ces cinq hérétiques insignifiants, mais l'inquisiteur avait écumé de rage et menacé de lancer l'*interdictum* sur la ville, si bien que l'évêque avait fini par céder. En réalité, Trini n'avait qu'un seul but : voir brûler la sorcière. Les quatre autres n'étaient là que pour faire nombre : pareille quantité de bois aurait paru trop dispendieuse pour une seule condamnée, d'autant plus que le moine n'avait pas la possibilité de faire payer les frais par la famille de la vieille femme.

Dès qu'il avait pu les faire sortir de la citadelle, Fernand Le Tris avait fait disposer ses soldats en carré autour du bûcher, hallebardes croisées vers l'extérieur. Il avait bien compris que ce peuple bestial, cet amas d'adeptes de l'inextirpable hérésie cathare, n'approuvait pas l'exécution de ces condamnés. Fort heureusement, le sénéchal avait mis, sans le vouloir, des soldats supplémentaires à sa disposition en levant l'interdiction de sortir pour les citadins. Le capitaine put ainsi tracer un cordon plus serré autour du bûcher. À cela s'ajouta le fait que les hommes en noir qui, d'ordinaire, exerçaient dans la nuit leur justice vengeresse, avaient cette fois-là évité les ruelles sombres et s'étaient tous retrouvés ici, devant la cathédrale. Ces sortes de clans qui ne se distinguaient que par la forme des croix blanches brodées sur leur poitrine acceptèrent docilement de venir renforcer le mur des soldats. Le parvis où se dressait le bûcher était donc parfaitement calme, et tout était prêt. Tous attendaient les douze coups du clocher, car à Carcassonne, on ne pouvait brûler personne avant minuit ni après les six coups du matin. Le plus impatient n'était cependant pas le gros capitaine Fernand Le Tris, posté devant la cathédrale, mais son frère, le religieux, encore plus gras que lui. Devant la sacristie, l'inquisiteur Bezù de la Trinité trépignait. Il savait qu'à l'intérieur se trouvait la femme dont il voulait voir le corps partir en fumée, et l'âme emportée par le diable.

> *« Vita brevis breviter*
> *in brevi finietur*
> *mors venit velociter*
> *quae neminem veretur.*
> *Omnia mors perimit*
> *et nulli miseretur*
> *et nulli miseretur. »*

Le sénéchal Pier de Voisins ne doutait pas un seul instant que son ordre fût parvenu jusqu'à la cathédrale et que son capitaine l'eût exécuté consciencieusement et sur-le-champ. Il ne pouvait pas non plus s'imaginer que ce jeune insolent, ce Trencavel qu'il avait laissé filer au lieu de le jeter au cachot pour le punir de son outrecuidance, avait tout de même fini par se retrouver dans ses geôles. Il ignorait tout autant que Gosset avait connu le même sort, pour une raison très simple : il n'avait jamais vu le prêtre. Lorsqu'à une heure fort tardive (il s'apprêtait justement à aller dormir), un moine à la réputation douteuse, Bartholomée de Crémone, apparut dans son bureau sans s'être fait annoncer, le sénéchal songea tout de même que certains de ses propres hommes paraissaient jouer en cavalier seul, en accord avec l'Église. Lorsqu'il avait interrogé ce franciscain au parfum de porcherie pour savoir comment il avait pu si facilement entrer dans la citadelle, celui-ci avait répondu, étonné :

— Hormis la garde du portail (et elle est endormie), tous vos hommes sont partis pour la cathédrale. Cela aurait-il échappé à votre attention ?

— Qu'est-ce que cela signifie ? s'exclama le sénéchal avec une telle fureur que sa moustache en trembla. Qui a donné cet ordre ?

— Certainement votre capitaine, il avait besoin de tous ses hommes pour...

Barth se pinça les lèvres. Il se dit que l'autodafé qui était en cours n'était peut-être pas prévu, ou qu'il ne serait peut-être pas approuvé par le sénéchal.

— Pour quoi ? demanda celui-ci d'une voix sévère.

— Pour... pour assurer l'ordre ! répliqua le franciscain. Le couple royal excite le peuple. Les animaux hérétiques refusent de quitter la ville. Cela grouille de faidits, et les noirs se sont réfugiés dans la cathédrale.

— Pourquoi ne m'a-t-on rien dit de tout cela ?

— Messire Fernand Le Tris a la situation bien en main. Il vous fait demander d'établir un mandat d'amener pour ce Roç Trencavel. Et pour sa dame, Yeza, ajouta le Triton, auquel on ne pouvait dénier un certain don pour l'invention rapide et la combinaison. C'est certainement la plus dangereuse des deux ! ajouta-t-il.

Un roulement de sabots ébranla la cour de la citadelle. Les deux hommes se précipitèrent à la fenêtre. Il n'y avait plus aucune trace des gardiens du portail. À la lueur de la torche, on voyait un escadron de Templiers armés et casqués qui mettaient pied à terre devant la porte. La lumière tomba sur la chevelure blonde de Yeza, la première à être descendue de cheval.

— Vous pouvez arrêter la dame tout de suite, dit le sénéchal, moqueur, au franciscain. Mais celui-ci avait disparu, comme s'il avait été englouti par le sol.

Pier de Voisins se hâta d'aller saluer ces visiteurs tardifs : c'était le commandeur Guillaume de Gisors en personne, accompagné par les chevaliers de l'Ordre, qui venait d'entrer dans son château. Le sénéchal passa un manteau et ses chaussures de nuit, car il s'était débarrassé de ses bottes depuis longtemps. Il se donna bien du mal pour descendre l'escalier avec l'air nonchalant, ce qui n'était pas si simple avec ces souliers mal serrés. Il arriva au bas des marches en même temps que les chevaliers. Mais la jeune dame les devança et se mit aussitôt à lui crier :

— Comment accède-t-on aux caves, à vos cachots ?

Pier de Voisins commençait à prendre l'habitude d'être traité par le couple royal de manière discourtoise. Il fit mine de ne pas entendre cette question brutale et s'adressa au commandeur.

— Qu'est-ce donc qui vaut cet honneur au serviteur du roi ?

Mais Gisors, lui aussi, ne pensait qu'aux caves.

— Ne faites pas de difficultés, Voisins, ouvrez les geôles !

Le sénéchal était stupéfait. Il bredouilla :

— Je... je n'ai pas les clefs.

Les gardiens somnolents eurent la bonne idée de faire leur apparition à cet instant précis. Et il put leur demander d'une voix de stentor :

— Où cachez-vous la clef ?

— Sous la troisième pierre, à gauche.

Le visage rubicond de leur sénéchal incita les soldats à courir sans attendre à l'escalier de la cave et à soulever le dessus de la troisième pierre. On entendit alors le cliquètement d'un trousseau de clefs. Le sénéchal le leur arracha des mains.

— Mais qui donc est censé se trouver...

— Vous détenez Roç ! lâcha Yeza entre ses dents, et le commandeur accepta enfin de fournir une explication au sénéchal.

— Votre capitaine, qui est aussi docile face au clergé qu'un novice tout juste sorti de sa campagne, a laissé un franciscain le convaincre d'assommer secrètement Roç Trencavel juste après qu'il vous avait rendu visite, Pier de Voisins, et de le jeter dans les cachots de cette citadelle.

— Et nous allons l'en sortir ! ajouta Yeza d'une voix ferme. Elle fut la première à descendre l'escalier. Le sénéchal se dépêcha de la suivre (il y perdit une chaussure) et ouvrit la première grille. Puis il hurla à ses gardes de lui apporter son soulier, car les marches de pierre étaient glacées.

— Ouvrez toutes les portes à ces seigneurs ! ordonna-t-il. Montrez-leur le moindre recoin, et informez-moi lorsque l'on aura retrouvé l'homme recherché. Il retint l'un des soldats : — Va me chercher mes bottes et ma fourrure. Ensuite, tu me raconteras ce qui se passe véritablement ici.

L'homme remonta l'escalier en courant. Les torches des chevaliers descendirent vers les profondeurs.

Pier de Voisins s'assit sur la marche sous laquelle on dissimulait les clefs, une cachette tellement sûre qu'il s'étonna de n'avoir encore jamais rencontré aucun de ses détenus en promenade dans la rue. Le capitaine avait mérité au moins trente coups de bâton. Pier de Voisins frotta son pied nu. Où avait bien pu passer le moine puant qui était responsable de tout cela ? Bartholomée de Crémone devait bien connaître cette citadelle, pour avoir disparu aussi vite ! Peut-être vivait-il depuis longtemps sous le même toit que lui, sans que nul le sache ? Le sénéchal était de toute façon toujours le dernier à connaître l'identité de ces noires créatures qui voletaient ici, entre sa tour et sa cave, comme des chauves-souris.

Le soldat rapporta les bottes et les passa à son maître. Pier de Voisins jeta le manteau sur ses épaules.

— Qui garde la porte, au juste ? demanda-t-il, pris d'un soupçon soudain.

— Moi. ... Moi ? bredouilla le soldat. Personne...

— Le seigneur est avec nous ! dit le sénéchal, résigné. Ou plus exactement : *Gesta Dei per Francos !*

— Je vous demande pardon, Monseigneur ? murmura l'homme timidement. Je dois... ?

— M'accompagner dans la cave. Prends la torche et éclaire-moi. Voilà bien longtemps que je ne me suis plus rendu au royaume des morts.

. Les Templiers entouraient à présent Roç et Gosset. Ils se trouvaient dans une pièce plus grande et plus aérée que les galeries trop basses et les cellules exiguës. Une balustrade de pierre courait à mi-hauteur de la cave. Mais on ne voyait pas par où l'on pouvait y accéder. Au milieu du plafond s'ouvrait un puits qui menait vers l'air libre. Tout en haut, on distinguait une grille de fer par laquelle filtrait le peu de lumière qui éclairait à peine cette pièce carrée. C'était une citerne désaffectée. Une rigole où de l'eau croupie faisait pousser d'étranges plantes traversait le sol soigneusement pavé et disparaissait derrière un autre trou grillagé, dans le mur.

— Par là, on accède au *cloaca maxima*, expliquait

justement Roç aux chevaliers lorsqu'une silhouette se faufila en haut, derrière les piliers bas de la balustrade.

— Le moine! s'exclama Gosset, surexcité. C'est lui, le coupable! Barth, Bartholomée de Crémone, des Services secrets de la curie!

— Le Triton veut s'enfuir! cria Roç.

La silhouette courbée allait et venait effectivement au-dessus d'eux, comme un rat qui ne trouve pas de trou pour filer. On entendit alors tonner la voix du sénéchal :

— Laissez-le faire, il va revenir tout de suite.

Il y eut un craquement, une trappe s'ouvrit tout d'un coup, Barth tenta de s'agripper mais ne trouva pas de prise et tomba au sol comme un gros sac. Gosset fut le premier à rejoindre ce paquet immobile.

— Barth, espèce de porc! cria le prêtre, qui ne se contrôlait plus. Je pourrais te...

— Ma jambe, ma jambe! geignait le moine. Le commandeur arriva et le fit rouler sur le flanc, du bout de sa botte. La jambe droite du Triton n'était pas belle à voir.

— Ne vous salissez pas les mains! dit-il lorsque Gosset fit mine de s'agenouiller pour l'aider.

— Il ne faut pas toucher aux fractures, ajouta le sénéchal d'un ton sentencieux. Soit les os se recollent d'eux-mêmes, soit la gangrène abrège les souffrances de la créature.

— On pourrait atteler la jambe, proposa Yeza. Redresser l'os d'un bon coup, et le coincer entre deux bandages.

Le commandeur étonné leva les yeux vers Roç, qui tenait déjà entre ses mains le bâton de Gosset et le rompait sur son genou en deux moitiés de taille égale.

— Ce chien renégat ne l'a pas mérité! grogna le sénéchal. Il passera toute sa convalescence dans ces lieux!

Sur ces mots, ils abandonnèrent Barth à ses

lamentations et remontèrent vers la citadelle. Sur la dernière marche, Gosset s'effondra. Roç eut tout juste le temps de le rattraper.

— Ce n'est qu'un accès de faiblesse, murmura le prêtre. Ne vous inquiétez pas.

Mais le sénéchal insista pour que l'on conduise immédiatement Gosset au lit.

— Mieux vaudrait que notre *medicus* lui fasse une saignée, intervint le commandeur. Il a fait ses études à Salerne. Ventouses et sangsues font souvent des miracles !

— J'espère que Gosset n'a pas entendu cette absurdité, chuchota Roç à sa compagne, et il lui montra sa bosse, qui avait déjà passablement dégonflé.

— Avec de bonnes plantes médicinales, comme la consoude et le souci en décoction ou en brouet, expliqua-t-il fièrement, notre sorcière herboriste aurait...

— Mon Dieu ! s'exclama Yeza. Na India !

> « *Tuba cum sonuerit*
> *dies erit extrema.*
> *Et iudex advenerit*
> *vocabit sempiterna :*
> *electos in patria,*
> *prescitos ad inferna,*
> *prescitos ad inferna.* »

Devant la façade principale de la cathédrale, le tas de bois se dressait vers le ciel noir de la nuit. L'horloge du clocher se mit à sonner. Le battant de bronze faisait retentir la cloche. Chaque fois, il lui fallait tellement de temps pour prendre son élan que ceux qui attendaient en silence espéraient un instant que le prochain coup ne sonnerait pas. Mais le battant ne s'arrêtait jamais. La première note résonnait encore, tremblante, interminable, lorsque la suivante finissait par retentir, engloutissait l'écho de la précédente et détruisait la petite éternité qu'avait été la pause. Les douze coups sonnèrent, puis la cloche se tut.

Les hommes en noir masqués avançaient déjà, leur chapeau pointu sur la tête, portant devant eux, solennels, des cierges gigantesques. D'un pas mesuré, ils entourèrent l'autel de bois sur lequel ils comptaient sacrifier ces corps tressaillants pour purifier leurs âmes en l'honneur du Tout-Puissant. Ils se postèrent devant la façade et avancèrent sur les côtés, si bien que les soldats ne pouvaient plus protéger la place que du côté de la ville. Tout cela s'accomplissait sans ordres, dans un silence absolu. Qui aurait pu commander ces silhouettes, grands prêtres dotés de pouvoirs magiques et juges rigoureux ? Chacun d'entre eux était infaillible, tout comme l'*Ecclesia catolica* qu'ils représentaient.

Alors apparut le clergé : l'évêque sous un baldaquin, entouré par ses prêtres et ses prieurs plongés dans leurs bréviaires et entourés par des enfants de chœur qui agitaient des encensoirs. Derrière eux marchaient les soldats, menés par leur capitaine au ventre enflé. Fernand Le Tris paraissait avoir oublié ses derniers scrupules. *Alea jacta est.* En passant le seuil de la cathédrale, il franchissait son Rubicon. Il tenait comme un cierge son épée étincelante, il était le bras séculier de la lointaine Rome, le redouté César de l'Occitanie. Ce n'est pas l'inquisiteur, mais lui, Fernand Le Tris, qui donnerait le signal que tous attendaient depuis si longtemps : lorsqu'il abaisserait son arme, les flammes s'élèveraient. Pour une infime fraction de l'éternité, c'est lui, et lui seul, qui aurait le droit de donner la vie et la mort.

Ses soldats amenèrent les cinq condamnés, quatre vieux hommes et une femme, la sorcière Na India. Ils tiraient si fort sur leurs chaînes qu'ils paraissaient ne plus sentir le poids de leurs corps. Les hommes tenaient la tête baissée, certainement pas par honte, mais pour se concentrer et ne pas se laisser engloutir par la foule des badauds. Na India, elle, marchait la tête droite, son regard glissait sur les gens, derrière la barrière, elle semblait chercher quelque chose. Elle le trouva et ses yeux vert doré brillèrent de joie.

Mauri En Raimon s'était hissé sur le socle d'un mur, ses cheveux blancs le mettaient dangereusement en valeur dans la foule. Mais pour aujourd'hui, le Moloch avait choisi ses victimes, nul ne songeait à partir en chasse d'autres hérétiques, si nombreux fussent-ils sur les lieux. Mauri leva ses deux paumes vers le soleil invisible et salua Na India.

Suivirent les moines chanteurs. Ils étaient bien plus jeunes qu'on ne s'y serait attendu en écoutant les voix de basse de leur chœur; ils étaient le plus souvent imberbes, leur face rose était celle de novices. Étonnés et terrifiés, ils assistaient sans doute pour la première fois de leur vie à un autodafé. Ils baissaient le nez et s'agrippèrent au texte de leurs chants lorsqu'ils virent le tas de bois.

Le dernier du cortège, marchant à bonne distance, était Bezù de la Trinité, l'inquisiteur, habillé comme un simple moine. Il toisa le tas de bois d'un œil critique, et constata avec satisfaction que l'on y avait bien planté quatre poteaux aux quatre coins, et un cinquième au milieu, surélevé, pour la sorcière. On avait déjà fait monter les quatre vieux hommes sur des échelles, on leur ôtait leurs chaînes pour les attacher aux pieux avec des cordes. Trini ne cessa de lancer de petits regards vers le haut du bûcher jusqu'à ce que la femme y soit enfin parvenue.

Son petit frère Tris tournait autour du bûcher et rappelait aux soldats qu'ils devaient fermement serrer les nœuds. Car on avait déjà vu les cordes brûler alors que les corps étaient encore suffisamment vivants pour que les condamnés se jettent hors des flammes et se retrouvent devant le brasier. Celui-ci dégageait alors une telle chaleur que personne ne pouvait plus les y faire remonter. Il fallait leur passer une corde humide autour du cou et tenter de les ramener vers la fournaise. Le plus souvent, ils étouffaient avant d'avoir pu atteindre le bûcher, et ce n'était pas du tout du goût de leurs juges.

L'inquisiteur se dirigeait vers son frère, le capitaine, lorsqu'ils entendirent du tumulte derrière eux.

Ce ne fut une surprise ni pour l'un ni pour l'autre. Ils ne s'étaient pas attendus, en revanche, à ce que les soldats ouvrent le passage et forment une haie qu'empruntait à présent Pier de Voisins, le sénéchal, suivi par Roç et Yeza.

— Fernand Le Tris ! hurla le sénéchal à son capitaine. Est-ce ainsi que vous respectez mes ordres ?

— J'ai pensé que cela vaudrait mieux..., bredouilla le capitaine. Que cela irait dans votre sens... l'ordre public...

— Vous rétablissez l'ordre en organisant des flambées ? l'interrompit son supérieur avant de s'adresser à l'incendiaire : J'ai dit qu'on n'allumerait pas de bûcher ! lança-t-il à l'inquisiteur. Allez ! Détachez les condamnés ! Faites-les descendre et dispersez immédiatement cet attroupement illégal !

Le capitaine s'était repris, encouragé par un regard furieux mais décidé de son frère, qui faisait la sourde oreille. Après que l'inquisiteur eut chuchoté aux valets, sur le bûcher, « Dépêchez-vous, attachez-les ! », le capitaine voulut protester :

— Vous risquez une insurrection de la bourgeoisie ! lança-t-il au sénéchal en désignant les hommes en noir. Ils n'avaient pas bougé, mais ces espèces de colonnes de sel immobiles n'en paraissaient pas moins menaçantes.

Le sénéchal avança alors d'un pas et fit claquer sa main sur la joue du capitaine.

— Vous manquez vraiment de discipline, Fernand Le Tris ! Encore un mot pour me contredire, et je vous considérerai comme n'importe quel mutin sorti des rangs. Car vous êtes d'ores et déjà relevé de vos fonctions de capitaine !

Tout autour du sénéchal, beaucoup de soldats réguliers avaient déjà sorti leurs armes. Fernand Le Tris préféra donc s'abstenir de lever son épée.

— Libérez les condamnés ! ordonna-t-il d'une voix sourde aux soldats qui lui étaient restés fidèles. Obéissez au sénéchal !

Il aboyait de désespoir, comme un chien battu.

C'est alors que l'inquisiteur se planta entre les deux hommes :

— Je vous excommunie tous les deux si la loi de Dieu n'est pas accomplie sur-le-champ! (Il se retourna et s'adressa à tous les soldats :) Quiconque empêchera l'autodafé subira la damnation de l'enfer. Mais à ceux qui me suivront, tous les péchés seront pardonnés!

— Laissez donc brûler ces hérétiques, ajouta encore le capitaine d'une voix misérable. Nous aurons la paix, et le repos de nos âmes!

— Non! hurla le sénéchal. On n'allumera pas le feu!

Les soldats étaient à présent plongés dans une telle confusion qu'ils abandonnèrent tous leurs postes pour entourer leurs supérieurs. Les premiers d'entre eux commençaient déjà à retirer le bois du bûcher, sans prêter la moindre attention aux condamnés suspendus à leurs poteaux. Cela plongea l'inquisiteur dans une fureur noire, il tenta de se frayer un chemin parmi ces désobéissants qui l'empêchaient d'achever son ouvrage.

— Ne laissez pas passer le gros Trini! ordonna le sénéchal à ses hommes. Constatant qu'il ne pouvait plus compter sur l'autorité de son frère, l'inquisiteur s'adressa en couinant aux noirs :

— À mon secours, chrétiens, contre Satan et ses suppôts!

Les bourgeois se regroupèrent. Leur allure sinistre impressionna les soldats qui avaient commencé à démonter le bûcher. C'est à cet instant qu'apparurent les Templiers. Leurs chevaux bondirent entre les deux camps en présence. Roç, qui était discrètement monté sur le bûcher pour détacher Na India avec l'aide de Yeza et du poignard qu'elle lui avait prêté, se sentit saisi par deux bras puissants et ramené vers le bas, en arrière. Lorsqu'il se retrouva au sol, coincé entre deux chevaux à côté de Yeza qui distribuait des coups de poing, il entendit tonner la voix moqueuse de Gisors :

— Il n'est pas prévu que le couple royal finisse dans les flammes de l'Inquisition !

Yeza en conclut aussitôt que les Templiers n'avaient aucune intention d'empêcher la mise à mort des condamnés.

— Vous n'avez pas le droit de vous faire les valets d'une Église assoiffée de vengeance ! cria-t-elle aux chevaliers, qui répondirent en riant grassement.

— Et que sommes-nous d'autre ! lança un Templier barbu qui avait rattrapé Roç au moment où celui-ci s'apprêtait à filer entre les pattes des chevaux.

— Nous sommes forcés de vous mettre en détention préventive.

C'était la voix glaciale du commandeur. Les Templiers, excellents cavaliers, avaient tellement resserré leurs montures que Roç et Yeza avançaient au milieu des chevaux comme s'ils étaient enfermés dans une geôle mobile.

Entre-temps, le comte Jourdain de Levis était lui aussi arrivé avec son escorte et, fait surprenant, avait pris le parti du sénéchal, qui interpellait justement le commandeur sur un ton particulièrement violent.

— Cette ville appartient encore au roi de France ! Ce lamentable tas de paille devant la cathédrale est une honte pour Carcassonne, et même s'il avait brûlé, le...

Mais les mots lui restèrent dans la gorge : Trini avait profité de cette querelle pour arracher un candélabre des mains d'un homme en noir et avait allumé plusieurs foyers dans la paille. En un instant, tout le tas de bois ne fut plus qu'un brasier crépitant, dégageant une chaleur insupportable, qui fit reculer toute l'assistance. Les vêtements et les cheveux des malheureux qui se tordaient sur leurs poteaux furent immédiatement dévorés par les flammes, seules les cordes détrempées maintenaient encore debout les corps dénudés. Leur peau éclata, et une fumée épaisse masqua la suite du spectacle. Mais rien n'adoucissait la puanteur de la chair brûlée.

Le Templier barbu avait proposé à Roç de le hisser sur son cheval pour qu'il puisse assister à l'autodafé. Le jeune prince n'ayant pas répondu, le Templier attrapa Yeza, aussi raide qu'une poupée, et l'installa sur la selle, devant lui. Elle devina la silhouette calcinée de Na India derrière le nuage de fumée et chercha du regard Mauri En Raimon.

Le vieil homme était toujours debout sur son piédestal, les mains serrées sur sa tête, et regardait la femme qui avait à présent abandonné le combat. Lorsque les volutes de fumée disparurent pour un instant, il n'y avait plus personne sur le poteau. Na India était entréc au paradis. Yeza se laissa de nouveau glisser au sol, sans un mot de remerciement, et fit signe à Roç. Les Templiers leur ouvrirent le passage. Yeza avait espéré rencontrer Mauri En Raimon. Elle aurait demandé à ce brave homme aux beaux yeux de les accompagner. Mais il était déjà parti. Ils ne trouvèrent que la suivante de Yeza, Potkaxl, et l'écuyer de Roç, Philippe, qui tentaient de consoler Geraude. La jeune fille sanglotait, et Yeza nc se sentit pas à son aise lorsqu'elle les rejoignit. La cathare avait placé tous ses espoirs en elle, et elle les avait déçus.

Roç avait dû lire dans les pensées de Yeza. Il posa le bras autour des épaules de sa *damna* agenouillée.

— Même si cette vache à lait n'est pas à votre goût, vous devez tenir parole et la prendre parmi nos suivantes. Nous n'avons pas accompli notre mission, dit-il d'une voix terne.

— Nous nous sommes trompés sur ceux que nous considérions jusqu'ici comme nos amis, répondit Yeza. Retournons à Quéribus.

Des invités très dépaysants

Le lendemain matin encore, l'odeur de la cendre froide et des os calcinés planait sur la ville. La cité n'avait toujours pas retrouvé son existence paisible. Le renard, le lapin, le loup et le hérisson erraient toujours dans les ruelles ; ce n'était ni l'espoir, ni le plaisir, ni la crainte qui les retenaient à Carcassonne. Ils restaient simplement parce qu'ils ne voyaient pas de fin qui leur aurait permis de reprendre un nouveau départ en rentrant dans les forêts. Dans les rues, les processions noires ne s'arrêtaient pas, elles non plus, si ce n'est pour accomplir les rites. À chaque croix, à chaque statue de la Vierge, elles faisaient de longues pauses, et l'on aurait pu croire qu'elles ne reprendraient jamais leur marche vers la cathédrale.

À l'intérieur de l'édifice à demi vide, c'est Bezù de la Trinité qui disait la messe à l'évêque. L'inquisiteur remerciait Dieu et le capitaine Fernand Le Tris pour le succès de son chrétien ouvrage. Trini avait pardonné à son frère son indécision de la nuit passée. Il inclut aussi les chevaliers du Temple et leur commandeur dans ses prières, ce qui était d'autant plus recommandé qu'il avait remarqué, à droite du chœur, la litière noire entourée par une délégation de l'Ordre. Lorsque la messe fut achevée, de solides sergents soulevèrent la litière et l'emportèrent.

Le capitaine attendit que le dernier de ces hommes ait quitté la cathédrale. Puis il entra dans le confessionnal où s'était retiré Trini et s'agenouilla.

— Où se trouve notre frère dans le Christ, Bartholomée de Crémone ? demanda le confesseur avec une grande inquiétude. Je ne l'ai pas vu cette nuit.

— Moi non plus, murmura Tris, et ce depuis que je l'ai laissé dans la citadelle pour venir vous assister ici.

— Serait-il tombé entre les mains de ce maudit sénéchal ?

— On peut le craindre, puisque ce Roç, que nous avions jeté dans le cachot le plus profond, se promenait hier devant le bûcher. C'est lui qui a lancé contre nous Pier de Voisins !

— Nous devons arracher Barth aux griffes de l'Antéchrist ! écuma l'inquisiteur. Vous, Tris, vous n'avez pas encore fini d'expier vos péchés. Trouvez donc Barth, libérez-le et amenez-le-moi ! Nous nous retrouverons ici à minuit.

Tris se leva, sortit du confessionnal et ne tarda pas à quitter l'église.

Une étrange délégation parvint à Carcassonne. C'était un cortège de petits hommes trapus chevauchant des animaux tout aussi courts sur pattes. Ils portaient de grosses vestes ouatées en couleur, ourlées de fourrure, des pantalons bouffants et de très belles bottes. Sur leurs vêtements brodés, ils avaient accroché toutes sortes d'objets, il était impossible de voir s'il s'agissait de verroterie ou de bijoux précieux. Leurs têtes étaient coiffées de casquettes de cuir fourrées, pourvues de pattes qui pendaient jusqu'aux oreilles comme si, là d'où ils venaient, le froid pouvait les leur geler. Mais le plus étrange était les visages ronds qui dépassaient des épaules fortement rembourrées, des cols et des coiffes de fourrure. Ils avaient le teint un peu jaune. La pilosité des hommes était faible et leurs barbes rappelaient celles des boucs. Quant à leurs yeux sans sourcils, ils s'allongeaient comme de fines amandes. Leur regard révélait un mélange d'indifférence et d'étonnement, comme des enfants de la campagne qui n'ont encore jamais vu une ville, surtout lorsque les gens qui s'y promènent portent des têtes d'âne ou de bœuf, ou des déguisements d'ours et de cerfs. Ils regardèrent en gloussant, sans la moindre crainte, les hommes en noir aux visages voilés, avec leurs chapeaux semblables à de grands sacs en papier, qui passèrent devant eux d'un pas court et raide, et les Templiers qui allaient à cheval tête dressée, dans leur clams blanc à la croix rouge, sans leur accorder la moindre attention. Ils parlaient un langage qu'aucun des bourgeois qui s'approchait d'eux, curieux, n'avait jamais entendu. Les Mongols étaient arrivés à Carcassonne.

D'où venaient-ils, qu'est-ce qui les amenait dans cette ville, où allaient-ils ? Eux-mêmes n'auraient pu

répondre à ces questions si on les leur avait posées.
Ils n'en savaient rien.

Tout leur savoir était incarné en une seule personne, dont l'allure et la démarche n'avaient rien à
voir avec la leur : c'était Arslan, leur chaman. Cet
homme maigre aux cheveux blancs parlait toutes les
langues ; dans son long manteau noir émaillé de
miroirs argentés, les épaules parées d'ailes d'oiseau,
il ressemblait à un héron cendré.

Il avançait à pied devant eux, si vite qu'ils avaient
peine à le suivre sur leurs chevaux. D'un geste à
peine perceptible de la main, Arslan, qui marchait
tête nue, arrêta une patrouille de Templiers qui
brida immédiatement ses chevaux de combat capa-
raçonnés. Arslan demanda où se trouvaient Roç et
Yeza, le « couple royal ».

Méfiants, les cavaliers proposèrent à ce curieux
étranger de le mener auprès de leur commandeur, et
le prirent au milieu de leur cortège, qui se mit en
route pour rejoindre le château des Templiers.

Le chaman envoya la troupe des soldats mongols à
la citadelle, afin qu'ils présentent leurs hommages au
sénéchal. Pour qu'ils ne se perdent pas, il appela le
jeune chef auprès de lui et, de son doigt mouillé, lui
dessina le trajet sur le front.

Dans les rues, les gens se demandèrent encore
longtemps ce que ces petits hommes pouvaient bien
faire ici. Leur visite n'avait sans doute rien à voir
avec le carnaval, dont la réputation n'avait tout de
même pas atteint l'autre bout du monde !

Arrivé dans la cour des Templiers, le chaman dut,
comme tous les autres, accepter qu'on lui bande les
yeux. Il le fit sans protester, mais demanda qu'on le
laisse marcher devant. À la stupéfaction des Templiers, il fit danser devant lui sans le toucher le bâton
blanc avec lequel ils avaient l'habitude de guider
leurs « aveugles ». Sans hésiter, ne fût-ce qu'une
seule fois, il suivit les coups du bâton sur le sol de
pierre et se retrouva devant le portail de chêne. Le
bâton frappa le signal convenu sur la porte qui
s'ouvrit en grinçant.

Sans attendre les Templiers effrayés qui chuchotaient derrière lui, le chaman se dirigea droit vers
Guillaume de Gisors. Mais il ne tendit la main au
commandeur qu'après avoir esquissé une révérence
en direction de la litière. Alors, le Mongol ôta son
bandeau.

— L'illustre Möngke, grand khan de tous les Mongols, adresse son salut à la vénérable grande maîtresse du Prieuré de Sion et à son fils et successeur
Guillaume de Gisors, par mon intermédiaire, moi
qui suis Arslan.

Ce ton souverain déplut au commandeur. Il répliqua avec une sécheresse proche de l'arrogance.

— Nous répondons au salut et demandons quel
est le désir du grand khan.

— Lorsque nous avons débarqué à proximité de la
ville de Perpigna, nous avons rencontré un capitaine
grec dont l'aura m'a aussitôt indiqué qu'il était entré
en contact avec le trésor que je cherchais. Ce Taxiarchos m'a dit qu'ici, dans cette ville, je pourrais trouver le précieux but de mon voyage...

— Si c'est le trésor des Templiers que vous avez à
l'esprit, brave homme, je vais être forcé de vous
décevoir, rétorqua Gisors d'un air moqueur, en toi-
sant son visiteur aux cheveux blancs comme s'il
s'agissait d'un malade mental.

Mais le chaman soutint son regard compatissant.

— Cela, messire, je l'ai aussi senti dès que je suis
entré à Carcassonne. Cette ville ne les cache plus
dans ses murs.

— De quoi parlez-vous au juste, messire Arslan ?

Le commandeur savait garder les formes, mais il
aurait préféré demander au vieux quel était l'objet
précis de son radotage. Il ne parvint cependant pas à
cacher plus longtemps son impatience.

— Il n'y a rien ici qui pourrait vous intéresser, ni
vous ni le grand khan !

— Je vois, dit le chaman, l'air songeur, que le
couple royal vous a abandonné dans une grande
colère.

— Ah! s'exclama Gisors, qui s'était vite repris. Roç et Yeza ont leurs humeurs. On peut leur céder ou... (Il sourit, attendant une approbation.) ... ou bien attendre qu'ils se soient calmés.

Le vieil homme lança alors au commandeur un regard aussi impertinent que celui que Guillaume s'était permis de lui adresser un peu plus tôt. Mais le regret qu'inspirait au chaman la position de son interlocuteur était sincère.

— Le couple royal disposait jusqu'ici d'une bonne faculté de jugement, et tous deux, Roç et Yeza, ont un cœur.

Le commandeur n'était pas disposé à accepter qu'on lui parle ainsi.

— Comptez-vous m'apprendre comment...

— Il est trop tard pour cela, l'interrompit la voix sévère d'une femme. Guillaume, je souhaite qu'on me laisse seule avec Arslan, le fameux chaman!

La voix sortait de la litière noire, et ne tolérerait manifestement pas de réplique. Le commandeur s'inclina en serrant les dents et sortit de la pièce.

Dans la citadelle, le sénéchal et son ancien capitaine, debout devant la fenêtre, regardaient les toits de la ville. Mais leur regard était resté accroché aux murs du château des Templiers, qui paraissait certes anodin, entre les deux tours de ce bastion. Mais on disait que ses espaces souterrains allaient bien au-delà des limites de la citadelle.

— Si vous aviez eu un peu de cran, hier, grogna Pier de Voisins, l'intervention honteuse des Templiers serait survenue trop tard. Le bûcher aurait été démonté et il n'y aurait plus rien eu à allumer.

— Si vous étiez arrivé plus tard, monseigneur, je me serais...

— Vous avez fait dans votre froc! gronda le sénéchal. Et cela a permis à votre frère...

— Ne me reprochez pas toujours mes liens familiaux, protesta Fernand Le Tris. Combien de fois avez-vous déjà profité de sa position de grand inquisiteur?

— Si vous voulez rester mon capitaine, Tris, le gras Trini devra se chercher un autre pâturage, s'exclama le sénéchal en laissant libre cours à sa mauvaise humeur. Je ne peux ni ne veux tolérer plus longtemps pareille insubordination ! Je me suis adressé directement à Paris, au nonce apostolique Rostand Masson, pour que Bezù de la Trinité soit nommé diacre général et envoyé en Terre sainte. Il pourra y exercer comme il lui plaira son délire de persécution chrétien. Des millions de païens obstinés n'attendent que lui !

— Ce sont des incroyants, pas des hérétiques sortis du droit chemin !

— S'il ne disparaît pas, mon cher Tris, je devrai me séparer de vous, dit le sénéchal, qui avait à présent l'air très grave. Ensuite, vous ne serez pas seulement relevé de votre poste : vous aurez aussi à assumer un procès. Votre comportement d'hier a déjà été signalé à Paris. Par un autre que moi, je le précise. Je ne serais pas étonné si le connétable de France, le rigoureux Gilles Le Brun, apparaissait prochainement ici pour rétablir l'ordre. Si l'on peut encore entendre Bezù comme témoin à ce moment-là, vous êtes sûr de perdre votre tête. Je voudrais vous épargner ce désagrément.

— Pourquoi êtes-vous si bon avec moi ? demanda Fernand Le Tris en bredouillant, et en regardant la cathédrale, qui se dressait à l'autre extrémité de la ville.

— Parce que j'apprécie votre docilité, dit le sénéchal en posant son bras sur ses épaules. J'aime votre caractère féminin et je veux garder votre esprit versatile parce qu'en votre présence je me sens un homme, votre maître et souverain, fort et résolu.

Il tira à lui la tête du capitaine et l'embrassa sur la bouche, mais il laissa juste sa langue passer un bref instant entre ses lèvres avant de lui chuchoter à l'oreille :

— Il y a encore un autre témoin de vos méfaits. C'est lui qui vous a poussé, je sais, je sais, mais vous devriez vous assurer qu'il ne tombe pas vivant entre les mains du connétable ! Une fracture de la jambe peut provoquer une gangrène, mais aussi une mort rapide.

Pier de Voisins repoussa brutalement son capitaine en entendant un garde frapper à la porte de son bureau.

— L'ambassade du grand khan des Mongols ! annonça-t-il, ce qui arracha un éclat de rire aigu au sénéchal. Mais Fernand Le Tris ne l'imita pas. Car dès que son maître eut dit « Entrez ! » sur un ton amusé, la porte s'ouvrit et une étrange troupe de courtauds déguisés entra dans la pièce. Ils portaient tous des vestes informes de feutre et des chapeaux pointus garnis de fourrure et couronnés par un pompon.

Le sénéchal se laissa tomber dans son siège.

— Bienvenue ! s'exclama-t-il, affable. Je savais que mon ami le grand khan se souviendrait de moi. Comment se porte-t-il ?

Le chef des Mongols, un peu décontenancé par cette joyeuse réception, fit un pas en avant.

— Je suis Niketa Burdu, le neveu du grand général Kitbogha.

— Lui, je ne le connais pas ! répondit le sénéchal en riant. Mais je suis heureux d'entendre parler de lui !

Le jeune homme oublia toutes les entrées en matière pompeuses et intimidantes qu'il avait préparées, et sa revendication se transforma en une simple requête.

— Pourrions-nous emmener chez nous les enfants, je veux dire Roç et Yeza, le couple royal ?

— Je serais vraiment ravi de pouvoir vous les remettre, répliqua le sénéchal avec force. (C'était d'ailleurs la vérité : leur départ dissiperait aussi les soucis que lui inspirait ce tournoi organisé à Montségur.) Malheureusement, reprit-il, ces grands seigneurs sont déjà repartis...

— Comment ? s'exclama le porte-parole, effaré.

Vous ne les avez pas? Mais que vais-je dire à mon oncle?

— Je vous montrerai volontiers le lieu où vous pourrez les trouver, déclara aimablement le sénéchal en désignant le sud par la fenêtre de sa pièce : ils sont au château de Quéribus.

— Et nous devons nous rendre là-bas? demanda Niketa Burdu d'une petite voix. Ce pays nous est étranger, avec ses hommes qui prennent des allures d'animaux...

— Je partage tout à fait votre sentiment! fit le sénéchal en riant, pour le consoler. Je peux même vous assurer que les gens, ici, sont pires que des bêtes.

— Et pourquoi votre roi des Francs ne les a-t-il pas soumis et pacifiés?

Les Mongols étaient à présent tout ouïe; quant au sénéchal, il avait retrouvé son calme.

— Parce que nous sommes des gens faibles.

— Alors on devrait vous décapiter, estima sèchement Niketa Burdu. Si le roi veut imposer l'ordre et la loi, il doit commencer par les gouverneurs.

Pier de Voisins observa longuement son interlocuteur de ses yeux de chien triste, puis il vrilla sa moustache et répondit :

— Je vous donne mon capitaine, il vous montrera le chemin de Quéribus. Demain matin, vous partirez en sa compagnie.

Les Mongols avaient compris que l'entretien était terminé, et ils se pressèrent vers la porte en babillant. Mais leur chef se retourna encore une fois.

— Nous avons pris nos quartiers à l'hospice des frères miséricordieux du pauvre Lazare, annonça-t-il. Je saluerai mon oncle de votre part.

— En ce qui me concerne, je proposerai à notre roi de vous nommer gouverneur dans cette ville! lui répliqua le sénéchal d'une voix de stentor.

Le Mongol acquiesça d'un hochement de tête aimable avant de quitter la pièce en marche arrière, en s'inclinant plusieurs fois.

Pier de Voisins s'ébroua.

— Voilà bien un peuple de barbares !

— Pourquoi lui avez-vous révélé où séjourne le couple royal ?

— Pour pouvoir me débarrasser aussi vite que possible de ce paquet, je veux dire de cette horde et du très vénéré couple royal. C'est la raison pour laquelle je vous confie cette mission importante. Vous serez ainsi excusé, et vous aurez une bonne raison d'être éloigné de cette maudite ville lorsque Gilles Le Brun arrivera. Ne vous réveillez donc pas trop tard demain matin, j'ai entendu dire que les Mongols ont des procédures judiciaires expéditives !

La cour vehmique

Le soir tombait sur les places et les ruelles. Les partisans de la doctrine « pure », comme s'appelaient les cathares, et les représentants du dogme rigide de l'Église de Rome continuaient à se côtoyer. L'affrontement paraissait imminent.

Gosset avait repris suffisamment de forces pour pouvoir tenir assis, le dos calé par une pile d'oreillers, et se consacrer à la lecture de vieux parchemins. Il avait trouvé certains de ces documents dans sa chambre ; son hôte lui en avait confié d'autres de bonne grâce.

Pier de Voisins avait pour son protégé des attentions touchantes. C'est du moins ainsi que le ressentait Gosset : le sénéchal se comportait comme une mère ou comme une épouse fidèle, il ne pouvait pas vraiment trancher la question, car sa vocation de serviteur de Dieu lui avait épargné la peine de chercher une épouse attitrée. Le sénéchal venait rendre visite au prêtre plusieurs fois par jour, et ils avaient noué une amitié virile qui rappelait à Gosset, avec un peu de nostalgie, ces journées heureuses passées avec le Pénicrate, Taxiarchos, au bordel de Constantinople. Une bonne putain ne lui aurait pas déplu à présent, ou une suivante aussi dévouée que la princesse toltèque Potkaxl, que son ami avait ramenée de son voyage sur les mers lointaines. Cette petite, malgré sa précocité, était peut-être un peu idiote tout de même. Il suffisait, pour s'en convaincre, de savoir qu'elle avait choisi Philippe pour jouer avec elle dans la paille...

Gosset soupira et se dit qu'à son âge il ferait mieux de lire. Il s'était attaché à un sujet qui le captivait depuis longtemps : le Graal. Il s'était plongé dans la poésie de Chrétien de Troyes et souhaitait que quelqu'un lui procure l'œuvre de ce poète allemand, messire Wolfram von Eschenbach, qu'il aurait aimé étudier dans le texte.

> *« Uf einem grüenen achmardi*
> *truoc si den wunsch von pardis :*
> *Daz was ein dinc, das hiez der gral. »*

Des étudiants lorrains, à Paris, lui avaient lu ces vers avec enthousiasme. Gosset ne les avait pas seulement recopiés, mais aussi appris par cœur.

Le lieu où on l'avait logé avait aussi séduit le prêtre. C'est ici, dans cette tour, qu'avait péri le dernier vicomte de Carcassonne, de la lignée des Trencavel. C'est dans les cachots de son propre château que l'on avait assassiné Perceval, empoisonné dans les caves, là où le Triton croupissait à présent et expiait ses fautes, la jambe brisée.

> *« Dies war, du heizes Parzival,*
> *der name ist reht mitten durch. »*

Gosset pensa malgré lui à Roç. Si Gavin ne se trompait pas, le jeune homme était le petit-fils de Trencavel. Gosset était à la recherche de lettres et de textes rédigés par le fameux gardien du Graal et fouillait dans les feuilles pâlies et les volumes empoussiérés que Pier de Voisins était allé chercher dans les archives et avait mis à sa disposition. Car rien n'intéressait plus le sénéchal que la personne de Perceval. Et Gosset éprouvait la même curiosité. Lui aussi était un fils de la France, et avait servi le roi Louis comme ambassadeur — à sa manière, il est vrai !

Gosset ne put s'empêcher de sourire. Depuis que son chemin avait croisé celui du couple royal, il se sentait bien plus lié au mystère du Graal qu'au lys de France. Il en avait parlé franchement avec Pier de Voisins. Et celui-ci lui avait tout de même demandé, dès qu'il se sentirait assez fort pour cela, de lui présenter son point de vue sur la situation en Occitanie, cette région à laquelle devait se confronter jour après jour le sénéchal solitaire et mal aimé.

Pier de Voisins n'aimait pas ces fonctions. Mais si résigné fût-il, il ressentait un profond désir de pénétrer les mystères de ce pays. Gosset avait d'abord voulu lui expliquer ses idées par écrit, mais lorsqu'il relut son texte, son instinct le dissuada de laisser une trace aussi matérielle de son opinion. Il se fiait au sénéchal, mais pas à la citadelle. Un morceau de papier aurait tôt fait de tomber entre de mauvaises mains, et celles-ci sauraient bien le transformer en une corde ajustée au cou du prêtre. Il s'était donc contenté de prendre quelques notes codées, afin de pouvoir exposer ses réflexions de vive voix à son ami, lorsqu'ils auraient un instant de tranquillité.

En même temps que son dîner, une soupe revigorante avec des œufs et quelques fruits, les serviteurs lui avaient apporté une torche qui lui permit de relire ses notes à mi-voix, dans l'obscurité qui tombait rapidement :

« Depuis longtemps, les deux parties ne connaissaient plus la tolérance. » C'était un début majestueux ; Gosset aimait son style. « Mais la question politique, celle de la liberté des provinces, fermentait elle aussi ! Pendant des centaines d'années, l'Occitanie avait été un pays parfaitement libre, elle n'avait de comté que le nom. Une tradition léguée par les Goths, qui ne connaissaient pas de titre plus élevé que celui de "Conde". Mais *de facto*, Tolosa avait pris un statut de royaume indépendant, et les seigneurs de Carcassonne, Foix et Razès se donnaient donc fièrement le nom de "Vicomtes". Les habitants du Languedoc ne s'étaient certainement pas beaucoup inquiétés des prétentions à la souveraineté émises par deux pouvoirs, l'Aragon d'un côté, Paris de l'autre. L'Aragon se trouvait de l'autre côté des Pyrénées, et Paris était si loin. Mais depuis cette funeste croisade contre le Graal, ce que l'on avait appelé les "guerres des Albigeois", menées et gagnées par l'alliance d'un roi de France soucieux de conquêtes territoriales et d'une Église romaine qui craignait pour son rôle d'unique représentant du christianisme, tous les équilibres s'étaient déplacés. Les païens violeurs de nonnes, les incroyants dévoués au croissant de lune et massacrant les missionnaires, même le juif errant ne constituaient pas aux yeux des papes un spectre aussi redoutable que les hérétiques. On les poursuivit d'une haine vengeresse, notamment les cathares, qui avaient joui d'une grande popularité. L'Inquisition, créée à cette fin, les envoya à la mort sur ses bûchers. Outre le fait qu'ils ne reconnaissaient pas la souveraineté du *Pontifex Maximus*, on leur reprochait surtout de prétendre (scélératesse !) trouver leur propre chemin vers Dieu. Le joyeux pays des ménestrels et des troubadours subissait désormais la double pression exercée par les occupants venus du nord de la France et par les "noirs", le clergé romain qui se donnait le nom de catholique et s'occupait en réalité des affaires de ce monde.

« Mais tous ceux qui souhaitaient envoyer les Français au diable n'avaient pas tourné le dos à l'Église, loin s'en fallait. Il existait aussi des partisans secrets de la doctrine cathare qui souhaitaient une France grande et forte. Beaucoup des "conquérants", implantés depuis près de cinquante ans sur ces terres florissantes, se sentaient Occitans depuis longtemps et détestaient la tutelle exercée par Paris. En revanche, les marchands de la région, qu'ils aient ou non abjuré l'hérésie, étaient de bons sujets et payaient

docilement leur écot au roi Louis. Mais ils suppor-
taient très difficilement que l'Église les espionne et les
traite comme des chrétiens peu fiables, des membres
de second ordre de la communauté. Et puis il y avait
aussi ces zélateurs inconciliables. D'un côté les "faidits", de l'autre les Francs qui se voulaient des
exemples et refusaient même de parler, ou au moins
de comprendre la langue du pays, la langue d'oc. Et
naturellement, mon précieux ami et sénéchal, il y
avait les "noirs". Je désigne par là tous ceux qui font
de notre vie un enfer : le pape Alexandre à Rome, pos-
sédé comme tous ses prédécesseurs par l'idée d'éliminer les Hohenstaufen ; les légats, qui poussaient
constamment à lancer de nouvelles croisades, non
plus contre les "incroyants", ce qui n'avait déjà rien de
spécialement chrétien, mais contre tous ceux qui ne se
soumettaient pas à l'Église de Rome, seule à pouvoir
apporter le salut, qu'il s'agisse de la Byzance orthodoxe grecque ou des khanats nestoriens chez les Mongols. Sans parler de la persécution répugnante des
hérétiques menée par un Trini, des actes qui vous ins-
pirent une juste indignation. Et au plus bas palier de
cette échelle, on trouvait les méfaits répugnants d'un
mouchard ordinaire comme le Triton.

« Au-dessus de tout cela plane aussi l'ombre noire
d'un État des Templiers, une vision qui réjouit peut-
être les chevaliers de l'Ordre, mais vraiment personne d'autre. Et surtout pas les bourgeois de Carcassonne, qui ont déjà pu se faire une bonne idée de
l'arrogance de cette illustre troupe. Il reste l'espoir
(faible, je l'admets) en un royaume de la paix que
Roç et Yeza pourraient présider. Mais qui donc y a
intérêt ? Ni la France, ni l'Église, ni les Templiers, ni
même les lointains Mongols. Le couple royal ne
trouvera aucun lieu pour vivre ici, on n'a pas besoin
d'eux, on ne veut pas qu'ils restent. J'espère que Roç
et Yeza l'ont compris. En tout cas, les derniers événements de Carcassonne l'ont montré !

« Tels que je les connais, par dépit, ils s'accrocheront encore un certain temps à l'illusion que l'Occitanie est la Terre sainte du Graal. Tout comme vous, mon sénéchal, allez rester ici dans le vain espoir que le Languedoc pourra devenir une partie de la France qui réjouisse la Couronne. Mais cela, vous ne le verrez jamais. »

Gosset avait achevé sa lecture lorsqu'il remarqua que le sénéchal était entré dans la pièce, sans faire de bruit.

Le capitaine Fernand Le Tris avait descendu dans la pénombre l'escalier donnant sur la cave. Il n'alluma la torche qu'après avoir refermé derrière lui la porte à barreaux et s'être assuré que l'on ne voyait plus, d'en haut, la lumière qui le guidait dans les profondeurs de la cave. Il savait où il trouverait le Triton, mais même maintenant, à quelques pas de son objectif, il ignorait ce qu'il ferait lorsqu'il se retrouverait en face de Bartholomée de Crémone. Devrait-il le libérer comme l'avait réclamé Trini ? Avec sa jambe cassée, ce ne serait pas facile, mais Barth pouvait peut-être marcher à cloche-pied. Le conseil glacial du sénéchal résonnait encore dans son esprit et donnait à Le Tris l'impression que son poignard brûlait comme du charbon ardent sous son pourpoint. Il souleva la torche et ouvrit la dernière porte, un gros portail à madriers derrière lequel un escalier en colimaçon menait au large couloir où s'alignaient les cellules. C'étaient des trous obscurs, fermés par des barreaux. Le Triton devait croupir dans la dernière d'entre elles, immobile comme le lui avait vivement conseillé le *medicus* des Templiers. Fernand Le Tris posa sa torche dans l'un des anneaux, sur le mur, avant de passer dans la galerie, qu'il connaissait suffisamment pour s'y hasarder dans le noir. Le capitaine fouilla sa poche pour y prendre la clef qu'il avait trouvée sur le bureau du sénéchal. Soudain, il eut l'impression d'avoir entendu du bruit derrière lui, et, à son grand effroi, il vit sa torche vaciller sur le mur. Elle descendit l'escalier, elle s'approchait de lui et illuminait déjà l'extrémité du couloir. Cinq hommes étaient descendus, l'un d'entre eux tenait la torche de telle sorte que le capitaine soit forcé de les voir. Ils portaient les longs manteaux et les chapeaux pointus des « noirs », leurs visages étaient masqués, seules deux fentes barraient leur visage. Sur leur poitrine brillait la croix blanche formée par quatre lys refermés.

Le capitaine voulut leur lancer « Que me voulez-vous ? », mais fut incapable d'émettre le moindre son. L'un des hommes tenait une hache de bourreau dans les mains, un autre une corde tournée en nœud coulant. Le troisième portait l'une de ces pinces avec lesquelles on arrache les ongles des mains et des pieds des suppliciés. Le quatrième brandissait une croix comme s'il fallait exorciser un mauvais démon. Le cinquième ne tenait que la torche. Ils étaient alignés de front, tout près de l'escalier, barrant l'unique issue dont aurait disposé le capitaine. Ils ne bougeaient pas, le seul mouvement était celui des ombres à la lueur de la torche. L'un des hommes cria :

— Fernand Le Tris, approchez !

Le capitaine obéit, les jambes flageolantes. Il n'était pas encore arrivé à leur hauteur lorsque la même voix ordonna :

— À genoux, Fernand Le Tris !

Il se mit à trembler comme un roseau au vent et finit par tomber sur les genoux. Les hommes en noir firent un pas vers lui. Celui qui portait la torche, le seul à avoir parlé jusqu'ici, dit alors de la même voix indifférente :

— Entendez l'acte d'accusation, Fernand Le Tris !

Le capitaine sanglota. Il ne put retenir ses larmes, elles lui dégoulinèrent sur les joues, et, de peur, il cacha son visage entre ses mains.

— En tant que soldat de l'armée française, vous vous êtes rendu coupable de refus d'obéissance.

— Mon maître, le sénéchal, a pris connaissance des circonstances de mon acte, se défendit le capitaine. Il m'a pardonné.

— Nous pas ! répondit sèchement son mystérieux interlocuteur. Vous avez, par négligence, ôté ses gardes à la citadelle. Vous avez volontairement troublé l'ordre public en soutenant un autodafé interdit avec des soldats placés sous vos ordres. C'est une complicité active à un crime contre la paix civile. Vous avez, par perfidie et pour de bas motifs, attenté à la vie et à la liberté d'une personne à laquelle votre supérieur avait manifestement accordé un sauf-conduit à la citadelle. Les moindres chefs d'inculpation sont donc la tentative d'assassinat, la séquestration, ce qui constitue une grave atteinte...

L'homme à la torche fit un pas en avant, et, comme si c'était convenu, le chœur noir termina la phrase à l'unisson :

— ... à l'honneur de la France !

L'homme jeta la torche contre le sol comme s'il voulait l'éteindre, mais elle lança quelques étincelles et continua de brûler.

— Fernand Le Tris, reprit-il, vous savez quel verdict vous attend.

— Mon frère, l'inquisiteur, m'a forcé à édifier ce bûcher, bredouilla le capitaine. C'est lui, lui-même, qui l'a allumé ! ajouta-t-il, hors de lui. Je n'étais que son bras armé...

— Le bras officiel de l'Église, c'est l'État ! répliqua l'homme en noir. Et vous, Fernand Le Tris, vous n'êtes pas la France !

Le capitaine braillait à présent de rage et de désespoir.

— Je n'ai voulu assassiner personne, c'était juste un petit coup sur la nuque, et c'est celui-là, là-dedans, qui m'a poussé à le faire ! s'exclama-t-il en désignant la porte de la cellule du moine.

— Vous devriez prier, à présent, Fernand Le Tris, conseilla une jeune voix qui paraissait plus conciliante et donna de l'espoir au capitaine. Il vous reste juste le temps dont nous avons besoin pour inspecter ces os brisés. Il serait injuste qu'ils repoussent trop droit. Même en pied-bot, Bartholomée de Crémone peut encore servir l'Église.

Les hommes portant la torche et la pince, suivis de l'exorciste, passèrent devant le capitaine, toujours agenouillé, et se dirigèrent vers la cellule. Fernand Le Tris regardait fixement l'homme portant la hache et l'autre, tenant la corde, qui s'installèrent devant lui. Leurs yeux, derrière les fentes de leur cagoule, paraissaient impitoyables. Il pria à voix basse et écouta les bruits qui venaient de la cellule. Il perçut une sorte de craquement, comme du bois que l'on casse ; aussitôt, le Triton émit un hurlement à glacer le sang, suivi d'un autre, encore plus atroce que le premier. Le cri se transforma peu à peu en gémissement, mais Fernand Le Tris ne l'entendait déjà plus. Il regardait les bourreaux qui se tenaient devant lui, avec une telle concentration qu'il ne remarqua pas l'homme masqué qui s'était posté dans son dos. Atteint à la nuque par une lourde croix de bois, il tomba comme un sac, la tête en avant.

Le sénéchal eut encore de la visite à une heure avancée de la nuit. Lorsque la garde annonça que Jourdain de Levis, comte de Mirepoix, souhaitait lui parler, Pier de Voisins s'étonna : que pouvait-il bien lui vouloir, à lui, le représentant de la France, et à une heure aussi indue ? Il est vrai que jadis, les Levis avaient combattu aux côtés de son prédécesseur Hugues des Arcis, le premier sénéchal de la ville conquise de Carcassonne, pour aider à prendre Montségur. Mais s'ils l'avaient fait, c'était uniquement parce que le château leur avait été promis. Ils avaient ensuite rapidement oublié à qui ils devaient leur fief et leur titre. Et une fois devenus comtes de Mirepoix, ils s'étaient très vite rappelé leurs liens familiaux dans le Languedoc, et s'étaient bientôt comportés d'une manière plus rétive que les pires ennemis de la France. Le comte n'avait encore jamais fait allégeance au sénéchal Pier de Voisins. Cette fois encore, le vieux seigneur n'était certainement venu que pour lui chercher querelle.

Jourdain de Levis entra comme une trombe et annonça, sans même saluer ni s'excuser pour ce dérangement tardif, qu'il venait lui parler du tournoi de Montségur, prévu au mois de mars.

— Oui, je sais, répondit Pier de Voisins d'un air suffisant. Vous comptez l'organiser à la date précise de l'équinoxe, pour le plus grand jour de fête des hérétiques. Voilà qui va réjouir l'Église !

— C'est un tournoi, pas un pèlerinage ! rétorqua le comte. Cela concerne plutôt l'honneur de la France. J'attends de vous que vous envoyiez vos meilleurs chevaliers, sans quoi la Couronne risque de perdre la face !

— À ma grande honte, et à celle de la France, je dois avouer que je ne dispose pas de chevaliers, mais uniquement de vulgaires soldats, fit Pier de Voisins, qui savourait la situation. Voulez-vous les remplacer ?

— Si aucune personne de noblesse et de rang n'est disposée à défendre les couleurs de la France, alors mieux vaut ne pas vous présenter à cette rencontre chevaleresque !

— Je suis sans doute trop vieux et trop raide pour monter encore en selle, s'excusa le sénéchal. Mais vous, Jourdain de Levis, vous êtes connu pour être un solide combattant. Et vous êtes toujours un vassal de la France !

L'entretien s'arrêta net. Le vieux chevalier avait regardé par la fenêtre et affirma tout d'un coup qu'il avait failli oublier un rendez-vous galant. Avec cette excuse cousue de fil blanc, il sortit de la citadelle aussi vite qu'il y était arrivé.

Pier de Voisins jugea que le temps était venu de se coucher. Minuit n'allait pas tarder à sonner.

Un petit cortège d'hommes aux longs manteaux noirs parcourait la ville d'un pas mesuré. Quatre d'entre eux portaient un corps enveloppé dans un drap, une relique précieuse ou un chef défunt. Un cinquième avançait devant eux, un cierge allumé à la main. Au cours de ces journées, ce genre de procession n'avait rien d'inhabituel, même si les partici-

pants y étaient en général plus nombreux et apparte-
naient le plus souvent au clergé. Quelques gamins
qui traînaient encore dans les rues les escortèrent un
moment. Mais comme on ne chantait pas et que les
hommes avaient l'air particulièrement sinistres, ils
les abandonnèrent. Le cortège se dirigeait vers la
cathédrale.

Le vieux renard, Jourdain de Levis, regarda de
tous les côtés avant de tirer sur la clochette, à la
porte verrouillée de l'hospice des Frères miséricordieux de saint Lazare. Le frère portier reconnut le
comte et le laissa entrer. Jourdain de Levis le suivit
jusqu'à la salle où dormaient les Mongols et attendit
patiemment que le vieil homme soit réveillé et qu'on
le mène à lui.

Arslan ne paraissait nullement endormi. Il ne sembla pas étonné lorsque Jourdain de Levis lui
annonça que le capitaine était empêché et qu'il allait
personnellement le conduire à Quéribus, auprès de
ses jeunes amis Yeza et Roç. Cela réjouit manifestement le chaman, qui ne cilla pas non plus lorsque le
comte ajouta qu'ils devaient partir immédiatement :
ils voyageraient jusqu'au petit matin. Arslan réveilla
ses compagnons.

Peu avant minuit, la garde de la citadelle tira le
sénéchal du sommeil où il venait à peine de plonger,
pour lui annoncer que le connétable de France était
arrivé.

— Donnez-lui la meilleure chambre ! grogna Pier
de Voisins, mais Gilles Le Brun se tenait déjà devant
son lit.

— Vous pourrez replonger dans vos rêves d'ici à
quelques instants, fit celui-ci avec une amabilité
inhabituelle. Mais je préfère vous informer avant
que vous ne preniez d'autres dispositions : Paris a
décidé de laisser se dérouler le tournoi de Montségur
et de faire savoir (secrètement, cela va de soi !) que

ce sera un grand événement. Les chevaliers de la France répondront eux aussi courageusement à ce défi. Tous ceux qui tiennent en selle y participeront, même s'ils se retrouvent sur les fesses l'instant d'après! Nous voulons que l'autre parti, les Occitans rebelles, se rendent aussi nombreux que possible sur le lieu où ils ont été honteusement battus et où ils espèrent prendre leur revanche. Ils voudront traîner dans la poussière les couleurs de la France. Et tandis que les faidits et autres insurgés s'y emploieront, vous, mon valeureux sénéchal, et votre compétent capitaine qui a tout récemment prouvé sa fidélité avec tant de courage, vous entourerez le Pog et vous arrêterez tous ceux qui auront attenté à l'honneur de la France, se seront exprimés en termes négatifs sur Paris, le roi et son représentant, ou qui, simplement, ne comptent pas au nombre de nos amis. Quelques-uns s'en tireront avec de fortes amendes. Quelques fiefs seront repris, au profit de la Couronne, cela va de soi; et si Dieu le veut, quelques têtes rouleront au sol!

Pier de Voisins était à présent parfaitement éveillé.

— Et qui doit organiser ce gigantesque réseau de surveillance? Je n'ai à ma disposition qu'un tas de soldats abrutis et mal payés.

— Nous avons aussi pensé à cela. Messire le nonce ordonnera au grand inquisiteur Bezù de la Trinité de mettre tout son appareil à notre disposition. Ses hommes seront omniprésents, déguisés en valets et en écuyers, en aubergistes et en chanteurs, les yeux ouverts sur la subversion, les oreilles guettant le moindre manque de loyauté envers le souverain, la moindre expression de dédain envers la Couronne! Qu'en dites-vous?

— Je n'en dormirai plus de la nuit! répliqua le sénéchal du fond du cœur. Je vois déjà le gros Trini déguisé en dame de cour, assis sur les genoux de Xacbert de Barbera et lui arrachant des sottises sur le roi Louis.

— Je souhaite de tout mon cœur que celui-là nous

tombe enfin entre les mains pour cette fête du printemps !

— Vous n'avez qu'à faire en sorte qu'Olivier de
Termes défende ce jour-là les couleurs de la France.
Vous pourrez être certain que le seigneur de Quéri-
bus ne le manquera pas !

— Il faut savoir faire des sacrifices, répondit le
connétable en bâillant. Maintenant, finissez donc
votre nuit. Je suis fatigué, moi aussi.

La troupe des Mongols, sous le commandement de
Niketa Burdu, quitta l'hospice des frères miséricordieux. Le comte de Mirepoix les guidait à cheval. À
côté de lui, marchant d'un bon pas, avançait Arslan,
le chaman. Lorsqu'ils arrivèrent à la porte de la ville,
l'escorte de Jourdain de Levis les attendait déjà. Les
cinq cavaliers ne montrèrent pas le moindre signe
d'impatience, mais se contentèrent de le saluer d'un
hochement de tête, ce qui fit apparaître un sourire
de satisfaction sur le visage du vieux soldat. Ils se
rallièrent en silence à la troupe. Le claquement des
sabots sur les pavés, sous la voûte de la porte fortifiée, recouvrit les douze coups de cloche qui réson-
nèrent depuis la cathédrale. Puis la neige blanche
assourdit le bruit de leurs pas. La lourde porte à barreaux qui protégeait la ville pendant la nuit s'abattit
derrière eux en cliquetant.

À peine l'ultime coup de cloche avait-il résonné
que la sombre silhouette du dominicain se glissa
hors de l'une des ruelles qui donnaient sur le parvis
de la cathédrale. L'inquisiteur était accompagné par
quelques soldats glacés : il ne jugeait pas prudent de
sortir seul la nuit, surtout lorsqu'il passait devant ce
lieu où une grande tache noire dans la neige sale
rappelait encore sa besogne de la journée. Bezù se
signa secrètement, car les âmes des suppliciés pouvaient encore hanter la place. Il ordonna à sa garde
d'attendre devant l'église, et se faufila par l'une des
petites entrées latérales.

La haute nef centrale était plongée dans la

pénombre. Dans les autels situés sur les flancs, on voyait juste briller encore les nombreuses petites lampes à huile déposées par les croyants à l'appui de leurs suppliques aux saints ou à leurs ossements, conservés dans des reliquaires.

Trini passa devant les autels. Son ombre projetée contre les piliers le rendait nerveux. Ses yeux cherchaient à percer la pénombre du chœur, dans lequel il pensait trouver le capitaine et Bartholomée. Rien ne bougeait à côté des confessionnaux, et Bezù de la Trinité s'arrêta, agacé. Ses deux complices avaient sans doute pris du retard. Un seul grand cierge brûlait sur l'autel, ce qui gêna le sens de la symétrie de l'inquisiteur. Il leva les yeux vers la croix qui descendait du plafond dans l'axe de la salle, et eut le souffle coupé. Son cœur s'arrêta un instant, puis se mit à battre la chamade. Au-dessus de lui, au bout de la chaîne qui se perdait tout en haut dans la voûte, un corps humain se balançait, suspendu par les pieds. L'inquisiteur regarda fixement le visage de son frère et s'effondra à genoux. Il n'osa pas lever encore une fois les yeux, mais l'image s'était déjà gravée dans son esprit, et il ne parvenait plus à s'en débarrasser. Tris était pendu comme un vieux sac, ses yeux vitreux étaient braqués sur l'inquisiteur. Ses bras se balançaient en dessous de lui. Le gros inquisiteur bondit et quitta la sombre cathédrale comme s'il était poursuivi par des furies.

LA NEIGE TOMBE, SILENCIEUSE...

Le matin illumina peu à peu les forêts couvertes de neige. Les hommes avaient chevauché toute la nuit, en silence, parce qu'ils n'avaient pas grand-chose à se dire. La troupe s'était allongée, les chemins étaient étroits et le chaman fermait le cortège. Ainsi, sa voie était déjà tracée, et il ne risquait pas de se faire piétiner par un cheval affolé par la chute d'un paquet de neige tombé d'une branche de sapin.

Niketa Burdu profita de l'occasion pour rejoindre le comte, qui marchait en avant : c'est à lui, le neveu du fameux général Kitbogha, que revenait l'honneur de guider la délégation mongole. Il tenta d'entraîner le vieux Jourdain de Levis dans une conversation pour bien montrer qu'il était un homme important.

— Mon éminent seigneur, maître de tous les empires du monde, le puissant Möngke, commença Burdu, m'a fait choisir par son serviteur, le général Kitbogha, pour me rendre au pays du soleil couchant et y rendre visite à deux enfants royaux sur lesquels l'œil de mon khagan se posait avec plaisir et qui se sont éloignés du soleil de ses faveurs pour mener leur vaine action devant des yeux ignorants et des cœurs ingrats.

— Ah! s'exclama le comte en bridant son cheval, ce qui arrêta tout le cortège. Vous voulez convaincre le couple royal de quitter l'Occitanie et de revenir dans la steppe des Mongols?

— J'espère, dit Niketa Burdu, qu'ils considéreront encore comme un ordre le désir du Tout-Puissant, que je suis venu leur transmettre.

Il attendit, pour vérifier l'effet produit par ses paroles sur Jourdain de Levis. Mais celui-ci se contenta de regarder en clignant les yeux le soleil qui se levait et rendait la neige aveuglante. Il ne répondit rien, si bien que Niketa Burdu se sentit tenu de souligner encore l'importance de sa mission, des Mongols et de sa haute personne.

— Ce qui les attend, ce n'est pas la steppe des Mongols, que vos yeux n'ont encore jamais vue, valeureux comte, mais le Reste du Monde, tous les pays situés à l'ouest de la Perse, que nous sommes en train de soumettre. C'est là que, selon l'irrévocable décision du grand khan, les enfants devront régner.

— Ce trône-là, ils peuvent aussi l'avoir ici, rétorqua le comte, bien décidé à ne pas se laisser impressionner par l'émissaire. Le paysage d'Occitanie est incomparablement plus aimable, il n'est pas trop chaud, messire Niketa Burdu, et il n'y pas de Mongols ici. Je veux dire par là que vous n'avez pas encore poussé vos conquêtes jusqu'ici, et que vous ne pouvez donc pas connaître le Languedoc et ses charmes.

— Je n'en ai pas besoin, riposta le Mongol, rétif. La première impression me suffit ! Car ma mission n'est pas de séjourner en ces lieux, mais de convaincre Roç et Yeza de revenir avec nous, conformément au vœu du grand khan.

— Vous comptez donc emmener le couple royal immédiatement ? demanda le vieux renard.

Niketa Burdu le dévisagea, un peu étonné.

— J'offrirai au couple royal, en lui pardonnant généreusement ses actes passés, la possibilité de retrouver immédiatement la protection du souverain le plus puissant de cette terre, au-dessus duquel n'existe plus que Tengri, le ciel éternellement bleu. Il est disposé à les reprendre auprès de lui, dans sa grâce incommensurable, comme si rien ne s'était passé. Car, pour le khagan, aucune distance n'est plus grande que la portée d'une flèche, et aucune période de séparation n'est plus longue qu'un battement de cils.

— Voilà qui est admirable ! s'exclama le comte en faisant faire volte-face à son cheval. Le couple royal a bien de la chance ! dit-il au jeune Mongol. Lorsque vous sortirez de cette forêt, vous découvrirez sur le coteau qui vous fera face le château de Quéribus, où vous êtes certainement ardemment attendu. Vous transmettrez mes hommages à Yeza et Roç, car c'est ici que nos chemins se séparent.

Le jeune Mongol parut vexé, mais il ne sembla pas vouloir demander qu'on l'escorte jusqu'au bout, d'autant plus qu'Arslan avait remonté la colonne et les rejoignait.

— D'ici, nous trouverons le château tout seuls, répondit Niketa Burdu, mais il répéta tout de même devant le chaman la description du trajet. Lorsque nous aurons quitté la forêt, Quéribus se dressera déjà devant nous, sur la montagne la plus proche.

— C'est bien cela, confirma le comte en se tournant vers Arslan pour lui présenter ses excuses. Pour moi et mes hommes fatigués, ce serait un long détour. Ce fut pour moi un plaisir d'avoir été utile à de si lointains amis de nos amis! *A Diaus!*

Et la petite troupe de cavaliers s'éloigna dans la forêt enneigée.

Au bout de plusieurs jours, Mauri En Raimon, remontant le « chemin des cathares », rencontra au milieu des « forêts noires » une troupe égarée de guerriers mongols. S'ils n'avaient pas été accompagnés par Arslan, qui savait toujours trouver une source, des herbes, des racines et des oignons sous le manteau de neige et savait aussi découvrir les abris et les cavernes, et si certains d'entre eux n'avaient pas eu de grands talents de chasseurs, ils seraient tous morts de soif, de faim et de froid. Mais le chaman ne voulait pas aller jusque-là. Il les avait fait tourner en rond jusqu'à ce que l'envie d'aller chercher Roç et Yeza à Quéribus finisse par leur passer. Lorsqu'il avait senti qu'il était proche de son objectif, il avait fait apparaître les cathares.

— Effectivement, lui dit l'homme à la barbe blanche, vous n'êtes pas loin de Quéribus. Je vais vous y conduire!

Et il leur désigna la direction qu'il fallait prendre. Mais Niketa Burdu n'était plus maître de ses réactions et se mit à crier:

— Non! Nous voulons revenir au fleuve! Le port s'appelait Perpigna! Je ne croirai plus le moindre mot de qui que ce soit!

— Vous avez simplement omis de demander quand nous quitterions cette forêt, rétorqua sèchement Arslan au jeune soldat. Car la direction était la bonne. Messire le comte ne vous a pas du tout menti.

— Cela m'est égal, Arslan, éructa le jeune homme, au bout de ses forces et de sa patience. Donnez à ce brave homme la lettre, afin qu'il la remette au château, et conduisez-nous à la mer.

— Notre mission n'était pas de transmettre une lettre de Guillaume de Rubrouck, mais d'inciter le couple royal à rentrer avec nous. C'est cela, notre devoir !

— Vous le ferez très bien tout seul, répondit Niketa Burdu d'une voix faible. Nous vous attendrons à Perpigna, vous et le couple royal. Je suis fatigué par cette forêt enneigée.

— Dans ce cas, acceptez l'offre aimable que vous fait ce brave homme, et soyez heureux qu'il consente à vous mener au port.

— Qu'il nous guide hors de cette forêt jusqu'à la grande route la plus proche, celle qui nous mènera droit au fleuve. Plus de chemins de traverse !

Mauri adressa à Arslan un sourire de connivence, et ils se mirent en marche. Bientôt, les arbres se clairsemèrent, et la route qui menait à la côte apparut en dessous d'eux, dans la vallée. Niketa Burdu ne vit pas le château qui lui faisait face, entre les roches. Il renonça, hautain, aux services de Mauri, qui lui avait proposé de le guider, si bien qu'après une marche rapide les deux vieux hommes se retrouvèrent ensemble sous les murs de Quéribus. La garde de la porte fit des difficultés pour leur permettre d'entrer. On appela Rinat, qui laissa passer ces étranges ambassadeurs dans la cour du château, mais voulut leur prendre la lettre.

Arslan et Mauri se comprenaient sans avoir à prononcer le moindre mot. Ils s'accusèrent aussitôt mutuellement de porter la lettre. Comme deux compères au numéro bien rodé, ils se mirent à se retourner les poches l'un à l'autre en se traitant de gâteux. Ils braillèrent ainsi jusqu'à ce que la moitié des habitants du château soient accourus, Roç et Yeza compris. Arslan avait obtenu ce qu'il voulait, et Rinat rentra la queue entre les jambes lorsqu'il vit avec quel respect Roç accueillait le vieil homme en manteau de haillons, et la chaleur avec laquelle Yeza, rayonnant de bonheur, lui tendait les bras. L'arrivée de Mauri avait elle aussi fait grand plaisir au couple royal. Dès qu'elle le vit, Yeza lui demanda :

— Vous êtes-vous donc décidé à rester avec nous ?

Mauri secoua imperceptiblement la tête.

— Nos chemins ne sont pas encore identiques.

— Soyez tout de même notre hôte, dit Roç, et il ordonna aux deux suivantes, Potkaxl et Geraude, de préparer un lit à ces seigneurs et de leur servir à manger. Les yeux bovins de Geraude s'emplirent de larmes lorsqu'elle découvrit son vieil ami.

— Ah, implora-t-elle à voix basse, restez donc près de nous.

— Ne harcèle donc pas Mauri En Raimon, la rabroua Yeza, il saura bien quel chemin il doit suivre.

Geraude, ce veau de lait, se mit à pleurer encore plus fort. Potkaxl, elle, s'efforçait de prendre le chaman par la main.

— Je vous conduis à votre lit, messire !

Mais Arslan passa doucement la main sur le front de la princesse toltèque, et elle s'en alla sans lui, le visage transfiguré, suivie par son amie qui sanglotait toujours.

Roç ricana, et Yeza finit par l'imiter.

— Ne veux-tu pas faire un échange : ton Philippe contre mes deux suivantes ?

— Ce qui manque encore à ta cour, ô ma reine, c'est une vraie dame !

Le chaman s'était approché de la fenêtre et regardait à l'extérieur. La neige avait recommencé à tomber, les flocons tourbillonnaient, toujours plus denses. Arslan tira Mauri par la manche et désigna, à l'extérieur, le manteau blanc des montagnes.

— Ne voyez-vous pas, de l'autre côté de la vallée, dans la forêt...

Roç et Yeza l'avaient rejoint. Ils regardaient fixement un épais rideau de cristaux qui dansaient furieusement avant de s'abattre sur le sol. On ne voyait strictement rien, et surtout pas l'autre côté de la vallée.

— Oui, dit Mauri, je vois entre les sapins une pierre noire. Elle se dresse dans la neige, mais aucun flocon ne s'accroche à elle. Une source qui ne gèle pas jaillit en son milieu. Elle coule, claire et délicieuse...

Roç dressa le cou, mais ses yeux ne parvinrent pas à percer le rideau de flocons blancs. Il voulut ouvrir la bouche pour poser une question. Yeza tenta de l'en retenir. Elle devinait que la vision que le chaman transmettait au parfait, Mauri, disparaîtrait s'il le faisait. Mais Roç ne se laissa pas détourner par le mysticisme. Il brûlait de percer ce secret et de satisfaire sa curiosité.

— La cavité où coule la source a-t-elle la forme d'un récipient? demanda-t-il au vieux cathare. D'un calice?

Le regard de Mauri perdit alors son éclat.

— Je ne sais pas, grommela-t-il, incertain. Je ne vois plus rien, tout est blanc, la pierre a disparu.

— La pierre noire, dit le chaman à Yeza, vous apparaîtra lorsque vous croirez être parvenus au terme de votre route. Ne vous laissez pas induire en erreur par son apparence, poursuivez votre chemin, car c'est lui, votre but, ce n'est ni la pierre noire ni son calice disparu.

— Le miroir de votre âme, ajouta En Raimon, mais c'est aussi et toujours un trompe-l'œil du démiurge, du dieu qui a créé ce monde!

En Raimon sourit aux deux rois pour leur donner du courage. Arslan, l'air joyeux, s'adressa au cathare.

— Allons nous reposer à présent. Il est vrai que nous sommes de vieux hommes, et que nous n'avons pas besoin de beaucoup de sommeil, mais la nature, rythmée par l'astre éblouissant, réclame son dû. Et nous devons partir de bonne heure demain.

Il serra d'abord Roç dans ses bras, puis Yeza. Ils sentirent tous deux sa force rayonner et s'emparer d'eux. En Raimon passa devant, et ils quittèrent la chambre sans un bruit, comme s'ils avaient déjà perdu leur apparence physique. Dehors, il avait cessé de neiger. Yeza et Roç se dévisagèrent. C'est elle qui, la première, rompit le charme et donna un petit coup de coude dans les côtes de Roç, pour le tirer de sa méditation.

— Lisons donc enfin la lettre de Guillaume !
s'exclama Yeza en lui arrachant la missive des
mains. Elle courut vers la tour en riant, et il se lança
à sa poursuite.

SALUTATIONS DEPUIS LA CITÉ DES MORTS

Guillaume de Rubrouck, O.F.M.
au couple royal
Roç Trencavel du Haut-Ségur
et Yezabel Esclarmonde du Mont y Sion

Bagdad, fin janvier Anno Domini 1258
Vénéré couple royal, puisque, si j'en crois le Bulgai, chef des Services secrets, c'est ainsi qu'il me faut
vous appeler, mes chers amis, car vous demeurez
tels même si je n'ai plus reçu depuis longtemps le
moindre signe de vie !
Je ne sais pas encore comment je vous transmet-
trai cette lettre. Par des détours, certainement, mais
si possible sans qu'elle ait été lue auparavant par
ceux qui s'efforcent de ne laisser sortir vers le Reste
du Monde aucune nouvelle non censurée concernant
ce qui se passe ici, et ils savent ce qu'ils font. Mais il
n'est pas nécessaire que je m'en chagrine à présent,
nous aurons bien le temps de nous en soucier plus
tard. Je n'ai pas peur, car je sais mon destin entre les
mains de Dieu, et si étroitement lié au vôtre que rien
ne m'est arrivé parce que mon destin est de vous serrer un jour de nouveau dans mes bras.
Voici une semaine, le Il-Khan Hulagu est apparu
devant la ville. Je n'avais encore jamais vu Bagdad de
mes yeux, contrairement à vous, grands voyageurs,
et j'ai été subjugué. Pas même par la grandeur ou par
la force de ses murailles et de ses tours, ni par le
nombre des camps qui s'étendaient des deux côtés
du Tigre. Non, ce qui m'a stupéfait, c'était cette
brume bleue qui flottait sur la ville et me fit penser à
tous ces récits des Mille et Une Nuits, c'était cet éclat
rouge-rose avec lequel le soleil déclinant magnifiait

ses coupoles et ses toits, ses créneaux et ses mina-
rets, faisant étinceler le fleuve comme des bijoux sur
le ventre d'une danseuse. Et lorsque la pénombre a
fini par se répandre, nous avons vu briller la chaîne
lumineuse formée par cent mosquées et cent palais.
Nous aurions pu entendre l'appel des muezzins si
notre armée n'avait produit pareil fracas. Le tré-
pignement et les hennissements de milliers de sabots
et de chevaux, le cliquètement de la vaisselle, le claquement des armes. Les catapultes avançaient en
grinçant et en gémissant, chargées des pots de feu
grégeois, précédées par les béliers et les tours
d'assaut. On entendit tonner le pas des archers, les
ordres des chefs de section emplissaient l'air. Nous
étions venus écraser Sheherazade, la violer et l'étrangler. Rien ne la sauverait.

En l'espace de quelques jours, des ponts flottants
furent jetés sur le Tigre, en dessous et au-dessus de
la ville. Les ailes de l'armée dirigées par les généraux
Baitschu et Kitbogha les franchirent, refermant
l'anneau du siège. Le Il-Khan lui-même demeura
immobile devant la partie orientale de la ville, car
c'est là que se trouvaient les palais gouvernementaux
et les casernes. Comme son épouse, Dokuz-Khatun,
avait tenu à me garder dans son campement pour lui
scrvir de prédicateur, il me fallut rester sur place.
J'aurais préféré, et de loin, partir avec notre vieil ami
Kitbogha. La table de sa tente est bougrement mieux
remplie que chez Hulagu, qui fait servir une fois par
jour un repas de jeûne monotone, parce qu'il doit
prendre garde à ses maux d'estomac. Il n'y a pas de
viande, ici, mes amis, juste des légumes et du riz
cuits sans sel. On apaise la soif avec de l'eau. C'est la
raison pour laquelle ces dames assistent régulièrement à ma messe, au cours de laquelle je les abreuve
copieusement de vin. Mais il m'a déjà fallu resserrer
ma ceinture, je veux parler de la corde de ma bure, et
lorsque je me regarde dans le miroir, j'y vois la mine
avachie d'un franciscain dont la couronne de cheveux rouge doré s'est encore clairsemée. La calvitie

progresse et rend la tonsure inutile. C'est lamentable, mais il me faut correspondre au stéréotype d'un frère mineur exemplaire, car Dokuz-Khatun, cette haute dame, a une idée bien précise de l'allure que je dois avoir. Pour moi, je suis prêt à tout, du moment que l'on me nomme au moins patriarche chrétien de Bagdad dès que la ville sera prise.

Entre-temps, nos machines ont commencé à la bombarder. Jour et nuit, les coups s'abattent dans un bruit de tonnerre sur la première muraille, et les projectiles volent à l'intérieur de la cité, bien au-delà du deuxième mur. Les espoirs du calife ont sans doute commencé à se dissiper, même si nous n'avons pas encore percé de brèche. En tout cas, il a envoyé le vizir dans notre camp. Muwayad ed-Din, le chi'ite, s'était prononcé depuis longtemps en faveur d'une paix avec les Mongols. Mais il n'avait pu s'imposer face au *dawatdar*, le grand secrétaire et chancelier de la cour — un belliciste invétéré ! Pour moi, cependant, cette mission du grand vizir fut un mauvais coup. Pour s'attirer la bienveillance de Dokuz-Khatun, il avait en effet emmené un petit homme sec qui s'appelle Makika et, à mon grand effroi, s'est présenté comme le patriarche nestorien de la ville. J'ignorais totalement qu'il existât une communauté chrétienne dans la cité du Prophète. Dokuz-Khatun ne le savait pas non plus. Elle en fut tellement heureuse qu'elle couvrit Makika de cadeaux. Mais elle eut beau plaider auprès de son époux la cause de la délégation, rien n'y fit : Hulagu refusa de négocier avec les ambassadeurs, il ne les reçut même pas. Son chambellan Ata el-Mulk Dschuveni, lui-même musulman, mais adepte de la *sunna*, eut le plaisir d'informer le vizir chi'ite qu'il lui fallait revenir dans la ville.

Je savais quant à moi, non pas par ouï-dire, mais pour y avoir assisté avec douleur, comment les Mongols traitaient les vaincus. Pour ce qui concernait Makika, cela ne me dérangeait pas, bien au contraire. Je sentis germer en moi l'espoir que ce bonhomme ne survivrait pas à la première bouffée de sauvagerie qui suivrait la prise de la ville. Mais j'avais quelque sympathie pour Muwayad ed-Din, ne serait-ce que par vos récits. Je me suis donc approché de lui et je me suis présenté comme le confesseur du couple royal. Il s'est aussitôt souvenu de vous : même vos noms lui étaient restés en mémoire. Je lui dis rapidement qu'une fois rentré dans la ville, il devait se coucher pour attendre la mort, puisque tel était son destin, il devait se procurer une dose de poison qui permet de simuler la rigidité d'un cadavre, et se faire enfermer dans son caveau de famille. C'était à lui de choisir les joyaux qu'il devrait emporter dans sa tombe : il devrait en tout cas attendre dans le caveau jusqu'à ce que la tempête soit passée et que j'aie la possibilité de le libérer. Je lui recommandai de ne mettre dans le secret que les personnes qui devaient absolument être au courant, et de ne surtout rien en dire à ses femmes, d'autant plus qu'il n'était pas certain que quiconque survivrait au sein de sa famille. Face à la menace de la mort, on ne pouvait se fier ni aux liens familiaux ni à la fidélité des esclaves. Le grand vizir s'abstint sagement de m'interroger sur les mobiles qui me faisaient agir ainsi, se contentant de me demander comment il pouvait me remercier. Je répondis qu'on en trouverait bien l'occasion.

Il fut bientôt contraint de quitter à nouveau notre camp.

Vous allez me demander quelle mouche m'a piqué. Votre Guillaume est-il devenu un sournois pilleur de tombes, ou un maître chanteur ? Nenni ! Mon seul but était de garder un soutien pour m'aider à accéder aux hautes fonctions qui m'attendaient. Un homme aussi important enfermé dans son caveau était une garantie — même si elle n'était pas absolue, car Muwayad pouvait mourir de faim avant que je ne le trouve, des pilleurs pouvaient me devancer, un incident quelconque pouvait mettre un terme à tous mes projets. C'était un pari à cent contre un, une aventure à l'issue parfaitement incertaine mais qui, si les choses se passaient bien, me mettrait en mesure d'échapper à cette sinistre vie quotidienne à la cour de Dokuz-Khatun, surtout si ce Makika devait devenir patriarche ! Alors, j'aurais les moyens de replonger dans l'univers de l'Occident, et je n'y serais plus un misérable moine mendiant.

Pour vous le dire en toute sincérité, votre Guillaume s'ennuie, et vous lui manquez beaucoup ! Si la montagne ne vient pas au prophète, c'est votre Guillaume qui devra venir à la montagne, surtout si elle s'appelle Montségur, celle où je vous ai pris, enfants, pour vous emmener dans une vie sauvage dont il m'a été donné de jouir à vos côtés. Je pense à vous avec tellement de nostalgie !

Bagdad, début février Anno Domini 1258

Au bout d'une semaine supplémentaire, l'effroyable bombardement a porté ses premiers fruits : le premier mur de l'est a commencé à s'effondrer. Tandis que les défenseurs surveillaient encore tant bien que mal les brèches, le calife el-Mustasim, accompagné de tous ses chefs de guerre et de ses principaux fonctionnaires, s'est rendu dans le campement du Il-Khan. J'ai constaté avec soulagement, et même avec un étrange bonheur, que le grand vizir n'était pas parmi eux. On leur a demandé de déposer les armes et d'entrer dans une tente. Ils ont cru que c'était celle de Hulagu, mais, à l'intérieur, ce sont les sbires de Dschuveni qui les attendaient et les ont tous massacrés. Ceux qui ont tenté d'échapper à la mort se sont précipités sur les lances des soldats installés tout autour du lieu du supplice. On n'avait laissé passer que le calife. J'ai cependant entendu Dschuveni, le chambellan du Il-Khan, se plaindre amèrement du fait que l'on n'ait trouvé dans son escorte ni le grand secrétaire Aybagh ni le grand vizir. À cet instant précis, des gardes ont traîné à ses pieds le gros *dawatdar*. Il s'était laissé tomber derrière une dune, face au campement, et avait fait le mort. Dschuveni ordonna de le renvoyer dans la ville pour qu'il obtienne la reddition des défenseurs.

Il m'a semblé qu'il avait encore un projet pour le grand secrétaire de la cour, d'autant plus qu'il savait bien quelles richesses le *dawatdar* corrompu avait accumulées. Il n'aurait pas traité avec autant d'égards le grand vizir, ce partisan de la *sh'ia*. Mais ajourner n'est pas gracier, loin s'en faut.

On le devina lorsque les troupes mongoles entrèrent dans la ville. Je n'y étais pas : Hulagu et sa cour prirent du temps avant de franchir les portes de la cité. Mais les rumeurs atroces sur ce qui se passait derrière les murs dépassaient (comme toujours chez les Mongols) tout ce que j'avais entendu jusque-là. Hommes pris les armes à la main, habitants venus se rendre, femmes, enfants, tous furent exterminés sans exception. Le massacre dura trois semaines et coûta la vie à quatre-vingt mille habitants de Bagdad. Les Géorgiens qui firent irruption par les brèches, derrière le *dawatdar*, haïssaient les musulmans. C'est eux qui se comportèrent avec le plus de sauvagerie. Ils décapitaient tous ceux qu'ils rencontraient, et dressèrent une pyramide de têtes sur le parvis de la Nizamiya, la plus ancienne *madrasa* de Bagdad. Au fil des jours suivants, elle atteignit vingt mètres de hauteur. On disait que les seuls survivants étaient quelques garçons et filles particulièrement jolis que l'on rassembla dans la cour de la respectable Mustamsiriya, la fameuse école coranique, pour les répartir entre les généraux, auxquels ils serviraient d'esclaves. On épargna aussi presque tous les membres de la communauté chrétienne, qui s'étaient réfugiés dans les églises, une mesure de grâce qu'avait arrachée Dokuz-Khatun.

C'est de l'une de ces églises que les Géorgiens tirèrent le gros *dawatdar*, qui s'était déguisé en prêtre. Ils privèrent Dschuveni du plaisir de lui faire avouer par la torture où il avait enterré ses trésors : ils le découpèrent en morceaux juste après avoir franchi le portail. C'est ce que m'apprit Makika, venu

dans la tente de Dokuz-Khatun pour la remercier
d'avoir protégé sa communauté. *A Diaus*, trône du
patriarche ! Je serrai la main de ce petit homme ché-
tif et le félicitai.

        Bagdad, à la mi-février Anno Domini 1258
    Ensuite, nous avons pu entrer dans la ville en
même temps que le Il-Khan. Nous nous sommes installés dans le palais du calife. Hulagu avait emmené
avec lui le souverain de Bagdad. Dès le premier jour,
il s'en est servi comme guide pour tout visiter,
notamment les chambres au trésor. Mais il ne s'en
est pas contenté et a fini par le remettre à Dschuveni.
Celui-ci lui a demandé où se trouvaient les trésors
cachés. Le vieux el-Mustasim, le trente-septième
membre de la vénérable dynastie des califes abbassides, s'est contenté de secouer sa tête de vieillard.
On lui a passé un cordon de soie autour du cou, et
l'on a tiré dessus jusqu'à ce que la pomme d'Adam en
saillisse. Il a râlé et désigné le mur. Les Mongols ont
décollé le crépi et lui ont coupé l'index. Il gémissait
et saignait. Derrière les pierres, ils ont découvert une
chambre secrète. Elle contenait vingt coffres, tous
remplis à ras bord de pièces d'or. Le chambellan ne
se tenait plus. Il a de nouveau fait serrer le nœud
autour du cou du calife, dont les yeux ont paru près
de rouler hors de la tête. Il a alors désigné, du petit
doigt, la cage d'escalier. On y a fait descendre el-
Mustasim, toujours au bout de son collier de soie.
Après avoir descendu quelques marches, il a montré
aux Mongols un mécanisme qui ouvrait une autre
galerie. Dans la pénombre, nous avons vu scintiller
des coupes, des armures décorées et des amphores,
des cassettes et des candélabres, des mors et des
selles, et même un trône. Tout cela n'était pas seulement en or et en argent, mais aussi richement orné
de pierres précieuses. On a posé la main du pauvre
calife sur la marche de pierre et on lui a coupé le
petit doigt. Je ne les ai pas suivis dans les profondeurs de la cave, d'où j'ai encore entendu la voix
étouffée du calife. On m'a raconté plus tard qu'il

était mort dans son lit après avoir révélé à ses bourreaux que toute la structure de sa couche, aussi large que haute, y compris les piliers qui soutenaient le baldaquin, était composée d'or massif. À ce moment-là, il ne lui restait plus que quelques doigts aux deux mains, et il serait certainement mort exsangue si Dschuveni ne l'avait pas fait étrangler.

Je sortis discrètement du palais du malheureux calife et m'enquis du lieu où se trouvait la résidence du grand vizir. Le palais avait déjà été pillé à plusieurs reprises. Le sol était jonché de mobilier détruit, de vaisselle brisée et de coussins éventrés, le tout mêlé d'excréments, de tripes et de sang encore frais, un tableau si répugnant que seuls les rats et les mouches osaient encore s'approcher des cadavres mutilés.

Je descendis courageusement vers les offices et, de là, dans les chambres à provisions. Dans la cave la plus sombre, je découvris, cachés derrière une montagne de corps en décomposition, les enfants terrifiés du grand maître de la cour, un cuisinier et deux eunuques. Après avoir convaincu le cuisinier de baisser son grand couteau (la peur me tétanisait), j'appris que son seigneur, le grand vizir, avait choisi de mettre fin à ses jours peu avant la conquête. Il s'était retiré dans la crypte de ses vénérables aïeux et s'était fait emmurer. Il s'était fait remettre le poison avec lequel les femmes du harem s'étaient elles aussi suicidées, sous la surveillance et avec l'aide des eunuques.

Je me fis décrire le chemin de la crypte : je voulais me recueillir sur la tombe de mon vieil ami. Il fallait qu'il reste dans sa cachette jusqu'à la fin des persécutions.

Le caveau était dans la partie arrière du parc. Je n'allai pas tout droit vers ce *ma'abad al miyet*, mais me faufilai entre les splendides bassins d'ornement où des poissons flottaient sur l'eau, ventre en l'air, et entre des volières dont les occupants ailés jonchaient le sol. Je me retrouvai enfin devant le bâtiment à coupole. Comme un chevreuil effarouché, je regardai de tous les côtés avant de m'approcher. Je fis prudemment le tour des murs badigeonnés de blanc. Aucune trace n'indiquait que l'on avait récemment scellé une ouverture. Je frappai trois fois, avec une longue pause et deux courtes, puis pressai mon oreille contre la paroi crépie. J'entendis la voix de l'émir comme s'il se tenait devant moi.

— Bienvenue, mon ami, dit-il comme si notre rendez-vous était la chose la plus naturelle qui fût. Tout est-il fini ?

— Oui, répondis-je. Le calife est mort, et le *dawatdar* aussi.

— *Al hamdu ua shukru lillah !* Dans ce cas, je peux sortir.

— Attendez un peu, répliquai-je aussitôt. Je veux d'abord m'assurer que vous ne connaîtrez pas le même sort. Je reviendrai demain à la même heure, et j'espère pouvoir vous dire si les Mongols en veulent encore à votre vie.

— Mais cela m'est bien égal ! s'exclama Muwayad ed-Din. Je ne vais pas passer le reste de mes jours comme un mort vivant !

— Je vous en prie, soyez raisonnable ! implorai-je. Sans cela, tout aura été fait en vain ! Attendez au moins jusqu'à demain.

Le grand vizir ne m'accorda pas une réponse, et je sortis du jardin. En chemin vers mes quartiers, je me triturai les méninges pour dénicher une solution : comment faire ressusciter cet homme sans qu'on le renvoie aussitôt à la mort ? À ma grande joie, le Bulgai était arrivé auprès du Il-Khan pour évaluer l'ensemble des trésors et déterminer la part qui revenait au grand khan Möngke. Le Bulgai, juge suprême de l'Empire mongol et chef tout-puissant des Services secrets, était un homme redouté de tous. Il était d'une grande intelligence, objectif et incorruptible. Pour ce qui me concernait, cela le rendait beaucoup moins dangereux que Dschuveni, par exemple, qui se laissait guider par ses inclinations et par sa haine. Avec le Bulgai, il m'était possible de parler.

Je le trouvai dans la chambre au trésor, dont on avait forcé les portes. Il était penché sur les listes. Ses hommes pesaient les caisses une par une, car faire l'inventaire détaillé sur place aurait pris une éternité.

— Mes modestes salutations sont bien peu de chose, vénéré Bulgai, face au riche butin que cette ville fait tomber entre vos mains, comme vous l'avez mérité, dis-je.

— Oui, répliqua-t-il en levant à peine les yeux. Une capitulation à temps leur aurait coûté moins cher. Ces Arabes ne savent pas compter, même si nous leur devons l'invention de l'algèbre.

Il se décida tout de même à me dévisager; ses yeux sombres me percèrent, j'eus un instant l'impression d'être une mouche au bout d'un hameçon.

— Quel avantage espérez-vous donc en venant me rendre visite en de telles circonstances?

— Une fois retranché ce tribut élevé, répondis-je, Bagdad demeure une grande ville et, en tant que telle, une valeur susceptible de figurer dans vos registres, même avec une population diminuée d'une bonne moitié, si mes calculs sont exacts.

— Vous ne vous trompez pas de beaucoup, Guillaume.

Il hocha son crâne chauve pour que je continue.

— Une pareille ville a besoin d'une administration pour collecter les impôts et d'un gouverneur qui vous représentera loyalement.

— Ah! lança-t-il en me riant au visage. Cherchez-vous à présent une fonction profane? Ce n'est pas une mauvaise idée, Guillaume de Rubrouck! (Il me dévisagea, l'air bienveillant, et, Dieu soit loué, je ne le démentis pas.) En réalité, poursuivit-il, j'avais l'intention de faire nommer à ce poste le grand vizir Muwayad ed-Din, mais ce seigneur n'a pas eu suffisamment confiance dans la générosité de notre vénéré Il-Khan et, m'a-t-on dit, s'est de sa propre main privé du destin qui l'attendait!

C'en était trop pour mon pauvre crâne. Valait-il mieux que je me taise ? Je me fiai à mon inventivité naturelle.

— Ce n'est pas de gaieté de cœur, vénéré Bulgai, que je devancerai cette fois-ci vos Services secrets. Mais j'ai appris du Premier eunuque de son harem, qui est mort dans mes bras, que le perfide *dawatdar* a fait emmurer vivant son concurrent, le grand vizir, avant de se rendre lui-même au campement du Il-Khan pour mener les négociations. Car le grand scribe espérait bien obtenir un poste de gouverneur à votre service.

— Autant que je sache, nous avons ouvert chaque cave et retourné le moindre carré de sol de cette ville. Un réduit secret nous aurait-il échappé ?

— Je suis tout disposé à vérifier cette rumeur pour votre compte, proposai-je avec zèle.

— Vous ferez bien, Guillaume de Rubrouck, et je sentis son regard passer sur mon cou comme la lame d'un bourreau. Car cette rumeur, vous pourriez bien en être l'auteur, maintenant que l'unique témoin, ce castrat, a quitté notre monde dans vos bras miséricordieux. Les Services secrets n'aiment pas qu'on les prenne de vitesse. Et surtout, ils n'acceptent pas qu'on les trompe !

Il baissa de nouveau le crâne : je pouvais considérer que l'entretien était clos. J'eus l'impression d'avoir déjà quitté cette vie, enterré vivant comme ce prisonnier volontaire que j'allais à présent devoir libérer. Je sortis à reculons de la chambre au trésor.

— Je vous souhaite de trouver Muwayad ed-Din, répéta-t-il. Mort ou vif !

Je n'étais pas assez stupide pour revenir aussitôt à la résidence du grand vizir : il était clair que le Bulgai ferait désormais espionner le moindre de mes pas. Le lendemain, je n'osai pas non plus me rendre dans le parc. Mais au cours de la soirée, le Bulgai me fit appeler dans la salle d'audience du palais du calife.

J'y aperçus Muwayad ed-Din, déguenillé, portant

une barbe de quelques jours, la chevelure hirsute. Les Services secrets l'avaient libéré de sa prison. Je m'efforçai de paraître aussi sûr de moi que possible, et adressai un sourire au Bulgai. Celui-ci dodelina du chef, ce que je pris pour un signe de contentement : j'avais rempli ma mission. Il détourna son regard de moi pour observer le vizir.

— Comment se fait-il, Muwayad ed-Din, que le *dawatdar* Aybagh ne vous ait pas tout simplement tué ?

Le grand vizir répondit sans la moindre hésitation :

— Parce que ce moine, là, m'avait mis en garde !

— Dites la vérité ! tonna le Bulgai.

Des frissons chauds et froids me parcoururent le dos. C'est ma vie qui se jouait à présent devant moi. Mais le grand vizir prouva qu'il était capable de tenir un poste de gouverneur.

— Lorsque j'ai eu vent du danger, j'ai pris congé de cette existence, et j'ai fait emmurer mon corps mortel, expliqua-t-il avec le plus grand calme. J'ai remis ma vie entre les mains d'Allah, au sens le plus propre du terme.

— Et celui-ci a eu l'intelligence de se servir de Guillaume de Rubrouck, fit le Bulgai pour clore cet entretien. Savez-vous que, dans le Reste du Monde, on appelle Guillaume « Le rusé Flamand » ?

— Il a entendu la voix d'Allah, répliqua le futur gouverneur, et nous devrions lui en être reconnaissants.

Le Bulgai souriait. Et je pus m'en aller.

Bagdad, mois de mars, Anno Domini 1258

Bien que l'on ait depuis longtemps évacué les cadavres de toutes les rues et de toutes les cours (on les a brûlés par tas gigantesques, sur les rives du Tigre), il restait suffisamment de corps sous les maisons effondrées pour qu'un parfum de décomposition, suave et discret, plane au-dessus de la ville comme un nuage de brume. Par crainte justifiée des épidémies (des corps enflés flottaient encore dans les

puits et les citernes), Hulagu déplaça son campement, quittant le palais du calife pour la campagne
et Hamadan. On m'autorisa à demeurer à Bagdad.
Le patriarche Makika et le nouveau gouverneur,
Muwayad ed-Din, avaient insisté pour que je reste.

J'étais heureux d'avoir échappé à l'essaim de
femmes qui entouraient Dokuz-Khatun, et j'acceptai
l'aimable proposition de mon ami Muwayad, qui
m'offrait de prendre mes quartiers dans sa résidence. Lui-même s'installa dans le palais du calife
qui, une fois vidé de tous ses biens, devint le siège du
gouverneur. Son pouvoir était réduit : Dschuveni,
l'inflexible chambellan de Hulagu, le força à se plier
au système d'administration rigide des Mongols, et
lorsque celui-ci dut suivre son seigneur à la campagne, un peu plus tard, le gouverneur était déjà
encerclé par un véritable anneau de fonctionnaires
et de contrôleurs des finances mongols. Il ne lui restait plus qu'à frapper de son sceau ce que les autres
avaient déjà signé de leur anneau.

— Je me sens comme une ceinture de cuir qui se
resserrerait elle-même en permanence, me confia un
jour le seigneur Muwayad. Et les surveillants qui ont
été placés sous mes ordres sont eux aussi taillés dans
un cuir que je dois mâcher chaque jour. Je ne parviens pas à y prendre goût. Une semelle est plus épi-
cée que ces gens-là. Je ne comprends pas que vous
ayez tenu aussi longtemps auprès des Mongols.

— Cuisez-les, ou bien posez-les sous votre selle et
chevauchez jusqu'à ce qu'ils s'attendrissent, lui
conseillai-je, mais il fit un signe de dénégation.

— Ils restent coriaces, même lorsqu'on les découpe
en petites lanières.

L'admiration qu'éprouvait Muwayad au début
envers les fils de la steppe diminuait à vue d'œil. Il
paraissait ne plus apprécier particulièrement ma
compagnie, comme si c'était ma faute s'il avait
connu ce destin (et rien de pire !). Il n'était plus question de reconnaissance éternelle, ni même de
cadeaux précieux.

Entre-temps, le Il-Khan avait lui aussi commencé à évacuer ses troupes de la ville. Beaucoup de ses généraux le regrettèrent : jusqu'au dernier moment, ils avaient fouillé et creusé dans les maisons abandonnées pour y trouver des trésors. N'oubliez pas que Bagdad avait perdu d'un seul coup bien plus de la moitié de ses habitants, et que, s'attendant à des pillages, beaucoup de ces malheureux avaient bien sûr enterré ou emmuré tous leurs objets précieux. Ils avaient emporté dans leur mort subite le secret de leur cachette. Hulagu, disait-on, se demandait bien ce qu'il allait pouvoir faire des trésors gigantesques que les califes abbassides avaient accumulés en l'espace de cinq siècles et dont une grande partie, je suppose, lui était tout de même tombée entre les mains. La part qu'il envoya à son frère Möngke, le grand khan, autant par conscience de son devoir que par intelligence, laissait deviner l'ampleur gigantesque du butin. Je l'avais d'ailleurs vue de mes yeux : vingt chars à bœufs lourdement chargés gémissaient sous le poids lorsqu'ils emportèrent les coffres hors de Bagdad, entourés, en guise d'escorte, par une division de l'armée. Pour le modeste reste qu'il s'était réservé, Hulagu a fait construire à Shaha, sur le rivage du lac d'Urmiah, un gigantesque château sans fenêtres qui protégeait un creuset à or et des chambres séparées les unes des autres pour stocker toutes les sortes de pierres précieuses. Au centre, dit-on, se trouve une salle à coupole dans laquelle le Il-Khan a exposé, pour son amusement ou son édification, tous les objets et joyaux auxquels il prête trop de valeur artistique pour qu'on puisse les fondre ou les dessertir.

Le Il-Khan pense s'installer tout près d'ici, en Azerbaïdjan. Son épouse a veillé à ce que le patriarche Makika ne s'en aille pas les poches vides, lui non plus. Elle lui a offert quantité de cadeaux, a pourvu d'ustensiles précieux plusieurs mosquées transformées en églises et lui a offert comme résidence l'ancien palais des califes, sur la rive occidentale du

Tigre. Les Mongols restés sur place se sont totalement repliés sur le côté oriental, en emmenant le gouverneur. Ils y disposent de bâtiments récents, et surtout d'un nombre important d'écuries.

Je passe mes journées dans l'ancienne résidence du grand vizir, que l'on m'a pratiquement abandonnée, lorsque je ne me promène pas dans la ville en bonne partie dévastée. Sur des rues entières, on ne trouve pas la moindre boutique ouverte, les ateliers sont vides ou en miettes. Je ne rencontre pas grand monde non plus, et, lorsqu'il m'arrive de croiser des créatures vivantes, elles sont méfiantes, rongées par le chagrin et angoissées. Je partage ma résidence avec les deux eunuques qui s'occupent des orphelins de l'ancien majordome et avec le cuisinier qui assure sans plaisir ma subsistance physique, tant que je lui verse les sommes totalement outrancières que le marché, dit-il, exige de moi, lorsque ces enfants mal élevés ne m'ont pas pris tout ce que j'avais en poche. Parfois, ils vont jusqu'à venir dévorer le repas qui m'attend à ma table.

Une mission de franciscains est arrivée dans la ville. Ils ont eu l'air extrêmement étonnés ou, pour mieux dire, déconcertés de rencontrer ici le fameux Guillaume de Rubrouck en fort bonne santé. Car ils avaient entendu dire que je n'étais plus de ce monde depuis bien longtemps. Ils n'ont presque rien pu me raconter sur l'Occident : ils venaient de la *Terra sancta* et ont juste pu me dire que la guerre civile qui avait commencé à Saint-Sabas, près de Saint-Jean-d'Acre, y faisait toujours rage et engendrait des alliances extrêmement hétéroclites dont aucune ne durait bien longtemps. Ces derniers temps, Gênes et les chevaliers de Saint-Jean, jadis adversaires acharnés de l'empereur, avaient même défendu avec ardeur la cause des Hohenstaufen. En tout cas, le pape, au moment de son départ, avait convoqué des représentants des trois républiques maritimes à sa cour de Viterbe (Brancaleone l'avait chassé de Rome) et avait ordonné que deux envoyés vénitiens et deux légats pisans embarquent sur un navire génois, et que deux Génois s'embarquent sur un navire de la Serenissima et débarquent en Terre sainte pour y assurer l'arrêt des hostilités et la fin des querelles entre chrétiens. Une entreprise à laquelle mes frères ne voulaient pas croire.

En contrepartie, j'ai tenté de leur faire comprendre que les nestoriens étaient des chrétiens, et n'avaient donc pas à être convertis, et qu'ils jouissaient qui plus est des faveurs de l'autorité mongole. Mais il n'y avait pas moyen de faire entrer cela dans leur crâne épais. Cela m'a été profondément pénible, mais je n'ai pu éviter de les accompagner auprès du patriarche Makika. Ils s'y sont conduits d'une manière plus idiote que je ne l'aurais imaginé dans mes pires cauchemars. Je me suis contenu jusqu'à ce qu'on les ait mis dehors.

Lorsque j'eus pris conscience du fait que je ne pouvais attendre aucun remerciement concret de messire Muwayad, je me mis, lors de mes explorations dans la ville, en quête de caches d'argent toujours possibles, quoique improbables : les plus évidentes avaient été vidées depuis bien longtemps. J'avais sur moi un couteau cassé (j'avais brisé la lame moi-même dès ma première tentative) et une petite pelle. J'étais devenu un chercheur de trésors. Mais la chance ne me souriait guère. Mes seules rapines furent une paire de boucles d'oreilles sans valeur, des bijoux pour fillettes, et un bracelet orné d'un rubis, qui se révéla d'ailleurs être un faux. Mais qu'y avait-il de plus simple que d'aller chercher le fruit de mes légitimes revendications directement dans mon parc, je veux dire : dans celui du grand vizir ?

Je me suis ainsi retrouvé un beau jour sur le chemin des tombes. Les poissons d'ornement nageaient de nouveau dans les bassins, et des oiseaux bigarrés chantaient dans la volière. Je me suis dirigé tout droit vers la partie arrière : là où nous nous étions jadis entretenus en chuchotant, on avait enlevé quel-

ques pierres, ouvrant un trou juste assez grand pour
laisser glisser un homme. J'ai passé ma tête dans
l'ouverture. Des restes de repas desséchés jonchaient
le sol et l'odeur était suffocante. Contre le mur, j'ai
aperçu un sarcophage et derrière quelques coffres
fermés à clef. Messire le grand vizir n'avait-il donc
pas trouvé le temps de récupérer ses trésors ? J'avais
déjà glissé une jambe dans la faille du mur pour que
mon corps épais puisse passer, lorsque j'ai entendu
derrière moi un rire étouffé. C'étaient les rejetons du
majordome ! J'ai donc refait passer mon torse de
l'autre côté, me suis cogné la tête contre les pierres
effritées, et je me suis retrouvé à cheval sur le trou,
comme un voleur pris sur le fait. Devant moi se
tenait la légion des enfants, flanquée des eunuques et
du cuisinier, armé, fort inutilement, d'un grand couteau dont la vue a provoqué mon rire. Mais j'étais
bien le seul. Les enfants me regardaient d'un air
amusé, les eunuques avec tristesse, le cuisinier sévè-
rement.

Ce soir-là, je n'ai rien eu à manger. Au petit matin,
un messager envoyé par la chancellerie du gouverneur m'a déposé une brève lettre de créance où l'on
m'informait que l'on avait répondu positivement à
ma demande et que je pourrais quitter Bagdad avec
la délégation de mon *Ordo Fratrum Minorum*.

Je me suis rendu auprès de Makika, qui a eu la
courtoisie de me faire ses adieux en personne. Il m'a
serré la main et m'a souhaité bonne chance. J'ai
appris à cette occasion que le départ de mes deux
frères aura lieu aujourd'hui même. Je dois donc
m'arrêter là.

Le seul élément positif est que ces événements
vont me rapprocher de vous : nous allons partir tout
droit vers l'est, à pied. À Damas, au plus tard, je me
séparerai de mes accompagnateurs. Mais je confie
cette lettre à Makika, qui a le service de courrier
mongol à sa disposition. S'il ne brise pas le sceau et
ne fait pas disparaître ma missive, elle vous parviendra avant que j'aie atteint la côte de la Méditerranée.

Mon désir de vous serrer enfin dans mes bras, mes
chers amis, donnera des ailes à mes pauvres pieds et
transformera en mille baisers le sable qui crissera
dans mes sandales. La distance que je vais devoir
franchir dans le désert est supérieure à celle qui
sépare les Alpes et Otrante. Je rêve d'un chameau qui
me ferait voler d'une oasis à l'autre, dans lesquelles
des *houris* aux yeux de braise me rafraîchiraient
sous les palmes et me réchaufferaient pendant la
nuit. Ainsi se portent mes pensées jusqu'à vous :
qu'elles me précèdent dans le lieu où vous séjournez
aujourd'hui, mes petits rois. Ne m'oubliez pas.
    Avec amour et en toute hâte, votre Guillaume.

    Yeza et Roç échangèrent un regard. Ils s'étaient
couchés sur leur lit, tête contre tête, et avaient parcouru la lettre de Guillaume « en une glissade »,
comme Yeza avait coutume de le dire. Ils se redressèrent, et Roç passa les bras autour de Yeza.
    Jadis, elle n'avait jamais assez de ces tendresses. À
présent, il arrivait assez fréquemment qu'elle y mette
subitement un terme parce qu'elle pensait à quelque
chose de « plus important ».
    — Notre amour est notre bien le plus précieux,
dit-elle d'une voix forte, comme pour faire taire le
moindre doute, y compris dans son propre esprit.
Nous n'y renoncerons jamais !
    — Et c'est à Guillaume que nous le devons, répon-
dit-il, l'air perplexe.
    — C'est à nous-mêmes que nous le devons,
répliqua-t-elle en riant. Mais c'est grâce au récit de
Guillaume que nous avons enfin compris qui étaient
les Mongols !
    — Oui, dit Roç en se relevant. Nous allons infor-
mer Arslan qu'un retour des enfants royaux auprès
des Mongols n'est pas envisagé à l'heure actuelle.
    — Il pourra rapporter cette nouvelle à Kitbogha,
ou à celui qui l'a envoyé, ajouta Yeza. Je ne voudrais
pas lui faire de peine !

— Mais ne nous faisons pas de peine à nous non plus !

Roç riait. L'obstination perçait dans sa voix :

— J'en ai assez d'être utilisé par tous et par chacun.

— De qui parles-tu donc ? demanda Yeza, moqueuse. Personne ne nous empêche de réfléchir et d'agir en conséquence.

— Tu as raison, répondit Roç, songeur. En fait, nous n'avons plus personne au monde !

— Si ! rétorqua Yeza, la mine grave. Nous-mêmes !

V

UN JOYEUX TOURNOI

Des dames et des fanions

Le Languedoc et le Roussillon avaient pris la parure vert tendre du printemps, les cerisiers étaient en fleur sous un ciel sans nuages, bleu azur. Les lointains sommets des Pyrénées étaient encore couronnés de neige, tandis que les montagnes plus proches se dressaient, toutes de granit gris, au-dessus des forêts ténébreuses. Le Pog, la plus belle de ces élévations, portait comme un joyau les murs de Montségur. À ceux pour qui le piton rocheux était un ami et un consolateur, il faisait l'effet d'une main de femme dressée pour adorer le soleil; à ses adversaires acharnés, il donnait l'impression d'être un poing serré.

Les trois chevaliers, qui avaient déposé leurs armes, virent leur objectif de très loin. Les boucliers accrochés au bouton de la selle et les heaumes portant panache les désignaient comme des fils d'une noblesse que le conquérant venu de France avait implantée là récemment. Et pourtant, ces jeunes hommes se sentaient chez eux — ou plus exactement : de retour chez eux, car ils revenaient après avoir purgé leur peine sur une galère des Templiers.

Ils étaient menés par Raoul de Belgrave, un beau gaillard blond qui savait l'effet captivant qu'il provoquait, entre autres, sur les femmes. Il était issu d'une

vieille lignée normande et portait un bouc en ornement sur son casque. On retrouvait le motif sur son
blason, avec le crancelin d'argent formé de chevrons
d'hermine sur fond rouge.

Mas de Morency, le deuxième, avait été orphelin
de bonne heure, une expérience amère qui avait
marqué son visage : il avait les traits d'un loup,
paraissait perpétuellement aux aguets, son allure
était méfiante et hermétique.

Le troisième était Pons de Levis, le gros fils du
comte de Mirepoix, un garçon trapu, mal dégrossi,
moitié balourd, moitié terreur.

Cette année passée comme esclaves, accrochés à
leurs rames sous la surveillance rigoureuse du
Taxiarchos, ne les avait pas rendus meilleurs, tout
juste plus rusés.

— Je te vois encore en viking sur la prairie, Mas !

Quand Raoul riait, il montrait toutes ses dents
blanches de prédateur.

— Quand l'ours blanc t'a couru après, reprit-il, et
quand la mère phoque t'a sauvé, le jour où tu es
tombé dans l'eau, sur la banquise.

— C'était un morse jaloux, répondit Morency.
Quant à toi, ces Mongols des glaces t'ont traîné dans
leur igloo pour que tu satisfasses leurs femmes roulées dans l'huile de baleine, ce que tu as fait avec
l'ardeur d'un chien de traîneau !

— Et il a eu bien raison ! rétorqua Pons pour
défendre leur meneur. Ensuite, on n'a même plus
revu une femelle d'élan avant que nous ne retrou-
vions la terre ferme en Biscaye ; et voilà bien longtemps que nous n'avons plus troussé de jupon. Mais
à Montségur, au tournoi, nous trouverons enfin de
vraies femmes. Et pour toi, Raoul, il y en aura sûrement pléthore !

Un soupir de désir échappa de la poitrine du petit
Pons, qui chevauchait derrière les autres. C'est toujours Belgrave, ce chevalier tant admiré, qui avait la
première bouchée, la meilleure. C'était le plus fort et
le plus beau d'entre eux, et tout semblait lui tomber
entre les mains.

— Cette fois, la maîtresse du tournoi ne te montrera pas ses jolies fesses, Pons. Cette vénérable dame te remettra la couronne de vainqueur, lança Mas de Morency, si tu ne tombes pas de ta selle au premier choc.

— L'essentiel est qu'elle ne me brise pas de nouveau le bras, rétorqua Pons. Raoul vint à son aide :

— Si j'étais Mas, je cacherais ma main lorsque nous lui serons présentés.

— Et si le héraut du couple royal ne nous jette pas nos casques aux pieds avant même que nous ne soyons entrés sur le terrain du tournoi, ajouta Mas de Morency pour tempérer l'enthousiasme de celui qui les guidait, dame Yeza, si elle nous reconnaît, ne nous laissera certainement pas affronter son chevalier, Roç, par crainte que nous ne lui enfoncions notre pilon dans le ventre ou que nous ne lui bosselions son armure !

— Lorsqu'une jeune femme se débarrasse de trois lascars de notre trempe comme de trois gorets à l'étal du boucher, tu peux t'attendre à ce que son seigneur sache fort bien distribuer les coups et les bosses. Le Pénicrate m'a raconté les faits d'armes de ce Roç Trencavel : seul, juste pour le plaisir, il se battait contre dix guerriers mongols, armé d'une simple canne de bambou !

— Et après ? demanda Mas, à qui cette histoire ne plaisait pas.

— Il sautait par-dessus et leur bottait le train.

— Et ensuite ? questionna Pons, curieux.

— Lorsqu'ils se retournaient, il était depuis longtemps perché dans l'arbre le plus proche. Ils lui tiraient dessus avec des flèches, mais aucune ne l'atteignait.

— Ils ne visaient sans doute pas aussi bien que la petite sorcière qui t'a cloué à l'arbre, fit Mas, moqueur.

— Oh si ! répliqua Raoul en riant. Mais je ne te révélerai pas comment ce Roç arrivera à casser ton épée comme si elle était en bois. Et il cognera à main nue sur ton crâne casqué et stupide, si fort que les larmes jailliront de tes yeux.

— Moi? Jamais!

— Si tu ne peux pas pleurer, tu auras encore plus mal, Mas, répondit Pons.

— Nous verrons bien! rétorqua Mas.

— Au lieu de nous disputer, réclama Raoul, nous ferions mieux de réfléchir à la manière de procéder pour ne pas être renvoyés comme des chiens mouillés, la queue entre les pattes. Je veux participer à ce tournoi, c'est mon bon plaisir!

— Le noble chevalier! fit Mas, narquois. Tu as donné au Taxiarchos ta parole d'honneur qu'après cette distraction...

— Un tournoi n'est pas une distraction, mais une prestation honorable...

— Je veux dire que tu avais promis qu'après ce détour nous rentrerions gentiment, obéissants comme des novices, auprès des Templiers à Rhedae, et que nous nous ferions absoudre miséricordieusement de nos péchés.

— Oui, dit tout tranquillement Raoul. Ça ne te convient pas, Mas?

— Je n'y songe pas un seul instant! aboya-t-il. Aller ramper devant le précepteur Gavin...

Il n'alla pas plus loin. Raoul s'approcha de lui, lui attrapa les testicules d'une main, le souleva et le laissa tomber à côté de son cheval.

— Lorsque je donne ma parole, déclara-t-il d'une voix puissante, elle est respectée par chacun de nous trois, n'est-ce pas, Pons? À moins que nous ne soyons plus que deux?

Pons hocha la tête avec zèle tandis que Mas époussetait son pantalon.

— Ça ira, Raoul! affirma celui-ci. Pons lui lança alors les rênes de son cheval pour qu'il puisse remonter dessus.

— Allons, reprit Raoul. Ce n'est tout de même pas pour rien que nous aurons nettoyé nos armures, préparé nos chevaux et nos caparaçons pour faire cette longue chevauchée. Le couple royal nous a pardonné lorsque nous sommes passés devant le tribunal des Templiers.

— C'est à sa grâce que nous devons de porter encore la tête sur nos épaules ! s'exclama Pons en se retournant vers Mas. Et cela vaut aussi pour toi !

— Ne vous querellez pas ! gronda Raoul. Et toi, Pons, ce jour-là, tu as promis de rendre un jour cette faveur en te mettant à leur service. On ne t'a pas contredit. Alors, allons-y, et servons-les ! Qu'en dis-tu, Mas ?

— Magnifique ! s'exclama Pons. Raoul, tu es le meilleur !

— Et Pons est un Hercule de clairvoyance ! Je suis entouré de génies ! Donc, je m'agenouille devant le chevalier Roç et la dame Yeza et je dis : « Je suis un pauvre orphelin, Mas de Morency, fils adoptif de l'honorable comte Lautrec et de son épouse aussi gracieuse que fine et tendre, la chère et noble dame Esterel, acceptez-moi comme serviteur très dévoué. » C'est cela ?

— Tout à fait, répondit Raoul. Mais évite cet accès de ferveur envers ta mère adoptive.

— Ferveur ? s'exclama Mas. Je l'adore à m'en consumer, son portrait ne quitte pas mes yeux, je brûle de passion.

— Sans doute, mais tu la dénudes en te laissant aller à pareil éloge de ses vertus.

— Tu as raison, tu as toujours raison, Raoul ! dit Mas de Morency, la gorge serrée. Je me consolerai avec des putains !

— Nous aurons du mal à en trouver à Montségur, intervint Pons d'une voix triste. Je préférerais de loin avoir un cul de femme bien potelé entre les cuisses que de galoper sur ce canasson au bout d'une longue lance...

— Avec toi, ça ne durera pas bien longtemps, fit Mas pour le consoler. Et ensuite, pendant des jours, tu ne ressens plus le moindre besoin de...

— Moi, je ne peux plus attendre ! s'exclama Raoul.

Chevauchons plus vite, sans quoi nous allons arriver trop tard !

Et il partit au grand galop, si rapidement que ses deux compagnons eurent bien du mal à le suivre.

Sur la verte prairie qui s'étendait juste devant le Camp des Crémats, on avait dressé une tribune en bois dont le centre était recouvert d'un toit et qui tournait le dos à Montségur. Yeza aurait préféré voir le château, mais par respect des familles cathares pour lesquelles ce gigantesque bûcher était encore comme un souvenir atroce, elle y avait renoncé.

— Et puis l'attention des dames ne doit pas être détournée du combat, avait expliqué Rinat. D'ailleurs, ceux des chevaliers qui vous salueront auront face à eux un tableau inoubliable : la reine du Pog devant le château du Graal, qui s'élèvera comme une couronne au-dessus de sa noble tête !

— Je veux que vous me peigniez ainsi ! s'exclama Yeza. Au premier plan, je vous prie, vous placerez deux chevaliers filant l'un vers l'autre, les lances à l'horizontale ; au bord du tableau, les boucliers de tous les participants ; à mes pieds, Jordi avec son luth. Et d'en haut, une colombe descendra, portant un rameau dans son bec.

— Non, devant vous, c'est Roç Trencavel qui sera agenouillé, et il recevra de vos mains la couronne de fleurs du vainqueur.

Rinat s'inclina. On l'avait chargé de préparer le champ où se déroulerait la fête et la tribune des dames. Il avait fort à faire.

À droite et à gauche, à une certaine distance, on avait disposé les présentoirs où les seigneurs pourraient planter leur bannière, s'ils en avaient une, selon leur appartenance à l'un des deux partis qui s'affronteraient. À droite flottaient déjà les drapeaux aux bandes rouges et jaunes, une fois quatre, une fois trois pour les comtés de Foix et du Roussillon, ainsi que la croix à clefs des Toulousains, jaune sur fond rouge. Le seul à y avoir déjà ajouté sa bannière était Roç. Le couple royal s'était un peu disputé pour choisir son blason. Roç avait insisté pour utiliser les couleurs des Trencavel, mais Yeza avait attiré son attention sur le fait que le sénéchal français de Carcassonne les avait depuis longtemps reprises à son compte. Yeza lui proposa la croix de Toulouse, associée au lys du Prieuré de Sion qu'ils portaient tous deux sur leur bague. Mais, après ses tristes expériences avec les institutions de l'Église de Rome, l'Inquisition et les Templiers, Roç ne tenait pas du tout à se battre sous le signe de la croix.

— Quant au lys, chacun pensera à la France !

En souvenir de sa mère, qu'il n'avait pas connue, Yeza lui proposa les trois guépards des Hohenstaufen, et même, pour finir, l'aigle noir de l'empereur. Mais rien de tout cela ne satisfaisait son Trencavel.

Jordi finit par suggérer que l'on charge Rinat de résoudre aussi le problème de l'héraldique. Celui-ci décida de border l'écusson de rouge et de le séparer en diagonales de la même largeur, en bande de gueules. Et sur le fond « or » (il était juste jaune !), il plaça l'aigle noir en haut, les guépards en bas. Il disposa aussi en terrasses les bandes rouges de la Catalogne, les pals. L'ensemble produisait un effet très solennel, et Roç en fut satisfait.

Les Français devaient occuper la partie gauche du terrain. Mais aucun représentant de la France n'était encore apparu. Et nul n'avait songé à se procurer au moins une oriflamme qui eût valu invitation. Le baquet destiné à recueillir les étendards était resté vide, si bien que le comte de Mirepoix finit par envoyer l'un de ses écuyers y planter les trois chevronnels, sa bannière qui paraissait presque venue d'Extrême-Orient.

Jourdain de Levis était arrivé avec toute sa famille. Le tournoi offrait au vieux comte une occasion de revoir sa sœur et sa fille aînée, Melisende. Son époux Burt de Comminges se reconnaissait de loin, avec sa croix griffue rouge sur fond blanc dont la forme rappelait celle des Allemands. Cet emblème énergique allait fort bien au caractère de Burt, qui ne laissait jamais passer une occasion de se battre et préférait se rendre à des joutes comme celle-là que de s'occuper de sa farouche épouse, dans le château de ses ancêtres. Melisende semblait s'y faner, solitaire comme un lys blanc. En revanche, le comte de Comminges était pour Mirepoix un compagnon à toute épreuve. Sa sœur cadette, Esterel de Levis, avait épousé Gaston de Lautrec, un homme tranquille qui ne tirait guère de profit de l'âpre existence de chevalier, entre le combat, la chasse à courre et les tournois. On disait qu'il savait lire, et même écrire. Le couple discret qu'il formait avec son épouse était demeuré sans enfants. C'est la raison pour laquelle Gaston avait adopté Mas de Morency, orphelin, et s'était mis en tête de faire donner une éducation au jeune garçon. La tentative avait été un échec complet, et il ne s'entendait pas du tout avec cette tête brûlée de Mas. L'hostilité de ce garçon intelligent ne fondait que devant l'épouse de son père adoptif, Esterel, une beauté à la fleur de l'âge, pleine de vitalité et d'esprit. Devant elle, il devenait doux comme un agneau, ce qu'elle ne lui demandait d'ailleurs pas du tout.

— Il t'admire tellement, ma chère, lui avait expliqué Gaston. Non seulement cela lui ôte sa méchanceté, mais cela lui coupe la parole.

— Le plus triste, c'est que j'ai beau plaisanter sans cesse avec lui, je ne l'entends jamais rire, lui confia son épouse.

Leur nièce Mafalda, la fille cadette de Jourdain, une créature gâtée jusqu'à la moelle, avait entendu cette conversation. « Elle devrait coucher avec lui une fois pour toutes ! » avait-elle conclu devant sa sœur Melisende.

Mafalda était promise à Gers d'Alion, un garçon aux boucles noires qui savait étonnamment satisfaire ses désirs impétueux, et ce n'était pas rien : Mafalda avait une nature aussi opulente que sensuelle. Mais Gers parvenait à la rendre folle. Beaucoup d'hommes lui faisaient la cour, mais elle leur battait froid à tous et en était fière et heureuse. Elle prenait cela pour de l'amour.

C'est peut-être la profonde indifférence de Gers d'Alion à l'égard du sexe féminin qui le rendait aussi attirant. Son inclination allait sans la moindre ambiguïté à son cousin Simon de Cadet. Gers était un admirable chevalier, au coup sûr et puissant. Mais s'il l'était devenu, c'était uniquement parce que les jeux de guerre et le combat plaisaient tant à Simon. Tous deux étaient les neveux de Levis, qui aimait à les avoir autour de lui. Comme le comte n'avait pas d'autre fille qu'il eût pu donner à Simon, il lui conseilla (connaissant lui aussi ses penchants) de rejoindre les Templiers. Jourdain de Levis considérait l'amitié visible de ses neveux comme une menace permanente sur le futur couple de Mafalda. Cette jeune fille était la prunelle de ses yeux, et il ne s'était jamais opposé à ce que cette chatte sauvage si précoce s'adonne avant le mariage et sans le moindre frein à sa passion pour Gers d'Alion. Mais Mafalda et Simon étaient très liés l'un à l'autre, ne fût-ce que dans leur amour pour Gers. Lui aimait sa féminité débordante, sans convoiter son corps pour autant. Quant à Mafalda, elle l'acceptait comme un admirateur agréable et discret dont son Gers n'était même pas jaloux. Simon ne voyait donc aucune raison d'abandonner ce ménage à trois stimulant et d'aller respirer l'air confiné des Templiers.

Yeza recevait les dames sur la tribune. Dès qu'elle l'avait vue, la joyeuse Esterel l'avait adoptée et serrée contre sa poitrine. Lors des présentations, Melisende était restée en retrait, effarouchée. Mais Mafalda avait poussé en avant la jeune femme hésitante :

— Je vous présente ma sœur aînée, Melisende, un exemple de vertu !

Cela donna à Mafalda l'occasion d'observer Yeza. La dame, qui avait à peu près son âge, vivait, de notoriété publique, en mariage morganatique avec son Roç, et ce depuis des années. Elle ne s'en faisait

pas une gloire, ne se promenait pas en exhibant son
galant, ne se livrait à aucune scène de jalousie ou de
réconciliation émouvante, toutes choses sans lesquelles Mafalda ne pouvait concevoir d'amour véritable. Tout ce que faisait cette princesse du Graal
paraissait simple et naturel; son rapport avec Roç,
son seigneur, semblait fait d'une confiance et d'une
harmonie si visibles et tranquilles, et pourtant d'un
amour tellement puissant, que Mafalda en éprouva
quelque jalousie. À cela s'ajoutait le naturel avec
lequel Yeza se comportait face aux autres hommes,
plus vieux ou plus jeunes. Et Mafalda sentit que
Yeza la regardait comme un *pez de fica* : des fesses,
des seins et un trou humide. Mais c'est la tête de
Yeza qui inspira une véritable rage à Mafalda. La
jeune femme n'avait pas seulement une belle chevelure blonde : elle avait aussi un cerveau et savait s'en
servir.

Mafalda avait les cheveux roux et châtain, des
yeux sombres et enflammés; contrairement à Yeza,
qui n'en avait que les boutons, elle avait la poitrine
formée et opulente. Cela lui servirait de consolation :
au moins, se dit-elle, Gers d'Alion ne lui sauterait pas
dessus! Mais à l'instant même où elle se disait cela,
elle vit son préféré et Simon, le traître, discuter en
toute décontraction avec Yeza, plaisanter avec elle,
et même avec sa suivante! On disait qu'il s'agissait
d'une princesse toltèque, mais son nom était impro-
nonçable. La petite avait un nez dont un combattant
aurait pu se servir comme d'une hache. Mais cette
Kakpotzl n'avait aucune honte de ce nez d'aigle, elle
discutait joyeusement avec les deux hommes, et sa
maîtresse ne lui interdisait même pas de prendre la
parole.

Rinat avait inspecté les barrières, une double
bande de troncs rabotés s'élevant à hauteur des
croupes, que les cavaliers utiliseraient pour se guider
et pour empêcher leur cheval de passer de l'autre
côté de la piste. Lorsqu'on était habile, on pouvait

faire en sorte que son adversaire ait un angle tellement réduit qu'il ne puisse éviter le coup. Cette barrière était aussi destinée à assurer une distance de
sécurité, pour qu'aucun des combattants n'aille
s'écraser entre les femmes après avoir été éjecté de
sa selle.

Au milieu du champ de tournoi, juste en face de la
tribune couverte, le maître de cérémonie avait fait
dresser un piédestal. On y installait les lances à la
verticale, alignées les unes à côté des autres. Lorsque
les combattants seraient désignés, ils passeraient à
gauche et à droite des barrières, rejoindraient
l'estrade, feraient leur choix, attraperaient les lances
ou se les feraient tendre par des pages, et se ren-
draient ensuite au point où commencerait leur chevauchée, là où se trouvait leur fanion.

En un mot, tout était prêt pour le tournoi. Il ne
manquait plus que l'adversaire. Jourdain de Levis
aurait tout de même du mal à se battre seul contre
tous au nom de la France...

Wolf de Foix, le vieil ami de Mirepoix, le seul dont
les aïeux ne soient pas arrivés dans ce pays en
conquérants, avait donc proposé que Gaston et Burt
aillent se placer sous l'oriflamme. Pour défendre les
couleurs de l'Occitanie libre, lui serait sans doute
disposé à rompre la lance contre tous ses amis.

Wolf de Foix savait de quoi il parlait. Ce faidit était
constamment en fuite. Il était traqué, et ses combats
étaient fréquents. Il était presque devenu une
légende, et, s'il avait pu se présenter au tournoi en
chair et en os, il le devait à sa force inépuisable, à sa
rapidité et à son ami Jourdain, qui le protégeait
chaque fois qu'il le pouvait.

Les comtes de Foix était parents avec les comtes
de Toulouse et avec les Trencavel de Carcassonne.
Jadis, les vicomtes de Mirepoix avaient été leurs vassaux, mais rien de tout cela ne jouait plus le moindre
rôle. Depuis des années, Wolf de Foix était l'hôte du
château de Mirepoix, lorsqu'il ne parcourait pas les
terres qui avaient jadis appartenu à ses ancêtres.

— Non, décida Jourdain, nous ne vous offrirons pas ce plaisir : le loup solitaire dévorant trois, quatre, ou cinq agneaux français : voilà qui achèverait de vous transformer en mythe, en nouveau Perceval !

— Le terme d'agneaux me paraît exagéré ! répondit de Foix en riant. Je parlerais plutôt de béliers aux cornes solides. Vous en trouverez bien quelques-uns dans vos rangs !

— Pure provocation ! commenta Burt avec un sourire. Je préfère être abattu en agneau qu'en cornu !

— Lorsqu'on a pour épouse la vertu faite femme, on peut choisir le signe de l'Aries : au tournoi, c'est Mars qui se tient à ses côtés, dit Gaston. Je suis déjà un vieux bouc, un seul coup de notre ami me briserait toutes les côtes.

— Eh bien soit, grogna Wolf en riant. Dans ce cas, nous attendrons les véritables Français, ceux que nous enverra le sénéchal !

Et ils retournèrent distraire les femmes.

Les guirlandes sur la tribune, les fanions solitaires sur les porte-bannières, les bandes de couleur, les mouchoirs de soie des nobles dames qui s'ouvraient comme des fleurs sur la tribune, les robes bigarrées des femmes des environs venues s'asseoir sur les bancs, en plein air : tout cela battait à présent à la brise du printemps qui descendait du Pog, comme une unique et grande attente.

Le choix des couleurs

Le soleil se levait, le vent descendait, encore froid, des sommets enneigés des Pyrénées et venait jouer avec ses rayons brûlants, courbait les fleurs et caressait les visages des hommes qui attendaient là depuis le petit matin. C'était les soldats que Gilles Le Brun, le connétable de France, avait convoqués parce qu'il n'avait pas confiance dans le vieux sénéchal de Carcassonne ni dans ses troupes.

La mission que l'on avait confiée à Pier de Voisins dépassait ses compétences : il lui fallait transformer le tournoi de Montségur en un gigantesque piège où se laisseraient prendre tous les faidits rassemblés sur les lieux. Gilles avait d'abord envisagé d'installer une souricière autour du Pog : tous ceux qui voudraient aller se battre pourraient y entrer, mais aucun n'en ressortirait librement. Toutefois, de la même manière que, jadis, les assaillants de Montségur, dotés d'une bien plus grande armée, avaient fini par renoncer à encercler totalement cette maudite montagne, le connétable comprit bientôt, lui aussi, qu'il était condamné à l'échec. Comment refermer un piège hermétique sur cette région de forêts creusée de ravines rocheuses et parcourue de torrents furieux ? Les deux commandants se contentèrent donc de préparer des barrages sur les accès et les voies qu'ils connaissaient, dans le plus grand secret : car nul ne devait rebrousser chemin en les apercevant, pour chercher un sentier qui permettrait une évasion.

Les deux hommes ne tenaient pas autant l'un que l'autre, loin s'en faut, à la réussite de toute l'entreprise. Gilles Le Brun défendait la couronne de France sur tous les fronts, dans une guerre permanente avec l'Angleterre, de Bordeaux à Cherbourg, lors des soulèvements des Bretons et des Flamands, ou des désagréables frictions avec les puissants voisins de l'Est et du Sud, là où l'on ressentait depuis longtemps l'absence de la poigne d'un empereur. Le Languedoc n'avait donc pour lui aucune espèce d'importance. C'était en outre un champ de bataille absurde, puisque la France avait donné cette terre hérétique conquise au frère du roi, Alphonse de Poitou. Celui-ci avait même épousé Jeanne, la dernière héritière de Toulouse. Mais ce mariage n'avait pas satisfait la région. Il s'était installé dans la lointaine ville de Poitiers, et n'avait pas eu d'héritier. Gilles Le Brun ne connaissait pas très bien la situation en Occitanie, et n'avait pas l'intention de remédier à cette ignorance. Son subalterne, le sénéchal de Carcassonne, était en revanche en poste ici pour la deuxième fois. On l'avait renvoyé, bien qu'il se fût adapté beaucoup trop vite lors de sa première période sur place, ce que le connétable, partisan des solutions fortes, désapprouvait totalement. Il avait sans doute raison sur ce point. Messire Gilles allait encore prouver l'efficacité de ses méthodes sur la terre occitane. Ensuite, il pourrait réclamer le remplacement de Pier de Voisins, trop conciliant à son goût.

Auprès des deux seigneurs se trouvait Olivier de Termes, que le connétable méprisait de tout son cœur. Pour lui, c'était un vulgaire renégat. Il n'avait jamais pu lui faire confiance. Pourtant, le seigneur de Termes réinvesti était jusqu'ici le seul à s'être présenté pour défendre, la lance à la main, les couleurs de la France. Gilles Le Brun constata avec fureur qu'il s'était déjà emparé de la sainte oriflamme, « sa » bannière de guerre, pour la planter sur le lieu du tournoi. Le connétable aurait préféré aller défendre en personne l'honneur de la couronne. Mais telle n'était pas la mission qui lui avait été confiée.

— Où sont passés vos chevaliers ? lança-t-il, fort mal luné, à son sénéchal. Ces nobles sires se cachent-ils, à l'heure de s'engager pour le roi qui leur a donné leur fief ?

— Ce sont ces seigneurs dont je vous ai déjà décrit l'état d'esprit, répondit Pier de Voisins, l'air résigné, en tordant sa barbe de loup de mer. Vous ne vouliez pas me croire, mais ils se moquent bien de Paris.

— Je leur ferai rengorger leurs moqueries ! s'exclama le connétable, qui trépignait.

— Il faudrait d'abord leur rendre leur révérence, se moqua Olivier, qui ne pouvait pas supporter cet infatué venu du Nord. S'ils se présentent au tournoi, ils ne le feront pas par le chemin que vous leur avez assigné. Ils nous attendent peut-être sur le pré depuis longtemps...

Ces mots avivèrent encore l'agacement du connétable.

— Un homme au moins va venir de Paris, triompha-t-il, et celui-là leur apprendra les bonnes mœurs !

Il se tut, craignant d'en avoir déjà trop dit. Mais Olivier était curieux, et surtout incrédule.

— Et qui est ce héros ?

— Le Chevalier noir ! répondit le sénéchal. Paris a annoncé sa venue. Nous ignorons son identité précise, ajouta-t-il en jetant un regard interrogateur au connétable, qui l'évita.

Pier de Voisins soupçonnait à juste titre que Gilles savait très bien qui se cachait derrière ce surnom, si ce n'était pas lui qui avait monté toute cette mise en scène.

— « Le Chevalier noir », répéta Olivier, moqueur. Tout cela ne sent pas le héros en quête d'aventure, mais le complot d'arrière-salle.

— Qui que ce soit, mon cher Olivier, murmura Pier de Voisins en constatant que le connétable restait muet et hostile, nous sommes tenus de ne pas lui demander ce qu'il désire, de ne pas dévoiler son identité, et surtout de ne rien faire qui puisse entraver son action.

— L'ordre est de tout faire pour faciliter la tâche de l'inconnu, ajouta Gilles Le Brun en lançant un regard sévère à Olivier. J'attends aussi de vous que vous cédiez à ses demandes sans la moindre objection, quelles qu'elles soient.

— Cet étrange seigneur va donc me parler ? demanda Olivier, étonné. Je pourrais le reconnaître à sa voix !

— Faites plutôt en sorte qu'un autre ne vous reconnaisse pas, vous, rétorqua le connétable. Nous avons entendu dire que votre vieil ami Xacbert de Barbera n'a pas l'intention de manquer ce tournoi, bien qu'il n'y soit pas encore arrivé. On dit aussi qu'il viendra uniquement pour régler ses comptes avec vous, sire Olivier.

Ces mots firent taire messire de Termes. La nouvelle l'avait manifestement consterné.

— Ce n'est pas certain, fit Pier de Voisins pour apaiser la terreur du chevalier ; mais le connétable retourna avec joie le couteau dans la plaie, certain d'avoir touché le renégat aux tripes.

— Je souhaite que le vieux seigneur de Quéribus vienne traîner par ici, pour le voir enfin se balancer au bout d'une branche. Je n'aurai pas perdu mon temps.

Il s'arrêta et, comme un chasseur qui a flairé son gibier, fit signe à ses deux compagnons de se cacher dans un bosquet, derrière eux : on entendait les sabots d'un cheval sur le chemin qui serpentait en dessous d'eux. Les soldats éparpillés dans la forêt se mirent à couvert. Trois cavaliers apparurent sur le sentier étroit, trop jeunes pour que celui qu'on recherchait se trouve parmi eux. Ils ne cachaient pas non plus leurs visages, leurs heaumes brinquebalaient sur leur selle, tout comme leurs boucliers.

— Je ne connais pas le premier, chuchota Pier de Voisins à son subalterne. Le deuxième semble être un Lautrec, vieille lignée toulousaine, et le dernier doit être un fils du comte de Mirepoix, le jeune Levis.

Lorsque le dernier fut passé devant eux, un sifflement retentit. Les soldats bondirent et barrèrent aux trois jeunes gens le chemin du retour en laissant des sapins s'abattre sur le chemin. Le sénéchal descendit d'un pas lent vers les cavaliers, qui n'avaient fait aucun geste pour prendre leurs épées. Ils regardaient avec amusement la troupe immobile, et Pier de Voisins les apostropha sur un ton très aimable :

— Où allez-vous de ce pas, messires ?

Ils riaient.

— Vous parlez au sénéchal de Carcassonne ! cria Olivier, qui avait grimpé la butte pour rejoindre son ami, mais dévala le dernier monticule, ce qui déclencha une nouvelle salve de rires.

— Raoul de Belgrave, annonça le chef des trois garçons, Mas de Morency et Pons de Levis, sur le chemin du Pog. Serait-il interdit de participer au tournoi ?

Au cours de cette année passée sur la galère des Templiers, Raoul avait appris à éviter les ennuis.

Gilles Le Brun les avait rejoints et avait fait porter par Olivier la bannière honteusement oubliée du connétable de France. Voyant cela, les trois cavaliers mirent immédiatement pied à terre.

— À votre service ! brailla Raoul.

— Doucement, mon ami, ordonna Gilles sans sourire. Vous êtes à présent en mission secrète.

— Mais nous voulons aller au tournoi ! geignit Mas.

— C'est bien ce que vous allez faire, répondit le sénéchal, mais vous vous y battrez pour les couleurs de la France.

— Je vous fais chevaliers du Lys d'or, ajouta solennellement le connétable. Portez au combat l'oriflamme sacrée et mettez un point d'honneur à me la rapporter en vainqueurs.

Raoul de Belgrave ouvrit la bouche pour repousser cette offre, avec courtoisie et fermeté (« Nous ne sommes pas dignes d'une telle distinction... »), mais Pons avait déjà attrapé la hampe et brandissait fièrement la bannière. Raoul se contenta donc d'ajouter : « Mais nous ferons de notre mieux pour ne pas vous décevoir ! » Il éperonna son cheval et ses deux compagnons filèrent derrière lui. À peine parvenus hors de vue du barrage, Mas brida son cheval, furieux.

— On pourrait te tendre un torchon plein de merde, lança-t-il au porte-drapeau rayonnant, tu l'attraperais des deux mains ! Il n'est pas question que je me batte pour la France à Montségur !

Raoul de Belgrave ne le rabroua pas, bien au contraire.

— Je suis né ici, moi aussi, et il me répugne de chevaucher pour une cause qui n'est certainement pas la mienne.

— Mais tu as promis..., protesta Pons, amèrement déçu.

— De donner le meilleur de nous-mêmes ! rétorqua Mas. Mais qu'est-ce que cela signifie ? Puisque le connétable nous prend pour des...

Mas s'arrêta net : Olivier était apparu au grand galop derrière eux, sur le chemin. Il semblait désireux de les rattraper. En tout cas, il mit son cheval au pas lorsqu'il parvint à leur hauteur.

— Donnez-lui ce drapeau idiot ! grogna Mas au gros Pons, tandis que Raoul s'exclamait :

— Nous vous attendions, Olivier de Termes, car c'est à vous que revient l'honneur de mener cette bannière au combat.

Et il ôta la lance de la main de Pons.

Olivier reprit l'oriflamme avec bonheur. Son premier souci était de ne pas se rendre seul sur la place du tournoi où l'attendait peut-être, tapi dans les bois, l'effroyable Xacbert. Mais dès qu'il eut posé le drapeau sur son épaule, les trois garçons partirent au galop en le laissant sur place.

— Dites-moi que vous m'aimez !

Mafalda prononça sa demande à haute voix, pour que tous l'entendent distinctement. Tous, c'étaient le couple royal et sa suite, deux servantes et un valet qui faisait office tantôt d'écuyer de son seigneur, tantôt de page de la dame. C'était lui qui avait aidé le maître de cérémonie, Rinat Le Pulcin, à nouer les guirlandes et à planter les fanions.

Philippe espérait pouvoir enfin disparaître. Potkaxl roulait déjà des yeux, désignant l'escalier de bois qui menait à l'issue dérobée. Mais Roç commanda un rosastro glacé du Roussillon, afin que l'attente de « l'ennemi » soit plus agréable à tous.

Jordi prit son luth pour distraire les dames :

> *« Novel'amor que tant m'agreia*
> *me fai lo cor de joi chantier,*
> *per que la moia penseia*
> *me fai mon chan renovelier. »*

Mafalda, sous le banc, toucha le pied de son amant.

— Avouez que vous m'aimez !

Gers d'Alion la regarda, étonné, comme si elle l'avait arraché à ses rêves.

— Vous ne le savez donc pas?

— J'aime l'entendre de votre bouche, répondit Mafalda. Et mettez-y tout votre cœur!

— Mon cœur, je l'ai arraché de ma poitrine il y a bien longtemps, ma *damna*, lorsque je vous ai vue pour la première fois.

Le beau jeune homme souriait. Mais son sourire parut traverser la jeune fille pour atteindre Simon de Cadet, qui tenait la main de Mafalda.

— Ensuite, reprit-il, j'ai jeté mes yeux, j'ai arraché mes cheveux, j'ai déchiré mes joues, mon cou et ma peau, et ainsi de suite jusqu'à ce que tout soit à vous, consumé par l'ardeur de votre amour. Je n'existe plus!

— Mon Dieu, Gers, comme tout cela est bien dit! (Mafalda respirait fort, elle en avait presque la voix coupée.) Je pourrais devenir folle de plaisir, vous dévorer sur place!

— Voilà ce que j'appelle de l'amour! lança d'une voix mugissante Burt de Comminges, qui ne se tenait pas assis auprès de sa femme Mélisende, mais debout auprès des hommes. Il attrapa rapidement la fesse de Geraude, qui passait devant lui, et celle-ci rougit autant que Mélisende, qui avait remarqué ce geste.

> « *M'amor, ge no l'en quier ostier.*
> *Ja no falsoia*
> *M'amia moia,*
> *Si de bon cor me vol amier.* »

Le seul, sans doute, à se retrouver avec plaisir à côté de son épouse était Gaston de Lautrec. Mais dame Esterel ne tenait jamais bien longtemps immobile sur son coussin. Tantôt elle serrait Yeza dans ses bras, tantôt elle redonnait du courage à ses nièces. Elle réchauffait Mélisende, la solitaire, et tempérait l'ardeur de Mafalda pour qu'elle ne serre pas de trop près, en présence du couple royal, cet Alion qui gardait la main posée sur l'épaule de Simon.

Jourdain de Levis se tenait à côté de son ami Wolf de Foix. Ils regardaient, inquiets, le terrain désert. Le soleil montait.

— Pas un nuage dans le ciel, un temps idéal pour un tournoi, venait tout juste de dire le comte avec une once de déception, lorsque apparurent trois cavaliers. Le dernier, il le reconnut aussitôt, était son fils. Il n'y avait vraiment pas de quoi bondir de joie; mais à cet instant précis, ce gamin insolent était le bienvenu. Gaston de Lautrec eut des pensées analogues en reconnaissant son fils adoptif, Mas. En revanche, Esterel, son épouse, se mit à crier de bonheur :

— Voilà notre Mas ! Comme il va être heureux de nous retrouver ici, le pauvre, après tout ce qu'il a enduré !

Elle aurait certainement continué à babiller si son mari ne lui avait pas donné un gentil coup de coude dans les côtes, et n'avait pas dirigé son attention sur Yeza, qui était devenue livide. Mais Roç la regarda fixement, et Yeza se reprit.

Une autre personne de l'assistance était devenue d'abord blanche comme de la craie, puis toute rouge. Mélisende regarda rapidement son époux avant d'oser observer le premier des nouveaux venus. Elle ferma les yeux. C'en était trop pour elle.

Gers d'Alion et Simon de Cadet toisèrent les trois chevaliers, Raoul, Mas et Pons, comme de possibles adversaires. Burt ne ressentit pas la moindre émotion. Ces gamins lui parurent au premier coup d'œil des proies bien faciles. — Menu fretin ! murmura-t-il à Foix, et celui-ci se contenta de lever les yeux pour constater qu'il ne trouverait pas d'adversaire à sa taille. Il avait déjà projeté trois fois derrière sa selle Comminges, qui se considérait pourtant comme un as des tournois.

Les trois jeunes gens mirent pied à terre devant la tribune. Alors que Pons souriait à son père, ce qui l'émut quelque peu, que Mas, qui paraissait vraiment heureux, faisait signe à sa mère adoptive, Raoul de Belgrave se présenta devant le couple royal. Il s'agenouilla devant Yeza, inclina la tête un bref instant et s'adressa à Roç.

— Nous sommes venus vous servir, comme vous nous en avez accordé la faveur.

Roç ne se le rappelait plus du tout, mais estima que ce garçon n'avait pas froid aux yeux.

— On ne peut parler de faveur, mais nous vous accorderons le sursis. Vous devrez encore une fois renoncer à l'hommage de ma *damna*.

— Nous vous remercions, dit Raoul d'une voix sèche. Il se leva et salua Jourdain de Levis, le loup de Foix, qu'il n'avait encore jamais vu, mais dont il admirait les actes légendaires. Raoul, à présent, se sentait doublement heureux : il allait pouvoir se battre sous les yeux de ce héros. Dame Esterel le serra dans ses bras parce qu'il était un ami de Mas, et Raoul s'inclina un bref instant devant Melisende sans la regarder dans les yeux, mais en observant insolemment son décolleté. Pons, pendant ce temps-là, s'était dirigé vers son père, et Mas s'était détaché de sa mère adoptive, Esterel. Il serait pourtant volontiers resté entre ses bras.

— Nous chevaucherons pour l'Occitanie, père ! s'exclama Pons sans qu'on lui ait rien demandé.

Le vieux comte lui lança un regard dédaigneux.

— Ce n'est pas une bataille rangée que nous organisons ici, répondit-il sèchement, mais une rencontre amicale. Homme contre homme. Et nous verrons bien qui défend les couleurs de qui !

— Mais nous ne voulons pas courir sous le drapeau de la France ! s'exclama Mas de Morency, si bien que Jourdain de Levis, voyant son beau-frère Gaston de Lautrec hausser les épaules, l'air désemparé, ravala sa colère et préféra s'adresser à Raoul, le meneur des trois jeunes gens.

— Vos pères ont tous, comme moi-même, prêté serment d'allégeance à la couronne de France. Nous ne pourrons donc éviter de lui rendre l'hommage qui lui revient.

— Dans ce cas, pourquoi ne défendez-vous pas ses couleurs avec vos amis ? intervint de nouveau Pons. Ces vieux seigneurs...

Il n'alla pas plus loin : son père lui avait envoyé son gant en pleine figure.

— Dépose immédiatement le bouclier des Levis de Mirepoix ! hurla-t-il à son rejeton. Je t'interdis...

— Pardonnez à Pons la bêtise de sa jeunesse !

Lautrec s'était interposé entre le père et le fils. Mais son propre fils adoptif, Mas, tira Pons en arrière et reprit :

— Nous nous fichons bien de...

C'est alors Raoul qui intervint et repoussa ses camarades avec une telle force qu'ils trébuchèrent tous les deux.

— Disparaissez ! ordonna-t-il d'une voix menaçante, alors qu'ils avaient déjà dévalé la moitié du petit escalier. Puis il s'adressa aux comtes :

— Le mieux serait de laisser le sort décider qui combattra pour...

À cet instant précis, Mafalda entra en scène et défia son père en annonçant :

— Mon Gers portera les couleurs que j'aurai choisies pour lui.

Le père se retourna et laissa la parole à son ami Wolf :

— Vous n'avez pas de collier familial au cou. Parlez : moi, je ne dirai plus rien !

— Jusqu'ici, vous n'avez rien dit du tout ! C'est votre couvée qui a ouvert le bec ! répondit Foix en éclatant de rire.

— Décidez, Wolf de Foix, s'exclama Raoul avec admiration, et tous obéiront.

— Voilà qui est bien, répliqua-t-il.

— *Silentium !* hurla Burt de Comminges, que toute cette scène agaçait profondément.

— Bien, commença prudemment le comte de Foix, Jourdain de Levis, Burt de Comminges et Gaston de Lautrec courront sous la bannière aux lys, tout comme Olivier de Termes, que je vois arriver au trot. Il a apporté l'oriflamme lui-même, il sait à quel camp il appartient, lui, ce traître.

Il n'avait fait que murmurer les derniers mots. Il reprit :

— Roç Trencavel peut difficilement se battre sous ce drapeau, tout comme moi-même, et, si Mafalda veut bien l'accepter, Gers d'Alion combattra pour l'Occitanie. En revanche, Simon de Cadet doit chevaucher dans le camp des Francs.

Les deux amis se dévisagèrent, et Simon hocha la tête. Mafalda l'embrassa avec un cri dc joie avant de couvrir son Gers de baisers.

— Et nous ? miaula Mas de Morency.

— Tous les trois au service de Roç Trencavel !

— Soyez remercié, Wolf de Foix, répondit Raoul d'une voix posée. Vous êtes l'homme dont ce pays a besoin.

Wolf eut un rire amer.

— Oubliez donc le vieux faidit usé que je suis. S'il existait encore un avenir, ce ne serait pas moi qui l'incarnerais, mais Roç Trencavel.

Roç n'avait pas entendu cette phrase : Olivier était justement en train de présenter ses hommages au couple royal.

— Mon interdiction de porter les couleurs des Levis demeure en vigueur, mon fils et héritier peut se...

— Nous avons à cela une solution toute prête, le tranquillisa Raoul en montrant l'escalier, où Pons apparut avec un vieux bouclier bosselé. On y voyait, sur un écusson bleu, trois étoiles à cinq branches et, sous la fasce, sur fond rouge, un poisson d'or.

— Jésus Marie ! laissa échapper Comminges. Où avez-vous déniché cela ?

— Dans le grenier de notre château de Mirepoix, dut reconnaître Pons.

— Mais c'est encore pire ! s'exclama son père, très ému. C'cst certainement le bouclier de mon prédécesseur, le fils de Bélisse Pierre-Roger de Mire-

poix. Ce fut le dernier commandant, le défenseur de
Montségur. Il est mort dans la prison de Carcassonne. Mais soit ! s'exclama-t-il sur un coup de tête,
en serrant dans ses bras un Pons éberlué. Portez-le
en son honneur ! (Et il ajouta, en s'adressant au
comte de Foix :) Vous êtes beaucoup plus nombreux
à présent, mais on peut toujours espérer qu'un véritable Français osera se présenter ici. Commençons
sans attendre ! La première joute revient à notre
hôte !

Joutes, coups et cocu

« E lo vescoms estec pels murs e pels ambans
e esgarda la ost, don es meravilhans.
A cosselh apelec cavaliers e sirjans,
sels qui so bo er armas ni milhors combatans :
"Anatz, baro", ditz el, "montatz els alferans". »

Olivier avait posé sa bannière aux lys sur le présentoir de gauche ; elle flottait désormais, provoca-
trice, face à l'étendard aux bandes rouge et jaune.
Les dames prirent place au premier rang de la tribune. C'est à Yeza, la dame de ce tournoi, que revenait la place centrale, mais Mafalda ne voulut pas lui
laisser entièrement le côté réservé à l'Occitanie. Elle
se déplaça donc légèrement vers la droite avec toute
sa cour. Elle aurait préféré avoir avec elle la joyeuse
Esterel. Mais celle-ci, placée à sa gauche, représentait désormais avec la silencieuse Mélisende les couleurs de la France.
    Rinat et Jordi aidèrent Roç à passer son armure. Il
l'avait découverte dans la salle des armes du donjon
de Quéribus. La plupart des cuirasses étaient beaucoup trop grandes pour lui — Xacbert de Barbera
avait sûrement la taille d'un ours —, mais il en avait
finalement trouvé une plus petite, qui n'avait jamais
été utilisée et semblait avoir été moulée pour lui.
C'est Rinat qui s'était procuré le heaume. Il l'avait
décoré non pas d'un aigle impérial ou d'un guépard

de Waiblingen, mais d'une simple lame de Damas recourbée vers le haut. Pour faire encore mieux comprendre le symbole, il avait fait descendre de chaque côté deux demi-balles en rouge et jaune, qui formaient deux ailes. Roç ôta le heaume lorsqu'il se présenta devant sa dame. Elle était fière de son chevalier, mais elle le cacha bien.

— Ne t'envole pas! plaisanta-t-elle en désignant les ailes, et Jordi expliqua :

— Cela peut amortir un coup sur le heaume; ce genre de choc, d'ordinaire, vous fait tinter les oreilles!

— Qui sera votre adversaire? demanda Yeza. À part Comminges, vous n'en avez aucun à craindre, et même celui-là ne me paraît pas vraiment doué d'un grand esprit.

— Il se fie trop à ses muscles, répondit Roç. Je n'en vois qu'un ici auquel j'aurais bien du mal à résister, mais Foix se bat dans nos rangs.

Il embrassa Yeza sur le front, les yeux et la bouche, leurs langues se touchèrent en un éclair : c'était une promesse et un rituel. Elle lui accrocha un petit foulard en fine batiste. Il le connaissait : c'était celui qu'elle lui avait laissé, en Égypte, comme gage d'amour, lorsqu'on les avait séparés et qu'elle avait dû rester comme otage auprès du redouté Baibars. Il le lui avait rendu lorsqu'ils s'étaient retrouvés, chez les Assassins.

Rinat et Jordi hissèrent Roç sur son cheval. Jordi portait désormais le pourpoint rouge et jaune du héraut et avait échangé son luth contre une trompette. Il accompagna Roç : il devait s'installer sur le terrain, à côté du présentoir des lances, juste en face de la tribune, et donner le signal lorsqu'il voyait que les seigneurs étaient installés à côté des drapeaux et prêts à courir.

Roç chevaucha à l'extérieur, le long des barrières, vers la droite, pour prendre la bannière rouge et jaune. Le moment du défi était venu. Il ne se retourna pas pour voir qui allait l'affronter : on

n'affichait pas ce genre de curiosité. Lorsqu'il tournerait son cheval, arrivé en haut, son adversaire
devrait déjà s'être dirigé vers le terrain, car faire
attendre longtemps celui qui lançait le défi était
considéré comme une marque de lâcheté ou de perfidie.

C'est Simon de Cadet qui le releva. Il avait été
assez rapide pour précéder Mas et Raoul, tous deux
tellement pressés d'en découdre avec Roç qu'ils se
disputaient encore la préséance au moment où
Simon arriva devant son adversaire. Les deux
combattants ayant atteint leur bannière au même
instant, ils se dirigèrent immédiatement vers les
lances. Chacun choisit l'une de ces longues perches,
ornées, sur leur pointe émoussée, d'une sorte de
petite couronne. Cela empêchait que l'adversaire ne
soit transpercé, mais c'était suffisamment dur pour
qu'il ressente douloureusement le choc s'il ne l'amortissait pas avec son bouclier. Lorsque la lance se brisait, on la changeait contre une neuve : car sans la
morne, ce petit volant qui la couronnait, la perche
pouvait facilement devenir une arme mortelle.

Roç vit avec quel calme Simon faisait son choix.
Cadet avait certainement déjà couru plus d'une
joute. Pour Roç, c'était la première fois. Certes, il
était sans doute le meilleur cavalier, mais que
ferait-il, avec un tel arbre sous le bras ? Tout en revenant lentement à sa bannière, Roç repassa dans son
esprit tout ce qu'il avait appris auprès des Mongols.
Il comptait emporter la décision dès le premier passage. Roç fit pivoter son cheval. Il ne coinça pas la
lance sous son bras, mais s'apprêta à la tenir à la
main tout en chevauchant. Il brandit son bouclier
devant lui.

Jordi vit ainsi qu'il était prêt. Comme Simon fermait la visière de son heaume, ce que Roç avait
presque oublié de faire, Jordi prit la trompette et
donna le signal.

La tribune répondit par des cris enthousiastes. La
voix de Mafalda, stridente, tranchait sur celle des

autres. Roç songea à Yeza en éperonnant son cheval et en partant à toute vitesse. Il commença par laisser sa monture choisir elle-même le rythme de sa course. Par la grille de son heaume, il vit son adversaire approcher. Il perçut la clameur du peuple qui l'encourageait depuis les bancs.

Simon de Cadet chevauchait dans une posture impeccable, son cheval accéléra et se mit au galop. Il se dirigea vers Roç, sans ruse ni colère. Roç n'esquiva pas, ce qui déconcerta son adversaire, qui fit un écart. Roç laissa la lance tomber de sous son bras dans sa main, qu'il tenait très basse. Les cris se firent encore plus bruyants dans la tribune, les piaillements des femmes perçaient les oreilles des chevaliers. C'était à présent au tour de Simon d'attaquer ; Roç se jeta habilement sur le côté, ce qui plaça sa lance de biais. Comme le coup de son adversaire avait donné dans le vide et que son corps avait suivi la trajectoire, Roç n'eut aucun mal à le faire tomber de sa selle. Il fit faire le tour de la barrière à son cheval et se dirigea rapidement vers le cavalier au sol. Simon avait pratiqué toutes les sortes de joutes, mais c'était la première fois qu'il se sentait décoller de sa selle sans avoir reçu de coup perceptible.

— Vous ai-je blessé ? s'enquit Roç, l'air désolé.

— Comment donc ? rétorqua Simon, courroucé. Vous ne m'avez pas touché !

— Dans ce cas, pourquoi êtes-vous couché ici ? remarqua Roç avec un sourire narquois.

— Refaisons un tour, demanda Simon en se redressant et en attrapant d'une main ferme les rênes de son cheval, resté à côté de lui.

— Pas aujourd'hui, répondit aimablement Roç. Nous avons commencé tard, et les autres veulent aussi mesurer leur force. Et puis, de toute façon, ajouta-t-il en tendant la main à Simon du haut de son cheval, vous connaîtriez le même sort.

Sur ces mots, il s'éloigna de lui et revint auprès de sa dame pour lui rendre son foulard.

— Votre bond de Mongol n'était pas bien corrcct, mon chevalier ! dit Yeza en riant.

— Mais cela lui a évité de se briser le bras, ma dame, répliqua Roç tout aussi gaiement avant que l'on ne vienne l'aider à descendre de cheval.

Pendant ce temps-là, messire Jourdain était déjà parti au galop, portant sur son bouclier jaune vif les trois chevrons noirs. Son fils Pons voulut le suivre et courut après lui, portant le bouclier bosselé orné du poisson des Miralpeix. Mais son ami Mas s'interposa et poussa brutalement Pons contre le bord de la tribune.

— Tu ne feras pas cela ! l'apostropha-t-il. Ton père n'a pas mérité cette honte !

Il éperonna son cheval et passa devant le drapeau rouge et or pour rejoindre le présentoir à perches.

— C'est un honneur pour moi, comte Jourdain, cria-t-il en sortant une lance, de pouvoir me confronter à vous.

Le vieil homme le dévisagea, l'air amical.

— Ne vous hâtez pas, Mas de Morency. Une joute se gagne avec une humeur joyeuse et une tête froide, pas avec des muscles tétanisés !

— Plutôt que de me faire la leçon, riposta le jeune homme, agacé, veillez donc à rester sur votre selle !

— La leçon sera vite donnée ! s'exclama le comte en s'éloignant.

Ils prirent tous deux leur place, la trompette retentit. Mas partit au galop, la lance tendue loin devant, le bouclier devant la poitrine, remontant jusqu'au menton où il lui battait contre la mâchoire. Au moment où il l'écartait, furieux de douleur après s'être mordu la langue, le vieux Jourdain arrivait au trot, tranquillement et presque étonné de trouver son jeune adversaire dans une telle position. Il prit le temps de le soulever proprement de sa selle. Il laissa la lance de Mas glisser contre son bouclier, puis déposa son adversaire sur l'herbe fraîche, derrière la croupe de l'animal. Mas, assis par terre, se mit à crier :

— Donnez-moi immédiatement ma revanche, si vous êtes un homme de...

Il rengorgea le reste de sa phrase pour avaler sa salive ensanglantée. Le comte hocha la tête. Mas saisit sa lance, courut après son cheval et remonta en selle avec l'aide de Jordi. La morne étant intacte et bien fixée sur les deux lances, les cavaliers reprirent leur position de départ. Ils fermèrent leur visière, serrèrent sur leur lance leur main gantée de fer, la trompette retentit et ils repartirent à l'attaque. Mas ne parvenait pas à avoir l'humeur joyeuse ni la tête froide, mais il réussit au moins, cette fois-ci, à ne pas crisper ses muscles, et tint le bouclier comme il convenait de le faire. Cette fois, le vieux Jourdain lui arriva dessus comme un cyclone. Mas pointa fermement sa lance sur la poitrine de l'autre, bien décidé à ne pas la laisser rebondir sur le bouclier. Mais il fut le premier à se sentir arrêté et sa lance éclata sur le bouclier de son adversaire, derrière lequel celui-ci se cachait jusqu'aux yeux. Mas avait constaté avec satisfaction que sa lance avait atteint sa cible, mais il avait été décontenancé en la voyant se briser, et, comme il avait mis toutes ses forces dans le coup, il vola en avant. Il tenta de se raccrocher à la crinière de son cheval, glissa et se retrouva, cette fois, le nez au sol.

— Qu'est-ce que j'avais dit ?

Jourdain de Levis se tenait devant lui, à cheval, portant à la verticale la lance dont il n'avait même pas eu à se servir. Il secoua la tête et repartit fièrement vers la tribune.

— C'était une victoire de la France ! conclut son vieil ami Wolf. C'est maintenant à nous de lancer le défi.

— Tu attends pour sortir du bois l'instant où je suis déjà usé, moi, ton plus terrible adversaire.

— Et sans même avoir brisé ta morne ! Voyons donc qui se sacrifiera pour essayer de me faire tomber de ma selle !

— Je me soumets à ce destin avant qu'un autre n'ait à en souffrir ! cria Gaston de Lautrec.

On l'aida à monter en selle.

— Soyez indulgent avec moi, fit-il en soufflant sous l'effort, et il envoya, de la main, un baiser à son épouse Esterel. Celle-ci lui lança une rose qu'il coinça sur son heaume avant de courir vers le terrain. Choix de la lance, position, visière baissée, coup de trompette, la course commença.

Gaston chercha à diriger le comte de Foix contre le bois des barrières. Ce n'était pas un mauvais cavalier. Il fonça de biais sur son adversaire, pour le cantonner dans la voie intérieure, la plus étroite. Mais Foix fit tout d'un coup cabrer son cheval, et Lautrec fonça sur la rambarde. Son cheval voulut d'abord éviter l'obstacle, mais son maître le força à sauter après avoir laissé tomber sa lance.

Les spectateurs éclatèrent de rire et applaudirent ce coup de maître, d'autant plus que Wolf de Foix eut suffisamment d'humour pour faire ensuite quelques sauts spectaculaires entre les barrières et se mettre à gesticuler avec sa lance comme s'il cherchait son adversaire disparu. C'est Lautrec, alors, qui leva son bouclier en signe de défi, ôta sa visière et passa devant la tribune, où Yeza déposa une petite couronne sur sa maigre chevelure. Puis il partit pour un nouveau combat, avec la mine rayonnante du vainqueur. On lui redonna une lance et il fit semblant de menacer Foix, mais celui-ci ne le regardait pas. Jordi émit une note pitoyable sur sa trompette. Wolf fit comme si son cheval et lui-même avaient été terrifiés par ce bruit : il laissa tomber la lance et filer sa monture. Lautrec jeta le bouclier, prit sa lance à deux mains et se précipita en hurlant vers son adversaire, qui s'approchait, ballotté sur sa selle. Lorsqu'ils se rencontrèrent, ils s'arrêtèrent net. Le cheval de Wolf faisait des sauts de cabri et celui de Lautrec s'était immobilisé comme une statue. Lautrec tentait d'atteindre Foix avec sa lance, mais manquait chaque fois sa cible. Alors, d'un seul coup, Wolf attrapa la pointe de la lance et tira, lentement mais sûrement, son adversaire au sol.

À la tribune, les invités en criaient de joie. Lorsque

Gaston fut assis sur l'herbe, Wolf se laissa lui aussi descendre de cheval. Il atterrit à côté de son adversaire, lui prit sa petite couronne de vainqueur et la mangea. Sous les rires des spectateurs, tous deux revinrent à leur bannière — ils commencèrent d'ailleurs par se tromper de drapeau.

À la tribune, Mas s'était lui aussi rendu dans le camp adverse pour se faire consoler par sa mère adoptive, Esterel. Elle lui chuchota :

— Avoir protégé Pons de mon frère n'était pas seulement l'acte d'un noble chevalier, c'était aussi très viril, parce que tu as épargné la honte et la douleur à son père. Je ne l'oublierai pas, mon fils.

Sur ces mots, elle l'embrassa sur le front. Ils furent ensuite distraits par Raoul, agenouillé à côté d'eux devant Melisende. Il lui tenait la main et elle chuchotait :

— Je sais que tu veux le défier, chéri, mais je t'implore de ne pas le faire, au nom de notre amour !

— C'est mon devoir, Melisende, dit Raoul d'une voix ténue, mais suffisamment forte pour être entendue de ceux qui l'entouraient. La jeune femme lui répondit avec passion :

— Si Burt te tue, mon cœur sera brisé. Si c'est toi qui l'emportes, on ne me laissera plus te voir.

Mais les deux tourtereaux ne s'étaient pas rendu compte que Burt de Comminges s'était approché d'eux ; leurs voisins l'avaient quant à eux vu venir avec un mélange de délice et d'effroi.

— Ho, ho, gronda-t-il d'un seul coup en feignant l'amusement. Monseigneur et madame se connaissent ? J'en suis enchanté ! tonna-t-il avant d'ajouter d'une voix tremblante : Dans ce cas, je peux sans doute espérer faire la connaissance de messire (quel est son nom, déjà ?) sur le terrain du tournoi. Le prochain combat est justement le mien !

Ces mots prononcés, il fit demi-tour et se dirigea vers son beau-père, le comte Jourdain, en faisant cliqueter ses éperons. Celui-ci se trouvait en compagnie d'Olivier de Termes, qui était en train de lui raconter son histoire.

— Je sais seulement que ce « Chevalier noir » viendra de Paris. Il est en mission. Il vient pour tuer.

— Comment savez-vous cela, Olivier ? Ou plutôt : le savez-vous vraiment ?

— Par l'âme de mon père, je...

— Laissez ce noble héros hors de tout cela ! l'interrompit sèchement Roç, qui les avait rejoints. Vous en avez déjà fait bien assez subir à son âme !

Olivier fit mine de ne pas avoir entendu cette attaque.

— Je ne sais même pas qui est ce « Chevalier noir » !

— Vous avez peut-être raison, marmonna le comte. Si un homme vient de Paris dans le seul dessein de participer à nos réjouissances campagnardes, ce n'est sans doute pas seulement pour chercher l'honneur et la gloire.

Roç reprit sa réflexion au vol.

— Si telle était sa quête, son nom illustre le précéderait déjà.

— Mais si cet homme se masque sous l'anonymat, comme un bourreau..., poursuivit le comte.

— Eh bien dans ce cas, c'en est un ! gronda Burt. Reste à savoir qui ce Chevalier noir vient défier.

Roç se remémora tous les sbires qui avaient essayé d'attenter à sa vie et à celle de Yeza. Mais aucun ne lui semblait pouvoir tenir le rôle du Chevalier noir.

— Notre première tâche sera de le savoir à temps, et le cas échéant de le rendre inoffensif, annonça Jourdain d'une voix résolue. Vous, Roç, veillez à ce que le tournoi suive son cours normal. Moi, je vais aller à la rencontre de ce Chevalier noir, avec quelques amis. Cours ! ordonna-t-il à Philippe, qui se dirigeait justement avec Potkaxl vers l'escalier de derrière, et dis aux seigneurs de Foix et de Lautrec que je les prie d'achever leur joute et de me rejoindre.

Philippe obéit aussi vite que possible.

— Vous ne pourrez pas compter sur moi, beau-père. Je livre le prochain combat !

— Comment cela, vous avez bien entendu ce que...

— J'ai entendu et vu que votre fille Melisende s'imaginerait volontiers en jeune veuve. Je ne lui ferai pas ce plaisir, mais elle va pleurer tout de même !

Sur ces mots, il partit seller son cheval. C'est l'instant que choisit Mafalda pour rejoindre les hommes et demander, insolente :

— Père, auriez-vous une ramure ? Une ramure de cerf, si possible à douze bois, car Messire de Comminges voudrait la porter sur son casque !

Comme son père n'avait toujours rien compris, elle ajouta, narquoise :

— On a peine à y croire : votre fille, la prude, la farouche, l'eau dormante, votre vertueuse Melisende soupire pour un jeune bouc !

Elle grimaça, imitant le chaste battement d'œil de sa sœur aînée.

Jourdain leva le bras pour faire taire Mafalda, mais Esterel arrêta son geste.

— Espèce d'oie ! fit la femme.

— Ne faites surtout pas d'enfants, mon cher Trencavel ! ajouta le comte de Levis avec un soupir.

Il ne salua pas Olivier lorsqu'il alla prendre congé de dame Yeza.

Sur la verte prairie, les nobles sires de Foix et de Lautrec continuaient leurs bouffonneries : ils venaient de remonter en selle et se bousculaient doucement. Lautrec eut bien entendu le dessous, une fois de plus. Il fut le dernier à rejoindre les hommes qui se rassemblaient. Il tirait son cheval par les rênes et boitait : il s'était foulé le pied en descendant.

Jourdain de Levis avait demandé à son neveu Simon de Cadet de se joindre à eux. Le jeune homme souffrait moins de la défaite qu'il avait subie que de l'arrogance avec laquelle Roç la lui avait infligée. La troupe de cavaliers disposait ainsi de quatre solides piliers, ce qui suffirait bien pour interroger et retenir un chevalier, si noir fût-il. Si cela tournait mal, on avait aussi Foix en arrière-garde. Ils quittèrent discrètement le pré pendant que Raoul de Belgrave et Burt de Comminges se dirigeaient vers les lances.

Vieilles rancœurs et sang épais

Le combat imminent engendra une certaine tension sur la tribune. Dame Esterel s'occupait de sa nièce Melisende, qui s'était pâmée, comme de bien entendu, lorsque Raoul l'avait quittée sans un mot pour aller se préparer au combat. Avec l'aide de Geraude, qui ne cessait de gémir et avait les larmes aux yeux, Esterel avait ranimé sa nièce en lui faisant respirer un petit flacon d'aromates. Depuis, la malheureuse était assise, les mains posées sur son petit visage, afin que chacun voie bien qu'elle ne supporterait pas d'assister à la scène qui se préparait sur le terrain. Elle regarda tout de même, à travers ses doigts.

Olivier de Termes n'attendait que l'instant où Roç quitterait enfin sa place à côté de Yeza. Il venait de s'approcher de lui pour lui faire une proposition qu'il préparait depuis longtemps déjà. Mais les problèmes conjugaux de Burt de Comminges accaparaient le jeune chevalier.

— Je vous en prie, messires, demanda Roç aux comtes de Foix et de Lautrec, que Philippe était allé chercher. Ces deux-là ne sont pas montés en selle pour s'amuser. Placez-vous devant le piédestal. Vous servirez d'arbitres. Intervenez si l'un d'eux transgresse trop nettement les règles, ou s'il faut empêcher le pire : la mise à mort de l'adversaire vaincu.

— Mais ces deux hommes apparemment si résolus nous écouteront-ils ? s'enquit Gers d'Alion avec une étrange gaieté. S'ils veulent tous deux se couper mutuellement la tête, il sera difficile de les en dissuader avec de belles paroles.

— Prenez votre épée, conseilla Roç. J'envoie aussi le héraut pour qu'il leur rappelle encore une fois les règles !

— Que votre Jordi souffle dans son instrument dès qu'un prétexte d'arrêter le combat se présentera, et qu'il ne craigne pas d'interrompre la joute si le sang coule trop, proposa Mas de Morency.

— Dépêchez-vous ! s'exclama Roç en entendant retentir la trompette, et les deux cavaliers partirent au galop pour rejoindre le podium. Mais l'affrontement avait déjà commencé. Les deux lances avaient éclaté sur les boucliers. Le heaume trop lourd de Burt de Comminges bascula en avant : le chevalier avait été catapulté vers l'arrière et plié en deux, comme Raoul de Belgrave. Celui-ci avait tenté de résister à la violence du coup sans laisser son buste se plier. Son ventre avait amorti le choc.

— Pas de vainqueur ! hurla Jordi en soufflant furieusement dans sa trompette, voyant que les mains des deux chevaliers étaient déjà posées sur le fourreau de leur épée. Ils en restèrent donc là et se dirigèrent vers lui pour attraper de nouvelles lances.

— Cette fois, je vais te la planter dans les parties ! grommela Burt.

— Tu ne sais même pas tenir une fourchette ! rétorqua Raoul. Et ils repartirent tous deux prendre leur position.

— Dites-moi, Roç Trencavel ! demanda Olivier. Ce Chevalier noir que ce bon Jourdain compte arrêter, quelle pourrait être sa cible ?

Olivier n'avait qu'une crainte : voir apparaître sur le terrain Xacbert de Barbera.

— Nous verrons bien, répondit Roç. Puisqu'il vient de Paris, vous n'avez rien à craindre.

— Je me fais du souci pour tous ceux qui tiennent à la liberté de l'Occitanie.

— Ce n'est guère votre cas.

Olivier était dans une telle détresse qu'il aurait avalé n'importe quelle couleuvre.

— Je ne songe pas à ces faidits que l'on a longtemps recherchés, comme le comte de Foix, ni à sa couvée d'insurgés qui change si facilement de bannière, mais aux quelques individus qui pourraient prendre la tête de la rébellion...

Olivier avait soigneusement préparé son offre.

— Et là, je ne vois que vous, Roç Trencavel.

— Pensez-vous que je doive avoir peur ?

— Je vous offre mon aide ; ne repoussez pas la main tendue !

— Voilà qui devrait me rendre deux fois plus méfiant ! marmonna Roç. Mais il ne put s'empêcher de rire en voyant Olivier si inquiet. Il avait l'air lamentable.

— Mais dites-moi donc, demanda Roç, comment le généreux et puissant messire de Termes compte assister le misérable chevalier sans terre qu'est Roç Trencavel. L'épée à la main ?

— Non, par la ruse, répliqua Olivier en souriant. Une ruse que vous ne me refuserez sans doute pas, puisque je porte vos armes sur le front, comme les autres.

— C'est sans doute vrai, dit Roç, sèchement. Et c'est à ces mains-là que je dois confier ma protection ?

— Cela serait très utile au plan que j'ai ourdi pour votre sécurité, répondit Olivier en souriant. Vous devriez vous glisser dans mon armure (il repoussa d'un geste apaisant de la main l'indignation de Roç), au moins jusqu'à ce que le danger soit passé, c'est-à-dire jusqu'à ce que nous sachions qui est le Chevalier noir, et ce qu'il veut !

Roç prit le temps de réfléchir.

— En attendant, il aura pu enfoncer son épée entre votre barbe et votre col de chemise !

— Je n'aurai aucune difficulté à me faire identifier. En revanche, il ne connaîtra sans doute pas votre blason.

Olivier réprima un sourire de supériorité : il sentait à quel point Roç Trencavel était fier des figures héraldiques qui ornaient son casque et son bouclier.

— Il ne s'agit que des premières minutes, au cours desquelles il ne doit pas voir votre visage. Cela tant que nous ne l'aurons pas démasqué. Jusque-là, je garderai ma visière ouverte. Et vous, Roç, vous me ferez le plaisir de garder la vôtre fermée.

— Écoutons donc ce qu'a à dire dame Yeza sur la question, dit Roç. Je vois parfaitement le sens de votre proposition. Mais la portée d'une telle démarche m'échappe peut-être un peu.

— Je suis à votre disposition, Roç Trencavel.

Olivier feignait l'insouciance. En réalité, il était terrifié à l'idée que le vieux seigneur de Quéribus puisse arriver avant que Roç n'ait pris sa décision, et qu'il lui tranche la gorge pour le punir de sa trahison.

La trompette retentit de nouveau. Cette fois, Burt visa la tête de son adversaire. S'il l'atteignait, c'en serait fini de lui. Mais lorsqu'ils s'approchèrent l'un de l'autre, il vit que Raoul portait son bouclier à droite, et la lance dans l'autre main. Ce jeune coq était-il gaucher ? Cela troubla le plan de Comminges, qui courait du mauvais côté. Il ralentit son cheval, qui repassa au trot. Son cerveau travaillait encore fébrilement lorsque la lance de son adversaire croisa la sienne. Le coup porta de bas en haut ; Belgrave n'eut aucun mal à atteindre les parties génitales de son adversaire tout en écartant la tête pour ne pas être touché. Burt se mit à hurler : le choc de la morne contre ses testicules lui avait causé autant de douleur que s'il s'était empalé sur la lance. De toute la force qui lui restait, il frappa le cou de son adversaire. Les chevaux avaient ralenti jusqu'à s'immobiliser. Burt avait perdu toutes ses forces d'un seul coup, et la lance de Raoul le repoussa derrière sa selle. Il sentit ses cuisses se desserrer. Se voyant déjà au sol et couvert de honte, il tenta d'ôter au moins le casque de son adversaire. Mais sa lance continua à battre dans le vide. Alors, la trompette retentit, le protégeant contre l'infamie d'une défaite « debout ».

— Cessez le combat ! hurla Jordi. Égalité !

— Écartez-vous! cria Mas. Pas de combat!

Ils firent reculer leur cheval. Burt dut ôter sa lance, coincée dans le heaume de Raoul. Celui-ci eut tout de même la satisfaction de retirer la sienne de sous le bas-ventre de Comminges, constatant qu'une morne peut causer des douleurs épouvantables quand on la soulève, surtout quand on la fait tourner doucement, comme un bouchon. Le hurlement bestial de messire de Comminges évita aux dames d'entendre des paroles indécentes.

Olivier avait averti qu'un cordon avait été installé par les Français tout autour du Pog. Les quatre chevaliers avaient donc emprunté la ravine qui serpentait en dessous de Montségur. En 1244, déjà, cette gorge avait été la faille principale dans l'anneau formé par les assiégeants : pendant longtemps, elle avait permis aux habitants de Montségur d'aller et de venir sans obstacle. Jourdain de Levis, Wolf de Foix, Gaston de Lautrec et Simon de Cadet sortirent discrètement de la forêt par l'autre côté. Ils avaient perçu au-dessus d'eux les voix des Français qui ne se doutaient de rien et attendaient toujours d'éventuels arrivants. Ils se postèrent bien avant le barrage installé par le connétable, et attendirent le Chevalier noir.

Burt de Comminges et Raoul de Belgrave étaient revenus au présentoir; Comminges pressait sur son bas-ventre le bouclier à croix rouge sur fond blanc, comme s'il voulait cacher ce qu'il venait de subir.

— Messire Burt aimerait abandonner la lance et sa morne, dit Raoul avec un grand sourire lorsqu'il vit les deux arbitres.

— C'est la main portant l'épée qui doit désormais trancher! confirma Comminges.

— À pied ou à cheval? demanda tranquillement Raoul. Burt songea à la douleur qu'il ressentait encore en haut des cuisses. Sur la selle, elle deviendrait infernale. Mais avec la surprise qu'il préparait à son adversaire, elle ne durerait pas bien longtemps.

— À cheval, répondit-il. Jusqu'à la décision!

— Jusqu'à ce qu'un homme soit désarmé ou incapable de combattre! décida Mas, auquel sa fonction donnait soudain un peu d'autorité.

— Voilà nos coqs qui reviennent sans leur lance, s'exclama Yeza en désignant le pré.

— À présent, c'est le tranchant du fer qui va décider.

— Au combat à l'épée, ce n'est ni le bouclier ni le bras qui fait la décision : c'est la tête, et elle seule!

— Messire Olivier, dit Roç, qui a la bonté de croiser régulièrement notre chemin depuis des années, a une proposition à nous faire. Il veut que je me glisse dans sa peau, et lui dans la mienne.

— Le renégat compte-t-il s'écorcher vif? demanda froidement Yeza. Comment pourrions-nous regarder dans les yeux notre vieil ami Xacbert s'il...

Olivier fut pris de vertige.

— Je ne suis pas l'homme que vous croyez, vénérée dame Esclarmonde. Xacbert était aussi *mon* ami, et le meilleur. Le fait que je l'aie attiré hors de Quéribus pour le faire tomber entre les mains de Pier de Voisins lui a sauvé la vie, car le sénéchal était bien disposé à mon égard et l'a laissé s'échapper, ce qui lui a du reste coûté sa fonction. Si je n'avais pas agi ainsi, Xacbert aurait été décapité. Voilà comment j'ai perdu son amitié.

— C'est une belle histoire, dit Roç. Vous voudrez bien la répéter lorsque Xacbert de Barbera se tiendra ici, devant vous!

— Je veux le faire en votre présence, déclara Olivier. Je m'agenouillerai et lui remettrai mon épée! (Ses yeux s'embuèrent.) Mais je voudrais que vous soyez encore en vie à cet instant, et que vous acceptiez ma proposition!

Roç appela Philippe et l'envoya sur le terrain pour demander encore une fois aux combattants de ne pas se laisser entraîner par la haine : cette fête était donnée pour la joie de tous. Mais, au dernier instant, il jugea qu'il valait mieux aller le leur dire en personne. Le héraut rappela les deux combattants à leur point de départ lorsque le maître du tournoi entra sur le pré.

— Et si c'est un piège ? demanda Yeza au seigneur de Termes. Si votre bouclier et votre parure étaient justement le seul indice que connaisse le Chevalier noir ?

— Qui m'accorderait donc tant d'attention à Paris ? Qui pourrait bien vouloir me tuer ?

— Hormis Xacbert..., dit Yeza, et une ombre passa soudain sur son visage. Vous ne savez vraiment pas qui se trouve derrière cette histoire ?

— Derrière le Chevalier noir ? Non !

— Je ne veux pas savoir qui se trouve sous l'armure, mais qui soutient ce complot.

Ils réfléchirent tous les deux assez longtemps. Mais c'est elle qui finit par exprimer ce sombre soupçon :

— Connaissez-vous Yves le Breton ?

— Le garde du corps du roi ? Certainement ! Mais je ne peux m'imaginer...

— Moi, si, dit Yeza avec un frisson. Mais elle se reprit et ajouta : J'approuve votre proposition. Je mettrai dans la confidence tous ceux auxquels je peux me fier. Mais si mes amis ont la moindre impression que vous jouez double jeu, Olivier de Termes, vous êtes un homme mort.

— Yeza Esclarmonde, répondit Olivier, vous trouverez difficilement ici un homme qui vous connaisse depuis plus longtemps que moi, vous et Roç Trencavel. On vous appelait encore « les enfants du Graal » lorsque je vous ai rencontrés sans le savoir pour la première fois, il y a quatorze ans. (Ce souvenir lui arracha un sourire.) On venait de vous sauver de Montségur en flammes.

— Et depuis, vous avez souvent surgi là où nous ballottait le destin, se rappela Yeza, revenue à de meilleurs sentiments.

— Moi aussi, il m'a ballotté plus que je ne le maîtrisais, songea Olivier à voix haute. Si je trouvais la mort en ce lieu sacré, si ma vie gâchée sauvait cette fois-ci celle du Trencavel, le cercle se refermerait, et je mourrais en homme heureux.

— Ah, messire Olivier, ne pensez donc pas à mourir pour l'instant. Le plus souvent, la mort vous emporte au moment où vous ne vous y attendez pas.

LE GRAND COMBAT

Yeza avait presque toujours raison. Pas cette fois-là. Le Chevalier noir était bien Yves le Breton. Xacbert de Barbera ne le connaissait pas, il n'avait eu aucune possibilité de le voir, pas plus qu'aucun de ceux qui croisèrent ensuite sa sombre silhouette, car Yves ne relevait jamais sa visière. Son souffle bruyant passait par la fente en croix de son heaume en forme de seau, et il ne parlait guère. Les cornes de bélier retournées qui se dressaient et se rejoignaient au-dessus du casque n'en étaient que plus menaçantes.

Xacbert de Barbera rencontra Yves sur le bac isolé et désert d'un fleuve qui courait entre deux forêts. Le vieux guerrier, qui connaissait encore fort bien ce côté des Pyrénées, même s'il servait depuis des années le roi Jacques d'Aragon, au-delà des crêtes, avait déjà tiré vers lui la chaîne de l'embarcation. Pour ne pas être discourtois envers le Chevalier noir, il grommela : « J'attends encore. »

Yves ne montra aucune réaction, il observa, ennuyé, le blason sur le bouclier accroché à la selle du chevalier. On y voyait sur fond rouge trois filets d'argent et les hermines, ce qui ne rappela rien à Yves. Xacbert de Barbera, en revanche, observa, déconcerté, les armes du Chevalier noir. Le blason lui rappelait un peu le sien, ou celui de la Bretagne. Cela tenait aux queues d'hermine stylisées que l'on avait aussi utilisées ici, si ce n'est qu'elles étaient « contre » et noir sur blanc. Peu courant, mais possible. En revanche, le fait qu'elles soient sur la tête, leur corps croisé désignant le bas comme des doigts tendus pour conjurer le sort, repousser les jurons, les avortons de nonnes, les croix non bénites ou autres diableries, tout cela donnait à ce bouclier et à l'homme qui le portait une allure extrêmement sinistre. Les deux rangées de dents qui, en haut et en bas, paraissaient se sourire l'une à l'autre, ne contribuaient pas non plus à adoucir le blason. Avait-il rencontré le prince des ténèbres ? Était-ce la mort qui lui faisait face ? Xacbert, ce vieux guerrier, ne craignait ni la Camarde ni le diable. Mais il se sentit tout d'un coup devenir maussade.

— J'attends des amis, reprit-il.

Cette fois, l'homme en noir parut au moins le regarder, mais il continua à se taire obstinément, si bien que Xacbert, qui n'était d'ordinaire ni frivole ni bavard, sortit de sa réserve. Car le Chevalier noir ne pouvait pas être un sbire de la France : c'était sans doute un faidit, un homme comme lui, Xacbert, qui devait passer clandestinement dans son propre pays, un homme à abattre, qui n'avait plus que le droit de mourir.

— Mes amis rejoindront l'objectif par des chemins sûrs, ajouta-t-il, confiant.

— Montségur ?

Ce fut le premier mot qu'il arracha à cet étranger inquiétant. On aurait dit une question. Xacbert hocha la tête.

— J'attends..., répétait-il justement en voyant le Chevalier noir mettre pied à terre et guider son cheval sur la barge de bois.

— Moi pas, répondit-il d'une voix tellement décidée que Xacbert le laissa aussitôt passer, jugeant de toute façon qu'il ne pouvait demander à l'autre de patienter plus longtemps. Et puis il n'était pas mécontent de se débarrasser de cette encombrante société. Lorsque le cheval arriva devant lui, Xacbert regarda le caparaçon noir, ourlé d'un grand nombre de petites queues d'hermine. Ce chevalier vêtu des couleurs de la mort était certainement un seigneur puissant et un guerrier redouté. Son épée large en témoignait : de la belle ouvrage, mais lourde à manier. Lui en aurait été capable, mais la plupart des chevaliers que connaissait Xacbert auraient dû prendre les deux mains pour s'en servir. L'homme en noir était-il un noble pour autant ? Il ne donnait pas l'impression d'être de haute lignée : sa silhouette aux larges épaules, un peu voûtée, aux longs bras pendants, paraissait trop grossière pour cela.

L'homme en noir avait saisi la perche de la barge et dirigeait le radeau d'une main sûre en travers du courant. Xacbert le suivit des yeux, le vit traverser le fleuve en quelques coups puissants, remonter à cheval sur l'autre rive et disparaître dans la forêt.

Sur la tribune, les femmes, qui avaient presque toutes été abandonnées par leur mari, observaient avec plus ou moins de passion les joutes qui se déroulaient devant elles. Pons avait été le seul à ne pas se battre, jusqu'ici, et on ne lui avait confié aucune tâche à remplir. Il aurait volontiers assisté les arbitres, qui avaient fort à faire.

Mafalda était seule. Elle se rongeait les ongles. Dame Esterel, aidée de Geraude, toujours pleine de compassion, s'occupait des peines de sa sœur aînée. Melisende, la douce et prude, avait tout simplement dupé sa cadette. Pons s'approcha de sa sœur. Il cherchait quelques mots de consolation, peut-être une simple plaisanterie :

— Ce n'est pas possible, une si jolie femme toute seule !

Elle regarda le garçon grassouillet comme s'il n'avait pas toutes ses facultés mentales, ce qui n'était d'ailleurs pas tellement inexact. Mais Pons continua de papoter sans la moindre gêne.

— Mon épée est toujours sans fourreau, ajouta-t-il stupidement, d'abord sans prendre conscience du double sens de ses paroles, puis en éclatant d'un rire gêné.

Mafalda lui fit signe de se pencher vers elle et lui assena une gifle retentissante du plat de la main.

Roç et Yeza, assis devant elle, se retournèrent d'un seul coup. Pons avait sauté en arrière comme un

chien battu. Le fait que le couple royal ait été témoin
de son humiliation le brûlait plus encore que le
rouge de sa joue. C'est ce Roç qui en était responsable !

— Quand pourrai-je enfin me battre ? cria-t-il au
Trencavel, qui répondit avec décontraction :

— Lorsque l'honneur de dame Melisende sera
définitivement perdu, ce sera votre tour, Pons de
Levis. Messire d'Alion sera certainement très heureux de pouvoir ajouter un coup de lance à la gifle de
dame Mafalda.

— Vous avez le droit de parler ainsi impunément,
geignit Pons. Moi, lorsque je me permets cela, je
prends aussitôt des coups.

Yeza et Mafalda éclatèrent de rire ensemble pour
la première fois. Pons s'éclipsa par l'escalier situé à
l'arrière de la tribune. Mais une main de jeune fille
l'attrapa.

— Je vais vous refroidir la joue avec de la neige,
annonça Potkaxl, fébrile.

— Et d'où la sortez-vous, jeune vierge ?

Pons était encore loin de deviner ce qui allait lui
arriver.

— Ici, sous la tribune, nous nous en servons pour
rafraîchir le vin.

Et d'une poigne énergique, Potkaxl l'entraîna sur
le lieu du crime.

Le Chevalier noir leva les yeux sans brider son cheval. Devant lui, entre les pointes des sapins, s'élevait
le Pog, les ruines du château se dressaient sur la
pointe rocheuse aplatie. Yves le Breton ne comprenait pas pourquoi l'on faisait tant d'histoires autour
de ce Montségur. Il n'avait encore jamais été dans le
Languedoc et ne s'était pas vraiment intéressé à son
histoire. Elle lui soufflait pourtant dessus, à présent,
comme cette brise printanière qui se faufilait agréa-
blement par la fente du casque et rafraîchissait sa
tête brûlante. C'était donc cela, le château du Graal
pour lequel le roi, son seigneur, Louis, avait si longtemps combattu ? C'est de là que venaient les

enfants, devenus le couple royal, ce grand péril qui planait sur la France. C'est en tout cas ce que lui avaient répété les hommes qui lui avaient confié sa mission et dont il n'avait jamais pu voir le visage. Yves avait tout fait pour refuser : on s'était trop souvent servi de lui, on l'avait lâché comme un assassin, un meurtrier à gages. Il avait imploré son roi de lui épargner désormais un tel destin et de le protéger contre les puissances obscures qui le considéraient comme un simple outil docile et veule.

Messire Louis avait été horrifié par sa confession, il avait longtemps prié en sa compagnie et l'avait assuré qu'il n'aurait plus jamais à prendre l'épée, si ce n'est pour le protéger, lui, le roi. Et Yves l'avait cru. Pourtant, une nuit, il les avait trouvés debout devant son lit, le visage masqué, et ils lui avaient tendu une lettre portant le sceau royal. Ils ne lui avaient pas permis de parler à Messire Louis avant son départ, et l'avaient enlevé du Louvre comme un criminel, les yeux bandés. Lorsqu'il put ôter son bandeau, il se trouvait dans une tour, au milieu de la ville. Il pouvait sentir la Seine, des bruits familiers lui parvenaient depuis les berges. Des moines silencieux l'habillèrent, on lui passa une armure dont les moindres accessoires étaient en noir. Il lui fallut monter sur un cheval moreau, prendre un bouclier et passer à sa ceinture une épée gigantesque. Puis on lui mit un heaume, et il ne vit presque plus rien. Le jour ne s'était pas encore levé lorsqu'ils le conduisirent aux portes de la ville.

Son voyage était bien préparé. À chaque étape de son parcours vers le sud, quelqu'un lui prêtait assistance sans mot dire. À Toulouse, c'est le connétable de France qui l'avait attendu, messire Gilles Le Brun. Il l'avait accompagné jusqu'à Carcassonne. Pendant toute leur chevauchée, il avait éludé toutes les questions que lui posait Yves — car Le Breton se doutait bien que Gilles Le Brun était l'un de ses commanditaires. Arrivé dans la citadelle du Sénéchal, Le Brun lui avait présenté un dessin, le blason et la parure que Roç Trencavel porterait pendant le tournoi. La reproduction était précise, même les couleurs étaient identiques : l'aigle et le guépard sur le bouclier, l'épée dressée sur le casque. Il ne pouvait pas manquer le Trencavel, même visière fermée. Quant à l'épée qu'on lui avait confiée, c'était une arme de bourreau, si finement affûtée qu'elle découpait le cuir comme du beurre, et si lourde qu'aucun rivet de fer ne lui résistait. Elle séparait le bras du tronc, la tête du cou. Puisque c'était à lui, Yves, que revenait la fonction de bourreau, il ne pouvait être mieux armé.

Le Breton avait passé plusieurs jours et plusieurs nuits comme un prisonnier, dans la citadelle de Carcassonne. Un matin, de bonne heure, on lui fit reprendre sa route. Le connétable, lui dit-on, l'avait précédé. Yves aurait volontiers faussé compagnie aux conjurés, non pas pour épargner la vie de Roç Trencavel, mais pour se sauver lui-même. Mais à qui s'adresserait-il ensuite, une fois qu'il se serait démasqué devant le couple royal, ou qu'il aurait refusé de commettre ce meurtre ? Il n'était qu'un pauvre chien errant. Jusque-là, un seul être humain lui avait offert une niche et quelques os : le roi Louis.

Yves s'arrêta un instant. Il chevauchait sur un sentier de montagne, semblable à celui qu'on lui avait décrit. À un moment ou à un autre, le sénéchal Pier de Voisins l'accueillerait et le guiderait jusqu'au tournoi, lorsque le Trencavel serait en lice.

Le Breton avait entendu des voix. Il se laissa glisser de sa selle et s'approcha doucement du précipice. En dessous, dans la vallée, un sentier serpentait. Et au-dessus, quatre chevaliers attendaient, cachés derrière des arbres. Ce n'étaient pas le sénéchal et ses hommes. Ces quatre-là semblaient attendre quelqu'un. Leur piège était-il destiné au vieil homme à mâchoire d'ours qu'il avait rencontré sur le bac ? Celui-ci attendait des amis. Or les autres guettaient manifestement un homme auquel ils ne voulaient pas du bien. Était-ce lui qu'ils attendaient ? Quelqu'un avait-il annoncé sa venue ?

Yves se retira sans un bruit, entoura les sabots de son cheval avec des morceaux de la housse. L'épée découpait admirablement. Puis il rebroussa chemin.

De sa main gauche gantée de fer, Raoul avait attrapé le pommeau de son épée normande, héritée de son grand-père Lionel qui avait jadis conquis ce pays avec Montfort pour le soumettre au roi de France. À présent, le petit-fils du guerrier se battait pour l'honneur d'une femme qu'il avait consolée avec une certaine frivolité parce qu'elle souffrait sous le joug de son époux. Lequel n'avait guère apprécié la chose. Raoul eut un rire de prédateur, baissa la visière et brandit le bouclier devant sa poitrine.

Burt était encore en train de se tâter les parties. Mais lorsque la trompette de Jordi retentit joyeusement, il fit sortir son arme. C'était un méchant fléau, une boule hérissée de pointes qu'il faisait tourner au-dessus de sa tête au bout d'une courte chaîne. La main gantée de fer serrait fortement l'anneau de prise, que la force centrifuge menaçait de lui arracher. Ils furent rapidement face à face; il fallait à présent être le premier à donner le coup décisif, le coup mortel. Au moment où Raoul laissait son épée brandie s'abattre en un éclair, la sphère hérissée qui avait tenté de lui arracher l'arme des mains donna dans le vide. La lame de Raoul, déviée au dernier instant par le bouclier de Comminges, alla entailler la cuisse de Burt, qui ne sentit pas la blessure. Ils s'étaient croisés. C'est seulement lorsque son cheval se mit à tourner que Burt vit le sang couler sous sa cuirasse. Le chien galeux! Si l'on en venait au combat à pied, il serait comme paralysé. Mais on n'irait pas jusque-là!

Raoul était revenu plus vite que ne l'aurait cru le seigneur de Comminges. Sa sphère ne tournait pas encore : il la lança donc contre le bouclier de l'autre. Les pointes d'acier s'y plantèrent, il tira, mais pas assez fort, si bien que Raoul put frapper avec son épée sur la chaîne tendue. Le bruit du fer entrechoqué retentit, la chaîne sauta, mais la lame se brisa elle aussi et tomba quelques mètres plus loin.

Les arbitres avaient vu toute la scène. Jordi, qui regardait bouche bée ce combat acharné, reçut deux coups simultanés dans les côtes et fit retentir la trompette. Comme les chevaliers s'étaient éloignés l'un de l'autre, ils firent aussitôt volte-face. Mais Comminges éperonna son cheval et bondit vers les arbitres, auprès de sa bannière. Jordi soufflait à tue-tête. Tous virent Burt sortir son épée longue de son fourreau et se précipiter vers son adversaire en la brandissant au-dessus de la tête, bien décidé à porter un coup épouvantable. Raoul se tenait près des bannières, désarmé. Mas lui lança son épée, mais Gers d'Alion sauta de l'estrade et s'opposa courageusement à l'assaillant.

— Hors de mon chemin! hurla Comminges.

Belgrave l'attendait à présent, le cheval en travers, levant et baissant, comme pour le défier, son bouclier auquel la boule et son morceau de chaîne étaient encore accrochés. Mais il dissimula derrière le corps du cheval l'épée que lui avait confiée Mas. Gers d'Alion attrapa les rênes de Burt, mais il fut mis à terre. Raoul savait qu'il ne pourrait parer la force d'un coup pareil, il fallait chercher à y échapper. Burt contourna le cheval de Raoul, si bien que celui-ci se retrouva de dos, sans protection. Mais au moment où Burt attaquait, la monture de Raoul bondit vers l'avant. Comminges frappa dans le vide et perdit l'équilibre. Il tomba de cheval. Mas rattrapa sa monture, tandis que Gers sautait des deux pieds sur l'épée longue que le chevalier couché sur le ventre tentait d'attraper.

— Vous avez perdu cette manche! cria d'Alion à Comminges.

— Et même une manche et demie, parce que vous avez transgressé la règle! ajouta Mas, furieux. On devrait vous interdire toute nouvelle participation à un tournoi!

Burt s'était relevé. À cet instant seulement, il vit l'épée dans la main de Belgrave.

— Et cela ! hurla-t-il à Morency. Qu'est-ce que c'est ? Un arbitre qui prête son arme ! Vous n'êtes pas impartial !

— Calmez-vous, Burt, ordonna Gers d'Alion. Retournez tous deux à vos places et attendez la décision que va prendre le seigneur du tournoi. L'arme reste ici ! ajouta-t-il, car Burt s'était baissé pour ramasser son épée longue. Mas reprit la sienne à Raoul. Puis les deux adversaires furent renvoyés à leur bannière.

Xacbert de Barbera avait assez attendu. Ou bien son ami Wolf de Foix n'avait pas reçu la nouvelle de sa venue au tournoi, ou bien il n'avait pas eu la possibilité de venir le chercher en ce lieu où ils s'étaient déjà secrètement rencontrés, jadis. Xacbert se doutait bien que le sénéchal, ce bon vieux Pier de Voisins, espérait que lui, le fameux « Lion de Combat », ne résisterait pas à pareille invitation au pied du Pog. Les Français le guettaient certainement quelque part. Il espéra que Wolf de Foix, lui aussi un faidit recherché, n'était pas tombé dans leurs filets !

Xacbert, le vieux guerrier, guida prudemment son cheval sur les troncs d'arbres glissants de la barge, y sauta à son tour et éloigna le radeau de la rive, en poussant sur la perche. Il avança doucement sur le fleuve. Ce n'était pas un torrent, mais la fonte des neiges l'avait fait beaucoup enfler. Il appuya de toutes ses forces la perche contre le fond, mais rien ne bougea. Son regard se porta alors sur l'autre rive. Le mystérieux homme en noir s'y tenait, comme surgi du néant. Les deux pieds dans l'eau, bien calé, il retenait des deux mains la chaîne de tirage.

— Qu'est-ce que cela veut dire ? hurla Xacbert, pensant à une mauvaise plaisanterie.

Le radeau ballottait dangereusement dans le courant. Xacbert vacilla, et son cheval s'énervait. Mais le Chevalier noir ne disait rien et ne relâchait pas sa prise.

— Que voulez-vous de moi ? cria Xacbert, qui perdait déjà son calme. Je suis un pauvre chevalier, pas un marchand, je n'ai pas d'argent !

— Déshabillez-vous ! ordonna l'homme au casque à cornes, d'une voix de stentor. J'ai besoin de votre armure !

— J'en ai besoin aussi ! cria Xacbert. C'est tout ce que j'ai.

Mais l'autre ne répondit pas : l'homme en noir tenait bon la chaîne et le fameux « Lion de Combat » savait qu'il allait mourir noyé s'il ne cédait pas. En grinçant des dents, il commença à défaire les nœuds de sa cuirasse, ce qui n'était pas tâche facile sur cette barge ballottée par le courant. Le diable fit alors preuve d'un peu de compassion et laissa Xacbert se rapprocher du rivage.

— Jetez-moi votre épée, exigea-t-il, et mettez votre cheval à l'eau. En remerciement de votre amabilité, je vous laisserai moi aussi tout cc que j'ai.

Xacbert fit ce qu'on lui demandait. Sauter dans l'eau froide n'était certainement pas une bonne idée : même s'il atteignait le rivage, il n'aurait pas le dessus dans le combat qui ne manquerait pas de s'ensuivre. Car il ne faisait sûrement pas bon titiller l'homme en noir.

— Maintenant, débarrassez-vous de votre armure et du heaume, et placez-les sur le radeau !

— Et vous ? s'exclama Xacbert, désormais résigné. Comment pourrai-je prendre la vôtre ?

Ce Chevalier noir ne pouvait être que le diable ! Sa réponse confirma ce terrible soupçon.

— Vous la trouverez avec mon cheval au prochain coude du sentier, dans la forêt.

C'était bien cela : Xacbert ne devait pas voir la face de la créature, ni les cornes qu'il dissimulait sous son heaume, si elles ne passaient pas tout simplement dans la parure de bélier !

Xacbert sentit que la chaîne se desserrait. Il retourna vers la rive d'où il était parti. Sorcellerie ! Il comprit alors qu'il s'était bien fait berner. Il n'avait plus ni cheval ni épée !

— Où vous reverrai-je ? cria-t-il, furieux, de l'autre côté du fleuve.

— Indiquez-moi un lieu, aussi proche que possible du pré où se tient le tournoi, mais où l'on ne pourra nous voir.

Xacbert réfléchit. Il connaissait les environs du Pog comme sa bâtière. Il cria :

— Au-dessus, vous trouverez un triste coteau, le Camp des Crémats. Là, en lisière de la forêt, une croix est dressée. Je vous y attendrai !

— Les pierres tombales me conviennent toujours !

Ce fut les derniers mots qu'entendit Xacbert. Il ôta son armure et la posa au milieu de la barge, avec son heaume. La barge se mit en marche. Il était désormais en chemise — ce Belzébuth lui avait tout de même laissé ses bottes — et regardait ses affaires glisser sur le fleuve. De l'autre côté, l'homme en noir les rattrapa et disparut dans la forêt, tenant les deux chevaux par le licol.

— Savez-vous, très chère, demanda Mafalda à Yeza lorsque son chevalier, Roç, se fut éloigné, pourquoi ces deux-là se battent aussi violemment ? (Elle désigna le champ sur lequel, derrière la palissade, le combat faisait toujours rage entre l'amant et l'époux de la prude Melisende.) Ce n'est pas qu'ils se haïssent, je parierais qu'ils ont oublié depuis longtemps pourquoi ils se tapent dessus, mais parce qu'ils n'osent pas faire l'amour l'un avec l'autre ! répondit-elle elle-même avec un éclat de rire strident.

Dame Mafalda avait de quoi rire. Il manquait une corne au crâne de bélier qui ornait le heaume de Belgrave ; quant à la croix qui servait d'ornement sur le heaume cylindrique de Comminges, elle était depuis longtemps tombée dans l'herbe, tache rouge clair entre les gouttes de sang noir. Raoul et Burt frappaient comme deux forgerons devenus sourds auraient battu leur enclume. Mais eux ne portaient qu'une mince tôle. Burt, qui maniait magistralement son épée longue, avait un léger avantage que Raoul

ne pouvait compenser que par son agilité. On cessa
peu à peu de compter les plaies qu'il avait causées
aux cuisses et aux reins de Comminges. Mais il
devait prendre des précautions extraordinaires :
qu'un coup de cette lourde lame de fer l'atteigne
pour de bon, et c'en serait fini de lui. La lisière de
son bouclier rouge aux hermines était à présent
aussi dentelée que la ligne des Pyrénées, et deux des
trois chevrons d'argent avaient déjà disparu.

Raoul bondissait, envoyait un coup à Burt et
reculait comme un ressort lorsque celui-ci frappait.
Au début, ils avaient encore respecté toutes les règles
de l'art du combat normand, frappaient par séries
rapides de cinq attaques, cou gauche, creux du
genou droit, cou droit, creux du genou gauche et
fente du crâne, laissant leur arme passer bien au-
dessus du heaume, signal qui transformait le défenseur en attaquant. Mais Raoul avait vite compris
qu'il pourrait ainsi avoir le dessous. Il craignait que
sa lame ne se brise. Il se serait ainsi retrouvé un moignon d'épée à la main, livré à la colère impitoyable
de Comminges, et aurait eu d'un seul coup une tête
en moins. C'est la raison pour laquelle il parait les
coups de cette brute et le frappa à son tour en faisant
tourner son adversaire au bout de la pointe de son
épée.

Cette ruse fit crier Burt de douleur et de rage. Du
sang coula de son bras. Comminges ressentit alors
une profonde fatigue : ses coups devenaient de plus
en plus lents, perdaient de leur précision et de leur
force. Il était grand temps : Raoul, qui dansait
encore autour de son adversaire au début du
combat, sentait à présent ses jambes se raidir ; son
armure était comme du plomb.

À quelques reprises, déjà, les deux combattants
avaient trébuché et avaient manqué de tomber l'un
sur l'autre, fort heureusement sans brandir leur
épée. Leurs pommeaux s'accrochaient de plus en
plus souvent. Ils cherchaient alors, de leur poing
ganté de fer, à atteindre la visière ou le heaume de

l'autre, ou à s'enfoncer la tranche de leur bouclier dans les parties molles. Cela valut à l'un un violent coup à la tête, à l'autre de terribles douleurs au ventre. Après chaque mêlée, ils se détachaient de plus en plus lourdement l'un de l'autre, se poussaient avec leur bouclier ou se piétinaient. Leurs forces ne suffisaient plus qu'à porter deux ou trois coups successifs ; ensuite, ils se retombaient dans les bras et se poussaient avec leur casque comme deux boucs ; le bélier de Raoul perdit l'autre corne ; quant au seau que Burt portait sur la tête, il avait de telles bosselures que l'on avait peine à imaginer l'état du crâne qu'il était censé protéger. Mais les deux hommes continuaient à combattre. Les yeux injectés de sang, ils attendaient l'instant où l'un d'entre eux s'effondrerait sans pouvoir se relever, et où l'autre s'approcherait en titubant pour lever son épée des deux mains, dans un ultime effort, et la plonger lentement entre la collerette de l'armure et le bas du heaume, dans la gorge de son adversaire.

Un vieux lion dans la bataille

Pons et Potkaxl ne perçurent rien du tout de ce combat implacable : ils livraient leur propre joute sous la tribune, dans la pénombre. La princesse toltèque n'était pas un adversaire facile, et Pons vit que, si sa lance n'éclatait pas en morceaux, elle pouvait tout de même devenir aussi molle qu'une outre mal remplie. Cela tenait peut-être aussi au fait qu'au début de leur combat ils avaient commencé par boire abondamment le jus de fruits rose d'Aragon... Juste après, l'experte Potkaxl avait pour la première fois enfourché la lance. Depuis, tantôt couchés sur les poutres diagonales, tantôt penchés sur des traverses ou simplement adossés à l'un des piliers, ils étaient revenus plusieurs fois à l'assaut. Les deux combattants, devant la tribune, étaient bien éloignés de ce genre de plaisirs. Qui sait, peut-être cela aurait-il ouvert leurs yeux collés par la jalousie, si la jeune fille leur avait alors tendu ses fesses nues, prête à rendre coup pour coup ?

Mais tout d'un coup, Potkaxl poussa Pons contre un poteau et posa la main sur sa bouche. Elle avait vu deux silhouettes, deux hommes en armure, se glisser derrière les montants de la tribune. À les voir disparaître dans la pénombre et s'approcher de Pons, immobile et sans pantalon, on pouvait penser qu'ils se livraient eux aussi à une activité peu avouable. Potkaxl eut un instant d'effroi en reconnaissant son maître, le Trencavel. L'autre était messire de Termes. Elle les vit qui se débarrassaient de leurs cuirasses : ils furent bientôt tous deux en chemise. Potkaxl n'aurait jamais cru cela de messire Roç !

C'est l'instant que choisit Pons pour lâcher un pet retentissant. Les deux chevaliers attrapèrent leur fourreau. Roç fut le premier à sortir son épée. Lorsqu'il eut fait quelques pas, il reconnut non point les fesses de Pons de Levis, qui s'était retourné vers lui, mais le visage de la servante, trempé de sueur et tout joyeux, car elle ignorait totalement ce que pouvait être la mauvaise conscience, et il ne restait plus rien de l'effroi qu'elle avait ressenti un instant plus tôt.

— Que faites-vous là ?

Roç n'avait pas le moindre égard pour les plaisirs de la princesse toltèque, pas plus que pour la pudeur de Pons, qui s'éloignait d'elle à présent.

— Disparaissez ! ordonna-t-il à la suivante. Faites ça où vous voulez, mais pas ici ! Allez dans la forêt ! ajouta-t-il.

Ils se levèrent tous les deux. Les pantalons de Pons lui étaient descendus sur les chevilles — Potkaxl ne portait pas ce genre de choses. Ils disparurent en un éclair.

Roç et Olivier purent ainsi achever l'échange de leurs armures.

Le comte Jourdain de Levis et ses trois chevaliers étaient toujours postés en embuscade et attendaient

l'arrivée du Chevalier noir. Mais le temps leur devenait long, peu à peu.

— Olivier n'a pas changé ! grogna Gaston de Lautrec. Il aura une fois de plus inventé toute son histoire !

— Nous ne devrions pas laisser les dames toutes
seules aussi longtemps. Et puis l'on a besoin de nous
au tournoi. Le seigneur dont on a annoncé la venue
ne voudra sans doute plus nous faire l'honneur de se
battre avec nous. Rentrons !

Ils venaient de se lever lorsque Simon de Cadet les
appela à voix basse.

— Là-haut, un cavalier !

Ils levèrent tous les yeux vers la forêt. Effectivement : ils pouvaient voir entre les troncs d'arbres un
cavalier qui était sans doute en train de parcourir la
crête. Il leur fit signe.

— C'est Xacbert ! s'exclama Wolf de Foix. Xacbert
de Barbera, mon vieil ami ! Il a dû demander une
permission à Don Jaime pour nous...

— Il nous fait signe, l'interrompit Cadet. Nous
devons continuer notre route.

— Il connaît bien le terrain, confirma Wolf, tout à
la joie que lui causaient ces retrouvailles. Il veut sans
doute nous rencontrer dans la ravine !

Ils repartirent donc, en vérifiant constamment que
le cavalier les suivait bien à distance, derrière les
arbres.

— Je l'ai reconnu à sa stature d'ours ! fit Wolf,
ravi. Je n'ai pas eu besoin d'observer son bouclier et
sa parure !

— Trois gueules, trois fasces d'argent avec hermine, dit Simon, qui était un bon observateur. Et sur
le heaume une tête de lion à la gueule grande
ouverte !

— C'est *l'Expugnador* qui l'a décerné à son glorieux général, ajouta Gaston, pour avoir pris aux
Maures l'île de Majorque !

— Xacbert, le vieux Lion de Combat ! claironna
Foix. Et ils repartirent au galop.

Burt et Raoul étaient tous les deux au sol, sur le ventre, comme deux bousiers revenus sur leurs pattes à force de trépigner, mais incapables de s'en servir pour avancer. Ils s'étaient tourné autour en titubant pendant un bon moment, sans pouvoir lever l'épée. Ils avaient consacré leurs dernières forces à ne pas perdre l'adversaire des yeux, à travers les fentes bosselées de leur heaume. Leur souffle n'était plus qu'un râle. Ils ressentaient jusque dans le cou les battements de leur cœur, et leur main parvenait tout juste à tenir l'épée. Mais ils ne voulaient pas lâcher leur arme. Mas de Morency et Gers d'Alion approchèrent avec respect, même Jordi quitta sa place sur le podium, suivi par Philippe, qui portait la trompette.

— Les deux adversaires pourront bien vivre avec le souvenir d'un combat sans vainqueur, dit Alion pour les apaiser.

Mais comme ni l'un ni l'autre ne répondait, Mas constata :

— Il va bien falloir ! Car il n'y aura pas de suite. Je vous prie de sortir du terrain, lorsque le délai se sera écoulé.

Il tenait fort bien son rôle d'arbitre. Dame Esterel serait fière de lui. Jordi lança le signal qui annonçait la fin de la joute et l'absence de vainqueur. C'était le plus long combat qu'il ait jamais vécu.

— La fin d'une bataille pareille entre deux hommes déguisés en chevaliers, dit dame Mafalda à dame Esterel, d'une voix suffisamment forte pour que sa sœur puisse l'entendre, ressemble à l'épuisement complet que l'on connaît sur le lit d'amour. Mais c'est plus beau dans ce dernier cas !

Mafalda constata avec une certaine jouissance que le visage blême de Melisende, trempé de sueur par l'angoisse, était passé au rouge vif.

— Vous les retrouvez tous les deux, vos compagnons de lit, le désiré et l'indésirable, mais je parierais qu'aujourd'hui, vous n'avez plus grand-chose à attendre de l'un ni de l'autre !

— *Ta goule !* cria la douce Melisende avant de lui envoyer une gifle.

Le Chevalier noir approchait du cordon que le connétable avait tiré autour du Pog. Le sénéchal connaissait les instructions : ne lui poser aucune question ! Lui-même et ses soldats reculèrent donc respectueusement lorsque ce mystérieux cavalier (même son cheval était noir) passa sans un mot devant eux sans même leur adresser un regard.

— J'ai appris, dit Gilles Le Brun au sénéchal dès que l'homme en noir eut pris le virage suivant, que les trois lascars auxquels nous avions confié l'honneur de la France nous ont lamentablement trompés. Ils se battent pour l'Occitanie !

— Dans ce cas, je dois sans doute faire appel à mes vieux os...

— Vous restez ici, Pier de Voisins ! ordonna le connétable, avant d'ajouter : Ne m'en veuillez pas. Vous ne pourrez pas y conquérir de nouveaux lauriers, et puis, entre-temps, le comte de Mirepoix et les seigneurs de Lautrec et Comminges se sont rappelé qu'ils étaient les vassaux du roi. C'est l'honneur de la couronne qu'ils défendent !

— Je veux voir cela de mes yeux ! insista le sénéchal.

— Épargnez-vous, vous avez fait votre temps ! lui conseilla Gilles Le Brun en constatant qu'il allait avoir quelque peine à retenir le vieil homme. Le connétable était curieux de voir ce qui se passerait lorsque le Chevalier noir apparaîtrait sur le lieu du tournoi. L'homme passait pour fiable, mais Gilles aurait tout de même volontiers observé la manière dont procéderait Yves le Breton. Quelqu'un, sans doute bien placé pour le savoir, l'avait jadis surnommé « l'exécuteur ».

Pier de Voisins sella son cheval et partit. Il ne tenait pas à rattraper l'homme en noir : sa compagnie ne lui disait rien de bon. Le blason était faux, et le sénéchal jugeait cela inconvenant, quelle que soit la personne qui se cachait derrière. Cela n'avait plus rien à voir avec la chevalerie. On n'allait pas à un tournoi pour abattre un homme !

Au premier virage, il rencontra un cavalier : c'était Rinat Le Pulcin. Le sénéchal ne le connaissait que par ouï-dire. On racontait qu'il était au service des Vénitiens. Ses qualités de peintre n'étaient certainement pas aussi élevées que les prix réclamés pour ses portraits. On ajoutait que ceux qu'il peignait ne restaient jamais longtemps en vie.

Pier de Voisins éprouva aussitôt de l'antipathie pour l'artiste. Il esquiva toutes les tentatives que fit Rinat pour engager la conversation. Et ils se séparèrent avant d'avoir atteint le pré du tournoi.

Xacbert de Barbera, le « Chevalier noir », riait sous cape. Il ne s'était pas imaginé que son arrivée au Pog serait aussi facile. Sa bonne humeur s'était installée lorsqu'au troisième essai, il avait enfin réussi à tirer cette maudite barge contre le rivage, avait franchi le fleuve, toujours en chemise, et avait effectivement découvert le cheval noir, attaché à un arbre quelques pas plus loin dans la forêt. L'armure noire était prête, et le heaume mystérieux lui allait à merveille. Il avait sorti sur quelques centimètres l'épée large de son fourreau et avait passé le pouce sur la lame : cela avait suffi à lui entailler le doigt ! Ce n'était pas une arme de tournoi, mais un outil. Il comprenait tout, à présent : l'homme en noir était un bourreau. Peut-être le bourreau secret de la couronne française ? Et puis après tout, en quoi cela le regardait-il ? Lui-même n'était-il pas venu pour faire payer sa trahison à Olivier de Termes ? Le Chevalier noir avait apparemment lui aussi un compte à régler ! Xacbert se concentra. L'homme en noir aurait pu l'abattre sur place, s'il avait su à qui il avait affaire. Son ami Wolf de Foix était lui aussi une cible possible. Il avait lui aussi été plusieurs fois condamné à mort par contumace, il était méprisé, banni, sa tête était mise à prix. En tout cas, Xacbert devrait convaincre Wolf de rentrer avec lui en Ara-

gon ; là, au moins, sa vie serait en sécurité. Mais
qu'est-ce que ce tueur venait faire au tournoi ? Est-ce
le couple royal qu'il était venu assassiner ? Xacbert
n'avait rencontré qu'une seule fois Roç Trencavel et
sa dame Yeza, alors qu'ils étaient encore de petits
enfants, juste avant la chute de Montségur. Mais
depuis, il n'avait cessé d'entendre parler d'eux. Ils
avaient même voyagé sur son navire, le *Nuestra
Señora de Queribus*, cadeau du roi Jacques. Tout ce
qu'il avait entendu dire de ces deux jeunes gens avait
enthousiasmé Xacbert. Que Roç et Yeza se soient
installés dans son château était pour lui un grand
honneur, et il éprouvait une immense joie à l'idée de
pouvoir enfin se retrouver face au couple royal,
après tant d'années. C'était la véritable raison pour
laquelle il avait entrepris ce voyage épuisant et dangereux. Il voulait relever le défi une fois encore, son
véritable objectif n'était pas de tuer Olivier, ce misérable renégat. Celui-là avait été suffisamment puni :
il avait regardé la mort en face et avait dû rester à
Termes, son salaire de Judas. Non, il ne le tuerait
pas. Mais il le terroriserait, Olivier aurait tellement
peur qu'il en chierait dans son armure. Ensuite, Xacbert lui rirait au visage. Mais il ne se salirait pas les
mains. Xacbert de Barbera souriait sous son heaume
noir et décida de se rendre aussi vite que possible au
point de rendez-vous avec l'homme en noir. Il lui res-
tituerait aussitôt sa sombre armure avant d'aller
affronter messire de Termes dans une rencontre
franche et loyale. À moins qu'il ne commence par
traverser le pré vêtu de son costume de Chevalier
noir, pour mettre en garde tous ceux qui pourraient
être menacés ? L'homme en noir lui en voudrait sans
doute, et Xacbert le craignait, même si c'était lui qui,
pour l'heure, détenait l'arme meurtrière. Non, il
aurait bien le temps, après l'échange des armures, de
prévenir Roç et Yeza. Il dirigea son cheval vers la
ravine du Lasset par laquelle on pouvait arriver, sans
se faire remarquer, à la croix du Camp des Crémats.

Le comte Jourdain et ses camarades traversèrent

la gorge située en dessous du Pog, là où les rochers trempés montaient à pic jusqu'à Montségur, arrosés par les eaux furieuses du Lasset. Il fallait connaître le moindre détour du sentier pour oser franchir cette porte de l'enfer. Ils tenaient leurs chevaux par les rênes. Parfois, ils se retournaient brièvement pour voir si Xacbert les suivait. Wolf de Foix voulut l'attendre, mais Jourdain lui cria dans le vacarme de l'eau :

— À la sortie de la ravine ! Ici, on ne comprend pas un mot !

De toute façon, ils n'auraient pas pu marcher de front. Et comme Xacbert, revenu dans leur champ de vision, leur faisait signe de ne pas ralentir le pas, Foix ajourna de nouveau la joie des retrouvailles. Mais lorsqu'ils arrivèrent enfin dans la forêt, où les eaux vives s'apaisaient en parvenant dans un lit plus large, et s'arrêtèrent pour attendre leur ami, il avait disparu. Xacbert paraissait avoir été englouti par le Lasset. Simon chevaucha jusqu'à la sortie de la gorge pour voir où il avait bien pu passer.

— Il aura obliqué dans la forêt, juste après la gorge, supposa Jourdain pour rassurer Wolf de Foix, il connaît ces lieux comme sa poche.

À cet instant, Simon de Cadet revint au galop.

— Pas trace de Xacbert ! cria-t-il, hors de souffle. Mais j'ai vu un chevalier noir traverser la forêt !

Les serviteurs et les écuyers avaient emporté les deux combattants hors du champ du tournoi, en les tenant par les bras et par les jambes. Le comte Jourdain de Levis avait fait dresser une tente pour le tournoi, derrière la tribune. Jusqu'ici, on l'avait utilisée pour passer les armures ; elle se transforma en infirmerie de campagne. On fit sortir Comminges et Belgrave de leurs carapaces de tôle, il fallut forcer quelques charnières avec des pinces, découper des courroies au couteau et sortir laborieusement la chair écorchée de la cuirasse, comme si l'on vidait les pinces d'un crabe. Tout cela n'alla pas sans gémissements ni jurons. Les deux hommes auraient cherché longtemps sur leur corps un emplacement sans bosse, blessure ou hématome.

Geraude jouait les bons Samaritains. Elle lavait, séchait, passait sur les blessures un brouet à base d'anthyllide, de millepertuis et de sanguine, répandait des essences, notamment du mercure, et étalait un onguent à base de zinc, comme le lui avait enseigné Na India.

Roç alla rendre visite aux deux hommes bandés de la tête aux pieds et couchés sur les civières. On n'en voyait guère plus dépasser que les orteils et le nez, et même ces parties-là étaient bleues et ensanglantées. Quant à lui, nul ne le reconnut : il portait déjà l'armure d'Olivier et avait refermé sa visière. Il était heureux de pouvoir participer à une deuxième joute, car messire de Termes ne s'était pas encore risqué, jusqu'ici, sur le terrain du tournoi.

Devant lui, Geraude était penchée vers Raoul. Roç joua un instant avec l'idée d'utiliser son déguisement et d'aller tâter des rondes fesses de la jeune femme. Il avait déjà tendu la main lorsque apparut Yeza.

— Où est donc passée Potkaxl ? demanda-t-elle en chuchotant, et la main de Roç se figea. Elle aussi pourrait venir se dandiner ici, comme cette bonne Geraude ! songea Roç. Elle servirait à quelque chose !

Roç grogna quelques mots incompréhensibles : il venait de se rappeler qu'il avait envoyé la suivante dans la forêt.

Geraude, fine mouche, se retourna d'un seul coup et vit sa maîtresse discuter familièrement avec l'importun messire de Termes. Cela la déconcerta totalement.

— J'y arriverai bien toute seule, fit-elle dans un souffle.

Potkaxl jouait au cavalier dans la mousse de la forêt. Elle s'était plantée dans les cheveux des plumes de faisan et de perdrix qu'elle avait ramassées sur le chemin. Comme Pons, son cavalier, renâclait de plus en plus souvent, c'est elle qui avait pris les rênes. Ils étaient couchés dans un petit vallon en pente douce, rempli du feuillage du dernier automne. Seule la tête de Potkaxl en émergeait, les yeux vifs comme ceux d'un écureuil inquiet pour ses noisettes. Elle avait immédiatement remarqué les deux hommes qui étaient entrés dans l'ombre protectrice, derrière des arbres, à la lisière de la forêt, là où se dressait la croix. Le deuxième était tout de noir vêtu. Ils mirent pied à terre, et Potkaxl rentra la tête.

— Ne recommence pas à mollir! demanda-t-elle pour sa part doucement à son cheval et elle se pencha vers lui, collant son visage au sien pour que l'on n'aperçoive pas sa chevelure. Cette position éperonna Pons, et il commença à ruer sous elle. Elle chercha à le retenir au sol, mais cela l'excita encore plus. Potkaxl oublia les deux chevaliers et se consacra totalement au sien, jusqu'à ce qu'il se cabre pour la dernière attaque et s'affale sur le sol, épuisé. Potkaxl alla et vint encore un peu sur ce qu'il restait de la lance avant d'abandonner tout espoir de miracle. Ce n'était pas le saint glaive de l'église de Mirepoix, qui revenait toujours après un incendie ou un vol. L'écureuil surveilla donc de nouveau les alentours.

— Qu'est-ce que tu vois? s'enquit Pons d'une voix lasse.

— Deux cavaliers, répondit Potkaxl. Le premier porte sur son heaume une sorte de tête de panthère blonde à la crinière en bataille. (La princesse toltèque n'avait encore jamais vu de lion.) Il se dirige vers le tournoi.

— Laisse-le filer, grogna Pons, la voix endormie.

— Le deuxième est un chevalier vêtu de noir qui...

Pons s'était redressé d'un seul coup, déséquilibrant Potkaxl.

— Où ça? s'informa Pons, surexcité.

— Il vient de disparaître! On ne voit plus que l'homme au fauve.

Pons suivit des yeux le cavalier qui s'éloignait.

— C'est un lion. Cet homme est Xacbert de Barbera, le Lion de Combat. Il faut que j'aille le saluer tout de suite!

Il fit mine de jeter sa cavalière au sol.

— Encore une fois ! implora Potkaxl.

LE CHEVALIER NOIR

Roç, le maître du tournoi, trouvait qu'il avait fort à faire et fut heureux de voir revenir à ses côtés le comte Jourdain de Levis et son escorte. Il demanda à Philippe de rappeler les arbitres, espérant que Gers d'Alion répondrait à son défi. Un peu plus tôt, il avait chargé Jordi, le héraut à la trompette, d'annoncer qu'à partir de cet instant chacun affronterait qui il souhaiterait. Faute de Francs, les Occitans pourraient défier d'autres Occitans.

Roç avait oublié que l'armure d'Olivier de Termes faisait justement de lui un Français. Il bouscula brutalement le fiancé de Mafalda, qui revenait du présentoir aux lances, et, loin de s'excuser, lui adressa un geste arrogant de la main. Puis il lança non pas à Yeza, mais à Mafalda, un baiser insistant de la main et monta sur le cheval d'Olivier. Mais Gers d'Alion fit comme s'il n'avait rien remarqué. Roç avait oublié que certains chevaliers n'acceptaient même pas de relever une offense que leur avait faite un homme comme Olivier.

Il rejoignit le terrain du tournoi et tourna à gauche, vers la bannière aux fleurs de lys. Il lança un regard provocateur aux dames de l'assistance. En haut, à l'autre bout de la piste, était apparu un chevalier qu'il n'avait pas encore vu ce jour-là. Des appels et des cris d'enthousiasme retentirent dans la tribune. C'était Xacbert de Barbera ! Le Lion de Combat !

Le vieux seigneur de Quéribus était donc venu tout de même. Quel honneur, de pouvoir l'affronter !

Les deux chevaliers allèrent choisir leur lance. Roç se rappela alors d'un seul coup qu'il était Olivier de Termes, celui auquel le vieil homme vouait une haine abyssale, sinon mortelle ! Roç eut honte de porter une cuirasse aussi peu honorable et de ne

même pas pouvoir serrer la main à Xacbert avant le
combat. Il se demanda même s'il devait résister à
l'attaque certainement tempétueuse de ce lion avide
de vengeance. Il vaudrait peut-être mieux ne pas
chercher à vaincre, mais tomber de cheval au premier choc. L'honneur d'Olivier de Termes ne méritait de toute façon rien d'autre.

Roç était arrivé au stand en même temps que Xacbert, qui avança vers lui visière ouverte et, visiblement ému, voulut dire quelque chose. Mais Roç se
contenta de hocher brièvement la tête vers lui,
attrapa une lance au hasard et revint à ses marques.
Il eut de la peine à laisser ainsi le héros en plan. Ces
yeux tristes ! Peut-être avait-il accordé depuis longtemps son pardon à Olivier ?

Xacbert fut d'abord étonné, puis profondément
blessé du comportement de son ancien ami Olivier.
Il décida d'apprendre les bonnes manières à ce malo-
tru : il allait s'amuser avec lui !

La trompette retentit. Ils partirent. Roç avait
arrêté sa tactique, Xacbert également. Ils s'approchèrent rapidement l'un de l'autre, levèrent leur
lance et visèrent le bouclier. Mais à la dernière
seconde, Xacbert baissa sa lance et la laissa passer
devant son adversaire. Il s'était contenté de parer le
coup, qui manqua lui aussi sa cible. Mais il entendit
aussitôt derrière lui le bruit métallique d'un chevalier précipité au sol. Alors qu'il ne l'avait même pas
touché ! Écœuré par tant de lâcheté, Xacbert se
retourna un bref instant et fit signe au héraut : il ne
tenait pas à poursuivre ce combat. Jordi, d'un coup
de trompette, le déclara donc vainqueur. Avant
même cet instant, les serviteurs et écuyers étaient
accourus derrière Philippe et avaient emporté le
vaincu.

— Il doit puer comme un bouc, s'il chie aussi vite
dans son froc ! grommela Xacbert au héraut en rendant sa lance.

Roç fut transporté dans la tente d'où l'on venait de
faire sortir les héros du combat précédent, arrangés

comme deux momies vivantes. Le premier alla
rejoindre sa fidèle épouse, qui n'osa faire face à son
mari qu'en présence de sa tante Esterel; l'autre fut
emmené par son compagnon Mas de Morency.

Burt de Comminges repoussa brutalement l'aide
de Melisende et n'accepta que l'aide d'Esterel. Raoul
sourit à Mas avant de partir en boitant. Roç avait
sous-estimé la violence de sa chute volontaire dans
une armure qui n'était pas sienne : emportée par la
lourde décoration du heaume d'Olivier de Termes, sa
tête avait brutalement heurté le sol, et il avait un instant perdu connaissance. Yeza veilla à ce qu'on le
sorte doucement de sa cuirasse pour qu'il puisse
s'étendre. Geraude, doublement excitée lorsque, en
enlevant son heaume, elle reconnut le visage de Roç,
lui prépara immédiatement une soupe chaude au jus
de sureau et lui posa sur le front et sur la nuque une
compresse rafraîchissante imbibée de camphre et de
décoction d'aubépine.

Rinat fut consterné en découvrant le faux Olivier,
et sortit de la tente aussi vite que possible.

Entre-temps, l'heure du véritable Olivier de
Termes était arrivée. Lorsqu'il avait vu, caché dans
l'armure de Roç, que Xacbert avait terminé sa joute
et qu'il n'avait plus à craindre de l'avoir comme
adversaire, il s'était dépêché d'aller se battre pour
l'Occitanie. Il regarda autour de lui, provocateur, vit
Gers d'Alion et son ami Simon de Cadet qui faisaient
la course pour rejoindre leur cheval. Mas de
Morency, lui aussi, était déjà en selle : tous voulaient
se mesurer à Roç, le Trencavel. Olivier se sentit
empli de jalousie, mais aussi de fierté narquoise. Il
allait donner une leçon à ces gamins, même si c'était
Roç qui en récoltait la gloire. Sûr de trouver un
adversaire (et il ne se souciait guère de savoir
lequel), il courut droit vers le présentoir et choisit
une arme. Sans se retourner, il se rendit au point de
départ des Occitans. Qui allait le défier? Les trois
garçons qui rivalisaient pour cet honneur firent tout

d'un coup demi-tour. De l'autre côté, près de l'oriflamme, un cavalier tout en noir était apparu,
comme sorti du néant. Olivier sentit son cœur
s'emballer. Le Chevalier noir ! Olivier semblait paralysé sur son cheval.

L'homme en noir avança, sans se hâter particulièrement, jusqu'au présentoir, vérifia en reculant le
pommeau des lances qui s'y trouvaient et la solidité
de la morne qui ornait leur pointe. Mais d'un geste
rapide que nul ne remarqua, il ôta l'une de ces petites
couronnes et fit sortir de sa selle un objet de même
taille. Il s'agissait d'un fer de lance moulé dans
l'acier, et entouré d'une petite couronne mobile. À la
moindre pression, elle reculait d'une largeur de
main, ce qui suffit largement pour qu'une lame
atteigne un cœur ou cause des lésions irréparables. Il
enfonça la pointe dans la lance et ramena vers l'avant
la petite couronne peinte en or mat. Le fer à deux
tranchants était quant à lui peint dans la même
teinte que le bois dont on avait fait les lances.

Yves le Breton était résolu à remplir sa mission le
plus vite possible. Une dernière fois ! Le prix qu'on la
lui paierait n'était pas négligeable : il serait adoubé et
nommé sénéchal de Carcassonne. Il était juste, dans
de telles conditions, qu'il élimine le dernier Trencavel
comme l'avait fait jadis Simon de Montfort avec le
dernier Perceval. *À Dieu*, petit Roç, avec les ultimes
salutations du vicomte Yves le Breton !

Il leva la lance et vit que sa victime sortait de sa
léthargie. Yves commença au petit trot, puis il fit
filer son cheval noir comme un éclair. Les adversaires se rapprochèrent. Il visa juste sous la pointe
du bouclier, là où s'achevait la cuirasse et où
commençaient les parties molles, qui n'étaient protégées que par du cuir. Il écarta d'un mouvement léger
la lance de son adversaire et atteignit son objectif.
L'autre cavalier perdit sa lance et resta un instant
comme planté sur l'arme du chevalier noir, tandis
que son cheval, en dessous de lui, continuait à avancer. Un cri d'horreur retentit dans la tribune et sur

les bancs; il se transforma ensuite en un murmure excité. Yves se débarrassa de sa victime, laissa tomber sur le sol le corps recroquevillé et continua sa course; il devait à présent trouver le temps d'échanger de nouveau la morne de sa lance, en s'éloignant autant que possible du lieu où il avait commis son crime. De toute façon, personne ne l'avait vraiment regardé : tous avaient été distraits par Rinat Le Pulcin qui, avant même le début de la course des deux cavaliers, s'était précipité vers la tribune en agitant les bras; il avait trébuché, était tombé sur le nez, s'était relevé et avait continué à courir, les mains au-dessus de la tête comme pour former une croix de saint André. Il semblait vouloir à tout prix interrompre ce combat.

Mais le Breton ne l'avait pas remarqué. Après le choc des deux cavaliers, Rinat avait fait demi-tour et était revenu discrètement à sa place. Yves n'avait eu d'yeux que pour sa cible. Et il l'avait atteinte. Il ne brida son cheval qu'au moment où il eut rejoint l'oriflamme, où l'attendait Pier de Voisins, l'homme qui avait été le plus longtemps sénéchal de Carcassonne. Yves ne vit aucune raison de feindre des regrets lorsque celui-ci l'informa qu'il se rendait à la tribune pour voir comment se portait Roç Trencavel.

S'il n'était pas encore mort, Roç n'en avait plus pour longtemps. Yves vit des hommes emporter le corps. La foule avait accouru sur le terrain. Il fit rapidement disparaître le fer de lance mortel et sa fausse morne, et barbouilla l'original en bois, inoffensif, avec le sang qui souillait l'extrémité de sa lance. Puis il se rendit là où avait eu lieu le choc et laissa la morne d'origine tomber dans l'herbe. Lorsqu'il aurait rendu son arme, il se plaindrait au héraut d'avoir perdu la couronne protectrice. À tout hasard...

« J'espère que rien de grave n'est arrivé? » s'informerait-il, la mine navrée. On considérerait ces mots comme une demande d'excuses après un accident. Yves repartit lentement — il était pourtant pressé : il ne voulait plus rencontrer personne, ce qui lui permettrait d'éviter toutes les questions. Mais toute hâte, à présent, l'aurait rendu suspect.

La loge d'honneur paraissait avoir été balayée, toutes les dames et tous les seigneurs se pressaient derrière la tribune, devant la tente. Le comte Jourdain eut bien du mal à disperser les curieux qui s'étaient rassemblés dès que l'on avait apporté le blessé. Quelques-uns parvinrent tout de même à se glisser dans la tente. Ils y virent Roç qui dormait, la tête bandée. Ils ne furent donc qu'à moitié étonnés lorsqu'on ôta son heaume au mourant, et lorsque l'on vit apparaître le visage d'Olivier de Termes. On le coucha avec d'infinies précautions. Xacbert, qui avait vu plus de blessures que quiconque en ce lieu, examina la mauvaise plaie en compagnie de Géraude.

— Il n'y a rien à faire, murmura-t-il. Les entrailles sont déchirées, les humeurs qui s'en échappent vont empoisonner le sang. Il ne reste plus qu'une chose à espérer : qu'Olivier se vide de son sang le plus vite possible.

Celui-ci ouvrit les yeux. Sa main tremblante chercha celle de Xacbert, et il se força à sourire.

— On n'échappe pas à son destin.

— Je t'avais pardonné, dit le Lion d'une voix douce. Mais cela ne compte plus à présent.

— Cela compte, chuchota Olivier d'une voix de plus en plus faible. Ma fin aura au moins eu un sens. Roç vit et tu m'as pardonné...

Sa voix se brisa.

— Nous t'aimons, Olivier de Termes, dit Yeza d'une voix suffisamment forte pour qu'il l'entende encore. Nous t'aimerons toujours.

— Je... vous... aime. Et sa tête tomba sur le côté.

Xacbert ne fut pas le seul à pleurer. Wolf de Foix passa son bras sur les épaules de son ami et le fit sortir de la tente. Yeza voulut les suivre lorsque Geraude s'approcha d'elle et, entre deux sanglots, lui chuchota quelque chose à l'oreille. Le comte Jour-

dain et l'une de ses sœurs s'en allèrent aussi. Yeza
retint ses suivantes. Potkaxl, elle aussi, l'avait
rejointe. Elles revinrent toutes auprès de la couche
où reposait Olivier. Geraude souleva le drap ensanglanté et montra à Yeza le tablier de cuir transpercé.
Même le fer-blanc riveté n'avait pas résisté. On
aurait dit qu'une pointe d'épée était entrée dans ce
corps avec une incroyable violence.

— Ce n'était pas une vraie morne! gémit Geraude.
Le pauvre messire Olivier!

— C'était un meurtre avec préméditation. Un
meurtre commis contre celui qui portait cette
armure. Ôtez-la au mort. Il n'en a plus besoin, mais
moi, si. Où partez-vous, Rinat? demanda-t-elle en le
voyant chercher à sortir de la tente. Restez ici, j'ai
aussi besoin de vous! Philippe, courez demander
aux deux arbitres, Gers d'Alion et Mas de Morency,
de me rejoindre!

Devant la tente, une fois annoncée la mort d'Olivier de Termes, la foule commença à se disperser. Ce
genre d'accidents arrivait parfois. Seul Pier de Voisins tentait encore de comprendre les circonstances
qui avaient provoqué la mort de son ami.

— Si ce combat s'est déroulé à la régulière, je veux
bien quitter mon poste de sénéchal de Carcassonne!
dit-il à Jourdain de Levis. Mais le comte lui répondit
rudement:

— C'était votre homme, quelle qu'ait pu être
l'identité de ce Chevalier noir.

Il espérait que le sénéchal lui révélerait son nom,
mais Pier de Voisins répliqua avec indignation.

— Ce n'est pas mon homme. Je ne le connais
même pas. Mais c'est une honte pour la France!

— Nous devons vivre avec cela, dit le comte de
Mirepoix.

— Vous, peut-être. Moi, pas! rétorqua Pier de Voisins. Je vais me battre pour l'honneur du roi, et pour
mon ami défunt!

— Sénéchal, avertit le comte, ne faites pas votre
malheur! Que comptez-vous donc obtenir? Vous ne
rendrez pas la vie à ce mort.

— Mais je retrouverai la paix de mon âme! répondit Pier de Voisins en s'éloignant.

Gers d'Alion et Mas de Morency étaient passés dans la tente.

— Arrêtez cet homme! dit Yeza en désignant Rinat Le Pulcin. Enchaînez-le mais ne le tuez pas! Lui et son maître doivent pouvoir répondre de leurs actes devant moi.

Ils s'étaient arrêtés tous deux à l'entrée et avaient dégainé leurs épées, si bien que Rinat n'osa pas tenter de s'enfuir. Il se laissa ligoter, ils le firent sortir et l'accrochèrent à un poteau, en dessous de la tribune.

Yeza passa l'armure de son chevalier, Roç. Elle veilla à ce que l'on n'efface pas les traces de sang. Elles devaient rester bien visibles. Geraude et Potkaxl l'aidèrent. Elle avait renvoyé sur le terrain Jordi, le héraut. Il devait annoncer le combat suivant. Elle voulait savoir, à présent, si l'homme était bien celui auquel elle songeait. Yves le Breton en cavalier assassin vêtu de noir, cela lui ressemblait bien! Elle ne pourrait pas le tuer, du moins ni ce jour-là, ni en ce lieu, mais elle allait le démasquer! Alors, quelqu'un l'abattrait peut-être enfin comme un chien enragé! Tant que ce ne serait pas fait, le Breton n'aurait de toute façon aucun répit.

Lorsque Roç Trencavel, ressuscité, regagna les palissades, visière rabattue, des applaudissements retentirent sur les bancs du public. Mais Yeza n'y fit pas attention: la seule chose qui comptait était que le suspect fût encore là.

Et il était bien là, le Chevalier noir, en haut à gauche, près de cette maudite bannière à fleurs de lys, sa silhouette sombre et menaçante bien assise sur le cheval moreau. À lui seul, ce dos voûté révélait qu'il s'agissait vraiment du Breton.

Yeza décida de se diriger vers lui avant même le choix des lances et de lui arracher son masque du visage. D'un geste, elle fit faire volte-face à son cheval et galopa vers le Chevalier noir en traversant le pré. Elle dut faire des crochets, car Wolf de Foix et

Xacbert tentèrent de lui barrer le chemin en criant.
Mais cette cavalière aguerrie évita les chevaux des
deux hommes et leur échappa en sautant hardiment
la barrière. Elle vit alors le Chevalier noir éperonner
son cheval et se diriger vers la forêt.

— Arrêtez-vous, lâche! cria Yeza dans son
heaume. Montrez donc qui vous êtes, Yves!

Mais la forêt l'avait déjà englouti lorsque Yeza
atteignit le présentoir, en même temps que Wolf de
Foix, qui attrapa aussitôt ses rênes.

— Laissez-le filer! cria-t-il avant de chercher à la
calmer. Un homme pareil ne mérite que la corde du
bourreau, sûrement pas une mort de chevalier.

Yeza souleva sa visière, mais cela ne décontenança
pas Wolf, qui se contenta de rire.

— Combien de malheurs causera-t-il encore?
demanda Yeza, indignée.

— Autant que Dieu le voudra, murmura le vieux
soldat.

Pons, qui n'avait rien su de tout cela, voulait enfin
prendre part au combat. Il fut ravi d'apercevoir près
de l'oriflamme Roç Trencavel, entouré par deux chevaliers aussi fameux que Foix et que Xacbert, devant
lesquels il lui plairait beaucoup de briller. Il dirigea
son cheval vers le podium, demanda à Jordi de faire
sonner sa trompette et brandit sa lance d'un geste
outrancier avant de revenir au trot, sans se retourner, auprès de la bannière occitane.

Ce défi vint à point nommé pour Yeza. Avant que
les deux hommes, auxquels la provocation aurait
aussi pu s'adresser, se soient décidés ou aient pu
l'empêcher de se lancer dans cette aventure virile,
elle abaissa sa visière et fila vers le présentoir des
lances. Elle en choisit une légère — pour affronter
Pons, elle n'avait pas besoin de force, il se soulèverait
tout seul de sa selle. Effectivement, Pons avait les
reins tellement fatigués par sa chevauchée sur, sous,
avec et contre Potkaxl qu'il avait peine à tenir à cheval. Mais il le remarqua seulement à l'instant où sa
monture partit au galop. Sautillant sur sa selle, il fila

vers Yeza en agitant sa lance. Elle avait coincé la
sienne derrière la nuque de son animal, et, lorsqu'ils
se croisèrent, elle balaya le gros garçon comme un
fruit gâté sur le pré. Il se retrouva assis sur son large
postérieur, bien heureux que ce soit fini. Jordi sonna
la victoire au premier passage.

Une fin horrible et triste

La mort indigne de son ami Olivier, tué par le Chevalier noir, avait profondément ébranlé le sénéchal.
Il était déjà en selle lorsque le pseudo Roç Trencavel
dirigea son cheval vers la tente, derrière la tribune,
tandis que l'on emmenait Pons de Levis hors du terrain. Pier de Voisins vint rapidement occuper le
stand de la France. Simon de Cadet et Gers d'Alion
se disputèrent aussitôt l'honneur d'affronter le premier homme à combattre sincèrement sous la bannière aux lys. Pons avait privé Simon d'une revanche
sur le Trencavel, mais Gers d'Alion pouvait faire
valoir son droit à un premier combat. C'est Mafalda
qui emporta la décision en demandant que son préféré aille défendre les couleurs de l'Occitanie.
    Après avoir toisé Rinat, toujours ligoté, Yeza était
discrètement revenue dans la tente. Roç dormait
toujours profondément, sous le coup du breuvage
que Geraude lui avait fait boire. Tout lui avait été
épargné, même l'accident malheureux qu'avait subi
messire de Termes, et qui aurait dû être le sien.
Geraude et Potkaxl aidèrent Yeza à sortir de son
armure.

    Dehors, la trompette retentit. Gers d'Alion arriva
enfin, lui aussi, au stand des lances, où le sénéchal
l'attendait déjà. Il avait eu du mal à s'arracher aux
bras de Mafalda. Elle lui avait glissé son petit foulard
sous sa cuirasse, et, chaque fois qu'il croyait avoir
pris congé d'elle, elle s'était penchée par-dessus la
rambarde pour se faire embrasser une dernière fois.
    — Je vous en prie, Messire, dit doucement Pier de

Voisins, vérifiez vous-même que la morne est bien
fixée! Et il tendit sa lance à Gers d'Alion, ahuri, qui
ne put faire autrement que s'exécuter et lui tendre
son arme à son tour. Les deux petites couronnes
étaient bien accrochées.

— Je vous souhaite un bon combat! dit le sénéchal en observant son jeune visage.

— Que le meilleur gagne, répondit courtoisement
Gers d'Alion.

— Ou du moins le plus chanceux! conclut Pier de
Voisins en rabaissant sa visière et en rejoignant ses
marques.

— Pour notre Occitanie chérie! cria dame
Mafalda, si fort qu'on l'entendait forcément jusqu'au
pré.

Lorsque Fortune sourit, Vénus n'est pas loin. Cette
maxime avait traversé l'esprit du vieil homme.
Aucune récompense de ce type ne l'attendait, lui. Il
ne pouvait même pas espérer les remerciements de
la France. Arrivé à l'oriflamme, il s'inclina cependant
devant ce roi lointain qui attachait si peu de prix à
ses services, et fit un signe de croix avec sa main
gantée. Il attrapa la lance sous le point où elle décrivait un cône, la coinça sous son bras et attendit le
signal. D'Alion était prêt, lui aussi. Jordi fit résonner
sa trompette, et les deux cavaliers se mirent en mouvement.

Le sénéchal avait mené beaucoup de joutes dans
sa jeunesse. Il garda son adversaire à l'œil : il ne
tenait pas à se laisser surprendre. Peu lui importait
qui serait le vainqueur, c'est à ses propres yeux qu'il
voulait en sortir gagnant. Pier de Voisins resserra les
cuisses et vérifia sa prise sur le manche de bois, son
cheval partit au grand galop. Son cœur bondissait de
joie. Quel bonheur de voler à nouveau vers ce choc
unique, à l'issue incertaine. « *O Fortuna!* » clama le
vieil homme en visant le bouclier de l'autre, comme
le voulaient les rites de la chevalerie. Mais il constata
avec inquiétude que l'autre tenait son bouclier trop
loin, et surtout qu'il ne l'avait pas placé à la verti-

cale : il le tenait la partie supérieure en arrière, comme pour le combat à l'épée. L'arme pouvait lui entrer dans l'œil. Pier de Voisins tenta d'éloigner sa lance, mais elle glissait déjà contre la surface lisse du bouclier, la morne se décala vers le bas et se brisa. La pointe de sa lance, elle, fut déviée vers le haut, glissa sur le rebord du bouclier et passa sous le menton d'Alion, entre la barbe et le heaume, s'enfonçant dans son gosier et sans doute plus haut, dans le cerveau. Le sénéchal l'avait laissée tomber avant même qu'un flot de sang rouge ne jaillisse du cou et que d'Alion, la lance plantée dans la tête, ne glisse lentement de son cheval, qui s'était remis au pas. Le cri strident de Mafalda perça le silence d'une foule tétanisée.

Pier de Voisins n'attendit pas que son cheval se fût arrêté, il sauta de sa selle, désespéré, tomba, se redressa et courut auprès du malheureux, aussi vite que le lui permettait son armure.

Jordi avait déjà bondi. Il tenta, des deux mains, d'ouvrir la visière déformée. Ils n'osèrent pas ôter de la tête l'extrémité de la lance, qui s'était brisée lors de la chute. Wolf de Foix, Xacbert et Simon de Cadet les avaient rejoints. Ils étaient agenouillés dans l'herbe ensanglantée. Simon, d'un geste absurde, voulut redresser la tête toujours enfermée dans le heaume, mais le sang s'arrêta brusquement de couler. La mort était venue.

— Retournez-vous ! ordonna Wolf. Mais Jordi fut le seul à obtempérer. Il en avait assez vu pour cette journée. D'un geste, Foix retira le bois ensanglanté de l'effroyable blessure. Un filet rouge coula doucement sur le mouchoir déchiré avant de se tarir à son tour. Simon tira timidement le foulard de Mafalda de sous sa cuirasse. Il était imbibé de sang. Il le porta à ses lèvres et s'en alla. Foix attrapa le mort sous les aisselles et souleva son corps comme pour lui donner une dernière accolade, mais le hissa aussitôt sur le cheval d'Alion. Le chevalier était désormais de travers sur la selle, les jambes d'un côté, la tête et les bras de l'autre. Ils le ramenèrent ainsi lentement à la tribune. Pier de Voisins les suivait, tête basse. Nul n'avait émis le moindre reproche, mais il se sentait coupable. Comment aurait-il pu éviter ce malheur ? Tout était allé si vite, même s'il avait eu l'impression de vivre la scène au ralenti, comme dans un cauchemar. Pour que le garçon soit encore en vie, il aurait dû ne pas participer à cette joute.

Partout on gémissait sur les tribunes et sur les bancs. Les femmes pleuraient fort, mais la voix pénétrante de Mafalda portait plus loin, et elle hurla de douleur, entre de terribles sanglots, lorsque le cheval portant le corps approcha d'elle. Son père avait tenté de la consoler, mais elle l'avait repoussé. Dame Esterel n'était pas parvenue, elle non plus, à la serrer contre sa poitrine. Mafalda lançait même des imprécations à Simon, si bien que celui-ci oublia de lui rendre son foulard. Elle paraissait avoir perdu la raison, elle suppliait qu'on lui rende son bien-aimé, se jetait au sol, déchirait ses vêtements, traitait le sénéchal d'« assassin », parlait de « complot » et de « tribunal ».

Yeza ordonna à Geraude d'apporter la boisson qu'elle avait administrée à Roç. « Mais double la dose, je te prie ! »

Geraude revint en courant avec sa petite fiole. Simon et Mas essayèrent de maîtriser la jeune femme prise de folie pour que Geraude puisse lui faire avaler son breuvage, mais elle se dégagea, courut vers l'escalier, à l'arrière de la tribune, et disparut dans la forêt. Elle n'avait pas accordé le moindre regard au corps de Gers, qu'on lui avait présenté sur le cheval, devant la tribune.

— Moi, je l'aurais embrassé une dernière fois ! assura dame Esterel, en larmes, à sa nièce Melisende. Celle-ci ne pleurait pas, mais son visage déjà pâle était devenu livide.

— Vous devriez aller chercher ma sœur, dit-elle à Simon de Cadet, elle pourrait se faire du mal.

Simon ne paraissait pas décidé.

— Courez et consolez-la ! ordonna Melisende. Vous le devez à votre ami !

Simon s'inclina et partit.

Lorsque Roç s'éveilla dans la tente, il était en compagnie de deux cadavres. Il se frotta les yeux, se croyant dans un mauvais rêve. Au même instant entrèrent Xacbert de Barbera, Wolf de Foix et Pier de Voisins. Ils ne le regardèrent pas, pas plus que les deux corps.

— Ma décision est irrévocable, messires, dit le sénéchal d'une voix posée. Je vais remonter à cheval, et je veux que vous, Wolf de Foix, qui êtes sans doute le meilleur des cavaliers, vous releviez mon défi. Un combat à mort ! Il faut bien que cela cesse un jour...

— Je vous en prie, Pier de Voisins, ne vous laissez pas gagner par la douleur et la démence qui font rage ici ! s'exclama Xacbert, inquiet.

— Vous n'êtes en rien responsable, ajouta Wolf de Foix, lui aussi horrifié. Rien ne vous force à vous livrer à un acte pareil. D'ailleurs, cela n'a rien d'héroïque, au contraire, vous allez rejeter sur moi la malédiction qui pèse sur tous, ici, depuis l'apparition de ce Breton ! Je n'envisage pas un seul...

— Je veux la mort ! cria alors le sénéchal. Voulez-vous que j'aille me pendre sur la tribune ? Faites-moi l'honneur de m'affronter à l'épée, je vous en implore, je vous exonère par avance de toute culpabilité, de toute malédiction, de toute expiation, que Xacbert de Barbera m'en soit témoin ! À moins qu'il ne me faille d'abord aller me camper devant ces dames, les traiter de putains lubriques, traîner le couple royal dans la boue, cracher sur la gloire du courageux Roç Trencavel et de Yeza, sa dame hardie ? Faut-il aussi que je vous offense, Wolf de Foix, que je prononce sur votre digne origine et sur votre Occitanie bien-aimée des mots tellement ignobles que vous ne pourrez faire autrement que de vous battre si vous ne voulez pas perdre la face ?

— Non, répliqua Foix, un faidit ne peut se permettre une chose pareille !

Il s'agenouilla devant le sénéchal et demanda d'une voix ferme :

— Pardonnez-moi !

Pier de Voisins tomba à son tour devant lui et l'embrassa sur le front.

— De tout mon cœur heureux, répondit-il à voix basse, et Xacbert posa ses mains sur la tête des deux hommes :

— Dieu vous bénisse tous deux.

Puis ils se levèrent et quittèrent la tente.

Roç était désormais certain d'avoir rêvé. Il se rendormit aussitôt.

Simon avait aperçu Mafalda qui courait sur le Camp des Crémats, vers la forêt de Montségur. Il prit son cheval et galopa derrière la désespérée. La pente du Pog montait à pic avant de s'élever d'un seul coup pour former un promontoire rocheux. Une femme qui n'avait plus tous ses esprits pouvait y être précipitée dans le vide sans même avoir voulu mettre fin à ses jours. Simon retrouva Mafalda couchée sur une pierre. Elle pleurait à chaudes larmes, le corps secoué par les sanglots. Il s'approcha prudemment, passa le bras autour de son cou et lui caressa les cheveux.

— Mafalda, je vous en prie...

Il n'alla pas plus loin : elle avait poussé un cri bestial qui résonna au loin sur les rochers, et ce cri ne s'arrêtait plus, c'était une unique note qui enflait et dégonflait, d'une voix tellement stridente qu'il crut sentir vibrer la moelle de ses os. Elle avait repoussé sa main d'un geste violent et tambourinait des poings sur le rocher où elle s'était couchée, dans la même position que Gers sur son cheval. Elle frappait son visage sur la pierre, comme si elle avait décidé de se fracasser le crâne.

Simon chercha encore une fois à s'approcher d'elle, il passa derrière elle et voulut la prendre par les épaules pour l'éloigner des rebords tranchants sur lesquels elle s'écorchait le visage en hurlant. Mafalda se tut tout d'un coup. Simon crut que son

cœur n'avait pas résisté à la douleur, et se pencha
timidement au-dessus d'elle. Il sentit alors la chaleur
de son corps. Elle recula et se serra contre lui, elle
saisit sa robe et releva le tissu jusqu'à ce que
l'homme se retrouve entre ses deux jambes nues.
Simon maudit son membre, mais laissa tout de
même tomber ses pantalons. Mafalda écarta les
cuisses. Lorsque Simon entra en elle, elle gémit doucement, pour un bref instant. Bientôt, ses poings
recommencèrent à frapper la pierre. Elle n'avait plus
envie de se défigurer. Elle rejeta ses cheveux sur la
nuque et fit ondoyer son bassin jusqu'à ce que
Simon lui tombe sur le dos en haletant. Ils restèrent
longtemps ainsi. Puis Mafalda annonça :

— Simon, je n'oublierai jamais cet instant !

Cela l'agaça puissamment :

— C'est Gers d'Alion que vous ne devriez pas
oublier aussi vite !

Elle se détacha de lui.

— Il y a surtout une chose que je n'oublierai pas
(Mafalda regarda Simon remonter et fermer ses pantalons) : Gers d'Alion m'a abandonnée !

Ils redescendirent tous les deux à travers la forêt.
Simon avait de plus en plus envie de renoncer à ce
monde peuplé de femmes, pour entrer dans l'ordre
des Templiers.

Mafalda, elle, se demandait si elle ne devait pas se
mettre au service du couple royal, comme suivante
de Yeza. Cela lui permettrait de mener une vie aventureuse, sans jamais plus devoir éprouver une douleur aussi effroyable, causée par un homme auquel
elle avait voué son cœur.

Dans sa demi-conscience, Roç perçut des voix qui
évoquaient la fin rapide et atroce du sénéchal de
Carcassone. Il crut avoir compris que les deux adversaires s'étaient mis d'accord pour s'affronter à l'épée
dès le premier combat, qu'ils s'étaient précipités l'un
vers l'autre et que Foix avait coupé la tête d'un seul
coup au vieux Pier de Voisins, avant même que
celui-ci ait pu lever son arme pour se défendre. Il y

eut ensuite des cris, il crut comprendre, à la voix de
Yeza, qu'elle était prise d'une extrême colère. Rinat
Le Pulcin s'était échappé, ce que Roç ne comprit pas
du tout. Pourquoi diable était-il prisonnier?

« Quelqu'un a coupé la corde! » pestait sa dame.
Ensuite, des artisans entrèrent dans la tente en faisant tellement de bruit que Roç se réveilla tout à fait.
Il vit, en clignant les yeux, que trois cercueils se trouvaient devant son lit. Les hommes se mirent à taper
dessus à coups de marteau. Ce bruit le décida à se
lever de sa couche et à quitter ce lieu au plus vite. Il
ne ressentait plus ses douleurs à la tête, même s'il
pouvait encore palper ses bosses. Sur le pré, il entendit Jordi sonner le signal annonçant la fin du tournoi.

ON COMPTE LES VIVANTS

Le soleil de l'après-midi ne réchauffait plus le pré:
la douce bise qui avait jusqu'alors offert une
agréable fraîcheur aux combattants acharnés et aux
invités excités laissa place à un vent froid qui descendait des sommets des Pyrénées et faisait battre
joyeusement les fanions et les guirlandes colorées.
La journée avait été splendide, les quelques petits
nuages disparaissaient les uns après les autres du
ciel d'azur, et la couronne des murs de Montségur,
tout en haut du Pog, brillait comme de l'or. Le
conseil des femmes entourait Yeza, l'arbitre suprême
du tournoi, qui venait de constater que c'était à Wolf
de Foix que revenait la couronne du vainqueur:
« Deux joutes, deux victoires! »

— Vous oubliez honteusement votre propre chevalier! s'exclama dame Esterel. Le noble Roç Trencavel s'est battu à trois reprises: deux victoires et
une défaite, cela compte plus que deux victoires
seules!

À cet instant seulement, Yeza se rappela qu'elle
s'était secrètement battue contre Pons sous l'armure
de Roç. Elle voulut répondre qu'un homme qui

n'avait pas été vaincu valait plus, mais Mafalda
s'exclama avant qu'elle ait pu prendre la parole :

— D'ailleurs, cette victoire sur le sénéchal était en
réalité un coup de grâce anticipé, après un combat
qui n'a pas eu lieu !

— Messire Wolf peut difficilement s'en faire une
gloire ! s'exclama à son tour sa sœur Melisende, pour
une fois d'accord avec elle.

— Si nous nous fondons sur ce genre de considé-
rations..., répondit d'abord Yeza. Mais elle s'arrêta et
s'avoua vaincue.

Jordi sonna encore une fois pour appeler tous les
seigneurs présents, et tous durent se poster, à cheval,
le long des palissades. On y voyait le comte Jourdain
de Levis, ses amis Wolf de Foix et Xacbert de Barbera, son beau-frère Gaston de Lautrec, qui avaient
tous franchi sans dommage les épreuves du tournoi.
On ne pouvait en dire autant de Burt de Comminges.
Les serviteurs l'avaient recouvert de bandages, du
nez jusqu'aux orteils, et ses écuyers devaient le soutenir. L'homme qui lui faisait face du côté droit,
Raoul de Belgrave, s'était défait depuis longtemps de
ses pansements, ce que Melisende nota avec bonheur. Seul un bandeau autour de la tête et un bras en
écharpe témoignaient encore de ses blessures. À côté
de lui se tenaient Mas de Morency et Pons de Levis,
qui ne s'étaient couverts de gloire ni l'un ni l'autre.
On pouvait d'ailleurs en dire autant de Simon de
Cadet, qui vint les rejoindre. Au bout du compte, les
anciens avaient donné une leçon aux jeunes, à une
unique exception près : celle de Roç, qui prit alors la
place du milieu sous les applaudissements du
peuple.

Yeza, entourée de ses suivantes et des dames de la
maison Levis, fit un signe à Philippe. Jordi sonna
encore une fois, et l'écuyer mena son seigneur, à cheval, jusqu'au bord de la loge d'honneur. Roç baissa
gracieusement la tête, sous les ovations.

— Pourquoi moi ? chuchota-t-il.

— Bien dormi ? répondit Yeza à voix basse, en

souriant. Puis elle déposa sur ses cheveux la couronne de roses, tissée de rubans jaunes, et l'embrassa sur le front. Les seigneurs levèrent les armes pour la saluer. C'était la fin du tournoi.

Les premiers à partir furent messire de Comminges et son épouse Melisende. Ils n'échangèrent pas le moindre mot, et ce mutisme semblait devoir durer un certain temps. Messire Burt, sur le chemin du retour, n'ouvrit qu'une seule fois sa mâchoire bandée, au moment de franchir le barrage que le connétable avait dressé sur la route. Gilles Le Brun apprit ainsi par Comminges que les seigneurs Pier de Voisins et Olivier de Termes n'avaient pas survécu au combat.

— Qui les a..., voulut demander le connétable, mais Burt avait du mal à parler, et il ne répondit pas, d'autant plus que lui et sa silencieuse épouse avaient déjà franchi le barrage.

Gilles Le Brun était perplexe. Le Chevalier noir était passé un peu plus tôt devant lui, sans le saluer, au retour comme à l'aller, et l'on aurait pu supposer qu'il avait rempli sa mission. Pourtant, nul ne mentionnait la mort de Roç Trencavel. Il voulut en savoir plus.

Raoul, Mas et Pons tentaient de convaincre Roç de ne pas sous-estimer la soif de vengeance du connétable, après la mort du sénéchal et d'Olivier. Si Le Brun venait à apprendre que le bourreau de Paris, envoyé par Dieu sait qui, avait été berné et avait tué le mauvais homme, on pouvait supposer que le connétable se ferait un plaisir de réparer personnellement cet outrage. Roç ne devait pas tomber entre ses mains. Yeza approuva :

— Suivez le conseil de vos nouveaux serviteurs, conseilla-t-elle à Roç. Je retrouverai bien toute seule le chemin de Quéribus !

Simon de Cadet intervint à son tour :

— Je me joins à vous, dit-il à Roç. Je vous laisse l'armure de mon ami Gers d'Alion. Puisse-t-elle vous dissimuler efficacement, puisqu'elle n'a pu le protéger.

Yeza embrassa Simon pour le remercier et Roç partit avec lui pour changer d'armure. Il se jura que ce serait la dernière fois.

Était-ce la démarche de Simon qui l'y avait incitée, ou simplement la volonté de ne pas passer le reste de ses jours en veuve retirée dans le château de son père ? En tout cas, Mafalda fit un pas en avant, courba le genou devant Yeza et annonça :

— Vous penserez peut-être que je ne ferai pas une bien bonne suivante, mais je vous promets de vous servir fidèlement et de...

Elle n'alla pas plus loin : un nouvel accès de larmes l'empêcha de parler. Yeza vit bien quelques objections, mais elle les écarta, releva la jeune femme agenouillée, l'embrassa et répondit :

— Restez auprès de moi tant qu'il vous plaira.

On décida que Yeza et sa cour ne partiraient qu'au moment où Roç et les siens auraient déjà franchi le barrage mis en place par le connétable. On pria Philippe de transmettre cette information.

Messire Gaston de Lautrec et son épouse Esterel prirent congé. Eux aussi proposèrent de faire sortir Roç de la nasse en le dissimulant au sein de leur escorte. Mais son fils adoptif Mas de Morency s'excusa auprès de sa marâtre adulée :

— Nous, les nouveaux écuyers du Trencavel, expliqua-t-il avec fierté, nous mènerons notre seigneur Roç en sûreté à travers tous les obstacles.

— Nous sommes assez nombreux pour cela ! confirma Pons, et Potkaxl lança un regard admiratif à son chevalier.

Messire de Lautrec s'éloigna donc de Montségur. Gilles Le Brun se précipita vers lui lorsqu'il le vit arriver avec ses hommes.

— Dites-moi, noble sire Gaston, quelle main a envoyé mon stupide et vieux sénéchal à la mort ?

— Pier de Voisins a choisi seul son destin, et a

voulu mourir par l'épée. La main qui a exaucé ce
vœu était celle de Wolf de Foix. Il n'aurait pu choisir
adversaire plus chevaleresque! ajouta Gaston avec
force en voyant le visage du connétable se tordre de
haine.

— Le faidit! Il me le paiera!

Mais il réprima son accès de haine en constatant
que l'autre le toisait d'un air méprisant et éperonnait
déjà son cheval.

— Et Olivier? s'exclama-t-il, hors de lui. Qui donc
l'a tué?

Gaston brida son cheval une fois de plus.

— Wolf de Foix est un homme d'honneur, vous
n'en trouverez pas deux comme lui à Paris. L'assassin de messire de Termes était votre Chevalier noir!

Et sur ces mots, il s'en alla définitivement.

Les trois vieux amis, Xacbert de Barbera, Wolf de
Foix et le comte Jourdain de Levis repassèrent par la
gorge sinueuse qui permettait d'aller et de venir sans
obstacle le long du Pog.

Le comte leur avait recommandé une extrême prudence : ils n'étaient plus que trois. Lui-même avait
laissé son escorte à Yeza. Lorsque la dame aurait
atteint Quéribus sans encombre, ses hommes
devaient le rejoindre à Mirepoix, où il avait invité ses
amis. Ils quittèrent la forêt qui les protégeait des
regards et, l'épée à la main, entrèrent dans la ravine
où mugissait le torrent.

Lorsque les jeunes, c'est-à-dire Raoul de Belgrave,
Mas de Morency, Pons de Levis, Simon de Cadet et
Roç, portant l'armure de Gers d'Alion, avancèrent
vers la barrière dressée par le connétable, brides
croisées, visières baissées et armes au poing, ils
constatèrent avec étonnement que presque aucun
soldat français ne se trouvait plus là pour leur barrer
la route. Ils ne ralentirent pas : aucun d'entre eux
n'avait envie de discuter avec Gilles Le Brun, qui se
campa sur le chemin.

— Voilà la honte de la France! lui cria Raoul en riant. Il avait sans doute ôté les mots de la bouche du connétable, qui le regarda d'un air stupide. Ses yeux glissèrent sur les boucliers et les ornementations des heaumes des cinq chevaliers, il énuméra leurs noms à voix basse, l'homme qu'il cherchait n'était pas parmi eux.

— Où est le Trencavel? hurla-t-il dans leur dos.

Pons, le dernier, se retourna et cria :

— Vous ne l'avez pas vu? Il était dans l'escorte de messire de Lautrec!

Puis la bande s'éloigna au galop. Mais une fois franchi le premier virage, Raoul, leur meneur, leva la main, et ils se rassemblèrent autour de lui.

— Vous avez vu, le connétable était presque seul.

— Il n'y avait que ses gardes du corps, cachés derrière les arbres, confirma Mas.

— Il a renvoyé ses soldats! intervint Roç. Il pensait que je repartirais seul, c'est sans doute la raison pour laquelle ils se sentaient suffisamment nombreux...

— Par conséquent, conclut Simon de Cadet, il a dressé un piège quelque part. Mais qui veut-il y prendre?

— Les deux hommes qu'il veut voir morts ou enchaînés, Roç mis à part, s'exclama Raoul : Xacbert et Foix!

— Car vous, messire, fit Mas de Morency en s'adressant à Roç, vous dormiez lorsque votre serviteur Rinat a commis sa trahison. Il aura sans doute aussi révélé au connétable quel chemin...

— La ravine! s'exclama Roç.

Ils firent entrer leurs chevaux dans la forêt et coururent vers le Pog à bride abattue.

Lorsque Philippe, hors d'haleine, vint annoncer à Yeza que Roç avait franchi le barrage sans difficulté, elle donna le signal du départ. Les artisans commencèrent à démonter la tribune. Le peuple s'était dispersé depuis longtemps. Ils étaient les derniers. Elle avait auprès d'elle l'escorte du comte Jourdain. On lui avait aussi confié la garde des trois cercueils. Ils étaient posés sur les chariots qui devaient rapporter à Mirepoix la tente, les coussins, les lances et les provisions. Le cortège s'approcha lentement du point où messire Gilles attendait toujours que Roç lui tombe entre les mains, persuadé que Pons de Levis lui avait menti. Il aurait aimé voir la tête du Trencavel sur une pique. Cela aurait provoqué un cri d'indignation dans tout l'Occident, mais ce meurtre aurait mis un terme à cette fantasmagorie des enfants du Graal et du couple royal — et bientôt, personne ne serait plus venu les réclamer à cor et à cri. Tant qu'il serait en vie, ce faux Trencavel ne serait qu'une source d'ennuis ! Gilles Le Brun ne voulait pas revenir à Paris sans avoir accompli sa besogne, à l'instar de ce Breton.

« Cette espèce de raté ! » marmonnait justement le connétable lorsqu'il aperçut à la tête du cortège qui approchait le bouclier et la cuirasse que lui avait décrits son homme de confiance, ainsi que son ornement, une épée mauresque, un cimeterre dressé pour frapper. Le chevalier avait baissé sa visière. Gilles fit un signe à ses hommes. Ils attendirent jusqu'à ce que le cheval et le cavalier se trouvent juste en dessous d'eux. Puis ils surgirent des bosquets et attrapèrent la monture du chevalier avant qu'il n'ait pu tirer son épée. Le connétable en resta coi : l'homme ne tenait pas d'épée, mais une trompette, et un luth était accroché à son épaule. « Il est donc aussi ménestrel ! » songea Gilles avec mépris.

— Que voulez-vous ? cria Yeza au connétable en ordonnant à ses hommes de décharger les cercueils d'Olivier et du sénéchal. Gilles s'en approcha avec un certain malaise.

— Qui est le troisième ? s'enquit-il.

— Gers d'Alion a été tué au combat par le noble Pier de Voisins.

— Gers d'Alion ? (Le connétable repassa en revue dans son esprit les chevaliers qui venaient de fran-

chir son barrage.) Et qui est celui-là? demanda-t-il
en désignant du doigt l'homme qui avançait en tête
du convoi.

— Mon bouffon, Jordi, répondit Yeza en riant. Il a
passé l'armure de son seigneur, ce qu'il n'a pas le
droit de faire en temps normal, lorsque son maître...

Jordi avait relevé sa visière et adressait un sourire
malin à Gilles Le Brun.

— Voulez-vous que je vous joue un air sur mon
luth, noble seigneur? Mais je peux aussi vous en
souffler un...

Il emboucha la trompette, mais les gardes du
connétable arrêtèrent l'insolent.

— Et où est-il, ce seigneur, votre Trencavel?

— Il est certainement passé devant vous, dit Yeza
comme si elle commençait à en douter. Ne l'avez-
vous donc pas salué? Il espérait ardemment pouvoir
faire votre connaissance lors du tournoi. Qui sait ce
qui vous serait alors arrivé? (Elle laissa glisser son
regard vers les deux cercueils.) Pour ces deux
hommes, faites donc dire une messe au nom du
couple royal. Je vous enverrai l'argent!

— Ce n'est pas nécessaire, répondit Gilles Le
Brun, confus.

Le convoi se remit en marche, laissant le connétable seul avec les deux cercueils. Il observa le troisième avec colère. Qu'il soit vide ou non, cette dame
arrogante aurait dû me témoigner plus de respect.
De toute façon, il le remplirait sous peu. Et ce ne
serait pas le seul.

Le comte Jourdain, Xacbert de Barbera et le
comte de Foix menaient prudemment leurs chevaux
sur les pierres trempées. L'eau du Lasset descendait
en cascade autour d'eux dans la ravine sombre et
profonde. Ils atteindraient rapidement la sortie, et
pourraient alors remonter en selle. Un cavalier à
pied n'en vaut plus qu'un demi, songeait le comte,
qui n'avait rien à craindre pour lui-même mais se
faisait du souci pour ses amis. La lumière du soir
scintillait déjà à travers les arbres de la forêt, devant

eux. Ils dessinaient de longues ombres noires devant le ciel incandescent. Pendant un instant, les hommes s'arrêtèrent en silence en observant ce spectacle. Après le tonnerre, le gargouillement et le mugissement du torrent coincé entre les roches, ils ressentirent comme une libération le calme de cette forêt obscure. La flèche qui venait de se planter dans le cou de Foix n'avait pas fait de bruit, elle non plus, juste un léger gazouillement dans l'air et un coup sourd. Ensuite, les projectiles s'abattirent sur eux de tous les côtés, entre les arbres, depuis le haut des rochers. Ils se jetèrent aussitôt au sol en entraînant leurs chevaux, dont le corps fut cependant bientôt tellement hérissé de flèches qu'il ne put que leur servir de protection. Les animaux hennissaient de douleur; l'ennemi invisible, lui, ne faisait pas le moindre bruit. Quant aux trois chevaliers, ils chuchotaient à peine.

— Faites les morts lorsqu'ils arriveront! demanda le comte.

— Inutile, répondit Foix dans un râle, la flèche plantée dans une artère. Je serai bel et bien mort d'ici là.

— Stupide! marmonna Xacbert en appuyant sur la blessure des lambeaux de sa chemise. Il savait bien, pourtant, que son ami allait mourir. Cette attaque de félons s'acheva aussi vite qu'elle avait commencé. Et le silence s'installa de nouveau. Si les arbres, tout autour d'eux, et les corps tremblants des chevaux, n'avaient pas été couverts de flèches, on aurait pu prendre tout cela pour un mauvais rêve. C'est alors qu'ils virent les silhouettes noires qui s'approchaient de toutes parts, comme une meute de chiens encercle le cerf agonisant.

— Maintenant! gémit Wolf de Foix en tentant d'empoigner le pommeau de son épée. Mais elle lui tomba des mains. On entendit alors le pas de chevaux lancés au galop dans la forêt, et le choc des lames de fer, suivi de gémissements et de jurons.

Roç, Raoul, Mas, Pons et Simon exterminaient les archers du connétable. Ils brisaient les nuques, perforaient les cœurs, fendaient le crâne de ceux qui avaient perdu leur casque. « Pas plus d'un coup pour chaque homme ! leur avait ordonné Roç. Et qu'aucun n'en réchappe ! »

Ce spectacle avait remis Xacbert et Jourdain sur leurs jambes ; ils s'occupèrent des archers qui voulaient se sauver par la ravine. Rinat Le Pulcin leur tomba entre les mains. Il tenta de passer entre les jambes de Xacbert et le rivage à pic, mais Xacbert le reconnut à temps. Il le frappa par-derrière, aux chevilles. Rinat trébucha et tomba à genoux. Roç se précipita vers eux.

— Celui-là, je le veux vivant ! cria-t-il en taillant en pièces les autres soldats à sa portée. Mais Xacbert de Barbera refusa de l'écouter. Il se jeta, l'épée levée, sur la pente glissante.

— Voilà pour Wolf de Foix ! hurla-t-il, fou de rage et de douleur, en laissant sa lame s'abattre afin de décapiter le peintre. Mais Rinat utilisa ses dernières forces pour sauter sur le côté, dans le tourbillon du torrent. Le fer lui entailla l'épaule et lui sectionna le bras avant de heurter le sol rocheux. Le cri de Rinat se mêla au grincement de la lame sur la roche. Le peintre avait disparu tête la première dans l'eau sombre du Lasset. Sa main si fine, avec laquelle il maniait si bien le pinceau, resta accrochée aux rochers. Roç et Xacbert regardèrent les flots. Le traître ne reparut pas. Xacbert donna un coup de pied à la main de l'artiste, l'envoyant rejoindre son propriétaire. Lorsqu'ils furent certains que nul ne s'était échappé (ils avaient abattu les derniers survivants entre les arbres), Mas et Pons refirent encore une fois le parcours et donnèrent le coup de grâce à chacun des blessés, en décomptant les morts.

— Cinquante ! s'exclama Pons à l'attention de son père, mais celui-ci murmura, d'une voix atone :

— Que pèsent-ils face à cet unique ami !

Wolf de Foix fut enterré sous le Lasset. Ils barrèrent un bras de la rivière, creusèrent une fosse avec leurs épées, l'y couchèrent et ensevelirent le corps sous de lourdes pierres. Puis ils levèrent le barrage, et l'eau retrouva son lit.

— Nous aurions pu le ramener à Foix, dit le comte, et l'y enterrer en secret.

Le vieux Jourdain se racla la gorge.

— Notre Wolf était un faidit. Sa terre est celle-ci.

— Et il continuera ainsi à vivre pour tous ceux qui tiennent à la liberté de l'Occitanie.

Roç avait les larmes aux yeux.

— Prions pour son âme, dit Simon, et ils s'agenouillèrent, tandis que la nuit tombait sur la forêt.

Ils se séparèrent dans la pénombre, après que les jeunes eurent accompagné le comte et Xacbert jusqu'au château du plus proche vassal de Levis. On leur ordonna aussi d'assurer la sécurité de Roç jusqu'à Quéribus.

— Comment cela? demanda Mas. Nous restons définitivement auprès de Roç Trencavel, à présent, non?

— Certainement, répondit Raoul. Mais as-tu oublié que nous sommes seulement en permission? Taxiarchos a notre promesse : après le tournoi, nous devons chevaucher vers Rhedae pour nous placer sous les ordres de Gavin Montbard de Béthune. Je compte bien tenir ma parole.

Mas baissa la tête, d'autant plus que Pons hochait la sienne pour approuver Raoul.

Simon de Cadet s'exprima à son tour :

— Emmenez-moi auprès du précepteur, je veux être admis dans l'Ordre.

Mais Mas n'en démordait pas.

— Nous sommes déjà au service de messire Roç Trencavel. Je ne veux pas servir deux maîtres.

C'est Roç qui dissipa ce cas de conscience :

— Allez à Rhedae, dit-il, et demandez à messire Gavin de vous libérer. Décidez ensuite ce que vous voulez vraiment. Je vous prendrai volontiers, tous les quatre, à mon service !

Ces mots les convainquirent. Ils reprirent leur chemin, songeant aux morts et à leur propre vie, si jeune et tellement incertaine.

VI

QUE DIAUS VOS BENSIGNA!

Une intervention chirurgicale

Le visiteur ne découvrait la basilique Sainte-Madeleine de Rhedae qu'après avoir franchi son unique accès. Une fois à l'intérieur, il était saisi par l'étonnement, l'incrédulité, parfois même par une profonde hébétude. L'étroite porte demeurait donc le plus souvent fermée. Vue de l'extérieur, cette étrange église paraissait noyée dans les fortifications. La couronne de créneaux de la citadelle incluait le toit à coupole, comme s'il s'agissait d'un simple contrefort avancé. Mais Sainte-Madeleine n'avait rien d'un bastion extérieur et accessoire. Elle constituait au contraire le cœur du château des Templiers dirigé par Gavin Montbard de Béthune. Le royaume du précepteur se situait presque exclusivement sous terre, et les gens ne parlaient jamais de cette basilique mystérieuse qu'en l'appelant « la porte de l'enfer ».

L'ambassadeur en mission spéciale, le *medicus* et conjuré Jean de Procida, fut d'autant plus étonné d'être reçu sur le toit de l'église par messire Montbard de Béthune, qui fuyait de plus en plus, ces derniers temps, la lumière du jour.

Si le précepteur livide s'était ainsi exposé au soleil dans son clams noir, c'est qu'une troupe de cavaliers s'était installée sur le parvis. On était la veille du *pal-*

marum, et ils répétaient la procession annuelle. La clarté des mâchicoulis badigeonnés de blanc avait beau lui faire mal aux yeux, Gavin regardait avec fierté sa troupe, ces Templiers et ces sergents qui s'étaient disposés sous leur bannière de guerre. Il leva l'abaque, son bâton de commandement, et cria d'une voix émue : « *Beauséant !* »

Ils brandirent tous leurs lances et leurs épées et répondirent d'une seule voix : « *Alla riscossa !* »

Gavin s'inclina devant le drapeau, et la troupe se replia en bon ordre.

— Très impressionnant ! lâcha Jean de Procida. Et très élitaire ! (Il arrêta là ses compliments.) Mais c'est trop peu pour mettre votre projet en œuvre.

Gavin lança à son invité un regard en biais, teinté de moquerie.

— Il m'est difficile d'étaler devant vous les montagnes d'armes neuves et les caisses pleines d'or qui serviront à payer la légion de mercenaires catalans que vous m'avez promis, mais vous avez ma parole que tout est prêt.

Jean de Procida était un caméléon. Il pouvait se donner l'allure d'un général, se faire passer pour un diplomate habile, et revenir l'instant d'après dans le rôle du médecin secourable et compatissant.

— Et pourtant il vous manque quelque chose, dit-il à voix basse, en s'efforçant de ne pas blesser le prince templier, réputé pour ses colères. Pour un bouleversement tel que vous l'envisagez, il vous faut aussi le soutien du peuple.

Jean laissa à son interlocuteur le temps d'avaler la couleuvre.

— Pour les Templiers, c'est-à-dire pour un État dirigé par votre Ordre en Occitanie, les gens ne descendront pas dans les rues, et monteront encore moins sur les barricades. Or vous avez besoin d'eux, pour faire plier la France et pour l'empêcher de revenir dans le Languedoc avec, cette fois, une armée gigantesque.

— Lorsque nous tiendrons tous les châteaux,

lorsque nous en aurons chassé les garnisons, répondit vivement le précepteur, et lorsque l'aide de l'Aragon nous aura...

— Je vois que vous ne m'avez pas compris. La population se moque de savoir qui la pressure pour lui soutirer les impôts, et, dans ce domaine-là, la réputation de l'Ordre...

— Nous leur laisserons en revanche une liberté que Paris leur a ôtée : celle de leur propre culture !

— Même s'ils vous croyaient sur ce point, ce serait une bien vague promesse. Les gens veulent du concret, s'ils doivent mettre leur vie dans la balance et se jeter contre les pointes de fer françaises. Ce qui vous manque, c'est un chef charismatique, une figure que le peuple suivra, aveugle et pourtant enthousiaste, prêt à n'importe quel sacrifice !

Un éclair traversa les yeux durs de Gavin, mais il sourit ensuite amèrement.

— Eh bien, dites donc tout de suite que vous n'êtes pas seulement un agent de l'Aragon et des Hohenstaufen, mais que vous représentez aussi les intérêts de Roç et de Yeza, le couple royal !

— Avez-vous une meilleure proposition ? rétorqua Jean. Je plaide pour les enfants du Graal parce qu'ils servent notre cause commune. Et nous tenons nous aussi à ce qu'elle triomphe.

— Mais je suis seul à en supporter les coûts et le risque !

— Pas tout à fait ! Si votre entreprise devait ne pas réussir, l'Aragon se serait beaucoup éloigné des terres où il est à l'abri, les problèmes avec la France ne manqueraient pas, et il en ferait les frais. N'oubliez pas que nous sommes en train de mener des négociations qui concernent précisément nos prétentions sur Carcassonne et sur leur contrepartie.

— Je joue ma peau, vous votre réputation ! répondit Gavin, indigné. Mais soit, je suis disposé à demander à Roç et Yeza s'ils désirent se placer à la tête de l'insurrection.

— Cela mettrait aussi de votre côté les cathares,

qui n'ont pour le reste aucune raison de faire confiance aux Templiers en matière de liberté religieuse. Ils ne prendront certes pas les armes, mais ils pourraient former un humus de bienveillance où s'enracinerait votre action.

— Les Templiers, amis des hérétiques? se moqua le précepteur. Dans ce cas, les Capet ne seraient pas les seuls à nous accuser d'insurrection. Le pape lancerait tout l'Occident contre nous!

— C'est votre problème, Gavin Montbard de Béthune, répliqua froidement le négociateur. Vous devez vous décider. Vous ne pouvez que tout miser sur une seule carte, et il vous faut le faire vite. Comme je vous l'ai dit, le roi Louis a proposé au roi Jacques d'Aragon un accord bienveillant. Une fois qu'il sera signé, vous ne pourrez plus rien attendre de l'autre côté des Pyrénées.

Le précepteur hésitait. Il n'aimait pas l'idée qu'il était désormais lui aussi pressé par le temps.

— Et pourquoi donc, Jean de Procida, si vous pouvez parler au nom de l'Aragon, pourquoi nous encouragez-vous à franchir ce pas lourd de conséquences si vous pouvez aussi facilement obtenir la paix?

— Parce qu'une république occitane indépendante dirigée par le Temple serait une épine dans le pied de la France, qui gênerait beaucoup son expansion, ses ambitions en Méditerranée. C'est aussi ce que pense le roi Manfred de Sicile.

— Vous dites la France, mais vous pensez à un homme: Charles d'Anjou!

— C'est vous qui l'avez dit, Gavin. (Jean redevint plus aimable.) Maintenant, dites-moi aussi ce qui vous anime, vous, le précepteur Montbard de Béthune. Car je ne me trompe certainement pas beaucoup en affirmant que l'Ordre a émis les plus grandes objections sur vos projets?

— Mais justement! s'écria Gavin avec un rire courroucé. Il existe de petits esprits et des poltrons, des conservateurs qui n'ont toujours pas dételé et n'ont d'autre rêve que de libérer le Saint Sépulcre. Et puis il y a des libres esprits, des marchands, des usuriers qui n'ont qu'une seule idée en tête, multiplier leur fortune. À tous ceux-là, je veux opposer un exemple, un véritable État de Dieu, non pas au ciel, mais sur la terre ! Non pas dans les déserts rocheux et perdus de la *Terra sancta*, mais ici, sur cette terre du Graal, féconde et aimée de Dieu. C'est ici que la semence de la lignée de David doit lever et parvenir au pouvoir...

On lui coupa la parole : un garde du Temple s'approcha de Jean.

— Pardonnez-moi ce dérangement, mais on demande le *chirurgus*. Un cas d'une extrême urgence !

Il montra un sceau taché de sang, que le précepteur reconnut lui aussi immédiatement. C'était le signe de reconnaissance secret du Prieuré de Sion. Le médecin hocha la tête.

— Réfléchissez-y bien, Gavin, dit-il en prenant congé, et en posant sa main sur l'épaule du précepteur, et lorsque vous vous déciderez, n'hésitez pas et ne faites pas les choses à moitié.

Il avait chuchoté la dernière phrase. Le garde les avait de toute façon précédés et les attendait à bonne distance sur le palicr de l'escalier.

Le Templier le plus haut gradé de Rhedae quitta après un dernier regard presque nostalgique l'univers des mâchicoulis. La silhouette solitaire vêtue du clams noir à la croix griffue rouge était longtemps restée en haut sans observer vraiment les collines et les vallons. Gavin les avait comme transpercés des yeux, avait piqué dans les sombres forêts, les avait survolées, avait franchi les hauts sommets dentelés des Pyrénées, rejoint le lointain Océan, et avait poursuivi sa course imaginaire. Là-bas se trouvaient des royaumes qu'il n'avait jamais vus et ne connaîtrait jamais. Mais il rêvait de les assujettir à l'ordre des Templiers. Une profonde tristesse voila tout d'un coup le regard de cet homme au crâne anguleux et grisonnant. Puis la colère s'empara de lui.

— Ce ne sont que des ingrats ! songeait-il en descendant l'escalier en colimaçon. Personne ne voulait
le comprendre, et il ne pouvait s'attendre à aucune
espèce de reconnaissance. Il redescendit avec plaisir
dans la pénombre et le silence de l'église, de son
église, avec tout ce qu'il y avait créé. Les travaux du
Golgotha étaient presque achevés. Le Christ était
déjà attaché sur sa croix, entouré par les femmes. Il
avait fait ajouter les trois Marie, la *Mater dolorosa*, la
sœur de Lazare et Marie-Madeleine, sa préférée. On
avait aussi disposé Joseph d'Arimathia et quelques-
uns des disciples, ainsi que quelques soldats et bourreaux romains, pour faire bonne mesure. Les deux
larrons étaient encore couchés au sol, près de leurs
croix. Leurs corps n'étaient pas encore tout à fait
achevés, des marteaux, des gouges et des ciseaux
jonchaient le sol autour d'eux. Les cordes qui
devaient lever la croix pendaient déjà du plafond.
Satisfait, Gavin se dirigea vers la porte basse,
l'unique accès depuis l'extérieur. Il vérifia son ver-
rouillage, caressa en passant le diable caché derrière
elle, dans la niche (pendant un instant, il fut tenté de
l'embrasser sur le front, entre ses courtes cornes,
mais il s'en abstint), et se rendit d'un pas énergique
devant le menhir qui barrait l'accès au « fossé » donnant sur la basilique. Il activa le mécanisme, la
pierre lourde de plusieurs tonnes s'ouvrit juste assez
pour laisser passer la mince silhouette du précepteur. Et pendant que les blocs de roche se refer-
maient derrière lui, il jeta un bref regard dans la
colonne du puits, autour de laquelle l'escalier tournait vers le bas, dans la citerne vide. Il entendait le
bruissement du torrent que l'on avait dévié vers les
profondeurs de l'édifice : son eau le rendait indépendant, lui et son château, des chutes de pluie et des
caprices de la source. Un seul geste, et l'eau entrait
en mugissant dans la chambre souterraine, qu'elle
remplissait en quelques minutes. C'était l'une des
précautions qu'il avait prises en cas de siège. Personne ne pourrait barrer la route de ce précieux

liquide qui arrivait ici de loin, empruntant plusieurs galeries creusées dans la roche et dont nul étranger ne pouvait voir les entrées. Une fois remplie à ras bord, la citerne fermait en outre l'accès à son donjon souterrain, le « Takt », qu'il s'était bâti comme ultime refuge. De là, il pourrait encore gouverner même si l'ennemi s'emparait de son château, une hypothèse de toute façon très improbable. Gavin avait pris ses précautions.

Une patrouille de Templiers, forte de deux hommes, accompagna le médecin Jean de Procida vers une cabane de charbonnier isolée dans la forêt, qu'ils atteignirent au bout d'une heure de marche rapide.

— Merci d'être venu !

Mauri En Raimon, l'homme à la barbe blanche, le reçut devant l'entrée, recouverte d'une peau de bête.

— Je lui ai administré une décoction de plantain séché, dit-il à voix basse, et j'ai badigeonné la blessure avec une pâte composée de calamine frottée et d'alchémille finement hachée.

Le vieux Mauri nota avec satisfaction que le fameux chirurgien approuvait ses mesures de premiers secours.

— Mais cela n'a pas bonne allure, ajouta-t-il. Le bras est resté trop longtemps dans l'eau.

— Laissez-moi voir la blessure, l'interrompit Jean, et le parfait leva le rideau.

Sur un sac rempli d'herbes sèches, Rinat Le Pulcin, allongé, gémissait dans son sommeil fébrile. Jean s'approcha, demanda à Mauri de lever le moignon de bras et ôta précautionneusement les bandages imbibés de sang et de pus. Le bras avait été sectionné une main avant le coude.

— Un coup bien net ! marmonna le médecin. Seule votre pâte a permis à cet homme de résister à la gangrène.

— J'ai trouvé de l'huile d'olive et je l'ai fait bouillir, indiqua Mauri avec une certaine fierté, en désignant le chaudron, sur le feu.

— Nous allons en avoir besoin, répondit le médecin en ramenant le blessé à la conscience par quelques petites gifles. Rinat ouvrit les yeux, anxieux, et regarda fixement l'étranger, qui sortait à présent d'une sorte de mouchoir un scalpel étincelant.

— La douleur que je vais vous causer, brave homme, dit le médecin en plongeant l'acier affûté dans la braise, va largement dépasser celle du coup d'épée. Vous avez le droit de crier, mais pas de sursauter.

Mauri passa un morceau de bois sous le bras, le noua et le serra des deux mains.

— Il vaudrait mieux que vous vous asseyiez sur l'autre bras, conseilla Jean à Mauri en voyant Rinat retourner brusquement le buste au premier contact de la lame. Ainsi contraint à l'immobilité, le peintre se mit à pousser des gémissements effroyables lorsque le fer plongea dans sa chair avec un sifflement.

— Je dois enlever tout ce qui est déjà corrompu, expliqua Jean. Je veux aussi écarter de quelques doigts le cubitus et le radius, cela vous donnera la possibilité d'installer une main artificielle qui sera en mesure d'au moins tenir une cuiller.

Il tira une alène et noua une fine corde de boyau.

— Vous êtes fou ! cria Rinat. Je meurs !

D'un geste rapide, Jean fit glisser la lame presque jusqu'à l'articulation. Puis il referma les morceaux de peau et cousit en quelques points rapides chacun des deux moignons ensanglantés.

— Le chaudron, à présent, ordonna-t-il à Mauri en maintenant lui-même le bras. Mais Rinat ne bougeait plus. Il avait fort heureusement perdu connaissance.

— Il va revenir à lui tout de suite ! annonça Jean avec un sourire sarcastique, en plongeant un bref instant le moignon dans l'huile bouillante.

Avec un cri bestial, qui se transforma rapidement

en une plainte, Rinat tenta de se cabrer. Mais Mauri le tenait fermement.

— Ce sera tout! dit le médecin pour consoler son patient. Il étala une quantité abondante de pâte sur la blessure pendant que le parfait installait le bandage.

— Pourrai-je un jour manier de nouveau le pinceau? demanda dans un souffle Rinat, trempé de sueur.

— Certainement, avec la main droite! répondit Jean. Que s'cst-il passé?

— J'ai été victime des brigands, murmura le peintre, ils m'ont cru mort et m'ont jeté dans une rivière.

— Je l'ai trouvé sur le rivage, il s'était échoué dans un buisson. Mais une journée s'était sans doute déjà écoulée, ajouta Mauri En Raimon.

— Soyez heureux qu'ici, les eaux dc montagnes soient aussi froides et propres, dit Jean en remballant ses ustensiles. Vous devez avoir un cœur d'ours, pour avoir survécu sans vous vider de votre sang, vous noyer ou geler. La douleur du coup aurait suffi à tuer n'importe qui d'autre!

— Je ne sais comment vous remercier, noble sire. (Rinat se força à sourire.) Maintenant que j'ai fait votre connaissance, aucune torture ne pourra plus me faire peur!

Jean éclata de rire et sortit. Il ordonna aux deux Templiers qui l'avaient attendu devant la cabane de rester jusqu'à ce que le blessé soit transportable. Ensuite, ils l'emmèneraient à Rhedae et l'y soigneraient.

— Saluez le précepteur de ma part, ajouta-t-il encore. Il sait où me trouver.

Jean de Procida monta sur son cheval, mais Mauri En Raimon l'arrêta.

— *Diaus vos bensigna!* Je ne veux pas retenir lcs Templiers. Et puis ici, je ne peux leur offrir ni le gîte ni le couvert. Je soignerai ce malheureux. Qu'ils reviennent dans une semaine, avec un cheval.

— Vous êtes un véritable *magus medicus,* fit le médecin en riant, et un de la bonne espèce. Vous pourriez peut-être m'apprendre bien des choses! Adieu!

Il s'en alla à cheval, suivi par les deux Templiers, heureux de ne pas devoir passer les jours et les nuits à venir dans la forêt.

LE MARIN QUE RIEN N'ÉGARE

Taxiarchos était un personnage peu commun, dans son rôle de capitaine d'un voilier des Templiers. C'est le hasard qui avait fait de ce rat de terre un voyageur au long cours. Ni son origine ni sa formation n'avait préparé à sa vocation le « Pénicrate », comme on l'appelait dans sa patrie byzantine. Un navire pirate tombé entre ses mains, de manière un peu fortuite, avait lancé la deuxième carrière de cet homme, jadis roi des mendiants de Constantinople. L'orgueilleux précepteur de Rhedae avait confié à Taxiarchos une mission qui le dépassait mais qui avait suscité son enthousiasme. Le Byzantin n'avait pas perdu son sens des affaires pour autant. Il avait grand respect pour les espèces sonnantes et trébuchantes, notamment lorsqu'elles se trouvaient dans sa bourse. L'accumulation de trésors n'était pas seulement pour lui un attrait, mais la condition de toute activité.

C'est à ce point que commençait le malentendu avec Gavin, son mécène. Celui-ci l'avait déjà envoyé à deux reprises sur l'Océan et lui devait toujours la part de butin qu'il revendiquait au nom des habitudes. Le précepteur considérait, à tort, que tous ceux qui l'entouraient devaient mettre en jeu toute leur vie et toutes leurs forces, comme il le faisait lui-même, pour l'honneur de Dieu ou pour l'avènement de son État des Templiers, sans avoir aucun souci d'enrichissement. L'abnégation de Gavin se limitait cependant à la détention personnelle des biens terrestres. Il ne dédaignait pas, en revanche, le plaisir qu'apportait l'exercice du pouvoir. Taxiarchos se sentit donc floué lorsqu'on lui demanda de servir cet objectif éminent moyennant une faible solde et de la nourriture. Il n'était pas un Templier, il n'avait fait vœu ni de chasteté, ni de pauvreté, ni même d'obéissance absolue. C'était un corsaire.

Telles étaient les réflexions qui traversaient l'esprit du capitaine lorsqu'il décida de présenter ses récriminations à son commanditaire. Le seul problème était qu'une chaleureuse amitié le liait au précepteur. C'était d'ailleurs le cas pour toutes les personnes qui, autour de lui, sortaient de l'ordinaire : le prêtre Gosset, ou encore Abdal le Hafside, tous ceux qui ne connaissaient pas les liens du système féodal et ne se soumettaient pas aux hiérarchies poussiéreuses de l'Église. Des hommes avec lesquels on pouvait transformer le monde et en conquérir de nouveaux. Cette estime était d'ailleurs réciproque.

Le précepteur l'attendait dans le « Takt », son centre de commandement souterrain, auquel Taxiarchos avait libre accès. Le précepteur avait bien l'intention de couper l'herbe sous les pieds de son capitaine, et avait préparé quelques reproches pour répondre à ses revendications.

— Moi, Taxiarchos, votre amiral de la flotte transatlantique, je vous suis bien plus précieux que les deux ou trois mille archers dont vous prélevez la solde sur votre caisse de guerre, celle-là même que je remplis abondamment. Vous ne pouvez pas me mettre sur le même plan que votre or !

Taxiarchos avait arrosé de vin sa mauvaise humeur. Le Templier lui coupa la parole.

— Je me félicite de cette attitude !

— Ne me félicitez pas, répliqua l'autre, mais placez mieux votre argent !

Gavin avait forcé son visiteur à s'asseoir. Il lui fit aussitôt apporter une nouvelle coupe remplie. Il ne tenait pas du tout à ce que le marin retrouve ses esprits.

— Bien, dit le précepteur, votre voyage auprès des

Toltèques vous semble être un succès complet parce que vous m'avez rapporté toutes sortes d'ustensiles artistiques et exotiques. Mais le calice noir que je vous avais envoyé chercher n'y était pas !

— En revanche, il y avait une bonne quantité de cette poussière blanche que vous vous mettez dans le nez ! répondit Taxiarchos en riant. Quant aux statuettes de dieux en or, aux couteaux de sacrifices et aux coupes pour les cœurs qui saignent, vous les avez fait fondre avec plaisir et transformé en pièces, mais moi...

— J'ai armé pour vous, à grands frais, deux traversées successives, l'interrompit Gavin. Et qu'est-ce que cela m'a rapporté ? (Il ne laissa pas au Pénicrate le temps de répondre.) Des contes des cent nuits polaires, passées sous des yourtes de glace avec des femmes offertes par leurs maris, qui ne se lavent pas mais se roulent dans la graisse de baleine, des histoires de chevaux et de vaches barbues qui vivent sous l'eau mais ne donnent pas de lait, tous plus grands que le navire que je vous avais confié afin de...

— Ne me rendez pas responsable des ouragans hivernaux, se défendit le capitaine. C'est eux qui nous ont éloignés du royaume de Thulé vers la glace éternelle et nous ont fait tellement tournoyer que nous ne pouvions plus distinguer le jour de la nuit. La boussole était devenue folle ; j'avais perdu toute orientation, et, aujourd'hui encore, je suis bienheureux d'être rentré avec votre navire...

— Et les mains vides ! s'exclama le précepteur. Et une fois encore sans le calice qui, à Thulé...

— Aucune âme humaine, aucun Viking, pas même les Mongols de la neige, au Groenland, ne peuvent nous dire où se trouve ce Thulé, pour autant qu'il existe. Peut-être n'est-ce qu'un mirage dans le blanc désert des glaces, tout comme votre calice noir ?

Taxiarchos vida sa coupe d'un trait, sans remarquer la veine de colère qui enflait sur le front de son interlocuteur.

— Si je comprends bien, répondit le précepteur avec une douceur menaçante, vous voguez à mes frais sur les sept mers, et vous ne croyez même pas en votre mission ? Savez-vous combien d'argent vous me devez ? Et vous avez l'audace de me demander une récompense, une part du butin ! Commencez par couvrir vos propres frais, Messire l'amiral !

Taxiarchos s'était redressé en titubant.

— Est-ce votre dernier mot, Messire le précepteur ? Si tel est le cas... je pourrais aussi tenir cela pour une chimère, comme votre maudite coupe noire ! dit-il avec un rire sonore. S'il en est ainsi, alors je sais ce qu'il me reste à faire avec vous !

— Vous êtes ivre !

— Je suis ivre, oui, répondit Taxiarchos, mais c'est passager. Votre esprit à vous est atteint par la folie. Et cela est considéré comme incurable !

Sur ces mots, il s'éloigna de Gavin et sortit du « Takt » d'un pas lourd, tandis que le précepteur restait sur place, recroquevillé dans son siège. Taxiarchos continua son chemin sans un mot, l'air sombre. Mais le Templier le laissa partir. La perte de son ami lui faisait de la peine. Un ou deux sacs de cet or damné qu'il thésaurisait pour mettre son projet en œuvre auraient suffi à le contenter. Gavin avait-il vraiment le cerveau malade ? Si tel était le cas, il avait bien besoin d'un homme comme Taxiarchos. Il avait besoin de tous ! Gavin Montbard de Béthune voulut rappeler aussitôt le Byzantin, mais il ne parvint pas à desserrer les mâchoires.

Taxiarchos se tenait en haut, au bord de l'escalier de pierre, et écoutait en bas, dans le puits. Il percevait la voix de Jakov, qui chantait :

— Pourquoi te soucies-tu des voies de ton Seigneur ? Pose des questions sur ce qu'il t'est permis de voir ; mais pour le reste, rappelle-toi : « Ne laisse pas ta bouche plonger ta chair dans le péché ! Car tu n'as pas à poser de question sur les voies du Saint des Saints, sur les mystères supérieurs qu'il scelle et dissimule ! »

Taxiarchos était aux aguets. Avait-il entendu la voix de Gavin ? Les eaux mugissantes avaient un rapport avec de mystérieuses galeries, qui menaient quant à elles à coup sûr aux chambres au trésor souterraines des Templiers. Mais il n'avait pu en découvrir l'entrée. Elle devait se trouver quelque part entre la porte de pierre, dans l'abside de Sainte-Madeleine, entre les piliers du « Takt ». Mais où ?

Le précepteur ne montait certainement pas par la fosse du puits ; l'écoulement des citernes se faisait par des trous gros comme le poing dans la tour de l'escalier en colimaçon ; et il n'avait jamais pu inspecter le « Takt » proprement dit, parce que Gavin ne l'y avait jamais laissé seul. Ces derniers temps, il semblait même y dormir. Mais il n'avait jamais vu non plus le Templier emprunter un autre chemin pour descendre dans ses caves que celui auquel lui-même avait accès (au moins jusqu'à ce jour) et sur lequel il n'avait rien pu découvrir de suspect. Il n'y avait pas la moindre excavation sur le mur, pas la moindre fissure dans le mortier, aucun creux lorsqu'on cognait de la main ou du pied. Soit, on pouvait quitter l'église sans en utiliser le portail, mais savoir cela ne l'avançait guère. Il utilisa tout de même ce passage pour rejoindre la cerisaie.

Taxiarchos, avec l'humeur d'un enfant qui cherche un trésor, se laissa glisser par l'une des galeries creusées dans le mur et atterrit devant les sabots de chevaux attachés dans le jardin. Il les reconnut aussitôt à leurs houssés : c'étaient « ses » jeunes chevaliers qui venaient d'arriver à Rhedae et dépoussiéraient leurs vêtements avant de se présenter devant le rigoureux précepteur.

— Salut, capitaine ! s'exclama Raoul, qui fut le premier à le remarquer. Êtes-vous donc tombé du mât ?

— *Par Diaus !* Est-ce ainsi qu'on salue son capitaine ?

Taxiarchos s'efforça de dissimuler son ivresse et de paraître de bonne humeur. Les trois garçons (il ne connaissait pas le quatrième) s'exclamèrent d'une même voix :

— *Viva la suerte ! Viva la muerte ! Nuestro Señor Amiral !*

Pons de Levis choisit ce moment pour lui présenter le chevalier inconnu.

— Le noble sire Simon de Cadet, un bon ami et une fine lame !

— Il veut entrer, comme nous, dans l'ordre des Templiers, ajouta Mas de Morency. Le précepteur est-il disposé à nous recevoir ? Nous ne sommes pas venus nous traîner à genoux devant lui !

Taxiarchos profita de l'occasion.

— Ce grand seigneur n'est pas exactement de la meilleure humeur qui soit, dit-il en riant. Faites-le attendre, et commençons par nous rafraîchir avec une boisson froide. Vous êtes mes invités !

Les trois gaillards ne se le firent pas dire deux fois. Ils suivirent Taxiarchos à la file indienne ; celui-ci leur fit traverser le parvis et descendre dans les minuscules ruelles de Rhedae. Simon et Raoul formaient l'arrière-garde.

— Il aime offrir du bon vin, celui-là ? demanda Simon d'une voix sourde. L'image qu'il se faisait des Templiers vacillait au même pas que le capitaine, qui avançait devant eux. Est-ce qu'il appartenait au Temple, par hasard ?

— Taxiarchos, notre amiral, a son Ordre à lui ! fit Raoul en ricanant. Le Pénicrate exige lui aussi une obéissance absolue lorsqu'il s'agit de boire, d'aller aux putains et de piller l'ennemi ! Le mot d'ordre secret n'est pas bien compliqué : « Ne te fais pas prendre ! »

— Quelle honte ! lâcha Simon. Je ne participerai pas à cela.

— Allons, ne vous comportez pas comme une vieille fille, et tenez-nous compagnie ! répondit Raoul en riant.

— Taxiarchos est un homme admirable, c'est à sa générosité que nous devons de pouvoir être présents à Montségur. Nous lui devons bien cette coupe. Et puis d'ailleurs, les Templiers s'enivrent aussi de temps en temps!

— Eh bien soit, Belgrave, dit Simon d'une voix ferme, je ne suis pas un gâte-sauce. Mais ensuite, je vivrai rigoureusement selon les règles, je prierai et je me battrai!

Ils étaient arrivés à la taverne, où la servante se jeta aussitôt au cou de Taxiarchos.

— Quelle jolie jeune chair m'amenez-vous là avec vos vieux os? s'exclama-t-elle en les voyant.

— Un os reste dur, même lorsque vous le faites reposer et bouillir dans votre chaudron! répliqua Taxiarchos du tac au tac en lui tapant sur les fesses. Donne-nous du meilleur, et pas coupé! Ces messieurs sont des connaisseurs, et ils ont tôt fait de sortir leur épée.

Ils s'installèrent sur des bancs, autour de la table en bois grossier. La servante apporta deux cruches et des récipients en terre cuite.

— À de nouvelles aventures! s'écria le Pénicrate. (Mais il eut ensuite une expression de regret.) Cette fois, messires, je partirai sans vous vers les îles ensoleillées des Bienheureux, où m'attendent depuis un an, sous les palmes, de jeunes filles à la peau veloutée. Depuis la plage blanche, leurs fermes poitrines courent vers le navire, recouvertes de fleurs et de coquillages...

— Si plus de neuf lunes se sont écoulées, intervint Mas de Morency, moqueur, il se pourrait aussi qu'elles brandissent dans votre direction quelques bébés en langes, Papa Taxiarchos!

Tous éclatèrent de rire, le Pénicrate plus fort que les autres. Seul Simon resta muet.

— Et quand bien même? s'exclama Taxiarchos. La terre, de l'autre côté de l'océan, nourrit aussi les petites gueules. Le lait tombe des arbres dans de grosses noix, les fruits pendent jusque dans l'eau claire de la lagune, et les belles pêchent des poissons bigarrés à main nue.

— Juste des poissons ? demanda Pons. Je laisserais bien le mien sortir de mes chausses.

— Tranquillise-toi, Pons, elles prendront aussi le tien, rétorqua Raoul en feignant le sérieux. Ensuite, elles le battront contre un rocher jusqu'à ce qu'il cesse de frétiller, et le grilleront au feu de camp.

— Dites-moi, Amiral, demanda Mas en interrompant ce joyeux tableau, quand donc traverserez-vous de nouveau la mer de l'Atlas ?

Taxiarchos sourit. Il en tenait déjà un dans ses filets.

— Au solstice de juillet, au plus tard, je devrais reprendre la mer avec mon équipage.

— L'avez-vous déjà réuni ? interrogea Pons, incapable de dissimuler sa curiosité.

— Messires ! les admonesta Raoul. Qui voulezvous donc encore servir ? Nous sommes venus nous mettre aux ordres du précepteur...

— Mais lui a le pouvoir de nous renvoyer en mer ! s'exclama Pons. Et Mas ajouta, narquois :

— À supposer que le cap soit mis bien plus au sud que la dernière fois !

— Je vous mets en garde, dit Taxiarchos. Cette fois, ce sera brûlant, vous allez suer, sauf à vous promener nus comme Dieu vous a créés !

— Avez-vous déjà oublié que nous avons donné notre parole au couple royal ? rappela Raoul à ses compagnons. Mais l'envie de découvrir les îles aux palmiers sur la mer bleue s'était aussi emparée de lui.

— Mais nous ne cesserons pas pour autant de servir le chevalier Roç Trencavel et sa dame Yeza, répondit Mas.

Et Pons s'enquit, avec un certain sens pratique :

— Quand serions-nous de retour ?

— Si je dois vous prendre dans mon équipage, dit Taxiarchos, l'air concentré, il vous faudra vous décider rapidement, car pour remplir votre office, il vous faudra d'abord aller accomplir à terre certains préparatifs. Nous devons envisager les quantités gigantesques d'or et de bijoux qui nous tomberont entre les mains de l'autre côté de l'Atlantique. Je ne peux prendre avec moi que quelques hommes fiables, triés sur le volet...

— C'est exactement notre cas! s'écria Raoul en tendant la main à ses amis.

— Ce sera sans moi, dit Simon, mais nul ne l'entendit.

— La traversée durera peut-être quatre ou cinq lunes, précisa Taxiarchos en faisant mine d'hésiter.

— Peu importe! s'exclama Raoul. Topez là!

Le capitaine eut un sourire magnanime et lui tendit la main. Aussitôt, celles de Pons et de Mas s'abattirent sur elle.

— Buvons à notre accord! s'écria Pons. La tournée est pour moi, l'orgueil masculin de la maison des Levis!

La servante remplit la cruche.

— Vous voudrez bien m'excuser, dit Simon en se levant. J'ai pour habitude de tenir ma parole!

— Mais c'est bien ce que vous faites! déclara Pons, insolent. Saluez le précepteur de notre part!

— Il nous retrouvera à la Noël! ajouta Pons. Ou mieux encore, à l'Épiphanie. Nous reviendrons comme trois rois des pays lointains, les mains pleines d'or!

Raoul fut le seul à se lever et à accompagner Cadet jusqu'à la sortie de la taverne.

— Je sais que nous devrions avoir honte, reconnut-il à voix basse. Mieux vaut que vous ne nous ayez pas vus!

— C'est bien possible, répliqua Simon, quoique je sois encore persuadé, Raoul de Belgrave, que vous êtes un véritable chevalier. Je vous remercie pour votre compagnie et votre escorte.

— Nos chemins se croiseront certainement encore, Simon de Cadet. *Beauséant alla riscossa!*

Le jeune homme sérieux répondit d'un sourire et se dirigea vers le château.

Dernier bain à Quéribus

— Quelle que soit la gloire que vous a apportée la victoire au tournoi, mon chevalier, sermonnait Yeza, elle ne vous dispense pas de vous laver. Depuis notre retour, aucune goutte d'eau chaude n'a humidifié les fesses sur lesquelles vous vous asseyez. En un mot, vous sentez fort du pantalon, messire, et vous outragez l'odorat de mes suivantes !

Yeza était de bonne humeur. Elle venait de prendre son bain. Elle se tenait à côté de Roç, un drap de lin noué au-dessus de sa poitrine. Potkaxl la parfumait d'essence de rose, de lavande et de mélisse. Puis elle la frotta énergiquement. Apercevant un instant sa nudité, Roç décida de quitter ses chausses, tout disposé à remplacer à la fois le drap de lin et Potkaxl. La présence de la jeune fille ne l'aurait guère freiné dans son joyeux projet, mais il ne lui plaisait guère qu'elle ait entendu les reproches de Yeza, d'ailleurs tout à fait légitimes.

— Tu peux nous laisser seuls ! annonça-t-il pour éloigner la princesse toltèque. Mais Yeza fut implacable :

— Le bain est prêt. Philippe vous attend près du baquet fumant.

Roç chercha à faire une sortie moins humiliante, il n'aimait pas particulièrement se baigner, et il n'en avait aucune envie à ce moment précis. Il regarda les seins de Yeza qui dépassaient du drap comme deux bourgeons, ses longues jambes, ses cuisses bien formées qui montaient jusqu'à ses petites fesses dures et lui offraient aussi une vision fugitive sur son jardin plongé dans une ombre mystérieuse. Il y aurait volontiers fait un tour, mais Yeza resserra le drap sur ses hanches.

— Allons, messire, dit-elle sans se laisser en rien émouvoir par la lance qui montait à présent dans les chausses de son chevalier, Pâques approche et une fois par an...

— Vous exagérez, répondit Roç, agacé. Comme le

corps élancé de la jeune fille était séduisant, sous ce tissu humide! Il reprit : C'était à Noël, avant notre premier voyage à Montségur. Nous étions à Montségur, et nous nous sommes tous deux...

— C'était un lavage rituel, sans savon et sans herbes! rétorqua Yeza en riant. Celui-là ne compte pas. Et puis ce sera la dernière fois que vous pourrez monter dans ce baquet. Xacbert s'est réconcilié avec le roi Louis et va sans doute pouvoir récupérer Quéribus...

— Et cela me vaudra, pour ma peine..., s'indigna Roç, mais Yeza ne le laissa pas aller plus loin.

— J'en ai plus qu'assez de ces murailles, et je suis heureuse de les quitter. Mais je ne sais pas plus que vous... à moins que vous ne le sachiez?...

Roç secoua la tête, confus.

— ... où le grand projet nous mènera ensuite.

— Nous devrions commencer par nous rendre à Rhedae et en discuter avec Gavin. Je vais immédiatement...

— Cela non plus ne vous dispense pas de bain! Que pensera donc de nous le précepteur? Car, dans le doute, il croira que nous empestons tous les deux. Dépêchez-vous donc : qui sait combien de temps il faudra attendre pour que l'occasion se représente?

Roç sortit. En chemin, il croisa Jordi, et cela le conforta dans ses intentions. Il emmena le nain avec lui dans la tour, dans la salle secrète où il avait découvert l'atelier de l'artiste. Il frissonnait encore chaque fois qu'il pensait à Rinat. Le danger mortel auquel lui et Yeza avaient échappé ne le troublait pas outre mesure. En revanche, il aurait aimé savoir quel jeu le peintre avait joué avec eux.

— Rinat n'était qu'un petit rouage, et il a été broyé par la machine, marmonna le troubadour lorsqu'il comprit où Roç l'entraînait. Mais qui faisait tourner le mécanisme : était-ce l'eau sur les pales, le vent dans les ailes du moulin?

— Peu importe! répondit Roç. Ce n'était pas un poète comme vous, Jordi Marvel. Je ne puis éprouver à son égard ni respect ni admiration. Il a commis des erreurs, trop d'erreurs pour que cela puisse passer pour de la malchance !

— Et chaque fois, d'autres que lui ont mordu la poussière ! réfléchit Jordi à voix haute. Ça a commencé dès notre première rencontre dans cette taverne. Ensuite, c'est Rosemonde qui l'a surpris, au moment où vous avez pris un coup sur le crâne, à Carcassonne. Cela a valu au capitaine Le Tris d'être pendu par les gigots. Et pour finir, on a même vu arriver le Chevalier noir... qui n'a pas tué le bon homme !

Entre-temps, ils avaient atteint la pièce secrète. Jordi ne cacha pas qu'il la connaissait très bien. Comme pour effacer les soupçons qui venaient à Roç, le troubadour poursuivit sa réflexion :

— Comme si le principe de tout cela était de provoquer des dangers tout en mettant ceux qui les causent hors d'état de nuire. Vous n'avez pas remarqué ?

— Si, dit Roç en regardant quelques-uns des mystérieux parchemins qu'il recherchait. On les avait étalés sur la table dans un désordre absolu. Ils étaient peints en couleurs vives et portaient des signes apocryphes dont il ne devinait pas le sens. Roç se dirigea droit vers le réduit caché derrière les étagères.

— Cela me rappelle même beaucoup cette puissance mystérieuse dont la devise manifeste, sinon avouée, est : « *Non meta, sed iter !* »

— Cela ressemble fort au Prieuré, confirma Jordi. Qu'ils soient consommables ou vénéneux, on reconnaît de loin ses champignons sur la mousse. Mais en dessous, le *fungus* tisse ses fils, formant de fins réseaux cachés qui ont échappé depuis longtemps à toute espèce de contrôle. Le Prieuré, avec ses tentacules invisibles, a tellement miné ses adversaires — l'*Ecclesia catolica* et la maison Capet — que l'on ne peut plus distinguer amis et ennemis. Souvent, faute de véritables adversaires, ils se sont combattus

eux-mêmes, conclut Jordi, au grand étonnement de
Roç : il avait sous-estimé ce petit homme.

— Dans cette mesure, le chemin est le but, ajouta-
t-il pour ne pas avoir l'air d'en savoir moins que son
troubadour. Il ne leur reste plus rien d'autre ! Et
puis, avec un oracle aussi commode, on peut tout
justifier : n'importe quelle contradiction, tout événement imprévu, chaque erreur !

Jordi le dévisagea.

— Le pire est que cela fonctionne ! dit-il, presque
avec tristesse. Votre exemple, vous, le couple royal,
le montre parfaitement. Vous vous êtes soumis aux
règles de ce jeu.

Roç avait commencé à extraire les tiroirs secrets
lorsqu'ils entendirent une sorte de reniflement derrière l'étagère. Le nain sauta en arrière et chercha à
se protéger derrière les jambes de Roç. Celui-ci resta
d'abord comme enraciné. Il n'avait pas d'arme sur
lui. Quel animal pouvait-il bien s'être égaré ici ? Une
martre ? Ils écoutèrent. Ils entendirent distinctement
un souffle bruyant : soit l'animal avait pris froid, soit
il était mort de peur. Prudemment, pour ne pas être
mordu, Roç ôta l'un des tiroirs et le porta devant lui
comme un bouclier. Ainsi armé, il fit le tour du
meuble vermoulu... et découvrit le visage anxieux du
petit Xolua, le frère de Potkaxl. Le bonhomme, qui
ne devait pas avoir plus de six ans, était assis sur un
tas de parchemins. Roç vit aussitôt qu'il s'agissait
des plans et des croquis de Rhedae qu'il cherchait.
Mais la terreur suivante ne tarda pas : Xolua s'était
emparé des couleurs et des pinceaux du peintre, et
avait recouvert ces précieuses feuilles d'étranges
graffiti.

« *A Diaus*, beau trésor ! » se dit Roç, et il voulut
arracher les parchemins à l'enfant. À cet instant,
Jordi repassa entre les jambes de Roç et s'approcha
du jeune talent, avec un sourire bienveillant.

— Où as-tu donc déniché ces jolies images,
Xolua ? demanda-t-il, confiant, et le jeune garçon
désigna fièrement l'arrière de l'étagère, une cachette

que Roç n'avait pas trouvée. Jordi tendit la main, et Xolua sortit gentiment de sa caverne. Elle était pleine à craquer de parchemins peints.

— Je vais apporter ce gamin chez sa sœur, proposa Jordi. Pendant ce temps-là, regardez si l'on peut encore sauver quelque chose. Je puis de toute façon vous consoler : Rinat n'a pas trouvé la cachette du trésor de Rhedae, juste une série interminable de galeries et de chambres, un véritable labyrinthe.

— D'où tenez-vous cela ? Rinat pourrait bien vous avoir raconté des histoires. Ou bien est-ce vous, Jordi Marvel, qui tentez de m'abuser ? Vous pourriez tout aussi bien être un complice du peintre. Si je me rappelle bien, nous vous avons rencontrés au même instant et au même endroit pour la première fois, vous-même et Rinat Le Pulcin !

— Bravo pour cette méfiance bien tardive, mon maître, répondit Jordi. Mais votre raison devrait vous dire que Rinat — tout comme moi ! — serait allé chercher sa récompense immédiatement s'il avait découvert ne serait-ce qu'un indice sur ce trésor. Il n'a rien trouvé. C'est la raison pour laquelle je suis encore ici, à votre service.

— Je veux vous faire confiance, Jordi, même si l'on peut penser qu'il s'agit d'une légèreté irresponsable. Mais j'en suis arrivé à un point où seuls les actes dénués de toute raison me paraissent être logiques. Nous ne viendrons à bout du Prieuré (vous, Jordi, vous pourriez aussi bien être l'une de ses têtes pensantes que l'une de ses victimes !), cette société secrète imprévisible, que si le couple royal dont il a la « charge », c'est-à-dire ma dame Yeza et moi-même, ne se comporte pas comme permettrait de l'attendre la logique d'Aristote, ni même les sentiments.

— Voilà les chances également réparties, car tel est aussi le comportement du Prieuré. Le nain ricanait. C'est un joueur, et au-delà d'un certain stade, le goût du jeu devient une maladie de l'esprit.

— Je vais donc à présent vous laisser seul avec les

parchemins, après avoir constaté que ce sujet ne
vous est pas inconnu. Vous trouverez peut-être tout
de même un indice quelconque, et vous nous per-
mettrez peut-être de nous y raccrocher nous aussi.
En tout cas, j'emmène Xolua à la cuisine.

— L'eau de votre bain a dû se refroidir, dit Jordi
en guise de salutations.

— Je veux un bain chaud ! s'exclama Xolua, qui
s'était jusqu'ici contenté d'observer les deux hommes
en silence, avec de grands yeux, et dont le visage tout
rond rayonnait à présent. Ensuite, je ferai pipi et je
continuerai ma peinture.

Roç le prit par la main et quitta rapidement la tour
en sa compagnie. Il y avait une chose de sûre, et il
n'en avait pas parlé à Jordi : il ne manquait pas seulement le sombre portrait du précepteur Gavin, mais
aussi toutes les miniatures que Rinat avait réalisées
avec le portrait de Yeza, sur de petits tableaux de
bois. En tout cas, il n'avait pu les découvrir. Peut-
être fallait-il demander à Xolua ? Roç décida de charger Potkaxl d'élucider ce mystère.

La salle de bains se trouvait juste à côté de la cuisine. Un escabeau menait au bord du grand baquet
de bois sur lequel on pouvait rabattre un couvercle à
deux anses. On ne voyait plus alors dépasser que les
têtes des baigneurs, chacune sortant d'une moitié du
bac. Ce n'était pas par pruderie, mais pour garder la
chaleur. Roç avait toujours vu ce lieu embrumé par
des nuages de vapeur tellement brûlants qu'on était
forcé de s'y déshabiller aussitôt. Lorsqu'il y entra, il
trouva son serviteur Philippe qui jouait à colin-mail-
lard avec trois suivantes de Yeza. L'eau du bain était
glacée (il commença par le vérifier en y plongeant
timidement le doigt). Il renvoya les jeunes filles à la
cuisine pour y remplir des baquets d'eau chaude et
laissa Philippe le déshabiller. Geraude saupoudra de
la mélisse séchée dans le baquet et y versa aussi
quelques huiles éthérées qui sentaient la cannelle,
les roses et le jardin. Ce veau de lait aux yeux doux
ne portait qu'une blouse sur sa peau claire.

— Comptez-vous me tenir compagnie, jeune vierge ? chuchota Roç rapidement avant que Potkaxl ne revînt de la cuisine, en portant sur son dos les deux premiers seaux attachés à un joug. Ou bien me frotterez-vous le dos ?

La blonde Geraude rougit jusqu'à la racine des cheveux et recula lorsque Roç monta devant elle, tout nu, dans le baquet. Mafalda arriva à son tour ; elle ne portait qu'un seul seau : elle était trop raffinée pour se passer le joug sur les épaules. Elle poussa Potkaxl, s'approcha tout près du bord du baquet et versa avec jouissance de l'eau sur le ventre de Roç, observant sans la moindre honte ses parties génitales.

— Je saurais vous procurer bien des plaisirs du bain, gloussa-t-elle en faisant semblant de vouloir remuer les huiles déversées par Geraude. Elle laissa son bras plonger, de plus en plus profondément. Mais Roç connaissait sa dame Yeza, elle ne le laisserait jamais seul livré à ses suivantes, dont elle remarquerait en outre rapidement l'absence.

— Fermez le couvercle ! ordonna-t-il brutalement, et Philippe rabattit l'un des deux pans, du côté de Roç. Mais il n'avait pas compté avec l'impétuosité de Mafalda. Avec un petit cri censé exprimer l'effroi, mais qui ressemblait fort à un piaillement de plaisir, mademoiselle de Levis se laissa tomber dans le baquet, sans même avoir enlevé son tablier.

— J'ai glissé ! s'exclama-t-elle, et Roç sentit déjà les orteils de la jeune femme jouer avec ses bourses. Philippe l'empêcha au moins d'avancer le bassin en lui coinçant le cou dans la fraise de bois. À cet instant, Roç vit sa dame approcher du baquet — un détail que ne remarqua pas Mafalda, tout occupée à bien placer ses jambes. La mine de Yeza n'annonçait rien de bon, d'autant moins qu'elle venait de s'armer d'une trique.

— Fais-moi sortir ! lança Roç à Philippe en soulevant sa moitié de couvercle. Son serviteur lui lança un drap de bain qui lui permit de voiler sa nudité.

Pendant ce temps-là, sans dire un mot, Yeza passait la trique dans la poignée, pour empêcher Mafalda de sortir. Celle-ci commença à pousser les hauts cris : Yeza avait aussi tiré sur la bonde, et l'eau chaude s'échappait rapidement du bac. Mais ce n'était pas fini. Une source froide arrivait jusque dans la pièce, où elle s'écoulait dans un bassin. Des gouttières de bois permettaient de l'acheminer jusqu'à la cuisine. Yeza ordonna à Philippe de diriger les gouttières vers le baquet. Mafalda hurlait comme une empalée.

Yeza, qui n'avait pas encore dit un mot à son chevalier, se mit alors à étriller Roç jusqu'à ce qu'il ait la peau comme une écrevisse. Puis elle demanda à Philippe de le rhabiller et quitta la pièce tête haute, suivie de Potkaxl et de Geraude. Mafalda avait cessé de crier, elle ne faisait plus que trembler. Arrivée à la porte, Yeza dit à Philippe, d'une voix sonore :

— Lorsque dame Mafalda aura suffisamment goûté aux plaisirs du bain, renvoyez-la-moi. Nous allons préparer notre départ.

Roç s'esquiva par la cuisine et retourna aussi vite que possible auprès de Jordi, dans le donjon.

LA CONJURATION N'AURA PAS LIEU

« Le roi Salomon disait : "Viendront les jours du Mal, qui entoureront l'homme, conséquence de ses péchés." »

Jakov Ben Mordechai se tenait, habillé de son costume de grand prêtre, dans la niche de Joseph, et chantait l'invocation à son Dieu Yahvé, en balançant légèrement le corps vers l'avant.

« Le roi David répondit : "Pourquoi, en ces jours du Mal, devrai-je avoir peur lorsque m'entourera la faute ?" »

Sa voix de basse emplissait toute la voûte de Sainte-Madeleine, et il y prenait plaisir. Si le rêve de l'État de Dieu, tel que l'imagine l'Ancien Testament, devait être mis en œuvre par les Templiers, comme l'envisageait son mécène, le précepteur Gavin Montbard de Béthune, on créerait pour la première fois au cœur de l'Occident un espace de liberté religieuse dans lequel les Juifs jouiraient des mêmes droits que les chrétiens et les musulmans. On pouvait du reste se demander, pensa-t-il, s'il était vraiment nécessaire de se montrer aussi prévenant envers les adeptes du prophète Mahomet : après tout, ils disposaient de terres en abondance, ils y étaient les maîtres et ne se comportaient pas avec beaucoup de tolérance envers les deux autres religions qui, comme la leur, ne véné-raient qu'un seul Dieu. Mais Gavin s'était fixé sur cette idée d'un traitement identique pour tous. Son véritable but était de pouvoir accorder asile et pro-tection aux « parfaits » cathares. Et puis il flirtait aussi un peu avec des mouvements ismaéliens, comme ceux des Assassins. Après tout, les Templiers n'avaient-ils pas copié beaucoup de choses chez ces fanatiques de la *shia*, depuis les longs vêtements blancs jusqu'aux règles rigides ? Il est vrai qu'un che-valier du Temple n'allait pas jusqu'à se précipiter du plus haut d'une muraille parce que son grand maître le lui avait ordonné d'un claquement de mains. Mais l'Ordre exigeait lui aussi une obéissance absolue et s'était également lancé dans une bataille qui parais-sait perdue d'avance. Autre point commun, les frères du Temple n'étaient jamais rachetés lorsqu'ils avaient été faits prisonniers. Les musulmans, notam-ment depuis le début du règne des mamelouks, avaient donc pris l'habitude de les raccourcir d'une tête dès qu'ils les capturaient. Jakov n'avait en outre jamais entendu dire qu'un Templier mort allait au Paradis, et leur désir de mourir devait être fondé sur des motifs bien cachés, s'il n'était pas simplement l'ultime expression d'un monstrueux mépris de la vie — la mort violente comme couronnement d'un fier parcours sur cette terre.

« Si l'homme n'avait pas péché, il ne percevrait pas l'avant-goût de la mort en ce monde. Parce qu'il a péché, il doit sentir le goût de la mort avant de pou-voir quitter ce monde. »

Cela contredisait certes la farouche volonté de vivre qui caractérisait Jakov, le juif. Mais après tout, les Templiers n'étaient pas le peuple élu de Dieu.

« Alors l'esprit se sépare de son corps et le ramène dans ce monde. Et l'esprit nage à présent dans un fleuve de flammes pour recevoir sa punition. »

Le précepteur entra dans l'abside de la basilique par la pierre tombale fendue. Plusieurs charpentiers travaillaient sur le Golgotha. Joseph, leur saint patron, n'était plus là : c'est Jakov qui se tenait à sa place. Sur l'ordre de Gavin, les artisans avaient transporté sur la colline le père du Messie, comme tous les autres personnages des niches, y compris celui de la Vierge Marie.

Mais Jakov ne parvenait pas à comprendre pourquoi messire Gavin avait aussi fait scier et excaver les deux larrons. Ils étaient sans doute trop lourds, et le bois massif se fissurait facilement. L'idée que le vieux Joseph ait dû assister à la crucifixion de son fils adoptif était une nouveauté pour Jakov. Pour lui, à cette date, ce brave charpentier était monté depuis longtemps rejoindre les anges.

Gavin regarda avec satisfaction la progression du travail des menuisiers. Il s'exclama ensuite d'une voix sonore :

— Au nom de la Sainte Trinité, Jakov, je te prie de sortir !

Le précepteur savait fort bien que la vue de cette idylle familiale déplaisait souverainement à l'adepte de Maimonide. Jakov resta donc sur place et chanta encore une strophe.

« Ce jour-là, lorsque le corps sera brisé, lorsque l'âme se détachera de lui, il sera permis à l'homme d'observer ce qu'il ne pouvait observer tant que son apparence physique le gouvernait, et il parviendra à la clarté. »

Gavin attendit patiemment que Jakov ait fini et soit descendu de la niche de Joseph.

— Rien d'étonnant à ce que le peuple d'Israël soit constamment victime de pogromes, dit le précepteur pour saluer l'homme pieux. Pour Pâques, non seulement vous abattez de petits chrétiens, mais vous chantez, et trop fort !

— Nous ne sommes pas des bouchers de chrétiens, nous égorgeons des agneaux selon les rites, répondit Jakov à cette macabre plaisanterie. Même si nous envisagions de cuire pour Pessah un vieux bouc comme vous, Gavin, vous devriez être cuit selon les rites kascher.

Le précepteur s'amusait. Il répliqua :

— Je préférerais la petite colombe du Saint-Esprit, saupoudrée de cannelle et d'amandes pilées avant d'être cuite au four. Ce n'est pas un jour férié, pour vous ?

Aucun blasphème ne pouvait ébranler Jakov.

— Le jour où vous avez crucifié le fils de Dieu pour lui assurer une mort d'immortel, parce que le lendemain, il ne fallait pas troubler le sabbat...

— Comment cela, nous ? rétorqua Gavin. C'est vous, les juifs, qui avez commis cette faute...

— Ponce Pilate et ses légionnaires romains descendaient-ils de David, par hasard ? C'est eux qui ont traîné Jésus comme agitateur devant leurs tribunaux militaires. Cela explique la croix. Nous, nous l'aurions lapidé.

— Selon le *Codex militaris*, il aurait dû rester suspendu jusqu'à ce que les vautours aient nettoyé le dernier de ses os. Mais Notre-Seigneur Jésus-Christ a été enlevé la nuit même.

— La seule question est de savoir pourquoi, répondit Jakov, qui prenait manifestement plaisir à se quereller avec le précepteur. Parce qu'on le croyait déjà mort, ou encore vivant ?

— Ce qui ne fait aucun doute, c'est que l'on pouvait corrompre Ponce Pilate, pourvu qu'on y mette le prix.

— Cela vaut sans doute pour tout détenteur d'une fonction, commenta Jakov. Mais ne réfléchissez pas trop à celui qui a reçu l'argent : l'homme qui compte, c'est celui qui l'a donné, le riche oncle Joseph d'Arimathia. Paie-t-on autant pour un cadavre, juste pour lui assurer un bel enterrement ? Ou bien donne-t-on une somme pareille pour sauver une précieuse vie ?

— Tout ce qui s'est produit ensuite corrobore l'idée qu'il a survécu. Aux deux larrons, à sa droite et à sa gauche, on a brisé les jambes pour que la mort puisse survenir par asphyxie avant le début du jour de la fête juive. Notre-Seigneur Jésus a seulement été égratigné avec une lance, et cela a suffi pour qu'on le déclare mort. Il pourrait, malgré toutes les consignes, avoir été décroché de la croix par ses adeptes. On l'a emmené tout près de là, dans une grotte aménagée en hôpital et, par précaution, fermée par une pierre. Là, des Esséniens connaissant la médecine l'auraient soigné. Les deux gardiens qui surveillaient les lieux ? Ce n'étaient pas des anges, mais eux aussi des membres de la secte à laquelle Jésus lui-même aurait appartenu, deux Esséniens en longues tenues blanches.

— Des précurseurs des Templiers ! ajouta Jakov, moqueur, mais Gavin ne se laissa pas décontenancer et poursuivit son récit :

— Une fois ces premiers secours administrés, on l'a porté dans un hôpital. Seule la pierre est restée sur place, brisée en deux.

— Pour effacer les traces — ou bien pour préparer la légende du retour, de la « résurrection » ?

— Ne sois pas envieux, juif ! lui rétorqua le Templier. Le Seigneur a été soigné dans un lieu secret. Considéré comme guéri au bout de quarante jours, il a pu prendre congé de ses disciples.

— La Pentecôte ! Seuls quelques-uns de ceux qui le suivaient étaient dans le complot : ceux qui étaient capables de comprendre. Pierre n'en faisait pas partie. C'était en revanche le cas de Jean et de Judas, qui avait participé à la mise en œuvre du plan. Pour le reste des disciples, cela ne pouvait que ressembler à un miracle, à une montée au ciel. Car Ponce Pilate avait exigé qu'il disparaisse sans laisser de traces, qu'il s'exile avec toute sa famille. Personne ne devait pouvoir l'accuser devant l'empereur, à Rome, d'avoir épargné un ennemi de l'État.

— Jésus, l'insurgé, devait être définitivement considéré comme mort ! triompha Gavin. Et cela a fonctionné à merveille !

— Ce fut l'heure de naissance du Prieuré de Sion, lui confirma volontiers son cabaliste. Tout ce qui ne pouvait être concilié avec ce projet devenait surnaturel, un miracle divin ! Dans cette mesure, les instigateurs de toute cette machination ont trompé Ponce Pilate. Jésus-Christ ressuscité est devenu immortel. Il a déclenché un mouvement qui allait causer bien des soucis à Rome, jusqu'à ce que les successeurs autoproclamés du prophète Jésus prennent le pouvoir dans la ville en se donnant le nom de papes.

— Vous voyez bien, précieux Jakov, que le goût exagéré qu'ont les juifs pour le mystère s'est finalement retourné contre vous. Si, à cette époque, vous n'aviez pas racheté l'homme sur sa croix, vous vous seriez épargné bien des problèmes. Ponce Pilate s'en lavait les mains. Il avait encaissé son argent et n'était même plus forcé de garantir que le délinquant n'était pas déjà mort sur la croix. Choc de la blessure, septicémie — il laissa cela au destin. Et vous, juifs zélés, vous avez déployé tout votre savoir, depuis l'art martial jusqu'à la médecine, avec ses poisons et ses antidotes, pour que cet homme paraisse mort, pour le réveiller et l'aider à devenir immortel. « Assis à la droite de Dieu. » Rien que pour cela, vous méritez des lauriers !

— Cela ne nous a pas valu que de la reconnaissance, confirma Jakov. On a retourné les faits contre nous. Nous qui l'avions empêché de mourir, on nous a accusés de l'avoir tué, et, jusqu'à ce jour, ces chrétiens qui ont récupéré le corps, la vie et la mort de

Jésus se complaisent à transformer en enfer notre existence sur cette terre. Vous avez raison, Gavin, si nous nous étions tenus à l'écart de ce procès, depuis la mise en accusation jusqu'à la condamnation et l'exécution, alors...

— ... alors il n'y aurait pas non plus aujourd'hui d'Ordre des « Pauvres chevaliers du temple de Salomon ». Nous avons donc toutes les raisons d'être reconnaissants envers les descendants de David ! s'exclama Gavin en riant.

— N'allez pas croire, messire le précepteur, que sans vous, les chrétiens auraient été bien différents. Il y a toujours un messie quelconque qui attend devant les portes, et nous, le peuple élu de Dieu, nous avons toujours été attaqués par les partisans de toutes sortes de prophètes, ne serait-ce que par jalousie, parce que Dieu, notre Seigneur, nous parle directement !

— N'est-ce pas faire preuve de démesure ou d'aveuglement que de continuer à se croire « élu » après plus de mille ans de diffamation, de privation de droits, d'expulsions et de persécution ?

Exceptionnellement, aucun sarcasme ne s'était glissé dans la voix de Gavin au moment où il avait posé cette question. Jakov y répondit tout de suite.

— Voulez-vous hériter de nous, messire le précepteur ? La chose que vous vénérez, la tête de Baphomet, vous aurait-elle monté le cou ? Ou bien considérez-vous que le Graal ait été envoyé par Dieu ? Comptez-vous comparer cette pierre que vous ne pouvez même pas montrer aux tables de la loi de l'Arche d'Alliance que Yahvé a remises à Moïse ?

— Vous les avez aussi perdues, ces tables, valeureux seigneur, et avec elles l'Arche d'Alliance, pardessus le marché. Vous autres juifs, vous vivez des regrets que vous inspire la perte, du souvenir d'un passé où le Temple se dressait encore à Jérusalem...

— Il s'y dressait, je ne le contesterai pas, les Templiers avaient tous leurs esprits lorsqu'ils ont choisi le nom de leur Ordre. Mais vous avez eu beau fouiller sous le sol des écuries de Salomon, vous n'avez rien trouvé. Dans le cas contraire, auriez-vous besoin d'une chose comme le Graal ?

— Vous vous accrochez à la vieille loi, dit Gavin. Mais le temps ne s'est pas arrêté. Depuis Jésus-Christ, c'est le Nouveau Testament qui est en vigueur...

— Ouvrage humain ! (Pour la première fois, la voix de Jakov était devenue sèche et tranchante.) Avez-vous l'intention de comparer à nos prophètes les évangélistes, ces misérables écrivaillons ? Allons, dites-le-moi : que signifie pour vous le Graal ?

Gavin resta muet. Il ne savait que dire, d'abord parce qu'il n'était pas aussi sûr de lui que le juif, fermement ancré dans la tradition, et ensuite parce qu'il ne voulait pas révéler à un adepte d'une autre foi le peu de chose qu'il avait appris sur le Graal. Il ne pouvait pas dire à Jakov que le Démiurge avait choisi les Templiers pour maîtriser le monde, et que leur Yahvé n'était autre que le Démiurge, le seigneur de cette terre.

— La nouvelle loi se trouve, chiffrée, dans une pierre noire qui prend sa place dans une plus grande pierre où se trouve le savoir du monde. La clef se trouve dans le calice noir, qui veille sur l'interaction et le lien entre le macrocosme et le microcosme. Sans lui, nous ne découvrirons jamais la pierre de notre passé dans l'univers et de notre futur dans les étoiles.

— Est-ce cela, le Graal ?

— C'est cela et c'est autre chose, répondit Gavin. Le calice noir est une forme sous laquelle apparaît le Graal pour nous mettre à l'épreuve. Si nous confondons l'être et le paraître, nous ne sommes plus dignes de la quête du Graal !

Jakov ne paraissait guère convaincu.

— N'oubliez pas que le seigneur des ténèbres est aussi celui qui apporte la lumière, seule la matière noire de l'être permet à votre Graal d'apparaître...

— Ne tentez pas d'enfouir le message de la

lumière et de l'amour dans votre sombre et triste crypte souterraine, Jakov! De l'étouffer avec la colère de vos pères! Le Graal est le libérateur lumineux! Sous son signe, nous avons lancé le combat pour le pouvoir. Nous, les chevaliers du Temple, nous sommes ses humbles serviteurs!

— C'est ainsi que vous vénérez le calice noir?

Le précepteur esquiva cette question gênante.

— Notre mission est de le chercher, c'est à la fois notre damnation et notre salut!

— C'est en cela que vous croyez, Gavin Montbard de Béthune?

— Si je pouvais être digne de lui, je ne le laisserais pas passer, je le viderais jusqu'à sa lie amère.

Jakov ne paraissait pas avoir entendu.

— Pourquoi ferme-t-on les yeux au mourant? réfléchit-il à voix haute. (Sa question n'était pas adressée au Templier.) Parce que les yeux contiennent les couleurs de ce monde. Lorsqu'on ferme les yeux, toute l'apparence de ce monde est plongée dans l'obscurité.

Gavin ferma les yeux et s'imprégna de cette image. Jakov reprit :

— Tant que la chair existe, elle qui vient de « l'autre côté », Satan exerce son pouvoir sur elle. Mais si la chair disparaît, il perd tous ses droits. Voilà pourquoi l'on dit de l'homme : « Quand sa chair se consume à vue d'œil et qu'apparaissent ses os dénudés; quand son âme approche de la fosse et sa vie du séjour des morts, alors, s'il se trouve près de lui un Ange, il revient aux jours de son adolescence. »

La chapelle silencieuse du Louvre était plongée dans la pénombre. Ses vitraux aux couleurs de nuit diffusaient une lueur douce et sacrée, à peine troublée par les personnages sépia et les quelques notes de rouge rubis que l'on avait disposées çà et là sur le verre.

Le roi Louis aimait ce lieu. Ici, jeté au sol, il pouvait se plonger dans la prière, seul dans son dialogue avec Dieu. Une ferveur bien plus profonde encore s'emparait du pieux monarque lorsque maître Robert de Sorbon prenait le temps de le confesser, lui, le grand pécheur. Ce n'était pas la pénitence qui l'enflammait ainsi (elle lui paraissait toujours trop douce), mais le déroulement de la confession elle-même : se glisser discrètement dans cette sombre guérite, s'approcher de la grille derrière laquelle son directeur spirituel lui posait en chuchotant des questions gênantes... Pour Louis, tout cela rappelait un peu les jupes d'une femme sous lesquelles il se faufilait, gamin. Le plaisir était une punition, on l'attendait avec délectation.

Aujourd'hui, c'était la journée de maître de Sorbon. Louis savait qu'il transpirait dans l'étroit confessionnal, furieux que le monarque le fasse attendre alors qu'à l'université, des étudiants avides de savoir se pressaient autour de sa chaire. Et lui, le Trismégiste de tous les *doctores*, gaspillait ici son temps précieux !

Il tenait certes à parler au roi, les affaires de l'État exigeaient une conversation et des explications. Mais il le savait, Louis n'entendrait aucun de ses arguments. Il ne lui restait donc d'autre solution, à lui, le maître, que d'attendre avec une impatience agacée l'instant où la tête grise du roi apparaîtrait dans le cadre noir.

Louis, le Saint Homme, s'était inventé un répertoire de péchés qui lui paraissait suffisant — il y ajouterait d'ailleurs, à la fin, qu'il avait été bien méchant de laisser le vénérable messire de Sorbon mariner ainsi dans son jus. Il se leva et se dirigea d'un pas incertain vers le confessionnal, ouvrit le rideau avec délices et s'agenouilla sur le banc en bois dur.

— *In nomine Patris, et Filii et Spiritus Sancti*, murmura rapidement le maître avant de reprendre aussitôt : *Ego te absolvo a peccatis tuis*. Le précepteur des Templiers de Rhedae, abandonné par tous les bons esprits, semble en mesure et désireux de frapper immédiatement !

— Ô seigneur, donne-moi ta paix, bredouilla le roi. Prions ensemble : *Da servis tuis pacem.*

— Ils ont préparé une proclamation d'indépendance, ajouta Sorbon. Ils comptent désarmer d'un seul coup toutes nos garnisons, à commencer par Carcassonne.

— Paix sur la terre, murmura Louis, et bonheur aux hommes.

— Le poste de sénéchal n'est toujours pas pourvu dans ce lieu menacé, reprit le Cassandre déguisé en confesseur. Il semble que Wolf de Foix, le faidit, n'ait nullement trouvé la mort. Sa ville lui ouvrira les portes. Quant à Xacbert de Barbera, il récompense bien mal votre indulgence et rassemble les mécontents des deux côtés des Pyrénées. Quant aux Levis de Mirepoix, on ne peut s'y fier. On dit que les Templiers ont préparé de gigantesques arsenaux, suffisants pour armer n'importe quelle légion de mercenaires payés par les conjurés. Jean de Procida, l'agent de la Sicile et de l'Aragon, a été vu à Rhedae...

— La paix, Seigneur, je vous en implore, donnez-nous la paix, gémit le roi qui ne voulait rien savoir de tout cela. Mais le maître était implacable.

— Un extrême danger menace la France. Le précepteur insurgé a envoyé chercher Roç et Yeza. Ils doivent quitter Quéribus, ce lieu où vous les aviez consignés, Majesté. Si le couple royal, ces prétendus héritiers du Graal, prennent la tête de l'insurrection, l'Occitanie, le Roussillon et le Languedoc se jetteront dans les flammes de la rébellion. Aragon rompra le traité de paix de Corbeil !

— Il suffit, Sorbon ! Vous abusez de manière coupable de la fonction que vous donne Dieu !

Le roi avait la voix cassée par l'énervement. Il poursuivit :

— C'est la voix du diable qui parle par votre bouche. Si vous vous faites son instrument, mon âme, elle, ne tombera pas entre ses griffes. *Pater noster, qui es in caelis, ne nos inducas in tentationem. Sed libera nos a malo.*

— Le mal, Majesté, c'est l'hérésie qui veut se propager là-bas, sur vos terres, contre l'Église une et unique, l'*Ecclesia catolica*. Vous vous apprêtez à commettre une faute dont je ne pourrai vous absoudre.

— Faux prêtre ! aboya le roi en frappant des deux poings contre la grille qui le séparait de son confesseur. Je veux la paix, et vous me poussez dans les feux de l'enfer ! Je veux confesser mes péchés, et vous m'en rajoutez de nouveaux ! Partez, je ne veux plus vous entendre !

Et, sans même attendre que l'on exécute son ordre, Louis bondit et sortit de la chapelle du palais, comme s'il était poursuivi par des furies. Mais, avant d'atteindre le portail, il ralentit le pas et se força à retrouver la dignité qui sied à une tête couronnée.

On avait déposé, juste à côté de l'entrée, une litière noire sans ornements. Quatre Templiers se tenaient, immobiles, à côté de cet objet inquiétant. Des rideaux noirs barraient la vue sur l'intérieur. Satan avait-il déjà libre accès au dernier refuge de son âme ? Le fait que ces Templiers lui servent d'escorte ne faisait que confirmer le soupçon que Louis nourrissait depuis bien longtemps contre l'Ordre de Jérusalem. Le Malin en personne était-il entré ici pour écouter l'inventaire de ses péchés ? N'était-ce donc pas maître de Sorbon qui se tenait sur la chaise du confesseur ? Était-ce Satan qui l'avait tenté ? Louis se signa nerveusement et tenta de passer discrètement devant la litière. Alors, une main gantée sortit du rideau et l'attrapa par l'ourlet de son manteau.

La main osseuse d'une vieille dame, pensa le roi, qui comprit à qui il avait affaire. Et il ne voulait avoir aucun rapport avec elle ! À aucun prix ! La voix le cloua pourtant sur place — une voix fragile, mais dont la dureté ne tolérait aucune réplique.

— Ne vous inquiétez pas pour la paix de votre âme, dit-elle d'une voix claire et distincte. Il n'y aura pas de révolte du péché. Vous avez ma parole, Majesté !

La main relâcha l'ourlet du manteau et rentra lentement sous la litière, comme une murène dans sa grotte. Le roi trébucha au seuil de la porte, parce qu'il s'était signé une fois de plus au lieu de faire attention à ses pieds.

Au CONSOLAMENTUM
SUCCÈDE L'ENDURA

> « *Altas undas que venez suz la mar,*
> *que fay lo vent çay e lay demenar,*
> *de mun amie sabez novas comtar,*
> *qui lay passet ? No le vei retornar !* »

— Mon petit nez sent l'air du voyage, soupira Jordi lorsqu'il eut tiré de son luth les dernières notes, qui semblèrent filer comme des perles entre ses doigts de nain, avant de disparaître en un souffle. J'ai le cœur tellement lourd, et je suis pourtant de si joyeuse humeur ! Cela annonce un grand voyage.

Par la porte de la salle des domestiques, le troubadour, songeur, regardait la cour ensoleillée.

— À l'instant où la chaleur du soleil commence à cajoler nos murs, se plaignit Geraude, où les prés sont en fleurs, vous vous sentez attiré par l'étranger, maître Jordi ?

— On ne nous demande pas notre avis, répondit Philippe à la farouche suivante, mais nous devons préparer notre départ. Je me sens toujours à mon aise avec ces seigneurs, ils donnent à ma vie un sens, et toutes sortes d'aventures par-dessus le marché !

— À moi aussi, cela me plaît, fit Potkaxl avec enthousiasme. Je devrais être morte aujourd'hui, le prêtre voulait m'arracher le cœur. À présent, je peux l'entendre battre chaque matin où je me réveille. Ma bouche peut embrasser. Mon ventre réjouit les hommes, et ma tête bourdonne de plaisir ; mes yeux brillent, et mon nez d'aigle (elle rit à la face de Jordi) s'élance dans les airs, prêt à s'abattre sur n'importe quel lieu nouveau, si lointain et étranger soit-il !

— Voilà ce que j'appelle de la fidélité! lança Mafalda, moqueuse. Le prêtre aurait pu tranquillement vous découper le cœur. Vous n'en avez pas besoin! Votre entrejambe en fait office!

— Ne soyez donc pas jalouse! s'exclama Jordi. Notre Potkaxl est fidèle à elle-même. Quant au nid qui se cache entre ses cuisses, il est toute loyauté!

— Assez parlé de nids humides et de petits oiseaux! ordonna Philippe. Nous devons préparer notre départ! Que les femmes rangent le linge, les vêtements et les couchages dans les bahuts. Nous, ajouta-t-il à l'intention de Jordi, nous nous occuperons des chevaux, des armes, des tapis et des meubles qu'il nous faudra charger sur les chariots.

— Je vais préparer les cuisines, dit Mafalda qui se rappelait enfin son statut de suivante. Mettez dans les coffres toutes les provisions, les chaudrons et les poêles, les cruches et les coupes, et toute la vaisselle!

— Voilà qui a fait du bien à la pauvre Yeza! gémit la dame en nouant ses bras autour du cou de Roç et en tirant encore une fois son visage vers elle pour pouvoir l'embrasser longuement et tendrement. Roç ne voyait que les étoiles de ces yeux, ce rayonnement de l'iris vert qui lui rappelait ces lacs clairs et insondables des forêts montagnardes, et les astres étincelants dans l'air limpide des déserts. Ces yeux lui firent perdre la tête, son corps se remit à vibrer, son sang à bouillonner, à l'instant même où il se sentait happé par le sommeil, et où Yeza elle aussi paraissait l'y inviter. Mais c'était une ruse. En se donnant l'air vaincu, épuisé et soumis, elle l'invitait en fait à poursuivre les fugitifs, à punir les prisonniers, et sa lance enfla de nouveau. Malgré lui, le chevalier se remit au trot. Si la dame avisée l'avait défié, il aurait sans doute protesté, se serait senti violé et aurait baissé les armes en prétextant la fatigue, ou une autre excuse idiote. Mais ainsi, elle jouait la victime, et le seigneur de la guerre ne connaissait pas de pitié. Bientôt, il recommença à galoper fougueusement et Yeza put de nouveau nouer ses jambes nues autour des hanches fines du garçon, brandissant son bassin comme un bouclier face à l'assaillant. Alors seulement, c'est elle qui donna de l'éperon, puis de la cravache. Yeza était devenue un cheval sauvage, à Roç de se débrouiller pour tenir en selle! Elle fila avec lui, il se laissa emporter, traversa de vertes prairies, des rivières jaillissantes, se sentit de plus en plus près de la cascade. Un bruissement l'annonça, enfla jusqu'à devenir une plainte, il se sentit précipité dans le vide et plongea dans un silence cristallin. Comme toujours, Roç et Yeza avaient atteint ensemble le sommet de leur plaisir; main dans la main, ils se laissèrent retomber ensemble, animés par le bonheur de leur amour et la jouissance qu'ils avaient connue.

— Vous n'en avez jamais assez, mon seigneur! reprocha Yeza à son bien-aimé. Aucune pitié pour votre pauvre petite Yeza!

Roç avait le souffle court, mais parvint tout de même à protester.

— Non, je ne me laisserai pas prendre une fois de plus par cette fée qui me suce le sang! Roç colla son oreille contre sa poitrine. Je n'entends pas le cœur! chuchota-t-il. Vous êtes vraiment une magicienne!

Yeza lui mordit tendrement la nuque.

— Et vous, Roç Trencavel, vous êtes le chevalier qui me délivre. La magie noire m'avait transformée en mauvaise chauve-souris — n'entendez-vous pas mon petit cœur qui bat, à présent?

Roç ne voulut pas s'avouer vaincu.

— C'était la dernière fois, princesse, que je vous délivrais de ce sombre château. Le dragon va bientôt revenir, fuyons d'ici!

— Ne transformez donc pas ce brave Xacbert en un monstre cracheur de feu! répondit Yeza en riant. Nous n'avons aucune véritable raison de nous enfuir.

— Mais suffisamment de motifs, marmonna Roç. Ce n'est pas un hasard si Gavin veut nous voir...

— J'ai déjà donné des ordres pour ranger et charger notre somptueux trousseau...

— Il y a trois chariots dans la remise, cela suffira bien !

Yeza paraissait hilare.

— Ma dame de cour, mademoiselle de Levis, en a besoin d'un tout entier pour son bric-à-brac !

— Compteriez-vous l'emmener ?

— Mais certainement, messire, je ne veux surtout pas que vos plaisirs secrets se limitent aux faiblesses de Geraude ou aux désirs violents de Potkaxl. Et puis dame Mafalda est mon ornement.

Roç avala sa salive.

— Avez-vous révélé à nos domestiques que ce voyage pourrait nous conduire très loin ?

— Mais certainement, mon seigneur et maître. D'ailleurs, mis à part la suite de mes dames et votre serviteur, nul ne veut nous accompagner.

— Et Jordi ?

— Il vient !

— Voilà une escorte opulente pour un couple royal !

— Pense à la Sainte Famille ! le consola Yeza. Ils n'étaient que deux, plus un âne !

— Marie portait un enfant.

— Ce n'est certainement pas un plaisir que je me réserverais pour ce voyage à la destination incertaine. Et puis vous n'êtes pas un ange, Roç Trencavel.

— Lorsque nous aurons atteint notre objectif, nous pourrions...

— Si nous y parvenons, mon aimé, ce sera de bon cœur. Mais dans ce cas, je préférerais des jumeaux.

Philippe frappa à la porte de leur chambre.

— Le *perfectus* est aux portes du château, le bon Mauri En Raimon !

— Donnez-lui à boire et à manger dans la cuisine. Ensuite, nous serons prêts à le recevoir.

Roç se redressa, admira encore une fois longuement le corps étendu de Yeza jusqu'à ce qu'elle lui tourne le dos et se recouvre du drap. Roç secoua la tête, passa sa chemise et alla vers la porte. Mais le désir d'être embrassé par Yeza s'empara de nouveau de lui. Il revint sur ses pas, s'agenouilla à côté de leur lit et souleva le drap pour lui cajoler les cuisses. Yeza se redressa et tira sa tête contre elle. Roç savait ce qui se passerait s'il ne cédait pas aux désirs de sa dame. Il chercha donc ses lèvres.

— J'ai oublié de vous dire, ma dame, que je vous aime par-dessus t...

Roç n'alla pas plus loin. Elle lui ferma la bouche et ils restèrent couchés en silence, serrés l'un contre l'autre, écoutant mutuellement leur souffle et savourant leur chaleur, jusqu'à ce que Philippe frappe une deuxième fois à la porte.

— Mauri En Raimon a une lettre urgente de messire le précepteur !

Roç reçut le visiteur au donjon. Il voulut attendre, pour lire la lettre, que Yeza les ait rejoints. Il posa donc au vieil homme, que Xolua avait guidé jusque-là, une question qui le tourmentait depuis longtemps déjà.

— Vous êtes un *perfectus*, un cathare parvenu au niveau le plus élevé de la pureté, commença-t-il. Ou bien êtes-vous un druide, un grand prêtre des forces de la nature et de la magie secrète ?

Cette entrée en matière arracha un sourire à Mauri.

— Prenez un peu de tout cela, messire, secouez et touillez la mixture, et vous aurez un mélange qui n'a rien d'ordinaire, et encore moins de compréhensible !

La réponse plongea Roç dans la confusion, mais il eut du mal à l'admettre. C'est la raison pour laquelle il ajouta, malin :

— C'est sûr, personne n'est parfait.

— Vous voilà déjà plus proche d'un cathare, répondit Mauri. Son monde est scindé, coupé en deux, car c'est celui du diable !

— N'est-ce pas Dieu qui a créé ce monde ?

— Non, car, dans ce cas, il ne serait pas tel qu'il est. Satan est le dieu créateur, saint Jean l'avait déjà compris et l'a écrit dans la Sainte Révélation.

L'homme qui porte la lumière a créé tout ce qui est visible et éphémère, la matière, et donc également l'être humain. Le vrai dieu ne crée pas, il n'apparaît pas. Il est, il était et il sera, partout, éternel, tout-puissant. Ce qui reste, c'est l'âme humaine!

— Dieu est-il alors bon ou mauvais? demanda Yeza, qui était entrée discrètement dans le donjon.

— En réalité, il est tout, répliqua Mauri. Mais pour comprendre comment il englobe tout, il faut savoir comment le bien est parvenu dans le monde du malin.

— Et pas l'inverse? s'enquit Yeza.

— Il vaudrait mieux pas! rétorqua vivement le vieil homme. Jadis, nos âmes étaient pures, elles étaient des anges, comme Satan lui-même. Mais il a séduit les anges. Pour le punir, on l'a chassé du Ciel, et il a emmené avec lui dans sa chute une partie des anges, le soleil, la lune et les étoiles. Ils sont tombés sur notre terre, et Satan les a forcés à entrer dans sa matière, et dans nos corps.

— C'est donc cela! fit Roç, songeur. Mais où est donc passé l'esprit?

— L'âme des anges a laissé son corps dans le ciel, l'enveloppe terrestre n'est que sa geôle. L'élément qui articule le corps et l'âme est l'esprit, planant entre le ciel et la terre, cherchant constamment une issue. Il apporte de la lumière dans la geôle des détenus, il « illumine » la pauvre âme. L'homme devient un *katharos*, il ne songe plus qu'à se débarrasser de ses chaînes, de son enveloppe et, devenu une âme libre, à remonter dans sa patrie céleste.

— Nous pouvons par conséquent nous aussi devenir de véritables cathares si nous recevons volontairement l'esprit de Paraclet, conclut Yeza. C'est une grande consolation.

— Mais lisons donc la lettre que vous nous avez apportée de Rhedae, proposa Roç.

Mauri sortit la lettre de son vêtement et la lui tendit. Le vieil homme fit mine de se retirer, mais Yeza lui demanda de rester et lui proposa un siège.

— J'aurai encore une question à poser à ce sage homme, annonça-t-elle en s'adressant plus à son compagnon qu'à Mauri En Raimon. Roç avait brisé le sceau et lisait les lignes à mi-voix. Yeza le regarda par-dessus l'épaule. La lettre commençait à brûle-pourpoint, on l'avait manifestement écrite en toute hâte :

« *Gavin Montbard de Béthune souhaite à Yezabel Esclarmonde et Roger Trencavel, le couple royal, une vie heureuse dans le lieu sacré que le grand projet leur destine. C'est là, et seulement là, mes protégés, que vous pourrez trouver le Graal, il est revenu à son lieu d'origine, et c'est là que vous devriez le suivre. Le Graal est le symbole de la rédemption : la force de l'amour permet de quitter le monde mauvais du Démiurge.* »

— Avez-vous entendu, Mauri En Raimon ? demanda Roç au messager. Le précepteur du Temple ne dit rien d'autre que ce que vous venez de nous expliquer...

— Je sais, répliqua le cathare. C'est à moi qu'il a dicté ces lignes.

— Gavin se serait-il secrètement converti à la foi cathare ?

Roç avait du mal à y croire, mais Mauri répondit à voix basse :

— Il m'a demandé le *consolamentum* et je le lui ai accordé.

Roç secoua la tête, incrédule, mais il poursuivit sa lecture :

« *À celui qui est jugé digne du Graal, on épargne le Calice noir, qui a besoin de la mort physique pour entrer au paradis, d'où proviennent nos belles âmes. Celui qui vous dit ces mots, heureux enfants, est un ange déchu qui doit à présent emprunter ce chemin difficile. Vous, Roç et Yeza, vous avez l'amour, vous devriez chercher la trace vivante de notre origine parfaite. Alors, vous conquerrez le Graal. L'ultime désir du pauvre larron, c'est de connaître l'honneur d'être* » *crucifié à côté du Paraclet. Relevez donc celui qui a péché, ne faites pas attention à la tête de Baphomet, cette fausse idole qui vous attire avec son or et vous entraîne vers le bas, vers la terre. Songez à votre vieil ami, libérez son âme de sa prison terrestre, emmenez-le avec vous en Terre promise. C'est ce que réclame un homme indigne de vous demander, à vous, le couple royal, de vous rendre encore une fois à Rhedae dans la maison de la pécheresse avant que vous ne partiez, avant que lui-même ne parte. Et lorsque vous serez sous la croix, sachez que votre Gavin vous a toujours aimés, même lorsqu'il était sévère; qu'il vous a toujours protégés lorsqu'il invoquait les dangers, et qu'il n'a jamais voulu que votre bien, même lorsque cela ne paraissait pas évident. C'est mon testament. Hâtez-vous, car bientôt, déjà, les aiguilles vont s'enfoncer. »*

— Est-ce l'*endura* ? Roç s'était timidement tourné vers Mauri En Raimon, qui répondit par l'affirmative en baissant sa tête aux cheveux blancs.

— Mais cela me paraît aussi un testament très précis et plein d'indices, fit Yeza à voix basse. On dirait que Gavin veut faire de nous ses héritiers.

— Penses-tu qu'il s'agisse du trésor? chuchota Roç pour que le vieux cathare ne l'entende pas.

Yeza ne répliqua pas. Roç prit donc l'affaire en main, surexcité par cette nouvelle quête.

— Nous devons partir immédiatement!

— En tout cas, continua Yeza, c'est un appel au secours désespéré.

Yeza était triste; son regard tomba sur le petit Xolua, qui avait joué pendant tout ce temps aux pieds du parfait, sans dire un mot. Elle eut une intuition subite :

— Valeureux Mauri En Raimon, l'avenir dira si ma supposition est la bonne. Je n'ai plus le temps de rester ici, comme vous venez de l'entendre et comme vous le saviez sûrement avant même de venir.

Le vieil homme se releva et voulut prendre congé.

— Soyez l'hôte de ces murs tant qu'il vous plaira,

lui dit Yeza. Je veux vous confier cet enfant car il est trop petit pour faire avec nous ce voyage dans l'inconnu. Éduquez-le, faites-en un bon *perfectus*.

Comme si Xolua avait tout compris, il attrapa la main de l'homme et le mena hors de la pièce. Alors entra Potkaxl, et ils virent que la princesse toltèque avait pleuré. Ils restèrent tous les trois à la fenêtre et aperçurent Mauri En Raimon franchir le portail avec Xolua. Le petit ne se retourna même pas vers le haut donjon de Quéribus.

> « *Oy aura dulza, qui vens dever lai*
> *un mun amic dorm e sejorn'e jai,*
> *del dolz aleyn un beure m'aporta'y!*
> *La Bocha obre, per gran desir qu'en ai.*
>
> *Et oy Deu, a amor!*
> *Ad hora m'dona joi et ad hora dolor!* »

Lorsque Roç, Yeza et leur escorte furent arrivés devant la taverne incendiée, en dessous du château, ils firent arrêter le convoi. Leurs trois chariots avaient suffi à charger les biens qu'ils avaient emportés de Quéribus — s'il n'y avait eu dame Mafalda, deux auraient sans doute suffi. Mais la première dame de cour avait manifestement emporté tout son trousseau. En tout cas, ses bahuts, ses caisses, ses malles et ses ballots étaient plus nombreux que ceux de sa maîtresse et de Roç réunis. Geraude et Potkaxl, Philippe et Jordi ne possédaient rien. Le troubadour était assis sur le siège de cocher et s'apprêtait à entonner une nouvelle chanson lorsqu'il aperçut le toit effondré et les poutres calcinées. C'est là que Roç, une année plus tôt, avait courageusement chevauché pour le tirer des griffes du capitaine Fernand Le Tris. Et l'inquisiteur, le gros Trini, n'avait pas eu le dessus. Cette fois, il était à l'abri de ce genre d'agressions. Car toute la garnison, composée de courageux soldats de Mirepoix, les accompagnait ce jour-là.

Roç fit attendre ses accompagnateurs et monta la

colline avec Yeza, passa au-dessus de la grotte où le vin, jadis, rafraîchissait les voyageurs. Ils aperçurent le buisson de rosiers. Les roses blanches fleurissaient de nouveau, mais on ne voyait plus rien de la pierre noire. Le buisson s'était refermé, on ne distinguait même plus les entailles qu'y avait faites Roç pour dégager le cube noir. On aurait dit que la pierre n'avait jamais été là. S'il n'y avait pas eu ce petit torrent, ce filet d'eau qui sortait sans doute de terre au milieu du buisson de rosiers, ils auraient pu douter de leur mémoire. Roç se rappela l'épitaphe de marbre, le creux destiné à recevoir le calice noir et le fin rayon produit par l'eau de source. Il frissonna. Lui et Yeza comprirent en même temps que la pierre n'avait été là qu'à un instant bien précis, celui où ils étaient passés devant elle.

— Pour retenir cet instant unique, dit Yeza, songeuse, on avait même envoyé un peintre. La pierre noire n'est plus qu'un tableau.

— Ou même une idée, compléta Roç. Elle contenait un message à notre intention, et nous ne l'avons pas compris.

— Son apparition était peut-être une invitation à la chercher.

— Elle, ou le calice manquant ? Comme nous nous sommes déjà mis en route, nous n'avons plus besoin de cet indice. Suivons donc la trace de la pierre noire, ma dame. Elle nous mène d'abord à Rhedae.

— Parions qu'elle ne nous y attend pas, dit Yeza. Ce sera un long voyage, jusqu'à la fin...

— Je suis prêt, l'interrompit brutalement Roç, comme s'il était pris de superstition et voulait empêcher qu'elle ne prononce des mots susceptibles de devenir réalité.

— Eh bien soit ! dit Yeza, qui avait compris à quoi il pensait. Nous allons savoir à quoi nous sommes prêts.

Elle l'embrassa sur la bouche et ils descendirent nonchalamment la colline pour rejoindre leurs chevaux et leurs accompagnateurs.

L'ÉPOUSE DE PALERME

I

LE TESTAMENT DU PRÉCEPTEUR

LE TRÔNE DU PÊCHEUR

— Hâtez-vous, *Santità*! s'exclama le puissant cardinal Octavien. Sa Sainteté Alexandre IV, gâté par les flatteries de sa cour, n'apprécia guère la chose. Il lui semblait qu'Octavien degli Ubaldini lui avait donné du « *Santì* », reprenant l'abréviation grossière des garçons de rue de Trastevere. N'était-il pas le titulaire du Saint-Siège, investi par Dieu, représentant du Seigneur sur cette terre, successeur de l'apôtre Pierre et chef de toute la chrétienté?

Le pape trébuchait plus qu'il ne marchait en redescendant les escaliers abrupts du château Saint-Ange, dans le babil permanent de sa suite. Il se faisait l'effet d'une reine des abeilles entourée par son essaim bourdonnant. Quelques heures plus tôt, ils étaient venus le chercher et lui avaient fait emprunter la galerie du Borgo, considérant qu'il n'était plus à l'abri des attaques de la plèbe dans la basilique Saint-Pierre. Il avait espéré qu'au moins, on ne le forcerait pas à quitter la ville, *sa* ville. Mais cela ne lui fut pas épargné non plus. Une porte étroite menait à l'extérieur; par une trappe et un escalier branlant, on descendait vers le rivage du Tibre et l'on arrivait tout droit à bord de la galère pontificale. On y avait tendu une multitude de cordes et de voiles, non pas pour éloigner les mouches et la corruption des marchandises à transporter, mais pour le protéger, lui, le pape, des projectiles que les Romains pourraient lui lancer du haut des berges du Tibre, et surtout des ponts sous lesquels il lui faudrait passer. À peine arrivé à bord, Alexandre dut descendre dans la cale puante, et on leva les amarres, cap au nord.

Le pape sombra dans une somnolence comateuse. Des cauchemars l'agitaient. Il vit son trône, le Saint-Siège de Pierre, déposé devant la porte. Les enfants du Graal marchaient dans sa direction et s'y installaient, comme si c'était tout naturel. Roç et Yeza étaient vêtus de mousseline blanche et rayonnante. En dessous, leur corps était nu, mais pur, un calice avançait en planant devant eux. Et au-dessus de leur tête, la colombe au rameau d'olivier battait des ailes. Le ciel s'ouvrit au-dessus de Saint-Pierre, un rayon de lumière sortit des nuages, descendit sur le couple installé sur son trône et le fit briller : le pape et la papesse ! Alexandre entendit chanter les anges, mais ne voulut rien voir d'autre que les flammes de l'enfer qui dardaient sous le trône du pêcheur. Mais dans son rêve enfiévré, il avait beau regarder fixement le socle au lieu de se réjouir à la vue des cieux lumineux, il ne parvenait pas à faire surgir la moindre flamme sulfureuse. Dans la cale, des perles de sueur recouvraient déjà le front du pape. Par longues rangées de deux, des hommes barbus et de jeunes femmes, tous vêtus de blanc, avançaient par vagues vers le couple royal : les « bons hommes » et les « bonnes femmes », les « purs dans la foi ». Le bâtard Manfred avait élevé l'hérésie des cathares au rang de religion d'État. Alexandre se vit s'agenouiller devant le trône. Alors, enfin, il regarda droit dans la fournaise, et elle lui bondit à la face, lui dévorant le visage ! Alexandre sursauta en criant. Un seau de poissons puants avait dévalé sur le toit de sa tente, un animal avait glissé par une fissure et avait atterri sur la poitrine du pape. Sa Sainteté vivait encore !

Les précautions qu'on avait prises se révélèrent du reste exagérées, d'autant plus qu'Octavien avait fait disposer sur les deux rives des gardes à cheval qui avançaient à la même vitesse que la galère et évacuaient les ponts avant son passage. Seuls quelques œufs nauséabonds et autres betteraves pourries atterrirent sur la voile, sans la moindre conséquence. Mais le mélange d'aliments corrompus et d'excréments empestait épouvantablement. Rome n'en voulait pas à la vie du pape, la ville désirait seulement se libérer de sa domination : elle le laissa filer. Bien après qu'il eut franchi les murs de la ville, à l'extérieur, à la Prima Porta, on le fit monter dans une litière, et le cortège obliqua dans la Via Cassia, sans être inquiété.

Alexandre était fou de rage, et il se sentait mal. À trois reprises, il fallut lui apporter ce siège percé qui n'avait de commun avec celui de saint Pierre que la largeur des fesses. Et c'est dans cet équipage qu'ils atteignirent Viterbe, la mal aimée.

La ville, située à la frontière du *Patrimonium Petri* et de la Toscane, était destinée à protéger l'État religieux romain des attaques venues du nord par la Via Cassia. Au grand regret de la curie, cela ne valait nullement au pape l'amitié des habitants de Viterbe. Mais les châteaux où l'on avait coutume de se réfugier dans les Colli Albani, au sud, étaient considérés comme encore moins sûrs. Octavien, maître des « Services secrets » de la curie, que l'on appelait aussi « le cardinal gris », avait donc décidé sans réfléchir bien longtemps que le Saint-Père viendrait se réfugier dans cette ville. Rome, l'ingrate, l'infidèle, avait une fois de plus proclamé la république et donné les pleins pouvoirs au sénateur Brancaleone degli Andalò. Le pire, dans toute cette histoire, c'est qu'un partisan déclaré des Hohenstaufen venait ainsi de prendre les fonctions du Podestà dans la Ville éternelle, dans son *urbs* !

Alexandre en aurait hurlé de rage. Lui-même natif de Rome, il ressentait doublement l'injure qui lui avait été faite. Mais, après cet affreux voyage, il se sentait trop faible pour laisser libre cours à sa douleur. Et puis il lui manquait un public compatissant, ou du moins intéressé. Le pape se retira dans les appartements qui lui avaient été attribués et se fit servir une décoction de mauve et de camomille, avec quelques gouttes de valériane.

Octavien degli Ubaldini était un Florentin, et la proximité de sa ville natale lui garantissait à Viterbe une protection suffisante. Lassé des sempiternelles querelles avec le porteur de la tiare, il décida de faire un rapport écrit sur la situation, épisode que les Anglais résumèrent sèchement (et à juste titre !) par le terme d'« affaire sicilienne ». Il lui fallut d'abord dresser un tableau sans complaisance de toutes les erreurs commises par le prédécesseur de Sa Sainteté. Avec une malveillance d'intrigant, Octavien alla chercher pour rédiger ce mémorandum le notaire pontifical Arlotus, sachant sans doute que celui-ci avait servi Innocent IV et qu'il s'était déjà, à l'époque, laissé corrompre par Charles d'Anjou.

Le Cardinal gris avait convoqué le notaire dans l'aile du palais pontifical qu'il avait confisquée à son propre usage, et dont au moins un souterrain permettait de s'enfuir en cas d'urgence.

— Mon cher Arlotus ! fit-il aimablement en voyant arriver le petit homme sec. Je ne voudrais pas faire injure à votre rang en vous demandant de faire travailler vos doigts — et de les couvrir d'encre ! Les Services secrets ont suffisamment de secrétaires à la chancellerie, je pourrais demander à Bartholomée de Crémone...

— Par le Christ et par tous les saints, surtout pas ce bavard de Triton ! Autant aller accrocher tout de suite le *scriptum* à la porte du palais !

— Je vois que vous êtes un spécialiste, dit le cardinal avec délectation. Eh bien, dans ce cas, commençons.

Le notaire relégué au rang de *secretarius* se rendit au pupitre, et Octavien s'installa sur un siège.

— « *Commentatio Rerum Sicularum*. Jusqu'à la mort de l'antéchrist Frédéric Ier... »

— ... L'empereur Hohenstaufen déposé?

— Ne m'interrompez pas, Arlotus ! « Jusqu'à cette mort, le roi Louis de France empêcha toute attaque de son frère cadet, Charles d'Anjou, contre la couronne de Sicile. Et même après cette date, il soutint la prétention à l'héritage, légitime à ses yeux, de Conrad, fils de l'empereur. Le roi renia ainsi son propre sang en forçant Charles à renoncer officiellement à ses prétentions. C'est seulement lorsque Conrad alla au diable, en mai *anno Domini* 1254, que le pieux Louis changea d'attitude. Il continua certes à défendre l'idée que la succession revenait au fils mineur de Conrad, dit "Conradin", mais l'insolente attaque du bâtard Manfred, qui avait pris le pouvoir en Sicile, avait sérieusement décontenancé ce fidèle ami des Hohenstaufen. Entre-temps, notre Saint-Père Innocent s'était rappelé que la Sicile avait toujours été un fief pontifical et que le Saint-Siège était le seul à pouvoir l'attribuer. Il fit savoir publiquement que son favori demeurait le comte d'Anjou. Pour ne pas perdre la face, ce qui ne seyait point à un roi de France, le roi força son frère à refuser de nouveau ce trône, ce que Charles fit en grinçant des dents.

« Déçu, le Saint-Père, dans sa bonté et en un instant de faiblesse, céda aux recommandations que lui avaient chuchotées des conseillers félons : il chercha à se réconcilier avec le bâtard. Manfred, cet avorton du diable, avec sa belle frimousse et sa nature cupide, fit allégeance au Saint-Père trop crédule. Le diable guida même par la bride le cheval de son pasteur et de son maître Innocent lorsqu'il franchit le fleuve-frontière, le Garigliano. Mais une semaine à peine plus tard, Manfred quitte le lieu des négociations et se cache chez ses Sarrasins, à Lucera. » Ce que l'on peut comprendre, cher Arlotus, n'est-ce pas ?

Le notaire s'abstint de répondre et se contenta de poser quelques questions supplémentaires.

— Charles d'Anjou n'avait-il pas reçu secrète-

ment carte blanche pour faire table rase? Ou bien
Innocent, avec la faiblesse de son grand âge,
n'avait-il pas été mis au courant de vos projets? Un
sinistre peintre arrivé de Venise ne séjournait-il pas
déjà sur place, sous prétexte de faire le portrait du
futur jeune roi de Sicile?

— Pourquoi m'accusez-vous, moi, un simple
advocatus de la curie, d'en savoir autant? Pis encore,
vous me soupçonnez ouvertement d'avoir pris parti
et d'avoir été au courant de pareilles manigances!

— Elles vous sont totalement étrangères! Elles
vous indignent tellement que mes vagues allusions
vous suffisent à formuler une accusation! Vous ne
pouvez rien me cacher!

Le Cardinal gris ne riait pas, même si les tré-
moussements de son interlocuteur l'amusaient beaucoup.

— Je serais un piètre chef des Services secrets si
j'ignorais que vous étiez présent sous la tente des
négociations.

— Ah! Le Triton! s'exclama Arlotus en comprenant soudain qui avait servi d'informateur. Et le cardinal put se permettre de hocher la tête avec satisfaction.

— Vous pouvez donc aussi admettre que cette
même nuit, Yves le Breton est arrivé...

— Je l'admets volontiers, répondit le secrétaire, si
vous m'expliquez en retour quelle mission votre
Barth remplissait là-bas.

— Le Crémonais n'était certainement pas là pour
tuer, si c'est ce que vous voulez insinuer. D'autre
part...

— D'autre part, l'interrompit Arlotus, à cette époque, le pape actuel était encore le Cardinal gris,
maître des Services secrets.

— Vous en savez trop, dit Octavien avec une amabilité qui ôta au visage d'Arlotus le peu de sang qui
coulait encore dans ses veines. En tout cas, reprit-il,
le vénéré pape Innocent IV mourut la même année et
mon prédécesseur, comme vous l'avez justement

relevé, occupa le siège du Pêcheur. Où en étions-
nous restés, précieux Arlotus? Ah oui, à « Lucera » !
« En tant que successeur du Siège, Alexandre IV ne
pouvait pas faire autrement que reprendre, au moins
dans un premier temps, la politique de la Curie. De
fort louable manière, il ne le fit cependant pas avec
la haine aveugle de son prédécesseur, mais avec une
attitude plus réfléchie... »

— Mais pas plus résolue !

— Vous l'avez dit : *Omissis !* « Notre Saint-Père
actuel pouvait se permettre d'attendre que la situation évolue d'elle-même. Le temps travaillait pour
lui. Avec l'âge, le roi Louis se montrait de plus en
plus docile, et finit par céder à la pression constante
de son frère. Mais, entre-temps, un nouvel obstacle
s'était levé. L'État de l'Église, saigné par les confrontations permanentes avec Manfred, qui avait étendu
son domaine jusqu'aux Alpes, avait de graves problèmes financiers. Le pape se vit contraint de céder
contre espèces sonnantes et trébuchantes ses droits
sur le fief de Sicile. L'Anjou aurait pu satisfaire ces
besoins, mais il n'y tenait nullement. »

— Il lui aurait été facile de prendre la Provence en
gage !

— La politique de votre favori, le comte Charles,
consiste à attendre l'instant où la Sicile lui tombera
entre les mains et où une papauté désespérée lui
cédera la couronne sicilienne sans la moindre
contrepartie. Je vous le prédis, à vous et à tous les
autres, qu'ils veuillent l'entendre ou non ! Il existe
hélas dans cette curie des groupes qui tireront profit
de n'importe quelle solution, pourvu que l'on éloigne
toutes celles qui tiennent debout.

— Pour quelle solution plaidez-vous ?

— Je le confierai à ce mémorandum à la fin, précieux seigneur, restons-en à la chronologie des événements.

— Vous ne me devez nullement ce renseignement,
Excellence, commença Arlotus, tout miel, mais vous
avez laissé entendre que vous aviez une autre solution à l'esprit ?

— Vous voulez savoir pourquoi je suis contre l'Anjou? Parce qu'un axe français qui traverserait la Méditerranée de biais, passant par la Sicile, jusqu'en *Terra Sancta* et même jusqu'à Constantinople, promet encore plus d'hégémonie et de prétentions séculières que l'*unio regni ad imperium* des Hohenstaufen. D'autant plus que règne en Allemagne un Anglais qui n'a pas de vues sur la Sicile. Voilà les raisons pour lesquelles je m'engage en faveur du Hohenstaufen Conradin. Ce gamin n'a que six ans, c'est vrai. Mais même Manfred ne pourra s'affirmer contre ses prétentions au trône. Le bâtard paierait cher pour exercer la régence, plus que ne pourrait réunir l'Anjou, même s'il le voulait. Le fait que Charles paie certaines personnes à la Curie, ajouta avec délices le cardinal Octavien, témoigne de son sens des bons placements financiers... et de son avarice. En tout cas, nous aurions immédiatement la paix, de l'argent, et dans dix ans un jeune roi avec lequel nous nous débrouillerions bien.

— Cela sonne bien, mais vous faites votre compte en oubliant les ambitions du comte d'Anjou et de son épouse! Ils se révéleront plus forts que tous ces jeux d'échecs où les pions sont des enfants. Messire Charles est un homme à la fleur de l'âge, et, pour régner, il ne suffit pas de prétendre au trône. Il faut aussi vouloir exercer le pouvoir, savoir le conquérir et le retenir...

— Vous teniez vraiment à avoir le dernier mot, précieux Arlotus?

Le parc du Palazzo dei Papi jouxtait les murs de la ville de Viterbe. Cela paraissait aussi inquiétant à Sa Sainteté Alexandre IV que la petite rivière qui clapotait sous ses fenêtres avant de disparaître sous le mur. Deux portes dérobées lui permettaient certes de s'enfuir, mais elles pouvaient aussi bien laisser entrer un assassin soldé par le bâtard des Hohenstaufen en Sicile ou l'un de ses gouverneurs sans foi qui, dans les régions du nord, toutes proches, maintenaient en vie le pouvoir de cette couvée du diable, de ce nid de vipères maudit par Dieu et par lui-même! Mais le vicaire du Christ ne tenait pas non plus à résider au centre de la ville. Il s'y serait senti l'otage des gens de Viterbe, auxquels on ne pouvait pas se fier et que seul le joug retenait sans doute de le trahir — tout comme les Romains! Alexandre aurait pourtant ardemment souhaité avoir l'esprit libre, en cet instant précis, pour prendre des décisions importantes. Comme un homme tourmenté par la migraine, la moindre contrariété le mettait hors de lui et le plongeait dans une sourde inactivité. Il sentait que l'on avait mené des négociations et conclu des accords non pas dans son dos, mais sous son nez. Le cardinal Octavien, son conseiller, son confident, s'était occupé de tout. C'est le Cardinal gris qui tenait désormais les fils.

Alexandre eut même l'impression d'être soumis à la question lorsque Octavien, sans avoir frappé, entra d'un pas rapide dans la pièce et demanda sans même le saluer si Sa Sainteté avait lu le mémorandum qu'il lui avait fait porter quelques heures plus tôt. Le pape l'avait lu, effectivement, mais il éprouva une grande envie de répondre par la négative, par pur dépit. D'un autre côté, il avait relevé dans la *Commentatio Rerum Sicularum* quelques formules qu'il ne pouvait laisser passer telles quelles.

— Vous me gardez ici comme un prisonnier, commença-t-il, au seul motif que ce lieu vous arrange, parce que vous vous y trouvez à proximité de Florence.

— Le Saint-Siège est toujours debout, *Santità*, répondit le cardinal (ce qui correspondait exactement à la réalité, puisque Octavien s'était assis alors que le pape était encore sur ses deux jambes). Mais si vous tenez tant que cela à être près de Rome, vous pouvez y retourner. Si je ne me trompe pas sur Brancaleone, vous seriez le premier pape de l'histoire auquel on ferait un procès pour haute trahison.

Le teint d'Alexandre vira au gris cendre, il se mit à transpirer.

— Savez-vous, Octavien, ce que j'ai rêvé cette nuit? Devant Saint-Pierre, on avait dressé un échafaud. Mes cardinaux formaient une longue file...

— Elle ne devait pas être si longue que cela, vous n'en avez que huit, l'interrompit sèchement son confident. Moi compris!

— Vous n'y étiez pas, se rappela le pape, mais je marchais en dernier...

— Tant que Guillaume de Rubrouck n'occupe pas mon poste, j'accepte volontiers de vous tenir compagnie.

— Vous vous moquez encore face à la mort sur le pilotis. En haut, le bourreau attend avec son épée...

Alexandre replongea dans son rêve.

— Avez-vous vu votre tête tomber? demanda le Cardinal gris, impassible.

— Non, j'ai monté l'escalier, mais deux anges se sont placés à mes côtés. Les enfants du Graal me guidaient. Les marches menaient au ciel!

— Voilà l'admirable rêve de la rédemption d'un pécheur!

— Vous n'êtes plus mon ami, Octavien, se plaignit Alexandre. Votre texte grouille d'accusations offensantes. Vous m'y présentez comme un être à la fois versatile et entêté, cupide et animé par la même haine aveugle que mon prédécesseur Innocent!

— Si vous avez eu cette impression, cher Saint-Père, et si elle vous révolte, mon modeste traité a atteint son objectif.

Le pape se força à afficher un rictus de reconnaissance.

— J'espère seulement, mon bon ange Octavien, que le moine qui l'a rédigé pour vous est en sécurité, *saluti suae consulens*?

— Vous pensez que je devrais me faire du souci pour sa santé?

— Il faut l'empêcher de parler! fit Alexandre dans un feulement, agacé par la feinte incompréhension de son conseiller, qui ne prenait pas tant de gants d'ordinaire. Je ne veux pas que l'on sache sur quel

ton vous me parlez! Les moines de notre chancellerie ont la langue plus agile que la plume. Par
conséquent...!

— Le rédacteur était Arlotus, votre *advocatus*...

— En avons-nous encore besoin?

La tête de Baphomet

« *Philomele demus laudes in voce organica*
dulce melos decantantes, sicut docet musica,
sine cuius arte vera rulla valent cantica. »

La montée à la citadelle de Rhedae, le reste fortifié
de Razès, la capitale du comté gothique qui s'étendait jadis sur toute la colline, courait en serpentins
entre les ruines.

« *Cum telluns vere novo producuntur germina,*
nemorosa circumcira frontescunt et brachia,
flagrat odor quam suavis florida per gramania. »

Depuis longtemps, le laurier et les épineux, le
genêt et les acacias avaient recouvert les arcs effondrés, les colonnes de marbre brisées et les moignons
de murs. Le soleil déclinant plongeait dans une lueur
rouge doré le château des Templiers, qui s'élevait au-
dessus. Les ombres violettes des cavaliers et des chariots du convoi qui montait péniblement glissaient
comme des spectres sur les parois de pierre de la forteresse. Roç et Yeza chevauchaient en tête de leur
petite caravane, composée de trois chars à bœufs et
de la poignée de soldats de leur dernière « garnison », que le comte de Mirepoix leur avait laissés
après avoir quitté Montségur et qui les avaient escortés jusqu'en ces lieux, une simple étape dans leur
voyage. Les hommes n'étaient guère disciplinés. Le
plus souvent, ils étaient assis sur le dernier chariot
au lieu de marcher. Les trois « suivantes » de Yeza
avaient pris place sur le char du milieu. Il aurait
mieux valu dire « les deux suivantes », car Mafalda

se considérait comme une « dame de cour », et, si elle était montée avec les deux autres, c'était pour ne pas être exposée, seule, aux tentatives d'approche de ces soldats grossiers.

> « *Hilarescit philomela, dulcis vocis conscia,*
> *et extendens modulando ulturis spiramina,*
> *red dit voces ad estivi temporis indicia.* »

Jordi, le petit troubadour, s'était lui aussi installé auprès des dames, et les distrayait avec son luth.

> « *Istat nocti et diei voce sub dulcisona, sopratis*
> *dans quietem cantus per discrimina nec non*
> *pulchra viatori laboris solatia.* »

Geraude chantait d'une voix superbe, ce qui agaçait Mafalda.

> « *Vocis eius pulcritudo, clarior quam cithara,*
> *vincit omnes cantitando volucrum catervulas,*
> *implens silvas atque cuncta modulis arbustula.* »

Roç et Yeza avançaient si loin devant qu'ils ne percevaient pas la gaieté bruyante de leur escorte. Eux-mêmes se taisaient, plongés dans leurs réflexions. Tous deux songeaient au lieu qui se trouvait devant eux, Rhedae, le siège de leur mentor Gavin Montbard de Béthune, et surtout à sa personne. Le précepteur des Templiers de Rhedae leur avait lancé un appel sourd mais désespéré. Ils ne savaient comment interpréter l'ultime et pressante invitation à venir aussitôt lui rendre visite. Et cela préoccupait Yeza et Roç. Car ils n'avaient jamais vu Gavin inquiet. Ils l'avaient toujours connu sarcastique et arrogant. Il s'était constamment tenu au-dessus des choses, leur avait donné un tour surprenant, souvent dangereux, lorsqu'il apparaissait à l'improviste, intervenait et disparaissait de nouveau, toujours en possession du pouvoir que lui conférait son rôle d'exécuteur du grand projet. Jusqu'ici, il avait toujours été leur guide, si loin que puissent se le rappeler les enfants du Graal. Et c'est cet homme-là qui se résignait à présent ?

— On aurait dit un testament, fit Roç, brisant ainsi le silence sans regarder Yeza. Comme si Gavin avait dû prendre congé de nous à tout jamais.

— Et ce dans une profonde tristesse. Il souffre peut-être d'une maladie incurable ?

Après avoir franchi l'ultime lacet, ils étaient arrivés en haut, sur le parvis de Sainte-Madeleine. Aucun Templier n'accourut pour les saluer, aucun garde ne se montra derrière les créneaux. Les lieux semblaient éteints, le soleil vespéral déclinait comme une boule de braise dans les montagnes, répandant la pénombre et laissant souffler un vent glacial. Yeza frissonna. Elle se força à attendre à côté de Roç l'arrivée du chariot qui portait leurs affaires. Puis elle demanda à Mafalda, sa dame de cour, de vérifier leur trousseau avec l'aide de Philippe.

Ils mirent pied à terre et montèrent avec leur escorte l'escalier raide qui menait à la basse porte de l'église. Tous ressentaient désormais l'atmosphère oppressante, même Potkaxl. Silencieuse et craintive, elle monta les marches juste derrière sa maîtresse. Peut-être la Toltèque se rappelait-elle la marche sacrificielle vers le temple, dans sa lointaine patrie, et s'attendait-elle à découvrir, en haut, un prêtre brandissant son couteau. La princesse poussa un petit cri aigu. En haut, à la porte, on apercevait une silhouette enveloppée dans un manteau de prière gonflé par le vent. L'homme ne tenait pas de couteau de sacrifice, mais répétait d'une voix forte et plaintive : « *Olov ha shalom ! Olov ha shalom !* »

C'était Jakov, le cabaliste, et il paraissait extrêmement excité : il répéta plusieurs fois son exclamation avant de se précipiter dans l'escalier, vers les nouveaux venus.

Roç l'attrapa par la manche.

— L'Apocalypse! bredouilla Jakov. Et retentit la quatrième trompette et le quatrième cavalier...

— Qui est-ce? s'enquit sèchement Yeza, ce qui ramena un instant le cabaliste à la raison.

— Le peintre l'annonce, répondit-il, le Chevalier noir apporte la mort, le trésor est englouti dans la mer, le capitaine ne peut trouver le chemin, trois cavaliers errent autour. *Olov ha shalom!*

— Que se passe-t-il avec Gavin? lui demanda Roç d'une voix sévère. Où est le précepteur?

Mais les seuls mots que parvint à prononcer Jakov étaient : « *Olov ha shalom, olov ha shalom!* » Il s'arracha à l'emprise de Roç, dévala les marches et disparut dans l'obscurité.

Roç et Yeza se regardèrent en secouant la tête.

— Quelque chose a dû...

— Je redoute le pire, fit Yeza en lui coupant la parole. Mais elle marcha sans crainte vers la porte ouverte.

— N'y allez pas! J'ai tellement peur! dit Geraude en sanglotant si fort que la princesse toltèque crut devoir la prendre dans ses bras pour la consoler.

Roç avait suivi Yeza. Dans l'église, devant chaque niche vide, brûlaient d'innombrables petites lampes à huile. Leur lumière vacillante plongeait le groupe du Golgotha dans une atmosphère lugubre. Les saints sortis de leurs niches s'étaient rassemblés sur la colline, sous les croix. Madeleine était agenouillée devant le crucifié comme si elle voulait laver ses pieds ensanglantés avec ses larmes. Roç remarqua que le calice noir (il fut soudain certain que c'était celui où elle avait puisé l'onguent dont elle l'avait recouvert et dans lequel elle avait recueilli son sang) avait disparu. Les mains de Madeleine se tendaient, désemparées, vers le supplicié; elles ne formaient pas une coupe, mais tenaient un récipient invisible. Cette disparition causa un choc à Roç, qui comprit d'un seul coup qu'il avait été au-dessous de tout la première fois que le calice s'était révélé à lui. Il serra les dents. Peut-être Yeza n'avait-elle rien remarqué de tout cela. Marie était à côté de Madeleine et levait les yeux vers son fils comme si elle attendait un mot de consolation. Quelques légionnaires romains, qui n'étaient pas encore présents lors de leur première visite, éloignaient le vieux Joseph, tandis que d'autres jouaient aux dés, sur une couverture, les vêtements des crucifiés. Roç se rappela qu'auparavant, ils utilisaient le fond d'un pot en terre cuite retourné. Celui-ci pendait à présent au bout d'une grosse corde, à trois bons pieds au-dessus du groupe. La corde montait vers la voûte et s'y perdait dans l'obscurité, mais elle redescendait un peu plus loin pour maintenir debout, en position oblique, la croix du deuxième larron. Le clou planté à la naissance de la main du délinquant était ressorti sur la partie inférieure et s'était profondément enfoncé dans le sol. Cela maintenait apparemment la croix en équilibre, au bout de la corde, de l'autre côté du pot de terre. Mais personne ne s'en soucia, parmi le petit groupe qui s'était rassemblé, passablement déconcerté et effarouché, au milieu de la pièce.

— Le cabaliste n'a pas tous ses esprits, constata Roç. Qu'il ait vu Yves le Breton, c'est bien possible, et c'est certainement inquiétant. Mais le peintre?

— Tu étais pourtant bien là lorsque cet espion et ce traître a disparu dans la rivière après avoir été abattu?

Yeza commençait à éprouver quelques doutes sur le récit enjolivé que son chevalier lui avait fait des événements survenus dans la forêt de Montségur.

— Je te jure que je l'ai vu de mes yeux! se défendit Roç. Son bras...

— Il faut que nous trouvions Gavin, fit Yeza en lui coupant la parole. Lui connaîtra la solution de l'énigme...

Roç avait déjà avancé, une lampe à huile à la main, était passé devant le Golgotha et avait rejoint la pierre qui, d'ordinaire, fermait l'accès au « Takt ». Ce gigantesque menhir était en miettes. Roç monta sur les blocs de granit et éclaira le passage, où il savait qu'un escalier de pierre en colimaçon descendait dans la citerne. Il vit briller devant lui le miroir d'une surface aqueuse noire d'où ne dépassait que le haut de l'anneau de pierre. La citerne était remplie à ras bord. « On l'a inondée », se dit Roç en un éclair. Cela empêchait toute progression. Abandonnant dans la nef les deux suivantes serrées l'une contre l'autre, Yeza s'était rendue sur la réplique du Golgotha. Jordi l'éclaira. C'est là qu'elle rencontra Roç, qui revenait vers le centre de l'église.

— Le chemin du « Takt » nous est barré, expliqua-t-il. Seul Gavin a pu faire cela. Je pense qu'il s'est enfui.

— Ou qu'il est mort, répondit Yeza en frissonnant. En ce cas, le « Takt » est sa tombe.

— Et nous sommes ses héritiers, constata Roç d'une voix étouffée. Nous n'avons plus qu'à trouver le trésor.

— Honte sur vous, Roç Trencavel ! chuchota Yeza. Vous ne savez pas encore ce qui lui est arrivé, et vous pensez déjà à...

— Je pense à son testament ! protesta Roç, le rouge au front. Et cela vous concerne aussi, dame Esclarmonde. De toute façon, vous en êtes l'usufruitière.

Yeza n'écoutait plus. Elle savait bien que son compagnon avait raison. Son objection était une simple marque de piété dont Gavin, le Templier, aurait lui-même ri. Dans sa hargne, elle se mit à secouer le long clou de charpentier qui dépassait de la main du larron.

— Le larron et la tête de Baphomet, réfléchissait Roç. Cela me semble un indice utilisable. Non, non ! cria-t-il en voyant Yeza, furieuse, arracher le clou de la main. En un instant, la croix portant le larron s'éleva vers la voûte. On entendit aussitôt un bruit sourd : le pot de terre avait été précipité au sol, où il s'était fracassé entre les joueurs de dés. Yeza, effrayée, avait sauté en arrière lorsque le larron s'était envolé vers le ciel. Cela lui sauva la vie : il alla claquer contre la voûte à laquelle on avait sans doute accroché la poulie où coulissait la corde unissant les deux objets. Le corps de bois se brisa, libérant une pluie de joyaux! Des rubis, des saphirs et des diamants scintillants recouvrirent le sol empoussiéré. Çà et là tombèrent aussi des lingots d'or, de petite taille mais suffisamment lourds pour tuer un homme sur le coup. L'un d'eux, dans sa chute, coupa le bras de Marie. Et un reflet doré apparut dans l'aisselle de la Vierge.

— La tête du diable! s'exclama Jordi, plus effrayé que réjoui. Il désigna les éclats du pot qui, en se brisant, avait libéré une tête d'idole au sourire satanique. Elle était en or massif!

— Baphomet! bredouilla Roç, bouleversé. Le dieu secret des Templiers!

— Tout ici est sans doute en or, constata Yeza, dégrisée. Ferme la porte! ordonna-t-elle à Jordi. Elle savait parfaitement maîtriser ses sentiments lorsque les circonstances l'exigeaient. Roç, lui, était encore totalement abasourdi par les splendeurs qui s'abattaient sur lui l'une après l'autre. Le nain souriait, mais restait parfaitement immobile.

— Je l'avais déjà verrouillée, expliqua Jordi avec fierté. Je l'avais senti, moi, l'or!

— Venez tous! ordonna Yeza en s'adressant aussi à ses suivantes. Et faites comme moi!

— Il faut briser tous les personnages, s'exclama Roç, tout excité. On dirait qu'ils sont tous pleins d'...

— Au contraire, répliqua Yeza. Nous devrions raccrocher immédiatement le bras de Marie et cacher la fissure, car nous ne sommes certainement pas les seuls à chercher ici le trésor des Templiers.

— Et l'or du larron, la tête d'or, qu'est-ce que nous en faisons? Roç admirait la tranquillité de Yeza.

— Ce que nous ne pouvons cacher, nous devons le jeter à l'eau avant qu'un autre ne le découvre.

— Tout ce bel or? geignit Roç, mais Yeza lui répondit sèchement.

— Si vous ne pouvez pas renoncer à ce peu de

chose, vous en perdrez beaucoup, mon roi, il s'agit là
d'une grande richesse.

— Le corps du larron va flotter sur l'eau et nous
trahir...

— Vous rappelez-vous la sortie de cette église?
demanda Jordi en gémissant sous le poids des quelques lingots qu'il portait dans ses bras. Voilà une
cachette adéquate! Il s'adressa à Yeza : À moins que
nous ne le brûlions?

— L'essentiel, déclara Yeza en hochant la tête,
c'est d'effacer toutes les traces de notre découverte.
Nous devons à présent penser comme des rois. La
dissimulation du trésor est une sorte de campagne
militaire.

— Je suis votre général, Majesté! s'exclama Jordi.
Je trouverai une stratégie pour remporter cette
bataille!

Yeza sourit et tendit la main au nain. Roç et les suivantes empilèrent les morceaux de bois éclatés du larron pour former un petit bûcher. Roç montra les morceaux du personnage à Yeza, qui les avait rejoints.

— Les cavités ont été creusées avec précision pour
que l'on puisse empiler dans le torse les lingots et les
petits sacs de bijoux. La tête, les bras et les jambes
sont amovibles, si bien que l'on peut, par les orifices,
ôter pièce par pièce le trésor de cette cassette à
forme humaine sans être obligé de la détruire!

En un instant, un feu s'éleva au milieu de l'église.
Les flammes éclairèrent un peu les lieux, sans rien
leur ôter de leur aspect effrayant.

— Si quelqu'un regarde par la fenêtre, de l'extérieur, dit Roç en riant, il croira que le diable et son
enfer se sont nichés dans le ventre de Sainte-Madeleine.

Mais le rire lui resta dans la gorge. À l'extérieur, on
entendait le bruit des sabots d'un cheval qui se rapprochait. Et un instant plus tard, la voix de Taxiarchos résonnait devant l'église :

— Que se passe-t-il ici?

Mafalda fit preuve, exceptionnellement, de présence d'esprit, et répondit du tac au tac :

— Mes seigneurs, le couple royal, célèbrent la messe de minuit.

— Êtes-vous donc devenus des adorateurs de Satan ? mugit Taxiarchos. On entendait le bruit de ses bottes sur l'escalier. Il frappait déjà à la porte. D'un signe, Yeza avait ordonné à tous ceux qui l'entouraient de garder leur calme.

— Nous ne le laisserons pas nous déranger, chuchota-t-elle. Mais Jordi eut une meilleure idée. Le nain se mit à chanter d'une puissante voix de basse les paroles de la Sainte Messe :

> « *Sanctus, Sanctus, Sanctus*
> *Dominus Deus Sabaoth.*
> *Pleni sunt caeli et terra gloria tua.*
> *Hosanna in excelsis.* »

— Il faut faire disparaître cette tête ! murmura Yeza. Mais Roç, secondé par Potkaxl, avait beau faire, il ne parvenait pas à déplacer, même d'un centimètre, la tête en or de Baphomet.

— Avec la couverture et les éclats de terre cuite !

— Et les pierres précieuses ! ajouta Roç, qui en avait déjà fait son deuil.

Ils posèrent sur la tête de Baphomet la couverture et les morceaux de pot. Geraude et Potkaxl y dissimulèrent toutes les pierres précieuses qu'elles n'avaient pas pu faire disparaître dans leur poche, comme le leur avait demandé Yeza. Même Jordi trouva le temps de se remplir les poches tout en chantant les louanges du Seigneur.

— Dans l'eau ? redemanda Roç pour être bien certain d'avoir l'accord de sa dame. Ils unirent tous leurs forces et firent descendre ce précieux ballot le long de la colline, vers la porte donnant sur le monde souterrain, entre les éclats du menhir. Ils aperçurent la naissance de l'escalier tournant, semblable à la bouche d'un puits. Jordi les éclairait sans cesse de chanter. La situation lui plaisait manifestement.

> *« Benedictus qui venit*
> *in nomine Domini*
> *Hosanna in excelsis. »*

Roç sauta sur l'anneau de pierre. Puis il tira sur le ballot, dont le nœud se défit. Yeza et Geraude poussèrent ensemble : la tête glissa du tissu, franchit le rebord et disparut dans les profondeurs aqueuses, suivie par les pierres étincelantes. On entendit un roulement sourd, un crissement contre les murs, de grosses bulles remontèrent dans l'eau. Puis ils perçurent un grondement auquel se mêlaient des bruits de succion. L'eau calme qui emplissait le puits baissa subitement, comme dans un entonnoir. Un tourbillon puissant aspira l'eau vers les profondeurs : la citerne se vidait. Ils revinrent dans la nef, et Jordi chanta le kyrie :

> *« Kyrie eleison.*
> *Omnipotens stelligeris*
> *conditor caeli.*
> *Christe eleison. »*

Taxiarchos secouait la porte. Roç et Yeza s'agenouillèrent devant le feu qui dévorait les derniers restes du larron. Devant eux, de l'autre côté des flammes, Jordi chantait encore, flanqué de Potkaxl qui faisait tournoyer ses hanches et accomplissait de gracieux mouvements de mains, comme si elle implorait les flammes. Roç jeta un coup d'œil sur toute la scène. On n'y voyait rien de suspect. Il ne restait plus la moindre trace du trésor.

Sur un signe de Yeza, Geraude se dirigea dignement vers la porte pour laisser entrer Taxiarchos.

> *« Qui mundum omnem tuo*
> *salvasti cruore.*
> *Kyrie eleison.*
> *Trinus et unus qui regnas in saecula. »*

Le Pénicrate comptait sans doute se mettre à rugir

de colère, mais il s'arrêta net devant tant de solennité religieuse. Il joignit gentiment les mains tout en laissant son regard balayer la nef. Mais rien n'éveilla ses soupçons. Il s'arrêta sur Potkaxl. C'est tout de même lui qui avait sauvé cette toute jeune princesse toltèque du couteau du prêtre. Cela créait des obligations. Il espérait un petit signe de reconnaissance. Au cours du long voyage en bateau, elle avait quand même été autorisée à partager son lit... Cette petite hypocrite dansait pour ses nouveaux maîtres comme elle l'avait fait jadis devant lui, et n'avait pour son sauveur qu'un sourire insolent. Roç se releva d'un bond, tendit la main à Yeza et l'aida à se relever.

— Je me fais du souci pour le précepteur, expliqua Taxiarchos après un instant d'observation. Gavin Montbard de Béthune avait l'air très étrange, hier, lorsque je l'ai quitté pour inspecter les environs avec ces trois jeunes seigneurs, dit-il en désignant la porte.

— Ah, dit Yeza. Raoul de Belgrave et ses compagnons tiennent sans doute beaucoup à leur capitaine. En réalité, ils voulaient se faire libérer par Gavin pour entrer à notre service. D'où leur est venu ce soudain changement d'intention ?

Cette curiosité déplaisait visiblement à Taxiarchos.

— Ils sont maîtres de leur décision ! répondit-il d'un ton rogue. Demandez-le-leur vous-mêmes !

— Le précepteur les a-t-il seulement délivrés de leur bannissement ?

— L'occasion ne s'en est pas encore présentée ! s'exclama Taxiarchos qui, lorsqu'il ne connaissait plus son rôle, savait improviser avec brio. Le pouvoir que j'avais sur eux a pris fin lorsque nous avons touché la terre ferme, je ne suis donc plus le gardien de ces gamins !

Tout en prononçant ces mots, il avait attrapé un tison et, en l'utilisant comme une torche, s'était approché du menhir éclaté, sans accorder un seul regard au groupe du Golgotha. Taxiarchos éclaira la pénombre et resta longtemps silencieux. Dans la citerne, l'eau avait déjà baissé à hauteur d'homme. Le bruit d'aspiration n'avait cessé de se renforcer. Il mugissait dans les tuyaux du puits, comme un torrent au fond d'une gorge.

— Qui a inondé la citerne? demanda Taxiarchos d'une voix inquisitoriale à Roç, qui l'avait rejoint.

— Vous devriez poser la question au précepteur! C'est peut-être lui, tout simplement. Qui d'autre connaissait le mécanisme? Je ne sais même pas comment on l'actionne!

Roç avait répondu avec arrogance. Constatant que cela lui réussissait (le capitaine, décontenancé, éclairait à présent la salle, les parois et l'escalier avec sa torche), il ajouta insolemment :

— Vous feriez mieux de vous demander qui a provoqué l'écoulement de l'eau. Car lorsque nous sommes entrés, la citerne était encore pleine à ras bord, et la surface était comme de l'huile.

Taxiarchos n'avait pas non plus d'explication.

— Elle sera vide d'ici peu. Ensuite, nous pourrons descendre et essayer de parvenir au « Takt », pour autant que les herses nous laisseront passer. Venez-vous avec moi, Roç Trencavel?

Yeza remit les choses à leur place.

— Le couple royal accepte votre escorte, dit-elle. Procurez-vous des torches et des lampes à huile, je n'ai pas l'intention de passer des heures à tâtonner dans la pénombre, là-dessous.

Taxiarchos la dévisagea, amusé.

— Si vous le permettez, je vais faire venir Raoul et les autres.

Il s'apprêtait déjà à aller les chercher lorsque Yeza l'arrêta sèchement :

— Certainement pas. Le personnel reste devant l'église. Je me demande bien ce que d'autres témoins pourraient voir de plus que nos trois paires d'yeux!

Taxiarchos s'avoua vaincu. Jordi apporta d'autres torches de sapin et des lampes à huile.

— J'ai verrouillé la porte de l'église, annonça-t-il,

et je vais attendre ici avec les dames. Si vous n'êtes pas revenus d'ici une heure, maîtresse, dit-il à Yeza, j'appellerai les autres, et nous partirons à votre recherche !

Le nain avait prononcé ces mots d'une voix tellement décidée que Roç et Yeza se contentèrent de hocher la tête. Le Pénicrate, lui aussi, se plia à sa volonté. Entre-temps, en bas, le reste de l'eau avait été aspiré dans un ignoble bruit de succion. Ils purent donc commencer à descendre. Ils laissèrent Taxiarchos passer devant. Yeza vérifia discrètement que son poignard se trouvait bien à portée de main, dans sa chevelure, et descendit en dernier les marches trempées de l'escalier tournant.

Le mausolée de Gavin Montbard de Béthune

Quelques flaques jonchaient encore le sol en pierre du vestibule. Roç et Taxiarchos éclairèrent le socle massif de l'escalier, mais hormis de petites voûtes murées disposées tout autour et à peine plus grandes que l'entrée d'une niche à chien, il n'y avait rien à découvrir. Roç attendit que Yeza soit arrivée tout en bas. Ils avaient tous les deux la même hypothèse : la lourde tête de Baphomet avait certainement creusé un trou à l'intérieur d'un pilier, et l'eau s'y était engouffrée d'un seul coup, sans doute (Roç ne voyait aucune autre solution) par le canal qui devait réguler l'arrivée d'eau.

L'entrée du système souterrain se trouvait vraisemblablement ici, quelque part, sous l'entrée. Mais il ne pouvait pas tenir uniquement ce rôle. Roç flairait un mystère, au moins un passage secret qu'ils avaient peut-être détruit. Mais où menait-il donc, sinon à d'autres trésors cachés ?

— Pourquoi prenez-vous tellement de temps pour inspecter le château d'eau du précepteur ? demanda Taxiarchos, moqueur. Nous avons devant nous le cœur de son royaume souterrain, le « Takt » !

Roç ne sortit de sa méditation qu'à l'instant où

Yeza lui donna une bourrade. Ils suivirent le Pénicrate, qui les avait déjà précédés vers l'écluse de fer.
Elle était ouverte, ce qui n'étonna guère Roç. Les
événements qui s'étaient déroulés ici n'avaient pas
suivi un cours normal. Il était prêt à tout. Yeza aussi,
visiblement : elle lui adressa un sourire encourageant. Mais une image lugubre venait tout juste de
lui venir à l'esprit. Elle avait vu Rinat, le peintre, prisonnier entre les herses, le corps transpercé par les
fers. Il portait son bras coupé entre les dents, comme
un chien tenant son os, et avait l'air tout surpris de
ce qui lui arrivait. Yeza, agacée, chassa de son esprit
ce tableau effroyable. Mais elle ne se sentit pas tout à
fait bien lorsqu'elle leva sa torche et aperçut les
pointes acérées des herses suspendues, qui pouvaient s'abattre à n'importe quel moment si
quelqu'un, quelque part, déclenchait le mécanisme.

Ils se hâtèrent de franchir le piège mortel. Ils
attendirent de se trouver dans la citerne elle-même
pour respirer librement ; en haut, par l'orifice circulaire, on apercevait le ciel, et un courant d'air frais
et léger leur balayait le visage. Là encore, une source
d'eau claire bouillonnait dans un bassin. Roç y but
avidement. Taxiarchos l'attendit, et ils montèrent
ensemble les marches larges et raides qui menaient
sur la crête de la digue qui leur faisait face et, telle
une épaisse muraille de pierres, séparait la citerne
du « Takt ».

Lorsqu'ils furent arrivés en haut, ils s'immobilisèrent tous les trois, fascinés par la vision qui
s'offrait à eux. En bas, des centaines de lampes à
huile brûlaient dans la salle circulaire en coupole,
accrochées sur tous les piliers qui portaient la voûte
du « Takt ». Les petites lampes brillaient comme des
yeux d'animaux au cœur de la nuit et se perdaient
dans la profondeur de la pièce. Chacun d'entre eux
avait déjà visité ces lieux, et leurs regards à tous se
portèrent donc dans le bassin de pierre creusé dans
le sol, au milieu, là où reposait jadis la grande sphère
de métal. On n'y voyait plus à présent qu'un trou

noir. La sphère s'était volatilisée. Avaient également disparu, sur les murs, ces cartes dont ils se souvenaient tous très précisément, surtout Taxiarchos. Le précepteur et son amiral s'étaient servis de ces documents pour préparer les voyages audacieux sur l'*Oceanus Atlanticus*. Les voies qui menaient au-delà de ces frontières invisibles et évitées par tous les marins, les frontières du monde connu et concevable. Quelqu'un avait aussi ôté les illustrations qui représentaient les pays lointains. Il ne restait plus que les châssis de bois, empilés comme pour cacher quelque chose. Cette mise en scène rappela à Yeza les tombeaux des pharaons, d'autant plus que l'on ne pouvait rien voir, même depuis le haut, et qu'aucune lumière n'y brillait. Cette vision lui fut désagréable. Et le souvenir de la grande pyramide ne se prêtait guère, lui non plus, à la mettre de bonne humeur.

— Regardons la vérité en face ! lança-t-elle d'une voix décidée, brisant le silence de ses deux compagnons. Elle passa devant eux et ils descendirent les marches qui menaient au « Takt ». Sans hésiter, Yeza avança droit vers le bassin rectangulaire, suivie de près par les hommes. Un orifice sombre béait à présent à l'endroit où se pressaient jadis les corps géométriques, cônes et cylindres, cubes et pyramides, portant sur leurs pointes et leurs arêtes le superbe globe terrestre que l'on pouvait ainsi faire tourner dans tous les sens et d'une seule main. On ne voyait plus trace de tout cela. Sous les morceaux de pierre, un escalier descendait dans les profondeurs : l'accès au mystérieux monde souterrain que s'était créé le précepteur. C'est exactement ce qu'ils avaient cherché ! Roç et Yeza évitèrent de se regarder. Taxiarchos, lui, ne put dissimuler son intérêt.

— C'est en bas que nous trouverons la solution ! annonça-t-il d'un ton détaché, mais il s'apprêtait déjà à descendre.

— Nous avons le temps pour cela ! répondit Yeza. Nous devrions peut-être commencer par nous intéresser au sort de Gavin. À moins que vous n'en sachiez plus que nous ?

D'un geste brusque, elle éclaira le visage du Péni-crate. Mais on n'effrayait pas si facilement Taxiar-chos, et il se contenta de rire.

— Si j'en savais beaucoup plus que vous, j'aurais évité de vous rencontrer. J'ignore à quel moment vous êtes arrivés, et ce que vous avez découvert avant de vous enfermer dans l'église.

Roç ne dissimula pas ses soupçons.

— Peut-être vouliez-vous faire votre découverte devant des témoins...

— Quelle découverte? répliqua Taxiarchos avec un empressement manifeste. De quoi parlez-vous?

— Messieurs! fit Yeza pour empêcher la dispute imminente. Nous n'avons pas encore trouvé Gavin Montbard de Béthune!

Elle se dirigea vers le rectangle, avec l'assurance d'un somnambule. Roç et Taxiarchos tirèrent une paroi de bois sur le côté, ouvrant un passage à lar-geur d'homme. Et ils se retrouvèrent derrière le pré-cepteur, assis de dos à son bureau, légèrement pen-ché en avant, dans un fauteuil qui ressemblait à un trône. Sa nuque était ornée d'un dessin rouge mat, une croix fourchue peinte avec du sang. Roç se rap-pela aussitôt où il avait vu cette image, précisément : dans le donjon de Quéribus, dans la chambre cachée du peintre. Ils poussèrent la paroi sur le côté, ce qui leur permit de passer devant la table.

La tête du précepteur n'avait pas basculé en avant sur le bureau parce que quelqu'un lui avait glissé la sphère armillaire sous le menton, ce qui donnait à Gavin l'allure d'un sage, d'un astrologue qui réfléchit les yeux fermés à ce qu'il a découvert, une pierre, peut-être, qu'il aurait été le seul à avoir vue. Le Tem-plier avait l'air paisible et détendu, comme si la mort ne s'était pas emparée de lui brutalement, mais dans son sommeil.

— S'il n'y avait pas ce sang coagulé sur la nuque, constata sobrement Taxiarchos, personne n'imagine-rait qu'il a été assassiné.

Mais l'amiral était lui aussi bouleversé. Il n'osa pas

toucher le mort et se contenta d'observer la blessure à bonne distance. Roç, lui, voulut en savoir plus. Il passa derrière la chaise et éclaira la nuque du cadavre.

— Ça n'est pas du sang! s'exclama-t-il. On dirait plutôt de la cire à sceller. Quelqu'un lui a dessiné la croix des Templiers...

Le Pénicrate se pencha à son tour sur la tache rouge.

— On lui a apposé le sceau de la mort! laissa-t-il échapper.

— Où est son abaque? demanda tout d'un coup Yeza. Il n'a devant lui que son astrolabe et quelques autres instruments.

Roç s'approcha d'elle et profita de sa présence pour poser discrètement la main sur la boussole qu'il avait aussitôt découverte et la ramena vers lui sans que Taxiarchos le remarque.

— Des ustensiles, dit-il avec dédain, tout en faisant disparaître la petite boîte dans sa poche, mais pas de notes! Aucune carte qui nous indique le trajet à suivre sur les mers! Il pourrait aussi s'agir d'un meurtre crapuleux maquillé, n'est-ce pas, messire l'amiral? Sans les cartes maritimes, avec toutes leurs îles, leurs récifs, leurs icebergs et leurs courants, même vous ne retrouveriez pas la Côte d'Or!

— J'aurais du mal, répondit le marin en souriant. Mais s'il devait vous plaire de me soupçonner, songez que si tel était le cas, je ne serais pas ici, sur les lieux du crime, mais depuis longtemps en haute mer, là où, si l'on en croit votre imagination débridée, le sable lui-même est en or. Où est la boussole?

Son regard inquiet balaya les instruments sur la table, devant le mort. Mais il ne trouva pas ce qu'il cherchait.

— Sans la boussole, il est presque impossible de trouver son chemin en pleine mer.

— Le précepteur n'aura sans doute pas souhaité que se répète ce voyage blasphématoire! dit insolemment Yeza. Peut-être Gavin, face à la mort, a-t-il fait la paix avec l'*Ecclesia catolica*, et abandonné au prêtre cet instrument du diable.

Taxiarchos éclata de rire.

— Je peux imaginer beaucoup de choses, mais certainement pas un Gavin Montbard de Béthune rampant vers la croix !

— Vous n'avez justement pas notre imagination débridée ! répliqua Roç. Qui peut être le meurtrier, selon vous ?

— Vous et moi mis à part, répondit le Pénicrate, songeur, toute personne qui se serait présentée à Rhedae au cours des deux derniers jours, en se montrant ou non. *Terribilis est locus iste !* La manière dont sont aménagés ces lieux ne restreint pas le cercle des suspects. Selon moi, la mort est survenue il y a un jour, sinon deux. Je plaide donc pour que nous profitions à présent d'un sommeil nocturne que nous avons tous mérité et que demain, à la lumière du jour, en oubliant nos préjugés...

— Je ne dormirai pas sous le même toit qu'un mort, victime d'un crime infâme ! déclara Roç d'une voix décidée. Vous, amiral Taxiarchos, vous pouvez garder le corps. Moi, je passerai le reste de la nuit à la belle étoile, pour y prendre un peu de repos, si l'âme errante de Gavin me le permet.

Raoul de Belgrave, Mas de Morency et Pons de Levis saluèrent le couple royal en inclinant la tête et en regardant ailleurs, ce qui laissait à penser qu'ils avaient mauvaise conscience. Roç et Yeza les observèrent encore en quittant l'église devant laquelle les trois garçons attendaient leur nouveau maître, Taxiarchos. Jordi était convaincu que l'amiral chercherait à descendre en premier dans les sous-sols.

— Laisse-les filer, murmura Roç à voix basse. Ensuite, nous en serons débarrassés.

— J'espère même que ce corsaire et ceux qu'il a séduits disparaîtront dans les profondeurs avec leur cupidité. Nous devrions de plus faire en sorte qu'ils ne revoient pas le jour de sitôt, afin de pouvoir cacher tranquillement les personnages du Golgotha.

Les soldats de Mirepoix bivouaquaient près des chars à bœufs disposés en carré devant l'entrée de la cerisaie. Les animaux paissaient dans l'enceinte des murs. L'escorte du couple royal repartirait le lendemain matin, de bonne heure, et retournerait auprès de son maître, le comte Jourdain de Levis. Ensuite, Roç et Yeza se retrouveraient de nouveau seuls, il ne leur resterait plus que leur cour minuscule, Philippe, le serviteur, Mafalda, la Première dame, les deux suivantes tellement disparates, Geraude et Potkaxl, ainsi que Jordi, le troubadour. Auxquels s'ajouteraient encore une vieille cuisinière, deux valets de ferme idiots qui avaient demandé qu'on ne les renvoie pas à Quéribus, et les conducteurs des chars à bœufs.

Roç et Yeza étaient couchés un peu à l'écart, sur la plate-forme depuis laquelle Yeza, un an plus tôt, avait glorieusement défendu son honneur contre les trois garçons. Ils ne dormaient pas. Jordi était du premier quart ; il surveillait Taxiarchos et ses trois hommes, à l'intérieur de l'église.

Le nain était assis derrière l'armoire secrète, dans le lambris (Yeza lui avait indiqué le chemin qui y menait depuis la cerisaie), et observait par une fente l'activité des chercheurs de trésor. Ils avaient verrouillé de l'intérieur la porte de l'église. On ne voyait pas Taxiarchos, ses trois accompagnateurs étaient installés par terre et jouaient avec les dés des légionnaires.

Roç et Yeza étaient couchés sur le ventre, collés l'un à l'autre, et pouvaient ainsi surveiller leur entourage. Roç posa enfin la question qui les agitait tous les deux.

— Alors, qui a tué Gavin ?

— Tant que nous l'ignorons, répondit Yeza, il est difficile de trouver un motif à ce crime et, partant, de découvrir ses auteurs.

— Qui te dit que le sceau ne dissimule pas une piqûre ?

— Tu penses à une flèche empoisonnée ? demanda

Yeza sans trop y croire. Dans ce cas, le poison devait être très puissant, avec un effet de paralysie immédiate, comme l'aconit ou l'arsenic. Mais partons de l'idée que la mort a été violente, sournoise, donnée par-derrière. Pour arriver jusqu'ici, la victime devait bien connaître son tueur, et n'avoir aucune espèce de soupçon.

— Qui remplirait ces conditions?

— Taxiarchos, proposa Yeza. Il se serait éloigné après avoir déclenché le remplissage de la citerne.

— Et aurait attendu que quelqu'un arrive, comme nous l'avons fait, pour comprendre avec lui, étape après étape, ce qui s'est passé?

— Mais la réponse qu'il nous a donnée est convaincante. Si un homme comme lui, intéressé avant tout par le trésor (il l'avoue lui-même), avait eu la voie aussi libre qu'à cet instant-là, pourquoi diable aurait-il attendu que des poux viennent s'installer dans sa fourrure pour boire à leur tour le sang doré?

— Qui le cabaliste a-t-il encore nommé? Rinat Le Pulcin?

— Cela m'a étonnée, dit Yeza. Je me fie à ton rapport sur la fin de cette canaille.

— Je peux te jurer deux choses : qu'on lui a coupé le bras et qu'il est tombé dans un torrent déchaîné! Mais il n'était pas mort, et pourrait en être ressorti quelque part?

— Son bras aussi! (La voix de Yeza était moqueuse.) Un cordonnier les a retrouvés tous les deux et les a recousus en vitesse, mais de travers!

— Et pourquoi Jakov l'a-t-il mentionné au lieu de s'étonner du fait que le peintre n'arrive pas avec nous à Rhedae? Il ne pouvait rien savoir de la « séparation »!

— Jakov a seulement dit : « Le peintre annonce la mort! » Cela peut aussi se rapporter au tableau que Rinat avait fait de Gavin, ce portrait de dos avec le sceau rouge sur la nuque... C'est exactement ainsi que nous avons trouvé le précepteur.

— Je me refuse à imaginer Rinat Le Pulcin

comme un mort vivant revenu pour que ses prophéties picturales prennent corps, afin que sa mauvaise âme trouve enfin le repos.

— Parce que tu te refuses à envisager la seule possibilité : Rinat n'est pas mort, justement !

— Dans ce cas, c'est lui, le meurtrier ! Satan, auquel il s'est voué, l'a préservé pour qu'il puisse achever son ouvrage. Crois-tu au diable, Yeza ?

— Je n'en suis pas loin, en tout cas, répondit-elle en riant. À moins que nous ne donnions la préférence à un autre rejeton de l'enfer, Yves le Breton ?

— Tu trouves ça drôle ? « Le Chevalier noir apporte la mort », c'est aussi ce que criait Jakov.

— Prends-le au pied de la lettre, lui conseilla Yeza. Cela ne signifie nullement qu'Yves ait lui-même commis le meurtre, mais uniquement que le Breton y a participé d'une manière ou d'une autre.

— Le poison ! s'exclama Roç. Yves a apporté le poison mortel !

— Ce n'est certainement pas le roi Louis qui lui en a donné l'ordre. Car Gavin n'aurait jamais toléré d'avoir le Breton derrière son dos, il savait parfaitement combien cet homme est dangereux. Ce ne peut pas être le criminel, constata Yeza.

— Dans ce cas, qui a fourni le poison, et qui...

— Demain matin, nous ôterons le sceau et nous déterminerons s'il y a eu ou non du poison. Il me semble étrange que l'on ait marqué d'une manière aussi visible une petite piqûre, une égratignure que l'on aurait facilement négligée. Je parie...

— Ne parie pas, résumons plutôt nos idées !

— Bien, dit Yeza, nous avons un groupe de suspects qui ont tous un rapport avec le meurtre. Mais manifestement, aucun d'entre eux ne l'a commis. Je ne serais pas étonnée si d'autres s'y ajoutaient. Quelque part, tapi dans l'ombre...

— ... ou bien si près de nous que nous sommes incapables de le voir...

— ... guette le grand inconnu, qui rit sous cape.

— Gosset ! s'exclama Roç en désignant le prêtre

qui se retrouva tout d'un coup devant eux, sorti de la pénombre comme un spectre. Quel vent vous amène ?

— Celui de Carcassone, messire, répondit Gosset, amusé. Je sors aussi de la voiture de l'inquisiteur, si vous voulez connaître mon véritable mode de transport. Bezù de la Trinité a établi son campement au pied de ce lieu maudit où il ne veut pas pénétrer de nuit, et qu'il compte exorciser demain matin. En bref, il se trouve devant l'église Sainte-Madeleine, dans laquelle mon vieil ami Taxiarchos s'est barricadé et se livre à des activités tellement mystérieuses qu'il ne peut malheureusement pas me recevoir, comme il me l'a fait savoir par ses gardes du corps.

— Soyez le bienvenu chez vous ! dit Yeza. Asseyez-vous et racontez-moi ce qui vous mène en ce lieu. Même si vous deviez prétendre que c'est un pur hasard, nous vous faisons entrer dans le cercle des suspects !

Gosset s'était assis devant eux, en tailleur.

— Et de quoi me soupçonne donc le couple royal ?

Roç constata avec satisfaction que le prêtre ne portait plus les traces de son enfermement dans les oubliettes de Carcassonne, et qu'il avait repris un peu de graisse et de muscles.

— Gavin est mort.

— Je l'ai entendu dire, répondit Gosset. On m'a appris aussi que la commanderie de Rhedae avait été dissoute par l'Ordre et que ses chevaliers avaient été répartis entre les sites du Temple, aux alentours. C'est aussi la raison pour laquelle Trini a fait le voyage. L'inquisiteur veut s'établir ici pour faire de Rhedae le point de départ de son activité missionnaire, dans l'esprit de la très chrétienne *Ecclesia catolica*, après avoir chassé les mauvais esprits de l'errance religieuse et de l'hérésie.

— Et vous devez lui prêter main-forte ? demanda Yeza, moqueuse.

— Dieu m'en garde ! s'exclama Gosset. Je pensais seulement que je vous rencontrerais ici...

À cet instant, le nain sauta du mur, derrière eux, et atterrit dans la cerisaie. Jordi se redressa et courut vers eux en criant :

— Ils ont disparu ! Dès qu'ils ont eu renvoyé Monsignore, à la porte de l'église, ils sont descendus tous les trois dans la citerne. J'ai encore attendu un peu, puis je suis sorti de ma cachette, je me suis faufilé jusqu'à l'escalier et j'ai guetté. D'un seul coup, j'ai entendu leurs voix en dessous de moi. Elles sortaient du puits et paraissaient très excitées. Puis ils se sont éloignés.

— Excellent ! répondit Yeza. Ils ont mordu à l'hameçon. Prends Philippe avec toi. Jetez autant de morceaux du menhir que vous pourrez en porter, afin de leur barrer le chemin du retour. Et laissez la porte de l'église verrouillée de l'intérieur !

— Je le ferai volontiers, dit le troubadour. Mais ces dames pourraient aussi nous apporter leur aide. Geraude et Potkaxl ont des bras puissants. À quatre, nous soulèverons de plus gros morceaux.

— Vous êtes notre général, répliqua Roç. Les troupes sont sous votre commandement !

La poitrine gonflée de fierté, le nain partit réveiller ses auxiliaires.

— Vous devriez dormir, mes rois, dit Gosset. Je vais monter la garde à votre place.

— Je vous fais confiance, dit Yeza en tirant la couverture sur elle et sur Roç.

UN HÉRITAGE À NÉGOCIER

Dans le « Takt », Taxiarchos et ses trois auxiliaires étaient montés dans le lit rectangulaire où avait jadis reposé la grande sphère. Un escalier de pierre y prenait son départ et menait dans les profondeurs. Sur le sol de cette galerie souterraine où un homme tenait à peine debout, ils avaient trouvé, éparpillés, les cônes et les cubes, les cylindres et les pyramides, tous en pierres semi-précieuses parfaitement ciselées, agate et jaspe, cristal de roche et cornaline, onyx et améthyste, excitants au regard et agréables au toucher. Mais ce n'était pas cela, le trésor.

— Ne nous arrêtons pas là-dessus ! ordonna sèchement l'amiral en voyant que Mas et Pons voulaient en ramasser quelques-unes. Cela vous alourdira les poches et vous fatiguera pour pas grand-chose !

Il continua avec Raoul sa marche dans le tunnel. Bientôt, ils durent avancer courbés, car le plafond ne cessait de s'abaisser. Ils entrèrent dans une vaste salle ; de grandes roues de fer étaient disposées en saillie sur les murs.

— C'est de là que l'on actionnait les écluses pour laisser entrer l'eau ou vider la citerne, comprit aussitôt Taxiarchos. Nous devons nous trouver juste sous la digue qui sépare le « Takt » de la citerne. Ne touchez à rien ! s'exclama-t-il en voyant Mas manipuler ces engrenages aussi grands que des roues de charrette. À moins que tu ne veuilles nous noyer ?

— On dirait une croix de Templier en fer, nota Raoul en poussant son compagnon. Ils se retrouvèrent dans la galerie. Au-dessus d'eux, ils remarquèrent un grand trou, comme si un coup de catapulte avait percé la roche et creusé le sol à l'endroit où ils étaient. Raoul éclaira le sol. Il crut apercevoir, juste en dessous de lui, un visage humain doré qui brillait dans l'eau. Était-ce un simple reflet ? Il ne voulait pas se rendre ridicule. Il ne dit pas un mot sur sa découverte, et suivit Taxiarchos.

— Une pierre précieuse ! Un rubis ! s'exclama Pons en brandissant le trésor qu'il avait ramassé sur le sol de la galerie.

Taxiarchos se fit remettre la pierre et la fit miroiter à la flamme de sa lampe à huile.

— Effectivement, murmura-t-il. Un rubis précieusement ciselé. Il a sûrement été perdu par quelqu'un.

— À présent, il est à moi ! répondit Pons, qui ne maîtrisait plus ses nerfs. Au même instant, en un éclair, Mas se baissa pour ramasser un diamant étincelant.

— Nous sommes sur la bonne voie ! triompha-t-il.

Le trésor est à nous! Et il fit disparaître le diamant dans sa poche.

— Je me vois contraint, dit l'amiral d'une voix posée, d'expliquer la subtile différence entre l'inventeur et le détenteur — ne parlons même pas de propriétaire. Tout ce que nous trouvons pendant notre voyage commun sous mon commandement, que ce soit en mer ou sur terre, dans l'eau ou sous le sol, nous appartient à tous en commun. L'inventeur reçoit une récompense, le reste est distribué. L'armateur du navire, que je représente, touche la moitié. Sur le reste, les deux tiers reviennent à l'amiral, et un tiers à l'équipage. Le capitaine en reçoit autant que l'inventeur, c'est-à-dire un quart, plus la moitié de la récompense de l'inventeur. Chacun d'entre vous trois reçoit la même chose, ce qui reste paie la boisson. C'est entendu?

— À vos ordres! s'exclama Mas. J'ai compris qu'il vaut mieux ne rien trouver!

— Pour que vous viviez aux crochets du propriétaire, de l'amiral, du capitaine et de moi-même, votre ami Taxiarchos? Continuez à chercher!

Mais, un instant plus tard, c'est lui qui se baissa, incapable de résister à la vue d'une émeraude grosse comme un œuf de pigeon, sur les éboulis qui recouvraient le sol; il en repéra une autre, presque aussi volumineuse, deux pas plus loin. Puis Raoul dénicha une topaze.

— Celui qui est passé ici ne devait plus savoir quoi faire de ses bijoux, dit-il en riant. Ou bien il a tenté de les mettre à l'abri dans la plus grande hâte.

La fièvre des chercheurs de trésor s'était emparée des quatre hommes, ils avançaient en titubant dans la galerie et ramassaient tout ce qu'ils découvraient. Mais ils rencontrèrent un obstacle. Un échafaudage de bois brinquebalant, encastré entre les parois étroites du tunnel et dont il était impossible de définir l'usage, leur barrait le passage.

— On dirait qu'une tornade s'est abattue ici, nota Mas, et le Pénicrate le regarda, étonné.

— Ou bien de l'eau coulant avec une force terrible ?

Le Pénicrate comprit alors que l'eau qui s'était échappée de la citerne avait suivi ce chemin, qui n'avait jamais été prévu pour cela. Il pensa au trou dans le plafond, mais il n'envisagea pas un seul instant que la main de l'homme ait pu percer pareil orifice, et ne fit pas le lien entre les joyaux dispersés et la trombe d'eau qui s'était engouffrée dans la galerie. Ils se faufilèrent entre les piliers brisés et les poutres éclatées, et aperçurent finalement, au loin, l'extrémité du tunnel. L'aube pointait déjà. On entendait le mugissement d'un torrent. Ils se frayèrent un chemin jusqu'à la sortie et se retrouvèrent devant une ravine. Un pont l'enjambait autrefois ; mais il était à présent à moitié détruit, et pendait entre les pierres.

— Restons ici jusqu'à ce qu'il fasse jour, ordonna Taxiarchos. Sans cela, l'un de vous se brisera le cou en tentant de réparer le passage.

Épuisés, ils s'installèrent sur les pierres et attendirent.

Roç et Yeza furent réveillés à deux reprises. La première fois lorsque Jordi et son équipe atterrirent derrière eux, jaillissant du puits creusé dans le mur, et annoncèrent fièrement qu'ils avaient si minutieusement bouché le trou avec des éclats de granit que même une souris ne parviendrait plus à s'y faufiler. Et la seconde fois lorsque Gosset les secoua pour les réveiller : Guillaume de Gisors était arrivé avec une nombreuse escorte et exigeait qu'on lui ouvre la porte de Sainte-Madeleine, sans quoi il la ferait forcer.

— Tentez une diversion, dit Yeza. Pendant ce temps-là, Jordi la déverrouillera de l'intérieur.

— Il a avec lui un Templier haut gradé qu'ils appellent le « Doge », expliqua Gosset à Roç, encore ivre de sommeil. C'est le responsable des biens et des propriétés de l'Ordre. Rhedae doit être vendu.

— Avec l'église ? s'enquit Roç, effrayé.

— Elle fait partie de l'inventaire.

Yeza fut plus rapide que lui à se réveiller et à se lever.

— Nous devons vous mettre dans la confidence, Gosset, chuchota-t-elle après avoir renvoyé une nouvelle fois Jordi dans l'église. Et vous ne vous en plaindrez pas. Il faut absolument racheter Rhedae en l'état.

— Avec quel argent ? demanda le prêtre, incrédule mais intéressé : il commençait à flairer une bonne affaire.

— Rhedae vaut de l'or, beaucoup plus que ce qu'il coûte. Il nous faut juste un moyen de franchir le mauvais cap, la période qui séparera la signature du contrat et l'entrée en possession du bien.

— Le trésor des Templiers ? murmura Gosset en tentant de prendre un air détaché.

— Je ne dirais pas cela, intervint Roç. La fortune du défunt précepteur, qu'il nous a léguée.

— Est-ce un simple espoir, interrogea Gosset, redevenu homme d'affaires, ou bien l'avez-vous déjà trouvée ?

— Trouvée, inspectée et mise en sécurité ! dit Yeza d'une voix ferme. Que nous coûtera l'aide qu'on nous apportera dans l'intervalle ?

— Un quart des sommes que vous aurez sous votre contrôle, répondit le prêtre sans détour.

— Topez là ! dit Roç en tendant sa main. Gosset la prit et posa celle de Yeza dessus.

— Laissez-moi faire ! conclut-il. Je vous prie seulement de vous comporter comme un riche couple de souverains qui, par nostalgie, cherche à acquérir Rhedae, mais n'y tient pas au point de commettre des folies. Le reste, je m'en charge !

À la première lueur du jour, Taxiarchos et ses trois auxiliaires avaient franchi la ravine au prix d'une périlleuse escalade. De l'autre côté, ils se retrouvèrent devant l'orifice d'une grotte qui se révéla être le prolongement du tunnel dans la roche. Un étrange sentier en troncs d'arbres le parcourait. Ils avancèrent dans la galerie, qui s'élargissait pour former une sorte de chapelle. Au-dessus de leur tête, ils aperçurent, solidement ancré dans la roche, un gigantesque tambour de bois. Au-dessus courait une grosse corde, à laquelle pendait un étrange véhicule : une petite voiture plate et ouverte dont les roues de bois grossières étaient posées sur les troncs circulaires, qui les enserraient et les empêchaient de glisser sur les rails de bois. La corde était fixée par ses deux extrémités à cet étrange chariot, et disparaissait dans les profondeurs de la galerie. Taxiarchos suivit sa trace avec Raoul, mais on n'apercevait pas la moindre lueur susceptible d'annoncer une fin prochaine du tunnel. Les deux autres hommes se tenaient encore à côté de la voiturette lorsque Pons, toujours aussi incapable de se maîtriser, commença à tirer sur la corde. Elle ne céda pas. Mais elle eut un sursaut, se tendit, et l'engin se mit en mouvement. Mas sauta immédiatement dans le chariot, tandis que le gros Pons, tout effrayé, regardait d'un air ahuri son ami qui s'éloignait.

— Debout, debout, messires ! criait Mas, enthousiaste. L'enfer nous appelle, le diable veut nous voir ! Il sait que notre fainéant de Pons exècre la marche ! cria-t-il à Taxiarchos et à Raoul lorsqu'il passa devant eux. Levez-vous ! Il nous faut à présent chevaucher Cerbère pour nous montrer dignes du trésor flamboyant !

Les deux hommes sautèrent dans le chariot, car la galerie se rétrécissait à vue d'œil et ils n'eurent bientôt plus la moindre place pour courir à côté du véhicule. Le plafond rocheux s'abaissa lui aussi rapidement, les forçant, même assis, à rentrer la tête dans les épaules.

— Nous voilà en route pour l'enfer ! brailla Mas, ce qui lui valut un coup de poing de Raoul.

— Arrête donc de beugler comme ça, le tança celui-ci, uniquement parce que tu crèves de peur !

Pons s'était repris. Il courait derrière eux, courbé en deux. Il sauta et manqua leur tomber dessus.

— Mon Dieu, fit-il en haletant, où cela doit-il nous mener?

— Au purgatoire, grogna Raoul, où l'on te jettera dans une marmite, pour te punir de ta vie impure. Les filles de l'enfer attiseront les flammes avec la braise de leur vagin et le vent de leurs fesses. Leurs poitrines touilleront l'huile où tu friras, les mains liées.

— J'ai peur, grommela Pons, miséricorde, que j'ai peur! Et il se recroquevilla à côté de ses compagnons. Taxiarchos, lui, se tenait devant, regardait fixement les murs de roche ténébreux qui défilaient autour d'eux, et se taisait. Son attitude ramena à la raison les autres chercheurs de trésor, et ils roulèrent lentement vers leur destin incertain.

— Éteignez les torches! ordonna leur chef. Nous n'en avons pas besoin pendant le trajet, et nul ne sait ce qui nous attend encore.

Roç et Yeza se rendirent sur le parvis de l'église, suivis par leurs domestiques. Ils y trouvèrent Guillaume de Gisors, qui donnait justement à ses sergents l'ordre de se procurer un bélier et de défoncer la porte. Le fils adoptif de la Grande Maîtresse était accompagné par Simon de Cadet, vêtu de la tenue noire des novices. Le jeune homme servait manifestement d'aide de camp à Gisors. Il marchait à deux pas de son maître, comme un chien obéissant, et n'ouvrait pas la bouche, même pour saluer. Cela faisait sans doute partie des épreuves auxquelles il était soumis pour être admis dans l'Ordre.

Yeza adressa au Templier un signe respectueux et Roç s'exclama avec entrain:

— Bienvenue, mon cher Guillaume. Êtes-vous venu nous tenir compagnie pour notre prière matinale?

Et, sans attendre une réponse, il monta l'escalier.

— La porte est fermée à clef! cria le Templier derrière lui, mais Jordi se retourna pour lui répondre:

— Il arrive qu'elle se coince!

Roç était arrivé tout en haut et entreprit de pousser le portail d'un coup d'épaule. Déverrouillée, elle céda facilement, et Roç attendit que Gisors accoure derrière eux. Yeza ne laissa pas au Templier le temps de s'étonner.

— La mort subite et violente de votre frère d'ordre, Gavin Montbard de Béthune, ne paraît pas vous affecter particulièrement, constata-t-elle. J'entends dire que l'Ordre veut vendre Rhedae, alors qu'il n'a pas encore pris la moindre disposition pour offrir à son précepteur une sépulture digne de lui.

— Pour ce qui concerne le décès du précepteur, aucun des qualificatifs que vous avez utilisés ne convient. Mais, cela ayant été mis à part, l'Ordre ne vendra pas Rhedae : il le rasera, et vous pouvez en tirer les conclusions que vous voudrez sur le souci que nous nous faisons pour la tombe de l'homme qui a contraint l'Ordre à prendre cette décision.

Gisors paraissait se repaître de la mine de plus en plus déconfite du couple royal.

— Où qu'il se trouve, ne vous faites pas de souci, Gavin sera de toute façon « sous terre ».

Roç allait inviter le Templier à le suivre dans les profondeurs du « Takt » pour qu'il puisse voir Gavin. Mais il s'en abstint. Son vieil ami, sur son dernier fauteuil, n'avait pas mérité un visiteur aussi glacial.

— Vous ne tenez donc pas particulièrement à élucider ce crime, à capturer son auteur et à le punir ?

— Toute vérité n'arrange pas forcément la situation des personnes concernées, qu'elles soient mortes ou vivantes. Quand on élucide, c'est pour donner un sens. Sans cela, mieux vaut s'abstenir.

— Qui voulez-vous protéger ? s'indigna Roç, mais Yeza lui posa la main sur le bras, pour le calmer.

— Peut-être bien vous, le couple royal, auquel manque une condition essentielle pour pouvoir intervenir dans cette affaire : je veux parler de la connaissance complète de la biographie de votre ami, le précepteur. Il est aussi possible que nous voulions seulement protéger sa mort.

— Nous allons à présent prier pour lui, dit Yeza,

et elle entraîna Roç à sa suite. Le Templier s'immobilisa sur le seuil et les vit s'agenouiller au milieu de la nef. Il jeta encore un regard désapprobateur et heurta la main tendue du diable, juste derrière le portail — il n'y avait jusqu'alors prêté aucune attention. Il sursauta, se signa rapidement et cracha au visage de Satan. Puis il quitta à grands pas Sainte-Madeleine, où l'attendait en silence Simon de Cadet, et descendit l'escalier en fulminant. Le novice le suivait, tête basse.

Gosset avait réussi à rattraper les soldats de Mirepoix avant qu'ils ne s'en aillent, et les avait retenus. Car tant que l'avenir des enfants royaux n'était pas garanti, il était absurde de se priver de leur escorte. C'est alors qu'il aperçut ce général des Templiers qu'ils appelaient le « Doge ». Georges Morosin se tenait à l'écart de la troupe d'hommes à cheval arrivés avec Guillaume de Gisors. Il avait meilleure allure que les autres chevaliers de l'Ordre : sa barbe était soigneusement taillée et il portait un clams immaculé en damassé. Gosset songea qu'il ressemblait en cela au maître défunt de Rhedae. Le commandeur d'Ascalon, lui aussi, se considérait comme un être à part au sein de l'Ordre, et il veillait à afficher cette différence. Georges Morosin, tout en lisant son bréviaire, marchait dans la cerisaie. Il reconnut le prêtre et lui fit un signe aimable, à la dérobée — mais cela ne suffit pas à éloigner Gosset.

— Qu'est-ce qui peut pousser un homme comme vous à quitter les chaudes contrées de l'Égypte pour le rude Languedoc ? demanda le prêtre d'un ton léger. Le *Strategos* est-il venu acquérir une utile expérience sur la manière dont on peut empêcher l'avènement d'un État des Templiers ?

L'homme ainsi interpellé leva les yeux, flatté, et renvoya le compliment.

— Vous devez être le fameux monseigneur Gosset, ambassadeur plénipotentiaire du roi. (Il avait prononcé ces mots sur le ton familier que seuls les puissants emploient entre eux.) Abdal le Hafside avait des affaires à régler avec l'Aragon. C'est la raison pour laquelle nous avons fait halte à Perpigna. Et j'ai profité de cet arrêt pour faire un petit détour dans l'admirable arrière-pays.

Voilà un homme qui ment sans vergogne pour camoufler une démarche et un objectif bien précis, pensa Gosset. Que pouvait bien faire le Doge à Rhedae, si tel n'était pas le cas ! Le prêtre évita cependant de le heurter de front et demanda ingénument :

— Une rencontre avec l'ambassadeur du roi Manfred, le grand *medicus* Jean de Procida ?

Comme il s'y attendait, il n'obtint pas de réponse, mais un simple sourire qui ne réfutait pas sa supposition. On pouvait donc considérer que cette question n'avait pas même été posée.

— Quel dommage, reprit-il, que le malheureux décès de votre frère entache la joie que vous causait votre voyage ! On dit qu'après l'enterrement, Rhedae sera mis en vente ?

Le Doge dévisagea son interlocuteur, étonné :

— La dépouille mortelle du précepteur a été ensevelie dignement, comme il l'avait souhaité, dans la chambre funéraire qu'il avait lui-même préparée.

Sa voix trahissait la fausse compassion, il semblait même s'amuser de cet « enterrement ».

— Elle est ornée de deux croix griffues en fer, posées sur le mur sous forme de roues solaires celtiques. Aussi doubles que les relations de messire Gavin Montbard de Béthune avec son Ordre. Il y avait d'un côté, celui auquel il appartenait. De l'autre, celui qu'il imaginait. Il a ainsi été enterré sous le « Takt » pour jouir de son dernier repos, emmuré pour que son esprit schismatique ne s'abatte pas sur nous. Et sa pierre tombale n'est ornée que d'une croix, toute simple ! J'allais dire : « Il va lui falloir vivre avec ! »

Le Doge rit de sa plaisanterie, mais Gosset était troublé et dut se forcer à ne pas se trahir.

— Qui l'a donc porté en terre ? demanda-t-il. Et

quel chemin a suivi le cortège? Je n'ai vu personne entrer dans l'église, Gisors mis à part.

— Celui-là, justement, n'a pas pris part aux obsèques que la Grande Maîtresse en exercice a célébrées dans le réfectoire. Là-bas, un gigantesque portail s'ouvre sur l'escalier qui mène dans le « Takt ». Le précepteur avait imaginé que cette cérémonie solennelle se déroulerait en bas, mais nous n'avons pu exaucer cette ultime volonté.

Tout donnait l'impression que le précepteur avait lui-même ordonnancé sa mort. Mais messire Morosin, si bavard fût-il, ne semblait pas vouloir s'attarder sur ce point. Gosset se contenta donc de noter :

— Le couple royal sera fâché d'apprendre que le Prieuré n'a pas considéré sa présence comme nécessaire. Yeza et Roç seront tristes de n'avoir pu prendre congé de leur vieil ami.

— Ils en ont eu largement l'occasion, puisqu'ils sont déjà entrés à l'intérieur du temple comme s'ils étaient les maîtres de cette maison! répliqua le Doge. En quittant ce monde, le précepteur est rentré dans les rangs de l'ordre des Templiers — auquel, malgré tout le respect que je lui dois, le couple royal n'appartient pas. On a franchi trop de bornes, ces derniers temps. Tout a une fin.

Il était manifeste que Georges Morosin défendait lui aussi cette ligne : il n'approuvait ni les manigances de Gavin, ni les privilèges accordés à Roç et Yeza, ni les projets du Prieuré. Le mysticisme et même les émotions n'avaient pas de place dans l'idée qu'il se faisait des nouveaux Templiers.

— Le couple royal tient à ses souvenirs, à ses amis, à ce pays et à l'histoire singulière qui est la sienne! Roç et Yeza sont disposés à acquérir Rhedae, moyennant finances!

Ce retournement surprit le Doge. De toute évidence, il ne comprenait guère le sentimentalisme.

— Et avec quoi comptent-ils payer? s'informa-t-il avec une once d'arrogance. L'Ordre n'a pas le moindre cadeau à faire!

— Par un échange, rétorqua Gosset, provocateur : l'attitude du Templier l'agaçait.

— Messire l'Inquisiteur, Bezù de la Trinité, paie comptant, lui !

Le Doge tentait de repousser d'avance cette offre peu commode, mais Gosset prenait sa vengeance avec délectation.

— Mais l'échange sera cautionné par le Hafside.

Le coup avait porté. Le Doge avait sursauté comme s'il avait été touché par un coup de fouet.

— Pourquoi ne l'avez-vous pas dit tout de suite ? s'enquit-il d'une voix flagorneuse. Quel sera le prix d'achat ?

— Dites-moi la somme qu'offre Trini, répliqua Gosset sans prendre le temps de savourer son triomphe, et ajoutez dix pour cent.

— Quinze pour cent, renchérit le Doge d'Ascalon, rompu aux pratiques du bazar. C'est sans doute ce que vous y gagnerez vous aussi ? demanda-t-il, aux aguets. N'étiez-vous pas le partenaire du Pénicrate de Constantinople ? Où est-il donc passé, d'ailleurs, ce bon Taxiarchos ?

— Douze et demi ! proposa Gosset avant de répondre. Notre ami suit sa propre route — sous la terre !

Il se força à sourire, mais le Doge fut pris de fureur.

— Grotesque ! Cette quête du trésor des Templiers ! Le simple fait d'en parler sape la réputation de l'Ordre ! Cela suffit ! À l'avenir, les affaires de l'ordre des Templiers seront celles d'une banque bien ordonnée, limpide comme de l'eau de source ! Par quel biais recevrai-je la monnaie de l'échange ? Et quand ?

— Puisque vous êtes aussi méfiant, je vais immédiatement informer Abdal. Vous aurez ainsi le papier en main dès ce soir.

— *Allah isamhak !* s'exclama le Doge, effrayé. Votre parole me suffit !

— Dans ce cas, topez là, dit le prêtre. Au nom du couple royal.

Le Doge n'hésita pas à prendre la main qu'on lui tendait.

— « *Pacta sunt servanda* », murmura Gosset, et le Doge répéta :

— *Mashiat Allah !* Je vous servirai pour n'importe quelle somme, ajouta-t-il, d'autant plus qu'à présent, le couple royal va reprendre la direction de Jérusalem, avec tous les revenus des taxes imposées aux pèlerins, du commerce des objets de dévotion et de la fabrication de reliques ! Ils vont apporter une nouvelle prospérité à cette ville abattue.

— Voilà Trini ! annonça Gosset. Je dois prendre congé.

— Ne me laissez pas tout seul ! supplia le Doge, et Gosset éclata de rire.

— Il est facile d'oublier à Ascalon une abominable excommunication prononcée à Rhedae !

Mais Gosset resta, moins pour prêter assistance à messire Morosin que pour savourer le probable accès de fureur de Trini, qui ne se doutait de rien.

LE DIABLE EMBRASSE L'INQUISITEUR

La prière dans l'église ne fut pas particulièrement recueillie. L'arrogance et la froideur de Gisors avaient trop agacé Yeza. Jadis, on appelait « Face d'Ange » le jeune Templier dont chaque initié savait qu'il succéderait un jour à Marie de Saint-Clair dans les fonctions de Grand Maître du Prieuré. Et le blond Guillaume avait effectivement quelque chose de surnaturel, il était aussi beau et hors d'atteinte que l'ange à l'épée de feu. Les années passées au service des deux Ordres l'avaient usé, ses traits tellement séduisants autrefois ne pouvaient plus dissimuler son véritable caractère. Hautain, intrigant, rusé, Guillaume utilisait son pouvoir et le faisait surtout sentir aux jeunes membres de l'Ordre qui ne respectaient pas toutes ses volontés. Simon de Cadet n'avait aucune difficulté à remplir toutes les conditions fixées par l'Ordre, amitiés viriles comprises. Ce qui le dérangeait, c'était la manière. Toute tendresse était bannie, on riait des sentiments, et au lieu de faire preuve d'affection ou de camaraderie vigoureuse, les chevaliers plus anciens rivalisaient pour brimer les jeunes, les décourager et les sodomiser. Simon était cruellement déçu. Car lui avait fait siennes les règles rigides de l'Ordre : obéissance, pauvreté, chasteté. Il s'était imaginé une rude école, s'était préparé à toutes les épreuves de courage. Mais on ne lui demanda rien de tout cela. Il brûlait d'être envoyé en Terre sainte, d'être lancé dans des combats où les privations seraient nombreuses et sa vie constamment en péril. Au lieu de cela, il faisait les cent pas dans son nid, contraint d'observer les combats féroces que se livraient les différentes fractions des Templiers. Et Gisors, le despote, le traitait comme un gamin à sa disposition personnelle, il était obligé de baisser son pantalon à tout bout de champ et n'avait, pour le reste, aucun droit à la parole. Le fait que Roç et Yeza ne l'aient pas salué le minait. Et il avait honte de la manière dont Guillaume avait traité le couple royal. À la première occasion, il entra donc discrètement dans l'église.

Roç et Yeza étaient encore agenouillés, et leur petite escorte les imitait. Mais, en réalité, ils discutaient. Leur problème était de savoir comment ils pourraient — discrètement — déplacer l'ensemble du groupe du Golgotha.

— En supposant, dit Roç, que notre prêtre parvienne à convaincre l'Ordre de nous laisser la colline à taupes de Gavin, et tout son contenu...

— Parlons-en aussi peu que possible, comme de l'église dans son ensemble, d'ailleurs. Mieux vaut les considérer comme un supplément dont l'entretien nous obligera à faire des sacrifices, mais que nous voulons consacrer à la mémoire de Gavin Montbard de Béthune, nota Yeza.

— C'est beaucoup trop sentimental, se moqua Roç. Vous vous transformez en grenouille de bénitier ?

— Entre beaucoup d'autres choses, messire !

— Dans ce cas, précieuse dame, faites-nous donc savoir comment doit se dérouler le reste, insignifiant, des opérations : démontage, emballage et transport en toute sécurité. Et dans quelle direction ?

— Nous y arriverons bien, rétorqua Yeza. Jordi trouvera une idée. Mais pour l'heure, nous devrions faire nos adieux à l'homme qui, par-delà la mort, s'est soucié de notre avenir. Nous ne pouvons pas laisser Gavin ainsi, sur son siège !

Roç n'avait aucune objection à formuler. Ils se levèrent, contournèrent la colline à bonne distance sans perdre des yeux le précieux Golgotha, et rejoignirent le menhir, l'entrée du monde souterrain. C'est l'instant que choisit Simon pour faire son entrée. Il les rejoignit en silence alors qu'ils descendaient déjà l'escalier en colimaçon. Mais il attendit que Roç et Yeza se trouvent dans la citerne et que les dames, accompagnées par Philippe et Jordi, aient descendu les dernières marches pour se diriger vers le couple royal et dire à voix basse à Roç et Yeza :

— Mon cœur bat pour vous, pardonnez-moi mon piètre comportement et mes manières, mais je veux être admis dans l'ordre des Templiers.

Yeza s'apprêtait à lui répondre, mais Mafalda lui brûla la politesse :

— Vous vous comportez d'ores et déjà comme si vous étiez depuis des années un chevalier de la croix griffue, Simon de Cadet ! lui lança-t-elle, l'œil étincelant. Vous avez certainement déjà craché sur le crucifix et embrassé Gisors sur les fesses ! Mais ce qui est impardonnable, c'est que vous vous obstiniez à vouloir prononcer un vœu dont vous auriez dû comprendre depuis longtemps qu'il ne correspond en rien à votre désir de servir en vous battant ! Pourquoi ne crachez-vous pas aux pieds des Templiers, pourquoi ne venez-vous pas avec nous ? Au service du couple royal, vous pourriez devenir ce que vous êtes réellement : un homme bon et sincère. C'est à lui que vous devriez consacrer votre existence !

Simon la regarda longuement et tristement.

— Entre nous, il y aura toujours Gers d'Alion, dit-il, la voix chagrine. Je ne peux vous offrir la consolation que je n'ai pas trouvée moi-même. Mais je vous remercie pour vos paroles sincères, Mafalda. Vous m'avez montré que vous méritiez que l'on songe toujours à vous avec amour!

Sur ces mots, il fit demi-tour et remonta l'escalier en courant. Yeza était encore ahurie par le discours de sa dame de cour, qu'elle avait toujours considérée, jusque-là, comme une poule vaniteuse. Il n'y avait rien à ajouter à ce qui avait été dit, et Yeza préféra se taire. Simon de Cadet devait suivre son chemin. Mais s'il se retrouvait un jour devant eux, elle l'accueillerait à bras ouverts. La grille de fer, avec ses deux herses, était toujours ouverte. Ils la franchirent en vitesse, à la file indienne, et s'apprêtaient à escalader la digue de pierre qui séparait la citerne et la rotonde du « Takt » lorsqu'une voix rauque et masculine monta vers eux, comme portée par le vent.

> « *Alma Virgo virginum*
> *in coelis coronata*
> *apud tuum filium*
> *sis nobis advocata!* »

Ils montèrent les marches sur la pointe des pieds jusqu'au moment où ils purent voir, de la crête de la digue, l'intérieur du « Takt ».

> « *Et post hoc exilium*
> *occurens mediata,*
> *occurens mediata.* »

Les parois en bois avaient disparu, tout comme la chaise, la table et le cadavre.

> « *Iam est hora surgere*
> *a sompno mortis pravo,*
> *a sompno mortis pravo.* »

Derrière la rotonde, entre les piliers, les Templiers s'éloignaient, formant une large procession. Ils portaient des bougies allumées et chantaient d'une voix profonde, qui se dissipa lentement au fur et à mesure qu'ils s'éloignaient.

> « *Ad mortem festinamus*
> *peccare desistamus,*
> *peccare desistamus.* »

Roç et Yeza les suivirent longtemps du regard, jusqu'à ce que le dernier d'entre eux soit englouti par la profondeur du « Takt ».

— Il semble bien, murmura Roç sans regarder sa compagne, que nous ne saurons jamais qui a tué Gavin. Les Templiers se contentent de sombres allusions.

— Nous mis à part, mon cher, chuchota Yeza, personne ne veut le savoir !

Son regard tomba sur l'endroit où se tenait jadis le lit de la sphère rotative. À présent, une pierre tombale toute lisse bouchait le trou et barrait l'entrée au royaume de Gavin.

— Désormais, dit Roç, brisant le silence, le précepteur de Rhedae est dans son monde souterrain. Il en sera aussi le cerbère, qui interdira le passage à tous ceux qui n'y ont pas droit !

— *Zih' rono l'bracha !* dit Yeza, et Roç répondit, comme il l'avait lui aussi appris chez Jakov Ben Mordechai : « *Oleh l'shalom !* »

Au loin, la voix des Templiers qui chantaient le requiem se fit imperceptible, et s'éteignit.

— Je vois de la lumière ! s'exclama Pons, tout joyeux.

— Sommes-nous enfin au but ? répondit Mas en geignant.

Taxiarchos ne disait rien. Les effets de lumière dans les galeries se révélaient souvent être des hallucinations, même si le chemin en rondins de sapin avait effectivement traversé de nombreuses ravines qui avaient fait vaciller le véhicule et la confiance des chercheurs de trésor. Le parcours avait été bien entretenu. Pourtant, l'installation donnait l'impression d'avoir été abandonnée à tout jamais. C'est un royaume des morts qu'ils parcouraient. Taxiarchos pensait à l'homme qui avait créé ces galeries. Avec le décès de Gavin, tout ce qui avait été créé ici avait perdu son sens. Un silence sépulcral régnait dans le tunnel comme une chape d'air étouffant. Pourtant, la corde infatigable continuait à tirer leur véhicule vers l'avant, les roues de bois crissaient et les troncs grinçaient sous leur poids. Lui aussi commençait à douter lorsque la galerie s'élargit pour former la porte d'une grotte. Dans la lumière pâle, on distinguait les silhouettes d'êtres humains vivants. Les chercheurs de trésor, assis sur leur chariot, entendirent du bruit. La caverne se transforma en une salle couverte. La corde passait sur un tambour de bois, le pendant de celui qu'ils avaient vu au début de leur voyage. Le lieu leur rappela vaguement un moulin, mais on n'avait guère l'impression que l'on avait fabriqué ici la farine quotidienne des Templiers. Une roue à aubes tournait sur son axe, poussée par le cours régulier d'un torrent. Toutes les roues dentées, tous les arbres de transmission paraissaient eux aussi prêts à se laisser animer par la force de l'eau. Mais les pierres de meule étaient empoussiérées, et des toiles d'araignée prouvaient que le moulin ne remplissait plus depuis longtemps la fonction pour laquelle il avait été conçu. La force de la roue se transmettait au tambour par un pignon horizontal qui faisait défiler la corde installée en boucle.

Sans dire un mot, les meuniers débrayèrent le mécanisme, et leur chariot de bois s'immobilisa.

— Ce moulin appartient-il aux Templiers de Rhedae ? demanda Taxiarchos, en devinant qu'il n'obtiendrait pas de réponse. Il se retourna et découvrit la martellerie. Cette construction, en revanche, donnait l'impression d'avoir fonctionné peu de temps auparavant. Une fine poussière métallique recouvrait le sol, et aucun élément en fer n'avait été atteint par la rouille. Taxiarchos s'imagina sans peine que, dans cette salle, on ouvrait les roches pour en tirer les métaux nobles et séparer l'or et l'argent.

Les meuniers ne posèrent pas de questions, ne répondirent pas à celles des quatre curieux et désignèrent, sans un mot, la paroi rocheuse qui leur faisait face. On y avait creusé une nouvelle ouverture ; mais elle était fermée par une porte de bois. Le pont jeté au-dessus de l'eau paraissait stable. Ils reprirent donc leur progression. Lorsque Taxiarchos, à la tête du petit cortège, approcha de la porte, ses battants s'ouvrirent d'un seul coup, comme sous l'effet d'un spectre. Ainsi, même Pons, qui marchait en dernier, ne fut ni surpris ni effrayé lorsqu'ils se refermèrent à grand fracas derrière lui. Ils étaient à présent dans la pénombre et durent allumer leurs torches.

— Une seule suffit ! ordonna leur chef.

À la lueur d'une lampe à huile, ils constatèrent qu'on les attendait : un petit chariot se tenait devant eux, semblable au précédent. Ils montèrent, Mas saisit la corde détendue et la fouetta comme on lance un attelage avec les rênes. Une secousse parcourut le véhicule, qui se mit en mouvement.

Roç et Yeza se trouvaient encore dans l'église Sainte-Madeleine lorsqu'une violente dispute éclata devant l'entrée. Ils envoyèrent Philippe fermer la porte à clef. Ils ne voulaient surtout pas que des visiteurs viennent se promener à l'intérieur et s'occupent (fût-ce par simple curiosité) du groupe trop visible du Golgotha. Mais ils ne pouvaient tout de même pas passer toute la journée à prier, agenouillés sur le rude sol en pierre, dans le seul dessein de justifier leur présence et de ne pas éveiller les soupçons ! Philippe revint leur expliquer la situation.

— Trini et le Doge se disputent devant la porte,

parce que le Templier a vendu la maison de Dieu à Gosset.

— Magnifique! s'exclama Roç. Le prêtre a fait du bon travail!

— Mais l'inquisiteur veut les excommunier, lui et le Doge, s'ils ne...

— Je veux entendre ça! s'exclama Jordi en pouffant. Et il courut vers la porte verrouillée. Le nain colla son oreille contre le bois, et fit signe à Roç et Yeza, qui ne voulurent pas non plus se priver de ce plaisir. Et ils autorisèrent aussi les suivantes à écouter à la porte. Trini fulminait :

— Si vous sécularisez cette maison de Dieu et tout ses saints contre la volonté de l'Église, alors je vous excommunierai tous sur-le-champ en vertu des pouvoirs qui me sont conférés, vendeurs comme acheteurs!

— Cela ne marche pas avec moi! répondit le Doge en riant. Je suis Templier et armé contre tous les diables, y compris contre les prêtres de l'*Ecclesia catolica*...

— Mais cela ne vous empêche pas de faire vos sales affaires avec un faux prêtre de l'Église, Judas!

— Il ne m'a pas embrassé, remarqua Gosset, moqueur. En revanche, il a déjà posé sur la table plus de trente pièces d'argent, vénérable père. (De toute évidence, Gosset prenait beaucoup de plaisir à agacer le gros Trini.) Et puis je n'ai pas agi en mon nom propre, mais pour le compte du couple royal! Ce sont les nouveaux propriétaires.

— Enfer, ouvre tes portes! couina l'inquisiteur. Voilà le sommet de l'ignominie, on ne pouvait trouver pire infamie! (Sa voix s'étrangla et devint stridente.) Le couple d'hérétiques en possession d'un lieu sacré! Cette couvée du Hohenstaufen, ces blasphémateurs, célèbrent leurs messes noires sur l'autel du Seigneur! Il faudra me passer sur le corps!

— Nous avons bien assez d'un cadavre ici, ô messire de la Trinité, rétorqua sèchement le Doge. C'est du reste le motif pour lequel l'Ordre se sépare de ces

murs. Ils ont déjà perdu leur caractère sacré. Ôtez
vos doigts de ce lieu, sans cela vous succomberez
vous aussi au véritable maître de Sainte-Madeleine.
Gardez-vous du maître des Ténèbres !

— Vous ne me faites pas peur ! renâcla Trini. Je
vous le demande pour la dernière fois, brisez le pacte
que vous avez conclu, renoncez à ce bien acquis
dans l'iniquité, qui revient à l'Église et à elle seule.
(Trini avait cessé de parler : il hurlait à présent de
rage.) Quant à vous, si vous ne voulez pas que l'ordre
des Templiers vous chasse à tout jamais, rendez-lui
son argent ! Je vous en conjure, au nom de la Sainte
Vierge et de tous les saints !

— Jamais, répondit le Doge d'une voix claire et
distincte, l'Ordre ne rend jamais l'argent qu'il a déjà
comptabilisé parmi ses recettes.

— Je ne suis ici que le représentant du couple
royal, ajouta Gossct. Roç Trencavel et sa dame Yeza
sont les propriétaires légaux du sol sur lequel vous
vous trouvez, puissant inquisiteur.

— Est-ce votre dernier mot ? fit celui-ci dans une
sorte de sanglot. Trini n'avait encore jamais dépensé
en vain ses imprécations.

— Oui, répliquèrent les deux hommes en chœur.

— Alors je vous maudis, vous, votre Ordre et votre
couple royal !

En un éclair, sa voix avait de nouveau changé :
c'était celle du Dieu furieux de l'Ancien Testament
qui tonnait à présent :

— Je vous damnerai par le Livre et le Cierge, je
vous chasserai de la communauté de l'Église chrétienne ! (Il tambourinait sur le portail.) Ouvrez !
Ouvrez ! Ordre de la Sainte Inquisition !

Roç sourit à Yeza. Sur un signe de lui, Jordi disparut derrière le personnage de diable qui se trouvait à
côté de l'entrée, tandis que les trois suivantes
(Mafalda refusa de se prêter au jeu lorsqu'elle apprit
de quoi il s'agissait) s'installaient dans les niches des
trois saints, sur le mur qui leur faisait face. D'un seul
coup, Philippe déverrouilla la porte et l'ouvrit en

grand. Trini, ahuri, regarda fixement le groupe humblement agenouillé devant lui. Roç l'accueillit d'une voix solennelle :

— Votre venue consacre cette maison et ses serviteurs ! Entrez et faites votre office !

L'inquisiteur était bouche bée. Il s'était attendu à n'importe quelle espèce de résistance, il était prêt à écraser n'importe quelle rébellion. Et voilà qu'il se retrouvait face à une hérétique avérée qui lui serinait d'une voix fluette : « Bénie soit la Vierge Marie ! » Quant à son galant, ce prétendu Trencavel, il ordonnait à son serviteur : « Messire l'inquisiteur a besoin d'une Bible et de quelques cierges ! Préparez-lui tout, pour qu'il puisse remplir la sainte mission que lui assigne sa haute fonction. »

Il n'eut d'autre choix que de murmurer « Merci ! » et « Loué soit le Seigneur ! ».

Philippe apporta aussi un encensoir et un petit seau en argent qui servait à projeter l'eau bénite. Yeza le lui tendit, tête basse, ce qui empêcha le gros prêtre de percevoir la lueur de haine dans les yeux de la jeune femme. C'était lui, c'était l'homme qui avait brûlé Na India, qui avait mis de sa main le feu au bûcher ! Lorsque Geraude vit l'inquisiteur, ses yeux s'emplirent de larmes. Les deux autres grâces, dans leurs niches, avaient plutôt envie de pouffer de rire, même si elles ignoraient le traitement que Roç et Yeza allaient réserver au gros Trini. Elles ne le sauraient d'ailleurs jamais. Car tandis que tous étaient occupés au portail, à accueillir l'inquisiteur comme il se devait, et que celui-ci devait accepter les objets sacrés des mains d'hérétiques déclarés, la litière noire avait surgi du néant, de derrière le groupe du Golgotha. Elle était forcément sortie du « Takt », portée par quatre Templiers, et avait franchi les restes du menhir pour arriver dans l'abside. Mais comment la litière avait-elle pu gravir l'escalier en colimaçon ? En tout cas, elle était là, à présent, et nul ne l'avait encore remarquée.

Trini, en revanche, venait d'apercevoir le diable

derrière la porte de l'église. Il se signa, horrifié, d'autant plus qu'il lui semblait bien avoir senti la main du Malin se poser sur ses fesses, peut-être même les caresser. Il fit un bond en arrière et cogna sur la main avec le goupillon. Le diable eut un rire caverneux. Trini se retourna. Aucun de ceux qui l'entouraient n'avait pu produire ce bruit ! Ils le regardaient tous, pleins d'espoir, le grand inquisiteur ! Il sentit alors une langue râpeuse lui lécher la paume de la main. Trini se mit à trembler. Mieux valait exempter ce prétendu couple royal de l'excommunication, au moins pour le moment. Mais les autres n'y échapperaient pas.

Trini serra fermement la Bible que lui avait apportée Philippe et entra dans la nef de Sainte-Madeleine. Son regard tomba sur les niches où se tenaient des personnages féminins, qui paraissaient animés. La pécheresse Madeleine était agenouillée. Il ne voulut pas en croire ses yeux : son postérieur n'était-il pas dénudé ? Il se rapprocha de la niche. Lorsqu'il passa devant sainte Germaine, la robe de celle-ci glissa à son tour, dévoilant une impudique nudité. Trini se signa à trois reprises — car Geraude, celle que Trini avait prise pour Marie, venait elle aussi de dévoiler sa poitrine blanche, et une voix de tonnerre résonna dans la nef :

« Toute lubricité se dissimule dans la pénombre, le sang noir ! Celui qui a versé le sang, adore les idoles et se livre au Unzucht voit son âme dénudée... et il est jugé aux Enfers ! »

La voix était celle de Joseph, immobile dans sa niche. Rien ne laissait croire qu'il s'agissait d'un être vivant, et l'inquisiteur hébété n'osa pas aller vérifier de plus près, car une nouvelle voix caverneuse résonna à cet instant :

— Bienvenue, Bezù de la Trinité, qui as fièrement transgressé tous les interdits. Nous t'aimons comme l'un des nôtres !

Ce ne pouvait être que Satan en personne ! L'inquisiteur tremblait de tout son gros corps, et son regard

tomba sur la litière noire derrière laquelle semblaient monter les flammes de l'enfer : un halo de
lumière rouge et or entourait cette création du
diable comme l'auréole de la Sainte Vierge.

« Ton âme nous appartient pour toujours,
C'est la fête aujourd'hui, le festin de ton corps ! »

Trini poussa un cri, jeta par terre la Bible et le
goupillon et se précipita vers le portail. Il secoua le
verrou, qu'il fut incapable d'ouvrir tellement il avait
peur, il criait comme un empalé et geignait comme
un enfant. Il se vida sans doute aussi les tripes, car il
sentait très fort lorsque Philippe accourut et le laissa
filer loin de l'église.

La Grande Maîtresse

À peine la porte refermée derrière Trini, Jordi sortit de derrière sa statue de diable, et tous éclatèrent
de rire. Ils ne cessèrent pas non plus lorsque Jakov
Ben Mordechai redescendit de la niche de saint
Joseph, murmura « Shalom » en passant devant eux
et se dirigea vers la litière déposée dans l'abside. La
lueur qui l'éclairait par-derrière disparut, et les
quatre Templiers firent un pas en avant. Ils s'inclinèrent devant Roç et Yeza. Le plus âgé annonça :

— On souhaite s'entretenir en particulier avec le
couple royal !

Roç et Yeza se dévisagèrent. Ils retrouvèrent leur
sérieux. Ils savaient qui voulait leur parler, et avaient
parfaitement conscience de l'importance de cette
rencontre imminente avec la vieille grande maîtresse
de l'Ordre. Il y a dix bonnes années, déjà, ils avaient
pu regarder Marie de Saint-Clair dans les yeux,
lorsqu'ils avaient dû quitter Constantinople après
quelques épisodes mouvementés. Le chef du Prieuré
de Sion n'intervenait qu'aux moments où allaient
être prises des décisions de grande portée. Ils traversèrent leur Golgotha sans lancer de regard inutile
sur le groupe des personnages, car ils se savaient
observés. Ils s'arrêtèrent devant la litière noire. Le

cabaliste chauve ouvrit le rideau et les fit entrer.
Mais il les suivit comme si c'était tout naturel et prit
place sur le banc qui leur faisait face et où personne
d'autre ne se tenait. Jakov ne leur laissa pas beaucoup de temps pour s'étonner.

— Marie m'a prié de répondre de manière exhaus-
tive à quelques questions qui vous brûlent l'âme. Le
faire elle-même exige trop d'efforts, leur confia-t-il
familièrement. Elle aussi, tout cela l'épuise. Ensuite,
elle vous parlera de choses plus importantes : de
votre avenir.

— Dans ce cas, demanda aussitôt Roç, expliquez-
nous ce qui est arrivé à Gavin. Qui l'a tué ?

— Et pourquoi ? ajouta Yeza.

Elle observait attentivement Jakov depuis que ses
yeux s'étaient accoutumés à la pénombre qui régnait
dans la litière. Elle l'avait jusqu'ici considéré comme
un illuminé inoffensif qui se prenait pour la réincarnation de Joseph, beuglait des extraits de l'Ancien
Testament et apparaissait toujours au moment où
on ne l'attendait pas. Mais le fait qu'il fût à présent
assis devant eux prouvait que Jakov Ben Mordechai
était sans doute plus qu'un zélateur de la foi ou que
le cabaliste illuminé de Gavin, et devait jouir de la
plus haute estime.

— Qui ? insista Roç.

— Personne, tous, lui-même, répondit Jakov,
plongeant de nouveau Yeza dans la perplexité.

— Nous, ajouta Jakov pour finir, et ce « nous »
inclut le précepteur lui-même. Gavin Montbard de
Béthune était sorti du droit chemin, ce qui peut arriver, ce que l'on peut même réparer. Mais ses projets
avaient été éventés, la couronne de France les considérait à juste titre comme une haute trahison et
réclamait sa tête. Nous ne voulions pas exiger
pareille preuve d'humilité de l'Ordre auquel il appartenait officiellement, ni offrir ce triomphe aux Capet.
Nous avons donc laissé au précepteur un délai pendant lequel il pouvait clarifier lui-même la situation.
Gavin avait compris que son entreprise était vouée à

l'échec, et qu'elle n'allait en aucun cas dans le sens du Prieuré. Il en a donc tiré la conséquence. Il m'a chargé de la mise en œuvre, connaissant sans doute mon expérience d'abrégeur de souffrances, et sachant qu'il pouvait me faire confiance. J'ai voulu lui faire quitter cette existence sans angoisse et sans douleur. Nous nous sommes donc mis d'accord sur un mélange de différents poisons, de la ciguë pour endormir, du datura pour paralyser et de la jusquiame pour anesthésier. Yves le Breton a été envoyé pour chercher le meilleur *veneficus* du pays, le bonhomme Mauri En Raimon, qui sait surtout où poussent la mandragore, cette plante rare, et la digitale, et qui en a trouvé avec l'aide d'Yves. À l'origine, Gavin avait souhaité recevoir la mort dans son sarcophage noir, mais aussi y séjourner à tout jamais, coupé par l'eau de ce monde malveillant. Le précepteur voulait reposer dans son royaume souterrain, le « Takt », comme un pharaon dans sa pyramide, jusqu'au jour du Jugement dernier, lorsque toutes les eaux retomberont dans les océans et emporteront avec elles son corps ou ce qu'il en restera. Nous avons seulement compris par la suite pourquoi il y tenait tant, lorsque l'eau s'est échappée de la citerne, à la suite d'une fuite ou d'une décision de Dieu. Le siphon qui l'a vidée a emporté vers le bas sa couche de pierre et aurait aussi entraîné le corps de Gavin dans les profondeurs s'il s'y était encore trouvé, mais...

— Attendez ! s'exclama Yeza. Il vivait donc encore... Commencez par nous raconter sa mort !

— Le Breton n'est pas seulement revenu avec Mauri En Raimon, mais aussi avec un manchot...

— Rinat ! (Roç réprima à grand-peine un cri de rage.) Rinat Le Pulcin ? Un sbire déguisé en *pictor* !

— Exact ! Il s'appelait ainsi, répliqua Jakov, et je dirais moi aussi qu'il s'agissait d'un *sicarius*. À cela près qu'il jouissait de pouvoirs considérables et qu'il est intervenu dans le rituel funéraire que j'avais prévu pour Gavin.

— Ces pouvoirs, de qui les tenait-il? demanda Yeza, mais Jakov ne répondit pas.

— Nous avions préparé un somnifère à base de pavot et de mandragore que Gavin devait absorber lorsqu'il en aurait envie, puis une petite écorchure...

— Ah, nous y voilà! s'exclama Roç, triomphal.

— De l'ivraie! continua Jakov, imperturbable. *Lolium temulentum!* Imperceptible, même avec une conscience parfaitement claire, et c'est seulement lorsque celui-là aurait entièrement agi que je devais faire en sorte, par un petit geste, qu'il n'y ait plus de réveil, du moins dans cette vallée de larmes...

— Je connais la procédure, dit Roç. Une planche de bois sous la nuque...

— Et c'est fini, l'interrompit Jakov, qui ne tenait manifestement pas à entendre une description complète de son geste.

— Que voulait Rinat, ce rat? s'enquit Yeza.

— Juste avant que la rigidité cadavérique ne s'installe, il exigea que l'on sorte le précepteur de sa crypte et qu'on l'installe assis à sa table de travail, tel que vous l'avez trouvé.

— Ensuite, Rinat lui a peint à la peinture rouge ce signe de sang sur la nuque, ajouta Roç, pris par la fièvre du chercheur.

— Tout juste! répondit Jakov. Et il lui a imprimé le sceau avec un anneau de Templier en or.

— L'anneau de qui? demanda Yeza, mais elle n'obtint pas non plus de réponse.

— C'est ainsi que Gavin Montbard de Béthune fut montré à l'envoyé secret de la Couronne. Pour l'Ordre, désormais, c'était une affaire réglée.

— Yves le Breton représentait la France? J'ai du mal à y croire, objecta Yeza.

— Qui que ce fût, admit Jakov, son témoignage a suffi au Conseil du Chapitre.

— Guillaume de Gisors?

— Exact, précieuse Dame, lui représentait le Prieuré, et Georges Morosin représentait le grand maître des Templiers, qui séjourne en *Terra sancta*.

— L'Occident et l'Orient étaient ainsi réunis pour commettre un paisible fratricide, conclut Yeza sans cacher son mépris, que Jakov ressentit lui aussi.

— Gavin sortait du lot. Il n'avait pas cette médiocrité des chevaliers de l'Ordre, vaniteux, blasés, tout occupés à leurs petits commerces, c'était un combattant, un combattant hautain, au sens propre du terme, il avait l'âme haute et une vision puissante qui aurait changé la face du monde.

— C'est sans doute le sort qui nous attend nous aussi, dit Roç à voix basse. Car nous aussi, nous incarnons une idée dont tous parlent certes avec exaltation, mais que nul ne veut voir mise en œuvre.

Quelqu'un frappa sur le bois de la litière, de l'extérieur, trois coups brefs et secs.

— Voilà, dit Jakov en se relevant. Désormais, vous savez tout ce qu'il m'appartenait de vous dire.

Il souleva le rideau donnant sur l'église et fit mine de quitter la litière. Un Templier s'avança :

— Le couple royal est prié d'escorter Jakov Ben Mordechai jusqu'au portail, déclara-t-il en se tournant vers le cabaliste, sans regarder Roç et Yeza. Jakov sourit.

Yeza avait intuitivement compris de quoi il s'agissait, mais Roç s'insurgea :

— Mais nous devions rencontrer la Grande...

— Chut ! fit Yeza, qui était déjà sortie de la litière. Et Jakov se pencha vers Roç, qui hésitait encore.

— Faites juste quelques pas avec moi, et lorsque Roç le suivit enfin, il ajouta en chuchotant : La vieille dame n'aime pas à prendre place en présence de tiers. Elle est trop fière pour montrer combien elle est affaiblie.

Et tout en parlant, il éloigna Roç de la litière. Yeza les avait précédés depuis longtemps. Et lorsqu'ils l'eurent rejointe, il s'inclina devant elle et annonça :

— Revenez sur vos pas, à présent, je trouverai mon chemin tout seul. Ne faites pas attendre Marie.

Il ne se dirigea pas vers la porte de l'église, mais vers la niche de Joseph, et il s'y installa. Sa voix résonna aussitôt comme le tonnerre dans la nef de l'église :

« Et la nuit brillera comme le jour, la pénombre comme la lumière. »

Yeza prit Roç par la main et ils revinrent, obéissants, jusqu'à la litière. Le Templier annonça « le couple royal », et ils entendirent l'abaque cogner trois fois contre le bois. Il souleva le rideau pour les laisser entrer. Lorsque leurs yeux se furent habitués à l'obscurité, ils virent assise devant eux la vieille dame voilée qui les attendait.

— Je me réjouis de vous revoir, dit-elle.

Yeza et Roç se rappelèrent aussitôt cette voix. Elle était devenue un peu cassante, mais n'avait rien perdu de sa détermination.

— Nous nous réjouissons aussi, répliqua Yeza. Nous avons plus besoin de vos conseils que jamais !

— J'aimerais avoir ta force, Yeza Esclarmonde, répondit la Grande Maîtresse avec un soupir imperceptible. (Et elle reprit, après une petite pause :) Tu ne pourras surmonter tes doutes, Roç Trencavel, qu'en comprenant que la volonté qu'il faut imposer doit être la tienne.

C'est Yeza qui rompit le silence qui suivit :

— Depuis quand le grand projet nous laisse-t-il cette liberté ? demanda-t-elle avec agressivité, et la Grande Maîtresse soupira de nouveau avant de répondre :

— Le grand projet a été une remarquable école, il vous a permis de développer des facultés qui étaient les vôtres, et surtout celle d'utiliser votre liberté. Le temps est à présent venu où il vous faut décider par vous-mêmes quel chemin vous allez prendre. Le désir d'atteindre l'objectif suppose qu'on veuille le chercher. C'est votre quête et elle seule qui détermine l'objectif.

— La quête du Graal ? s'enquit Roç, timidement.

— Celle-là n'a de sens, expliqua Marie avec une vivacité étonnante, que si tu as véritablement la volonté de le découvrir, car le Graal n'est nulle part, surtout pas ici, à Rhedae, ni ailleurs en Occitanie, il ne se trouve certainement ni dans une caverne ni sous la terre.

Ces propos ressemblaient à une plaisanterie.

— Il est caché, et il ne se montre pas à ceux qui n'en sont pas dignes, ajouta Marie de Saint-Clair en retrouvant son sérieux. Et Roç sentit que ses yeux, à travers le voile, étaient braqués sur lui. Le Graal est en toi, en vous, le couple royal !

— Ce n'est donc pas le calice noir ?

Roç était déçu. La Grande Maîtresse l'était tout autant : elle attendait sans doute une réponse plus digne à sa révélation. Yeza intervint :

— Le calice noir est un symbole, une clef du mystère ?

Mais ce n'était pas non plus la formulation qu'attendait Marie de Saint-Clair.

— Le Graal n'cst pas un objet ! répondit-elle à Yeza. Le calice noir n'est rien que la clef donnant accès à la pierre de la pierre. Cela peut être le symbole de certaines étapes de la quête, mais celle-ci ne peut s'y épuiser, sous peine de vous mettre en danger.

— Faut-il donc préserver sa vie, demanda Roç, ou bien un chevalier du Graal doit-il se jeter tout entier dans la balance ?

— La vie de ton corps te sert, chevalier Roç Trencavel, tout comme tu sers le Graal. Si tu l'abîmes, tu ne te soucies guère de ton office. Le Graal appartient aux vivants, le Graal est la vie !

— Et l'amour ! dit Yeza d'une voix ferme.

— La vie, c'est l'amour, l'amour, c'est la vie, Yeza Esclarmonde. Tu as sur ton chevalier l'avantage de connaître la nature du Graal.

— L'amour surmonte aussi le calice noir ? demanda Yeza, pourtant sûre de la réponse.

— L'amour, c'est ce qu'il y a de divin en toi, murmura la Grande Maîtresse, épuisée.

Roç et Yeza sentirent sa fatigue, et se turent. Ils restèrent longtemps assis en silence. Puis Marie de Saint-Clair toussota.

— Votre séjour en Occitanie ne me paraît ni judicieux ni utile, quels que soient vos projets. Je propose que vous quittiez ces lieux.

— Est-ce notre destin? questionna Roç. Ou bien pouvons-nous décider librement?

— Nous en avons déjà parlé. (La mauvaise humeur perçait dans la voix de la Grande Maîtresse.) Je vous offre Jérusalem, je ne vois rien qui puisse mieux vous aller! On me fera part de votre décision, et du chemin que vous prendrez!

Elle avait ainsi brusquement donné congé à Roç et à Yeza. Mais lorsqu'ils se levèrent, la Grande Maîtresse soupira de nouveau et dit, presque avec bienveillance :

— Ma destinée à moi est de vous accompagner sur tous vos chemins et de tenir ma main, protectrice, au-dessus de vous. Je serai avec vous jusqu'à mon dernier jour.

Roç et Yeza descendirent de la litière et marchèrent lentement vers leur petite escorte.

— Elle a déjà dit ça, autrefois! chuchota Roç.

— Jusqu'ici, répliqua Yeza, songeuse, elle a tenu parole.

II

LES CHERCHEURS DE TRÉSOR

Un mirage

Par sa façade donnant sur la ville, le palais royal de Palerme rappelait certes toujours une forteresse normande ou une sorte de long drakkar. Mais, dans ses cours, il avait conservé la culture spirituelle de l'Orient. Le soleil jouait entre les jeux d'eau et les arbres d'ornement, les volières et les buissons en espalier. Des déambulatoires ornés d'admirables piliers de marbre et de hauts palmiers dispensaient l'ombre nécessaire. C'est ici que se rendait messire Manfred dès que son temps le lui permettait, et sa mince silhouette embellissait les jardins. L'étang aux poissons rouges renvoyait l'image d'un homme blond aux traits encore juvéniles. Les uns l'appelaient déjà le beau « roi », même s'il n'était pas encore couronné. Les autres, en revanche, l'avaient surnommé « Le Bâtard », ce qui correspondait bien au contexte de sa naissance, mais en aucun cas à sa nature joyeuse et séduisante, ni à ses traits plaisants et souvent songeurs. Manfred était le fils naturel du grand empereur Hohenstaufen Frédéric II. Sa mère était la comtesse Bianca Lancia. L'empereur leur vouait une telle estime, à elle et à leur descendant commun, qu'il les avait légitimés juste avant de mourir. Ce n'était que justice, estimait son accompagnateur silencieux : car aucun des innombrables fils de l'empereur n'avait la trempe d'un Manfred.

Derrière l'aimable façade du gouvernant se dissimulait une certaine irréflexion, que les uns interprétaient comme un signe de perfidie et de cruauté, les autres comme un travers involontaire, conséquence de sa pusillanimité et de son manque de détermination.

Manfred paraissait souvent fasciné par l'idée de sa propre grandeur. C'était, pensaient certains observateurs, un mélange oriental d'assurance outrancière et d'impuissance. Cela le distinguait de Frédéric — cela, mais aussi le fait qu'il n'avait pas hérité de sa méfiance maladive. Comparé à son père, son fils de vingt-six ans était littéralement naïf. Et il rayonnait en outre comme un jeune dieu — cela non plus, on ne l'aurait pas dit de l'empereur.

L'accompagnateur et conseiller de Manfred (qui l'avait, dans une certaine mesure, hérité de son père, et l'avait élevé au rang de chancelier) était Jean de Procida. Il s'agissait en réalité d'un médecin extraordinairement doué, d'origine napolitaine, comme le révélait son nom. Mais comme le jeune souverain semblait répugner à exercer ses fonctions royales, il impliquait cet homme aux dons multiples dans toutes les décisions politiques. Et Jean l'en remerciait en lui témoignant une fidélité dont peu de Hohenstaufen avaient pu jouir au fil des siècles.

— Les services secrets d'Aragon, dit Jean avec discrétion, pour ne pas étaler ses bonnes relations, ont intercepté une lettre adressée au « couple royal ».

— Ah ! mon cousin Trencavel ! dit Manfred en souriant. Mais au fait, est-ce vraiment un parent ?

— Yeza, Yezabel Esclarmonde, l'est en toute certitude, mais cela ne change rien à l'affaire. Ce qui compte à mes yeux, c'est l'auteur de la lettre, il s'agit de Guillaume de Rubrouck, un franciscain qui, depuis leur naissance, leur tourne autour comme la lune autour du soleil, si je puis m'exprimer ainsi.

— Un franciscain ? (Manfred avait bonne mé-

moire.) Est-ce ce moine que l'on avait envoyé auprès
du grand khan des Mongols ?

— Tout juste, répondit le *medicus*. Guillaume n'a
rempli aucune des missions qui lui avaient été fixées.
Mais il a fait en sorte que Roç et Yeza reviennent en
Occident.

— Ce que les Assassins ont payé par la destruction
d'Alamut, ajouta Manfred. Jean reprit la remarque
au bond :

— Guillaume est un être dangereux, expliqua le
chancelier. Il a l'air tout simple dans sa bure brune,
rondouillard et bonhomme. Mais derrière cette
grosse cruche de terre cuite sommeille une *bomba*,
plus redoutable que le feu grégeois, et lorsqu'elle
explose...

— Comment cela ? demanda Manfred. Est-il ici ?

— Non, Dieu soit loué, il est encore loin, à Nicée.

— Compte-t-il anéantir l'empereur grec ?

Manfred trouva la plaisanterie amusante, mais
cette expression ne plaisait pas à Jean.

— Dieu l'a préservé de pareil destin — il a envoyé
Vatatses au diable.

— Ah ! s'exclama Manfred. Ma sœur est donc
enfin une heureuse veuve.

— Veuve, sans doute. Mais heureuse ? Ne me détourne pas de Guillaume ! Ce futé Flamand n'est pas
seulement une amphore, c'est aussi une catapulte. Il
lance ses projectiles... Permettez-moi de lire sa lettre,
elle ne vous amusera pas d'un bout à l'autre, mais
elle vous distraira.

Ils s'installèrent sur un banc à l'ombre, une fois
que le médecin eut constaté, d'un bref regard,
qu'aucun espion ne s'y cachait et que nul ne pouvait
s'y faufiler pendant sa lecture.

« Guillaume de Rubrouck, O.F.M.
au couple royal, Roç Trencavel du Haut-Ségur et
Yezabel Esclarmonde du Mont y Sion

Damas, juin Anno Domini 1258

Qu'elle me consolait, cette idée à laquelle je m'accrochais comme un porte-drapeau s'agrippe à sa hampe pendant la bataille : chaque pas que je faisais me rapprochait de vous. Je les décomptais, un par un, en avançant mètre par mètre dans le sable du désert, courant souvent le risque d'être abandonné sur place par mes frères en religion. Car je ne soutenais pas leur rythme, j'avançais en titubant à la fin de la colonne et il m'arrivait fréquemment de tomber d'épuisement dans le sable.

Lorsque nous rencontrâmes une caravane d'esclaves, je pus acheter un chameau. À cet instant, leur mépris pour cet amolli de Guillaume avait atteint un tel degré qu'ils m'ordonnèrent de poursuivre ma route tout seul. Les marchands m'avaient cédé l'animal à un bon prix, parce que j'avais eu la présence d'esprit de me faire passer pour un ami d'Abdal le Hafside. Ce mensonge fit des prodiges, mais conforta mes frères dans leur opinion : ma personne était totalement indigne de leur Ordre. Quant à moi, je n'avais pas la moindre honte lorsque je me retrouvai enfin seul, accompagné de ma *jamala,* qui s'appelait Delilah, ce dont mes vendeurs m'informèrent avec un clin d'œil. Loin de moi l'idée de me faire passer pour l'inventeur des histoires qui courent sur les pratiques des hommes solitaires dans le désert. À cent lieues à la ronde, il n'y avait que du sable — et la chamelle.

Lorsque nous nous arrêtâmes, le soir, il me sembla déjà que Delilah, lorsqu'elle se couchait, me tendait son arrière-train avec impudence, une tentation à laquelle je pus résister, même si ma chamelle me dévisageait d'un air moqueur. À la fin du deuxième jour, elle s'approcha encore plus près de moi et poussa lentement son postérieur vers la couche, si bien que c'était le seul tableau qui s'offrait à moi pour m'endormir. Dans mon rêve, Delilah se transforma en danseuse aux fortes hanches, aussi poilue qu'un animal, et pourtant honteusement désirable.

Je ne voyais pas sa tête, mais sa vulve rose et luisante
béait, obscène, entre la fourrure de ses cuisses. J'en
fus tout excité, je m'oubliai, m'éveillai en haletant,
trempé par ma semence. Furieux, je changeai mon
pantalon et partis avant même le lever du soleil. Je
m'installai sur la bosse de Delilah avec de tout autres
sentiments. Elle me regardait toujours avec de
grands yeux. Plus nous chevauchions, je dois vous
l'avouer, plus j'attendais fébrilement la tombée de la
nuit, d'abord avec un vague sentiment de rejet, puis
en affrontant les principes moraux qui m'avaient été
inculqués et la honte qui nous est innée. Guillaume,
tu es contre nature! Guillaume, ne connais-tu pas
l'écœurement? Non, je veux être un porc, une truie
et un verrat à la fois. Il n'y avait pas une âme alentour. Je sautai de ma selle, et Delilah fit mine de se
mettre à genoux; je le lui interdis. Je passai derrière
elle. Son arrière-train était bien trop haut. Je rassem-
blai avec les pieds puis, comme pris de folie, avec les
mains, une colline de sable susceptible de compenser notre si grande différence de taille. L'esprit
confus, je me hissai sur mon monticule et regardai
une fois encore de toutes parts. Le désert s'étendait,
parfaitement vide, tout autour de moi, le soleil était
encore loin d'avoir disparu. Mon ombre s'étirait, grotesque, lorsque j'ôtai mes chausses et voulus attraper
des deux mains les flancs de Delilah pour l'attirer
vers moi. Elle tourna la tête et retroussa les lèvres.
Quant à moi, je ne pus rien attraper du tout, car elle
avait fait un pas en avant, sachant parfaitement
combien elle m'humilierait en me laissant planté là
sur mon petit tas de sable, les chevilles entravées.
Désespéré, je laissai mon regard errer dans le lointain. Je ne doutais pas que ma prochaine épreuve
serait la vision d'un mirage!

   Je vis effectivement au loin une caravane. Elle se
dirigeait vers moi et Delilah, en coupant par les
dunes. On portait une femme dans une litière, manifestement une dame de haute lignée, car plusieurs
serviteurs avançaient autour d'elle pour l'éventer.

Plus elle s'approchait, plus je voyais à quel point elle était belle. Sa poitrine imposante se balançait sous un voile de mousseline qui laissait aussi deviner la forme de ses cuisses. Au dernier instant, je me rappelai que j'étais nu, et je voulus remettre mes chausses, mais Delilah avait posé dessus sa hanche pesante. Je lui poussai les flancs, la bousculai du genou, j'allais lui donner des coups de pied, mais la litière était déjà à côté de moi, et une voix profonde demanda :

— Que puis-je faire pour toi, Guillaume ?

Vous savez bien, mes chers, quelle aurait dû être ma réponse. Mais à cet instant, la dame souleva son *hijab* : c'était Clarion ! »

À cet instant, Manfred interrompit le lecteur.

— S'agirait-il de Clarion de Salente, ma demi-sœur ?

— Certainement, mon prince et presque roi, répondit Jean. Guillaume nous a emmenés tout près de Damas, et la favorite du Sultan revenait d'une excursion dans l'une des oasis voisines.

Jean de Procida appréciait cet intermède : lire à voix haute le fatiguait.

— Ils se connaissent, bien entendu, par le biais de Roç et Yeza, qui ont passé une grande partie de leur enfance à Otrante, là où Clarion, elle aussi, a grandi.

— Je sais, dit Manfred, impassible. Clarion était une conséquence imprévue de la nuit de noces de Brindisi.

Jean de Procida connaissait fort bien cet épisode. L'empereur Frédéric, incapable de maîtriser ses instincts, ne s'était pas seulement abattu sur son épouse mineure, Yolanda, mais aussi sur la cámeriste. Le chancelier se contenta toutefois de répondre :

— Cette femme devenue mère de manière inespérée était un cadeau de noces de son ami, le grand vizir.

— C'était même vraisemblablement l'une de ses filles ! compléta froidement Manfred, qui voulait à

présent savoir ce qu'avait entrepris Guillaume. Alors,
qu'a-t-il répondu ?

— Songez à ce qui venait de se passer. La belle
inconnue avait en outre ajouté avec joie : « Je vous
aiderai volontiers, Guillaume ! J'exaucerai le
moindre de vos vœux ! » Et le moine répondit :
« Dans ce cas, soyez gentille, tenez-moi cette chamelle récalcitrante ! »

Le jeune seigneur fut pris de fou rire.

— Ce Guillaume est peut-être un gredin, mais il
vaut de l'or !

— Oui, confirma le médecin, il a de l'humour. Et
surtout le don peu commun de rire de lui-même.
Écoutez donc la suite !

Il attendit que Manfred se soit calmé, et continua
de lire sa lettre.

« J'ai passé des jours heureux dans le palais du sultan. An-Nasir, dont le volume dépasse quelque peu le
mien, est un véritable géant. Il m'a serré contre son
cœur engraissé, parce que je m'étais laissé battre aux
échecs, mais surtout parce que j'écoutais patiemment le récit de ses malheurs, sur lesquels il revenait
constamment. Pour ce qui concernait l'attitude à
adopter face aux Mongols, le colosse avait la versati-
lité d'une jeune fille. Tantôt il pestait indistinctement
contre les "peuples primitifs de la steppe" et balayait
mes figurines de l'échiquier comme s'il s'agissait de
son ennemi invisible, lequel l'exténuait déjà en le faisant attendre, lui, le sultan ayyubide. Tantôt il se
recroquevillait comme un petit tas de misère, prêt à
se soumettre sans condition, comme les Mongols le
lui avaient demandé.

Sa situation n'était pas compliquée : elle était
désespérée. Or c'était précisément ce qu'il ne voulait
pas comprendre. Il ne pouvait pas se placer sous la
protection des Mamelouks du Caire, il en était étrangement conscient. Ils l'auraient assassiné sur-le-
champ, car ils considéraient Alep et Damas, Homs et
Hama comme l'héritage de Saladin, un legs qui leur
revenait de droit. Ils tenaient An-Nasir pour un usur-

pateur. Sans alliés, son armée était incapable d'affronter les Mongols. Hulagu réclamait certes les mêmes places fortes, y compris Damas, mais le Il-Khan avait laissé entrevoir à An-Nasir la perspective de lui laisser la vie sauve.

Or le souverain ayyubide estimait justement que cette proposition était scandaleuse. Je lui ai conseillé d'abord de chercher à gagner du temps : il était encore possible que les Mongols n'envisagent plus de nouvelles conquêtes, ou bien qu'on les en empêche. J'ignore comment je parvins à lui faire croire qu'une seule des deux solutions était réaliste.

Le puissant An-Nasir attrapa ce fétu d'espoir comme le tronc d'un palmier dans la tempête de sable.

— Je vais envoyer mon fils El-Aziz auprès de Hulagu, en témoignage de mon désir de négocier, et comme mon ambassadeur personnel. Cela ne manquera pas son effet sur les Tatars.

Je dus contredire le despote sur ce point — cela aussi me demanda un certain courage, car ce bœuf m'aurait brisé la nuque d'un seul coup de patte.

— Votre désir, Majesté, suppose que les Mongols aient le même, expliquai-je à cette montagne de chair célèbre pour ses colères. Je connais Hulagu, et je sais quelle est son attitude, et si vous faisiez ce que vous venez de m'annoncer, je parle de votre progéniture, ce n'est pas en ambassadeur, mais en otage qu'on l'accueillerait.

Ma phrase était suffisamment emberlificotée pour éviter un accès de fureur. Il lui fallut un certain temps pour comprendre le sens de mes paroles.

— Si El-Aziz se laisse traiter ainsi, grogna-t-il à l'intention de son fils, qui ne se trouvait d'ailleurs pas à portée de voix, il aura mérité son sort. Et il ne sera pas digne de parler en mon nom.

— Mais ce qui risque de se passer, au bout du compte, me permis-je d'avancer, c'est que vous aurez livré votre fils et héritier sans avoir vous-même progressé du moindre pas dans votre affaire !

— Eh bien, envoyez-moi auprès des Mongols! intervint Clarion, surgie de derrière une haie de buis. Le sultan n'était pas du tout surpris de la voir apparaître, il connaissait les habitudes de son ancienne favorite, qui aimait à se mêler des affaires des hommes, et il la laissa poursuivre.

Cet épisode imprévu me soulagea. Je craignais déjà d'être allé trop loin et je me voyais avec terreur remplir le rôle d'ambassadeur du dernier des Ayyubides. Et puis Clarion s'était toujours montrée la plus maligne. Souvent, seule son aide avait permis de faire changer d'avis cet entêté d'An-Nasir.

— Les Tatars ne pourront pas défier toutes les règles aussi légèrement si l'ambassadeur est une femme.

Dans le jardin, relié aux appartements privés du seigneur, Clarion ne portait plus le voile de mousseline qui laissait transparaître sa silhouette toujours opulente.

— Hulagu est marié, crus-je devoir signaler, et Dokuz-Khatun, sa Première épouse, une chrétienne nestorienne passablement bigote, pourrait ne pas apprécier beaucoup votre arrivée.

— N'allez pas croire, Guillaume, rétorqua-t-elle, que vous êtes le seul capable d'adapter votre ampleur intellectuelle à l'environnement, comme un caméléon. Moi aussi, je sais comment je dois me présenter devant le Il-Khan et son épouse : décemment voilée, et boutonnée comme une nonne!

Le puissant An-Nasir suivait avec un plaisir croissant cet entretien qui lui faisait oublier ses soucis pour un instant.

— Votre intervention, estimée Clarion, répondis-je doucement, n'aurait de sens que si vous pouviez faire allusion à une importante communauté chrétienne à Damas, ou à un autre élément qui prendrait Dokuz-Khatun par les sentiments et la pousserait à demander au Il-Khan que la ville soit épargnée. Or, à ma connaissance, fis-je en me tournant vers le sultan, vous n'avez plus dans votre ville une seule église où les croyants...

— Les chiens chrétiens se retrouvent dans leurs maisons pour la prière, malgré l'interdiction! tonna An-Nasir, et nous les laissons faire tant que leurs croix ne se dressent pas sur les toits!

Il se savait gré de tant de tolérance. Elle n'était même pas due à l'influence de Clarion : la comtesse s'était convertie à l'islam des années plus tôt, par amour pour cette montagne de chair.

— Guillaume a raison, mon maître. Vos sujets chrétiens ne peuvent pas nous servir à grand-chose. Et personne ne croirait à votre propre conversion!

Elle me lança un regard triomphal et reprit :

— Je vais parler de Roç et Yeza au Il-Khan. Cela suffira à impressionner les Mongols!

— Mais nous ne les avons pas encore, l'interrompit le sultan à juste titre, et tout le monde le sait!

Mais Clarion ne s'embarrassait pas de ce genre de détails :

— Guillaume ira les chercher! »

— On dirait la menace d'un voyage aux enfers! objecta Manfred en profitant d'une pause que son lecteur avait faite pour respirer. Cela signifie donc que Guillaume, la *granata francescana*, est tout de même chez nous?

— Pourquoi chercherait-il le couple royal ici, en Sicile? répliqua Jean de Procida. Bien qu'il ait tenu en main la lettre provenant de Nicée (laquelle se trouve, chacun le sait, au cœur de l'Asie Mineure), il se surprit à laisser son regard inspecter le jardin, suspicieux. On ne pouvait tout de même pas être totalement certain que cet affreux franciscain ne surgirait pas du néant, tout d'un coup, entre deux buissons. On pouvait le croire capable de tout.

— Non! s'exclama le médecin d'une voix inutilement forte. Guillaume s'arrêtera à Nicée!

— Comment y est-il arrivé?

Manfred avait pris goût au style du moine. À cet instant, on entendit un craquement dans les sous-bois. Cela ne ressemblait pas au bruit d'un animal dans les feuilles mortes.

— Guillaume joue les hérissons? demanda Manfred en riant. Mais il avait déjà sorti son poignard. Son conseiller fit une grimace éloquente.

— Immà! appela une jeune fille d'une voix impérieuse. Et très lentement, un guépard se leva dans les buissons de papyrus d'un bassin ornemental tout proche, étendit les membres antérieurs, arqua la colonne vertébrale, fouetta le sol de sa queue : sans doute un signe de salutation, maintenant que sa jeune maîtresse lui avait gâché l'effet de surprise que produisaient toujours ses tendres arrivées à la volée. Constance, la fille du premier lit de Manfred, sortit des buissons. Elle portait précautionneusement, sur un grand plateau d'argent, une belle carafe pleine de boisson froide et des montagnes de friandises.

— Je voulais juste vous apporter un rafraîchissement, dit-elle pour excuser son irruption.

Son père éclata de rire. C'était la prunelle de ses yeux, et il lui passait tout, ou presque.

— En réalité, tu cherches seulement la compagnie de deux hommes fort occupés afin de pouvoir t'empiffrer de sucreries loin de la surveillance de ta gouvernante!

Manfred avait bien du mal à prendre l'air sévère, et Constance pouffa, un peu confuse, en déposant sa charge devant les deux hommes, sur une console de marbre. C'était une grande fille épaisse. Une grosse dondon, se dit le médecin, qui attribuait une bonne part de cette « opulence » dont son père se targuait tellement à la boulimie de Constance, à son goût insatiable pour les sucreries. Mais il avait cessé depuis longtemps de le lui déconseiller.

— Je vous ai moi-même préparé cette boisson fraîche à base de menthe sauvage, de décoction d'églantier amer et de miel, messire Jean, dit-elle. Pour votre pauvre gorge, qui a toujours tant de choses importantes à dire... Immà! cria-t-elle de nouveau en tirant l'animal par son collier, loin du plateau de friandises.

— Ma gorge vous remercie pour votre attention, répondit le chancelier, fâché, mais elle se réjouit encore plus de ces précieuses pâtisseries, des fruits confits, des petits gâteaux aux amandes, des écorces d'orange ruisselant de mélisse, des châtaignes grillées aux œufs en neige, des figues sèches fourrées aux noisettes sucrées, de la mousse de datte au cumin venue de Tunis, des gâteaux à la pista...

— Arrêtez, arrêtez! bredouilla Constance en trépignant sur ses grosses jambes. Lorsque je vous entends parler ainsi, messire Jean, dit-elle, je ne comprends que trop bien pourquoi mon père vous a confié les destinées de son royaume. Vous savez séduire!

— Je n'ai fait que nous ouvrir l'appétit, à Sa Majesté et à ma piètre personne, pour ce petit récipient d'amuse-gueule qui devrait suffire pour deux hommes. (Il s'empara du plateau et le tira à lui.) Merci bien, fière princesse, dit-il en se repaissant des souffrances évidentes de la jeune fille : des larmes lui étaient montées aux yeux. Son père ne le supporta pas.

— Je te cède ma part, mon enfant, dit-il pour la consoler. Mais je t'en prie, cesse de pleurer!

Immà semblait partager ce vœu : elle se mit à lécher avec compassion la main baissée de Constance, sans quitter des yeux le plateau d'argent. Jean, impassible, l'éloigna de ses deux interlocuteurs.

— S'il revient à quelqu'un de s'abstenir, Manfred, ce n'est pas à vous, mais à votre serviteur.

Il s'était levé et s'apprêtait à jeter dans le buisson le beau plateau de friandises, ce qui aurait certainement réjoui le guépard.

— Déclarons donc simplement, annonça le chancelier, que le royaume de Sicile n'a pas faim, mais juste soif! Et, avec une révérence galante, il reposa son plateau dans les mains de l'enfant en larmes, n'en gardant que la carafe et les coupes. Merci encore pour cette attention altruiste, conclut-il en souriant.

Il avait ainsi atteint son but : Constance disparut à toute vitesse. Sans doute n'entendit-elle pas son père, soucieux, crier derrière elle « Mais pas tout à la fois, mon enfant ! » : on perçut bientôt, derrière les buissons, des bruits de mâchoires, entre autres celles du guépard. Suivit un gémissement, presque une plainte :

— Immà, je me sens mal !

— Pauvre créature, chuchota Manfred. Elle n'a pas la vie facile, ainsi, sans mère.

— « Immà » vient-il de « Immaculatà » ? demanda Procida, incidemment.

— Me trouvez-vous un père trop dur parce que je n'ai pas autorisé l'adoption d'un compagnon mâle pour ce fauve ? s'enquit Manfred, comme pour s'excuser.

— Allons, elle se mariera bientôt !

— Je ne parle pas de ma fille Constance ! répondit Manfred, d'une voix tremblant de colère.

Mais le chancelier fit comme s'il n'avait rien remarqué.

— Bien entendu. Après tout, c'est moi qui me suis opposé aux noces avec l'infant d'Aragon.

Une porte claqua au fond du déambulatoire. Jean se versa un gobelet.

LE MIEL TURC

— Continuez, *Doctore* ! demanda impatiemment le jeune souverain à son conseiller, qui apaisait sa gorge légèrement irritée avec la menthe sucrée au miel.

Jean de Procida reprit la lecture de la lettre de Guillaume à Roç et à Yeza :

« Je fis le sourd pour ne pas montrer ma joie. Imaginez-vous cela : d'un ciel qui n'était guère limpide, tombait sur votre Guillaume totalement desséché une chaude pluie qui lui permettrait de vous rejoindre rapidement, par le chemin le plus rapide, et avec un certain confort ! J'appris par Clarion que mes frères d'Ordre, qui séjournaient toujours dans la ville, avaient entre-temps déployé une telle ardeur missionnaire que les autorités souhaitaient s'en débarrasser au plus vite. Il était absurde de les transporter à Saint-Jean-d'Acre ou à Tyr, en Terre sainte : ils se réinfiltreraient *stande pede* en Syrie pour porter témoignage de leur messie crucifié. On avait donc décidé d'affréter un navire qui les emporterait au moins jusqu'à Chypre, mais poursuivrait ensuite sa route et me conduirait jusqu'à Marseille, ou du moins jusqu'en Sicile. »

— Vous voyez, Jean, commenta Manfred, de bonne humeur, en coupant la parole à son lecteur, nous nous rapprochons déjà du nœud du problème. N'y a-t-il pas de nouveau du bruit dans les buissons ? *Guillelmus ante portas !* plaisanta-t-il pour troubler son médecin. En réalité, il ne voyait plus aucune objection à rencontrer le moine. Ce n'était pas du tout le cas de Jean de Procida, qui connaissait bien le franciscain et reprit donc aussitôt sa lecture :

« Chargé d'honneurs et de cadeaux, on m'a accompagné jusqu'à la côte, où le voilier mouillait déjà. Mon escorte m'y transporta à la rame. Mes frères me réservèrent un accueil franchement glacial. Je ne m'en souciai guère, de toute façon je n'aurais pas à les supporter longtemps ; nos chemins se sépareraient à Limassol. Mais comment vous décrire mon effroi lorsque je rencontrai à bord Bartholomée de Crémone, Barth, le Triton ! C'est vrai, notre éducation nous habitue à éprouver de la miséricorde chrétienne pour tous les infirmes. Mais les jambes tordues et estropiées de Barth soulignaient si bien son effroyable caractère que je pris, je l'avoue, un malin plaisir à le voir ainsi, à lui dire que c'était bien fait pour lui, qu'il me plaisait de constater qu'on avait enfin donné la démarche qui convenait à un empoisonneur et un intrigant. Que Dieu me pardonne ! Lui, en tout cas, ne me le pardonna pas.

On leva les voiles. Je me mis à table, loin des autres, et mangeai avec bonheur ce que la cuisine m'avait préparé, en ne me souciant plus du tout du

Triton. C'est la dernière chose dont je me souvienne. Je m'éveillai sur une côte étrangère où m'avait déposé la mer, avec une sensation épouvantable dans le ventre et de tels bourdonnements au crâne que mon seul souhait était de mourir sur place. C'est sans doute l'eau de mer froide dans laquelle ils m'avaient impitoyablement jeté qui m'avait évité le trépas. Je remontai la plage à quatre pattes. Puis je sombrai de nouveau dans l'inconscience. Je ne puis ajouter "heureusement", car je me réveillai ensuite dans un trou noir, une geôle de Vatatses. J'avais été arrêté comme espion, quelque part à la frontière de l'empire grec de Nicée. Des gardes-côtes vigilants m'avaient emmené dans la capitale, enchaîné, pour y être jugé. Votre Guillaume ne serait sans doute plus votre Guillaume depuis longtemps si, de manière inespérée, il n'avait reçu avant la visite du bourreau celle d'un prêtre que je connaissais personnellement pour l'avoir rencontré au royaume des Mongols. Son nom était Demetrios. Dieu le bénisse ! Guillaume de Rubrouck, devenu un ambassadeur du grand khan attaqué par des pirates, apparut ainsi aussitôt, baigné et somptueusement vêtu, devant le trône du souverain. Ce n'était plus le redouté Jean Vatatses, celui-ci venant d'être admis à l'Olympe ou dans l'Hadès. En réalité, seuls les Mongols auraient dû regretter sa mort. Mais de toute façon, son fils unique et successeur, Théodore II, se hâta de confirmer sa complète soumission au grand khan, qui le laissa dès lors en paix. Et la paix, il en avait besoin pour reconquérir Constantinople. Pour souligner ses prétentions, il demanda au patriarche orthodoxe de résider à sa cour. Celui-ci, qui portait l'admirable nom d'Arsenios, me mit dans la confidence parce que sa plus grande peur était de n'avoir pas misé sur le bon cheval. Théodore avait en effet de nombreux rivaux, et chacun d'entre eux avait ses propres prétendants au trône de patriarche. Je compris bien son problème, et il m'en fut reconnaissant.

— En réalité, l'empereur Théodore n'a personne à

craindre, m'expliqua Arsenios. Mais si Michel d'Épire concluait un pacte incluant Achaïe et la Sicile, les choses deviendraient délicates. Le despote, et c'est bien injuste, a deux filles de toute beauté. Il a déjà promis Anna, son aînée, au vieux sac d'os qui gouverne Achaïe, dans le vague espoir que cela lui assurera sa fidélité. En revanche, sa cadette, Helena, encore plus charmante, est destinée à Manfred, le bâtard de l'empereur. »

À ce point de la lettre, un léger trouble se fit sentir à Palerme. Jean de Procida avait eu beau toussoter immédiatement après avoir lu ce passage délicat, le mot abhorré semblait encore planer dans la cour fleurie du palais. Manfred eut un rire douloureux.

— *Nomen est omen!* Ce bonhomme s'appelle Arsenios, c'est bien cela? Nous noterons ce nom-là, dit-il d'une voix sourde et menaçante.

— C'est vous, messire, qui m'avez demandé de poursuivre ma lecture, fit le médecin pour s'excuser.

— C'est vrai, et qu'il en soit ainsi, répondit Manfred en s'efforçant de faire meilleure figure. En tout cas, ma jeune épouse est couverte de lauriers. Voilà de quoi me réconcilier!

— Votre magnanimité me fait honte! murmura modestement Jean de Procida. Vous devriez porter ce qualificatif comme une décoration, puisqu'il vous relie à votre impérial géniteur, qui aimait à se placer au-dessus de l'étiquette, de la morale commune et des habitudes.

— Et qui, souvent, se montrait bien trop bon, objecta Manfred. Que le Seigneur m'en préserve! Mais je vais vous présenter quelque chose.

Manfred avait déjà bondi sur ses jambes. Il n'attendit même pas que le médecin le suive et marcha droit vers une chapelle couverte de rosiers, dans un coin du déambulatoire. Lorsque Jean de Procida l'eut rejoint, Manfred poussa de l'épaule la porte coincée. La pièce était plongée dans une demi-obscurité : les fleurs qui tombaient en grappes devant la fenêtre étroite laissaient à peine passer les rayons du soleil. Seule une bougie à huile déposée devant la statue de la Vierge diffusait un éclat rougeâtre. Lorsque leurs yeux s'y furent accoutumés, ils virent un prie-Dieu devant l'autel. Aux murs étaient accrochés des ex-voto, le plus souvent en argent gravé. Manfred plia brièvement le genou devant la Vierge et alluma deux bougies dans les chandeliers, en confia une à son confident et s'approcha du mur. Le tableau luxueusement encadré montrait saint Sébastien, le corps nu transpercé de flèches. À y regarder de plus près, le martyr romain n'était cependant pas accroché à un arbre, comme d'habitude, mais suspendu devant le mur d'une ville dont les créneaux grouillaient d'archers enturbannés qui s'efforçaient tous de l'atteindre avec leurs flèches.

— Un ancêtre héroïque ? demanda Jean, moqueur.

— Un aïeul de ma lignée normande, confirma le petit-fils de Constance de Hauteville, qui avait aidé les Hohenstaufen à prendre le pouvoir en Sicile. Ses sujets sarrasins s'en sont servis pour faire pression sur les croisés, qui assaillaient leur ville. Il a du reste survécu à cette torture, ce qui, d'un point de vue médical, constitue certainement un miracle.

Jean se sentit obligé de regarder de plus près. Il était en train de murmurer « aucune flèche dans la région du cœur, dans le poumon ou dans la rate », lorsque Manfred retourna le tableau sous son nez, dévoilant son recto. On y voyait la miniature d'une jeune fille aux longs cheveux bruns et lisses.

— C'est ma petite épouse hellénique, dit le bâtard, ému, la future reine de cette île !

On voyait qu'il n'était pas seulement fier du charme de la princesse grecque aux grands yeux en amande, mais qu'il était tombé proprement amoureux de son image.

— Qui donc l'a réalisée pour vous ? demanda courtoisement Jean, qui s'intéressait moins à l'épouse qu'à cette peinture extraordinaire.

— C'est la Serenissima qui me l'a offerte, par le biais de son ambassadeur.

— Je comprends : les Vénitiens craignent que Nicée ne l'emporte et, avec elle, les Génois. Ils utiliseront donc tous les moyens pour créer une alliance qui permettra à Épire de devancer les Nicéens.

— Est-ce tout ce que vous inspire la contemplation de ce tableau ? Vous n'avez donc pas de sang dans les artères ! Les êtres ne vous captivent qu'au moment où ils se retrouvent devant vous, glacés, sur la table de dissection.

Manfred était réellement indigné. Il ressentait comme une offense le manque d'enthousiasme de son ami à l'égard de sa belle fiancée. Mais Jean de Procida n'était pas homme à se laisser intimider.

— Je vous avais posé une question sur le peintre, Monseigneur, et pas sur ses commanditaires ou sur la personne qui vous a remis l'œuvre.

— Pardonnez-moi, Jean, se reprit aussitôt Manfred. Le nom du peintre est Pulcin, Rinat Le Pulcin. Il a une main bénie de Dieu, regardez seulement la finesse avec laquelle ce coup de pinceau souligne les longs cils noirs...

— Rinat Le Pulcin ? répéta le *medicus chirurgus*, et il se rappela l'aide qu'il lui avait apportée dans la misérable cabane forestière, dans le Languedoc. Il se tut, ce qui fit dresser l'oreille à Manfred, soudain pris de méfiance :

— Ne me dites pas que vous le connaissez, qu'il s'agit d'un faussaire, d'un flatteur, et que ses travaux ne correspondent en rien à la réalité ?

Cette fois, le jeune Manfred était véritablement en colère : Jean lui avait fait perdre ses certitudes. Mais son conseiller l'ôta aussitôt de ses doutes :

— Rien de tout cela, Monseigneur. Je songeais simplement que cette main bénie est aujourd'hui en train de pourrir quelque part. Des brigands la lui ont coupée. Je me suis moi-même chargé de préserver le peintre de la gangrène et de la septicémie, avec des moyens de fortune. Il ne pourra plus jamais...

Jean de Procida s'arrêta en voyant Manfred soulever un autre ex-voto. Il représentait une tour frappée par la foudre. Il dévoila en silence le secret que l'œuvre dissimulait au verso.

C'était l'un des portraits de Yeza dont le peintre avait réalisé des dizaines d'exemplaires en miniatures sur bois. Jean n'avait jamais vu la jeune femme en chair et en os, mais il devina aussitôt à qui il avait affaire.

— Yeza! laissa-t-il échapper, impressionné malgré lui par la personnalité qui rayonnait de ce tableau. Yezabel Esclarmonde, sans doute un enfant naturel du Hohenstaufen, comme vous-même!

— En êtes-vous bien sûr? demanda Manfred. Elle me ressemble par son profil téméraire, mais chez ma sœur, si c'en est une, ajouta-t-il, sceptique, le front et le nez des Normands apparaissent bien plus. Elle semble aussi avoir hérité leur sauvagerie. Avez-vous jamais vu Yeza ct Roç en chair et en os? Et à quoi ressemble ce Roger Trencavel? Pourquoi dit-on de ce petit couple qu'ils sont les « élus du Graal »?

Le médecin éclata de rire.

— Vous posez trop de questions à la fois. Je ne les ai jamais vus ni l'un ni l'autre. Il est difficile de dire si c'est messire Frédéric qui les a engendrés, et si oui, dans quelles circonstances. La seule chose à peu près sûre, c'est que Yeza a été mise au monde par une hérétique notoire qui a aussi nourri Roç à son sein jusqu'à ce qu'elle disparaisse sur le bûcher.

— Eh bien, dans ce cas, soupira Manfred, je préfère encore ma douce Hélène. Ses parents sont certes des adeptes de l'orthodoxie schismatique des Grecs, mais au moins ce ne sont pas des hérétiques. Sans même parler du fait qu'ils ont un rapport avec ce Graal. De quoi s'agit-il, au juste? D'un calice? D'une pierre, *lapis excellens*?

— Ou *ex coelis*, répondit Jean. Nul ne peut le dire. Quelque chose au fond de moi se refuse à le concevoir comme un objet. Le calice ne peut être que le symbole de son contenu...

— Le sang du Sauveur?

— Cela aussi me paraît trop épais, trop collant, trop rouge, répliqua le médecin. Cela doit être quelque chose de transcendantal, un savoir primitif et secret, protégé par une caste de prêtres remontant à la nuit des temps, bien avant la naissance et la mort du Christ.

Manfred lança un regard interrogateur sur le parchemin enroulé que Jean tenait toujours dans ses mains.

— Vous vouliez me lire la lettre de Guillaume ? Continuez donc.

Le chancelier se racla la gorge et lut :

« Lorsque le patriarche m'eut ainsi exposé la situation politique complexe, on me présenta à l'empereur. Théodore était un homme maigre, un ascète qui ne me parut pas en très bonne santé et tentait de dissimuler ses douleurs à la poitrine (à moins qu'il ne s'agisse d'une phtisie ?). On remarquait d'autant plus la lucidité de son esprit. "Qu'entreprendrait le grand khan à ma place ?" demanda-t-il immédiatement. C'était une question piège. Je devais faire mes preuves.

— Le puissant khagan ne se trouvera jamais dans une situation pareille, répondis-je, mais si je devais vous donner un conseil, ce serait le suivant : "Détruisez la toile d'araignée avant qu'elle ne puisse devenir dangereuse pour vous. Tissez votre propre toile, soyez votre propre araignée." Et il m'observa comme si la métamorphose avait déjà commencé.

— Vous êtes un homme intelligent qui ne saute pas si vite que cela dans la toile. Je dois donc attaquer Épire avant qu'elle ne soit trop forte ?

— Envoyez votre meilleur général pour qu'il suggère au despote la possibilité d'une attaque. Vous pouvez acheter le prince d'Achaïe, il vous coûtera moins cher qu'une campagne militaire. Quant à ce jeune cerf de Manfred, vous devriez le dissuader de venir se faire les bois ici. Pour cela, le pape serait votre allié naturel. Réconciliez-vous avec lui !

Un fin sourire parcourut alors ses traits émaciés.

— Un tel gibier ne devrait pas plaire à Arsenios, votre mécène.

— Il faut bien le suspendre, Majesté, puis l'épicer avec talent.

— Votre repas est trop coûteux pour moi, Guillaume de Rubrouck. Au bout du compte, votre solution signifie qu'il me faudra moi aussi payer mon tribut à l'insatiable Rome.

— Byzance reconquise vous rapportera le...

— Ah, Constantinople! s'exclama-t-il en me coupant la parole. Messire Baudoin en a tellement vidé les caisses qu'il hante l'Occident depuis des années déjà pour trouver des fonds, en bradant les dernières reliques de l'État. Non, ça n'est pas la solution. L'argent ne permet pas de tout...

On nous interrompit : on annonçait l'arrivée du patriarche. Il avait dû écouter à la porte. Il s'inclina brièvement devant son empereur et me lança :

— Je suis surpris d'entendre Guillaume de Rubrouck plaider pour la réconciliation avec Rome. Serait-ce par hasard dû au fait qu'il ne peut pas utiliser l'unique arme efficace contre le Hohenstaufen, et qu'il cherche, comme d'habitude, à se dresser en rempart devant le couple royal?

Il me décocha un regard narquois et triomphal, avant de reprendre :

— Roç et Yeza en rois de Sicile seraient plus acceptables, pour le pape Alexandre, que si Manfred se posait lui-même la couronne sur la tête. Et cela nous reviendrait aussi moins cher!

— Comment cela, mon cher Arsenios? demanda l'empereur Théodore, aimable, mais incrédule.

— Tout simplement! répondit le patriarche, qui avait déjà préparé son argumentation. Si Manfred n'est plus de ce monde, *miserabiliter infectus*, la couronne revient à l'héritier légitime. Conradin, qui est encore un enfant, ne pourra imposer ses prétentions. Dès lors, la voie vers la solution qui nous agrée est ouverte. Roç et Yeza ne s'intéressent pas à la Grèce.

— Et comment réussirions-nous ce que le Saint-

Siège n'a pas obtenu depuis que les Hohenstaufen ont pris le pouvoir en Sicile ? Le diable les a protégés contre tous les poisons de cette terre !

— Hellade n'a encore jamais tenté de le faire, c'est notre chance. Il existe en Orient des mixtures dont les médecins de Salerne n'ont encore jamais entendu parler, et pour lesquelles ils ne disposent donc d'aucun remède !

— Essayez-les sur Guillaume de Rubrouck, plaisanta le souverain. S'il n'y survit pas, nous avons une chance de réussir, si faible soit-elle.

— Le décès de Guillaume ici, à Nicée, nous mettrait en mauvaise posture, objecta fort heureusement le patriarche. Mais d'un autre côté, il me semble qu'il ne doit pas sortir de ces murs, puisqu'il a eu vent de nos projets...

— De *vos* projets ! rétorqua sèchement l'empereur. Je ne veux rien en savoir, et je n'en ai d'ailleurs jamais entendu parler. N'est-ce pas, Guillaume ?

Je hochai la tête, muet.

— L'ambassadeur du grand khan est intangible, reprit l'empereur. Traitez-le en invité de marque !

Le patriarche s'inclina, me fit signe de le suivre, et nous quittâmes la salle. »

— Voilà de charmantes perspectives, dit enfin Manfred en constatant que Jean ne tenait pas à continuer immédiatement sa lecture.

— S'il nous faisait l'honneur d'une visite, nous devrions nous montrer très reconnaissants envers Guillaume, dit le médecin. Au moins, à présent, nous savons ce qui nous attend.

— Prenez immédiatement les mesures nécessaires. Surtout contre la Grèce.

— Dois-je continuer ma lecture ? demanda Jean de Procida, mais il était à peu près certain de la réponse. Elle ne tarda pas :

— Non ! Cela me suffit pour le moment.

— Dans ce cas, nous devrions nous occuper des questions de notre propre gouvernement, qui sont beaucoup moins aventureuses que les projets démentiels ourdis à la cour impériale de Nicée autour du couple royal !

— Exposez-moi donc ces questions, mon chancelier !

Manfred s'agenouilla sur le prie-Dieu de telle sorte que Jean se retrouva tout d'un coup debout comme un prêtre célébrant la messe.

— Votre allié, le sénateur Brancaleone, a repris le pouvoir dans l'*Urbs*, ce qui a encouragé les Romains à chasser messire Alexandre. Le pape s'est enfui à Viterbe.

— De nouveau, et si vite ? demanda Manfred, manifestement réjoui.

— Vous pouvez aussi remercier les barons anglais.

— Je n'y manquerai pas, mon précieux *Medicus*. Envoyez un navire à Londres et invitez-les à mes noces.

Procida ne s'arrêta pas sur ce point :

— C'est surtout au notaire pontifical Arlotus que vous devez votre reconnaissance. Il s'est présenté à Londres avec des prétentions tellement éhontées que même les partisans les plus bienveillants de la cause sicilienne en sont restés ébahis.

— Mais, mon cher Procida, ce n'est pas une raison pour faire grise mine, au contraire...

— Cela ouvre la voie à un prétendant que vous ne devrez pas prendre à la légère ! rétorqua le conseiller.

— Charles d'Anjou ! s'exclama le jeune souverain. Mais je ne le crains pas ! ajouta-t-il stupidement.

Manfred ne tenait plus en place. Il se remit brusquement debout.

— Je m'étais imaginé que je recevrais la couronne en compagnie de ma jeune épouse. Je suis maintenant résolu à ne plus attendre son arrivée et nos noces. Organisez le couronnement le plus vite possible ! Dirigez les préparatifs, je vous prie, mon cher Jean !

Le chancelier réfléchit un bref instant.

— Hier soir, messire Sigbert d'Öxfeld, commandeur des Chevaliers teutoniques, est arrivé à Messine !

— Qu'ai-je donc besoin de la bénédiction de l'Allemagne ? fit Manfred, fulminant. Souciez-vous plutôt des *iocalia*. J'en ai un besoin bien plus urgent !

— Messire Berthold de Hohenburg s'est rendu à Venise pour mettre les joyaux de la couronne...

— ... à l'abri, afin que je n'y touche pas, je sais, poursuivit le jeune souverain en tapant du pied, afin que le légitime...

— Non, l'interrompit le chancelier, implacable. Il les a déposés, mis en gage !

— Voilà qui est admirable ! (Manfred éclata de rire.) Dans ce cas, dégagez-les !

— C'est déjà fait, mon seigneur et maître !

Un délicieux calvaire

Taxiarchos admirait sans réserve toutes les constructions parfaites du fameux ingénieur Villard de Honnecourt, que l'on disait très proche de l'ordre des Templiers. À Carcassonne, Pier de Voisins lui avait montré avec fierté un trébuchet, cette puissante catapulte démontable sans laquelle Montségur n'aurait jamais été conquis. Il se trouvait à présent devant cette scie mécanique dont il avait déjà tant entendu parler. Animé par une roue à eau comme n'importe quel moulin, un système d'engrenages complexe assurait le glissement régulier d'une lame de scie tendue qui découpait dans des troncs d'arbre courbes des poutres droites, de fines planches et toutes sortes de tiges polies aux mesures égales. Les valets de la machine se tenaient autour d'elle comme des contremaîtres : leur seule tâche était de veiller à ce que la scie ne surchauffe pas, à ce que ses dents ne s'émoussent pas et à ce qu'elle soit constamment alimentée par de nouveaux arbres. Mais les poutres qu'elle recrachait ce jour-là, Taxiarchos le vit au premier regard, n'étaient que d'épais madriers qui auraient fait injure à ses capacités et ne pouvaient servir qu'à étayer une mine. Il s'y était attendu. On n'avait pas extrait du sol le trésor des Templiers pour le découper et le fondre aussitôt : on l'avait profondément enfoui dans la terre, enterré et caché. Tous les trésors dont les moines-chevaliers avaient pu s'emparer, couronnes et calices soigneusement forgés et ornés, monstrances et coupes, statuettes et crucifix façonnés par d'illustres orfèvres, diadèmes, chaînes et bracelets : on les avait ressortis ensuite pour leur redonner leur état originel, ils redevenaient des boules uniformes, que l'on battait ensuite en pièces de monnaie. Mais ces boules et ces pièces étaient en or, de l'or pur avec lequel l'Ordre pouvait sinon gouverner le monde, du moins l'acheter. Taxiarchos ne s'étonna donc pas non plus de découvrir tout autour de la « scierie » couverte d'un toit plusieurs fours dans lesquels des chauffeurs transformaient en charbon de bois les chutes, les petites branches et les racines inutilisables.

Mas de Morency n'avait pas encore compris (ou ne voulait pas admettre) qu'il ne servait à rien de questionner les hommes de la scierie. Ils étaient aussi muets que les chauffeurs.

— Vous ne chauffez tout de même pas le château de Rhedae avec ce charbon ? demanda-t-il, sans récolter autre chose que des regards hostiles ou méprisants. Vous vous en servez sûrement pour faire fonctionner une grande cheminée, dont le feu atteint une température suffisante pour faire fondre l'or et l'argent ?

Pons voulut prêter assistance à son ami, mais on le repoussa sans ménagement. Quelques hommes avaient déjà attrapé des gourdins ; Raoul cria : « Nous sommes sur la bonne voie ! » et poussa ses compagnons vers l'avant.

Ils traversèrent le pont. Taxiarchos les avait précédés. Ils n'avaient pas encore franchi la ravine lorsque les premières pierres volèrent dans leur direction. Ils se réfugièrent dans une caverne ouverte dans la paroi, de l'autre côté. Comme certains des chauffeurs et des menuisiers les suivaient toujours en brandissant leurs gourdins et en poussant des cris inarticulés, mais clairement menaçants, comme seuls peuvent le faire les muets, Raoul coupa derrière lui la corde qui soutenait le pont suspendu. Celui-ci tomba dans la profondeur de la ravine.

— Et comment allons-nous revenir ? demanda Pons, effrayé. Mas lui répondit en lui donnant une bourrade :

— Nous ne connaissons plus ce mot-là ! Lorsque nous aurons trouvé le trésor, nous jetterons un pont de marbre au-dessus de la ravine !

— Pensez tout de même à une chose, dit subitement Raoul, sortant de son silence habituel : l'or ne se mange pas !

— Monseigneur Gosset est en très bonne voie de se rendre indispensable au couple royal, dit Yeza. Sa manœuvre empeste à cent lieues à la ronde !

— Pourquoi ne lui faites-vous pas confiance, ma *damna* ? répondit Roç. S'il nous rend des services, c'est qu'il en tire profit. Une relation de ce genre me paraît constituer la meilleure forme de dépendance, entre le servage et l'abnégation.

Installés dans l'église, Roç et Yeza surveillaient le démontage minutieux du groupe du Golgotha. À la demande de Gosset, Abdal le Hafside avait envoyé une douzaine de ses marins les plus capables. On avait certes l'impression qu'une horde de pirates maures avait pris Sainte-Madeleine à l'abordage, mais ils avaient sans doute des instructions rigoureuses : ils se tenaient aussi tranquilles et silencieux que des charpentiers franciscains. Les soldats de Mirepoix apportaient leur aide, eux aussi, et il ne fallut pas longtemps avant que tous les personnages de la crucifixion se retrouvent au sol. Cela provoqua une nouvelle apparition de Bezù de la Trinité. Avec la témérité et l'ardeur d'un martyr, le gros prêtre arriva en trombe sur le parvis de l'église, sauta de sa charrette et fit mine de se préparer au combat décisif contre toutes les puissances sataniques. Il avait amené à cette fin deux jeunes lecteurs et deux enfants de chœur qui portaient devant eux les cierges allumés et secouaient leurs encensoirs avec ardeur. Mais avant leur inéluctable confrontation avec le Malin, qui les attendait de pied ferme à l'intérieur de l'église, le diable leur barra le chemin en la personne de Gosset.

— Vous venez certainement bénir cet ouvrage construit à la gloire de Dieu ? demanda-t-il à l'inquisiteur, qui fulminait déjà.

— Ne me retenez pas ! feula celui-ci en direction de Gosset, sans ralentir le pas. Sans cela, l'excommunication vous frappera deux ou trois fois de suite, indigne serviteur de l'*Ecclesia* !

Mais les enfants avaient beau agiter leurs encensoirs autour de lui, Gosset ne bougeait pas.

— Le couple royal a décidé de faire une dotation qui apportera gloire et honneur à toute la chrétienté. (Gosset n'avait pas l'intention de se laisser couper la parole, et ne libérait toujours pas le passage vers l'escalier.) Le précieux groupe du Golgotha, un chef-d'œuvre de la sculpture sur bois occidentale, sera acheminé à Jérusalem aux frais du couple royal. Là, sur la terre sacrée, il trouvera un digne lieu d'adoration. Ici, dans ces murs abandonnés par tous les bons esprits et livrés aux mains du profane, la Sainte Famille serait vouée à une déchéance certaine !

— Qui me le garantit ? Je veux dire : comment l'Église peut-elle accepter une donation des mains de...

Trini avait perdu ses certitudes. Gosset n'eut plus qu'à enfoncer le clou.

— Dans le port fluvial de Perpigna, le voilier venu de la Terre sainte a déjà accosté. Son Éminence le grand métropolite de Bethléem en personne est à bord pour accompagner jusqu'à leur destination finale le crucifié et sa famille, les larrons et les bourreaux, les disciples et tous les saints !

Gosset énuméra les saints pour se donner conte-

nance : il se demandait en réalité comment il allait
parvenir à faire passer le Hafside pour un dignitaire
de l'Église.

— L'œuvre réussie d'un artiste inconnu !

— La sainte Jérusalem tremble dans la joyeuse
attente des deux seigneurs. Car le couple royal ira lui
aussi s'y installer, ajouta le Doge, qui avait rejoint les
deux hommes.

— Qu'ils aillent s'installer où ils veulent, grogna
Trini. Mais Notre-Seigneur Jésus-Christ devrait être
acheminé jusqu'à l'église du Saint Sépulcre, pour
que chacun se rappelle ses souffrances et son
triomphe.

— Bonne idée ! s'exclama aussitôt le Doge, et Gosset demanda incidemment :

— Combien coûterait une grande procession qui
irait d'ici à la côte et remonterait le fleuve jusqu'à
Perpigna ?

— Qui paie ? questionna Trini.

— Nos bienfaiteurs, répondit Gosset, jugeront
sûrement utile de s'assurer la bénédiction que vous
donnerez, Bezù de la Trinité, au dernier pèlerinage
du crucifié à travers l'Occitanie.

— Ce ne sera pas bon marché, soupira l'inquisiteur. Comptez sur plusieurs jours de marche et la
participation, au fil de notre progression, d'un
nombre croissant de religieux dont nous aurons
visité les lieux sacrés...

— Faites donc votre compte tranquillement et
indiquez-moi le prix. À cela s'ajouteront les frais de
transport. Si cela vous convient, les statues traverse-
ront le pays sur des chars différents, debout et dévoi-
lées. Tous doivent pouvoir les regarder encore une
fois et leur faire leurs adieux avant que nous ne les
envoyions prier en Terre sainte pour nous, pauvres
pécheurs !

— Admirable !

Trini était tellement exalté qu'il aurait serré le
prêtre dans ses bras. Mais celui-ci ne s'arrêtait plus :

— À propos de « pauvres pécheurs », dit-il avec

une nuance de remords dans la voix, cela n'enri-
chirait-il pas la procession si quelques seigneurs
ayant cédé au péché étaient de temps en temps expo-
sés à une flagellation, le dos nu, tout au long du parcours ?

— Quelle idée merveilleuse ! s'exclama le gros
Trini. Je me chargerai personnellement de ces puni-
tions !

— Je pensais, ajouta Gosset, que messire Georges
Morosin et moi-même avions bien mérité ce châti-
ment.

Le Doge fit comme s'il n'avait pas entendu, mais
Gosset lui prit la main et déclara au nom des deux
hommes :

— Nous nous estimons heureux de pouvoir ainsi
expier toutes nos bassesses, toutes nos pensées
égoïstes et mensongères. (Il serra la main du Doge et
ajouta encore :) Que Dieu nous aide et nous pardonne.

C'en était trop pour Trini : il le prit dans ses bras et
l'embrassa fraternellement sur les deux joues.

— As-tu compris, Raoul, pourquoi ces gnomes
nous couraient tous autour sans dire le moindre
mot ?

Mas de Morency se retourna encore une fois vers
ce cône rocheux d'où s'échappaient une fumée noire
et une nuée d'étincelles.

— On leur a coupé la langue ! expliqua-t-il.

Raoul de Belgrave s'ébroua et s'adressa à Taxiarchos, qui les précédait en silence, comme toujours.

— Nous ne pouvons plus être loin de notre véritable objectif. Cette montagne creusée comme un
volcan, ce gigantesque four, est le creuset dans
lequel on déverse tantôt les morceaux d'or, tantôt les
fragments d'argent. En dessous, le métal liquide
coule dans des moules en terre cuite et refroidit dans
le torrent.

— Même si ces nains vénéneux n'ont rien voulu
nous montrer, ajouta Pons, tout excité, j'ai vu sur le

sol des traces d'or et d'argent, comme des gouttes éclatées et figées.

— Et cette montagne d'écuelles en terre cuite, toutes de la taille d'un lingot maniable, l'interrompit Mas, prouve sans aucun doute qu'il s'agit de l'âne d'or des Templiers. Un âne qui jette ses crottes, une par une, sur le grand tas — des crottes en or !

Ses yeux perçants brillaient de cupidité.

Raoul était le seul des trois à se contenir. L'idée du trésor et de cette richesse inespérée ne l'impressionnait guère. Il se contenta donc de répondre :

— Nous savons à présent quel chemin parcourt l'or et quelles métamorphoses il subit au fur et à mesure de son parcours. Il ne nous reste plus qu'à déterminer où et comment il est stocké. Vous pouvez être sûrs qu'il est sous bonne garde !

— D'un dragon cracheur de feu ? s'enquit Pons en éclatant de rire. Tu ne me fais pas peur.

— Cela pourrait faire suffisamment peur aux gens moins aguerris, mon cher Pons, lorsque la montagne s'ouvre en pleine nuit, lorsque de la fumée lui sort des narines et que des yeux de feu te regardent fixement. Des flammes en jaillissent, et une queue de dragon glisse jusqu'à l'eau, où elle disparaît dans un nuage de vapeur étincelante !

Pons se montra effectivement impressionné.

— Mais enfin, il n'y en a pas, de dragon ? demanda-t-il avec une pointe d'angoisse, et Mas reprit aussitôt :

— Je n'en suis pas si sûr, Pons. Tu devrais peut-être revenir sur tes pas, il est encore temps.

— Vous oubliez, dit Taxiarchos, que l'on y fondait aussi du minerai de fer, et que l'on utilisait pour cela des moules bien différents — des pointes de lance ! Des pointes en fer, prêtes à être montées sur une tige, et ce par centaines ! Te rappelles-tu la scierie ?

Lorsqu'il avait quelque chose à dire à ses trois accompagnateurs, il s'adressait presque exclusivement à Raoul, qui se montra digne de son rôle de lieutenant.

— Je me rappelle ces pierres noires et brillantes que j'ai vues près du four. Je sais à présent qu'il s'agissait de charbon minéral. Que vous dit cette idée, Taxiarchos ? Des piles de longues tiges affûtées, de même épaisseur — de quoi équiper une armée...

Taxiarchos hocha la tête.

— Je ne serais pas étonné que l'on y ait aussi réalisé d'autres armes, tout ce qui exige d'ordinaire le travail manuel et laborieux de centaines de forgerons : pointes de flèches, fers à cheval, éperons et au moins les ébauches des épées, qu'il ne reste plus ensuite qu'à endurcir à la forge et à affûter.

— Des armes, des armes ! se moqua Mas. En quoi cela nous intéresse-t-il ? Nous ne voulons pas conquérir le monde, nous voulons nous repaître dans notre or comme des coqs en pâte !

— Voilà un beau rêve de chevalier ! rétorqua Raoul. Et Pons, heureux de pouvoir enfoncer Mas un peu plus profondément, ajouta :

— D'ailleurs, il faudrait commencer par trouver ce que tu appelles déjà « ton » or avant de pouvoir en profiter. Et si l'on a fabriqué des armes ici, c'est sans doute aussi pour les utiliser, dans une guerre dont nous ne savons rien. Ce qui peut nous laisser de marbre.

— Bon Dieu, espèce de crétin ! Tu n'as qu'un souci à te faire : que tes poches, que tu remplis ici, ne soient pas trouées !

— C'est ta tête qui est percée, Mas ! répondit courageusement Pons. Ce n'est pas un dragon qui nous attend, mais en toute certitude des gardes, les soldats d'une armée dont « ton » or constitue la cassette de guerre !

— Exact, Pons ! le félicita Taxiarchos. Nous devons nous attendre à un accueil de ce genre. Pour aller plus en avant, il nous faut désormais du silence, de la perspicacité et de la ruse ! À partir de maintenant, que l'on ne prononce plus un seul mot inutile, le combat a déjà débuté. Nous ne pouvons plus utiliser la voiture tirée par la corde, elle trahirait notre arrivée. (Il dévisagea ses trois amis.) Je formerai la tête du cortège. Tu me suivras, Pons. Ensuite, Mas, et Raoul en arrière-garde !

Ils entrèrent ainsi à pied dans la galerie qui s'ouvrait devant eux. Ils devaient se baisser : elle n'était pas faite pour accueillir des guerriers debout.

— Et merde ! grommela Mas.

La procession ressemblait plutôt à une caravane. Sur le parvis de Sainte-Madeleine, les chariots à fumier avaient pris place ; leur plate-forme, lavée et brossée, portait désormais les personnages du Golgotha. Sur les premières voitures, on ne distinguait que les badauds et les soldats romains qui les refoulaient. On apercevait ensuite le larron de droite ; on n'avait pas trouvé celui de gauche, quelqu'un avait dû s'en emparer. Le Doge présenta ses excuses à Gosset pour ce contretemps, et le couple royal pardonna magnanimement la perte de cette statue, dont on emporta tout de même la croix. On avait remplacé le larron par un bien triste témoin, le pauvre saint Joseph, et on lui avait adjoint sainte Germaine, dont la présence à la crucifixion était tout aussi douteuse. Les marins du Hafside s'étaient eux aussi installés sur cette charrette : ils ne voyaient pas du tout pourquoi ils auraient dû faire le trajet à pied.

La voiture suivante portait l'événement central de la procession. Non point Jésus et sa couronne d'épines, mais l'inquisiteur Bezù de la Trinité, dans le chariot duquel avaient aussi pris place Gosset et le Doge. Leurs scènes de pénitence étaient prévues pour plus tard, on attendrait d'être à portée de vue des agglomérations : autrement, cela ne valait pas la peine de se donner tout ce mal. On n'avait pas accordé pareil traitement de faveur au Christ. Il resta tout le temps accroché en plein soleil, devant Marie, la *Mater Dolorosa* aux mains jointes, et Marie-Madeleine, qui souffrait en silence.

Tous les chariots étaient recouverts de fleurs et de branchages, y compris celui du couple royal, le suivant dans la procession. Comme celui de l'inquisiteur, il était tiré par des chevaux. Jordi était installé sur le siège du cocher. De leurs suivantes, seule Geraude les accompagnait. Philippe et les deux autres étaient en queue de cortège, sur trois voitures qui transportaient leurs affaires personnelles, protégées par des bâches contre les intempéries et la convoitise des bandits. Aux charrettes portant le groupe du Golgotha et les saints, on avait attelé des bœufs. La dernière voiture ne contenait que les biens de la Première dame de cour. Elle en assurait personnellement la surveillance.

Simon, le futur Templier, vint la rejoindre. Il voulait lui faire ses adieux. N'avaient-ils pas partagé le plaisir et la souffrance? Dame Mafalda ne pouvait toujours pas admettre que ce guerrier puissant et paisible préfère le rude service de l'Ordre aux douceurs amoureuses qu'elle attendait de lui.

— Un homme d'expérience cueille les roses lorsque leurs boutons sont prêts à éclater, afin de les voir éclore dans sa main! lui lança-t-elle une dernière fois. Qui sait ce que je serai devenue lorsque vous aurez changé d'avis!

— Une chose est certaine, Mafalda. Le parfum que vous exhalez vous empêchera de vous faner incognito. Il accompagnera aussi mes pas, quoi qu'il arrive!

Il baisa la main qu'elle lui tendait, plia le genou devant Roç et Yeza et se détourna. Son regard tomba sur Guillaume de Gisors, qui l'observait d'un œil torve tandis que le plus gradé des Templiers prenait congé du Doge et de Gosset. Le couple royal se força à adresser un geste aimable à Guillaume.

Le Templier était heureux de se débarrasser de ce fardeau, y compris du groupe de la crucifixion. On avait ainsi effacé à Rhedae les dernières traces du précepteur maudit. Ce *locus maledictus* allait retrouver l'insignifiance d'un tas de pierres. Comment Gisors aurait-il deviné que le diable était resté juste derrière le portail de l'église?

Roç et Yeza s'étaient pris d'une si grande affection

pour leur petit homme qu'ils avaient tenu à l'emmener avec eux. Mais Trini avait fait une telle scène que Gosset avait conseillé d'y renoncer pour ne pas mettre en péril l'ensemble de l'opération.

Peu avant de partir, l'inquisiteur sortit une fois encore de sa voiture, pour s'assurer que Belzébuth était resté à sa place. Puis il donna le signe du départ. On alluma de gigantesques cierges, et les enfants en chasuble blanche se mirent à chanter :

> « *O Maria, Deu maire,*
> *Deus t'es fils et paire.* »

On agitait des fanions, et le chœur d'hommes rassemblés par Trini reprit l'hymne :

> « *Domna, preja per nos*
> *To fil lon glorios.* »

Les enfants de chœur répartis le long de la colonne secouaient des encensoirs. À l'avant marchait un orchestre de tambours et de fifrelins, de timbales et de cors.

> « *Eva creet serpen*
> *un angel resplanden;*
> *per so nos en vain gen :*
> *Deus n'es om veramen.* »

Rhedae n'avait encore jamais vu pareille procession. Les charrettes descendaient les unes après les autres sur la route sinueuse qui menait à la vallée. On avait arrimé à la corde les personnages vacillants.

> « *Car de femna nasquet,*
> *Deus la femna salvet;*
> *E per quos nasqet hom*
> *Que garit en fos hom.* »

— Je ne m'étais pas imaginé ainsi nos adieux à

l'Occitanie ! dit Yeza. Roç avait le regard fixé sur les coupoles de Sainte-Madeleine. Elle voyait qu'il luttait contre les larmes.

— *A Diaus*, Gavin Montbard de Béthune ! s'exclama-t-il tout d'un coup en se levant pour agiter le bras. *Que Diaus vos bensigna !*

Yeza le tira doucement par la manche.

— *Zih'rono l'bracha*, chuchota-t-elle sans se retourner vers la citadelle du Templier. Où est au juste passé Jakov Ben Mordechai, la voix du prophète ?

— Le « plieur » ! rectifia Roç, qui s'était repris. Je pense qu'il fait le voyage avec nous. Qu'est-ce qui pourrait le retenir ici ? Même son Joseph quitte ces lieux.

— *Terribile iste locus*, approuva Yeza.

Le cortège de voitures descendait, freins tirés, la ruelle qui longeait les ruines de l'ancienne capitale des Goths. Toute la population s'était postée au bord de la rue et leur faisait signe. Quelques personnes tombèrent à genoux en voyant passer devant elles la croix vacillante du Sauveur. Mais la plupart criaient : « Madeleine, Madeleine ! Ne nous quitte pas ! » Et lorsque passa la voiture portant le couple royal, beaucoup les acclamèrent. Plus loin, pourtant, quelques badauds manifestaient leur mécontentement : « Pourquoi nous volez-vous les saints ? Madeleine appartient à Rhedae, bande de voleurs ! »

Si Roç et Yeza ne reçurent pas de coups, c'est uniquement parce que leur chariot était entouré par un cercle dense de soldats. Mais l'escorte ne put empêcher qu'on leur jette des fruits pourris.

— Pourvu qu'ils ne se servent pas de pierres ! cria Yeza en se baissant, tandis que Roç recevait une betterave gluante sur la poitrine. C'est bien fait pour ces pilleurs de trésors ! ajouta la jeune femme, moqueuse. Ils ont bien raison, ces gens-là !

— Ah, répondit Roç, regardez-moi cette sainte !

Rien ne peut lui tacher les doigts, ni souiller sa pure conscience! Mais comptez sur elle pour profiter des trésors, une fois qu'on les a trouvés!

— Ai-je d'autre choix que de partager avec vous les joyaux et les fromages moisis, messire! répondit-elle d'une voix accablée en évitant un œuf, mais pas un fromage nauséabond, qui lui atterrit sur le ventre. L'œuf, lui, alla s'écraser sur le dos de Jordi, répandant une puanteur infernale. Ils eurent bientôt dépassé le petit groupe d'excités, et la foule les acclama de nouveau.

Geraude quitta son banc, à l'arrière, pour les rejoindre et nettoyer les restes de projectiles, plus les taches sur leurs vêtements. Mais Jordi sentait si mauvais qu'ils durent le chasser de leur voiture. Le chemin obliqua; en haut, sur un rocher, ils crurent avoir aperçu les cheveux blancs de Mauri En Raimon qui tenait le petit Xolua par la main. Mais lorsqu'ils eurent pris le virage, ils ne parvinrent plus à le voir.

— Il nous a fait signe! nota Roç, satisfait. Son salut me réjouit.

— J'espère qu'il ne se laissera pas prendre par Trini, répondit Yeza. Il restera dans ma mémoire comme un morceau de notre patrie, l'Occitanie.

— Notre patrie perdue, murmura Roç. Je serais content qu'il soit avec nous.

Subitement saisi par une profonde émotion, Roç prit Yeza dans ses bras et cacha sa tête dans ses cheveux.

> *« Vida qui mort aucis*
> *nos donnet paradis. »*

Devant eux, les enfants de chœur reprenaient le choral après l'inquisiteur.

> *« Gloria aisamen*
> *nos do Deus veramen. »*

Adieux à l'Occitanie

L'amiral Taxiarchos et ses trois matelots avaient longtemps marché courbés en deux dans la basse galerie. À la fin, épuisés, ils n'avançaient plus qu'en titubant, trébuchant constamment sur les rails de bois ou sur la corde qui pendait entre eux, ce qui mettait le Pénicrate en rage. Chaque mouvement de la corde pouvait annoncer leur arrivée aux gardes. Enfin, ils perçurent au loin un rayon de lumière et une sorte de couinement régulier. Ils avancèrent alors aussi discrètement que possible. Mais ils durent bientôt admettre qu'ils avaient atteint l'extrémité du tunnel. Contrairement à tous les précédents, celui-ci ne débouchait pas sur une salle, mais dans une cheminée. La lumière du jour qui y descendait leur montrait le chemin qu'ils devaient suivre. Une tour de bois avait été solidement ancrée dans le puits carré, et l'on y avait suspendu une corbeille, juste assez grande pour accueillir deux hommes, tout au plus. La corde qu'ils avaient jusqu'alors suivie comme le fil d'Ariane passait sur une poulie de bois, mais elle tournait à vide. Une autre poulie, elle aussi décrantée, retenait la corde à laquelle était suspendue la corbeille. Entre les deux tournait, toujours à vide, un rouage de bois qui, lorsqu'on se trouvait à proximité, produisait d'effroyables grincements, comme seuls peuvent en engendrer des mécanismes désaffectés que l'on n'a pas huilés depuis longtemps.

— Si nous mettons cet ascenseur en marche, chuchota Taxiarchos à ses camarades, nous serons découverts immédiatement. Peut-être même si tôt qu'ils ne nous laisseront pas arriver en haut et nous liquideront comme des taupes.

— Ou bien ils couperont la corde, ajouta Mas, et nous serons précipités dans le vide.

— Bon, dit Taxiarchos. Nous sommes au but, nous devons monter ! (Il désigna la structure de bois qui s'élevait au-dessus d'eux.) Ou bien nous revenons sur nos pas.

— Nous allons escalader la tour, proposa Raoul. J'y vais le premier. Il tira son large poignard et le coinça à plat, entre ses dents.

— À l'abordage ! cria Pons, qui voulut partir juste derrière son ami. Mais Mas le retint par ses pantalons.

— Tu fermes la marche ! ordonna-t-il entre ses dents.

Taxiarchos dut les séparer : Pons fut autorisé à monter en troisième, lui-même se réservant un rôle de renfort. Mais le Pénicrate ne leur donna pas la véritable raison pour laquelle il restait à la traîne. Lorsque les trois jeunes nobles eurent commencé leur ascension, il fit un pas en arrière, si bien que nul ne pouvait plus le voir depuis la tour. Il sortit de sa poche un morceau de papier, le dessin assez précis d'un système de grottes souterrain où l'on reconnaissait la patte de Rinat Le Pulcin. Il ne nota pas seulement la situation des lieux indiqués, mais aussi leur nom : « Quatrième porte, "Apocalypse", par la grotte "évangile apocryphe" ; deuxième à gauche, "putain de Babylone" ; première à droite, "cathédrale du grand animal". » Puis il rangea le croquis du peintre dans sa poche de poitrine, revint dans le puits et leva les yeux vers la tour de bois. Il attendit que Raoul soit arrivé en haut et qu'il ait soigneusement inspecté les environs sans y déceler le moindre danger pour que celui-ci commence son ascension, double les deux autres et sorte prudemment la tête par l'orifice du puits.

Ils se trouvaient au milieu d'une cour pavée entourée de murs en basalte bleu nuit et lisse. Ils étaient hauts et d'autant plus impressionnants qu'on ne voyait pas âme qui vive en ce lieu. Un grand portail se trouvait dans leur dos, mais il était muré vers l'extérieur et abritait, derrière une herse en fer, une puissante roue à aubes animée par un cours d'eau souterrain. Manifestement, c'était sa force qui faisait tourner sans répit l'axe grinçant et le grand rouage, en bas. Juste en face des intrus s'élevait la montagne.

Elle aussi était bardée de basalte bleu, jusqu'à une altitude qui dépassait largement la hauteur des murs ; mis à part quelques meurtrières, on n'y voyait pas la moindre fenêtre. Les trois portails en chêne massif installés au niveau du sol, verrouillés tous les trois, menaient certainement à l'intérieur de la montagne.

Taxiarchos fit signe à ses hommes. Raoul et lui-même furent les premiers à s'extraire du puits ; Pons et Mas les rejoignirent aussitôt. Ils se retrouvèrent ainsi tous les quatre dans la cour déserte. Même à présent, nul ne semblait se soucier de leur arrivée. Ils rangèrent leurs poignards et marchèrent derrière leur chef, vers la porte du milieu. Comme par magie, les lourds battants du portail s'ouvrirent vers l'intérieur en grinçant, et ils firent face à la pénombre d'une galerie creusée dans la roche. Ils s'immobilisèrent, intimidés. Une voix courroucée retentit dans leur dos :

— Qui sont ces gêneurs ?

Lorsqu'ils se retournèrent, ils virent au-dessus de la roue à aubes, entre les tours du grand portail, deux sergents vêtus de manteaux noirs, que leurs croix griffues désignaient comme des Templiers. C'étaient deux vieux soldats, qui avaient manifestement passé toute leur vie au service de l'Ordre.

— C'est le précepteur qui nous envoie, déclara Taxiarchos d'une voix ferme.

— Sans prévenir et sans mot de passe ? questionna le Templier, méfiant. Le deuxième reprit, toujours aussi grognon :

— Quiconque ignore comment il entre dans le *trou des tipli'es* et comment il en ressort est un gêneur !

Le suspicieux éclata de rire. Le Pénicrate lança alors aux Templiers, qui ne semblaient avoir l'intention ni de venir à l'aide des visiteurs ni de leur barrer le passage :

— Après la quatrième « porte de l'Apocalypse », il traverse la « grotte de l'évangile apocryphe », tourne à gauche vers la deuxième « mine de la putain de Babylone », prend la première entrée à sa droite et se retrouve dans la « cathédrale du grand animal ».

— Allez avec Baphomet ! répliqua le premier, toujours d'aussi mauvaise humeur. Mais allez-y !

— En enfer ! répondit Taxiarchos, et ils entrèrent dans la montagne.

Comme l'avait prévu Bezù de la Trinité, tout gonflé d'orgueil et de sentiment du pouvoir, les gens affluaient de plus en plus nombreux pour assister à la plus grande procession qu'ils aient vue de mémoire d'homme, et même depuis la christianisation de l'Occitanie, voire depuis l'existence de l'Église ! Trini, le « grand inquisiteur du Languedoc, du Roussillon et de Razès », puisque c'était le titre qu'il se donnait à présent, s'était paré de vêtements précieux dont le pape, à Rome, n'aurait pas eu honte. Il ne manquait plus que la tiare sur son crâne tout rond.

On faisait étape devant chacune des églises que l'on apercevait, si pauvre et petite soit-elle. Le plus souvent, les vignerons et les bergers soulevaient alors leur propre Sainte Vierge ou leur saint patron de sur son piédestal et se ralliaient au cortège triomphal. Cela plaisait à Bezù. Plus il y avait de participants, plus ses bourses se remplissaient et plus son petit cœur battait fort. Surtout lorsqu'il contemplait les deux hommes auxquels il devait tout son argent et qui avançaient à présent devant son chariot, le buste nu pour mieux sentir les coups de verge et se repentir avec plus d'ardeur.

De temps en temps, le plus souvent juste avant l'étape suivante, le Doge et Gosset descendaient du véhicule, ôtaient leur chemise, passaient une cagoule sur la tête et allaient subir leur punition. Mais ceux qui auraient entendu leur conversation à mi-voix auraient pu douter de leurs remords.

— Le Hafside touche toujours cinquante pour cent, expliquait le Doge.

— Je garde le dixième et la modeste moitié du reste, bien entendu, dit Gosset d'une petite voix : il avait beau être habitué aux épreuves physiques, il n'était pas insensible. Le maigre salaire de l'intermédiaire ! ajouta-t-il.

— Le salaire de Judas ! grogna le Doge. Car sur l'autre moitié, celle du produit de la vente des figures de bois, vous vous servirez de nouveau selon la même formule !

— Et ce sera justice, répondit Gosset. Je suis tout de même l'agent accrédité du couple royal !

Il se retourna pour s'assurer que l'inquisiteur se préparait à remplir son office et que Roç et Yeza, loin derrière, suivaient toujours le cortège. Tout allait pour le mieux. Il tendit le dos.

— Vous n'en sortirez pas non plus les poches vides, ajouta-t-il pour encourager le Templier cupide.

— Comme je ne peux ramasser qu'un quart de ce qui coule dans les coffres de l'Ordre (et encore : c'est par l'entremise du Hafside, puisqu'en tant que Templier, tout enrichissement personnel m'est interdit !), grogna le Doge, qui haletait de plus en plus fort, vous devriez peut-être me laisser les croix des larrons. Elles ne font que déranger l'image de la Sainte Famille dans sa souffrance.

— La souffrance des larrons ? railla Gosset. Je vous offre la croix creuse de gauche. Un menuisier habile vous en sortira au moins trente répliques !

— Alors donnez-moi aussi Joseph, proposa Morosin, d'une voix grinçante et presque atone. De toute façon, il n'a rien à faire sur le Golgotha !

— Et encore moins dans votre poche ! rétorqua Gosset. Vous vous lamentez parce qu'Abdal le Hafside ramasse un quart des sommes pour votre compte. Et en plus, vous avez un intérêt sur toutes les affaires en cours. Cela vous rapporte bien plus qu'un tiers !

— Pensez-vous ! gémit le Doge. Il m'enlève aussi un pourcentage parce que j'agis en son nom. Le monde est tellement ingrat.

— Chut ! fit le prêtre. Notre bourreau approche.

Ils se trouvaient devant un hameau, quelques cabanes regroupées autour d'une chapelle.

— C'est le Grau de Maury ! chuchota Gosset. En haut, dans les rochers, s'élève Quéribus.

Il reçut le premier coup, le Doge le second. Le chariot s'était arrêté un bref instant, si bien que Trini parvint à descendre sans tomber. Il avait plongé le fouet dans l'eau et dans le sang pourpre de poux écrasés pour qu'il claque mieux et qu'il fasse plus grand effet. L'Inquisiteur répéta le « double coup de fouet sacré » parce que les premiers badauds se trouvaient déjà au bord du chemin et acclamaient sa prestation. Quelques-uns manifestèrent cependant leur mauvaise humeur, et le gros Trini remonta vite dans son chariot bâché avant que les premières pierres ne se mettent à voler. Ses deux victimes, en revanche, ne furent pas épargnées.

— À quelle farce indigne me suis-je prêté là, gémissait le Doge. Si un frère d'Ordre voit que je me laisse rouer de coups par un curé ordinaire, le Temple me chassera à la première réunion du chapitre de l'Ordre.

— Nul ne soupçonnera que vous avez joué le rôle du pauvre pécheur, répondit Gosset pour le consoler. En revanche, cela nous permet de tenir l'inquisiteur sous notre contrôle, et j'y tiens, jusqu'à ce que nous sentions à Perpigna les planches du voilier sous nos pieds, avec... (il faillit dire : « notre butin », mais se reprit à temps) ... avec le Christ et tous les saints.

— À ce moment-là, nous pourrons chasser le gros Trini du bord, à coups de fouet ! gronda le Doge alors qu'ils faisaient halte devant la petite chapelle du Grau de Maury.

Roç et Yeza sautèrent aussitôt de leur chariot, ne fût-ce que pour se dégourdir les jambes. Gosset, une fois achevée la scène de la « passion du pauvre pécheur », que l'on donnait devant la porte de chaque église rencontrée, avait pris l'habitude d'aller se rafraîchir dans la voiture du couple royal. Lorsque

ce n'était pas possible, Roç et Yeza envoyaient Jordi
à l'avant du cortège, pour s'assurer que leur guide
spirituel ne manquait de rien. Philippe ou Potkaxl
venaient eux aussi de temps en temps pour les informer des événements survenus en tête de la procession. Seule Mafalda ne quittait pas sa voiture : elle
surveillait jalousement ses biens. On était pourtant
déjà dans la large vallée qui descendait vers la mer,
et le danger n'était plus aussi sérieux que dans les
montagnes. Tous regardèrent avec d'autant plus
d'inquiétude un groupe d'hommes à cheval qui couraient vers eux à travers champs.

Roç fut le premier à reconnaître les couleurs du
seigneur de Quéribus.

— Xacbert de Barbera ! s'exclama-t-il, tout heureux, en donnant une bourrade à Yeza. Notre vieux
« Lion de Combat » !

Yeza dut se dominer pour ne pas courir vers ce
géant à mâchoire d'ours, comme elle le faisait
lorsqu'elle était petite fille. À présent, elle était une
souveraine (même si elle n'avait pas de royaume
pour l'instant), et l'on attendait de sa part une certaine dignité.

— Est-ce une caravane d'esclaves ? hurla le Lion
en guise de salutations. Dois-je vous libérer des
griffes de l'Inquisition ou vous protéger des brigands
de l'*Ecclesia catolica* ?

— Rien de tout cela, mon bon Xacbert ! s'écria
Yeza pendant qu'il mettait pied à terre et courait
vers eux pour les embrasser. Le plus grand danger
qui nous menace, c'est que vous nous écrasiez sur
votre poitrine !

— Ils ne voulaient pas me rendre Quéribus ! se
plaignit le vieil homme. J'ai dû rester aux arrêts chez
moi, au fin fond du Roussillon. Ensuite, j'ai prétexté
votre départ et mon désir de vous faire mes adieux,
je suis parti et je me suis emparé de Quéribus au passage, en un tour de main. La garnison a pris ses
cliques et ses claques dès qu'elle m'a vu apparaître
sous les murs !

Il éclata de rire, mais un voile de tristesse se déposa sur son visage.

— Le prétexte était grave. Je vais, nous allons, le pays tout entier va regretter votre départ. Vous allez beaucoup me manquer.

— Venez donc avec moi ! s'exclama Roç. Pourquoi voulez-vous rester ici, à subir les tracasseries de ces félons de Français ?

— Je suis trop âgé et je tiens à ce pays, répondit le vieil homme dans un soupir. Mais ne laissez pas mon chagrin gâcher votre départ. Je vous escorterai jusqu'à la côte, je vous ferai signe jusqu'à ce que votre navire ait disparu à l'horizon !

DE L'OR, FAIS DU FER TRANCHANT.
DES JOYAUX, DE LA ROCHE SOURDE

Si Raoul, Mas et Pons s'étaient étonnés de la vitesse avec laquelle leur capitaine avait appris la formule, ils étaient à présent impressionnés par la sûreté avec laquelle Taxiarchos progressait dans le labyrinthe des couloirs, galeries, rampes et toboggans. Jusqu'alors, ils avaient plutôt eu l'impression que leur chef était parti avec eux au petit bonheur la chance. Mais ils étaient certains maintenant qu'il savait parfaitement où se trouvait le trésor. Cette confiance leur donna des ailes. Ils avaient tort. Taxiarchos était certes capable de lire le trajet sur le document qu'il portait sur la poitrine, mais il ignorait totalement ce qu'il découvrirait au terme de leur parcours. La première surprise les attendait déjà dans « l'évangile apocryphe ». On y avait stocké des centaines de lances, amassées entre les piliers de bois comme des allumettes. Il y avait là des javelots et de longues hampes, et des milliers de flèches nouées en petits tas. Ils l'avaient prévu, mais aucun d'entre eux n'aurait imaginé pareilles quantités. Il y en avait sans doute des dizaines de milliers, les piles s'alignaient les unes derrière les autres, et chacune montait jusqu'au sombre plafond de la grotte. Dans

les mines désaffectées de la « putain de Babylone »,
ils découvrirent les cuirasses : pectoraux, casques,
boucliers et épées. Mis à part une croix griffue
rouge, ces armes n'avaient aucune couleur, aucune
décoration. Tout était soigneusement rangé dans des
étagères. On y trouvait aussi des bottes et des éperons, des protège-jambes et des coudières hérissées
de piquants.

Mas resta bouche bée. Raoul, lui, vérifia la souplesse des lames.

— Du travail de premier ordre ! s'exclama-t-il.
Cela vaut presque la lame de Damas !

— Du Tolède ! répondit Taxiarchos, en expert,
après un seul regard. Oh, mon Dieu !

Devant lui, transformés en fer gris, s'amassaient
les trésors en or qu'il avait rapportés du cruel pays
des Toltèques, en franchissant les mers, et souvent
au péril de sa vie. Qu'en avait fait ce précepteur
mégalomane, de son or ? Sa part du butin était là, à
tout jamais, dans ces montagnes d'armes et de cuirasses !

— De l'or, tu feras du fer ! s'exclama le Pénicrate,
amer. C'est la pierre philosophale !

— Le monde n'a encore jamais vu pareil arsenal !
s'écria Pons, enthousiaste.

— Il y en a assez pour conquérir l'univers ! ajouta
Mas. Cela suffirait même à équiper une armée de
Mongols.

— D'où cela sort-il ? demanda Raoul. Et à quoi
cela sert-il ?

Il regarda Taxiarchos, interrogateur. Le Pénicrate
paraissait lui aussi impressionné, mais il reprit son
chemin sans répondre.

— C'est de la folie pure ! murmura Mas. Nous
sommes ici dans l'antre de la conjuration mondiale
des Templiers !

— D'*un* Templier ! corrigea sèchement Taxiarchos. Le précepteur ne pouvait pas seulement avoir
en tête l'arrivée d'une armée d'envahisseurs venus de
Catalogne !

— Je ne sais pas ce qu'il avait en tête, dit Raoul, mais il avait depuis longtemps perdu toute mesure.

— Je comprends maintenant pourquoi messire Gavin a dû quitter ce monde! ajouta Pons, très ému. Tout cela, c'est trop!

— Ou pas assez! grogna Taxiarchos. Lorsque je pense à ce qu'il peut bien rester de pièces d'or et d'argent liquide, après tout cela...

— *A Diaus*, beau trésor! commença à gémir Pons, mais son lamento lui resta coincé dans la gorge : ils venaient d'entrer dans la « cathédrale du grand animal », une grotte majestueuse où les stalactites pendaient comme de gigantesques lustres, et aux bords de laquelle les stalagmites montaient en piliers gigantesques. La salle s'approfondissait en son milieu; un lac lisse et calme s'était creusé dans le sol de calcaire blanc et jaune. Des reflets dorés y couraient. Au fond, on distinguait la pierre noire, au niveau exact de la surface de l'eau; sur elle reposait la sphère qui représentait la terre; elle paraissait planer sur les eaux. Mais si captivés que les quatre hommes aient pu être par cette image, leur regard fut attiré dans l'eau cristalline, plongea et s'arrêta sur le fond jaune. Il était pavé de lingots d'or! Pons et Mas poussèrent un cri de joie et s'apprêtèrent à plonger, mais Taxiarchos les tira en arrière. Au loin, on entendit un grondement. Le sol se mit à trembler sous leurs pieds et des ondes circulaires coururent à la surface du lac.

— Sortons d'ici! cria Raoul en poussant ses camarades qui hésitaient : ils avaient déjà de l'eau jusqu'aux chevilles, mais ils auraient volontiers pris le temps de se pencher pour attraper au moins l'un de ces gâteaux larges comme la paume d'une main.

— En arrière! hurla à son tour Taxiarchos lorsque les premières pierres se détachèrent du plafond et allèrent s'écraser dans l'eau. Ils montèrent la pente donnant sur le lac, sautant par-dessus les crevasses qui commençaient à s'y former. Ils se jetèrent littéralement dans la caverne, à l'extrémité de la galerie

par laquelle ils étaient entrés dans la cathédrale,
lorsqu'ils entendirent derrière eux les piliers s'effondrer, les stalactites dégringoler, suivis par tout le plafond. Ils se précipitèrent, le Pénicrate en tête, à travers le tunnel étroit puis dans la « putain de
Babylone ». Les armes soigneusement empilées y
étaient éparpillées, des pierres jonchaient le sol, la
poussière tournoyait. Ils montèrent, avancèrent tant
bien que mal entre les obstacles innombrables, pro-
gressèrent de plus en plus vite vers la sortie. La voie
de « l'évangile apocryphe » leur était déjà barrée, de
gigantesques blocs rocheux avaient mis en miettes
les lances et les flèches, ils errèrent dans un tunnel
dont ils espéraient qu'il donnerait à un moment ou à
un autre sur la lumière. Ils rampèrent dans des galeries dont le plafond avait baissé, où les étais étaient
courbés, et le sol continuait à trembler. D'un seul
coup, une paroi se rompit à côté des fugitifs, et se
déplaça lentement sur le côté. Les quatre hommes se
retrouvèrent alors entre les carrés de basalte bleu, à
la pâle lumière de la cour intérieure. Ils bondirent
par-dessus les piliers brisés pour atteindre le puits de
l'ascenseur, car le mur d'enceinte rectangulaire du
trou des tipli'es n'avait pas subi le moindre dommage : il était toujours aussi lisse et raide, et nul ne
pouvait songer à l'escalader. La seule issue était le
chemin par lequel ils étaient venus. La corde avait
glissé de la poulie, ils le virent avant même d'avoir
atteint l'entrée. Mais lorsqu'ils regardèrent vers le
bas, ils comprirent que cette possibilité leur était elle
aussi refusée. Une sorte de limon caillouteux gar-
gouillait au fond du puits et montait constamment,
comme une pâte qui lève ! Le tremblement avait
cessé. La grande roue à aubes ne tournait plus. On
ne voyait plus les deux Templiers. Les chercheurs de
trésor étaient coincés là, les mains vides, et ils
auraient aussi, bientôt, le ventre creux. S'ils ne parvenaient pas rapidement à franchir les murs, ils
seraient bientôt trop faibles pour cela.

    — C'était certainement un piège, déclara Mas en

lançant un mauvais regard à Taxiarchos. On a tout fait pour nous attirer ici !

— Pas pour nous tuer, ajouta Raoul, mais pour se débarrasser de nous !

— Et l'on y est parfaitement arrivé ! s'exclama Pons. Tu n'aurais pas pu nous transmettre plus tôt les renseignements que tu avais ? À présent, nous allons mourir de faim ici !

— Nous quereller n'est certainement pas la meilleure manière d'arranger les choses ! gronda Taxiarchos en regardant autour de lui.

— Les seules échelles que nous puissions utiliser sont la roue et les lances brisées, conclut-il.

Gosset, ce prêtre toujours prévoyant, avait fait savoir au Hafside, par l'intermédiaire d'un messager, ce que l'on attendait de lui. Abdal avait ainsi fait sortir les vêtements les plus précieux de ses coffres et ordonné à ses hommes de les passer pour être dignes d'un « grand métropolite ». Lui aussi s'était vêtu en grande pompe, sachant fort bien comment se comportaient les princes des Églises chrétiennes, surtout les orthodoxes. Il fit acheter dans les boutiques orientales de la ville de Perpigna tout ce que l'on pouvait dénicher en guise de bâtons d'évêque, monstrances et écrins, il édifia au milieu du pont, sur son voilier mauresque, un autel pourvu d'une croix, de cierges et d'une Bible précieuse. Puis il attendit avec curiosité l'arrivée de la procession et de l'inquisiteur redouté. Il avait tenu à flatter la vanité de Trini.

L'étonnement d'Abdal ne fut pas mince lorsqu'il aperçut son propre délégué à Ascalon, le Doge, Georges Morosin, et son vieil ami le prêtre Gosset arriver dans la ville déguisés en pénitents. Des coups de fouet claquaient sur leur dos dénudé, sans leur faire vraiment mal, comme le constata le Hafside dès le premier regard. Il réprima son rire et ne montra pas non plus qu'il connaissait les deux pécheurs, mais se dirigea vers Trini, qu'il prit dans ses bras en répétant sans cesse « *Kyrie eleison !* » et « *Christos*

vaskrez! », deux expressions dont il savait vaguement qu'elles signifiaient « Seigneur, aie pitié! » et
« Christ est ressuscité! ». Pour le reste, il laissa parler les cadeaux qu'il avait préparés à l'intention de
Trini. Celui-ci se dépêcha de pousser ses deux pénitents vers l'autel pour les absoudre au plus vite de
tous leurs méfaits et de tous ceux qu'ils commet-
traient à l'avenir. C'était un blasphème, mais Trini
était d'humeur magnanime et ne revint pas sur sa
promesse : il était temps pour lui de toucher son
salaire.

Gosset enfila une tenue propre sur son dos nu et
alla chercher le couple royal, les éminents commanditaires de la procession, pendant que le Doge expliquait à son partenaire en affaires tous les accords
qui avaient été conclus et les variantes qu'on leur
avait prévues. Mais Abdal s'opposa formellement à
ce qu'on roue l'inquisiteur de coups avant de le chasser sous une pluie d'injures.

— Je ne vais certainement pas surcharger le
navire avec le poids de ces poupées de bois uniquement pour vous permettre de refroidir votre mauvaise humeur, fit-il en désignant les chars à bœufs
portant les personnages du Golgotha. Je n'accepterai
pas que vous mettiez en péril notre vie à tous et surtout que vous me mettiez en retard.

— Mais ces sculptures constituent le trésor! tenta
de lui expliquer le Doge. Ce sont des créations particulièrement précieuses, des chefs-d'œuvre de l'art
occidental!

À cet instant, Gosset revint avec Roç et Yeza. Ils
avaient entendu la dernière phrase; ils poussèrent
Gosset vers Abdal et séparèrent le Doge du Hafside.
Georges Morosin n'apprécia pas du tout que l'on ait
ainsi mis un terme à leur discussion. Mais, de toute
façon, Trini l'avait déjà rejoint avec sa liste de frais,
et voulait savoir qui allait le rembourser.

— Nous vous paierons! lui annonça Yeza en lui
ôtant le papier de la main. Les soldats de Mirepoix
croyaient qu'on allait enfin les laisser repartir. Ils se

trompaient : c'est le vieux Xacbert de Barbera qui reprit le commandement et leur ordonna de décharger.

Gosset était très rapidement arrivé à passer un accord avec le Hafside. Aucun or ne pèse trop lourd lorsque la moitié tombe dans la caisse du bord — moins les quinze pour cent de frais pour l'intermédiaire. Abdal donna donc immédiatement à ses matelots l'ordre de hisser à bord les statues de la Sainte Famille du prophète Jésus, avec les badauds et ses bourreaux.

— Répartissez bien le poids, et amarrez fermement ! allait-il hurler en arabe et à voix haute. Gosset l'arrêta à temps et lui rappela qu'il était censé exercer une fonction de grand métropolite chrétien. Il chuchota donc ses ordres à son lieutenant, qui brailla à sa place.

— Si le chargement se met à glisser en haute mer, expliqua-t-il, même la mère de l'homme à la croix ne pourra plus rien pour nous.

Le gros Trini les rejoignit, suivi par Yeza.

— Messire l'Inquisiteur recevra pour ses prestations la somme convenue.

Elle indiqua à voix basse au Hafside la somme qu'il devait payer, et prit le temps de lui chuchoter quelques mots supplémentaires. Trini, inquiet, dansait d'un pied sur l'autre. Il finit par décider d'accomplir un geste généreux :

— En reconnaissance des objectifs louables que le couple sacré (il voulait dire « royal », mais ne put rectifier à temps) a fixés à cette très chrétienne donation, l'Église renonce à un tiers de la somme qui lui revient.

Il paraissait lutter contre l'émotion.

— Je... elle considère cela comme sa contribution à l'enrichissement de ces lieux qui sont saints pour chacun d'entre nous.

Trini pleurait à présent. Il donna l'accolade au grand métropolite, puis à Roç et à Yeza, avant de se faire payer par Gosset. Celui-ci prit dans la caisse du bord la somme prévue, diminuée d'un tiers.

— Donnez aussi trois pièces d'or à chaque soldat de Mirepoix! proposa Roç, et Yeza hocha la tête. Ils nous ont servis longtemps et fidèlement!

Gosset leva les yeux vers Abdal, qui répondit doucement :

— Nous le retrancherons sur la part du Doge, à titre de frais de transport. Le Temple digérera bien cette perte!

Yeza éclata de rire.

— Mais nous pouvons nous le permettre!

— Maniez votre or avec parcimonie! leur conseilla Gosset. Nous avons encore une longue route devant nous!

Taxiarchos s'était montré, une fois de plus, capable d'affronter avec décontraction n'importe quelle situation nouvelle, si dramatique qu'elle puisse paraître. Les chercheurs de trésor du « *trou des tipli'es* » étaient ainsi parvenus à utiliser la herse de fer comme une échelle, devant la roue à aubes, à l'aide de quelques lances qui n'étaient pas totalement brisées. Le plus dangereux était qu'il leur fallait entrer une fois encore dans la mine effondrée, où des fragments de roche continuaient à se détacher du plafond. Mas et Pons s'en chargèrent. Mas insista même pour le faire : il brûlait de vérifier un soupçon qui lui était venu mais qu'il s'était prudemment abstenu de formuler : ce tremblement de terre avait été déclenché artificiellement, soit par une mécanique destinée à écarter les intrus, soit par les deux sergents du Temple, qui avaient disparu sans laisser de traces. Mais il n'en découvrit aucune espèce de preuve, et leur chef ne leur permit pas de mener leurs explorations plus avant dans la montagne. Ils en furent navrés : ils continuaient à espérer secrètement qu'ils trouveraient au moins un petit trésor, quelques pierres précieuses, peut-être, qui les auraient au moins dédommagés de toute la peine qu'ils s'étaient donnée.

Lorsqu'ils se tinrent enfin tous les quatre, épuisés, sur la crête des murailles, au-dessus de la porte condamnée, ils découvrirent une vue effrayante sur l'abîme. Vers l'extérieur, les murs lisses descendaient encore plus bas : le constructeur avait intégré à l'habillement de basalte le nez rocheux naturel sur lequel il avait dressé la barbacane, pour masquer et protéger l'entrée des mines. Mais ces chasseurs de trésor chanceux comprirent alors comment les deux Templiers avaient pu disparaître sans se faire voir : dans l'une des tours du portail, une porte dérobée menait à la ravine, et donc à la liberté. Il leur fallait simplement descendre un étroit escalier en colimaçon. C'est ce qu'ils firent, l'un après l'autre.

À peu près au même moment, le trois-mâts du Hafside levait l'ancre dans le port de Perpigna. Xacbert de Barbera et Bezù de la Trinité restèrent sur le môle, en agitant les bras. Ils ne remarquèrent cette communauté involontaire qu'au moment où ils s'entendirent renifler. Le vieil hérétique invétéré et son poursuivant acharné échangèrent un bref regard désapprobateur avant de s'éloigner brusquement l'un de l'autre. Les soldats de Mirepoix, grassement rémunérés, avaient pris position tout au bout du quai et criaient :

— Ay, ay, ay, Dieu bénisse le couple royal ! Ay, ay, ay !

Geraude et Potkaxl se chargèrent de répondre aux salutations : dame Mafalda était tout de même la fille du comte de Mirepoix, et première dame de cour par-dessus le marché. Elle n'agitait pas la main vers des soldats ordinaires. Philippe se coucha aussitôt. Seul l'infatigable Jordi attrapa son luth et chanta sous le claquement des voiles que l'on hissait à présent.

> *« Oy, aura dulza, qui vens dever lai*
> *un mun amic dorm e sejorn'e jai,*
> *del dolz aleyn un beure m'aportay !*
> *La bocha obre, per grand desir qu'en ai. »*

Le Hafside avait cédé à Roç et Yeza sa cabine personnelle à la poupe, une pièce somptueuse, et avait fait installer une tente sur le pont pour lui-même, le Doge et Gosset. Ni lui ni ses invités n'y manquaient de rien : on put s'en rendre compte lorsqu'il convia le couple royal à venir partager un verre, une fois qu'ils furent au milieu du fleuve, en direction de la mer. Conseillé par Xacbert, il avait chargé à son bord une quantité importante de vin rouge et râpeux du Roussillon.

— Les seigneurs qui avaient jusqu'alors coutume d'entourer les croix du Golgotha voyagent un peu moins confortablement que nous, plaisanta Gosset en levant son verre. Les voilà serrés comme des sardines dans la cale du navire, ligotés et enchaînés, comme notre bon Abdal a coutume de transporter sa marchandise. Ils ne voient le ciel bleu que par la grille de fer au-dessus de leur tête, et elle leur barre l'accès au pont supérieur. Et pourtant, ils portent leur propre croix sans une plainte !

Tous se mirent à rire, et le Hafside nota sèchement :

— J'espère qu'ils portent autre chose que cela ! Même si ma part n'est que de cinquante pour cent !

— Moins mon salaire d'intermédiaire ! s'exclama Gosset. Buvons au sauvetage réussi du trésor !

Ils trinquèrent tous en souriant. Seul le Doge avait l'air un peu déconcerté. Messire Georges Morosin n'avait toujours pas saisi en quoi consistait le trésor, ni où il se dissimulait.

III

DES ÎLES LOINTAINES

MÉFIE-TOI D'HELLADE !

Mis à part sa façade entourée par deux tours, qui rappelait encore la simplicité de ses maîtres d'ouvrage normands, aucun élément de l'impressionnante cathédrale de Palerme n'exprimait mieux l'influence des empereurs Hohenstaufen que son flanc dominé par le somptueux portique. Les Souabes étaient allés chercher au Nord les bâtisseurs de cathédrales et leurs contremaîtres pour réaliser l'antique rêve du Sud. Ils voulaient y jouir de l'existence et reposer leur corps. Un amour auquel les Sarrasins toujours présents répondirent mieux que l'éminente parenté de la dernière princesse normande, qui, au fond de son cœur, ne devint jamais vraiment une impératrice Hohenstaufen. Jean de Procida, qui avait déjà servi de médecin personnel à son fils unique et tant aimé, Frédéric, était plus conscient de ce problème que Manfred, son jeune maître, auquel il avait transmis sa fidélité envers la maison impériale.

Le chancelier préféra se faufiler par une porte latérale de la façade sous les sombres arcades de la cathédrale. Le haut dignitaire de l'Église avec lequel il avait rendez-vous, l'évêque de Grigenti, avait sans doute adopté la même attitude. En réalité, celui-ci avait utilisé une entrée encore plus secrète et destinée au clergé, juste à côté de l'abside. Si l'on faisait tant de mystères, c'est que l'archevêque prévu pour la cérémonie du couronnement avait quitté la ville prématurément, sous un prétexte cousu de fil blanc. En réalité, le pape l'avait rappelé à Rome juste à temps.

On s'en doute, l'*Ecclesia romana* n'appréciait guère de voir cette cérémonie célébrée par un vulgaire *episcopus provinciae*. Mais le pasteur de Grigenti tenait plus à sa tête qu'à sa pourpre, et avait cédé à la demande insistante du chancelier. Jean de Procida surprit l'évêque grassouillet dans la contemplation des sarcophages de marbre que l'on avait installés dans les chapelles latérales, aussi imposants que des navires de combat étrangers prêts à partir à la bataille, même si des baldaquins semblaient vouloir leur imposer le calme, la seule et unique bonace, sans doute, de leur vie tempétueuse.

— Une digne chambre funéraire, dit l'évêque, qui ne portait ni sa mitre ni son bâton. Elle, je l'ai connue de son vivant, dit-il en désignant le cercueil de Constance d'Aragon, la première épouse de Frédéric. L'empereur l'aimait beaucoup, il n'en a plus jamais aimé aucune comme celle-là. Il lui a laissé dans sa tombe la couronne de fer des Normands.

— Ce qui montre sans doute aussi qu'à cet instant au plus tard, l'empereur était conscient du fait qu'il ne lui serait jamais accordé de mener et d'achever une vie paisible comme roi des deux Siciles, tandis que son lointain empire serait régi par des fils obéissants et des baillis fidèles. Rome se chargeait déjà de lui compliquer l'existence, répondit le chancelier, l'air songeur.

L'homme d'Église ne releva pas ces allusions perfides.

— Et il repose à présent ici, *stupor mundi*, eh oui, la stupeur du monde, enfermé dans du porphyre rouge, porté par quatre lions, signe mystérieux des temps antiques...

— « Il vit et ne vit pas », dit la Sibylle, l'interrompit Jean, qui perdait patience. Nous sommes ici pour nous occuper des vivants : du couronnement solennel de celui qui fut sans doute le plus aimé de ses fils, Manfred.

— Mis à part le malheureux Enzio, qu'il aurait certainement préféré.

L'évêque venu du sud de l'île, là où l'on ne voyait que des chèvres paître entre les temples grecs, avait donc sa préférence. Mais avant que cet éloquent spécialiste des conflits familiaux chez les Hohenstaufen ne puisse étaler tout son savoir, le chancelier lui coupa la parole.

— Mais celui-là, les inflexibles Bolonais l'empêchent de s'emparer de l'héritage. Peut-être pour son plus grand bien, ajouta-t-il. Un roi Manfred, une fois paré de la couronne impériale, ne pourrait plus jouir longtemps de la beauté de son île.

— C'est précisément ce que symbolisent les sarcophages de ses ancêtres, reprit l'évêque pour justifier l'attention qu'il portait à ces tombes. Je veux parler de celui du cruel Henri et de la douce Constance de Hauteville. Ils appellent l'empire et le pape à la réconciliation. C'est ce dont je veux parler au peuple, aux invités officiels venus des campagnes allemandes, et aux espions du château Saint-Ange, ceux qu'Octavien degli Ubaldini nous envoie très certainement...

— Le Cardinal gris..., laissa échapper Jean avant de pouvoir dissimuler la nuance d'effroi que révélait sa voix, ... ce Florentin ? Je serais heureux s'il ne s'agissait que de mouchards déguisés, et rien de pire.

— L'anneau du cardinal est réputé, et le poison officiel passe pour être une spécialité des *orefici fiorentini,* constata l'évêque, stoïque. Seuls les Byzantins les égalent en cela.

Jean de Procida était enfin parvenu à éloigner l'évêque des sarcophages pour le mener devant l'autel en le tirant doucement par la manche.

— Ici, Manfred s'agenouillera devant vous. Mais vous le relèverez et le mènerez à ce trône de mosaïque d'or.

— Mais c'est la place qui revient à Son Éminence, l'archevêque...

— Justement, répondit sèchement Jean. C'est là que messire Manfred s'installera, pour le punir. C'est vous qui l'oindrez et déposerez sur sa tête la couronne que je vous tendrai, si l'on ne trouve personne plus digne de le faire.

— Et ensuite, les cloches sonneront?

— Cela, c'est mon problème, répliqua le chancelier. Répétez à présent la cérémonie! Vous avez à votre disposition tous les prêtres et tous les prieurs de cette ville, avec leurs chœurs, leurs servants et leurs auxiliaires.

— Je préférerais réfléchir à mon prêche, trouver les mots exacts...

— Soyez bref, et surtout ne vous trompez pas pendant le saint office. Les Palermitains sont superstitieux, ils vous battront à mort si vous leur gâchez la fête.

Sur ces paroles encourageantes, le chancelier abandonna l'évêque sous le chemin de croix byzantin qui, à l'entrée du chœur, pendait à une chaîne qui descendait du plafond.

Jean de Procida quitta la cathédrale par le somptueux portail principal; il se savait attendu dans le hall d'entrée. Son temps était compté.

— Le cortège de la fête rassemblera les chevaliers derrière le *Palazzo*, lui expliqua immédiatement le Premier chambellan, maître des cérémonies, qui préparait les festivités, et tout particulièrement le trajet qu'emprunterait le cortège du couronnement.

— Il franchira la Porta di Castro vers San Cataldo et la Martorana, où l'attendra le haut clergé. Puis il obliquera dans la Maqueda, traversera le Cassaro, tournera dans la Bandiera, qui mène au monastère de Saint-Dominique. Là l'attendront les représentants de la bourgeoisie et des corporations. À la Porta Carbone, nous atteindrons la Cala où se trouveront, sur le quai, les ambassadeurs étrangers. Le cortège sera ainsi au complet, et nous remonterons solennellement vers la ville, jusqu'à ce que nous arrivions ici.

Les deux hommes, entourés par les membres du comité des fêtes, qui prenaient l'air important ou affairés, se trouvaient désormais sur les marches de l'escalier extérieur de la « cathédrale », puisque c'est ainsi que les Palermitains nommaient cette gigantesque église consacrée à l'*Assunta*. Ils regardaient le Cassaro, cette large rue centrale qui, partant de la Cala, le bassin portuaire, menait jusqu'au « Qasr », le château fort : c'est ainsi que les Hohenstaufen eux-mêmes aimaient encore à appeler le Palazzo dei Normanni. C'était le *camino real* traditionnel, la voie royale qui dessinait la forme d'une croix et qui, loin d'éviter les ruelles étroites et sinueuses de la vieille ville, passait dans les quatre quartiers de la cité : le Capo, la Loggia, la Kalsa et l'Albergaria. Manfred y avait tenu, même si son chambellan ne partageait pas entièrement sa confiance.

— Il sera tellement facile, pour des archers, de se dissimuler sur les toits, ou pour les Assassins de surgir de n'importe quel trou.

— Mais la solution est toute simple, mon cher Maletta, répondit le chancelier, impassible. Imaginez-vous que vous êtes vous-même un tueur à gages. Où attaqueriez-vous ? Descendez le chemin et, chaque fois que vous verrez la possibilité de commettre un attentat, postez des arbalétriers ou une double garde.

— Je suis totalement incapable de jouer ce rôle. J'ai le vertige rien qu'en marchant au bord d'un toit.

— Il est à peu près certain que l'attentat contre la vie du roi ne sera pas perpétré par la violence, expliqua Jean au fonctionnaire anxieux. C'est par la perfidie qu'on essaiera de le tuer, par le poison. Notre mission est de surveiller chaque boisson, chaque bouchée pendant le festin — depuis la marmite du cuisinier ou le bec de la cruche jusqu'à la bouche du souverain, et sans troubler pour autant sa gaieté.

— On dit que le Triton traîne sa jambe par ici ?

— C'est malheureusement véridique ! Octavien est donc forcé de nous envoyer un tueur que nous ne connaissons pas.

— Attendez-vous la morsure d'un de ces reptiles avant que le couronnement ne soit parvenu à son terme ?

— Je l'attends à n'importe quel moment, maugréa le chancelier, d'autant plus que cette fois-ci, Hellade s'active elle aussi. Moins autour de notre maître que pour la Corne d'Or ! Prenez garde à tout ce qui vient du Bosphore !

Le chancelier quitta avec son escorte la place située devant la cathédrale de Palerme et se rendit dans le palais voisin, celui d'Arcivescovile, où il avait rendez-vous avec Thomas Bérard, le grand maître des Templiers. Celui-là ne restera pas jusqu'au couronnement, se dit le chancelier avec colère. Car le plus haut dignitaire de l'Ordre séjournait *incognito* dans la ville et s'était refusé à entrer dans le palais du roi. Il l'avait donc logé chez l'archevêque, au « Castel San'Arcitrotz », puisque c'est ainsi que Manfred (lequel ne parlait pour le reste aucun mot d'allemand) nommait le siège de son contradicteur romain. Jean fut heureux de pouvoir utiliser la maison de l'archevêque empêché comme lieu de rencontres secrètes. Le Palazzo Arcivescovile possédait plus d'accès secrets et de tunnels d'évasion que celui du roi. L'un d'entre eux descendait jusqu'à la Cala.

La galerie souterraine murée débouchait sur le coude du port, à l'endroit précis où se situait la petite église de Santa Rosalia, la patronne de la ville, juste à côté d'un grossiste en vin. On avait ménagé deux sorties : l'une, religieuse, par la crypte et l'autre, profane, à l'arrière de la cave aux fûts. Devant les deux bâtiments était ancré un navire remarquable, un deux-mâts à la coque bombée qui avait conduit ici le grand maître en mission secrète, sans arborer ses couleurs. Seul un homme rompu aux combats maritimes pouvait apprécier à sa juste valeur l'architecture d'une trirème, le plus beau des navires de guerre qui frayaient en Méditerranée. Ce bateau, qui paraissait plutôt pataud, devait être d'une vitesse extraordinaire. Il disposait d'une gigantesque surface de voile et toutes les rames étaient servies non pas par un, mais par trois esclaves, si l'on se fiait aux sièges qu'on y avait installés. Il avait tout d'un saurien menaçant. Cette impression terrifiante était encore renforcée par le gigantesque éperon qui formait la pointe de la proue, comme un nez d'espadon. On pouvait l'abaisser profondément sous la surface de l'eau. Les capitaines et officiers des autres navires, rassemblés sur le quai, observaient avec agacement les sergents du Temple qui montaient la garde autour du navire et interdisaient qu'on pénètre dans cette machine de guerre flottante, et même qu'on la regarde de trop près.

On disait que le précurseur, sinon le modèle de *L'Atalante* (c'est ainsi, disait-on, que se nommait ce prodige des mers, mais ce n'était inscrit nulle part), était la fameuse trirème de la comtesse d'Otrante, « L'Abbesse », celle qui avait semé la panique en Méditerranée jusqu'à ce qu'on cesse d'entendre parler de cette femme redoutable. Mais il était rare que l'on voie *L'Atalante* au sud du Djebl al-Tarik. On racontait qu'elle voguait d'ordinaire au-delà des « Colonnes d'Hercule » de Cadix, passait dans les Océans et allait jusqu'aux « Îles lointaines », quoi qu'on entende par là, puisque l'on y atteignait la fin du monde. C'était entre autres pour éviter ce genre de rumeurs que les Templiers hissaient rarement leur hideux pavillon. On disait aussi que le navire voguait le plus souvent de nuit et que de nombreuses barques de pêcheurs disparues sans explication avaient en fait été les victimes de *L'Atalante*, qui filait sur la mer dans la pénombre. Il était donc plus qu'étonnant de la retrouver ici, paisiblement ancrée dans la Cala. Ses voiles rabaissées formaient un rideau tout autour du navire. Peut-être ne devait-on pas voir les catapultes fixes montées à son bord, les vingt trébuchets (dix sur chaque flanc) qui lançaient des flèches incendiaires et les puissantes balistes, assez fortes pour projeter des poids de cinquante livres ou de grosses amphores rondes remplies de feu grégeois. Dès le premier coup, les uns comme les autres provoquaient de toute façon la destruction et le naufrage de n'importe quel ennemi, si habile soit-il.

Comme pour détourner l'attention de ce monstre des mers, un autre puissant voilier des Templiers arriva alors dans le port. Mais il fit un crochet dès qu'il aperçut *L'Atalante* pour aller jeter l'ancre sur le môle le plus éloigné, à hauteur de Santa Maria di Catena, l'église dont le mur courait depuis le port jusqu'aux quartiers désaffectés des Génois. Le navire était sous le commandement de Taxiarchos, accompagné de ses trois jeunes chevaliers venus du Languedoc, Raoul de Belgrave, Mas de Morency et Pons de Levis.

À vrai dire, cela n'avait rien d'un événement. Depuis quelques jours, on voyait s'ancrer tant de navires considérables, parfois à quelques heures d'intervalle seulement, dont de nombreux deux-mâts et des galères de plusieurs centaines d'hommes, que seul le commandant du port se soucia de ce voilier rapide qui venait d'entrer.

— Allez-y donc, ordonna le Pénicrate à ses trois hommes, et cherchez la taverne qui vous paraîtra la plus mal famée. Je n'ai pas seulement besoin d'un solide vin rouge de Sicile...

— ... mais encore d'une *fica* noire et humide, dit Pons, complétant la phrase si souvent entendue chez son amiral.

— Ici, il doit aussi y avoir des blondes, ajouta Mas alors qu'ils descendaient la passerelle à la file. C'est l'apport normand.

— C'est la noblesse de l'île. Elle attendait justement Mas de Morency, un pauvre chevalier sans terre.

— Mais lubrique! rétorqua celui-ci.

— Les blondes, il faut toujours attendre si longtemps avant qu'elles ne comprennent ce que l'on espère d'elles...

— Mais elles sont si bonnes ensuite! s'exclama Pons.

— Je préfère les brunes. Elles sont trempées avant même que tu les aies vraiment regardées.

— Ne regarde pas! clama Mas. Ferme les yeux, baisse tes pantalons, et...

— Si ces prétendus coureurs de jupon continuent à faire couiner leurs longues gueules de singes au lieu de déplacer leurs fesses dans la direction ordonnée par l'amiral, je leur écrase les couilles! leur brailla Taxiarchos en les voyant s'attarder encore sur le quai, incertains. Et il ajouta : Vous les entendrez sonner comme les cloches du ciel!

Ils filèrent tous les trois, tandis que le commandant de la capitainerie montait à bord.

Le port grouillait en effet des invités venus de tous les coins du monde, de la Méditerranée jusqu'aux lointains rivages de la Baltique. Le glorieux trio se fraya un chemin dans la foule des badauds.

— Qu'est-ce que nous venons faire ici, au juste? grogna Mas de Morency. J'aimerais bien savoir pourquoi nous avons dû prendre ce navire d'assaut, et ce même pas comme de vrais corsaires, mais secrètement, comme des voleurs au milieu de la nuit!

— Mais l'équipage a obéi au moindre mot de Taxiarchos, objecta Raoul.

— Il n'empêche que la serrure de la chaîne, à Perpigna, portait le sceau des Templiers, même si notre amiral l'a brisé d'un geste aussi rapide que discret, je l'ai bien vu.

— Et pourquoi devions-nous faire voile aussi vite jusqu'ici, comme des diables, sans avoir pris de provisions, sans nous arrêter, même en pleine nuit?

Pons avait manifestement souffert du manque de confort et de sommeil.

— La faim t'a vidé le cerveau, mon pauvre Levis! ironisa Raoul. La raison est toute simple : Taxiar-

chos n'a pu admettre que le précepteur lui ravisse sa
part de la cargaison, puis que le couple royal lui sub-
tilise le trésor. S'il est venu ici aussi rapidement, ce
n'est pas pour que nous prenions enfin notre service
auprès du chevalier Roç Trencavel, mais parce qu'il
espère pouvoir encore les récupérer ici, lui et son
admirable compagne Yeza!

— Ils sont donc déjà là? demanda Pons, incrédule.

— Qu'est-ce que j'en sais? En tout cas, je n'ai
aucune envie de chercher longtemps la taverne « la
plus mal famée » de Palerme. Nous prendrons la première qui se présentera!

— De toute façon, dès que tu y seras entré, elle
remplira la condition requise, rétorqua Raoul.

Ils contournèrent le barrage formé par les sergents
du Temple et entrèrent chez le marchand de vin le
plus proche. « Oleum atque Vinum », lisait-on sur la
porte ouverte, et l'on avait installé un bar juste à
côté, vers le môle. Alekos, le patron, était un Grec et
bondit littéralement en apprenant que les trois garçons étaient arrivés avec Taxiarchos, le Pénicrate de
Constantinople; il put à peine attendre que son
compatriote à la triste réputation fasse à sa modeste
salle de dégustation l'honneur d'une visite.

Ce qu'abritaient les voûtes n'était d'ailleurs pas si
modeste que cela. On y avait disposé des amphores
de précieuse huile d'olive pressée à froid, toutes
enfouies dans le lit de sable. Au fond, les fûts de
chêne formaient de longues rangées et diffusaient un
parfum tantôt âcre et terreux, tantôt lourd et rési-
neux, lorsque Alekos baissait son nez en pomme de
terre vers le robinet ouvert. C'est d'ailleurs justement
ce qu'il était en train de faire : il comptait réserver à
ses invités les meilleurs crus de cet or liquide qu'il
conservait dans sa chambre aux trésors.

Alekos était un homme de paille du Temple, le
véritable propriétaire de l'« Oleum atque Vinum »,
des halles qui le jouxtaient et de la petite église de
Sainte-Rosalie. Les maîtres du Temple ne possé-

daient rien d'autre à Palerme, ni quartiers ni commanderie. L'Ordre, dont le maître suprême était tout de même le pape, ne jugeait ni souhaitable ni nécessaire d'entretenir des quartiers en Sicile depuis que les Hohenstaufen y régnaient : ceux-ci auraient pu s'en servir pour les faire chanter. La situation actuelle les satisfaisait pleinement. Ils n'étaient pas seulement à proximité immédiate de la mer, mais à deux pas du nœud de l'influence romaine. C'était eux qui avaient la plus haute autorité spirituelle à leur botte, et non l'inverse, comme l'aurait aimé l'archevêque. Quant à leur lien avec le pouvoir séculier, il demeurait invisible. Jean de Procida s'en chargeait.

Alekos avait servi le vin, mais Taxiarchos n'était toujours pas apparu. L'hôte avait ainsi commencé à passer le temps avec les trois chevaliers étrangers, en énumérant les navires ancrés dans le port, et les invités royaux déjà arrivés.

— La galère bleue, là-bas, dit-il en désignant le long navire à la proue surélevée, c'est l'émir de Tunis. Il a envoyé son grand eunuque, qui écume pour son compte les marchés aux esclaves. Juste à côté se trouve le voilier aux lignes élégantes du duc de Gandia, qui représente le roi d'Aragon.

— Ah ! laissa échapper Pons. Don Jaime, l'*Expugnador* !

— Nous nous sommes battus contre Xacbert de Barbera ! ajouta Mas avec fierté. C'est lui qui avait pris Majorque pour le compte du roi d'Aragon.

Alekos rit et resservit à boire.

— Je ne connais que son navire, la *Nuestra Señora de Quéribus,* dont ce vieux rat des champs prétend n'avoir jamais foulé les planches !

— Je connais ces couleurs ! s'exclama Pons en désignant une vieille galère qui accostait. Ce doit être le comte de Malte.

— Le grand amiral de la flotte sicilienne. Non, ce sont les armes de l'amirauté... ce ne serait tout de même pas « L'Abbesse »... Non, ça n'est pas possible !

L'attention d'Alekos fut attirée par de nouveaux arrivants.

— Voyez-vous les chameaux richement ornés que l'on vient tout juste de décharger ? C'est la plus fidèle garde de Manfred, les Sarrasins de Lucera.

Il avala une bonne gorgée et resservit une tournée.

— D'Apulie, de la Terra di Lavoro et même de Calabre, beaucoup des vassaux et parents du roi ont traversé la mer au lieu de prendre le chemin pénible qui passe par les terres. Ils ont donc tous emmené leur maison avec eux, comme des escargots.

Cette idée causait à Alekos une grande joie : après tout, il était né ici, et il n'était pas peu fier de pouvoir donner à ces trois jeunes lascars un échantillon de l'univers que représentait le puissant royaume de Sicile.

— Le prince de Tarente, les ducs d'Amalfi, et avec eux ceux de Bénévent et de Capoue sont arrivés ainsi, tout comme les comtes de Sorrente et d'Aquin, ceux de Lecce et de Brindisi. Et du royaume du nord sont arrivés le duc de Spoleto et celui de Montferrat.

— Foggia, Messine et Naples ont certainement elles aussi envoyé des délégations de leur bourgeoisie et de leur université ? se moqua Mas.

— Certainement ! Autrement la ville ne serait pas aussi pleine de merde à chaque coin de rue !

Manifestement, Alekos n'éprouvait pas un amour débordant pour ses frères situés au-delà de la mer Tyrrhénienne, ni pour les vantards bruyants de la Campagnie, ni pour les arrogants d'Apulie, qui s'étaient piqués de remplacer Palerme comme capitale du royaume. Alekos cracha par terre, méprisant.

— Et parmi les autres États, qui donc envoie son ambassadeur ? interrogea Raoul qui, jusqu'alors, s'était contenté d'écouter attentivement. L'Angleterre a toujours été une bonne amie, non ?

Alekos avait, sur ce point aussi, des informations récentes. Il commença par remplir son gobelet, se rinça la gorge et demanda, l'air soucieux :

— Mais où est donc passé Taxiarchos ? Il devrait tout de même...

— Lorsque nous avons quitté le navire des Templiers, le capitaine du port montait justement à bord.

— Le navire des Templiers ? répéta-t-il.

— Mais bien sûr ! répliqua Pons, tout fier. Celui-là même avec lequel nous avons, après le « Fer... ».

Il n'alla pas plus loin : Raoul lui avait envoyé une gifle sèche et douloureuse.

— Vous étiez sur le point de nous énumérer les invités venus des pays lointains, reprit Belgrave en adressant un sourire cordial à son hôte. Il préféra garder pour lui les questions qui lui venaient d'un seul coup à l'esprit.

— Eh bien, reprit le Grec en essuyant les gouttes de vin sur les pointes de ses moustaches, nous aurions par exemple le despote d'Épire. Celui-là a envoyé son fils bâtard. Il sera sans doute suivi sous peu par sa jolie fille, Enela Angelina. (Il prononça le mot du bout de la langue). Car elle est promise à notre seigneur Manfred. Mais je ne chasserais pas non plus de ma couche l'épouse de son demi-frère ! Lorsque cette princesse de Valachie a traversé la campagne, hier, ils avaient tous les yeux exorbités, même le deuxième dans la hiérarchie des chevaliers de Saint-Jean, Messire Hugues de Revel, arrivé ici peu de temps avant elle pour représenter son grand maître. Châteauneuf est aujourd'hui trop vieux pour voyager. Cette Valache enflammée portait le costume et les bijoux de sa patrie sauvage. Il n'y a que des bergers et des moutons là-dedans ! Tout le monde la regardait, et son époux éclatait de jalousie !

— Je veux la voir ! s'exclama Mas de Morency.

— Elle n'attend que toi ! répondit Raoul avant de s'adresser à l'aubergiste. Elle a certainement tout de suite envoyé sa suivante pour demander si Mas de Morency était déjà arrivé !

— Continuez ! s'exclama Pons. Il n'y a donc ni roi, ni empereur, ni sultan... ?

— La cour redoute que l'empereur latin Baudouin de Constantinople ne puisse faire le voyage. Cela leur coûterait cher : fort de son malheureux titre impérial, il vend des reliques à un prix prohibitif. En fait, il est en pleine banqueroute. Messire Baudouin n'a plus un bezant en poche, si bien qu'il vivra aux crochets de ses hôtes. Même en raclant ses fonds de tiroir, il ne trouve plus de quoi payer ses voyages.

— Alors, pas même un empereur!

Pons était déçu. Mais, à cet instant précis, une jeune fille pétulante passa à l'extérieur, entourée de gardes du corps sarrasins et d'un essaim de suivantes. La vierge était bien en chair et portait un regard insouciant au-dessus de la foule, car elle dépassait tout son entourage d'une bonne tête. Elle avait des yeux insolents de femme-enfant. Son regard se dirigea, par la porte ouverte, sur les buveurs attablés, et elle s'arrêta pour toiser les trois garçons sans la moindre gêne. Puis elle sourit et laissa son guépard l'entraîner vers l'avant. Le sourire de la jeune fille était destiné à Raoul, car c'était lui qui lui avait adressé un clin d'œil pour l'inviter à leur table.

— Ouh là! fit Pons en reprenant son souffle. Tu as vu comment elle m'a regardé?

— Toi? s'exclama Mas.

— C'était Constance, la fille du roi Manfred, son enfant unique et couvert d'un amour brûlant! expliqua Alekos aux jeunes cerfs. C'est encore une enfant...

— Une enfant? répliqua Raoul. Dans ce cas, je me transformerais bien en corrupteur de jeune chair!

Mas se leva d'un seul coup pour suivre du regard l'assemblée qui s'éloignait.

— Et je prends le guépard en cadeau! La déesse Diane est descendue me serrer dans ses bras.

— Elle te donnera en pâture à sa bête avant même que tu aies pu sortir de tes chausses! fit Raoul, qui n'avait pas de pitié lorsqu'il s'agissait du dessous de la ceinture.

L'hôte mit un terme à la dispute.

— Constance est une jeune vierge honorable. Et elle est fiancée à l'infant d'Aragon.

— Le second point n'entraîne pas forcément le premier! rétorqua Pons. Mais l'agitation reprit devant la taverne.

La chaîne formée par les sergents du Temple ouvrit cette fois-ci de bonne grâce la voie à une troupe de soldats qui, guidés par le commandant du port, se dirigea tout droit vers la porte de l'« *Oleum atque Vinum* ». Ses hommes étaient déjà entrés lorsque le commandant cria :

— Au nom de la loi, tous les hommes présents ici sont aux arrêts !

Les soldats s'emparèrent du trio avant même que l'un des jeunes gens ait pu tirer son arme. Ils leur passèrent les bras dans le dos et leurs lièrent les poignets. Ils voulurent faire de même avec Alekos, mais finirent par y renoncer : on était entre connaissances...

— Vous allez tout de même devoir nous suivre, Alekos ! lui ordonna l'un des gens d'armes.

— Moi ? Pourquoi ?

— Parce que vous êtes grec ! lui répondit-on sèchement. Il s'agit d'un complot byzantin, ajouta-t-il, l'air grave. Haute trahison !

Les trois glorieux jeunes gens furent poussés hors de l'auberge. Alekos les suivit en secouant la tête.

LE RACCOMMODEUR D'USTICA

Le voilier du Hafside était ancré dans une crique discrète de l'île d'Ustica, dans le nord de la Sicile. Le marchand d'esclaves avait choisi la route la plus courte, passant tout droit entre le sud de la Corse et la pointe septentrionale de la Sardaigne, qui grouillait d'ordinaire de corsaires et de bandits sardes. Mais tous les navires de pirates qui s'approchaient de lui se contentaient de lui adresser un salut respectueux dès qu'ils reconnaissaient le fanion fièrement hissé d'Abdal. Ses couleurs montraient, sur fond noir, deux cimeterres croisés, brodés en fil d'or sur le drap luxueux. Au-dessus, dans le *capo* vert, la tête d'un Maure portant un bandeau blanc sur les yeux, comme si l'on venait de la couper. Mais le tissu battait joyeusement au vent ; quant au maître du navire,

il était bien vivant et d'excellente humeur. Le Hafside portait toujours la robe imaginaire d'un grand
métropolite de Bethléem, chargée de bijoux. Cet
habit lui plaisait énormément, mais il l'aurait revêtu
de toute façon, pour remercier Allah d'avoir
accumulé autant d'or sur son navire sans qu'il ait eu
à bouger ses petits doigts ornés de bagues. Abdal,
ému, jeta un coup d'œil depuis le pont des rameurs
par la grille qui donnait dans le ventre de son navire.
Cette fois, la cale n'était pas pleine de corps
d'esclaves couleur d'ébène, mais de saintes figures,
toutes fourrées d'or massif. Il n'y avait plus qu'à les
ouvrir. C'est en tout cas ce que lui avait garanti messire Georges. Ses partenaires en affaires avaient toujours le tort de le croire aussi sot que le laissaient
penser les traits spongieux de son visage.

Le commandeur des Templiers était un être à la
fois vaniteux et torturé. Il rejouait chaque fois la
scène du maître cupide et du serviteur trompé. Il
savait échanger les rôles et s'adapter aux situations
les plus bizarres que l'on puisse imaginer entre
l'Orient et l'Occident. Un conquérant chrétien,
membre d'un Ordre religieux, et un marchand
d'esclaves musulman, vivant dans une parfaite sym-
biose, de celles qu'on ne trouve d'ordinaire qu'au
fond des océans, entre le murex et l'anémone de mer.

Il ne restait plus que quelques hommes debout, se
dit Abdal, en Orient comme en Occident. Ils devaient
se montrer solidaires et transformer ce monde. Non
pas tenter de préserver une paix corrompue sur cette
terre, mais se battre pour mener une vie d'hommes
nouveaux ! Il le dirait volontiers à Roç et à Yeza, ces
deux faiseurs de paix royaux ! Ils portaient en eux
tout ce qui pourrait améliorer le monde, le Hafside
le sentait bien. Ils devaient se libérer des liens invisibles qu'avait tissés autour de leur jeune vie le
Prieuré, cette assemblée de morts vivants ! Il fallait
qu'il le leur dise, et il les aiderait de toutes ses forces.
Il les imaginait déjà, tous les deux, à la tête d'un
mouvement qui mènerait à une ère nouvelle, porte-

rait l'humanité sur de nouveaux rivages, jusqu'aux
« Îles lointaines » !

Abdal dut redescendre sur terre : en dessous, à la
poupe, monseigneur Gosset venait de faire ouvrir la
grille de fer qui donnait sur la cargaison, et quelques
Maures se laissaient descendre par des cordes vers
les corps en bois. Le prêtre était suivi par Jordi, le
troubadour du couple royal. Il contempla, captivé, ce
spectacle parfait qui rappelait beaucoup un abordage par des pirates.

Georges Morosin rejoignit son partenaire à grands
pas.

— Nous devrions à présent veiller à ce qu'aucun
membre de la Sainte Famille ne disparaisse, murmura le Doge. Je les ai comptés...

— Au contraire, lui répondit le Hafside qui avait
remarqué un regard du prêtre et, en hochant la tête,
lui avait indiqué son accord. Votre curiosité pourrait
être interprétée comme un signe de méfiance, et
révélerait aussi que nous connaissons le véritable
contenu de ces poupées de bois.

— Ne parlez pas aussi légèrement de ces personnes qui ont porté leur croix et qui nous ont sauvés, nous, les Chré...

— Nous verrons bien ce qu'elles portent ! répliqua
Abdal en éclatant de rire. Vous m'avez juré que cela
ne me ferait pas de peine. Passez donc à présent avec
moi dans la tente, pour que je puisse me repaître de
vos souffrances, vous qui êtes forcé d'attendre l'instant de vérité et qui, manifestement, n'y parvenez
guère.

— Vous voulez simplement ne pas boire seul,
parce que cela pourrait être considéré comme une
perfidie indigne d'un bon musulman, lui rétorqua le
Doge. Mais au lieu de boire dans votre tente étouf-
fante ce jus de raisin troublé par le roulis et lamentablement chambré, comme nous avons été
contraints de le faire pendant toute cette traversée,
reprit Georges avec éloquence, je préférerais savourer une cruche du vin frais de ce précieux pays, à
l'ombre d'un olivier.

Le Templier se dirigea à grands pas vers le bastingage. Le marchand d'esclaves ne le retint pas.

— Je me demande vraiment où vous avez pu apercevoir la moindre branche d'arbre sur ce rocher aride, grogna-t-il en suivant son ami. Mais peu importe. Cela nous permettra au moins de rejoindre discrètement le couple royal et de vivre avec lui l'arrivée de cette Passion en bois.

— Vous faites preuve d'une sensibilité étonnante, pour un non chrétien, répliqua le Doge, moqueur, en descendant par l'échelle de corde. Le Hafside lui marcha sur la main.

Il n'existait pas de véritable village à Ustica : un certain nombre de maisons étaient accrochées dans les rochers, au-dessus de la plage, et sur l'ensemble trônait une puissante tour de garde normande, manifestement vide. Les habitants de ces lieux s'étaient peut-être cachés en voyant arriver le navire. Leurs expériences désagréables avec les pirates leur inspiraient une certaine méfiance, et la vue qu'offraient Abdal et ses Maures n'était certainement pas de nature à les rassurer. On ne voyait que les têtes de ces hommes qui, armés de harpons, de faux et de fléaux, restaient cachés derrière les murs de pierre, plus effrayés qu'effrayants, mais prêts à défendre au prix de leur vie celle de leurs femmes et de leurs enfants.

À mi-hauteur, entre la plage de sable gris et les murailles, Roç et Yeza avaient fait dresser leur tente au flanc de la colline en terrasses, sur un plateau ombragé par un gigantesque figuier. Le poids des fruits trop mûrs, qui éclataient déjà, faisait courber les branches, et Yeza ordonna à ses femmes de les cueillir et de les préparer. Roç en suçait une du bout de la langue.

— Sais-tu comment les gens d'ici appellent ce fruit ? demanda Roç, provocateur, à Potkaxl, après s'être assuré que Geraude le regardait aussi : une *fica* !

Potkaxl sourit, Geraude rougit, mais Dame Mafalda, qui surveillait l'épluchage, s'exclama :

— Vous ne devriez pas la lécher aussi longtemps. Il vaudrait mieux vous la fourrer dans la gorge !

Roç vit alors, à sa grande joie, apparaître le Hafside, qui gravit les marches raides de la terrasse avec agilité, malgré son corps impressionnant, et le Doge, qui le suivait en gémissant et en s'arrêtant toutes les deux minutes. Le marchand d'esclaves leva les yeux vers la muraille surveillée par les hommes en armes. Abdal éclata de rire :

— Ils redoutent Georges Morosin, l'effroyable Doge d'Ascalon ! (Puis il s'adressa galamment à Yeza :) Ils agitent déjà le drapeau blanc, pour vous montrer qu'ils veulent vous rendre grâce et vous faire allégeance...

Il saisit avec reconnaissance l'une des figues fraîches que Mafalda lui avait fait porter sur un plateau par Geraude, et y mordit avec volupté avant de reprendre :

— ... avant que nous ne leur dévorions toute leur récolte de fruits !

— Ces indigènes ne savent pas quoi faire de leurs figues, répondit Roç en guise d'excuse. À cet instant précis, ils virent un petit homme sec coiffé d'un turban bien trop haut, qui montait sur la muraille, suivi par un gigantesque Noir agitant un grand éventail de plumes et de roseaux au-dessus de la tête de son maître. Cela ne demandait d'ailleurs pas beaucoup d'efforts au Maure : le turban lui arrivait tout juste à la poitrine. Devant eux courait un enfant à la peau beaucoup moins sombre, mais aux cheveux bouclés, qui secouait furieusement le drapeau blanc.

Le Doge venait d'atteindre la plate-forme, en haletant, lorsque le petit homme descendit les marches aussi dignement que possible, à une telle vitesse que son éventeur eut peine à le suivre pour le présenter à l'assistance :

— Son Excellence Kefir Alhakim, gouverneur de Sa Majesté l'empereur Frédéric sur l'île d'Ustica, annonça-t-il avec un accent souabe tellement épais que nul ne le comprit. Roç et Yeza étaient les seuls à maîtriser l'alémanique, et traduisirent en arabe ou en français ce qu'ils venaient d'entendre. Mais le petit homme fit un geste de dénégation et d'impatience.

— Je suis le docteur de cette île, dit-il avec force. Je soigne tous les maux de ses habitants, depuis la fièvre engendrée par la piqûre des *Trachinidae* ou du *Scorpanea* jusqu'aux hémorragies en couches, aux conséquences de l'ingestion de mauvais coquillages et aux maladies de l'amour !

Kefir Alhakim lança un regard de défi à la ronde, ce qui n'échappa pas à Roç.

— Vous avez donc appris tout cela à Salerne, et vous avez une accréditation, comme le prévoit la loi...

Le petit homme ne le laissa pas finir sa phrase.

— Je suis un médecin utilisant les remèdes que l'on trouve cachés dans la nature. Je suis l'un des derniers à connaître la *myketologia*, je suis le plus grand connaisseur des *muscaria* secrets et des *sporangia* ordinaires.

— Mon père, intervint le petit garçon d'une voix trop forte, non pas en levant les yeux vers le Noir, mais en désignant le turban du kéfir avec son drapeau, est le tailleur du village depuis que le gouverneur de l'empereur, messire Berthold de Hohenburg, l'a chassé de Naples et l'a banni ici.

— Le médecin personnel, ce Jean de Procida..., reprit le père, mais sa colère n'était pas assez forte pour retenir son insolent de fils.

— ... l'avait accusé d'exercice illégal de la médecine, acheva celui-ci, impitoyable.

— La réalité est que je n'avais pas suffisamment d'argent pour engraisser le château !

— Ce qui ne change rien au fait que mon éminent père est un remarquable tailleur, auquel on peut confier n'importe quel chiffon acheté au bazar pour qu'il en fasse une tenue d'apparat, conclut ce petit

garçon doué pour la rhétorique. Je vous le recommande, mesdames et messieurs !

À cet instant seulement, tous remarquèrent les
vêtements somptueux de la délégation, à commencer
par le pourpoint de héraut que portait le Noir, orné
des armes du Hohenstaufen. Le petit garçon insolent
avait lui aussi des pantalons bouffants damassés et
un beau gilet de velours.

— Et toi, je suppose que tu suis des études ?
demanda Yeza, incapable de réprimer un glousse-
ment. Messire Kefir Alhakim lui faisait pourtant de
la peine : il était recroquevillé sous son gigantesque
turban, et l'on n'en voyait presque plus dépasser que
le bout de son nez.

— Oh oui, répondit son rejeton. Je fréquente à
Palerme le collège des Bénédictins. Un jour, je serai
professore ou cardinal ! Je ne suis qu'en visite ici. Je
serai de retour dans la *civitas* pour les noces de notre
seigneur Manfred, le 18 août.

— Bien, bien, approuva le Doge. Dans ce cas, tu
vas certainement pouvoir nous procurer du pain, de
l'huile et du vin frais des îles, car c'est pour en trouver que je me suis efforcé de monter jusqu'ici.

— Nous cuisons notre pain nous-mêmes avec
notre blé, nous vendangeons notre vin et nous pres-
sons des olives...

— Nous... tu veux dire, ta mère ? objecta le Doge.

— Elle est morte, répliqua le Noir, et Yeza tradui-
sit.

— Est-ce que tu comptes me faire croire que tout
cela pousse sur cette île rocheuse ?

— De l'autre côté, derrière le volcan, dans la Tra-
montana, le sol est fertile et protégé des vents. Nous
ne manquons de rien !

— Eh bien cours, et rapporte ce qu'il désire à Messire le commandeur !

Le Doge jeta au garçon une pièce qu'il rattrapa au
vol avant de repartir en courant, drapeau blanc au
vent.

— Cela signifie-t-il que nous n'avons rien à
craindre de vous ? s'enquit le gouverneur.

— Cela signifie que nous vous paierons tout ce que vous nous donnerez, répondit Roç. À commencer par l'eau potable...

— Du vin ! s'exclama le Doge. Nous offrons un festin, et tous les habitants de ce lieu sont invités !

— Même nos femmes ? osa alors demander le gigantesque éventeur en lançant un regard d'abord suspicieux, puis terrifié vers la plage, où les Maures, s'il ne se trompait pas, sortaient du navire des cadavres de Noirs et les déposaient dans le sable.

Le marchand d'esclaves remarqua son effroi et éclata de rire.

— Ceux-là sont morts voici plus de mille ans, déclara-t-il, ce qui rendit le Noir encore plus hagard.

— Ne vous inquiétez pas pour vos femmes, intervint alors Yeza. Mes dames leur tiendront compagnie, comme il se doit.

Cela plut aussi au seigneur Kefir.

— Je vous remercie, dit-il en s'inclinant d'abord devant Yeza, puis devant tous les autres. Je vais à présent revenir parmi les miens, leur annoncer la bonne nouvelle et prendre toutes les mesures nécessaires.

Puis, une fois sa dignité retrouvée, il fit signe à son héraut de le suivre et commença à monter.

— Si j'étais un pareil poids plume de gouverneur, je me ferais transporter sur les épaules !

— Mais justement, ce n'est pas un vrai gouverneur, c'est seulement le docteur de l'île, remarqua son ami Abdal pour le consoler. Mais Roç ne lui reconnaissait même pas ce titre :

— C'est un raccommodeur !

— Mais un bon ! assura Yeza au moment où Gosset gravissait péniblement les dernières marches.

— Nous avions un passager clandestin ! annonça-t-il joyeusement. Lorsque j'ai recompté d'en haut, avant le déchargement, je me suis retrouvé avec un personnage de plus que ce que j'avais noté à Perpigna. Ensuite, l'un des Maures a découvert un saint qui criait d'une voix forte et distincte « *Jach-*

wei! », et nous avons trouvé Jakov étroitement en-lacé à son Joseph, le charpentier.

— Cela ne m'étonne pas, déclara Roç, où pour-rait-il s'être installé, sinon... (Mais Gosset l'empêcha, en ricanant, de développer son explication ingénue.) Ce qui m'étonne, en revanche, concéda Roç, c'est qu'il ait survécu à cette traversée en gardant toute sa santé et toutes ses forces. Il devrait être aussi rabou-gri qu'une figue sèche.

Gosset laissa son regard aller de Roç à Yeza, qui ne bronchait pas.

— *Nebbich a Wunder!* dit-elle d'un ton léger en tendant au prêtre le plateau de fruits frais.

— Bref, reprit le prêtre, j'ai laissé Jordi en bas, pour surveiller les lieux, et j'ai chargé Jakov de se rendre utile et de commencer à démonter les person-nages dès que tous seront installés au frais, sur la plage.

— Très judicieux, mon cher Gosset, dit Roç. Mais dans ce cas, nous devrions être présents sur place, car s'ils se mettaient à les scier et à les ouvrir à coups de hache...

— Ils ne le feront pas, l'interrompit Gosset. Le représentant de Joseph sur cette terre se comporte d'une manière plus colérique que le pape. Il a recommencé à crier « *Jachwei!* », et cette fois d'une manière si fréquente et si violente que même les Maures ne s'y attaqueraient pas. Même s'ils n'ont aucune idée de ce que peut bien être cette colère de Jéhovah qu'il menace de faire s'abattre sur notre tête si nous devions oser détruire ces témoignages uniques de la sculpture sur bois occidentale.

— Et ce Jakov a parfaitement raison! intervint le marchand d'esclaves, d'une voix autoritaire. Puisqu'il vous est permis, à vous, les indigènes, de réaliser des images du Tout-Puissant et de l'Unique, puisqu'il vous est permis de l'entourer d'une famille, ces personnages sont les objets d'un culte sacré et par conséquent...

— Écoutez-moi ça! se moqua le Doge. Un pieux

de la lignée d'Israël et un partisan négligent du Prophète se battant ensemble pour défendre un art religieux d'un goût extrêmement douteux !

— D'une part, nous descendons tous deux de la
maison d'Abraham. D'autre part, il en va du christianisme comme de l'art, tous deux vivent du dogme, et
non de la foi !

Cette déclaration était tellement étonnante de la
part du Hafside que son ami en resta bouche bée.
D'un geste gracieux, Mafalda lui tendit l'une des
figues.

— Prenez donc ce fruit. La figue qui se trouve
dans l'arbre est trop haute pour vous et elle n'est pas
encore assez mûre.

Elle fendit une figue du bout d'un ongle, et la
laissa éclater entre ses longs doigts fins.

Fica ! songea Roç avec un brin de colère. *Fica !*

Tous les regards s'étaient tournés vers le haut, où
Potkaxl, cuisses nues, continuait à cueillir les fruits.
Mais leur attention fut détournée. Potkaxl elle-même
sauta des épaules de Philippe et tomba au sol
comme un fruit mûr.

En haut, derrière la muraille de pierre, il y avait du
mouvement. Les têtes des hommes avaient disparu,
mais on voyait se dessiner la grande silhouette du
héraut noir. Il guidait le fils du gouverneur, qui
commandait une légion d'enfants de son âge, parfois
même plus jeunes, portant sur leurs têtes corbeilles
et amphores de terre ventrues, et descendant les
marches avec agilité.

— Ah ! s'exclama le Doge en claquant de la langue,
voilà notre en-cas !

— Pourvu que l'on ne nous apporte pas les dernières provisions de ces pauvres gens, objecta Roç à
voix basse. Le gouverneur, ce raccommodeur et
bonimenteur, leur extorque même ce qu'ils auront
gardé pour l'hiver !

Compte tenu de l'abondance des mets qui remplissaient les corbeilles, cette idée n'avait rien d'absurde.

L'enfant aux cheveux bouclés fit étaler des draps

de lin blanc devant les hôtes de l'île, distribuer des gobelets en terre cuite et des coupes, et déballa lui-même les corbeilles en vantant ses marchandises d'une voix tonitruante. Le héraut, quant à lui, se contentait d'éventer soigneusement messire le *Studiosus*.

— À Ustica, on vendangeait déjà le vin du temps de Tibère ; il était tellement doux qu'on le servait même à l'empereur, expliqua le gouverneur, et le héraut désigna l'amphore. Les gamins commencèrent à servir, assez maladroitement, si bien que Potkaxl et Geraude se crurent obligées de venir à leur aide.

— Notre pain est unique dans tout l'empire. Du son et de l'orge broyé mélangés à des marrons et des raisins secs, le tout assaisonné de sésame et de coriandre. Une pâtisserie sans égale !

On fit passer les corbeilles pleines de galettes de pain, tandis que l'enfant continuait son discours :

— Du fromage produit avec le lait de nos chèvres, venu dans un lit d'herbes de l'île, de sel de mer et de sardines séchées au soleil.

— Dis-moi, demanda le Doge en coupant cet éloge prononcé avec ardeur, comment t'appelles-tu au juste ?

— Kadr ibn Kefir ad-Din Malik Alhakim Benedictus ! Mais vous pouvez m'appeler simplement Beni, mes condisciples m'appellent « Beni le Matou » parce que je sais où les souris ont leur petit trou ! ajouta-t-il en lançant à Potkaxl un regard effronté auquel elle répondit avec plaisir. Jordi intervint avant qu'ils ne puissent s'entre-dévorer.

— Tout est prêt. Maître Jakov a surmonté ses scrupules, mais il veut superviser l'intervention d'un bout à l'autre et en personne.

— Mais cela peut durer une éternité ! protesta Roç.

— Pas si longtemps que cela, trancha le Hafside. Commençons par le faire patienter un peu. Nous devons prendre des forces avant l'épreuve qui nous attend. Joignez-vous à nous, messire le *studiosus* Kadr ibn Kefir ad-Din Malik Alhakim Benedictus. Et vous, cher Jordi, Gorge d'Or de la Catalogne, prenez donc votre instrument et chantez-nous la ballade de Roç et Yeza. Il s'inclina galamment devant la princesse. Elle tenta de repousser cet hommage, mais le Hafside ne s'en soucia pas et demanda : *El canzo de los enfantes del Grial!* Roç hocha la tête, flatté.

— En parcourant la Méditerranée, j'ai entendu beaucoup de choses sur les hauts faits du couple royal, ajouta le marchand d'esclaves. Mais on dit que nul ne les chante d'une manière plus éloquente que vous, Jordi de Marvel y Gandia, Conde de Urgél!

Le nain avait le rouge aux joues. Mais rien ne permettait de dire si c'était de honte, de colère ou de joie. C'était la première fois que Roç et Yeza entendaient parler de son origine noble! Pour éviter que le Hafside n'en rajoute, le troubadour se mit à faire courir ses doigts sur les cordes de son luth.

> « *Grazal dos tenguatz sel infants*
> *greu partenir si fa d'amor*
> *camjatz aquest nox Montsalvatz.*
> *grass vida tarras cavalliers*
> *coms Roç et belha Yezabel,*
> *oltracudar infants Grazal,*
> *rassa boratz bratz sporosonde,*
> *Roç Trencavel et Esclarmonde.*
>
> *Papa di Roma fortz morants*
> *peiz vida los Sion pastor*
> *magieur vencutz mara sobratz.*
> *Byzanz mas branca rocioniers,*
> *coms Roç et belha Yezabel,*
> *oltracudar infants Grazal,*
> *rassa boratz ains sporosonde,*
> *Roç Trencavel et Esclarmonde.*
>
> *Grazal los venatz mui brocants*
> *desertas tataros furor*
> *vielhs montanhiers monstrar roncatz,*

mons veneris corona sobenier,
coms Roç et belha Yezabel,
oltracudar infants Grazal,
rassa boratz mons sporosonde,
Roç Trencavel et Esclarmonde.

Ni sangre reis renhatz glorants
ni dompna valor tratz honor;
amor regisme fortz portatz
uma totz esperansa mier,
coms Roç et belha Yezabel,
oltracudar infants Grazal,
guit glavi ora ricrotonde,
Roç Trencavel et Esclarmonde. »

LE CHANCELIER

Le Palazzo Arcivescovile, situé entre la cathédrale et le château royal, était érigé à la manière d'un puissant donjon normand, comme si ses bâtisseurs avaient prévu qu'éclaterait un jour un conflit entre le pape, qui se concevait comme le suprême suzerain de l'île, et les conquérants qui se donneraient bientôt le titre de « rois ».

— Nul ne pouvait imaginer la haine abyssale que Rome vouerait aux descendants des Hohenstaufen, dit Jean de Procida, songeur, debout devant l'étroite fenêtre creusée dans les murs. Il regardait vers le bas, la ville, le grouillement de ces ruelles qui descendaient en sinuant vers la *Cala*. On n'y apercevait que la pointe des mâts des navires à l'ancre.

— Et c'est pourtant l'unique raison pour laquelle il ne m'est pas possible de rester à votre journée de fête.

Thomas Bérard, le grand maître en exercice du Temple, évitait même de se montrer à la fenêtre.

— Parmi les occasions susceptibles de provoquer la curie, reprit-il, certaines sont tellement essentielles que nous les acceptons. Mais une cérémonie de couronnement ne le justifie pas. C'est en revanche le cas de l'évolution en Grèce.

— L'agression de Nicée contre Constantinople vous donne mauvaise conscience, nota le chancelier. Son empereur est lié aux Génois. Vous cherchez donc des moyens de l'empêcher, ou bien un allié avec lequel vous pourrez devancer votre vieux rival.

— Vous pouvez voir les choses ainsi, Jean de Procida.

Le chancelier constata le pouvoir dont jouissait un grand maître du Temple, même lorsque celui-ci se contentait d'inviter son hôte à s'asseoir, d'une voix impérieuse.

— Il s'agit de prendre des décisions sur la voie que nous suivrons désormais : l'Ordre doit-il se laisser cantonner dans l'ouest de la Méditerranée, si on lui ôte son point de chute en Palestine, comme on l'a fait à nos amis de l'Hôpital ?

Il toisa son interlocuteur. Cela avait-il un sens d'exposer à un médecin personnel hissé au rang d'homme d'État (car à ses yeux, Jean n'était rien de plus) des idées qui dépassaient de très loin le maintien du royaume de Sicile au profit du dernier des Hohenstaufen, un bâtard par-dessus le marché ?

— Jérusalem est plus que le siège du grand maître, reprit-il à voix basse. C'est la source spirituelle de notre existence. Qu'elle se tarisse, et l'Ordre disparaîtra. Nous devons donc transporter le Temple (ou ce qui le constitue) dans le monde, sans limites territoriales. Nous ne devons autoriser personne à dresser des obstacles, à créer des monopoles ou d'autres barrières commerciales, ni à l'est ni à l'ouest !

Jean eut une immense envie de faire descendre ce visionnaire de ses nuages.

— Le Temple éparpillé sur le monde entier, comme a tenté de le faire votre Gavin Montbard de Béthune dans le sud de la France ?

— Le projet manquait d'ambition territoriale et ne tenait pas compte de la réalité...

— Allons, allons, objecta le chancelier. C'est un beau morceau de terre que convoitait le précepteur, suffisamment grand et fortuné pour que les Capet se lancent dans de terribles guerres de conquête afin de se l'approprier. La liberté d'esprit et l'hérésie avaient engraissé le sol...

— C'est bien cela ! Mais à présent, ce sont le sang et les cendres de coupables et d'innocents qui nourrissent la terre de la province française. L'idée de Gavin était criminelle ! tonna le grand maître.

— Vous l'avez fait expier !

— Expier ? (Le grand maître éclata de rire.) Expier, il le peut à présent (bien que j'en doute). Nous lui en avons seulement donné l'occasion, et de manière bien tardive ! Le mal était déjà fait.

— Manque de clairvoyance ! railla le chancelier, mais à voix basse : il ne tenait pas à heurter ce puissant seigneur auquel il avait quelque chose à demander. Mais ses pensées restaient attachées à l'arrogant précepteur de Rhedae.

— Il n'était et il n'est nullement dans la ligne du Temple d'intervenir dans les systèmes féodaux existants ou dans les affaires de la France, et *a fortiori* de prendre parti pour les cathares. Cela a toujours été l'affaire de nos amis de l'Hôpital.

— Mais qu'est-ce que les chevaliers de Saint-Jean savent du Graal ? Pour eux, ce n'est qu'une coupe !

— Nous aussi, nous vénérons le calice où fut recueilli le sang du Christ...

— Montbard de Béthune se sentait-il lié à une autre conception ?

— Depuis sa jeunesse, à peine entré dans l'Ordre, Gavin a nourri un complexe de culpabilité à l'égard des partisans du Graal. C'est lui qui, jadis, a donné un sauf-conduit au Trencavel pour entrer à Carcassonne.

— Une parole qui a été ignominieusement trahie, a valu la mort à Perceval et n'a pas été spécialement un honneur pour votre Ordre.

— À cette époque, nous aurions pu nous imposer.

Mais à quoi bon ? C'était la guerre, et nous étions du côté qui nous avait été assigné par le pape.

— Et c'est avec cet Ordre qui laisse son drapeau flotter au gré du vent, et qui l'admet, que vous voulez nous proposer une alliance ?

Le grand maître ne bondit pas de colère. Il chuchota :

— Le vent souffle où il veut, il efface les traces de l'injustice, il gonfle les voiles vers de nouvelles aventures et peut, en un éclair, se transformer en tempête destructrice.

Jusque-là, il n'avait fait que mettre son interlocuteur à l'épreuve. Mais cette fois, il l'attaqua directement :

— En tant que représentant d'une Maison damnée et bannie par l'Église, vous avez un langage bien téméraire. Ne voyez-vous donc pas les dangers qui menacent votre maître Manfred ?

— Qu'avez-vous à proposer ? répliqua Jean d'un ton glacial.

— Un pacte pour la conquête de Constantinople. Un pacte auquel se rallierait aussi Venise. Les terres conquises seraient réparties en deux moitiés...

— Comment cela ? La moitié pour Venise, et nous nous partagerions le reste ?

— Oh non ! Nous laisserions la part du lion à la Sicile. Nous nous contenterions des droits de concession !

— Comme c'est bienveillant ! Des poux gros comme le poing dans la fourrure du roi !

Jean s'efforçait de dissimuler sous les sarcasmes joyeux le poids de ses propos peu amènes. Mais l'hostilité non affichée remontait dans les veines des deux hommes comme le poison après la morsure d'une vipère, son ombre passait sur les murs de chêne du sombre réfectoire, balayait les longs lambris, et les bougies vacillaient sur leurs candélabres de fer accrochés au mur. Le chancelier devait mettre un terme à cette discussion.

— Et quoi d'autre encore ?

— Le droit, pour le Temple, d'installer son quartier général en Sicile et de faire ancrer sa flotte dans cette île.

Le chat était sorti du sac, griffes dehors, en feulant. Jean ne montra pas son effroi.

— Je parlerai au roi de votre proposition, dit-il, la bouche sèche.

On frappa à la porte.

— Messire Sigbert von Öxfeld! annonça la garde. Commandeur de l'ordre des Chevaliers teutoniques!

— Vous pouvez le rayer de la liste de vos alliés possibles, fit messire Thomas entre ses dents, l'air dédaigneux. Ces paysans allemands ont déjà trouvé leur nouveau champ. Ils labourent la Baltique!

Le commandeur de Starkenberg, dont les cheveux gris n'avaient toujours pas entièrement viré au blanc, dut se courber pour franchir la porte.

— Mon cher Öxfeld! s'exclama le Templier en se levant. Qu'est-ce qui vous amène ici?

Sigbert savait qui était son hôte, et commença par s'adresser au chancelier.

— Je vous apporte, à vous et au jeune roi, les salutations de mon grand maître. Hanno von Sangershausen est empêché, mais il invite Dieu à bénir le courageux seigneur Manfred et la fière couronne que l'on va placer sur sa digne tête.

— Soyez remerciés, lui et vous, répondit le chancelier, ému. Il serra le vieil homme dans ses bras et le fit asseoir sur son propre siège.

— Du vin! cria-t-il au garde.

— Dans ce cas, je puis prendre congé, dit Thomas Bérard d'une voix manifestement pincée. (Puis, en s'adressant à Sigbert:) À moins que vous n'ayez d'autre motif à mentionner pour ce long voyage, qui, à votre âge, a certainement dû être pénible?

Il se leva.

Le manteau du pouvoir, songea Jean, n'est jamais qu'un habit emprunté, même lorsqu'il s'agit du clams blanc du grand maître, orné de sa croix griffue rouge. Mais cette fois, le commandeur répondit par un sourire à la franche curiosité de Thomas Bérard.

— L'âge n'est qu'une question de solidité intellectuelle. Mais le maître suprême du Temple sera peut-être intéressé si je lui dis que je suis aussi venu saluer Roç et Yeza.

— Comment ? s'exclama le chancelier, étonné. Le couple royal est ici et je n'en sais rien !

— Ses allées et venues ne concernent plus l'ordre des Templiers ! grogna le grand maître en se dirigeant vers la porte. Réfléchissez à mon offre. Vous en avez besoin ! lança-t-il à Procida, comme un dernier os à un chien.

— Peut-être pour répartir de nouveau le pouvoir en mer Égée, rétorqua froidement le chancelier. Mais certainement pas en cédant, sans l'avouer, notre souveraineté sur ces îles.

— Votre assurance n'a pas de fondement, chancelier, répondit Thomas. Rappelez-vous : le vent !

Et il sortit à grands pas.

— Un manchon à air ! marmonna le vieux Chevalier teutonique. Venise et ses alliés voient leur fourrure grecque prendre le large.

— Et lui voit ses clams blancs s'envoler au vent comme un petit cirrus dans le ciel bleu azur ! déclara Jean, songeur. Messire Thomas discerne beaucoup de choses qui nous sont dissimulées. Mais après tout, ce n'est qu'un homme, et il ne peut tout empêcher !

— Que se passe-t-il avec Roç et Yeza ? s'enquit le commandeur en interrompant les réflexions mélancoliques du chancelier. Sont-ils donc ici, à Palerme ?

— La dernière fois que j'ai eu de leurs nouvelles, ils séjournaient encore en Occitanie. Mais c'était avant le trépas de leur protecteur, le précepteur de Rhedae.

— Quoi ? Gavin est mort ? (La nouvelle ébranla Sigbert von Öxfeld.) Comment cela ?

— L'Ordre l'a balayé loin du chemin qu'il avait emprunté de son propre chef.

— Montbard de Béthune se pliait rarement aux plans ourdis par d'autres que lui, songea Sigbert à voix haute. Roç et Yeza ont appris cette attitude auprès de lui, leur esprit de contradiction est son héritage spirituel. Vous ne les attendez pas, Jean de Procida ? demanda-t-il avec un sourire rusé. Eh bien, dans ce cas, je suis certain qu'ils vont venir !

— Le roi Manfred les recevra avec tous les honneurs, leur destin ressemble beaucoup au sien. Même si eux n'ont pas encore trouvé leur royaume.

Le vieil homme resplendissait.

— Ils sont de toute façon parents par le sang, si l'on prête foi aux rumeurs. Ce que je fais volontiers, car ils ressemblent fort à mon empereur.

— On peut aussi considérer cela comme un fardeau, répondit le chancelier pour tempérer l'enthousiasme de Sigbert. L'indubitable gloire du grand Hohenstaufen avait aussi ses zones d'ombre, son caractère était soumis à des variations qui le faisaient devenir injuste, méfiant et cruel, surtout dans les dernières années, lorsqu'il se battait pour défendre son empire.

— Le royaume de Roç et Yeza n'est pas de ce monde. Il reste à espérer qu'ils pourront protéger leurs vertus contre toutes les attaques du Malin.

— Vos protégés ne pourront pas éternellement errer dans ce monde en se présentant comme « le couple royal », songea Jean de Procida.

Le vieux commandeur attendit la suite avec impatience.

— Le roi Manfred n'ira jamais en Terre sainte, pas plus que Conradin, s'il vit encore. Jérusalem, je veux parler de la véritable Hierosolyma, et pas du royaume d'Acre, qui se réduit comme une peau de chagrin ridicule, pourrait leur offrir un trône digne d'eux, poursuivit le médecin. En supposant qu'ils disposent de notre soutien, ni les Templiers, ni les chevaliers de Saint-Jean, ni vous-mêmes, les Allemands, ne pourrez refuser de servir dans la ville sacrée de la chrétienté.

— Vous oubliez les juifs et les musulmans, objecta Sigbert. Mais Jean ne le laissa pas finir.

— Pour ce qui concerne les premiers, c'est sans doute plutôt une question de liberté religieuse ; pour les mamelouks, c'est une affaire politique. Si les uns comme les autres reçoivent les garanties dont ils ont besoin...

— Avec une garnison qui serait fournie par des chevaliers de trois Ordres rivaux ?

— Le couple royal doit exercer son pouvoir de paix comme il lui plaît ! s'énerva le chancelier. Autrement, qu'est-ce qui justifie son existence ? « Pas de ce monde » ? Nous connaissons déjà cela ! Jérusalem n'a pas besoin d'un nouveau Messie, ni personne d'autre d'ailleurs, le premier a fait suffisamment de dégâts. S'il ne s'était pas dérobé devant sa mission...

— Dieu ne l'a pas envoyé pour prendre la tête d'une insurrection des juifs, mais pour sauver ce monde.

— Vraiment ? Alors regardez-le, ce monde ! (Jean se tut, hors de lui. Mais au bout d'un instant, il finit par ajouter, d'un ton amer :) Jésus a-t-il vraiment mérité cette bande de Romains comme successeurs ?

Sigbert s'arrêta, non parce qu'il avait été touché par l'accès de colère bien compréhensible du chancelier, mais parce que des doutes s'étaient emparés de lui : après tout, l'idée qu'il avait du destin de Roç et Yeza ne pouvait-elle pas être complètement fausse ? Il soupira.

— Le couple royal doit décider lui-même quelle est sa volonté. Je suis tout disposé à consacrer les dernières années de ma vie à exaucer leur vœu. J'accepte volontiers de mourir pour cela. De toute façon, cela me profite, conclut-il en riant.

— Ne voyez pas les choses sous un jour aussi dramatique, tenta de l'apaiser Jean. Ce n'était qu'une réflexion. Elle ne mérite peut-être même pas que vous en arriviez à rêver du sacrifice de votre vie.

— Il ne va pas tarder, répondit le vieil homme. Sur le port, votre vigilant chambellan vient justement d'arrêter un empoisonneur grec. L'empereur de Nicée l'aurait envoyé pour dissuader définitivement messire Manfred de venir au secours de son beau-père *in spe*, le despote d'Épire, dans la conquête de Constantinople.

— Ah, Maletta, ce serviteur tellement doué! répliqua seulement le chancelier. Il a tenu compte de mon avertissement.

— Le Grec ne lui serait jamais tombé dans les bras, raconta Sigbert, si les Templiers ne l'avaient pas accusé de leur avoir volé un navire.

— Et alors? Il a avoué?

— L'intention de meurtre, non, mais l'affaire du voilier, oui. Ce Taxiarchos, oui, c'est son nom, affirme cependant avoir effectué avec ce navire des traversées de l'Océan (vous vous rendez compte : des *traversées* de l'Océan!) en mission secrète, en tant qu'amiral de l'Ordre, mais avoir été privé de son salaire. Il a même pu présenter un ordre de mission écrit, mais les Templiers n'ont pas voulu le reconnaître.

— Taxiarchos, avez-vous dit? Cet homme est dans son droit. Sa seule malchance est que son commanditaire est tombé en disgrâce...

— Ah! C'était Gavin, et il est mort!

— Tout juste! Et après, que s'est-il passé?

— Votre chambellan zélé l'a fait enchaîner, tout comme trois de ses complices qui prétendent être des chevaliers occitans. L'un d'eux affirme même être le fils du comte Jourdain de Levis de Mirepoix. On les a surpris lors d'une réunion de conjurés dans une taverne appartenant à un certain Alekos, un Grec, lui aussi. Cela a suffi à messire Maletta. Il voulait qu'on les pende tout de suite. Mais, à ce moment précis, deux grands seigneurs sont passés, un certain Oberto Pallavicini...

— ... Vicaire de l'Empire pour la Lombardie et la Toscane! commenta le chancelier.

— ... l'autre était un Lancia.

— Sans doute Galvano, prince de Salerne, l'un des oncles de notre roi.

— Ma foi! Tous deux ont strictement interdit au

chambellan de commettre un acte aussi délicat. Il
devait, lui dirent-ils, attendre jusqu'au couronnement et ne pas troubler les cérémonies avec la vue
hideuse d'une potence courbant sous le poids. Par
ailleurs, même un Grec avait droit à un procès en
bonne et due forme. Cela valait aussi pour des jeunes
gens de haute lignée. On les a donc mis au cachot,
mais ce Maletta a voulu commencer tout de suite les
interrogatoires...

— C'est une absurdité! s'exclama Jean de Procida.
Taxiarchos, de son état Pénicrate de Constantinople
(ce qui ne constitue pas un titre de noblesse, la meilleure traduction que l'on pourrait en donner serait
celle de « roi des mendiants »), cet homme est en
tant que tel et en général... (Jean repoussa l'idée qui
venait de lui venir.) ... beaucoup trop intéressant à
nos yeux pour que Maletta passe ses nerfs sur sa personne. Gardes! cria le chancelier, et deux soldats se
précipitèrent aussitôt dans la pièce. Il écrivit quelques lignes sur un parchemin et le scella rapidement.

— Montez immédiatement sur vos chevaux, allez
à la Capitaneria et donnez ceci au commandant. Je
le rends personnellement responsable du sort des
prisonniers. Que rien ne leur arrive, et que nul n'ait
plus accès à leur cachot, même messire le chambellan. Il en répond sur sa tête!

— Pourquoi ne les faites-vous pas libérer?
demanda Sigbert tandis que les gardes s'éloignaient
à grands pas.

— Qu'ils mijotent tranquillement jusqu'à ce que je
sache de quoi il retourne. Je veux les interroger moi-
même.

— Mais ce sont peut-être effectivement de dangereux criminels?

— Dans ce cas, ils pendront au bout d'une corde,
assura le chancelier. Mais je m'imagine que, dans un
pareil cas, un vieux renard comme ce Taxiarchos ne
voyagerait pas dans un navire du Temple dont la
propriété est contestée et n'ancrerait pas à côté de la

galère du grand maître. En outre, Alekos, le Grec, est un Palermitain de longue date, et un homme de confiance du Temple.

— Et les trois Occitans ?

— S'ils sont innocents, nous compenserons leur captivité en leur offrant des places d'honneur à la table du roi !

— Dans ce cas, allons vite au port, et faisons en sorte que justice soit rendue à tous.

— J'ai pour l'heure rendez-vous avec le roi, mais n'ayez crainte, valeureux Sigbert. Allez-y, ouvrez vos yeux et vos oreilles chaque fois que vous pourrez apprendre quelque chose sur Roç et sur Yeza. Ils doivent être assis à notre table le jour du couronnement. Et vous aussi, bien entendu, commandeur, ne serait-ce qu'en tant que représentant bienvenu de l'ordre des Chevaliers teutoniques !

Dans les profondeurs de la Kalsa

La Kalsa avait été, jadis, le bastion formant l'angle sud-est de l'ancienne muraille de la ville. Elle datait de la domination arabe. Ses caves, qui descendaient profondément dans la terre, étaient sans doute encore bâties sur des fondations phéniciennes. Côté mer, les Normands avaient déplacé les murailles et avaient demandé à leurs architectes de jardin sarrasins de transformer en parc la partie qui séparait l'ancienne et la nouvelle muraille. Comme on avait aussi pratiqué une avancée vers le sud, la Kalsa s'était bientôt transformée en un château de conte de fées niché dans un bois de palmiers, jalonné de troncs minces et de plantes grimpantes fleuries, irrigué par de petits ruisseaux coulant dans des canaux de marbre et éclatant en jets d'eau lorsqu'ils se croisaient. Ce jardin, que la famille royale réservait à ses promenades, n'avait pas besoin de volière : il attirait les oiseaux comme par magie, mouettes venues de la mer, hirondelles et pigeons qui nichaient dans les murs rongés par les intempéries. Les Hohenstaufen y mettaient aussi leurs faucons. Une partie des salles de garde, dans l'ancienne muraille toute proche, ne servait plus que de quartiers aux oiseaux et aux fauconniers.

On n'habitait plus guère le bâtiment à plusieurs étages. Dans les caves humides, situées bien en dessous du niveau de la mer, se trouvaient les cachots des prisonniers politiques, ceux qui subissaient, disait-on, de « pénibles » interrogatoires dont on entendait parfois l'écho, malgré les murs épais, jusque dans les anciens appartements. C'était souvent aussi dans ses profondeurs que l'on exécutait secrètement les verdicts. Rien n'avait jamais confirmé la rumeur, mais cela ne donnait guère envie de venir se reposer en ces lieux.

L'ancienne muraille de la ville dissimulait un tunnel qui descendait jusqu'en dessous de l'église Santa Maria della Catena, et jusqu'à la Capitaneria voisine. Il servait d'accès au royaume souterrain des cachots. Lorsqu'on disait de quelqu'un qu'il allait à la Kalsa, on ne s'attendait pas à le voir revenir.

L'unique issue, bien dissimulée, menait directement dans la mer, par une grotte peuplée de grasses murènes. Pourtant, les pêcheurs faisaient un grand détour avec leurs bateaux, évitant les rochers qui entouraient la caverne.

La Kalsa passait pour un lieu maudit, un séjour idéal pour les elfes et les fées des forêts clairsemées de lauriers-roses. Entre les papyrus et les nénuphars des bassins d'ornement, les buissons de rosiers qui descendaient en grappes depuis les balustrades des terrasses, l'ancien promontoire où l'on alignait les catapultes, et dans les profondeurs moites et ténébreuses, vivait un peuple de lémuriens, de gnomes livides, de géants abêtis, de bourreaux et de valets que nul ne voyait jamais : eux-mêmes étaient prisonniers de ces geôles, et on leur faisait descendre leur nourriture par les grilles. Mais dans les périodes de grande affluence, par exemple pour les noces royales, les baptêmes et, bien entendu, les couronnements eux-mêmes, les services du grand chambellan étaient forcés de réutiliser les étages supérieurs pour abriter les invités, qui n'en étaient pas toujours ravis.

— Maletta devrait essayer lui-même, une nuit, s'il parvient à fermer l'œil ici, pestait Oberto Pallavicini, puissant prince de l'empire et gouverneur de toutes les terres féodales cisalpines de l'Empire allemand, y compris les villes insurgées de la Ligue lombarde et l'infidèle Florence. Le soir, reprit-il, les hirondelles gazouillent, on dit qu'elles ne se couchent jamais. Et au petit matin, ce sont les mouettes qui se mettent à crier. Ensuite, ce sont les effroyables pigeons, avec leurs piaillements et leurs roucoulades.

— Mais qu'est-ce que vous reprochez à ce château ? Les salles sont hautes et claires, les lits pourvus de tapis précieux et de coussins de soie, de l'eau fraîche est à notre disposition dans les cruches et les bassins, des pétales de roses y nagent, la lavande et la myrrhe parfument les garde-robes, et les serviteurs devancent le moindre de vos désirs.

Galvano di Lancia, plus âgé que le gouverneur, regardait, l'air maussade, son ami mécontent.

— Je pensais, dit-il encore, que vous seriez heureux de profiter de la tranquillité de ces lieux, pour ces quelques heures de liberté que nous laissent le service de l'empire et l'occasion qui nous amène ici. Nous sommes loin de l'agitation du palais, des cris et de la liesse, des roulements de tambours et de timbales, sans parler des fanfares.

— Les geckos rampent sur les murs, des cigales cachées grésillent...

— Ah, vous craignez la solitude ? (L'idée amusait le prince de Salerne, bâti comme une armoire.) Vous devinez, dans la fuite de ces lézards inoffensifs, l'ombre du meurtrier invisible, et, lorsque le crissement de la cigale se tait, vous avez tellement peur que votre cœur s'arrête... À propos, que devient votre vieil ennemi Ezzelino ?

— Je sais, répondit Oberto, furieux. Je dois me

débarrasser enfin du tyran de Vérone avant qu'il ne me tue !

— Ou qu'il ne vous empêche définitivement de dormir. Ici, vous êtes en sécurité, mes appartements se trouvent juste à côté des vôtres, et ma garde personnelle capturera tout gecko et tout grillon qui oserait troubler votre repos.

— Je suis parvenu à faire passer Sienne de notre côté, raconta Oberto, pour éviter de nouvelles piques. Cela m'a coûté...

— C'est nous qui avons avancé l'argent à Brancaleone, compléta Lancia. Le sénateur, qui a repris le pouvoir à Rome, vous adresse d'ailleurs ses salutations les plus cordiales. Le pape s'est réfugié à Viterbe.

— Mais son cardinal Octavien degli Ubaldini attise Florence contre nous.

— Au nord du *Patrimonium Petri* débute votre territoire, lui rappela le prince de Salerne. Abattez donc cette truie !

Lancia pouvait parler ! Lui se trouvait au sud, c'est-à-dire sur les terres incontestées des Hohenstaufen. Il n'avait pas à se débattre avec deux bonnes douzaines de villes-républiques qui, à peine les avait-il « pacifiées » et leur tournait-il le dos, couraient de nouveau dans le camp du pape, son adversaire.

— Plus facile à dire qu'à faire..., commença Oberto Pallavicini, bien décidé à reprendre son lamento, lorsqu'on annonça le chambellan à ces messieurs.

— Mon chef, Maletta ! le salua cordialement Lancia en lui posant ses deux grosses pattes sur les épaules, si fort que le chambellan courba un peu les genoux. Notre ami Oberto est ravi par votre idée admirable de lui avoir proposé ces superbes quartiers et leur parc.

Le chambellan se contenta d'afficher un sourire tourmenté avant de gonfler sa poitrine malingre.

— Je viens juste de réussir à confondre cet assassin grec que l'on avait capturé. J'ai à présent la preuve en main : du poison !

Le chambellan était hors d'haleine. Il avait gravi en courant les nombreuses marches abruptes qui montaient des geôles de la Kalsa, pour annoncer sa victoire aux deux grands seigneurs.

— Nous avons trouvé sur lui une petite boîte contenant une étrange bouillie, composée d'essences inodores et de sable fin.

— Et qu'est-ce qui vous fait croire, gronda Lancia, amusé, derrière sa barbe, qu'il s'agit d'un poison destiné à un meurtre ? Qui donc avale du sable ?

— Le chien du geôlier a simplement reniflé le flacon, triompha Maletta, et cela lui a suffi pour perdre connaissance !

— Ce cabot était fatigué ! s'exclama Oberto Pallavicini.

— Mais il ne s'est pas réveillé ! Son cœur nc bat plus.

— Le grand âge. Quand on passe une vie de chien dans les cachots, la moindre émotion suffit. Le cœur fidèle d'un molosse a cessé de battre. Comment son maître a-t-il pris la chose ? Les bourreaux aussi ont un cœur, qu'ils réservent aux grands chiens féroces !

Maletta se mordit les lèvres. Expliquer à ces deux moqueurs le danger mortel dans lequel s'était trouvé le royaume, quelques jours seulement avant le couronnement, n'avait aucun sens. Mais il le savait : Jean de Procida ne le féliciterait pas, lui non plus. À sa manière sarcastique, il l'interrogerait comme s'il était lui-même le meurtrier en puissance. Il en était certain depuis qu'il avait vu la garde du palais l'interrompre irrespectueusement en plein milieu de son interrogatoire et le chasser brutalement du cachot en criant : « Ordre du chancelier ! » Et ils avaient aussi emporté la lettre qu'il avait trouvée sur le coupable, aussi bien cachée que cette dose de produit diabolique ! Mais ils n'avaient pas pris le flacon ! C'était sa preuve ! Cela vaudrait la corde au Grec et à ses sbires, après le couronnement ! Si cela n'avait

tenu qu'à lui, il leur aurait déjà réglé leur compte et
les aurait tous fait étrangler dans leur geôle. Le bourreau était lui aussi partisan de cette solution, il
tenait déjà le nœud coulant à la main. Mais l'interdiction avait été prononcée, et la transgresser pouvait bien faire tomber une tête — sinon la sienne, du
moins celle du bourreau. Le chambellan lui-même
n'était pas capable de commettre un tel acte. Il lui
fallait donc attendre et, d'ici au procès, trouver
quelqu'un qui connaisse ce genre de poisons. Il se
rappela ce Kefir Alhakim, un homme que le chancelier, particulièrement sourcilleux sur ce point, avait
banni sur une île pour « exercice illicite de la médecine ». Celui-là s'y connaissait même en champignons vénéneux au poison totalement incolore. Mais
le nom de cette île ne revint pas au chambellan.

— Puis-je vous présenter un ami qui m'est aussi
précieux qu'un frère ?
C'est en ces termes que Manfred reçut son chancelier à la Capella Palatina, au premier étage du château normand :
— Bien que je sois beaucoup plus jeune en
nombre d'années, je suis son oncle, poursuivit-il, de
fort bonne humeur, ce qui a une certaine saveur,
puisque l'émir est un adepte du prophète, un musulman pratiquant... (Il éclata d'un rire léger.) Si le
pape savait cela, en plus du reste !
— Je suppose qu'il est au courant, répondit Jean
de Procida du même ton insouciant, et il regarda
avec une sympathie immédiate ce prince musulman
auquel il donnait une bonne quarantaine d'années.
Ce fils du désert, dont les yeux sombres et vifs le
frappèrent plus que le nez crochu et tranchant, sourit et s'inclina devant le chancelier.
— Malheureusement, mon rapport de parenté
avec les Hohenstaufen s'est établi sans lien direct du
sang, si bien que je ne dois le titre de chevalier qu'à
la bonté de Frédéric, un empereur que je vénérais. Et
encore ce geste était-il surtout l'expression de la

profonde amitié que le grand Hohenstaufen entretenait avec mon illustre père, ajouta-t-il, modeste et fier à la fois.

— Laissez-moi le temps de vérifier mes connaissances ! demanda le chancelier. C'est l'une de vos sœurs...

— Une demi-sœur..., corrigea l'émir, auquel ces explications étaient désagréables.

— ... qui servait de suivante à la toute jeune Yolanda, lors de la nuit de noces de Brindisi.

— Et qui servit à mon père de succédané pour les joies qui ne lui avaient pas été accordées dans le lit de noces.

— Il n'y a rien à dire de plus à ce sujet.

L'invité venu d'Orient aurait aimé clore le débat, mais son hôte manquait de finesse.

— Votre mère était une chrétienne ? s'enquit Manfred, et l'émir n'eut d'autre choix que de hocher la tête. Comment est-elle arrivée au harem du grand vizir, votre père Fakr ed-Din ?

La mise en cause de son père allait vraiment trop loin pour son fils.

— Elle avait été achetée à bon prix sur le marché aux esclaves, après ce que l'on avait appelé la « croisade des enfants ». À cette époque, en Occident, on ne trouvait plus de chevaliers pour combattre au nom de la croix, et les parents ont toléré que les enfants aillent se battre à leur place, en les couvrant de honte. Cette infamie a souillé toute la chrétienté ! conclut-il, passablement énervé.

Manfred comprit enfin qu'il avait profondément offensé l'invité qu'il avait appelé « son ami ».

— Un harem, fit-il pour tenter de l'apaiser, présente au moins l'avantage d'offrir à tous une naissance légitime. Sous cet angle, nous devons à cette institution le grand plaisir et l'honneur, plus grand encore, de pouvoir vous saluer aujourd'hui, Faucon rouge, comme ambassadeur du sultan à notre fête !

— Je dois vous décevoir, mon précieux oncle, répondit l'émir. Ma position au Caire n'est pas celle de mon père. Ali est encore un gamin, entouré de généraux mamelouks qui lorgnent sur le trône. Si j'ai pu m'éclipser, c'est uniquement parce que, avant de partir, j'ai noué une solide amitié entre le fils de mon pire ennemi, Baibars, et le jeune sultan. Ainsi, le père est forcé de veiller sur le bien-être de ces deux enfants. Quant à moi, j'ai pu venir secrètement ici pour rendre hommage au fils de Frédéric, non pas sous l'identité de l'ambassadeur Fassr ed-Din Octay, mais sous celle de Constance de Sélinonte. Je ne pourrai rester plus d'une journée après votre couronnement. Si mes adversaires remarquent que je m'absente longtemps du pays, une révolution de palais éclatera au Caire. À l'invitation du grand maître, je rentrerai sur l'un des voiliers rapides des Templiers, qui ont libre accès aux ports égyptiens.

Manfred s'était installé sur le trône royal des Normands, un siège en marbre orné de mosaïques byzantines. Son agacement se lisait sur son visage.

— Si vous tenez à ce que votre anonymat soit préservé, cela va poser des problèmes de protocole. (Le chancelier toussota, perplexe.) L'envoyé du sultan a droit à une place d'honneur à la table du roi. Mais que pouvons-nous faire avec un inconnu répondant au nom de « Constance de Sélinonte » ?

— Si je ne suis pas bienvenu ici en tant que personne, répondit Faucon rouge en s'adressant directement à Manfred, qui se recroquevilla sur son trône, je saurai bien mieux utiliser mon temps et mon énergie. Thomas Bérard m'avait proposé de rentrer aujourd'hui à Alexandrie à bord de *L'Atalante*. J'avais refusé pour vous rendre honneur. Vous pouvez vous demander si vous le méritez...

L'émir laissa son regard glisser une dernière fois sur ces lieux où il avait laissé tant de précieux souvenirs. Ici, il s'était agenouillé devant l'empereur. Et c'est son fils « naturel » qui trônait à présent sur ce siège, incapable de trouver une réponse digne de cet homme.

— Permettez-moi de me retirer, demanda Faucon

rouge à Jean de Procida. Je voudrais pouvoir embarquer avant que le navire ne quitte le port.

Le chancelier accompagna Constance jusqu'à la porte. Il ne trouva rien de mieux à dire que : « Je suis désolé. »

— Ces mamelouks ne comprennent pas la plaisanterie ! grogna le roi en voyant revenir son chancelier, pensif. Son père, le vizir, venait du Kurdistan.

— Hum..., répondit à peine Jean de Procida.

— Avant que Faucon rouge ne s'élance pour nous rejoindre en franchissant la mer, il a mis sa femme en sécurité à Damas. Et précisément chez Clarion de Salente, la favorite du sultan ayyubide, An-Nasir, qui est, c'est amusant, cette fille de la sœur...

— Très amusant, en effet ! laissa échapper le chancelier, ce que Manfred prit très mal.

— J'attends de mon chancelier qu'il adapte son humeur à la mienne, Jean de Procida ! Libre à vous de vous sentir mal à l'aise, mais vous n'avez pas à me le montrer. Alors riez, je vous en prie. Je suis capable de faire la tête tout seul !

— Je pense plutôt à la couronne.

— Et moi, je pense à la femme de l'émir. On dit que c'est une superbe monture ?

— C'est une princesse des *Saratz*, une tribu de Sarrasins qui s'est retrouvée dans les Alpes au cours de la conquête de l'Apulie.

— Je sais. Ils s'y sont installés et, depuis, surveillent pour le compte de l'empereur les cols du royaume septentrional des Allemands. Ils n'ont sans doute pas encore appris que leur seigneur a depuis longtemps quitté ce monde.

— « Il vit et ne vit pas ! » rétorqua sèchement Jean en citant le mot bien connu de la Sibylle.

— Très amusant ! commenta Manfred en se redressant dans son trône de marbre. J'ai entendu dire que le Grec interpellé portait sur lui une autre lettre de Guillaume de Rubrouck et que vous la lui avez confisquée.

— C'est exact, confirma le chancelier.

— Comptez-vous m'en dissimuler le contenu ?

— Je ne l'ai pas lue moi-même !

— Eh bien dans ce cas, ne nous privons pas de ce plaisir et allons découvrir ensemble le dernier rapport en date de ce joyeux frère de saint François. Je propose d'ailleurs que nous quittions ce sombre lieu et que nous nous rendions en haut, dans les appartements plus gais de mes ancêtres normands. Ils sont clairs et chassent les sombres pensées.

Sur ces mots, il se leva et quitta la salle. Son chancelier le suivit.

Celui qui se permettait de qualifier de « lieu sombre » ce qui constituait sans doute la plus belle chapelle privée du monde n'était encore jamais descendu dans les profondeurs de la Kalsa. On ne trouvait qu'à Paris une rivale sérieuse de cette maison de Dieu : la Sainte-Chapelle, que le pieux roi Louis s'était fait construire dans un style moderne, rappelant les cathédrales. Ce n'était certainement pas pour apaiser sa conscience effroyablement juste, mais pour atteindre enfin à la sainteté. Qui sait, peut-être cette œuvre d'art en filigrane dont tous vantaient les fenêtres de verre coloré cachait-elle elle aussi les horreurs de supplices qui se déroulaient discrètement, dans son sous-sol.

Manfred n'avait effectivement jamais visité les cachots dans lesquels il laissait dépérir ses ennemis. De l'eau coulait des murs, goutte à goutte. On ne pouvait que l'entendre : dans la nuit profonde qui y régnait à tout jamais, on ne discernait pas ce genre de détails. Des grappes de mousse s'étaient pourtant formées sur les pierres de granit grossièrement taillées, où elles pendaient comme des barbes visqueuses. L'œuvre du diable, assurément ! Si son royaume ne commençait pas dès que l'on était entré dans la galerie, près de Santa Maria della Catena, c'était du moins l'antichambre de l'enfer.

C'est dans ce trou obscur que l'on avait installé les trois malheureux chevaliers venus du Languedoc, pour qu'ils attendent avec leur chef, Taxiarchos, la peine qu'ils avaient bien méritée. Ils ne voyaient rien, eux non plus, et pouvaient tout juste entendre le cliquetis des chaînes qui leur pesaient aux mains et aux pieds.

La voûte centrale, une citerne désaffectée de l'époque romaine, donnait sur des réduits qui se ramifiaient en forme d'étoiles, chacun fermé par une grille. Ils avaient pu le deviner à la lumière des torches de leurs gardiens.

— Le fait que l'on nous ait enchaînés tous les trois dans la première cellule, songeait Mas, ne peut qu'annoncer un procès rapide. La liberté ou la potence !

Le dernier mot qu'il avait prononcé ne manqua pas son effet. Pons fut secoué par un petit sanglot.

— Le Pénicrate, ce Grec criminel et tellement dangereux que messire Maletta a déjà convaincu de tentatives d'empoisonnement, est en revanche enfermé tout seul, continua Mas à voix haute, comme pour apaiser son angoisse.

— Ce qui signifie seulement que ses tortures dureront un peu plus longtemps, intervint Raoul dans le seul dessein de soulager la rage que lui inspirait le Pénicrate, auquel ils devaient de s'être retrouvés dans cette situation. Sans aucun espoir de quitter ce lieu autrement que les pieds devant. À moins qu'on ne le traîne à travers les grottes et qu'on ne le donne en pitance aux murènes !

Ils restèrent aux aguets, attendant une indication de leur chef, mais il se tut, et cette image effroyable disparut d'elle-même. Pons se mit à geindre dans la pénombre.

— Reprenez-vous ! ordonna enfin la voix qu'il attendait. Quelqu'un a posé au-dessus de nous sa main protectrice. Sans cela, nous flotterions dans la mer depuis longtemps, après avoir été étouffés.

— C'est ce que nous ont prédit les valets, sanglota Pons. Juste comme ça !

— Les valets ! se moqua Mas. Nous sommes des

seigneurs, et seuls des seigneurs peuvent nous exécuter !

— C'est ta manière de siffler dans les caves sombres, ricana Raoul. Mais tu ne siffles pas bien fort !

— Tu fais dans tes chausses ! cria Mas en secouant ses chaînes. Je le sens jusqu'ici. À l'aide ! La puanteur m'étouffe !

— Silence ! hurla Taxiarchos. Je vous ordonne de fermer vos gueules, tous les trois. Et toi, Pons, arrête de couiner !

Ces mots produisirent leur effet. Nulle part l'être humain n'a plus besoin d'autorité que lorsqu'il se retrouve jusqu'au cou dans la merde. Le silence s'instaura donc de nouveau et ils entendirent tous des pas s'approcher d'eux, venant du haut par un escalier de pierre. Puis ils aperçurent l'éclat d'une torche. Pons l'observa à s'en exorbiter les yeux. Du revers de la main, il essuya les larmes sur son visage en s'écorchant les joues avec ses menottes. À la lumière de la torche que des gardiens tenaient respectueusement pour éclairer le chemin sur la pierre glissante, ils virent apparaître le guépard, qui reniflait et tirait sa jeune maîtresse avec une telle vigueur qu'elle avait toutes les peines du monde à ne pas dévaler l'escalier.

— *Dir balak ya Immà !* ordonna la voix enfantine. Je ne veux pas me retrouver dans la crotte.

Un gardien passa sa torche derrière la grille, dont l'ombre stria les visages des prisonniers.

— Ce sont ceux que vous voulez ?

Les yeux de Constance brillaient autant que ceux de son félin.

— C'est lui, dit-elle en désignant Raoul, qui a porté son regard sur moi avec tant d'insolence !

La terreur manqua faire tomber Pons en syncope, tandis que Mas bouillait de jalousie et que Raoul souriait sans la moindre honte à la lumière vacillante.

— Détachez-le ! ordonna-t-elle aux gardiens effarés, pour qu'il puisse m'embrasser !

Les gardes en eurent à leur tour le souffle coupé. L'un d'eux finit tout de même par se reprendre et par répondre :

— Majesté, nous n'en avons pas le droit! Cela nous coûtera notre tête.

Un violent coup de cravache, celle qui assurait d'ordinaire l'obéissance d'Immà, s'abattit sur le visage du garde.

— Je propose que vous me fassiez couper la tête, princesse, fit Raoul. On aura ainsi respecté les consignes, et vous pourrez satisfaire à votre désir!

— Non! gémit le gardien-chef. Ne réclamez pas cela de nous, je vous en prie!

Constance regardait fixement à travers la grille, sans broncher.

— Votre proposition n'est ni appétissante ni particulièrement originale, messire, vous l'avez trouvée dans la Bible. Comme c'est ordinaire! ajouta-t-elle en se détournant. J'ai perdu l'envie de vos lèvres. Une bonne chose, qu'il y ait des grilles ici!

Elle fit un signe aux gardiens qui l'attendaient, soulagés, tira Immà derrière elle et repartit à la lueur des torches. On ne distinguait plus ses pas de ceux des gardiens. Seul le cliquetis des griffes du guépard était encore audible.

— Espèce de chacal débile! marmonna Mas dans la pénombre, à l'intention de Raoul.

LE GOLGOTHA DÉMANTELÉ ET PILLÉ

Sur la plage d'Ustica, les maîtres et l'équipage du voilier s'étaient rassemblés autour de Jakov, le charpentier. Dans le sable du rivage, qui montait en pente douce, on avait soigneusement disposé, à l'horizontale, les personnages du Golgotha : la croix de Jésus de Nazareth et du larron de droite — nul ne remarqua que l'autre et sa croix étaient absents —, la Vierge Marie, Madeleine et les autres femmes, à droite et à gauche, puis Joseph et les bourreaux.

Les légionnaires romains étaient disposés de part et d'autre du butin.

Comme des chasseurs allant observer leur tableau, le Hafside, le Doge et Gosset les passèrent en revue avant d'indiquer à Jakov de commencer son ouvrage. Une timidité compréhensible lui fit, dans un premier temps, épargner les femmes. Il commença par s'attaquer à son ami et patron, Joseph. Avec les précautions d'un chirurgien, il lui ôta les bras et les jambes avant de lui scier la tête. À l'aide des piques de quelques hallebardes, ce menuisier doué fit sortir de sa cage thoracique, les uns après les autres, des sacs pleins de pièces tintantes. Mais ses crochets n'atteignaient pas la profondeur du ventre creux. Quatre Maures soulevèrent le torse, le mirent sur la tête, si l'on peut dire, et le secouèrent jusqu'à ce que la dernière barre d'or soit tombée dans le sable de lave noir. Alors, Jakov déboucha les membres du saint et en fit sortir de petits sacs de cuir remplis de joyaux.

Roç et Yeza, mais aussi Gosset, surveillèrent le Doge du coin de l'œil pendant toute l'opération. À cet instant au plus tard, messire Georges comprit qu'il avait vendu le siège des Templiers à Rhedae bien au-dessous de son prix, qu'il l'avait même bradé. Mais Morosin joua le mécène uniquement soucieux de la conservation des œuvres d'art religieux, s'exclamant tantôt : « Doucement ! » ou « Attention ! », tantôt « Par le diable ! » ou « Honte ! Honte à la chrétienté ! ».

Cela ne l'empêchait pas de loucher intensément sur le moindre petit sac. Gosset l'observait. Il comprit le but de ses simagrées en remarquant un sourire du Hafside, qui appréciait manifestement la prestation de comédien de son compagnon. Ces deux-là s'étaient mis d'accord depuis longtemps — comment aurait-il pu en être autrement ? Cela signifiait qu'il devait rester sur ses gardes s'il ne voulait pas être le dindon de la farce.

Roç et Yeza trouvèrent certes que le Doge en faisait trop. Eux aussi auraient compris tôt ou tard ce qui se déroulait réellement sous leurs yeux. Mais le Hafside lui-même mit un terme à cette représentation, en promettant d'une voix posée au Doge la « part de l'inventeur », au moins sur son propre pourcentage. Georges Morosin put donc enfin se réjouir en contemplant le butin qui s'amassait devant lui.

Le marchand d'esclaves ordonna à ses Maures de creuser une cuvette dans le sable, au-dessus de la dune, là où les vagues n'arrivaient jamais, et d'y amasser tous les trésors. La procédure choisie par Jakov assommait tout le monde : il ouvrait les sculptures avec d'infinies précautions, pour que l'on puisse ensuite les reconstituer sans que rien laisse deviner ce qu'elles avaient subi. Mais Jakov avait une telle autorité que nul ne songea sérieusement à protester.

— Cela peut durer plusieurs jours, constata tout de même le Hafside. Je m'étais dit...

— Dieu nous guide, répliqua le Doge avant d'ajouter à l'attention de Gosset : Vous avez bien entendu Beni le Matou nous dire que le couronnement de Manfred est imminent. Le couple royal doit-il arriver les mains vides à Palerme, à peu près au même moment ?

Comme Gosset prenait le temps de la réflexion, c'est Roç qui répondit :

— N'avons-nous pas de l'or et des bijoux en abondance ?

— Cela ne fera qu'attiser les convoitises, objecta Gosset.

— Et puis c'est vulgaire, ce n'est pas digne de nous, ajouta Yeza, ce qui plut beaucoup au Doge.

— Mis à part l'inestimable mérite qu'il y a eu à préserver des œuvres d'art sacré d'une disparition certaine et à entretenir le souvenir du messire de Rhedae, poursuivit celui-ci, les sculptures éventrées n'ont aucune valeur pour le couple royal. Au bout du compte, elles constituent même une charge pour lui.

— C'est faux ! dit Roç.

— C'est exact ! rétorqua Yeza. Je ne tiens pas à les avoir sur le dos en permanence.

— Mais nous voulions les emporter à Jérusalem...

— Avons-nous jamais suivi le chemin dont nous pensions qu'il serait celui de notre prochaine étape ?

— Parlons-en, justement ! reprit le Doge au vol. Votre prochaine étape, c'est la visite de la Sicile. Le digne cadeau que vous offrirez à Manfred sera cet admirable groupe du Golgotha, il ne pourra le refuser sans dresser encore plus violemment contre lui la sainte Église romaine. Un chef-d'œuvre de la sculpture sur bois occidentale, venu du Languedoc, un exemple de piété profonde et de foi ardente. On pense que Xavier d'Urgel le Jeune est le créateur de ces somptueuses figures.

— Somptueuses ? Mais elles sont nues ! intervint alors Kefir Alhakim. (Le gouverneur s'était discrètement glissé dans le cercle avec son éventeur.) Je vais vous les habiller, moi, avec une pompe et un raffinement qui vous vaudront même l'admiration du roi Manfred. Vous n'avez qu'à me fournir le tissu, et je vous...

— J'ai à bord des caisses pleines de velours et de brocart, de soie et de damassé, annonça le Hafside avant de renvoyer sèchement le tailleur : Mais nous n'avons pas encore besoin de vous ici pour vous en occuper.

Les Maures avaient remarqué le regard agacé d'Abdal et avaient repoussé Kefir Alhakim avant que ce malin ait pu comprendre ce qui se passait réellement sur la plage.

— Attendez qu'on vous appelle, si vous le voulez bien !

La mine offensée, le gouverneur aux ciseaux agiles repartit avec son héraut.

— L'idée n'est pas mauvaise ! s'exclama le Hafside derrière lui. Mais rien n'indiqua que Kefir Alhakim avait entendu ces quelques mots de réconfort.

— Elle est du plus mauvais goût ! protesta Yeza.

— Mais elle augmente la valeur de nos saints, la

contredit aussitôt Roç, et elle plaira certainement au peuple de Sicile !

— Les tissus seront ma contribution au cadeau du roi ! annonça pour finir le marchand d'esclaves. On ne sait jamais...

— Excellente idée ! trancha le Doge. Chaque année, la population célébrera par une procession l'arrivée des saints sur son île, et Manfred pourra se vanter d'avoir offert ce trésor à l'Église. Il devrait vous en être éternellement reconnaissant !

Pendant toute la discussion, maître Jakov avait poursuivi son ouvrage. Mais il devenait évident qu'il ne parviendrait pas à démembrer, à vider et à reconstituer plus de deux ou trois personnages par jour. Et il n'admettait même pas qu'un spécialiste comme le menuisier de bord du Hafside pose la main sur « ses » saints.

Les Maures n'étaient autorisés qu'à vider les personnages et à porter les trésors vers la fosse. Le Hafside observait en secouant la tête le travail de cette réincarnation du charpentier. Jakov traitait comme une relique la tête en bois de Joseph. Il l'avait déposée dans un sac, y avait ajouté des herbes (une simple plante des sables, pensa le Hafside). Les fleurs que cet étrange prophète arrachait avec leurs racines étaient elles aussi tout à fait ordinaires. Jakov traînait son sac partout avec lui, comme une mère porte son enfant en langes, il ne le quittait jamais des yeux. Pour ne pas heurter sa sensibilité, nul n'osa prendre le sac ni même y jeter un regard. Tous s'habituèrent peu à peu à cette espèce de manie.

— Bien, annonça Gosset après avoir discuté un instant à voix basse avec Roç et Yeza. Le couple royal est d'accord !

— Le groupe du Golgotha, une fois reconstitué, sera offert au roi Manfred !

— Dans ce cas, nous pouvons à présent parler de la partie commerciale de cette opération ? lança le Doge.

— La répartition est réglée, mon cher ami et Templier, l'informa aussitôt le Hafside. Mais une fois que nous aurons apaisé la mauvaise conscience de notre cabaliste menuisier, je ne suis pas disposé à ce que nous perdions encore plusieurs journées à décompter l'argent, à peser chaque barre, à calculer sa teneur en or et à discuter la valeur de chaque pierre.

Entendre des mots pareils dans la bouche d'un marchand d'esclaves étonna toute l'assistance, à l'exception du Doge.

— Que proposez-vous ? demanda Gosset.

— Il sera réparti selon son poids et son volume ! répondit le Doge.

— Tout à fait ! reprit le Hafside. Pendant que nous démonterons les figures, nous ferons fabriquer des caisses. Et c'est mon menuisier qui s'en chargera ! ajouta-t-il. Il en fabriquera une correspondant à la part de chaque ayant droit.

— Le couple royal en aura besoin de deux, déclara Yeza à la stupéfaction de tous, Roç compris. Non seulement parce que le poids qui nous revient est plus important, mais parce que messire Roç Trencavel et moi-même ferons caisse séparée.

Roç regarda sa dame avec étonnement. Mais elle avait parlé d'une voix tellement tranchante qu'il supposa que Yeza, comme toujours, savait ce qu'elle faisait.

— J'en demande deux, moi aussi, s'exclama le Doge. Un petit bahut en récompense de mes modestes mérites, et un grand, décoré d'une croix des Templiers, pour que chacun sache à qui il sera destiné !

— Ce n'est que justice, trancha Gosset. Pour ma part, je commande un bahut de marin à double fond, car la Sicile se trouve devant nous, et je ne veux pas faire tomber inutilement des regards cupides sur mes maigres biens.

Le seul à ne pas avoir besoin de coffre supplémentaire, parce qu'il en avait déjà un, était Abdal le Hafside.

— Si les discussions commencent dès que l'on parle des caisses, grogna-t-il, cela prouve à quel point j'avais raison de proposer une répartition rapide. Pour qu'il n'y ait aucun malentendu : les pièces seront distribuées par sacs, on ne comptera que les barres, les joyaux resteront dans leurs sachets de cuir et seront répartis selon leur poids.

— Vendus aux enchères ! proposa Yeza. Le produit de la vente ira à l'équipage.

Comme elle avait fait sa proposition à voix haute, ce qui lui avait valu les applaudissements des Maures, il n'y avait plus rien à objecter.

Le Hafside secoua la tête.

— Je vais à présent envoyer chercher les tissus à bord du navire. Chacun des personnages que messire Jakov laissera partir sera porté au village, afin que son excellence Kefir Alhakim puisse, avec l'aide des femmes, commencer par habiller les saints. Car pour cela non plus, je n'ai pas l'intention d'attendre longtemps.

Personne n'avait remarqué que Jakov avait posé sur son épaule le sac contenant la tête de Joseph et montait la colline qui menait au bourg. Ceux qui le virent finalement pensèrent qu'il comptait rendre visite au gouverneur pour discuter avec lui de l'habillement des personnages. Tous avaient de toute façon beaucoup à faire sur place.

Jakov était triste. Il avait cherché longtemps une cachette digne et adaptée pour la coupe que lui avait confiée Gavin. À présent, il devait s'en séparer au plus vite, parce qu'un quelconque seigneur dépourvu de toute espèce de sensibilité à la proximité du mystère avait décidé de céder les personnages au roi de Sicile. Or ce calice ne pouvait avoir qu'une seule destination : la Jérusalem céleste, sa *Hierosolyma* bien-aimée !

— Comme nous sommes les seuls auxquels on n'a confié aucun travail, plaisanta Georges Morosin, revenons à notre festin à peine entamé et soûlons-nous jusqu'à ce que tout se soit déroulé comme se le figure notre monseigneur Abdal.

— Invitez aussi les hommes de la bourgade, ils ne
dérangeront pas leurs femmes pendant la couture !
ajouta Gosset.

— Le couple royal, déclara Roç, ne désire pas
prendre part à ces libations. Il se retirera sur la montagne jusqu'à ce que vous l'appeliez.

Roç, qui avait adressé ces mots à Gosset sans s'être
préalablement entendu avec Yeza, se garda bien de
diriger son regard vers sa compagne. Celle-ci se vengea :

— Il sera accompagné par Potkaxl et Philippe,
ajouta-t-elle, contrecarrant ainsi les intentions de
Roç, qui voulait la contraindre à une explication et à
une réconciliation en tête à tête. Faites les préparatifs nécessaires ! ordonna-t-elle à ses suivantes et serviteurs. Des provisions pour plusieurs jours !

Elle chargea Mafalda et Geraude de lui préparer,
entre-temps, une garde-robe de fête pour son arrivée
et son séjour à Palerme.

— Faites donc travailler ce tailleur ! ordonna-t-elle
à sa Première dame de cour. Cela vaut aussi pour
vous, Jordi. Je vous charge d'imaginer quel tissu
vous ornera, vous et vos hommes, quels seront vos
bannières, vos pourpoints et vos boucliers. Le Hafside vous donnera tout ce dont vous aurez besoin.

— Et je vais réfléchir, ajouta Gosset, à l'identité
que vous prendrez pour entrer à Palerme, et à l'attitude que vous devrez avoir à l'égard du roi Manfred.

— Nous y entrerons sous l'identité du couple
royal ! grogna Roç, de fort méchante humeur. Et certainement pas en quémandeurs !

— Des couples royaux, il y en aura quelques
autres parmi les invités — ce que nous ne sommes
d'ailleurs pas encore. Et si vous ne voulez pas lui
faire allégeance, qu'avez-vous à lui proposer ?

— Ne compliquez donc pas autant les choses,
Gosset, intervint Yeza. Nous sommes de passage,
nous lui rendons visite, nous lui laissons un cadeau
généreux et nous poursuivons notre route.

— Si la chose était aussi simple, valeureuse reine,
vous pourriez désormais renoncer à mes services.

— Nous ne le voulons pas, répondit sèchement Yeza. Réfléchissez donc à tous les obstacles envisageables, lesquels pourront par la suite être remplacés par d'autres, auxquels nous n'aurons pas songé.

À l'instant précis où ils s'apprêtaient à remonter à la plate-forme où se trouvait leur tente, Beni le Matou vint à leur rencontre.

— Messire mon père est en larmes, s'exclama-t-il d'une voix pleine de reproches. Vous avez récompensé son hospitalité par la méfiance, blessé son honneur de représentant du pouvoir impérial, et surtout méprisé ses services. À présent, c'est la guerre entre nous ! s'exclama-t-il en tournant déjà les talons. Les hommes s'arment. Ils se battront jusqu'à la dernière goutte de sang que vous leur laisserez sur cette île !

Il ne faisait aucun doute qu'il se comptait au nombre de ces guerriers prêts à sacrifier leur existence.

— Mais pas du tout ! s'écria Yeza. Nous accordons toute notre confiance à messire votre père, l'illustre Kefir Alhakim. La meilleure preuve en est qu'il a bien voulu nous tailler des vêtements pour nos saints, selon son bon vouloir de maître artisan, et conformément à son goût raffiné.

— Cela le réjouira certainement, mais cela n'efface pas l'affront d'avoir été grossièrement chassé de la plage, de sa plage ! Une telle insulte ne peut qu'être lavée dans le sang !

Beni montrait ses griffes, moins pour menacer les étrangers que pour étaler sa puissance devant Potkaxl. Le Matou bombait le torse. Yeza laissa à Roç le soin de caresser dans le bon sens les derniers poils encore hérissés.

— L'honneur de Son Excellence le gouverneur impérial d'Ustica, qu'il n'était nullement dans notre intention d'offusquer, sera réparé par une visite du couple royal dans sa résidence, annonça Roç d'une voix cérémonieuse. Vous n'avez qu'à nous montrer le chemin.

— Voilà qui va le rendre fou de joie! s'exclama Beni. Je me dépêche de lui apporter cette joyeuse nouvelle.

— Connaissez-vous ces lieux, là-haut? le retint Roç en désignant la montagne.

— Voulez-vous m'offenser à mon tour? Moi, Kadr ibn Kefir ad-Din Malik Alhakim Benedictus?

— Nullement, jeune seigneur! répondit Roç. Je voulais juste m'assurer que vous nous y mèneriez.

— Voyez-vous cette tour? demanda ce *studiosus* touche-à-tout en désignant la muraille qui s'élevait bien au-dessus du village. C'est là que vous attendra mon père. Ensuite, je me mettrai à votre service, où que vous vouliez poser votre pied majestueux.

— Je m'en réjouis! s'écria Yeza, et elle se mit à rire en voyant Potkaxl suivre des yeux le Matou qui remonta les marches avec souplesse et disparut.

UN PATRIARCHE BIENVEILLANT

Le regard du futur roi se dirigea, par les hautes fenêtres, sur les toits de sa ville. Ceux de la Campanaria de la Martonara (« La Madonna dell Ammiraglio », disaient les gens) dépassaient tous les autres. Juste à côté, à droite, les coupoles de San Cataldo brillaient d'un éclat rosé entre les hauts palmiers. Derrière, la mer étincelante se perdait dans l'horizon. Manfred regrettait de ne pas avoir aussi vue sur la petite église San Giovanni degli Eremiti. Il l'aimait, cette ancienne mosquée avec son jardin enchanté au milieu d'un calvaire, plus encore que la plupart des chefs-d'œuvre de l'art jardinier arabe qui peuplaient son château. Mais pour contempler ce petit trésor, il lui aurait fallu se lever.

Or le jeune seigneur était couché sur un divan de marbre frais, sa belle tête aux boucles blondes reposant sur son coude. Il regardait son chancelier qui arpentait la salle claire à grands pas tout en lui lisant la lettre de Guillaume de Rubrouck. Celle-ci était en fait, une fois de plus, adressée « au couple royal, Roç et Yeza », mais, puisque l'on avait de toute façon déjà rompu le sceau en enquêtant sur l'homme qui la portait, le roi et son chancelier avaient oublié tout scrupule. D'ailleurs, pour être honnête, ils n'en avaient ni l'un ni l'autre. Le terme même leur était étranger, et ils se seraient plutôt étonnés de ne pas utiliser pareille source, d'autant plus que la dernière lettre du franciscain, qui contenait des allusions à une haute trahison et à un régicide, abordait des questions touchant à la sécurité de l'État.

« Je passe ainsi mes journées dans la belle Antioche, de préférence à la table du prince. Bo m'apprécie aussi comme adversaire à un jeu de damier auquel il s'adonne fréquemment, non point parce que je n'ai guère de chance aux dés, mais parce que, même dans une situation désespérée, je double la mise avec fureur et irréflexion, promettant de gros gains à celui auquel sourit la fortune.

Son service du Trésor me le permet : je suis enregistré chez ce brave Bo comme ambassadeur spécial du grand khan et légat du roi de France. Je ne m'ôte cependant pas le soupçon que Bohémond a parfaitement compris quelle était ma véritable situation et ne me nourrit si généreusement qu'au nom de sa vieille amitié avec toi-même, mon noble chevalier Roç, et avec toi, ma dame avisée. Je lui ai dit que je me trouvais en réalité en route pour rejoindre mes royaux seigneurs, et j'ai dû constamment lui raconter vos aventures. Tel est désormais mon dilemme. Aujourd'hui, il apprécie tellement ma compagnie qu'il paraît de moins en moins disposé à me payer la suite du voyage. Et je ne souhaite pas le lui mendier. Un seul souci m'afflige : le chapitre de mon Ordre, qui tient justement congrès à Tripoli, pourrait s'intéresser au cas de frère Guillaume, qui manque depuis déjà si longtemps à l'appel de l'*Ordo Fratrum Minorum*. C'est la raison pour laquelle j'ai demandé au prince que soit respecté mon anonymat. Je ne me montre pas en public. Cela m'évite aussi de me faire attraper par Xenia, car "mon épouse" se donne certainement beaucoup plus de mal que moi pour assurer la subsistance de la petite Amàl et de Shams. Il est vrai que les enfants ne sont pas le fruit de ma semence, mais ils ne sont pas sortis non plus du ventre de Xenia, autant qu'elle puisse les chérir... »

— Vous pouvez peut-être survoler la vie amoureuse inaccomplie du moine, mon cher Jean, suggéra le jeune souverain en interrompant le chancelier.

— Je peux aussi totalement arrêter ma lecture, répliqua celui-ci, agacé. Cette perspective ne lui aurait certainement pas déplu, elle lui aurait épargné quelques dizaines de minutes de fatigue supplémentaire. Mais Manfred ne céda pas.

— J'ai dit « survoler », gardez-en l'essentiel, les allusions qui pourraient nous concerner, et puis ce qui se trouve entre les lignes. Évaluer les arrière-pensées avant même qu'elles ne soient pensées, voilà ce qui caractérise le diplomate.

— Je préfère ne pas voler du tout, grogna Jean de Procida, et picorer comme un pigeon tant qu'un faucon comme vous tourne au-dessus de moi.

— Eh bien continuez à sautiller entre les grains que nous lance Guillaume.

« C'est moi qui, devant les ruines fumantes d'Alamut, ai pressé l'imam nouveau-né des Ismaéliens contre la poitrine de Xenia, pour qu'elle l'élève et m'élève du même coup. Puisque je suis son sauveur, c'est à moi de décider de son destin. Si je lève le voile qui recouvre encore son existence, les Assassins exigeront que je leur livre leur chef divin, sous peine de mettre un terme à la mienne. Bohémond réclamerait sans doute mon poids et celui de l'enfant en bon or massif, mais n'hésiterait pas à nous livrer aux Assassins. Il me semble parfois que la meilleure chose qui pourrait arriver à cet enfant serait de ne jamais apprendre quel poids pèse sur ses épaules. Je pense aussi à vous : comme votre vie aurait été différente si l'on n'avait pas imaginé pour vous le grand projet —

ne parlons même pas de la mienne! Mais on n'échappe sans doute pas à son destin!... »

— Mais ça n'a aucun intérêt! s'exclama Manfred. Guillaume, en tout cas, a trouvé sa voie, et il y prend plaisir : il joue au destin! Que ce soit avec les enfants du Graal ou avec le chef spirituel de ces Assassins tant redoutés, Guillaume s'occupe de tout!

— Reste à savoir si c'est pour le bien des personnes concernées, fit Jean d'une voix rauque. Je ne tiens pas à l'avoir à Palerme, ni dans d'autres parties de votre royaume!

— Voulez-vous le confier aux franciscains, ou à son « épouse »? demanda Manfred avec ironie. Ce serait la seule manière d'être sûr qu'il ne se tiendra pas à côté de mon lit demain pour y monter la garde.

— Vous êtes trop grand pour cela. Mais il pourrait planer autour de votre jeune fille, Constance, pour jouer auprès d'elle l'ange tutélaire!

— Même un Guillaume de Rubrouck n'y survivrait pas! Continuez la lecture, je vous prie!

« Vous voulez certainement savoir pourquoi j'ai quitté Nicée en prenant mes jambes à mon cou? Mon seul désir était qu'on ne sépare pas trop vite celui-ci de celles-là. Mais j'anticipe. L'empereur Théodore II a suivi mon conseil et a chargé le plus compétent de ses généraux, Michel Paléologue, de passer à l'attaque contre Épire. En un clin d'œil, le général s'est emparé du pays du despote, il l'a franchi jusqu'à la mer comme s'il se moquait de lui. Arrivé là, il a pris la ville portuaire de Durazzo. Mais, au lieu de savourer cette victoire sur son rival pour la conquête de Constantinople, cet entêté, ce méfiant de Théodore a retiré ses faveurs à son général et l'a humilié en lui ordonnant un repli immédiat. Paléologue ne l'a pas oublié. En tout cas, l'empereur est mort trois jours plus tard. Il a laissé son trône à son fils de six ans et unique héritier, Jean IV. Il se nomme Laskaris Vatatses, mais personne, sans doute, n'a besoin de se rappeler son patronyme, car à peine le mort avait-il fermé les yeux, le patriarche avait déjà chargé Michel Paléologue d'assurer la régence. Le lendemain, il lui donna le titre de duc et le nomma despote, si bien que nul ne s'étonna que le jour du couronnement, l'ancien général ait su convaincre le patriarche de le désigner comme co-empereur et de lui poser à lui aussi une couronne sur la tête — il a même été le premier à la recevoir. Dès le lendemain, personne ne parvenait plus à trouver la couronne du gamin. Et sa juvénile existence pourrait bien connaître un sort identique, ou plus cruel encore, dans un très proche avenir.

Bref, après ces événements solennels, le patriarche Arsenios, sans doute après s'être entendu avec le nouveau souverain, m'informa qu'un navire m'attendait pour me conduire en Sicile, et ce en mission officielle auprès de Paléologue et de l'Église grecque, qui lui était dévouée. Car on connaissait sans doute fort bien là-bas les démêlés de la maison Hohenstaufen avec l'*Ecclesia romana*. Une information que l'on m'avait confiée sous le sceau du secret m'incita à accepter cette offre avec joie : on m'avait dit que vous, mes chers amis, vous trouviez désormais à Palerme. La source de cette information était le moine Démétrios, ce prêtre qui, dès le malheureux début de mon séjour à Nicée, était intervenu de manière tellement bénéfique dans mon existence anéantie, parce qu'il me connaissait et m'estimait depuis notre rencontre à Karakorom... »

Ici, le chancelier s'interrompit de lui-même.

— Il doit tout de même bien y avoir quelque chose de vrai dans cette annonce d'une visite imminente de Roç et de Yeza sur notre île.

— Il est rare que la fumée commence avant le feu, se moqua Manfred, mais avec ce Guillaume, tout paraît possible.

— Alors, les trois chevaliers d'Occitanie n'auraient pas menti, lorsqu'ils prétendaient vouloir rencontrer ici le couple royal ?

— Et pourquoi mes chers parents ne voudraient-ils pas venir à ma fête afin de me présenter leurs hommages ? répondit Manfred en bâillant de satisfaction. Du côté paternel, je n'ai plus beaucoup de cousins...

Il s'arrêta. Jean se dit que le roi venait de se rappeler son jeune frère Conradin, s'il ne l'avait pas déjà fait auparavant, pendant qu'il lui lisait le passage sur l'irrésistible ascension du général Paléologue. Mais il se garda bien de faire la moindre remarque à ce sujet. Et Manfred termina sa phrase :

— ... tellement peu que même des parents lointains et appauvris sont les bienvenus chez moi. Mais poursuivez la lecture, précieux chancelier !

« J'ai donc embarqué, avec tous les honneurs et tout le respect qui m'étaient dus en tant que porteur d'un message de salutations au nom du Christ. Des caisses pleines de cadeaux m'accompagnaient, des robes précieuses que l'on avait manifestement fait tailler à mes mesures. J'en essayai une aussitôt. Et je dois vous dire qu'elle était tellement somptueuse que la tenue de l'archimandrite de Tiflis, que j'avais tant admirée lorsque le dignitaire avait présenté son hommage au grand khan, me fit rétrospectivement l'impression de l'aube d'un enfant de chœur à côté de celle-là. Je l'ai donc gardée sur moi et je suis allé me pavaner sur le pont du navire. »

— Vous pouvez aussi passer le chapitre « Les nouveaux habits de Guillaume », Jean, le morigéna Manfred, mais le chancelier se défendit vivement :

— C'est le style de Guillaume, pas le mien !

— Continuez ! répliqua le jeune souverain, impitoyable.

« C'est alors que le patriarche apparut pour prendre congé de moi. Il m'attira dans un coin tranquille et sortit un objet caché sous la paille, dans une corbeille qu'il avait apportée. C'était un précieux coffret en ivoire, richement orné de gravures. Il l'ouvrit précautionneusement et m'autorisa à y jeter un

regard. On y voyait, couché sur du velours, un crucifix en argent. Le corps du Sauveur était en albâtre,
mais des reflets rubis y brillaient : il était rempli d'un
liquide qui avait sans doute cette couleur. Le
patriarche ôta avec soin la croix entourée de perles
et de saphirs. À mon grand effroi, il ouvrit le corps
comme si c'était un flacon, en détachant sans la
moindre piété la tête coiffée d'une couronne d'épines
en or, et me montra la cavité.

— Voyez-vous, me dit-il, c'est notre principal
cadeau à messire Manfred. Vous devrez le lui offrir
vous-même, le lui remettre en mains propres. Attirez
son attention sur les stigmates, à la racine des
mains, sur les pieds, et sur le point où la lance est
entrée dans le flanc. L'artiste a travaillé l'albâtre de
telle sorte que le sang, ce liquide, sorte par les blessures. Regardez donc !

Et de fait, lorsqu'il tenait le corps d'une certaine
manière, des gouttes minuscules apparaissaient sur
les cicatrices.

— Je scelle à présent ce bel objet avant le long
voyage, pour que rien ne s'en échappe !

Il prit une bougie dans sa corbeille, l'alluma et
commença par laisser couler de la cire tout autour
du goulot avant de le reboucher avec la tête. Puis il
en versa un peu sur chacune des blessures et replaça
le crucifix dans son lit.

— Elle fondra à la moindre chaleur, m'informa-
t-il, même celle de la paume d'une main. Alors, le
miracle pourra suivre son cours pour le croyant
ingénu. Le simple contact d'une peau humaine avec
cet effroyable poison cause une mort inévitable,
aussi douloureuse que les flammes de l'enfer !

À cet instant seulement, je remarquai que, pendant toute cette démonstration, Arsenios avait porté
des gants de cuir blanc très fin. Je m'imaginais facilement ce qui pouvait arriver à celui qui porterait à
ses lèvres, dans un accès de piété, cet objet diabolique.

— Je ne prendrai pas cet objet ! m'exclamai-je. Je
ne suis pas un assassin.

— Mais tu te contenteras d'offrir le coffret, répondit le patriarche. Nul ne te soupçonnera. Évidemment, il ne faudra pas que tu y séjournes trop longtemps.

— J'ai trop peur, objectai-je.

En réalité, ma décision était prise depuis longtemps : je jetterais ce coffret à la mer à la première occasion.

— J'ai trop peur que quelque chose ne se passe pas comme prévu, ajoutai-je.

— Bien, Guillaume, dit froidement le patriarche. Je vais installer le coffret dans une épaisse cassette de bois précieux, dont les parois seront scellées à la feuille d'or. Ainsi, rien ne pourra t'arriver. Je te donnerai aussi une paire de ces gants de cuir, si bien que ta vie, à laquelle tu tiens à juste titre, ne courra aucun danger. Attends ici, m'ordonna-t-il.

Il redéposa son coffret dans la corbeille et disparut. Je restai là à faire les cent pas. Et je compris tout d'un coup avec angoisse qu'Arsenios pouvait être revenu expliquer que je n'étais pas un porteur assez fiable pour cet objet meurtrier. Que ferait-il, dans ce cas, d'un homme initié au complot, devenu inutile et même dangereux ? Je ne quitterais jamais Nicée en vie !

Arsenios était allé chercher les sbires qui me... Je tremblais de tout mon corps. À côté de nous, j'avais remarqué un voilier de fret qui s'apprêtait à quitter le port pour Antioche. Il venait de jeter l'ancre, avait détaché ses amarres et glissait lentement devant moi. Je sautai en concentrant toute mon attention sur le cordage que je voulais attraper. Je parvins à m'en emparer, le navire me tira dans son sillage, j'avalai autant d'eau qu'une baleine, mais je tins bon. Ils me hissèrent à bord au moment précis où nous franchissions la tour du port. Ma robe coûteuse était tellement gonflée d'eau qu'elle avait manqué me couler sur place. Mais votre Guillaume a son ange gardien... »

— Halte ! s'exclama messire Manfred. Ce criminel

exprime-t-il encore quelque supposition sur l'identité de l'homme qui pourrait lui succéder comme empoisonneur ? Car je suppose que cet aimable patriarche n'a pas renoncé à ses plans au seul motif que Guillaume est tombé à l'eau ?

— Certainement pas, marmonna le chancelier en lisant le reste de la lettre. Au moment où il envoie sa missive, notre franciscain ne voit encore aucun moyen utilisable pour quitter Antioche, et il propose à Roç et à Yeza de s'y rendre (ce que je peux comprendre, après tant de tentatives sans succès) : leur ami Bo serait heureux de les avoir auprès de lui.

— Cela suffit ! dit Manfred, la gorge sèche. Le terme de diabolique ne suffirait pas à qualifier ce feu grégeois liquéfié. C'est satanique. Nous devrions inviter Arsenios quelque part, en un lieu sacré où il se rendra sans...

— Rien ne peut rendre naïf un homme comme celui-là. Pour ce genre de personnages, aucune occasion ne justifie la naïveté...

On frappa à la porte, qui s'ouvrit pour laisser passer Immà, tirant Constance derrière elle.

— Ce chaton devient une grosse bête, mon enfant, fit Manfred en guise de salut.

— Je peux encore le tenir, se défendit la grande adolescente avant de présenter sa requête : Les trois chevaliers d'Occitanie sont innocents ! annonça-t-elle au chancelier.

— Je sais, répondit celui-ci, amusé par son intervention. Dois-je les libérer ?

Constance secoua énergiquement la tête :

— Non !

— S'ils sont maintenus en prison alors qu'ils sont innocents, objecta son père, c'est une injustice, et notre devoir à tous est de la réparer. Ils doivent manger à notre table !

— Pas à côté de moi ! s'exclama la petite capricieuse en tirant son guépard loin de Manfred, qui jouait avec lui. Puis elle se dirigea de nouveau vers la sortie.

— Il est grand temps de la marier ! dit son père lorsque la porte se fut refermée.

— Mais à côté de ce fauve, l'infant Dom Pedro fait l'effet d'un petit matou famélique !

— Je vous prie de ne pas parler ainsi de ma fille ! rétorqua Manfred à son chancelier, moins courroucé que profondément chagriné.

— Je parlais d'Immà ! précisa sèchement Jean de Procida.

— En l'état actuel de nos connaissances, reprit le futur roi, il est possible que ce Taxiarchos n'ait été, lui aussi, que la victime de circonstances malheureuses...

— ... répondant au nom de Maletta, ajouta son chancelier.

— En tout cas, je préférerais que ce fameux marin soit en liberté. D'autant plus que le navire a été restitué aux Templiers.

— Pour ma part, j'aimerais le laisser mijoter encore un peu en prison, surtout en sachant qu'il n'a plus de navire.

— Vous ne connaissez pas personnellement les effrois de la Kalsa, mon cher. Là-dessous, les gens ne tardent pas à perdre la tête. Ils ont des hallucinations, des mirages terrifiants, ils s'imaginent qu'ils voient le soleil, qu'ils y rôtissent, qu'ils cuisent dans la fournaise de l'enfer.

— C'est bien ce que je disais, répondit le chancelier, impassible. Mais loin de moi l'idée de faire perdre la raison à ce loup de mer. Une idée m'est venue : nous lui donnons le meilleur navire de la flotte royale...

— L'amiral va me présenter sa démission !

— Il va falloir vous arranger avec lui, Majesté. J'ai besoin du navire pour le placer sous les ordres de Taxiarchos.

— Mon chancelier, je vous en prie, je vous implore, dites-moi ce qui, tout d'un coup, donne tant de valeur à cet homme ?

— Taxiarchos est le seul à connaître la voie menant à l'or des « Îles lointaines » !

— Cela me plaît beaucoup, s'exclama Manfred.

Laissez-le dans son cachot jusqu'à ce qu'il soit brisé et docile. Mais libérons ces trois garçons! Cela contribuera à lui saper le moral. Et puis gardons toujours en réserve la menace de lâcher de nouveau Maletta sur lui.

— J'espère que toutes ces tortures ne seront pas nécessaires, et que j'obtiendrai d'ici à votre couronnement la parole de Taxiarchos. Il pourra ainsi s'asseoir à notre table en tant que *capitano in missione speciale*, avant de partir pour rendre riches la Sicile et son roi!

Dans l'ivresse de la grotte bleue

Beni le Matou avait fait la moitié du tour de l'île à la rame — c'est du moins l'impression qu'avait eue Yeza. Utilisant le ressac, il s'était faufilé entre les écueils, puis dans de sombres grottes aux noms inquiétants, comme *Homo Mortuus* ou *Caput Stragis*, même s'il s'agissait de simples métropoles de l'époque phénicienne, ou de temps encore plus reculés. Mais Benedictus, ce petit m'as-tu-vu, aimait l'exagération.

Roç se rappela avec un certain malaise la scène qui avait eu lieu dans la tour du « Gouverneur », au royaume des champignons vénéneux et des herbes enivrantes de Kefir Alhakim. Il avait calmé le raccommodeur en quelques mots bien choisis, lui avait fait remettre les tissus qu'il lui avait apportés et, en guise de dédommagement, un sac de joyaux, avant de passer à voix basse à son propre projet.

Mais ce docteur autoproclamé, voyant qu'on faisait appel à ses connaissances spécialisées, s'était lancé dans un cours magistral, d'une voix inutilement forte :

— En inhalation, je vous recommande la graine du datura, la belladone sèche et le chanvre juif.

Il ne remarqua pas les gestes de Roç, qui tenta d'abord de lui faire baisser la voix, puis de le faire taire, et passa à la recette miracle suivante.

— Si vous préférez manger quelque chose, messire, alors prenez des racines de l'*Orchis maculata* ou *latifolia*, ramollies dans une décoction de graines d'aneth doux et cuites au four jusqu'à en être transparentes. Nappées de jus de dates fermentées et de miel, c'est aussi, en boisson, un admirable aphrodisiaque.

Yeza avait entendu ces mots et, soupçonnant un complot entre les deux hommes, intervint dans la discussion :

— Vous ne devez tout de même pas manquer ici d'hallucinogènes comme le *claviceps purpurea*, l'ergot de blé ?

— Nous ne sommes pas à Éleusis, ici, voulut protester Roç, mais Kefir ne comptait pas s'avouer battu.

— *Claviceps paspali* pousse ici abondamment sur les prairies.

— Il n'en est pas question ! s'exclama Roç, mais Yeza prit ses mots pour un défi.

— Ou bien chacun d'entre nous renonce au soufflet du feu artificiel, et à la fausse dureté de l'épée qu'on y forge...

— Je n'en ai vraiment pas besoin !

Roç jouait l'indigné, atteint dans sa fierté virile. Mais Yeza lui répliqua d'une voix cinglante :

— À moins que messire ne se fasse du souci pour le brasier de ma cheminée ?

— Ne déforme pas le sens de tes propres mots, et ne camoufle pas tes manies : je ne veux pas plonger dans ce monde de cristaux gelés d'où dardent des flammes bleues, je ne veux pas me précipiter dans des cascades de sang bouillonnant qui creusent leur chemin jusque dans des profondeurs où aucun rayon de lumière ne pénètre plus. J'ai peur de voler, Yeza. (C'était presque une imploration.) Et toi non plus, tu ne devrais pas te lancer dans pareilles aventures...

— Ah, répondit-elle froidement, dès qu'il s'agit d'une possibilité d'expérience spirituelle, la monture

de mon noble chevalier renâcle. Mais face à
n'importe quelle jument brûlante, l'étalon se met à
grimper aux cieux. Poudre-toi donc la queue de can-
tharides jusqu'à ce que tu te promènes comme
Priape, mais ne te figure pas...

Elle avala le reste de sa phrase, tremblant de
colère, et se précipita hors de la tour.

Roç avait ainsi chargé le charlatan de donner à sa
dame Yeza tout ce que réclameraient son cœur et
son esprit.

— De toute façon, son esprit et notre raison à tous
les deux ne peuvent être plus confus. Je souhaiterais
par-dessus tout que ma dame éprouve pour moi un
désir aussi puissant que jadis.

Roç sortit tout d'un coup de ses rêves. Il soupira et
observa Yeza, assise en face de lui. Elle avait le
regard fixé sur la surface scintillante des eaux et
semblait avoir envie de plonger dans ce monde
d'algues phosphorescentes, d'éponges gigantesques
et de champs d'anémones qui se balançaient doucement.

— Dans la grotte que je veux vous montrer, j'ai vu
hier l'un des vôtres. Il portait sur son épaule un sac
rebondi, leur raconta Beni d'un air mystérieux.

— Jakov, le charpentier! s'exclama Roç, et Beni
hocha la tête.

— Il était agenouillé dans la caverne, au bord de
la mer, et il ouvrait le sac avec beaucoup de précautions. Et devinez ce qu'il en a sorti?

— Une tête en bois!

Yeza avait gâché l'effet de surprise soigneusement
préparé, et Beni se vengea. Il renonça à raconter que
le crâne en question s'ouvrait comme un coffret et
qu'il recelait, comme s'il avait été moulé pour elle,
une coupe de pierre noire.

— Jakov a essayé de creuser un trou avec les
mains, mais le sol calcaire était trop dur pour cela.

Il passa aussi sous silence le fait qu'il avait ensuite
poussé le récipient dans la mer, assez loin pour que
l'eau le recouvre.

— Je n'en ai pas plus à raconter, conclut froidement Beni, car j'ai dû décamper afin de quitter la grotte avant lui !

— Jakov voulait peut-être laver la tête de Joseph ? plaisanta Roç. Ou l'abreuver ? En tout cas, on n'a pas remarqué son absence !

Devant eux s'ouvrait à présent une merveille baignant dans la lumière bleue, une grotte qui plongeait tous ses visiteurs dans le ravissement et l'étonnement. Elle allait si loin à l'intérieur de la roche en basalte que ni la marée ni les courants ne troublaient les eaux cristallines qui y stagnaient. Ils pouvaient entendre tomber les gouttes, voyaient les reflets trembler entre les stalactites couleur de marbre, au plafond, et l'unique édifice qui montait de l'eau vers eux comme un château enchanté, pourvu de murailles et de tours, au milieu d'un lac d'argent et d'azur.

Pendant que Roç et Yeza restaient immobiles, béats d'admiration, Beni fit tout d'un coup sortir deux sacs de jute parfaitement identiques.

— Un cadeau de messire mon père au couple royal ! annonça-t-il fièrement en répétant les mots que lui avait appris le tailleur : le sac droit pour le Pluton qui sommeille en la dame, afin que les limbes de sa conscience ne se figent pas. « Du Dieu la connaissance inique, Pluton est riche, mais claudique. »

Et il donna le sac qu'il tenait dans sa main gauche à Roç, ahuri, qui ne put s'empêcher de commenter à voix basse : « Et c'est un poète, en plus ! » avant que Beni ne reprenne :

— « Mars a séduit Vénus, belle au bras du guerrier.

Le filet sur les dieux, la ruse a triomphé.

De déesse plaisir, le cadeau présenté

Était aussi gelé que la glace en juillet. »

Et l'air grave, il remit le deuxième sac à Potkaxl.

— Je peux m'en passer ! s'exclama Roç, agacé, et il déposa le sac dans la main de Philippe.

Yeza n'avait pas écouté. Elle n'y tenait plus : elle s'arracha presque les vêtements du corps, se dressa dans toute sa nudité et plongea dans l'eau les mains devant, presque sans éclabousser. Roç la vit glisser sur le fond comme une truite. Tandis qu'il se demandait encore s'il devait la suivre bien qu'elle ne l'y eût pas invité, Potkaxl laissa à son tour tomber son unique vêtement et sauta. Mais on comprit rapidement qu'elle ne savait pas nager. La princesse toltèque réapparut, les yeux terrifiés, en crachant de l'eau. Elle se mit à battre des bras, prise de panique, mais sans émettre le moindre cri. Philippe tomba dans l'eau plus qu'il n'y sauta, tout habillé, manquant presque renverser la barque.

— Je ne maîtrise pas cet art des dauphins ! bredouilla en guise d'excuse le courageux Beni. Roç eut fort à faire pour tirer son serviteur jusqu'à la barque afin qu'il puisse se retenir au bastingage. Yeza, elle, avait rattrapé Potkaxl depuis longtemps : elle la tenait à présent sous les aisselles, les deux mains jointes derrière sa nuque. Elle tira sa suivante vers la colline de stalagmites qui s'élevait hors de l'eau. Agrippée à la première qu'elle rencontra, Potkaxl retrouva ses esprits avec une étonnante rapidité.

Yeza, épuisée, se laissa tomber sur le dos. Elle vit alors nager à la surface l'un des sacs que Kefir avait préparés à son intention. Elle le rattrapa et le lança sur l'épaule de Potkaxl. Rien ne permettait de dire si c'était le sien ou celui que l'on avait destiné à Roç, il était certainement tombé de la barque dans la mêlée. D'ailleurs, elle s'en moquait, elle n'avait pas l'intention de s'exposer aux effets secondaires inconnus de ce genre de potions magiques. Pourtant, après sa sortie fulminante de la tour de Kefir Alhakim, elle s'était renseignée pour savoir quels hallucinogènes poussaient sur l'île, mis à part le dangereux ergot.

Beni avait étalé son savoir.

— En fait, il ne reste que le royaume des panéoles. Yeza avait dû insister pour apprendre que le *Subalteus* et le *Cyaescens* poussaient près de ces admirables grottes bleues dans lesquelles on rassemblait les moutons pour la nuit.

— Elle enivre les moutons et rend les bergers lubriques, ou l'inverse, avait ajouté Beni.

Yeza lui avait ri au nez, mais avait ensuite laissé comprendre qu'elle mangerait volontiers de ces champignons. Était-ce de cela qu'il lui avait mis dans son sac ? Yeza replongea : elle venait d'apercevoir en dessous d'elle un superbe exemplaire de *serpula*.

Il fallut qu'il remarque les yeux subjugués de Beni pour que Roç s'intéresse à la beauté parfaite du corps de sa compagne, depuis les cheveux blonds et fluides jusqu'au triangle sombre de ses cuisses, en passant par les seins en boutons de roses.

— Ô divine Néréide, fille du..., haletait Benedictus, le futur séminariste qui admirait sans se cacher tant de beauté dévoilée.

— Tu ferais mieux d'aider Philippe, le sauveteur, à sortir de l'eau ! lui lança Roç, moins inquiet pour le sort de son serviteur que soucieux d'interdire au jeune étudiant d'autres regards sur l'ondine impudique. Le tablier de Philippe, gorgé d'eau, l'attirait si fortement vers le bas qu'il était incapable de se hisser par ses propres moyens dans le canot. Roç dut lui prêter la main, ils le hissèrent par les épaules jusqu'à ce qu'il se retrouve entre les deux bancs de la barque, tête la première et pattes en l'air.

— À présent, ramez vers le rivage, là où le canot pourra s'échouer sur les cailloux, messire *Studiosus*, ordonna Roç.

Beni fit ce qu'on lui disait, même s'il garda un œil sur la fille de Nérée, qui continuait à faire des clapotis dans l'eau.

Roç se déshabilla, fit un ballot avec ses vêtements et ses chaussures. Beni, d'un coup de rame, échoua le bateau sur la rive en pente douce. Roç, qui avait prévu de quitter l'embarcation d'un bond élégant, perdit l'équilibre et tomba à plat ventre, tandis que les jambes de Philippe disparaissaient au fond de la barque.

— Attendez ici et ne bougez pas d'un pouce! hurla
Roç aux deux hommes avant de plonger pour
atteindre sans se faire voir l'île aux stalactites et ses
sirènes. Mais il ne réussit pas à les surprendre :
lorsqu'il apparut en reprenant son souffle entre les
conglomérats de pierre, il ne trouva ni Yeza ni Potkaxl. Il les entendit glousser derrière une autre haie
de stalactites. Il regarda prudemment. La maîtresse
et sa suivante étaient couchées dans un bassin rempli
d'eau. La princesse toltèque tenait Yeza entre ses
jambes, et sa dame était allongée, la tête sur le pubis
de la jeune fille, les deux jambes tendues : une petite
source d'eau sulfureuse, sans doute chaude, jaillissait
du bassin rocheux, entre ses jambes. La suivante pui-
sait ce liquide chaud dans ses mains et le laissait couler sur la pointe des seins dressée de sa maîtresse.
Roç sentit son membre gonfler et bondit comme un
faune qui tente de surprendre des nymphes.

Potkaxl lui sourit sans cesser son activité. Mais
Yeza ne leva pas les yeux vers lui.

— Dehors, les hommes! s'exclama-t-elle d'une
voix sévère.

Roç décida de ne pas obéir, monta au bord de la
baignoire, le membre dressé, et se fit une place par
la force après avoir constaté que les deux jeunes
femmes assises ne faisaient pas mine de lui en laisser une. Il toucha timidement les pieds de Yeza, qui
se mirent aussitôt à lui cajoler les flancs.

LES NOCES DE SANG DU DIEU SOLEIL

Le bain sulfureux était effectivement d'une chaleur bienfaisante, lorsqu'on sortait de l'eau froide et
salée. Yeza lui lança l'un de ses regards étoilés qui lui
donnaient tant de courage, mais elle resta silencieuse. Le sexe du jeune homme, en revanche, abandonna ses espoirs et retomba dans ce bouillon laiteux, puisque personne ne s'en occupait. Roç ne

trouva rien de mieux que de s'adresser à la princesse toltèque, pour se faire admettre comme invité.

— Tu ne nous as jamais raconté, demanda-t-il, ce qui s'est vraiment passé, là-bas, sur les « Îles lointaines », lorsque Taxiarchos t'a sauvée.

— Laisse ça! rétorqua sèchement Yeza. Tu ne comprends pas qu'elle n'aime pas en parler?

La question avait au moins eu le mérite de sortir sa dame de sa réserve.

— Si vous voulez, maîtresse, l'interrompit Potkaxl en souriant à Roç par-dessus l'épaule de Yeza, je suis prête à me sacrifier. Mais ensuite, vous devrez, pour la durée du rituel, vous soumettre à mes désirs, car c'est la seule manière dont vous pourrez découvrir l'amour du dieu soleil et le sacrifice d'une épouse sur la pyramide du temple...

— Je suis ton esclave! s'exclama Roç, amusé, mais Yeza répondit sérieusement, et à voix basse :

— Je suis prête à parcourir avec toi le chemin de tes souffrances...

— Pourquoi souffrances? s'enquit vivement Potkaxl. C'est la joie, la joie et le plaisir qu'il vous faut partager avec moi, Esclarmonde! (Elle ferma les yeux et leva les deux bras en ouvrant la paume de ses mains vers l'astre solaire invisible.) Ce fut un grand honneur, pour la famille, que l'on m'ait choisie pour servir au temple du dieu soleil!

La princesse toltèque semblait en transe, sa voix toujours prête à plaisanter, d'ordinaire, paraissait sortie d'un autre monde.

— Je savais certes que je ne reverrais plus jamais mes amours, mes parents, mes frères et sœurs, mais puisque tous se réjouissaient, je faisais comme eux. Dans la nuit qui suivit mon admission, on me revêtit d'habits de fête. Mon père me conduisit à la pyramide du dieu soleil, dont le temple n'est accessible qu'aux hommes en temps normal. Dans son sous-sol gigantesque se trouve une salle avec un couloir en colonnes, richement orné de peintures murales qui racontent les actes héroïques de nos rois, toujours assistés par le dieu soleil, du moins lorsqu'il n'est pas en colère contre eux.

Potkaxl faisait défiler devant ses yeux les images que sa mémoire allait chercher dans un passé refoulé.

— Là, on avait dressé un festin pour les épouses et pour leurs pères. On y servait des plats délicieux et des boissons enivrantes que je n'avais jamais bues, pas plus que mon père d'ailleurs. J'y rencontrai une autre jeune fille venue d'une province éloignée, elle aussi désignée par le sort. Elle était bien plus belle que moi, sa taille était haute, elle avait le cou long et altier. Elle portait aussi beaucoup plus de bijoux en or que n'avait pu m'en donner mon village. Son père était très fier, et Kaolin ne m'accorda pas le moindre regard. À minuit, nos pères, complètement ivres, durent quitter la pyramide, après avoir remis tous les cadeaux et tous les bijoux qu'ils n'avaient pu accrocher à leurs filles. À présent, nous étions toutes seules avec les jeunes prêtres du dieu soleil, qui avaient partagé notre table. Mais ils ne nous prirent même pas dans leurs bras, nous, leurs épouses consentantes. Des serviteurs du temple nous apportèrent une boisson fraîche.

— Ah, dis Roç, j'imagine...

— N'imaginez pas! répliqua sèchement la princesse toltèque. Buvez plutôt! Levez-vous, je vous prie, et attrapez le sac caché derrière vous, dans la pierre. Kefir Alhakim a préparé pour chacun d'entre vous un breuvage...

— Comment cela? Tu ne sais même pas de quoi il s'agit! protesta Roç, mais il se leva et fit ce qu'on lui avait ordonné. Le sac était trempé et laissait filtrer un liquide brunâtre.

— Au temple du dieu soleil, je ne savais pas, moi non plus, ce que je buvais, fit la princesse pour éviter toute question supplémentaire. Il est donc bien normal que vous partagiez mon destin.

— Comment devons-nous boire cela? demanda Yeza.

— Le sac a passé suffisamment de temps dans cette eau douce qui goutte du plafond, il suffit d'aspirer ce qu'il contient, cela ne manquera pas son effet!

Potkaxl leur donna l'exemple, puis elle tendit le sachet à Roç, qui aspira sa part avec une mine cadavérique avant de le poser dans la main de Yeza:

— J'espère seulement que ce n'était pas la mixture qui t'était destinée!

— Je l'espère aussi, répondit Yeza en souriant, et elle le pressa en laissant les gouttes du breuvage lui tomber dans la bouche.

— En tout cas, selon Kefir Alhakim, l'effet n'est pas immédiat!

— Comme c'est tranquillisant! s'exclama Roç.

— Comme c'est excitant! contra Yeza.

— Enfin, les jeunes prêtres nous ont conduites dans la salle voisine, où se situait la « pierre d'accueil du grand dieu soleil », une copie de l'authentique, je le sais aujourd'hui, car elle se trouve dans le sommet de la pyramide, et en deux exemplaires, comme l'apparence du dieu soleil...

— Plus que le double soleil sous le signe du lion, l'interrompit Roç, ce qui m'intéresse, c'est la pierre. Était-elle en marbre noir et lisse?

— Qu'est-ce qu'un « lion », je te prie? demanda Potkaxl, confuse, mais sans sortir totalement de sa méditation.

— Une créature comme Yeza, mais poilue et de sexe masculin, marmonna Roç en osant regarder les yeux étincelants de sa dame.

— Nous, les épouses, nous étions autorisées à choisir notre premier homme. Car nous étions encore vierges toutes les deux, bien sûr. Le sort offrit à Kaolin le premier choix. À mon grand agacement, elle désigna justement la panthère noire sur laquelle mes yeux s'étaient aussi portés. Ce n'était pas de la jalousie, c'était juste la crainte qu'ensuite, il ne soit plus en pleine possession de sa force virile...

— Comment cela, questionna Roç, vous avez perdu votre virginité avant même de...

— C'était certainement plus agréable que de se faire monter par un grand prêtre vieux et laid au soleil levant, estima Yeza.

— Mais nous devions essayer! expliqua la princesse. Nous devions trouver l'homme qui saurait en toute certitude nous procurer le plus grand plaisir, ce feu explosif dans notre ventre, cette plongée dans une chute d'eau, ce vol du condor vers le soleil, quelque chose que nous ne connaissions ni l'une ni l'autre. Cela pouvait être la panthère noire, il suffisait bien pour Kaolin et pour moi, tous les autres ne provoqueraient qu'un chatouillis agréable ou nous feraient mal. Il y en avait un qui portait un troisième bras sous son tablier de prêtre. Celui de la panthère noire était juste comme il fallait, de la largeur d'un tronc de yucca, et pas plus long non plus. Il est allé profondément...

Yeza interrompit son récit :

— Vous deviez donc, à l'instant du plus grand plaisir...

— Oui, oui, gémit Potkaxl, tandis que Yeza passait tendrement les mains derrière elle et caressait cette jeune créature tellement excitée par son souvenir. Nous devions voir le dieu soleil, tituber dans la grande lueur incandescente du dieu soleil, nous y précipiter, nous y brûler, nous y consumer!

Potkaxl respirait lourdement.

— Et qu'est-ce que c'est que cette histoire de pierre du bonheur? s'enquit Roç.

— C'est sur elle que tout cela se passe. C'est la couche du dieu soleil.

— Comment cela? C'est sur une pierre dure qu'a eu lieu le sacrifice d'amour?

Yeza n'était pas moins curieuse que Roç, à présent. Alors, la princesse toltèque l'attrapa par-derrière, sous les aisselles, et la souleva comme une plume.

— Couchez-vous sur le ventre, demanda la servante à sa maîtresse, sans le lui ordonner vraiment, mais d'une voix qui ne semblait pas tolérer de contradiction. Je serai votre pierre du bonheur!

— Cela va trop loin ! s'indigna Roç en sautant sur ses jambes.

— C'était convenu ainsi ! le rabroua Yeza.

Potkaxl s'agenouilla, le visage tourné de l'autre côté, offrant à Yeza son dos recourbé.

— Faites-moi confiance, reprit-elle. Donnez-moi vos mains, que je dois tenir, car elles vont vous lier.

Yeza avait des scrupules à presser son corps nu, son ventre, son pubis et sa poitrine sur le dos de la princesse. Elle avança en hésitant derrière la jeune fille agenouillée et lui tendit les mains timidement, par-dessus ses épaules. Potkaxl les attrapa, se pencha profondément vers l'avant, tira les bras vers elle, si bien que Yeza décolla du sol et glissa sur la peau trempée jusqu'à ce que ses seins entourent la nuque de Potkaxl. Yeza comprit rapidement que sa position était excitante pour l'homme qui se trouvait déjà derrière elle, et elle comprit que son identité lui était égale : ce pouvait être Roç ou la panthère noire, la seule chose qu'elle désirait était d'être prise.

— Et à présent ? demanda-t-elle en jouant la naïveté. Elle sentit l'excitation de Roç entre ses cuisses.

— Messire Trencavel est le jeune prêtre élu.

La Toltèque essayait de préserver la dignité du rituel, cabrée pour résister à la hâte du jeune homme.

— Il se glisse dans la fourrure de la panthère noire...

Elle avait à peine prononcé ces mots que l'assaut de Roç secouait déjà leurs deux corps, son épée brûlante glissa sur sa peau tendue.

— Je suis la pierre qui ne sent rien, s'exclama Potkaxl. Vous recevez le grand bonheur du grand soleil, Esclarmonde, cria-t-elle à Yeza qui tremblait de colère. Montrez-vous digne de votre nom, donnez-vous à lui, car c'est lui qui vous donne la lumière.

Ce petit cabot, songea Yeza, mais elle se plia à ses ordres et se détendit. Je ne donnerai pas au dieu soleil le triomphe du plaisir suprême, se dit-elle froidement.

— Continue à raconter, Potkaxl, demanda-t-elle en se maîtrisant.

— Encore, encore! gémissait Roç en donnant des coups plus puissants.

La Toltèque continua son récit :

— La pierre plate est comme un autel, elle est plus plate que je ne puis l'être, mais pourtant légèrement excavée pour que le corps qui s'offre trouve un appui et ne glisse pas sur le côté.

— Ton dos prolongé me va fort bien, Potkaxl! commenta Roç en haletant.

Il se sentait utilisé pour un jeu qu'il ne comprenait pas. Yeza, elle, se taisait obstinément, elle ne gémissait même pas. La princesse toltèque semblait elle aussi indifférente. Elle continuait à raconter son histoire, même si sa voix paraissait un peu absente.

— Une fois que nous avons essayé tous les hommes, gloussa-t-elle, ou que chacun des jeunes prêtres a eu son dû, nous avons passé le reste de la nuit à dormir, étroitement serrés les uns contre les autres. Vers le matin, mais il faisait encore sombre, je me suis réveillée toute seule. Kaolin était partie, ma panthère noire aussi, ce qui me serra le cœur, et tous les autres prêtres avec eux. Seuls les musiciens qui avaient agrémenté notre fête avec leurs flûtes et leurs tambours dormaient dans leur réduit : ils avaient pu nous entendre, mais n'avaient pu assister à nos ébats délicieux. J'en éveillai un tout en lui fermant la bouche. Cela le sortit suffisamment du sommeil pour qu'il me suive avec une certaine anxiété : en théorie, il ne devait ni quitter sa cachette ni voir une épouse comme moi. « Tu devras attendre ici jusqu'à ce qu'ils viennent te chercher! » me chuchota-t-il.

Or c'est justement ce que je ne voulais pas. Je lui accordai plus qu'un regard, mais brièvement et debout...

— En l'espace d'une nuit, elle change son statut de jeune vierge en celui de nymphomane, se moqua Roç en passant sa colère sur Yeza.

— Tout à fait, noble sire Trencavel, votre nymphe maniaque a convaincu le joueur de flûte (ou de tambour, je ne sais plus) de me hisser dans la corbeille. Elle menait, par un puits, à la plus haute plate-forme de la pyramide. Normalement, on ne pouvait l'atteindre que de l'extérieur, par un grand escalier très raide. Ma panthère noire me l'avait raconté dans la soirée, avec fierté.

L'éloge réitéré de ce prêtre solaire commençait à agacer profondément Roç, dont les cuisses continuaient à battre régulièrement sur le dos de Potkaxl. Il ne pouvait certes pas la voir, mais la seule idée de cette courbe qui se perdait dans la fente des fesses faisait monter en lui un nouveau désir sourd. La princesse toltèque tenait en effet le postérieur sur les talons, ce qui interdisait à l'homme de détourner son sexe de celle à laquelle elle-même servait de lit. Potkaxl avait affirmé qu'elle était devenue pierre. Mais Roç aurait parié qu'elle regrettait depuis longtemps cette déclaration et qu'elle aurait préféré que ses coups soient destinés à sa propre vulve.

— Continue! implora Yeza, mais seule Potkaxl se sentit concernée par cet appel.

— À peine avais-je grimpé dans la corbeille qu'elle a commencé à s'élever sans un bruit. En bas, en dessous de moi, le tambour et la flûte ont repris comme au cours de la nuit de fête précédente. Mais la musique s'intensifiait au fur et à mesure que je progressais vers l'ouverture étroite.

Yeza, qui avait jusqu'alors suivi avec attention le récit de Potkaxl (cela la distrayait des efforts que Roç accomplissait, non sans habileté, pour la mener à l'orgasme contre sa volonté), se laissa alors emmener et glissa vers le soleil avec la princesse toltèque, pendant que Roç faisait tout pour transformer son vagin en un puits de chair brûlante, soumis à ses coups et ses glissements, ses pressions et ses arrêts.

— Encore, encore, chuchota-t-elle à Potkaxl en l'embrassant derrière l'oreille et en laissant sa langue jouer un instant dans le pavillon.

— Arrivée en haut, je me suis retrouvée dans une salle qui ressemblait à une tente rectangulaire. C'était le sommet de la pyramide. Elle était divisée par deux murs à hauteur d'homme qui me rappelaient des parois d'étable. Au milieu se trouvait un grand portail qui montait presque jusqu'au plafond. Personne ne m'avait entendue venir, tous étaient occupés dans le compartiment de gauche, je le compris aux halètements et aux gémissements de Kaolin, qui poussait sans arrêt de petits cris perçants. Je m'approchai prudemment et regardai depuis le coin de la paroi. Kaolin était allongée sur le ventre, sur la pierre du bonheur, étirée d'une manière qui ne semblait pas naturelle : ses mains étaient tendues vers l'avant, attachées à je ne sais quoi. On aurait dit un animal prêt à être abattu. Deux des prêtres tenaient les extrémités des liens et faisaient en sorte que son corps reste tendu. Deux autres tiraient ses jambes au rythme des tambours et des flûtes dont le son nous parvenait à présent par le puits. Entre les cuisses de Kaolin se dressait ma panthère noire, debout, la paume des mains tournée vers le Grand Astre qui s'élevait. Seul le balancement de ses hanches révélait ce que l'on faisait à Kaolin. Elle était plantée comme une chèvre sur la broche. J'étais jalouse, mais d'un autre côté, tout cela me parut interminable. Je ne m'étais pas imaginé ainsi la « réception du grand bonheur solaire ». Cela n'avait rien à voir avec de l'amour, j'étais écœurée et je haïssais la panthère noire !

— Extrêmement intéressant ! commenta Roç. Mais Yeza ne dit rien.

— Pourquoi ne continues-tu pas à raconter ? demanda Roç à la Toltèque. Yeza, ma dame, veut être divertie. Ne te laisse pas distraire.

Potkaxl plia encore le dos et rejeta la tête sur sa nuque.

— J'étais tellement ahurie de voir ce qu'ils faisaient à Kaolin que je ne m'étais pas contentée de regarder en silence. Ils me découvrirent, et en furent fort mécontents. Ma panthère noire, cette crapule, ne m'accorda même pas un regard. Les deux prêtres qui lui tenaient jusqu'alors les cuisses poussèrent Kaolin dans les bras de ce vaniteux qui la souleva aussitôt et continua à se satisfaire. Mais je n'étais plus obligée d'assister à la scène : les deux autres me tirèrent brutalement dans la chambre de droite, de l'autre côté, aménagée exactement comme celle de gauche. Ils défirent ma précieuse robe. En dessous, j'étais nue. Ils ne me laissèrent que ma parure de pierres précieuses et ma coiffe. Puis ils me pressèrent sur la pierre et me poussèrent en avant jusqu'à ce que mon front heurte presque le bois d'une fenêtre à deux battants. On y avait installé des poignées pour mes mains, mais cela ne leur suffisait pas, ils y attachèrent mes bras et mes doigts. Puis ils déversèrent sur moi un mélange huileux qui sentait très fort, une mixture à la fois excitante et anesthésiante. Ce liquide me coula sous les cuisses et se concentra sous mon ventre, car je me trouvais dans une cuvette qui me faisait à présent l'effet d'une baignoire.

Mais en jouant avec mes frères et sœurs, j'avais au moins appris comment on doit tenir les mains lorsqu'on vous les attache si l'on veut pouvoir se libérer ensuite. À côté, les halètements et les gémissements étaient de plus en plus forts, les cris de Kaolin étaient plus fréquents et de moins en moins retenus. Je secouai les lanières de cuir et serrai les poings. Le volet de bois, devant mon nez, s'entrouvrit. Je restai silencieuse et avançai mon visage jusqu'à ce que je puisse regarder par l'entrebâillement. Je sursautai. Juste devant moi, de dos, se tenait le grand prêtre du dieu soleil. Un homme vieux et digne, portant une grosse couronne de plumes surmontée d'un disque solaire scintillant. Mais ce n'était pas cela qui m'avait fait peur. Derrière son dos, il tenait caché un étrange couteau recourbé, à la lame terrifiante. On aurait dit une petite faucille, mais son manche épais et lourd était en or. J'entendais à présent les cris de

jouissance de Kaolin à travers la paroi. Ils se trans-
formèrent en hurlement, puis en plainte. Je savais
que j'allais prochainement connaître le même sort.
Furieuse, je tirai sur mes liens.

L'attention du grand prêtre fut distraite par des
inconnus qui s'étaient frayé un chemin parmi les
hommes qui attendaient au pied du monument et
montaient les marches de la pyramide, sans hâte
mais sans aucune espèce de peur. Ils portaient des
casques étranges, qui ressemblaient à des pots, et sur
leurs cuirasses flottaient de longues capes blanches
ornées d'une croix rouge. Leur avancée irrésistible
sembla déplaire au grand prêtre, et sans doute aussi
au dieu soleil. Kaolin hurlait à présent comme un
jaguar, un cri qui ne semblait pas vouloir s'arrêter.
Le grand prêtre s'était approché de la fenêtre en bois
derrière laquelle se trouvait la bienheureuse. Il
frappa deux fois contre le volet avec le manche de sa
faucille. Les deux battants s'ouvrirent alors d'un seul
coup, comme par miracle, avec une telle force que
Kaolin, qui y était attachée, sembla partir en volant,
bras tendus, vers le soleil levant. Le grand prêtre
l'attrapa par les cheveux, lui tira la tête vers le haut,
la faucille brilla un instant et le sang se mit à jaillir
du cou égorgé de la jeune fille.

J'étais comme paralysée, mais je vis que les guerriers étrangers pressaient le pas. Ils avaient tiré leur
épée, et les casques cachaient désormais totalement
leur visage. Le grand prêtre désigna la fenêtre derrière laquelle j'attendais, sachant désormais quel
allait être mon sort. Je défis mes liens, avec une telle
rage que le sang m'en coula sous les ongles, je glissai
en arrière sur mon lit de pierre qui n'était qu'un
autel de sacrifice, je tombai à genoux et restai là,
tremblante. À côté, les prêtres s'occupaient encore
de dénouer le corps de Kaolin. J'entendis le grand
prêtre leur demander de se hâter. Puis il y eut un claquement derrière moi, je me retournai et j'eus tout
juste le temps de voir la corbeille disparaître vers le
bas. Je me levai d'un bond et courus au puits. La

corde qui descendait jusqu'en bas était mon seul espoir, je sautai, l'attrapai, m'y laissai glisser, mes mains étaient en lambeaux, je tombai dans la corbeille...

— Je n'en peux plus! dit Roç. J'ai donné tout ce que j'avais! Et il se retira.

Yeza resta là, les yeux fermés, immobile. C'est Potkaxl qui se leva lentement, heureuse de pouvoir se dégager le dos.

— Tu mens, dit enfin Yeza en ouvrant les yeux, sachant fort bien que Roç ne pouvait rien contre son regard. Tu n'as rien donné du tout, tu ne l'as pas voulu. Et maintenant tu me laisses là comme si j'étais une pierre!

— N'importe quel bloc de marbre est un bloc de charbon incandescent, par rapport à la froideur avec laquelle tu te donnes. Ah, ma dame, nous sommes donc tombés si bas, tous les deux!

L'exclamation de Roç n'était pas feinte. Il souffrait.

— Nous ne sommes pas bien loin, mon chevalier, répliqua Yeza, qui ne voulait pas se laisser contaminer par son émotion. Elle avait glissé du dos de Potkaxl, tandis que la suivante, épuisée, se tenait sur le bord du bassin, les fesses tendues vers ses deux auditeurs.

— La pauvre Potkaxl, fit Roç. Nous devrions écouter son histoire jusqu'à la fin, elle l'a mérité.

— Ce qu'elle a mérité, c'est que l'arme qui l'a battue aille à présent demander pardon en entrant dans son fourreau.

— Tu es sérieuse, Yeza?

— Tu ferais bien de ne pas en douter! répondit-elle avant de se relever en souriant.

Roç était perplexe. Il ne savait plus ce qu'elle avait vraiment en tête.

— Je te vois tout à fait en état d'exaucer mon vœu, dit-elle en regardant froidement son membre. Potkaxl a mérité nos remerciements, non pas parce que nous avons pu écouter son histoire, mais parce qu'elle nous a ouvert les yeux. Donne-lui ce remerciement, je n'en ai malheureusement pas la possibilité. Tu le feras aussi en mon nom.

Elle avança vers lui, passa les mains autour de son cou et l'embrassa tendrement sur le front, mais pas sur la bouche. Même le contact forcé de son ventre avec le glaive toujours dressé de Roç ne sembla pas causer la moindre émotion à la jeune fille.

— Si tu es épuisé, couche-toi et étends-toi dans cette source chaude. Potkaxl saura bien comment trouver son compte.

Yeza renforça la pression de ses bras sur les épaules du garçon. Il céda. Ils étaient à présent agenouillés l'un devant l'autre, et Roç passa à son tour ses bras autour d'elle.

— Uniquement si tu m'embrasses encore une fois, si tu m'embrasses comme...

Yeza vit qu'il pleurait.

— Je vais le faire, mon chéri, au nom du souvenir...

Elle n'alla pas plus loin : il s'était collé à ses lèvres avec le désespoir d'un homme en train de se noyer, et elle lui fit le plaisir de répondre au tournoiement de sa langue, comme ils en avaient l'habitude. Puis elle se détacha et entoura les hanches de la Toltèque, toujours retournée.

— Prends ce dont tu as besoin, lui chuchota-t-elle, sachant sans doute que Roç pouvait l'entendre. Tu ne peux le posséder, mais sers-t'en tout de même.

Potkaxl se retourna. Elle semblait triste.

— Je ne peux pas vous faire cela, Esclarmonde.

— Ne t'en soucie donc pas. Tu ne me trompes pas, au contraire, tu représentes ta maîtresse. Ne me fais pas honte !

Yeza embrassa aussi sa suivante et sortit du bassin. Elle chercha le sac de Kefir Alhakim, posé dans un creux de la pierre. Elle le pressa comme une éponge sur ses lèvres et aspira le liquide amer. Puis elle avala de l'eau pour dissiper l'arrière-goût. Lorsque Yeza se retourna, Potkaxl était déjà plantée sur le sexe de son compagnon. Yeza lui lança le sac, peut-être un peu trop violemment, car il lui claqua au visage. Mais la petite effrontée se contenta de sourire et d'essuyer cette sauce brune.

Yeza s'enfonça dans la mer. Elle éprouva un plaisir encore inconnu lorsqu'elle s'élança des créneaux de pierre vers l'eau limpide, elle sentit le froid pétillant qui s'emparait d'elle au fur et à mesure qu'elle approchait du fond. Ne plus jamais remonter ! songea-t-elle. Mais sa flottaison naturelle la ramena vers la surface dans un nuage de petites bulles d'air, et elle réapparut dans l'eau bleue de la grotte.

EN DEÇÀ DES COLONNES D'HERCULE

— Quel gueuleton ! grogna Georges Morosin en s'essuyant le front. Le soleil était déjà impitoyable, le matin, sur les rochers d'Ustica. Ils étaient assis à trois parmi les rochers du rivage, sur des sièges pliants que le Hafside avait fait apporter du bord, et surveillaient la répartition des lingots d'or et des pièces.

— En fait, j'ai eu l'impression que vous goûtiez les plats avec une certaine retenue, répliqua Gosset sans quitter du regard les Maures chargés de compter et de peser le noble métal.

— À table, Notre Doge a les manières d'un fin Vénitien !

Ce n'était pas la première fois qu'Abdal se moquait des habitudes du Doge. Il savait que son ami possédait un ustensile à trois dents qu'il appelait « fourchette », et dont il disait qu'il avait été inventé par les Byzantins. Lui, Abdal, mangeait avec un couteau et ses doigts.

— Mais quand il s'agit de beuverie, il redevient un Templier !

Le Hafside éclata de rire, et les deux autres se crurent tenus de l'imiter. Gosset surveillait le remplissage de trois caisses : une pour Roç, une pour Yeza, plus la sienne. Le nain Jordi et la douce

Geraude s'occupaient de l'égale répartition de la part revenant au couple royal. Gosset était quant à lui parvenu à appâter l'arrogante « Première dame de cour », Mafalda, avec quelques colifichets, si bien qu'elle encaissait sa part avec fièvre et attention, aussi bien chez Abdal que chez les administrateurs du trésor proprement royal de Roç et Yeza.

— La confiance est d'argent, le contrôle est d'or ! plaisanta le Hafside. Mais, cette fois, seul Gosset lui répondit en laissant échapper un petit rire. Messire Georges se contenta d'un rot, le vin de l'île, dont tous avaient bu abondamment, faisait encore effet, l'air était brûlant sous la tente que l'on avait tendue au-dessus des trois seigneurs. Le Doge pouvait reprendre à son compte la phrase du Hafside. Il avait cédé à beaucoup trop bon marché le trésor de Rhedae. Le prêtre et Abdal l'avaient dupé, non pas personnellement, mais dans ses fonctions de représentant de l'ordre des Templiers. Sa seule consolation était le fait que de toute façon, aucun des chanceliers du Temple ne lui avait jamais manifesté la moindre reconnaissance lorsqu'il s'était efforcé de multiplier leurs richesses.

— Je vous fais confiance, déclara-t-il à brûle-pourpoint, et je ne changerai pas d'attitude, précieux Abdal !

— Je vous crois volontiers ! rétorqua celui-ci d'une voix de stentor. Jusqu'ici, ce marché vous a rapporté plus que quiconque pourrait vous offrir entre la Corne d'Or et le Djebl al-Tarik !

— À propos, fit le Doge pour changer de sujet, tout cela ne peut tout de même pas constituer la totalité des biens que le précepteur Gavin a soustraits à l'Ordre. (Il désigna les caisses de navires qui se remplissaient lentement, mais régulièrement.) Taxiarchos m'a parlé de chargement de navires provenant des « Îles lointaines », des chargements tellement gigantesques que l'équipage devait dormir sur les ustensiles en or et que l'on avait même jeté par-dessus bord les réserves d'eau potable pour que les navires, la quille trop enfoncée, ne chavirent pas à la première vague de l'Océan.

Le Hafside se réfugia dans le silence, non pas par prudence, mais parce qu'il n'avait aucune idée de ce que pouvaient être les côtes dorées légendaires de « *La Merica* », comme certains initiés appelaient cette source de richesse inépuisable. Pour lui, cette affaire était aussi nébuleuse que le Graal. Son or à lui venait toujours d'Afrique, sous forme de gros colliers ou « d'or noir ». Ce Graal ne devait certainement pas apporter de si grandes richesses que cela : autrement, le couple royal n'aurait pas eu besoin de faire commerce de statues de saints, dont le produit final représentait deux petites caisses ridicules de pièces d'or. Pourtant, il s'était pris d'affection pour Roç et Yeza, et pour la dignité avec laquelle ils assumaient leur pauvreté. Abdal envisageait vaguement de leur restituer en secret sa part du butin.

— Le crime du précepteur a été d'agir ainsi alors que notre Ordre combattant en *Terra sancta* avait un urgent besoin de renforts, reprit le Doge, aussi bien en armes qu'en argent, afin de lever des troupes supplémentaires et de consolider les châteaux. Gavin avait carte blanche.

Gosset prit la défense du précepteur.

— On ignore totalement s'il n'a pas investi dans des armes la plupart de l'or arrivé de *La Merica*. Il a emporté son secret dans la tombe.

— Que lui avait creusée son ordre ! ajouta le Hafside d'une voix courroucée. Ensuite, il s'y est couché lui-même. Et aujourd'hui, aucun Templier ne sait plus comment on arrive aux « Îles lointaines », à « *La Merica* ». Il est vraisemblable qu'elles n'existent pas du tout.

— Les déclarations de Taxiarchos prouvent leur existence. Un homme que vous connaissez et que vous appréciez vous-même, valeureux Abdal.

— S'il était si simple que cela de s'y rendre d'un coup de voile et d'en revenir, une armada ancrerait depuis longtemps devant le Djebl al-Tarik une foule de navires, comme sur la Corne d'Or. À ma connaissance seuls des marins confirmés se sont lancés dans cette aventure, et aucun n'est jamais revenu.

— L'océan de l'Atlas est un gigantesque tourbillon, a dit Taxiarchos. Celui qui s'y lance au petit bonheur est attiré malgré lui vers les profondeurs, et n'en réchappe pas. Mais lorsque l'on connaît les bords de cet entonnoir, et lorsqu'on sait l'utiliser, on peut se laisser porter par le courant et par l'*aquil* glacé pour le franchir en quelques jours *via* la *rota septentrionalis*, avec ses montagnes d'eau gelée, et rejoindre des plages éternellement ensoleillées d'où dépassent, dans d'interminables oasis peuplées de cocotiers, des temples d'or encore plus gigantesques que les pyramides.

— Ce n'est pas pour rien que Taxiarchos était le roi des mendiants de Constantinople. Inventer pareilles histoires n'est pas dans les mœurs des marins honnêtes. Et vous, Gosset, vous y croyez !

Le Hafside riait à gorge déployée. Mais, cette fois, il était seul. Le Doge resta silencieux. Cet étalage des affaires internes de l'Ordre ne lui plaisait pas du tout. Les histoires que l'on racontait ici n'étaient connues que du premier cercle de l'Ordre, le chapitre secret. Et ceux qui les écoutaient n'étaient même pas membres de l'Ordre. Mais les soucis du commandeur d'Ascalon n'étaient pas ceux du prêtre Gosset. Lui n'admettait pas qu'on le fasse passer pour un colporteur de fausses nouvelles.

— Le cercle de rotation du Cancer sert d'aide à la navigation pour le retour vers la côte africaine...

— Eh bien voilà, c'est là que le gredin est allé chercher son or ! triompha Abdal le Hafside, mais Gosset ne s'avoua pas battu.

— Et la princesse toltèque ? rétorqua-t-il, tout aussi sûr de lui. Vous, Abdal, entre les mains duquel sont sûrement passées des femmes de toutes les races et de toutes les couleurs de peau, avez-vous jamais vu une créature semblable à cette Potkaxl, la suivante de Yeza ?

— Le *cheîtan* sait où il l'a dénichée ! intervint alors le Doge, qui tenait à effacer aussi vite que possible la trace des « Îles lointaines ». Il aurait fallu arracher la langue de Taxiarchos, songea-t-il. Mais il était sans doute trop tard pour cela.

— Je peux vous le raconter précisément, reprit Gosset, comme Taxiarchos me l'a raconté.

— Écoutons donc, décida le Hafside, magnanime. Nous ne sommes pas forcés de prendre cela pour argent comptant !

— Des indigènes avaient indiqué aux marins le chemin du temple du dieu soleil, une pyramide que l'on disait construite entièrement en or et qui s'enfonçait donc un peu plus dans la terre, chaque année. Là, le lendemain matin, deux vierges devaient être mariées au dieu. Taxiarchos marcha donc toute la nuit dans une forêt épaisse et humide, accompagné de quelques chevaliers triés sur le volet. Ils atteignirent la pyramide étagée au moment précis où le soleil se levait. Sur la plate-forme supérieure avait lieu un sacrifice humain, ce qui indigna les Templiers. Ils gravirent au pas de charge l'escalier extérieur (dont les marches étaient composées d'une pierre verte, marbrée de noir, alors que tous les blocs de l'édifice étaient effectivement en or massif). La montée prit plus de temps que ne l'auraient pensé ces seigneurs. Taxiarchos ordonna donc à deux de ses hommes de faire demi-tour et de pénétrer par le bas dans la pyramide. Le prêtre commença le sacrifice avant qu'ils ne soient parvenus au sommet : le sang coulait déjà depuis la pointe de l'édifice. Parvenus tout en haut, ils découvrirent deux autels de pierre et un puits. Le grand prêtre lâcha ses hommes contre les chevaliers. Mais les Templiers le jetèrent vivant dans le puits et abattirent tous les autres. Lorsqu'ils furent revenus au niveau du sol, Taxiarchos appela les deux chevaliers qu'il avait envoyés dans la pyramide. Mais on ne lui répondit pas. Une longue rampe menait dans les profondeurs de la terre. Guidés par le Pénicrate, ils descendirent, l'épée dressée. Ils arrivèrent dans une salle qui avait sans doute servi de réserve : sur la table se trouvaient encore des cruches pleines de boissons fruitées et toutes sortes de mets disposés sur des assiettes. Taxiarchos interdit à ses hommes d'y toucher. D'une petite pièce, ils entendirent le gazouillis d'une flûte. Les intrus firent tomber la paroi de bois et y trouvèrent des musiciens recroquevillés, leurs instruments à la main. Taxiarchos leur laissa la vie sauve. L'un des musiciens les mena dans une pièce voisine dont ils n'avaient pas vu la porte. C'est là que s'achevait le puits qui servait à monter les victimes vers la plate-forme. Mais une herse de fer s'était abattue à l'entrée, transperçant les deux Templiers. L'un d'eux râlait encore. Il mourut à l'instant même où les autres, en rassemblant toutes leurs forces, parvinrent à soulever la grille. Dans le puits se trouvait une corbeille, et dans celle-ci une fillette à demi nue, dont la terreur se lisait sur le visage maculé de taches de sang : c'était notre Potkaxl !

Si le corps du grand prêtre ne l'avait pas tuée au terme de sa chute, c'est qu'il s'était empalé sur la partie supérieure de la herse. C'est lui qui, en tombant, avait déclenché le mécanisme et provoqué la mort des deux chevaliers, au moment précis où ils voulaient faire sortir Potkaxl, tout effarouchée, de sa corbeille.

Gosset ne mentionna pas ce que Taxiarchos lui avait révélé sous le sceau du secret : les deux chevaliers avaient déjà baissé leurs pantalons. Comme l'admit plus tard Potkaxl devant Taxiarchos, elle aurait d'ailleurs été tout à fait disposée à récompenser ses deux sauveurs comme ils le méritaient. Elle ne s'était pas montrée choquée par le désir spontané des manteaux blancs qui avaient tout d'un coup sorti leur épée de sous leur cape, mais par la colère du dieu soleil, qui avait puni les intrus sur-le-champ et sous ses yeux, d'un unique coup de tonnerre.

— Mais c'est une histoire très émouvante, admit le Hafside. Même si elle n'est pas vraie (car en

Afrique, on ne trouve pas ce genre de temples, on y
adore d'autres dieux), elle est fort bien imaginée.
À moins que ce ne soit vous, Gosset, qui ayez troussé
ce beau drame, « Les noces de sang du dieu soleil » ?

— « La malédiction de la pyramide d'or » ! ajouta
le Doge, ironique, en guise de sous-titre.

— La tragédie, c'est l'épilogue, conclut Gosset.
Lorsque Taxiarchos et ses hommes ont sorti les
cadavres de leurs frères d'armes, un homme s'est
précipité vers l'enfant en brandissant sa hache et en
criant : « Seul le sang peut laver cet... » L'idolâtre
n'est pas allé plus loin, car l'arrière-garde des Templiers lui avait déjà fendu le crâne. C'était le père de
Potkaxl.

— Alors ce bon Taxiarchos a pris pitié de la malheureuse orpheline et l'a mise à l'abri dans son lit, à
bord du navire, se moqua le Hafside, avant de la
confier comme suivante au couple royal.

— À propos, fit le Doge en bâillant, où sont donc
passés ces seigneurs ? Ils devraient être de retour
depuis longtemps.

Sur le rivage, en dessous de la seule agglomération
d'Ustica, on avait emballé toutes les caisses, les
canots étaient prêts à les transporter avec leurs propriétaires jusqu'au voilier du Hafside, ancré dans la
crique. La seule chose que l'on n'avait pas encore
répartie était le tas de bourses en cuir remplies de
joyaux ; le Doge, Gosset et Abdal étaient assis en
demi-cercle autour de cet amoncellement. Derrière
eux se tenaient Jordi, Mafalda et Geraude. Deux
sièges pliants étaient libres. Et tous attendaient le
retour du couple royal. L'assemblée vit bientôt
approcher d'en haut, du village, un cortège solennel.
Dirigés par Kefir Alhakim, le gouverneur, suivi de
son héraut et éventeur noir, les habitants de la bourgade descendirent les terrasses en portant les saints
du Golgotha. On avait installé chacun des personnages sur un châssis tenu à l'épaule par quatre
hommes. Les saints, attachés par des cordes, vacillaient un peu, mais ils tenaient bon. Tous étaient
vêtus d'habits précieux.

— Le style me rappelle un peu *Les Mille et Une Nuits*, murmura Gosset, moqueur. Les visages de bois noir renforcent encore cette impression.

— Ça n'est pas si éloigné de la réalité que cela, répliqua le Hafside. La vie et la mort de votre Messie se sont déroulées en Orient, pas dans les cathédrales nordiques, sous votre ciel gris, dans ce décor monacal dénué de couleurs et de toute joie de vivre !

> « *Crux fidelis inter omnes*
> *arbor una nobilis :*
> *Nulla silva talem profert,*
> *Fronde, flore, germine.* »

Les femmes du village accompagnaient elles aussi le cortège en chantant, mais elles avançaient à bonne distance.

> « *Dulce lignum,*
> *dulce clavos,*
> *dulce pondus sustinet.* »

Le Doge applaudit lorsque maître Kefir les eut rejoints. Les autres l'imitèrent.

— Faites-les porter immédiatement aux navires, proposa Georges Morosin. Cela nous évitera de perdre encore plus de temps.

Le Hafside ordonna à ses Maures d'aider à l'embarquement, et, s'adressant au gouverneur d'une voix si sévère que celui-ci s'agenouilla aussitôt, demanda :

— Où est passé le couple royal ?

— Nous le cherchons. Et nous le trouverons ! Ils se sont cachés tous les deux...

— J'espère pour vous que telle est bien la réalité, empoisonneur ! gronda Abdal en se détournant de lui.

> « *Pange lingua gloriosi*
> *proelium certaminis,*
> *et super crucis tropeo*

dic triumphum nobilem :
Qualiter redemptor orbis
immolatus vicerit. »

La Sainte Famille défilait justement devant eux.
Gosset et le Doge se signèrent, Mafalda plia le genou,
Geraude lâcha un rire strident. Jakov arriva en courant, du rivage, pour réceptionner son Joseph, mais
le Hafside lui interdit d'arrêter le cortège :

— À bord, vous aurez tout loisir de le serrer dans
vos bras.

Les premiers canots quittèrent le rivage. On aurait
dit que le Christ et le larron restant, la Sainte Vierge,
Marie-Madeleine et les légionnaires romains marchaient sur l'eau.

— Une vision édifiante ! s'exclama le Doge. Même
si Jérusalem ne la voit jamais, le roi Manfred,
Palerme et toute la Sicile accueilleront avec joie ce
cadeau de couronnement.

— Je crains, dit Gosset, que la cérémonie du couronnement n'ait déjà eu lieu...

À cet instant, le canot transportant le couple royal
surgit de derrière la Punta dei Falconieri, sur
laquelle on avait jadis entretenu une fauconnerie
impériale dont les murs étaient aujourd'hui en ruine.
En quelques coups de rame, Beni et Philippe conduisirent la barque dans la baie. Roç tenait la barre.
Yeza était debout face à lui, à la proue.

Jordi et Geraude se précipitèrent vers la plage, où
la barque accosta en crissant sur le gros sable gris.
Mafalda, la Première dame de cour, avançait d'un
pas mesuré. Jakov, qui avait suivi du regard son
Joseph (lequel traversait à son tour la crique), fut le
premier sur place pour tendre la main aux dames.
Seule Potkaxl, qui titubait encore un peu, profita de
son aide. Yeza sauta sur le rivage. Elle regarda les
hommes qui la dévisageaient en silence, assis sur
leurs sièges, et expliqua pour s'excuser :

— Nous avons dû passer la nuit dans une grotte,
parce que de nuit, il n'était pas prudent de...

— De nuit ? répéta Gosset, incrédule.

— Cela fait trois jours que vous êtes absents !
éclata le Doge. Nous nous sommes fait de grands
soucis.

— Trois jours ? s'étonna Roç. Certainement pas !

— Fiez-vous à nos esprits sobres et lucides ! s'écria
le Hafside. Cela faisait deux nuits. Aujourd'hui, c'est
le troisième jour !

— Alors le couronnement a eu lieu hier ! se
lamenta Beni. Les Patres Benedicti vont me chasser
de l'école !

— Eh bien, tu viendras avec nous, le consola Potkaxl, et le Matou ronronna.

— Philippe a peut-être besoin d'un apprenti,
ajouta Roç.

— Il y a plus important à faire, l'interrompit
sèchement le Hafside. Nous avons perdu assez de
temps !

Le Doge le soutint :

— Dépêchons-nous de distribuer les joyaux.
Ensuite, tout le monde à bord.

— J'offre ma part aux femmes du village !
s'exclama Yeza, et Kefir Alhakim s'inclina jusqu'au
sol.

— Alors choisissez trois petits sacs, trancha le
Hafside. Nous pourrons répartir le reste pendant la
traversée, l'offrir à qui bon vous semblera. À moins
que vous ne vous sentiez encore en dette envers cet
herboriste ?

Abdal avait adressé la question à Roç, redoutant (à
juste titre) la générosité de Yeza, qui reprit aussitôt
la parole :

— Le gouverneur a accompli un admirable travail
de tailleur, commença-t-elle à dire. Mais Kefir Alhakim s'était déjà jeté à ses pieds :

— Il n'y a qu'un remerciement que je puisse vous
demander : emmenez-moi avec vous...

Il ne vit pas le regard désapprobateur de son fils,
et poursuivit donc son discours :

— Je peux vous servir de médecin personnel...
(Mais il corrigea aussitôt en voyant la main de Roç
qui se levait :) ... ou de cuisinier ?

Cette fois, c'est Yeza qui secoua la tête.

— ... de chambellan ? proposa enfin le gouverneur.

L'idée plut à Roç, qui répondit d'un air grave :

— Si ma dame l'approuve...

— Je vous nomme vizir !

— Et moi ? fit Beni.

— Tu seras mon page, l'informa Philippe sans
broncher.

L'éventeur accompagna son maître, le gouverneur,
jusqu'à la barque.

— Je vous suivrais volontiers, Excellence, fit le
grand Noir d'une voix plaintive en soulevant son
maître pour le faire monter dans la barque. Mais que
deviendraient mes femmes ?

— Puisez dans les trois sacs ce qu'il vous faut
pour elles, répondit Kefir Alhakim, qui n'avait pas
tardé à entrer dans son rôle de vizir. Nous nous sou-
viendrons toujours de vous avec reconnaissance.

L'heure des adieux était venue. En larmes, le
héraut se fit remettre trois petits sacs par les Maures.
Le reste fut chargé dans le canot du Hafside, le dernier à quitter l'île.

Les femmes de la bourgade avaient elles aussi
afflué sur le rivage. Elles agitaient les bras vers la
Sainte Famille, que l'on avait installée debout dans
la cale du voilier, ne laissant dépasser que les têtes et
les croix.

> *« Sit patri natoque, summo*
> *graetiae cum spiritu,*
> *sempiternae trinitati*
> *laus, salus, et gloria. »*

Abdal fit hisser la voile. Le vent s'y engouffra peu à
peu, la gonfla, et le navire du marchand d'esclaves

quitta majestueusement la baie pour rejoindre la pleine mer.

> « *Quae creavit, quae redemit,*
> *quaeque nos illuminat.* »

IV

UN CADEAU POUR LE ROI MANFRED

La fin de l'été était douce en cette année 1258. Les jours raccourcissaient déjà, mais la fraîcheur du début de la nuit était encore fort agréable. Le Saint-Père, Alexandre IV, avait donc ordonné que l'on serve un dîner aux chandelles dans le parc, sous le gros noisetier. Lui-même et son confident, le cardinal Octavien, avaient invité à leur table le patriarche de Jérusalem.

Contrairement à ses hôtes, Jacob Pantaleon était d'origine modeste. On disait que son père était un cordonnier de la ville de Troyes, en France, et que Jacob avait réussi à monter une par une les marches de la curie, en se montrant aussi fiable qu'appliqué.

Alexandre, lui, était issu de la noble famille des Conti di Segni, qui avait déjà fourni quelques papes, et le seul contact qu'il eût jamais eu avec la pauvreté remontait à sa toute première enfance, lorsque son oncle Grégoire IX l'avait emmené à Assise et lui avait présenté saint François.

Octavien degli Ubaldini était quant à lui le rejeton d'une riche famille de la noblesse florentine.

Pour ne pas écraser ce patriarche sans prétention sous un faste inutile, l'office avait été prié de préparer un repas champêtre. On servit des melons et des figues fraîches accompagnant du jambon fumé de la

Maremma, que des paysans du cardinal avaient offert à leur seigneur. Tout comme le vin blanc et râpeux, qui provenait de sa résidence d'été de San Bruzio, l'un des vignobles les plus réputés du sud de la Toscane. Alexandre aurait aimé que le frascati ait été apporté de sa terre natale, mais il avait préféré y renoncer en voyant son ami, à cette idée, pointer les lèvres d'un air méprisant. De toute façon, la livraison en provenance des montagnes d'Albanie n'était pas arrivée. Les soldats de la république de Brancaleone l'avaient sans doute interceptée et avaient savouré eux-mêmes ce précieux breuvage.

Le Cardinal gris commença par laisser le patriarche se servir avant de l'interroger avec précaution sur la situation en Terre sainte ; il connaissait bien le point faible de ce brave Pantaleon, qui, depuis sa nomination trois années plus tôt, n'avait toujours pas pu prendre ses fonctions : la curie ne cessait de lui confier des missions spéciales. Lorsque les mouvements de mastication de l'invité se furent apaisés, lorsqu'il eut abondamment abreuvé son gosier, le cardinal engagea donc la conversation :

— Mon cher Jacob, nous vous considérons comme un remarquable connaisseur de la situation en Outremer, même si (tout comme nous) vous n'avez pu jusqu'ici que suivre de loin le cours des événements.

Le patriarche reposa son gobelet d'un geste énergique.

— Si Sa Sainteté ne procède pas contre ces villes avec la même dureté et la même obstination que dans l'affaire sicilienne, les amiraux des flottes continueront à ourdir leurs sales manigances égoïstes. (Comme le cardinal l'avait resservi, il reprit une gorgée.) Si vous ne brandissez pas la menace de l'*interdictum* contre les républiques maritimes, Gênes, Venise et Pise, si vous ne pratiquez pas l'excommunication des Doges, comme vous auriez dû le faire depuis longtemps, rien ne pourra les empêcher de consacrer leurs forces humaines considérables et leur gigantesque matériel de guerre, leurs machines et leurs navires, à se déchirer mutuellement au lieu de combattre nos ennemis musulmans. C'est une honte !

— C'est sans doute vrai, murmura le pape. Pour eux, la foi compte moins que le commerce.

— Aucune interdiction solennelle (qu'elle soit prononcée par le royaume de Jérusalem ou par vous-même, pardonnez-moi, Très Saint-Père) n'empêchera la Serenissima de passer avec Le Caire des accords qui la feront puer jusqu'au ciel, tandis que les Génois noueront langue avec n'importe quel infidèle, pourvu qu'il lui livre des marchandises. Et Pise prendra ce que les deux grands lui laisseront. Le nom « chrétien » n'apparaît dans leurs livres de comptes que s'il s'agit d'une cargaison d'esclaves, de pèlerins capturés qu'ils transportent et mettent aux enchères d'un marché oriental à l'autre ! Ils livrent même des armes aux infidèles, s'ils paient comptant !

— C'est effectivement un scandale !

Alexandre s'efforçait de paraître outré, mais il ne trouvait pas ses mots, d'autant plus qu'il avait dans la bouche un volumineux morceau de jambon. Octavien, lui, avait sur la situation un regard plus détendu.

— L'idée des pèlerinages armés vers Jérusalem est née il y a plus de cent cinquante ans. Elle est devenue vieille, elle n'a plus l'élan qui était le sien à l'origine.

— C'est aussi la responsabilité du Saint-Siège, si je puis me permettre, répondit Jacob, tout disposé à jouer son trône de patriarche. Depuis le début de ce siècle, le nombre de pèlerins arrivant jusqu'en Terre sainte n'a cessé de décroître. Les opérations militaires dirigées contre des chrétiens d'Occident ne cessent de se multiplier ! Je ne citerai que trois exemples : Constantinople, les Albigeois, et à présent les Hohenstaufen ! Vous allez me répondre : « Schismatiques, hérétiques, bâtards de l'Antéchrist. » Mais vous ne me ferez pas croire que ce type de guerres menées sous le signe de la croix aura servi à reconquérir les lieux saints.

— Sanglier! répliqua le cardinal, amusé. Je peux vous dire cela parce qu'on est justement en train de le trancher, dit-il en désignant une gigantesque broche que les serviteurs apportaient du feu tout proche. Eh oui, du sanglier, avec des pommes rôties, des châtaignes grillées, et un nouveau vin! ajouta-t-il en faisant signe au sommelier. Servez à présent ce rouge captieux de notre abbaye de San Polo! Un fragment liquide du royaume céleste, issu du cœur du chianti!

Puis il s'adressa au patriarche qui, furieux, retourna sa coupe encore à moitié pleine, en signe de refus.

— Nous vous donnerons les pleins pouvoirs pour ramener les belligérants à la raison, annonça le pape pour l'apaiser.

— La raison? s'exclama Jacob. Mais c'est bien de cela qu'il s'agit! S'ils se fient à leur *ratio,* ils sont dans leur droit. Ce qui leur manque, c'est de soumettre leur commerce aux valeurs célestes. Ils oublient le salut de leur âme, la foi chrétienne! Ils adorent Mammon!

— Je peux vous consoler, assura le cardinal en servant à son invité un savoureux morceau de viande. Devant la capitale, Saint-Jean-d'Acre, a eu lieu une bataille navale décisive, la Serenissima en est sortie vainqueur, les Génois ont évacué leurs quartiers et se replient sur Tyr avec le reste de leur flotte.

Le Saint-Père s'arracha un soupir.

— *Suum cuique!* Dans ce cas, chacun aura quelque chose, et ils pourront préserver la paix à l'avenir.

J'aurais peut-être dû procéder ainsi dans l'affaire sicilienne, se dit Alexandre. Conradin reçoit la Sicile, Edmond, peut-être, l'Apulie, et l'Anjou ramasse le reste, de Naples jusqu'à la pointe de la botte calabraise.

— Votre homme de Palerme! chuchota un garde au cardinal.

— Quand on parle du diable...

Alexandre observa en clignant les yeux la lueur du feu dans la pénombre. La nuit était tombée depuis bien longtemps. Dans l'aura des flammes apparut une silhouette courbée, qui n'avait pas les pieds fourchus mais les deux jambes mutilées, et avançait vers la table sur des béquilles.

— Le Triton ! chuchota Octavien à l'oreille du pape, avant de s'exclamer : Mais voici notre ambassadeur non accrédité ! Le témoin anonyme du couronnement de Palerme, du moins, je l'espère ! J'ai nommé Bartholomée de Crémone !

Un serviteur miséricordieux glissa un tabouret sous les fesses de l'estropié, qui s'y laissa tomber en gémissant.

— Votre récit, Barth, nous gâchera-t-il le reste de la soirée ?

— Si vous m'offrez une bouchée de votre table et une gorgée de vin, puissant seigneur et maître, couina le moine sans la moindre crainte, je parviendrai peut-être à faire apparaître les faces amusantes de l'histoire, car il y a beaucoup de bouffonnerie dans un couronnement !

Le cardinal fit un geste, et l'on posa dans les mains de Bartholomée ce qu'il avait demandé, car il n'avait pas le droit de prendre place à la table pontificale.

— Comme Dieu, le Juste, commença-t-il en mâchouillant, m'a puni de mes péchés en me brisant les membres qui me servaient à marcher, l'idée de me déguiser en mendiant est venue d'elle-même. J'avais cru avoir conquis une belle place, juste derrière le portail de la cathédrale, une place d'où j'aurais pu voir de près le trône, l'autel et où même le cortège serait passé à portée de ma main. Mais le matin du couronnement, les sbires de Procida m'ont placé devant la porte. Là, mes collègues locaux m'ont lancé des pierres pour me faire rejoindre le groupe des étrangers, si bien que j'ai été contraint de filer au plus vite.

— Vous n'avez donc pas vu le couronnement de

vos propres yeux ? demanda aussitôt le Cardinal gris, mais cela intéressait moins le pape.

— Qui donc a remis la couronne au bâtard ?

— C'est qu'au début, il n'était pas là ! (Le Triton laissa échapper un rot considérable.) À deux reprises, le grand jour a été reporté parce qu'il fallait encore faire venir les bijoux de Venise. À la hauteur d'Otrante, une escadre génoise a arrêté le voilier rapide de la Serenissima, mais un navire de guerre de l'Anjou l'a fait sortir de cette mauvaise passe et l'a escorté jusqu'au port du comte Hamo l'Estrange, lequel n'avait pas été invité à la fête de Manfred parce qu'il refuse, depuis des années, de restituer la trirème amirale de Sicile, qu'il a reçue de son père, le comte de Malte.

— C'est de sa mère qu'il l'a héritée, cette « Abbesse » sans foi ni loi ! grogna Alexandre. Mais ne me parlez pas de cette famille d'hérétiques à laquelle nous devons l'éducation des enfants du Graal !

— En tout cas, Hamo a fait acheminer par voie terrestre jusqu'à Palerme les bijoux du couronnement, conclut provisoirement Barth en avalant une bonne rasade de son gobelet.

— Bien, et qui a couronné ? demanda de nouveau le pape.

— L'évêque de Grigenti.

— Le gredin !

— Sans doute ! confirma le Triton. Il tremblait tellement des mains qu'il a failli laisser tomber la couronne.

— Mais vous n'avez rien vu de tout cela, constata le cardinal. Que pouvez-vous nous raconter pour en avoir été directement témoin ?

— Comme il était impossible de trouver une place lucrative devant la cathédrale, je suis descendu discrètement vers la *Cala*, le port intérieur. Là, les illustres invités, les puissants souverains et les ambassadeurs étrangers attendaient le cortège du couronnement, et je pouvais espérer des aumônes substantielles.

— Je ne vous ai pas envoyé à Palerme pour vous remplir les poches! l'admonesta le Cardinal gris, mais Barth avait une réponse toute prête.

— Un mendiant qui ne mendie pas se rend suspect! Je n'avais aucune envie que l'on me torde aussi le cou. J'ai donc empoché toutes les pièces qu'on me lançait. C'est aussi là, sur le port, que s'était rassemblée la plus grande partie du peuple, chassé pour raisons de sécurité des ruelles étroites où comptait passer le cortège. Bientôt, on put entendre au loin les cris de joie qui l'accueillaient. Le cortège, j'avais réussi à savoir tout cela, traverserait la vieille ville d'église en église, avant de remonter le somptueux Cassaro parfaitement rectiligne, puis de revenir à la cathédrale et au palais royal. Toutes les troupes, cavaliers et fantassins, y feraient la haie d'honneur. Sur le port, la foule attendait de pouvoir enfin voir le jeune roi...

— L'usurpateur! corrigea Octavien.

— *Impostator miserabilis!* chuchota Alexandre.

— Cette attente lui était devenue insupportable. On commençait à voir sauter des gens depuis le môle, dans l'eau du port. Alors, du pied du Monte Pellegrino, a retenti une tout autre musique. Au lieu des fanfares martiales, des tambours et des timbales des Sarrasins, qui marchaient en avant du cortège, on entendit résonner tout doucement, mais de plus en plus distinctement, l'*Ave Maris Stella,* chanté avec ferveur par mille pieuses gorges de notre *Ecclesia catolica...*

— Comment cela? demanda le pape, incrédule. Une manifestation en notre faveur? Pour affirmer nos droits sacrés? (Alexandre avait bondi de son siège, triomphant.) Celui qui a fait cela à notre profit, je le sanctifierai! s'exclama-t-il avec emphase, mais le Triton battit des bras pour le calmer.

— Prenez votre temps, Très Saint-Père, et écoutez!

Il commença par se faire servir une nouvelle bonne coupe de vin, tout heureux de voir le pape suspendu à ses lèvres.

— Le peuple rassemblé sur le port l'a abandonné comme de l'eau sortant d'un baquet, tous sont partis pour le quartier des Génois, ce puits situé au bord de la mer et qui s'appelle *Aqua Santa*...

— Et qui est arrivé à ce moment-là ? interrogea à son tour le cardinal, mais Barth joua aussi avec sa curiosité.

— Comme nous nous retrouvons ici face à une confusion babylonienne, permettez-moi encore une fois de le raconter comme si mes pieds avaient été de la partie depuis le début, et comme si je ne devais pas me fier à des récits recueillis après coup auprès de témoins oculaires.

— Mais dis-moi seulement qui !

— Ce serait dommage ! protesta le Triton. Cela vous gâcherait le plaisir de cette belle histoire.

— Bien, mais avance rapidement, lui ordonna Alexandre, ne remonte pas jusqu'à la troisième génération, ou jusqu'à Roç et Yeza, le couple royal des hérétiques.

Barth sourit.

— Alors que le port était déjà plein des navires des invités, et que le début de la cérémonie avait été annoncé par trois coups de canon du Palazzo dei Normanni, un vaisseau étranger, un puissant trois-mâts, est apparu devant la tour qui surveille l'entrée de la Cala. Le commandant du port avait fait tirer la chaîne depuis longtemps et envoya un canot informer l'étranger qu'il pouvait jeter l'ancre près du môle, mais qu'un débarquement n'était plus possible. Cependant, le grand métropolite de Bethléem a insisté !

— Il n'existe pas ! protesta le patriarche, qui prenait la parole pour la première fois et s'était contenté jusqu'alors de suivre avec mauvaise humeur le récit et la manière dont il était présenté.

Le pape était désorienté.

— Avons-nous jamais décerné pareil titre ? demanda-t-il à son conseiller.

— Les Grecs, peut-être ? suggéra celui-ci.

— *Apostata chismaticus!* trancha Alexandre.

— Le dignitaire chrétien, reprit Barth, que tout cela n'émouvait guère, voyageait en compagnie d'un commandeur du Temple et d'un prêtre français, monseigneur Gosset, que son roi...

— C'était cela, la surprise? s'informa le cardinal d'une voix glaciale.

— Pas du tout, répliqua insolemment le Triton, ce n'était que le prélude. Ce Gosset affirma qu'il avait à son bord un cadeau pour le roi Manfred qui rendait indispensable un accostage, sans lequel il serait impossible de le décharger. Le grand métropolite insista, mais le commandant du port, qui ne voulait pas manquer le cortège (d'autant plus qu'il occupait une fonction importante et devait être présenté au roi), le renvoya dans un petit port de pêche consacré à la Sainte Vierge, au pied du Monte Pellegrino. Le voilier s'y dirigea donc avec sa mystérieuse cargaison, et s'amarra à la muraille du quai...

— Bon, et qu'est-ce que ce faux métropolite avait à son bord? interrogea le pape. Il s'agissait forcément d'un cadeau blasphématoire...

— Vous vous trompez, Très Saint-Père, reprit Barth. En présence du prêtre local, et d'une foule de curieux qui s'étaient aussitôt rassemblés sur le rivage, on a déchargé un groupe de figures du Golgotha, grandeur nature. Une splendide série de sculptures sur bois noble, ornées de petits bijoux et de tissus précieux tels que je n'en ai jamais aperçu nulle part, même dans la Rome éternelle.

— Je suppose que vous ne l'avez pas vue de vos propres yeux?

— Oh si, mon seigneur, expliqua Barth avec fierté. Car ensuite, la procession s'est dirigée vers Palerme, au cœur des cérémonies du couronnement...

— Voilà qui me plaît! s'exclama le pape. Cela nous arrange extraordinairement...

— Les gens ont chargé sur leurs épaules les saints, Notre Sauveur et les femmes en lamentation, puis ils les ont portés en chantant avec ferveur l'*Ave Maris*

Stella, puisque la Vierge et son fils leur étaient arrivés par la mer. La croix marchait en avant, suivie des soldats romains et d'une grande quantité de saints...

— Qui n'ont jamais assisté à la crucifixion, se moqua Octavien, mais le pape lui fit signe de se taire.

— Et qui donc avait organisé tout cela, à qui l'Église doit-elle ce triomphe sur le nid de vipères des Hohenstaufen ?

— Aux généreux donateurs, sans aucun doute, répondit Barth, qui se réjouissait de voir ainsi monter la tension. Ils marchaient modestement, à la fin de la procession. C'étaient Roç et Yeza.

Le silence qui s'abattit sur le parc était tellement profond qu'on pouvait entendre le bruissement des feuilles dans les arbres et le clapotis de la petite rivière voisine. Un grillon chantait, et l'on percevait le cri d'un oiseau de nuit.

— Ah! soupira Alexandre en rompant le silence. Que Dieu les bénisse! Nous avons peut-être toujours été injustes avec ces enfants.

— Le couple royal, lui rappela doucement son ami Octavien, n'a jamais rien fait de mal à l'Église, sa seule tare est son origine...

— Hérétiques ?

— Pis encore : Hohenstaufen!

— Pouvons-nous leur pardonner ?

— La Sainte Inquisition, certainement pas, mais notre Seigneur...

— Je serais heureux de les voir en face de moi.

— Ils ne répondront sans doute pas à une telle invitation, après tous les torts que leur a causés la curie.

— Je pourrais leur demander pardon, suggéra le pape avant de se reprendre et de s'exclamer d'une voix haineuse : Non! Non, ce sont des Hohenstaufen!

— Vérifions-le, Saint-Père, une fois que nous serons parvenus à les convaincre de se présenter devant votre trône.

— Soyez remercié, Octavien! Vos conseils me couvrent toujours de honte, moi, pauvre pécheur.

— Nous sommes tous des pécheurs, dit le patriarche, derrière eux. Prions, car nous avons oublié de le faire au commencement de ce repas.

Et le silence du jardin s'abattit de nouveau sur les quatre hommes en prière. Lorsque le cardinal jugea qu'il en avait fait suffisamment, il se tourna vers son subalterne :

— Achevez votre récit, ordonna-t-il d'un ton sec, comme si le Triton avait inventé ces événements imprévus. Qu'a fait Manfred?

— La procession avait enflé, c'était devenu une véritable avalanche lorsqu'elle arriva sur le flanc de la Cala au moment précis où le cortège y débouchait. Elle s'y est rattachée. Derrière les personnages de la Sainte Famille, le Christ en tête, les gens quittaient le chemin prévu et se dirigeaient vers la Kalsa. Le Cassaro, orné de fleurs, de guirlandes et de portes d'honneur, resta vide, ils se pressèrent dans les rues étroites jusqu'à ce qu'ils parviennent aux murailles de la ville. Ensuite, ils passèrent devant la Porta Sant'Antonio et se dirigèrent vers le palais. Près de la petite église de San Giovanni degli Eremiti, Manfred, à l'aide d'une poignée de chevaliers, parvint à prendre la tête de la procession et à l'arrêter. Le peuple voulait absolument porter ses nouveaux saints dans la cathédrale, où tout avait été préparé pour le couronnement solennel.

Roç et Yeza apparurent alors et déclarèrent d'une voix ferme que ces lieux étaient ceux qui convenaient à la Sainte Famille : ici, la mosquée et l'église étaient aussi étroitement liées qu'en Terre sainte, d'où elle venait et qui était son but. Les gens hurlaient de joie, Manfred donna l'accolade au couple royal et le guida avec tous les honneurs jusqu'à la cathédrale, pour qu'il puisse assister à son couronnement. Dans son sermon, l'évêque de Grigenti parla d'anges descendus du ciel pour célébrer l'événement en chantant leurs hosannas. Il a déclaré que la paix devait régner entre les hommes, pas seulement entre les chrétiens et les musulmans, mais aussi entre le Saint-Père et le jeune roi béni par Dieu.

— Un beau sermon, dit le pape en riant. Guillaume de Rubrouck n'aurait pas fait mieux ! Ce frère mineur était-il lui aussi présent ?

— Non, assura Barth. Lui, je le connais, et je ne l'ai pas vu.

— Vous ne nous avez rien épargné, Bartholomée de Crémone, fit le Cardinal gris. Vous savez comment on traitait ceux qui apportaient de telles nouvelles, autrefois ?

— Ma tête a toujours appartenu aux Services secrets.

— C'est ce qui vous permet de la garder sur vos épaules jusqu'à ce que le Tout-Puissant décide de vous clouer le bec ! Allez, maintenant !

Le patriarche prit lui aussi congé. Le vent de la nuit faisait vaciller les bougies dans les photophores.

Le pape Alexandre IV marchait de long en large dans son bureau. Par les hautes fenêtres, son regard agité glissa au-dessus du parc, sur le chemin de ronde qui ceinturait de l'intérieur la muraille de la ville. Il observa les collines hérissées de cyprès, autant de doigts sombres jaillissant comme des pointes de la masse vert mat des bois d'olivier et des tendres couleurs de la vigne. De l'église rattachée au palais, on entendait les cloches sonner midi. Les gardes annoncèrent le cardinal Octavien, qui avait un laissez-passer permanent, et ouvrirent aussitôt les portes. Alexandre entendit ses pas sur les marches de travertin usées par le temps. En deux foulées rapides, il monta sur l'une des alcôves surélevées où se trouvaient les fenêtres, et regarda fixement à l'extérieur.

— Regardez donc, Saint-Père, qui je vous ai ramené ! annonça son confident et conseiller, le cardinal Octavien. Son Excellence, sir Darius Turnbull, ambassadeur du roi d'Angleterre, ne veut absolument pas admettre que ses hommages ne servent à rien tant que son maître, Henri, ne s'en tient pas aux accords passés.

Le pape se retourna lentement, prit une mine affligée et toisa sans le saluer le légat qui était entré en même temps que le cardinal mais, contrairement à celui-ci, n'avait pas attendu au seuil de la pièce. Sir Darius se trouvait à présent au milieu de la salle et, confus, tournait son chapeau dans ses mains. Octavien renforça encore cette impression de malaise en ajoutant nonchalamment :

— Et il n'a pas non plus apporté d'argent !

Le pape regarda l'ambassadeur comme s'il s'agissait d'un quémandeur importun. Il ne lui plaisait pas. Il avait la stature d'un gros chien de berger, mais ses cheveux rouges et ses petits yeux sans sourcils rappelaient le cochon. Les ongles de ses doigts étaient rongés.

— Eh bien, commença Alexandre pour qu'il cesse de triturer son chapeau, qu'avez-vous à nous dire, sir Darius ?

Il ne songea pas un seul instant à proposer un siège au légat.

— Cet encaisseur malveillant, bien qu'agissant au service de Votre Sainteté, a provoqué des catastrophes. Ses exigences cupides et absurdes, ses menaces impudentes ont causé à la maison royale anglaise un dommage irréparable.

— Ah ! s'exclama le cardinal derrière lui. Vous mettez tout à l'envers : le Saint-Siège n'a pas seulement cherché à vous faire payer vos oublis. En continuant à revendiquer le droit qui lui a été reconnu officiellement, il a aussi soulevé des problèmes que vous comptez à présent nous faire payer ?

— Gardez pour vous vos moqueries à bon marché, cardinal Octavien. Si votre intention était de faire éclater l'affaire sicilienne, vous auriez pu vous y prendre plus simplement que de nous lancer aux trousses ce crapaud d'Arlotus !

— Que s'est-il donc passé pour que vous vous permettiez de nous parler sur ce ton, sir Darius ? demanda le cardinal, plus amusé qu'indigné.

— Notre seigneur le roi s'est vu forcé de transmettre à Son Éminence votre *conditio sine qua non...*

— *Sine qua excommunicatio !* corrigea le pape, énervé, mais Turnbull continua.

— ... de transmettre cet ultimatum en toute franchise et sincérité, puisque les propriétaires fonciers de l'Église sont les plus riches du pays. Je tairai, par courtoisie innée, ce qu'ils lui ont dit de votre pape à Rome et de son *interdictum,* lorsqu'ils ont rejeté notre demande. Malheureusement, ils n'ont pas gardé leur fureur pour eux. Quelques jours plus tard, les principaux barons du royaume se sont réunis, ont juré de rester solidaires, ont filé tout droit au palais royal de Westminster et, après avoir déposé leurs armes dans l'antichambre, se sont précipités dans l'appartement où dormait le roi.

— Voilà ce que j'appelle de belles manières anglaises ! plaisanta le cardinal.

— Ils l'auraient roué de coups à poings nus ! répondit sèchement sir Darius. J'ai honte pour vous, ajouta-t-il à voix basse. Henri, mon seigneur, a dû reconnaître qu'il n'avait aucune échappatoire. Avec le prince héritier Edouard, que l'on avait fait venir, il a juré sur la Bible que dans cette pénible affaire, qui n'en était pas une, mais la ruine de l'Angleterre, il n'entreprendrait plus rien sans l'accord des seigneurs religieux et laïcs.

— Je peux le délier de ce serment ! l'interrompit le pape, hors de lui. Serment forcé ! Il ne vaut rien !

— Cela ne sert plus à rien, dit sir Darius d'une voix plaintive, car cette bande de brutes au crâne épais, Montfort en tête, a soutiré au roi une autre concession, qui aura beaucoup plus de conséquences : la convocation d'un parlement à Oxford ! (Sir Darius en tremblait.) Votre Sainteté comprend-elle bien ce que cela signifie ? Ce n'est plus le pape, mais un synode permanent qui détermine la politique de l'*Ecclesia catolica,* vous n'êtes plus autorisé qu'à sceller des bulles que d'autres ont rédigées.

— Ce ne serait pas vraiment une nouveauté, constata Alexandre en adressant un sourire au cardinal, adossé au chambranle de la porte.

— C'est la fin de toute monarchie! éclata Turnbull, et son visage rose prit une teinte sombre. C'est la fin de l'Occident, une peste qui n'épargnera personne, un déluge dans lequel seront emportés le droit et l'ordre, les lois de Dieu et...

Il n'alla pas plus loin : sa tirade lui avait coupé le souffle. Qu'il n'aille pas à présent nous faire une attaque, songea Octavien, on raconterait que j'ai fait usage de mon poison... Il fit glisser la main sur son anneau et demanda avec une feinte bienveillance :

— Que pouvons-nous faire pour vous?

L'ambassadeur le dévisagea, hagard.

— Vous pouvez glisser dans votre anus béni l'argent que vous nous avez déjà extorqué! L'Angleterre ne se laissera pas exploiter plus longtemps! Et si Rome nous excommunie, il pourrait bien, Saint-Père, vous arriver la même chose qu'à mon pauvre seigneur Henri!

Un silence glacial régnait dans la salle. On ne devrait pas engraisser autant les bull-terriers, songea le pape.

— Je pense que vous avez usé de votre immunité d'ambassadeur royal jusqu'à l'extrême limite du supportable. Gardes! cria le cardinal d'une voix sèche. Conduisez ce seigneur à la plus proche frontière du *Patrimonium Petri!*

— Mon navire est ancré à Civitavecchia!

— Eh bien faites en sorte d'y avoir embarqué d'ici quarante-huit heures! Sans cela, je vous enfoncerai pour ma part dans les fesses, en guise d'ultime salutation, le traité nul et non avenu et le sceau de messire votre roi! Dehors!

Les gardes s'emparèrent de l'ambassadeur et le menèrent à l'extérieur. Dans la salle, la chaleur était caniculaire.

— Un grossier merle, cet Anglais! soupira le pape. Me menacer, moi, leur pape, de voies de fait!

— D'un schisme! mon cher Alexandre, fit Octavien, mais, voyant que cela n'améliorait nullement l'humeur de son ami, il changea de sujet : Vous pouvez être satisfait. J'ai encaissé soixante mille marks d'or en argent allemand. C'est tout de même une jolie récompense lorsque l'on n'a rien cédé.

— Exact. Mais nous nous trouvons désormais au même point qu'au jour de ma montée sur le trône.

— Non, votre couronnement a eu lieu à Rome!

L'AUBERGE DU GREC

Le voilier du Hafside était ancré sur la Cala, l'ancien môle intérieur de Palerme. Depuis sa prestation sous l'identité du grand métropolite de Bethléem (un triomphe!), Abdal avait eu la sagesse de ne plus se montrer. Son vieil ami, le commandant du port, l'avait caché pour qu'il échappe aux recherches des sbires de Maletta. Il l'avait dissimulé dans l'une des ailes les plus agréables de la Kalsa, auprès des fauconniers, tout en haut de la muraille. Le chambellan estimait à juste titre que la tolérance dont on avait fait preuve à l'égard d'une arrogante cérémonie religieuse organisée par un dignitaire de l'Église inventé de toutes pièces, et ce justement le jour du couronnement, allait jeter de l'huile sur le feu de la haine. Le pape, à Rome, guettait la moindre occasion de pouvoir dénoncer le couronnement comme une farce dépourvue de la bénédiction épiscopale, et cette procession sauvage qui avait tous les attributs d'un carnaval ne pouvait que le renforcer dans cette intention. Si l'on y regardait de près, même l'acte solennel de l'évêque de Grigenti pouvait être considéré comme une insolente mascarade. Non, tout cela avait été une mauvaise plaisanterie imaginée par ce couple royal. Dire qu'il attendait en plus un remerciement pour ce cadeau que personne n'avait demandé, ce cheval de Troie déguisé en navire, plein de personnages de saints! Maletta avait fait ses études à Alexandrie. Depuis, s'il n'aimait pas les

Grecs, il appréciait en revanche leur art poétique, au moins celui d'Homère. Le roi, avec son insouciance, avait réussi à sauver la situation *in extremis*. Mais à quel prix! Il avait dû partager avec Roç et Yeza l'éclat de cette journée qui était censée servir sa gloire.

Pour Maletta, la disparition du grand métropolite tombait à point. Cela lui épargnait l'obligation de l'arrêter. Le chambellan préféra recouvrir l'incident d'un manteau de silence.

Dans cet esprit, il avait aussi rapidement ôté le couple royal à la vue des nobles et au contact du peuple en attribuant à Roç, Yeza et leurs domestiques des quartiers dans la Kalsa. Or ses sbires l'avaient informé, un instant plus tôt, que Roç et Yeza venaient de se rendre au port avec la cour pour faire leurs adieux à l'équipage du navire qui les avait acheminés. Le grand métropolite était réapparu à cette occasion. Certains prétendaient avoir reconnu en lui Abdal, un marchand d'esclaves redouté au service du sultan. Maletta hésitait : devait-il intervenir, ou non? Mais pour ne pas susciter plus de remous, il décida de fermer les yeux, en espérant que le plus grand nombre possible de ces invités indésirables prendraient le large à cette occasion.

Roç et Yeza, escortés par leurs serviteurs, écuyers et suivantes, y compris la Première dame, Mafalda, le confesseur Gosset et le majordome Jordi, approchèrent du bateau. Les passagers, le Doge, Sigbert et Jakov, étaient déjà prêts pour le départ. Ils n'avaient pas emmené leur vizir fraîchement nommé, Kefir Alhakim, craignant que le bannissement dont l'empereur avait frappé le bonimenteur ne fût toujours en vigueur. Abdal fit des adieux brefs et rapides : le commandant de la capitainerie lui avait conseillé de ne pas se montrer trop longtemps sur le port, et de jeter l'ancre le plus vite possible. C'était bien l'intention du Hafside, qui s'adressait pour l'heure à Roç et Yeza :

— Ensemble et chacun pour soi (il ne put réprimer cette petite pique), vous aurez toujours en moi un ami qui surgira lorsque vous l'appellerez, qui fera tout pour vous sans poser de question. Je suis votre serviteur, ayez recours à moi chaque fois que vous le voudrez.

Ces mots prononcés, le Hafside remonta la passerelle et se retira dans sa cabine. Roç et Yeza furent navrés du départ de Sigbert, qu'ils avaient à peine eu le temps de voir. Ils éprouvaient une profonde affection pour le Chevalier teutonique, qui les avait sauvés de Montségur. Tandis que Roç réprimait virilement une douleur mêlée de tristesse (car le commandeur avait vieilli, il avait certainement dépassé depuis longtemps la soixantaine) et se contentait de lui serrer la main, Yeza attendit. Puis elle prit Sigbert par la manche et l'entraîna sur le côté.

— Vous ne pouvez pas rentrer maintenant dans ce navire, lui chuchota-t-elle en forçant le géant à barbe blanche à baisser la tête vers elle. J'ai besoin de vous, mon cher Sigbert. Vous devez m'accompagner pour un important voyage, avant de rentrer à Starkenberg.

Le grand et vieil homme s'immobilisa et posa sa main sur l'épaule de la mince jeune fille.

— Yeza, vous exaucez l'un de mes rêves. Me placer encore une fois à votre service a toujours été mon vœu le plus ardent. Vous ne savez pas quel bonheur vous offrez ainsi à mes vieux jours.

Sur ces mots, il se dirigea vers les autres, sans lâcher l'épaule de Yeza.

— Je reste encore un peu, annonça-t-il au Doge, d'un ton léger.

Cela agaça Roç. Sans regarder Yeza, il dit à Gosset, d'une voix forte :

— Nous avons à présent pris congé de tous, je souhaiterais partir. Venez avec moi, je vous prie.

Il passa devant et ne se retourna même pas pour constater que Gosset le suivait, en hésitant et en secouant la tête.

— Vous me trouverez au Palazzo Arcivescovile, précisa Sigbert à Yeza. Jean de Procida prolongera certainement volontiers l'hospitalité qu'il m'a accordée.

Il demanda son sac de voyage à Jakov et s'en alla d'un pas léger. Yeza fit signe à l'érudit juif de la rejoindre.

— Précieux maître Jakov Ben Mordechai, nous avons parlé de tout ce qui nous anime tous les deux, déclara-t-elle d'une voix ferme. Nous sommes d'accord sur un point : il faut que l'on donne de nouveau plus d'importance au pouvoir de l'esprit, aux *valores spirituales*, qu'à Mammon et à la cupidité du commerce et du négoce.

Yeza appela Jordi, et celui-ci apporta un sac d'argent rebondi.

— Tenez, prenez ceci, allez à Jérusalem et fondez l'école qui sera consacrée au savoir secret, à la recherche de la destinée humaine. Je vous retrouverai dès que je me serai débarrassée des charges de ce monde.

Le nain lui tendit le sac, mais Jakov ne le prit pas. Il pencha sa tête d'oiseau émacié bien au-delà du bastingage, pour mieux voir Yeza en dessous de lui.

— Ce monde, couina-t-il avec sa voix de Joseph, oubliez-le ici, tout de suite ! Il n'y a rien ici de précieux auquel vous deviez prendre garde. Parcourez immédiatement le chemin de l'illumination, sans ajourner ni perdre un temps précieux. Venez...

— Non, dit Yeza, décidée. Je veux être libre ! Et je ne me sens pas libre si je laisse derrière moi des choses inexpliquées. Je veux faire table rase. Et je prendrai pour cela le temps qu'il me faudra, si précieux soit-il. Ne gaspillez pas le vôtre, et acceptez cet argent.

Jakov attrapa le sac.

— Promettez-moi...

— Faites-moi confiance, Maître. Jérusalem verra sa servante avant même que cette année...

— N'oubliez pas, jeune dame, l'interrompit aimablement le Doge, qu'en mystique une année vaut un battement de cil ! Nous sommes bientôt en septembre.

— Eh bien soit, répliqua Yeza. Ma volonté étant irrévocable, je ne suis pas forcée de me fixer des délais fermes, comme s'il s'agissait d'un marché portant sur des produits périssables.

— Vous n'êtes pas périssable, répondit le Doge, amusé, cela ne fait aucun doute à mes yeux.

Le Templier fut le dernier à monter à bord. Il entendit Jakov faire pression sur le Hafside :

— Il faut que vous jetiez encore une fois l'ancre à Ustica. J'ai laissé sur l'île quelque chose dont nous avons tous besoin, pour notre salut, sans quoi un terrible malheur s'abattra sur nous !

— Pour ce qui me concerne, rétorqua le Hafside en haussant les épaules, je ne suis pas superstitieux. Mais je ne voudrais pas être responsable du malheur du Doge !

Celui-ci, de très mauvaise humeur, leva les yeux vers Jakov.

— Je vous le dis tout de suite : si vous y avez mis de côté et enterré une partie du trésor, un tiers revient au Hafside. Et j'en prendrai un autre pour l'offense !

Jakov hocha la tête, avec l'air de l'homme pieux et satisfait.

On leva les amarres, les Maures souquèrent ferme, le voilier glissa dans le port, vers la haute mer. Yeza se tenait sur le quai, un peu à l'écart, avec Jordi. Ses femmes, y compris Mafalda, agitaient les bras, tout comme Philippe et Beni.

Dans l'« *Oleum atque vinum* » tout proche, l'auberge du marchand de vin Alekos, les trois chevaliers occitans braillaient. Raoul de Belgrave, Mas de Morency et Pons de Levis avaient réapparu dans sa gargote juste après le couronnement. Et comme ils semblaient vouloir y prendre racine, Alekos leur servait une cruche après l'autre. Ses clients étaient de toute façon déjà soûls au moment où ils étaient entrés chez lui en titubant. Ils avaient quelque chose à raconter. Et puis c'était la première fois qu'il avait dans son établissement des buveurs qui avaient commencé par échapper à la Kalsa, avant de manger à la table du roi. Ils faisaient certes beaucoup de bruit et cassaient beaucoup de vaisselle. Mais chaque fois, ils lançaient des pièces pour payer le vin et les dégâts.

Deux autres hommes apparurent alors dans la salle. Roç, suivi de Gosset, contempla les trois buveurs :

— Je me doutais bien, lança Roç d'une voix forte et agacée, que nos ivrognes traîneraient ici! À la table du roi, ils racontaient leurs hauts faits dans tous les tournois et dans toutes les cours d'Occitanie. Mais ici, ils forment un beau paquet de soudards. Vous ne trouvez pas, Gosset?

— Oui, acquiesça le prêtre en regardant autour de lui. Ils n'ont pas de femmes non plus. Et sans doute rien dans leur bourse.

Mas voulut se lever, il avait même tendu la main vers son arme, mais son épée était tombée par terre. Raoul le força à se coucher et se leva lentement. Il avait appris sa leçon.

— Vous, Roç Trencavel, vous êtes le favori du roi. Nous, en revanche, nous sommes ivres. Il serait chevaleresque de ne point se moquer de nous.

— Comptez-vous m'enseigner les règles de la chevalerie? demanda Roç, qui cherchait la bagarre. Vous, qui avez rompu la parole de vassal que vous aviez donnée? (Il se tenait campé devant Raoul, avec un air de défi.) Vous ne m'amusez pas, continua-t-il. Je suis profondément affligé de voir des jeunes gens de haute lignée tomber aussi bas.

Raoul s'affaissa sur le banc, en rotant, Pons piqua du nez et Mas lâcha un pet. Gosset retint Roç par la manche. C'est le moment que choisit Alekos pour s'approcher et demander à contretemps :

— Je vous sers quelque chose, messires ?

— Je vous paie un verre, Roç Trencavel, s'exclama alors Pons, si vous nous reprenez à votre service !

Mas lui décocha un regard venimeux, mais en constatant que Raoul s'était endormi, le menton sur la poitrine, il se mit à crier de rage :

— Il faut que j'aille pisser ! Et il se fraya un chemin sur le côté, pour ne pas devoir passer devant Roç.

Pons suivit Morency du regard.

— Il ne pense pas ce qu'il dit, expliqua-t-il à Roç. Nous serions vraiment heureux si vous pouviez nous pardonner. Taxiarchos nous a entraînés...

Raoul avait entendu ces mots dans son sommeil.

— Pons ! marmonna-t-il. Nous ne sommes pas des calices attendant une abeille. Hic ! Nous sommes assez grands pour bourdonner et butiner nous-mêmes, et si quelqu'un ne veut pas de nous...

Sa tête glissa sur le côté. Cette fois, même les secousses que lui infligea son gros compagnon ne purent le réveiller.

— Lorsqu'il aura retrouvé ses esprits, qu'il vienne me voir dans la Kalsa, dit Gosset. Je veux lui parler.

— Pas moi ! rétorqua Roç en tournant les talons. Venez, à présent.

Le prêtre lança un regard d'encouragement à Pons et suivit le mouvement.

Lorsque Mas revint, il portait une bassine d'eau. Il comptait s'en servir pour punir Pons. Mais ils s'y prirent finalement à deux pour la déverser sur la tête de Raoul. Celui-ci sortit aussitôt de son sommeil et s'ébroua.

— Les abeilles ! cria-t-il à l'aubergiste. Du nectar ! Nous n'avons plus rien à aspirer !

— Ce raffiné de Trencavel t'a sans doute étourdi le pistil ?

Mas s'était trop approché de lui : il avait déjà pris le seau sur la tête, suivi d'un coup qui lui fit siffler les oreilles. Il tomba à genoux.

Alekos se tenait à l'écart avec un inconnu, un moine orthodoxe, si l'on en croyait son habit.

— Je cherche un couple royal, Roç et Yeza, chuchota-t-il.

— Le faux bourdon vient tout juste de passer ! cria Raoul, qui avait entendu la question. Le couple royal est descendu à la Kalsa.

— Comment vous appelle-t-on, compatriote, demanda Alekos à l'étranger, et d'où venez-vous ?

— Je suis macédonien, corrigea le moine, et mon nom ne fait rien à l'affaire. Montrez-moi plutôt le chemin, j'ai des salutations à transmettre.

— Confiez-les donc aux dames, à l'extérieur ! s'exclama Pons en désignant le quai, où Yeza, ses suivantes et Jordi marchaient en direction de la Kalsa. Mafalda ! hurla-t-il à sa sœur, et la Première dame de cour se retourna.

Elle demanda à Yeza quelques minutes de liberté. Sa maîtresse avait aussitôt reconnu la voix et les trois hommes, et n'avait pas du tout l'intention de les rejoindre dans la taverne.

Beni proposa son escorte à dame Mafalda, et tous deux entrèrent en hésitant dans l'« *Oleum atque vinum* », fronçant le nez comme s'ils descendaient dans une gargote de fond de port.

Pons courut vers Mafalda et se jeta à son cou avec un cri de joie. Raoul, lui aussi, avait bondi sur ses jambes et s'inclinait galamment tandis que Mas, encore assis, tentait en gémissant d'ôter le baquet de sa tête.

— Pons ! dit la dame d'une voix sévère, en détachant ses bras de son cou. Tu empestes ! Elle observa avec une certaine arrogance les deux larrons qui accompagnaient son frère. À Rhedae, vous avez filé sous terre comme deux taupes. Et vous voilà qui ressortez à Palerme, sales et malodorants.

— Ce fut un long tunnel, Mafalda, lui répondit Raoul. Mais à présent que vous êtes avec nous, je vois de nouveau la lumière !

— Intercédez en notre faveur, ma sœur, implora Pons, afin que nous revenions en grâce auprès de Roç et de Yeza.

— Je ne veux pas de miséricorde! s'exclama Mas, qui venait juste de se dégager.

C'est l'instant que choisit le moine étranger pour s'interposer.

— J'ai un message pour vos seigneurs, et je vous serais très obligé de bien vouloir me conduire à eux.

Beni, qui, jusque-là, s'était contenté d'observer la scène avec étonnement, s'ébroua et se présenta :

— Je m'appelle Kadr ibn Kefir ad-Din Malik Alhakim Benedictus, et je suis le Premier secrétaire du couple royal. Vous-même, qui êtes-vous?

— Demetrius, répliqua le moine, ahuri.

— Eh bien, suivez-nous, ordonna Beni. Je vais faire en sorte que vous obteniez une audience. Ma précieuse dame, ajouta-t-il à l'intention de Mafalda, qui le dépassait d'une tête, si vous ne voulez pas gaspiller plus longtemps en ce lieu l'ornement de votre corps et la bonté de votre cœur, je suis à votre disposition.

— Vous avez raison, Benedictus, répondit la dame ainsi courtisée, ces messieurs, dans l'état où ils sont, ne sont pas une bonne fréquentation. Elle écarta Pons et lança à Raoul : Cher Belgrave, si vous ne voulez pas vous attirer mon mépris, montrez-vous digne du service que vous prétendez rendre. Auparavant, suivez mon conseil et ne vous montrez pas.

Elle rejeta fièrement sa belle tête en arrière et sortit de l'auberge à une telle vitesse que Beni et le moine eurent du mal à la suivre.

— Est-ce que nous cherchons des bains publics?

— Pour ne pas offenser les nez raffinés, s'exclama Mas, moqueur, lorsque nous ramperons devant messire Roç Trencavel et sa haute dame Yeza Esclarmonde comme si nous nous trouvions devant le grand khan des Mongols...

— Une autre cruche, et du meilleur, Alekos! l'interrompit Raoul. Nous célébrons le début imminent d'une nouvelle vie!

L'aubergiste était distrait : il regardait du coin de l'œil Jean de Procida, étroitement entouré par sa garde du corps, qui se faufilait discrètement hors de l'église Santa Rosalia et se dirigeait vers la capitaine-rie. Il savait que le chancelier avait utilisé le passage secret du Palazzo Arcivescovile, qui débouchait en bas, dans la crypte. Alekos se proposa de le guetter lorsqu'il prendrait le chemin du retour.

— *Vinum*, Alekos! *In vino ridet fortuna!*

— Et lorsque Fortune te sourit, Vénus n'est pas loin, cria Morency. Des femmes, Alekos! Fais venir des femmes!

La carotte et le bâton

Dans les geôles de la Kalsa, la nuit éternelle et le silence sépulcral auraient brisé le moral du prison-nier le plus endurci. Comment vivre en sursautant d'angoisse à chaque lueur, au moindre bruissement qui ne pouvait signifier qu'une chose : on venait le chercher! Taxiarchos, comme les autres, entendit de loin les pas qui s'approchaient.

Sa dernière heure avait-elle sonné? Il banda les muscles pour empêcher ses chaînes de cliqueter et serra les dents. La torche paraissait venir de l'infini et se diriger vers lui, il percevait distinctement, à présent, les voix des lémures, ses bourreaux : « ... lui laisser le fer... ça vous tire le cul vers le fond comme si c'était du plomb, et ça vous rallonge le cou... »

Il ne put voir leur visage : ils portaient des cagoules pourvues de petites fentes pour les yeux. Ils le libérèrent. Puis ils nouèrent grossièrement un bandeau autour de sa tête et le poussèrent en avant. Leurs plaisanteries grossières sur la corde et la der-nière défécation accompagnèrent son parcours dans le royaume des morts. Puis un peu de lumière se glissa sous le tissu de son bandeau, et on le lui arra-cha d'un coup.

Il se trouvait dans une cave. D'en haut, par une grille, tombait un rayon de soleil — mais une corde en descendait aussi. Le nœud coulant pendait juste devant le nez de Taxiarchos, dont les mains étaient toujours liées dans le dos. Les lémures s'éloignèrent derrière lui, sans faire de bruit. Il découvrit alors, devant lui, Jean de Procida.

— Vous savez certainement, commença le chancelier sans préambule, que seule votre avidité à trouver le trésor des Templiers, qui vous avait fait descendre sous terre à Rhedae, vous a jusqu'ici maintenu en vie.

Il attendit de voir si ses mots produisaient leur effet. Mais il n'en fut rien : Taxiarchos resta muet.

— Si Gisors s'était emparé de vous, votre mort était certaine.

Il n'était pas nécessaire de lever les yeux vers la corde. Le silence dura.

— Vous avez donc eu de la chance une première fois. Une deuxième fois, la Fortune vous a souri sous les traits de notre cher Maletta. Il vous a emprisonné avant que les Templiers ne puissent vous mettre la main dessus, et nous avons refusé de vous livrer.

Taxiarchos écoutait attentivement, mais ne desserrait pas les dents.

— Il n'y aura pas de troisième fois, Taxiarchos, fit le chancelier sur un ton beaucoup plus sec. Ou bien vous acceptez notre offre, ou bien vous mourrez, car, pour notre part, nous ne tenons nullement à laisser en vie des personnes connaissant le secret.

Taxiarchos lança à son interlocuteur un regard franc et appuyé.

— Ma vie, je l'ai gâchée. Je sais précisément pourquoi je me suis lancé dans cette chasse au trésor puérile, à Rhedae. (Il éclata d'un rire clair, qui sonnait faux.) J'ai même trouvé le trésor. Et je l'ai perdu aussitôt ! (Taxiarchos se calma, d'autant plus vite que Jean de Procida était un auditeur attentif.) Enlever leur propre navire aux Templiers était l'unique moyen de franchir les zones qu'ils contrôlaient. Ils ne s'y étaient pas attendus.

— À votre arrivée à Palerme, cela a failli vous coûter cher.

— Je ne pouvais pas deviner qu'à cet instant précis, Thomas Bérard se trouverait sur place avec son *Atalante*. Mais les sergents du Temple, sur le port, n'étaient pas au courant! Ils étaient tout heureux d'avoir retrouvé leur navire volé. Lorsque leur grand maître a reçu la nouvelle, je m'étais de nouveau éclipsé.

Cette fois, le rire de Taxiarchos parut déjà un peu plus libéré.

— Vous devriez comprendre à présent, Jean de Procida, pourquoi je ne puis accepter d'entrer à votre service. La *Rota Fortunae*, cette étroite route maritime qui mène aux « Îles lointaines », est la même pour tous. L'Ordre la domine sans la moindre faille, il y a même aménagé des relais. Pensez-vous qu'ils laisseront le moindre navire portant un autre fanion ne serait-ce qu'approcher les vents qui permettent de faire la traversée? Et d'ailleurs, même si un spécialiste passait discrètement devant eux, les rois et prêtres cruels qui gouvernent ces îles n'obéissent qu'aux Templiers. Tout autre serait aussitôt victime de leurs dieux assoiffés de sang. Moi qui ai, comme vous le dites, mis ma chance en fermage, envoyez-moi donc là-bas, faites-moi donc revenir avec mon butin : la *Rota Fortunae* ne connaît qu'un courant rotatif, qui porte les navigateurs sur l'océan et les fait accoster au-delà des colonnes d'Hercule, précisément sur les points où l'Ordre a érigé ses forteresses portuaires. Je tomberai en toute certitude entre leurs mains, et ils me considéreront comme un traître, qui aura révélé l'un de leurs grands secrets. Ils me découperont vif.

— Cela, nous savons aussi le faire ici, en Sicile.

— Je sais. C'est la raison pour laquelle je suis gai et détendu. Car vous avez besoin de moi vivant.

— Nous vous laisserons vivre si vous nous êtes utile. Ne réfléchissez pas trop longtemps. Nul n'est irremplaçable!

Sur ces mots, Jean de Procida, tête basse et mine sombre, sortit de la cave sans saluer son prisonnier. Taxiarchos vit la garde reformer un cercle autour du chancelier. Puis on lui banda de nouveau les yeux et on le fit replonger dans la pénombre.

Dans les étages supérieurs de la Kalsa, une activité débordante régnait depuis l'arrivée du couple royal. Roç et Yeza avaient pris leurs quartiers dans les appartements les plus élevés de l'édifice. Sans même en discuter, chacun avait choisi une chambre à part, dans deux des bastions qui formaient les angles. Roç garda avec lui Philippe, son fidèle serviteur. Il avait aussi installé Kefir Alhakim dans une pièce située près de la sienne — même si le « vizir » aurait en réalité préféré rester auprès de Yeza et de ses épouses. Son jeune fils Beni appréciait d'être séparé de son bouffon de père. Cela lui permettait aussi d'échapper à la surveillance de Philippe, qui le traitait comme un coursier à sa disposition personnelle, et pas du tout comme le « Premier secrétaire ». Jordi, quant à lui, avait un penchant pour Yeza. Ses chansons rencontraient plus d'écho auprès d'elle que chez Roç, qui n'aimait pas entendre le luth lorsqu'il jouait aux dés avec Kefir ou lorsqu'il l'écoutait parler de ses champignons. Potkaxl et Geraude auraient certes souhaité que Mafalda, la Première dame de cour, aille s'installer dans l'autre tour, mais elle ne songea pas un instant à céder au désir des suivantes. Seul Gosset ne tenait pas à respecter cette frontière. Il s'était installé au milieu du long couloir qui reliait les deux ailes. Ces pièces-là étaient en outre plus claires. Un étage en dessous, on trouvait les appartements du vicaire de l'empire, le borgne Oberto Pallavicini, entouré par le cercle des bivouacs de sa garde personnelle, qui surveillait aussi le rez-de-chaussée et l'escalier. Le prince Lancia de Salerne était reparti dès le matin suivant le couronnement. Maletta avait laissé sa place à Hamo l'Estrange, qui, comme toujours sans serviteur, avait fait tout seul, en portant la précieuse couronne, le long chemin qui traversait la Calabre par les terres.

En allant rendre visite au comte d'Otrante avec Gosset, Roç pensait à Hamo. Le comte devait avoir près de trente ans, à présent. Mais il donnait toujours l'impression de ne vouloir devenir ni un homme ni un chevalier, et encore moins un comte. Pour Hamo, la noblesse n'était qu'un fardeau, le legs de sa mère tyrannique. Il n'accordait guère de valeur à son titre, et Hamo ne se sentait pas un vassal du roi, parce qu'il ne comprenait absolument pas l'origine de cette dépendance. Son père n'avait jamais connu le gamin pensif. Le fait d'être marié à Shirat, la plus jeune sœur du puissant émir Baibars, l'entourait en outre d'une aura étrangère qui s'exprimait dans son surnom, bien qu'il le tînt de sa mère. Mais Roç s'était toujours bien entendu avec cet original.

Roç salua le comte en demandant « Que devient Alena Elaia ? » et lui présenta Gosset, oubliant totalement que les deux hommes avaient déjà fait connaissance à Constantinople.

— L'âge détruit la mémoire, mon cher Roç ! observa Hamo en souriant. Tu es un homme depuis longtemps. Quant à ma fille, elle vient d'avoir sept ans et elle dépasse presque sa mère.

— Shirat ? réfléchit Roç à voix haute en imaginant cette charmante princesse qui avait fait preuve de tant d'intelligence lorsqu'elle avait abandonné son statut de dame de harem chez An-Nasir, puis d'esclave du khan mongol Ariqboga, pour devenir comtesse d'Otrante. Son caractère lui rappelait celui de Yeza, même si elle était sensiblement plus âgée. Elle avait au moins autant d'années que Hamo. Mais Roç en avait gardé le souvenir d'une éternelle jeune fille connaissant tous les mystères de l'Orient. Combien d'aventures avaient glissé sur elle sans laisser de traces, alors qu'elles auraient laissé sur n'importe quelle autre d'inguérissables cicatrices, l'auraient rendue amère, dure ou corrompue !

— Tu m'écoutes, Roç ? Elle traduit Hildegarde von Bingen en arabe, et étudie les doctrines des soufis. Tu ne dois pas y comprendre grand-chose.

— Mais si ! répondit Roç. J'ai personnellement connu le grand Rumi, je l'ai entendu dire des poèmes. Malheureusement, je n'ai jamais rencontré l'autre dame.

— Elle est morte voici près d'un siècle. J'apprécie plus sa science médicale que ses visions mystiques.

— Cette science est faite pour le corps humain, Monsignore, l'autre relève des mystères de notre âme. Demande donc à Yeza. (Hamo s'adressa à Roç.) Les femmes ont un autre rapport que nous avec ces choses-là. Au fait, comment se porte ta moitié ?

— Si bien qu'elle commence à ne plus avoir besoin de l'autre, répliqua Roç, l'air tourmenté. Elle a découvert le royaume de l'esprit et veut en devenir la grande prêtresse.

— En d'autres termes, on n'est pas près de célébrer les noces du couple royal, commenta Gosset. De toute façon, il ne s'agirait jamais d'un mariage dans le sens où l'entend l'Église, dont nul n'a d'ailleurs requis la bénédiction.

— Vous pourrez l'attendre longtemps, ajouta Roç d'un air de défi. Ce serait sûrement le dernier de mes vœux. Yeza doit mener à bien ses expériences spirituelles. Et moi, venir à bout de celles qui attendent tout chevalier. (Il réfléchit un instant.) Mais, finalement, rien au monde ne peut nous séparer.

— Tu as de la chance, mon cher, dit Hamo en soupirant. Tu es un vrai Trencavel, le combat et l'aventure t'attirent.

— Ils sont ma vie ! renchérit Roç. Comme mon amour pour Yeza !

— Quant à moi, reconnut Hamo, je mène une vie de couple parfaitement harmonieuse, j'occupe avec bonheur mon château au bord de la mer. Et me voilà doté d'un roi qui veut non seulement réquisitionner mon navire, notre vieille trirème, mais aussi m'entraîner dans la guerre. Uniquement parce qu'il voudrait envoyer quatre cents hommes à son beau-père, en Grèce, pour le soutenir contre d'autres Grecs !

— Mais c'est un superbe défi, Hamo ! s'enthousiasma aussitôt Roç. Du reste, c'est le droit absolu de Manfred, puisqu'il est ton souverain.

Mais Roç modéra son ardeur en voyant le visage incompréhensif de Hamo.

— On ne peut pas se contenter de porter son titre de comte et d'aller à la pêche ou d'accomplir ses devoirs conjugaux. Au fait, avez-vous eu un fils, entre-temps ?

— Non, mon Dieu, Alena Elaia suffit bien ! Elle tient à la fois de sa grand-mère et de Baibars, l'Archer !

— La trirème n'était-elle pas un legs de votre père, amiral de la flotte sicilienne sous l'empereur Frédéric ?

— Le comte de Malte est mort alors que j'étais encore un nourrisson, rétorqua Hamo. Nul n'a jamais osé contester ce navire à ma mère.

— Je l'imagine, répondit Roç en souriant. Tante Laurence aurait transformé toute la Sicile en champ de bataille, et bombardé Palerme au feu grégeois !

— Je ne me suis jamais accommodé de cette réputation terrifiante qui précédait Madame la Comtesse, l'Abbesse, protesta Hamo. Mais cela ne signifie pas, loin de là, que j'accepterais n'importe quoi !

— Dans ce cas, que fais-tu encore ici ? demanda Roç.

— Je suis aux arrêts. Les gardes de mon voisin, Oberto Pallavicini, ont l'ordre d'accompagner le moindre de mes pas, pour que je ne m'enfuie pas avant de m'être soumis.

— Veux-tu que nous imaginions un plan pour te libérer ? proposa Roç.

— Ne t'attire donc pas d'ennuis, mon cher Roç. Tu en auras suffisamment lorsque tu connaîtras le véritable caractère de Manfred. Toi aussi, tu es pris au piège, ici, même si tu ne l'as pas encore senti se refermer sur toi.

— Nous verrons bien, dit Gosset. Nous nous sommes sortis de nasses bien mieux colmatées que celle-là !

— Ne sous-estimez pas Jean de Procida, le *spiritus rector*, il paraît très aimable, mais c'est...

— Je regrette, murmura Roç à Gosset, que nous ayons laissé le Hafside repartir avec son navire.

— Ma consolation, déclara Gosset, c'est que Taxiarchos se trouve forcément quelque part ici.

— Êtes-vous certain, Gosset, qu'il s'agisse d'une consolation?

— Certainement! répondit le prêtre. Je le connais mieux, et depuis plus longtemps que vous. Et je l'estime comme un homme qui a toujours su se sortir d'affaire.

— Sans cela, il ne serait pas ici! Roç sourit. Et où se cache-t-il donc, votre bon ami?

— On le trouvera bien, dit Gosset en s'adressant surtout à Hamo, avant de quitter sa chambre. Dans le couloir, les gardes de Pallavicini se levèrent et les saluèrent avec leurs hallebardes.

D'un œil, Alekos, l'aubergiste, surveillait le môle devant son « *Oleum atque Vinum* », pour ne pas manquer le retour de Jean de Procida. De l'autre, il contrôlait sporadiquement les gestes de ses clients. Une rousse aux fesses de jument et aux seins de vache s'était collé Mas sur le ventre et la poitrine. Ses bras charnus l'entouraient comme les tentacules d'un poulpe et sa langue rose léchait la tête du jeunot comme une laie inquiète. Ses défenses, les dernières dents qu'il lui restait encore, renforçaient cette impression. Fort heureusement, elle s'abstenait le plus souvent de sourire.

Pons, accroché à d'autres lèvres, glissa littéralement sur ses amis, dévala de son banc et se roula sur le sol en pierre de l'auberge, devant les pieds enflés des hétaïres du port. Il mit le pouce dans la bouche et se réfugia avec un sourire béat dans les bras de Morphée, suivant ainsi l'exemple de son chef qui, adossé à un pilier, ne laissait plus percevoir qu'un ronflement.

Alekos aperçut l'arrière-garde de l'escorte du chancelier. Pour ne pas perdre de temps, il lança à la putain de Mas, qui s'était lui aussi endormi, une pièce d'argent beaucoup trop grosse, et se précipita à l'arrière, vers l'escalier qui donnait sur son entrepôt de vin. Avec une agilité qu'on ne lui voyait pas souvent, Alekos courut vers le dernier des fûts, donna un coup de pied sur le robinet et se jeta contre la paroi de chêne. Elle pivota sans un bruit sur son axe et laissa l'aubergiste entrer dans le tonneau. Lorsqu'il fut de l'autre côté et voulut ressortir par le couvercle d'un cercueil à double fond posé contre le mur, il aperçut la pointe de l'épée des gardes dirigée vers son ventre, et il s'immobilisa.

— Qu'y a-t-il de tellement urgent ?

La voix mécontente de Jean de Procida résonnait dans la pénombre de la crypte.

— Un moine grec est arrivé, fit Alekos, le souffle court. Il se nomme Demetrios. Il était à la recherche du couple royal...

— Était ?

— La suivante de dame Yeza l'a emmené à la Kalsa.

— Telle est bien sa destination ! (Le chancelier avait pris un ton plus affable.) N'en parlez à personne d'autre.

Procida était décidé à mettre à l'épreuve Roç, Yeza et leurs domestiques.

— Ces ivrognes, là-haut...

— ... cuvent leur vin, compléta Alekos sans se rendre compte qu'il avait coupé la parole au chancelier.

— ... sont bien les trois accompagnateurs de Taxiarchos ?

Alekos se tut, inquiet. Avait-il commis un impair ?

— Jusqu'ici, je ne l'ai encore jamais vu, assura-t-il. Et les jeunes seigneurs n'en parlent plus non plus depuis qu'ils... (Il ne savait plus très bien comment s'exprimer à présent.) ... depuis qu'ils ont quitté la Kalsa pour la table du couronnement...

— Eh bien nous allons les y conduire de nouveau, ils tiendront compagnie à Taxiarchos.

« Cela attisera son envie de voyager », songea le

chancelier, qui n'avait pas encore arrêté son plan, mais avait l'habitude d'improviser.

— Ce sera un réveil désagréable! constata Alekos en indiquant aux gardes, derrière lui, le chemin qui passait par le fût et la cave à vin.

Jean de Procida plongea la main dans sa poche et lança à l'aubergiste une pièce d'or.

Yeza avait chargé Geraude de demander au redouté Oberto Pallavicini, à l'étage inférieur, si elle pouvait avoir avec lui un entretien en tête à tête, portant sur une affaire en particulier. Geraude remonta pour l'informer que le vicaire de l'empire était à sa disposition quand elle le voudrait, même tout de suite.

— Il est épouvantable, raconta Geraude, impressionnée. Le blanc de son œil crevé, quand il ne le recouvre pas d'un bandeau...

— J'y survivrai, grogna Yeza. Puis elle s'apprêta et fit signe à Potkaxl de la suivre.

— Il se sera sûrement préparé à votre visite, annonça la douce Geraude.

— Pourquoi donc lui as-tu dit que je comptais venir tout de suite? demanda sèchement Yeza.

— Parce que je sentais que cela vous tenait à cœur, murmura Geraude en baissant les yeux.

Yeza la serra dans ses bras sans prononcer un mot et quitta sa tour d'un pas énergique. Même Potkaxl eut du mal à suivre son rythme. Les gardes de Pallavicini étaient postés à l'extrémité de l'escalier, les hallebardes croisées. Ils lui présentèrent les armes dès qu'ils l'aperçurent. Dans le long couloir, leurs petits feux de camp brillaient sur le sol de pierre. Pendant les nuits d'automne, le palais se refroidissait plus vite que ne pouvait le réchauffer le soleil. Les deux dames passèrent devant les appartements de Hamo et entendirent distinctement les voix de Roç et de Gosset.

— J'aimerais éviter que d'autres oreilles n'entendent ma conversation, annonça Yeza à sa suivante, sans ralentir le pas. Tu te posteras à la porte et tu feras en sorte que personne ne nous écoute !

Potkaxl annonça sa maîtresse et se retira.

C'est Pallavicini en personne qui lui ouvrit la porte.

— Je pourrais déjà vous avoir poignardé, dit Yeza pour engager la conversation, avec son rire désarmant.

— Vous auriez eu du mal, rétorqua le militaire en se frappant la poitrine avec le poignet. Le fer de sa cuirasse résonna sous son pourpoint de soie. La jeune dame observa, amusée, son œil unique. Elle avait l'air aussi sûre d'elle qu'une reine, et savait se placer au-dessus de la « dignité » que d'autres attendaient d'elle. Cela plut au vieux soldat.

— Je suis à votre service.

Il proposa d'un geste gracieux à Yeza la seule chaise qui se trouvât dans la grande pièce. Elle était placée devant une longue table de réfectoire en chêne massif, et recouverte de documents, de cartes et de rouleaux de parchemin, qui paraissaient y avoir été amassés il y a bien longtemps et être restés là depuis, sans que nul y touche.

— L'administration n'est pas mon fort, s'excusa-t-il, et il fit mine de balayer toute cette paperasse de sa table.

— Vous êtes pourtant l'intendant de l'empire pour toutes les terres situées au nord du *Patrimonium Petri*, commença Yeza avant de poser la question qui lui brûlait les lèvres : Bologne en fait-elle aussi partie ?

Pallavicini inclina sa tête grise.

— Une bonne question, mais à laquelle il est difficile d'apporter une bonne réponse. (Il resta à côté d'elle et s'appuya des deux mains sur la table pour garder les yeux sur sa visiteuse.) D'un côté, Bologne fait partie des Marches. Mais d'un autre côté, elle s'est ralliée aux villes de la Ligue lombarde, qui ne dépendent pas de l'empire. Elle échappe ainsi habilement à la juridiction pontificale, sans se plier pour autant aux velléités de pouvoir de l'empereur.

— C'est bien de cela qu'il s'agit, confirma Yeza. (L'homme la regarda de son œil unique. Elle ajouta :) Ils tiennent le roi Enzio captif !

Yeza s'était efforcée de prononcer sa phrase comme si de rien n'était, mais son inquiétude, et un sentiment inconnu de solidarité avec un homme qu'elle n'avait jamais vu lui firent perdre un instant contenance. Pallavicini avait perçu son émotion. Il posa sa main sur la sienne et dit :

— C'est aussi la raison pour laquelle je ne touche pas à Bologne. J'ai dû le promettre à mon père.

— Je veux savoir, l'interrompit Yeza, si le roi Enzio est mon père.

— Comment cela ? demanda-t-il sans cacher sa curiosité et une once de mauvaise humeur. Il savait qu'Enzio était le fils de Frédéric, qu'il était prisonnier et considéré comme irrécupérable, bien que son père ait vivement espéré le revoir, jusque sur son lit de mort. Mais il ne l'avait jamais imaginé lui-même en père recherché par sa fille.

— Ma mère, la fille du châtelain de Montségur, a brûlé sur le bûcher alors que j'avais à peine trois ans. Les seules choses que je sais, je les tiens des histoires que l'on colporte. C'est la raison pour laquelle je veux entendre de sa bouche si elles sont véritables. Je veux savoir s'il l'a aimée, pourquoi il l'a quittée — ou pourquoi elle est partie.

Yeza s'arrêta : l'attention de Pallavicini avait été distraite par un petit reptile. Elle avait remarqué depuis longtemps le gecko qui se promenait par à-coups entre les parchemins et tentait, par une projection fulgurante de sa langue, de capturer les mouches qui se posaient comme des points noirs sur les documents. D'un geste brusque, le militaire ôta sa main de celle de Yeza : on aurait juré qu'il craignait ce petit lézard inoffensif.

— Mais vous voulez aussi retrouver votre père..., reprit le vicaire après s'être éloigné de la table. À quoi bon un père ? Vous valez bien un homme !

Yeza observait la scène avec un intérêt glacial,

moins pour le gecko qui lui courait à présent sur le dos de la main, que pour l'œil horrifié de son hôte.

— Faux! Je vaux une femme. Cela entrera peut-être un jour dans une tête d'homme!

Elle était en colère, à présent : la ride de son front s'était creusée. La ride de colère des Hohenstaufen, songea le militaire. Mais un feu aux reflets verts brillait dans les yeux de Yeza. Cela lui venait certainement de sa mère, cette hérétique.

— Pouvez-vous me faire entrer dans la ville de Bologne?

Le vicaire de l'empereur se retourna vers elle.

— Si je pose la question, on me répondra très vraisemblablement par la négative, et cela n'arrangera pas vos affaires.

L'œil du soldat était fixé sur elle. Comme un serpent observe le petit oiseau, songea Yeza.

— Vous devriez aller rendre visite au pape à Rome. Je veux dire : à Viterbe, corrigea-t-il.

— Vous ne pourrez pas m'aider beaucoup sur ce plan, répliqua Yeza en se levant de sa chaise.

— Mais si, et je le ferai volontiers! s'exclama le vicaire au grand étonnement de la jeune femme. Je peux vous remettre une lettre de recommandation pour le cardinal Octavien degli Ubaldini. (Il aida son invitée à descendre de son siège surélevé.) Cela vous ouvrira en tout cas les portes de Saint-Pierre. Je veux dire : du Saint-Père.

Yeza lui lança un dernier regard émeraude.

— Ouvrira... sans les refermer derrière moi à tout jamais? Je n'ai pas l'intention de partager au château Saint-Ange, en tant que fille du Graal, le destin que connaît le roi Enzio à Bologne.

— Ne vous inquiétez pas, je peux vous garantir un sauf-conduit de Tunis jusqu'aux Alpes, y compris dans la Rome éternelle. Il n'y a que Bologne. Devant ses murs, mon pouvoir atteint ses limites. Vous le comprendrez sûrement?

Comme son œil semblait attendre un geste de compréhension et trahissait une attitude plus courtoise que ne s'y serait attendue Yeza, elle hocha courageusement la tête.

— Je vais vous faire rédiger la lettre immédiatement. Je ne puis hélas l'écrire moi-même, expliqua Pallavicini. Votre suivante pourra venir la chercher.

— Je vous remercie, Oberto, dit Yeza en se dirigeant vers la sortie. Mais le garde bondit comme un fauve, atteignit la porte avant elle et la lui ouvrit.

— C'est moi qui vous dois des remerciements. Vous m'avez fait rencontrer une femme fascinante, qui dirige elle-même son destin !

LE SCORPION

Le couple royal avait changé l'aspect de la sinistre Kalsa. Comme des drapeaux colorés, des chemises et des robes étaient suspendues aux créneaux. Sur les bastions, les suivantes avaient tendu des cordes entre les gros murs de pierre et accroché la totalité des tuniques, pourpoints et pantalons de la cour, qui avaient eu besoin d'un lavage urgent après un si long voyage. Potkaxl et Geraude avaient pris dans l'ancien office un vieux baquet qu'elles avaient rempli d'eau savonneuse chaude. À la grande joie des gardes du vicaire, tous installés aux fenêtres, elles y montèrent et commencèrent à frotter et à tordre le linge. Elles furent bientôt elles-mêmes tellement trempées que leurs propres vêtements leur collaient au corps comme si elles étaient nues. Elles finirent d'ailleurs par se déshabiller elles aussi, car elles avaient grand besoin d'un bain.

Fronçant les sourcils en entendant le vacarme qu'elles avaient provoqué, dame Mafalda ne tarda pas à les rejoindre. Mais en voyant quel succès elles s'étaient taillé, elle voulut aller dans l'eau. Beni, qui aurait volontiers tenu compagnie à Geraude, l'en dissuada toutefois en lui montrant Demetrios qui roulait des yeux devant ce spectacle. Ils avaient promis au moine de le conduire auprès du couple royal. Mafalda se rappela donc sa charge de Première dame de cour, demanda aux suivantes de ne pas exagérer le lavage des vêtements et des corps, et de monter la corbeille de linge en haut du palais. Elle fit à Demetrios un signe magnanime pour qu'il la suive.

Maletta faisait les cent pas dans la tour de Roç, les bras croisés dans le dos. Philippe, debout, le regardait. Le grand chambellan était venu présenter ses hommages au couple royal. Il avait choisi son moment pour être sûr de ne trouver ni Roç ni Yeza — ce serait un bon prétexte pour leur rappeler qu'ils n'étaient pas autorisés à aller traîner dans le port.

La mission de Maletta n'était cependant pas de leur faire des remontrances : le roi Manfred souhaitait avoir le couple royal à sa table le lendemain. Maletta s'efforça de prendre l'air offusqué parce qu'on l'avait laissé attendre si longtemps en compagnie d'un serviteur, lorsque des cris de joie et des sifflements montèrent de la cour. Le grand chambellan se précipita à la fenêtre et eut tout juste le temps d'apercevoir le giron rebondi de Potkaxl et les fesses blanches et tendres de Geraude qui s'élevaient lentement et avec plaisir au-dessus du rebord du baquet. Les soldats devaient au moins voir ce qu'ils ne pouvaient avoir...

— Je suis venu, noble dame, vous apporter les salutations de Guillaume, tonna une voix de basse à l'autre extrémité du long couloir de la Kalsa. On aurait cru que le moine s'apprêtait à chanter comme une liturgie grégorienne les nouvelles qu'il devait transmettre.

Yeza fut prise d'une antipathie immédiate pour cet homme au menton prolongé d'une longue barbe noire. Mais elle était heureuse d'avoir enfin des nouvelles de Guillaume. Elle voulut que Roç les partage avec elle et, oubliant pour un instant leurs querelles, elle décida d'aller aussitôt lui rendre visite dans sa tour. Elle emmènerait ce moine grec et sa suivante

Mafalda, puisque c'était elle qui lui avait amené ce
Demetrios. Yeza proposa d'un geste à cet invité inattendu de confier sa corbeille de voyage à Jordi et de
le suivre. Mais Demetrios refusa absolument de se
séparer de son bien.

— C'est une relique! expliqua-t-il d'un air important. Je ne puis la laisser seule, sans cela, sa bénédiction deviendra une malédiction qui s'abattra sur
moi! ajouta-t-il en serrant fort sa corbeille.

— Tant que ce n'est pas un cobra, vous pouvez y
conserver la pierre philosophale si cela vous plaît,
répondit Yeza avec une certaine impatience. Libre à
vous de traîner votre panier où vous le voudrez, mais
il faut d'abord que mes gens en aient inspecté le
contenu.

Demetrios comprit qu'un autre refus l'aurait rendu
suspect. Il déposa la corbeille entre les mains du
nain, avec autant de précautions que s'il s'était agi
d'un œuf cru.

— L'objet sacré est si fragile! précisa le moine.
N'ouvrez pas la corbeille hors de ma présence!
implora-t-il Jordi.

— Venez, maintenant! le pressa Yeza, et Demetrios finit par la suivre, l'air hagard. Mafalda fermait
le cortège.

Roç et Gosset étaient revenus, par l'escalier de derrière, dans la tour que Roç avait réquisitionnée dans
la Kalsa. Ils avaient longtemps marché dans le parc,
jusqu'aux étranges falaises qui bordaient le rivage.
Ils avaient parlé de Hamo, de Manfred et de Yeza. Ce
faisant, ils avaient découvert une grotte que la mer
avait profondément creusée dans la roche. Roç se
sentit évidemment tenu d'y entrer aussitôt, mais il
n'alla pas loin. Une galerie percée par la main de
l'homme, et qui sentait les excréments, s'achevait sur
une porte barrée par une grille en fer massif. Elle
était fermée, mais Roç comprit que cette galerie ne
pouvait mener nulle part ailleurs que sous la Kalsa,
et qu'elle lui servait manifestement d'égout. Tout
content de sa trouvaille, Roç remonta vers Gosset

qui, n'éprouvant pas le moindre intérêt pour les souterrains secrets, s'était assis sur une pierre et regardait la mer, pensif.

— En fait, déclara-t-il, nous devons convaincre Hamo d'aller chercher sa trirème à Otrante et de la conduire ici...

— Une telle concession réjouira extrêmement son seigneur, le roi Manfred. Mais à quoi cela nous servira-t-il ?

— Ce n'est que le premier préalable d'un plan auquel nous devons bien réfléchir avant de le mettre en œuvre.

— Vous voulez dire que nous devrions, avec l'aide de la trirème...

— Connaissez-vous un autre navire, mon seigneur ?

— Mais dans quelle situation allons-nous placer Hamo ! objecta Roç. Et puis ce « nous », qui est-ce ?

— Yeza, quel que soit son but, sera elle aussi heureuse d'échapper à cette île. Ensuite, elle pourra suivre son propre chemin !

— Vous parlez comme si notre séparation était une affaire entendue.

— Elle est inéluctable, même si l'on ne peut en discerner les conséquences.

— Et combien de temps devrai-je ?...

— Jusqu'à ce qu'elle vous revienne.

Roç voulut protester, mais Gosset ne lui en laissa pas le temps.

— Un homme qui s'agrippe à une femme qui s'en va l'a déjà perdue, Roç. Seul celui qui demeure paisible et indifférent reste désirable. Pas le mendiant. Quant aux prétentions d'un jaloux, elles ne sont qu'une entrave.

— Et notre amour ?

— Il n'est pas seulement soumis à ces lois-là, mais aussi à celles de l'usure, à l'habitude qui émousse les sentiments, aux épuisantes confrontations du quotidien.

— Gosset, pour un prêtre, vous avez une expérience étonnante !

— Effectivement, jeune homme, il y a une partie de mes vœux sacerdotaux que j'ai appris à apprécier, je veux parler du célibat. Il m'a offert une vie amoureuse extrêmement riche : des liaisons libres d'une longue durée, et surtout un sentiment de bonheur que rien n'a jamais troublé.

— Je comprends, dit Roç, pas d'obligation, pas d'ennuis, mais des distractions et...

— Vous comprenez de travers, mon cher ! Des obligations, il y en a, et elles sont bien plus importantes parce qu'elles naissent de penchants personnels. Le mariage limite l'amour, *eo ipso*, à deux personnes. C'est bien peu pour cette pléthore de rencontres que nous réserve l'existence. La distraction est le bon mot pour désigner la mauvaise manière d'utiliser le plus grand cadeau de l'existence, l'amour !

— Et si Yeza ne m'aime plus ?

— Eh bien, c'est ainsi ! Comment vous imaginez-vous cela, un amour qui n'en est plus un ?

— Mais moi, j'aimerai éternellement Yeza ! s'exclama Roç, dépité.

— Nul ne vous l'interdit, mais cela ne force pas l'autre à vous payer de retour. L'amour fort et grand de l'un peut influencer l'autre, l'impressionner et le pousser à se donner (ou simplement, dans la plupart des cas, à se céder). Mais tout cela est sans garantie. Surtout pour ce qui concerne la constance de ce sentiment que nous appelons l'amour !

— Nous avons l'amour depuis que je suis capable de réfléchir ! Nous ne le perdrons jamais !

— On a tôt fait de le perdre lorsque les deux personnes concernées ont la folle idée qu'ils le possèdent. C'est là-dessus que vous fondez votre prétention, Roç. On dit toujours que l'amour n'a rien à voir avec la raison. C'est vrai pour l'instant où il naît, ce n'est pas vrai lorsqu'il s'agit de sa conservation. Il faut, pour le préserver, une grande intelligence.

— Avec Yeza, je suis bien tombé, se consola Roç. Gosset secoua la tête.

— Dans ce cas, vous devriez aller présenter vos hommages à votre dame, pour qu'elle se souvienne de vous. Depuis des jours, vous ne lui avez pas concédé le moindre mot aimable.

— Qu'elle fasse le premier pas! C'est ce que vous venez vous-même de me présenter comme la recette idéale pour retrouver un amour heureux!

— Bien, acquiesça Gosset. Dans ce cas, retournons à la Kalsa et attendons que la dame prenne les devants.

— Elle n'a pas la volonté d'être mesquine, reconnut Roç. Mais elle veut imposer ce qu'elle a dans la tête, et elle cherche de nouvelles expériences spirituelles.

— Et vous, qu'avez-vous donc en tête?

Gosset s'efforça, avec succès, de ne pas laisser la moindre note d'ironie transparaître dans sa voix. Mais Roç se mit aussitôt à parler de chevalerie, de guerre, d'actes héroïques, et de Hamo, qui avait si peu le sens de ses devoirs de vassal.

— Nous ne pouvons tout de même pas nous contenter de prendre son navire à Hamo? Que deviendra-t-il ensuite, entre les mains d'un roi Manfred que ce vol aura certainement plongé dans une profonde colère?

Les deux hommes traversaient lentement le parc et se dirigeaient vers leur tour.

— Ni la trirème ni Hamo ne doivent être livrés au roi, conclut Roç.

— Mais il reste Otrante, objecta Gosset lorsqu'ils atteignirent la porte. Et l'île est malheureusement inamovible, c'est-à-dire à la merci du souverain, avec la femme et la fille de Hamo.

— Il faudrait donc donner l'impression que tout se passe comme se l'imagine messire Manfred, mais qu'en réalité...

— Commençons par y réfléchir, nous en parlerons ensuite. Pas maintenant.

Ils avaient monté l'escalier en colimaçon et étaient entrés dans la pièce arrière. Ils y découvrirent le

« vizir » Kefir Alhakim, l'air passablement épouvanté.

— Messire Maletta attend dans votre salle de travail, annonça-t-il à Roç. Philippe m'a caché ici.

— Et pourquoi tremblez-vous ?

— Parce que j'ai entendu vos pas et que je ne savais pas...

— Personne ne vous trouvera ici, assura Roç. Et ils quittèrent la pièce par la porte de devant.

Roç céda le pas à Gosset. Celui-ci en profita non pas pour saluer le chambellan, mais pour s'immobiliser à côté de la porte et annoncer d'une voix tranquille, mais qui imposait l'attention : « Le Trencavel ! » avant de joindre les mains et de baisser la tête pour prier, comme si un saint s'apprêtait à entrer.

Maletta était tellement ahuri qu'il imita les gestes du prêtre. Il oublia les reproches qu'il comptait adresser à Roç, et lorsque celui-ci entra en s'exclamant : « Eh bien, cher Maletta, qu'est-ce qui nous vaut l'honneur ? », le chambellan se contenta de transmettre l'invitation.

— À supposer, expliqua Roç à Gosset, que Yeza accepte, rien ne nous empêche quant à nous de céder à l'aimable désir du roi.

Il s'était adressé au prêtre avec une légère nuance interrogative dans la voix. Celui-ci saisit la balle au bond.

— Nous devrions servir à notre cher messire Maletta un rafraîchissement, pendant que je vais recueillir l'assentiment de dame Yeza Esclarmonde. Philippe ! s'exclama-t-il en faisant sursauter le serviteur. Demande quelles sont les préférences de notre hôte, et efforce-toi de les satisfaire.

Philippe suivit Gosset et quitta d'un air digne la pièce de travail.

Yeza, accompagnée de Mafalda et du moine Demetrios, avait parcouru le couloir qui reliait les deux tours. La porte de la pièce arrière était entrebâillée, et ils y virent le dos courbé de Kefir Alhakim, l'œil collé au trou de la serrure. Mafalda eut une grande envie d'aller donner au vizir indiscret une bonne claque sur les fesses, mais elle se retint, jugeant que cela serait indigne d'une Première dame de cour, et craignant que le curieux ne pousse un cri qui aurait révélé leur présence. Elle se contenta donc de faire grincer la porte, et Kefir se retourna d'un seul coup, épouvanté. Yeza posa un doigt sur ses lèvres et laissa sa suivante écouter à la porte. Tous purent entendre distinctement Maletta transmettre l'invitation du roi, qui souhaitait avoir le couple royal à sa table au Palazzo dei Normanni le lendemain soir. Ils entendirent aussi Gosset quitter la tour pour aller rendre visite à Yeza. Elle retourna rapidement à la porte et rattrapa le prêtre de justesse, dans le couloir. Pendant ce temps-là, le moine Demetrios tirait la dame de cour par la manche.

— Prenez-moi avec vous demain ! implora-t-il à voix basse.

Mafalda le dévisagea comme s'il lui avait fait une proposition indécente.

— Mais qu'est-ce que vous croyez ? répondit-elle d'une voix sévère. Seuls prennent place à la table du roi Manfred des gens de rang et de haute lignée. À moins qu'il ne veuille vous rendre un hommage exceptionnel !

Le moine agenouillé resta ainsi en compagnie du vizir apeuré. On les pria tous les deux de ne pas bouger de leur place. Yeza décida de ne pas se montrer au chambellan : elle envoya Mafalda et Gosset l'informer qu'elle acceptait l'invitation avec grand plaisir.

— Quel rapport de vassalité ces trois lascars d'Occitanie ont-ils au juste à votre égard ? demandait précisément Maletta au moment où entraient Gosset et Mafalda.

— On pourrait penser qu'ils ont juré fidélité, répondit le prêtre à la place de son seigneur. Mais ils ont ignominieusement trahi leur serment.

— Un certain Taxiarchos, expliqua Roç, les a incités à rompre leur parole de chevaliers, car ils sont

tous trois de sang noble et sont des combattants
aguerris, au tournoi comme dans la bataille!

— Ah, s'exclama le chambellan, voilà qui fait plaisir à entendre.

— Je pensais, intervint insolemment Mafalda, que
vous souhaitiez connaître l'opinion de ma maîtresse
sur le dîner de demain? Eh bien, si messire Trencavel est d'accord, nous pouvons faire les choses ainsi,
je vais les accompagner...

— Vous viendrez avec moi! dit Roç en s'adressant
à Gosset, et celui-ci informa le chambellan :

— Le couple royal attendra que vous, Maletta,
vous présentiez ici personnellement pour le guider
sous votre protection au palais du roi.

— Ce sera un honneur pour moi, assura le chambellan en s'inclinant.

Philippe l'accompagna. À peine les pas du chambellan et de ses sbires avaient-ils cessé de résonner
que la porte sur l'arrière-salle s'ouvrit, et Yeza
poussa le moine grec devant Roç.

— Demetrios nous apporte les salutations de Guillaume.

À cet instant, le vizir passa sa tête à l'intérieur.

— Le chambellan revient! couina-t-il.

Philippe eut tout juste le temps de se glisser dans
la seconde pièce avec le moine : déjà, on frappait.
Gosset ouvrit, mais Maletta n'entra pas.

— Si le couple royal y tient (il avait aperçu Yeza),
je peux lui faire présenter ce Taxiarchos. La pro-
vidence bienveillante nous a permis d'arrêter à
temps ce dangereux criminel. Demain, nous lui
ferons son procès. Ensuite, il pendra au bout d'une
corde!

— Quelle est l'accusation? s'enquit froidement
Yeza.

— Tentative d'empoisonnement contre notre roi.
L'empereur et le patriarche de Nicée l'ont envoyé,
nous avons les preuves en main. Alors, vous me suivez?

Roç lança un regard interrogateur à Yeza, qui
hocha imperceptiblement la tête.

— Vous l'avez enfermé sous nos pieds, suggéra Roç pour vérifier ses suppositions, lesquelles, jusqu'ici, avaient rarement été démenties. Pas vrai, Maletta ?

Roç se garda bien de révéler qu'il avait déjà découvert l'issue cachée dans la mer. Le chambellan s'en tira quant à lui par une pirouette.

— La Kalsa dispose de différents paliers vers la félicité. Au plus bas, l'hôte est le plus près du ciel !

— Voulez-vous dire par là, répondit Gosset, qu'ici, au dernier étage, c'est l'enfer qui nous attend ?

— C'est une question que vous devez poser à votre conscience, répliqua Maletta avec un étonnant sens de la repartie. Du reste, vous ne pouvez pas me suivre pour en apporter la preuve. La visite des geôles ne fait pas partie du protocole en vigueur lors des invitations à la cour, mais relève des rigoureuses *regulae administrationis iustitia.* Cette fois, le couple royal devra se fier uniquement à ma personne.

Ces mots étaient aussi destinés à Mafalda.

Il passa le premier. Roç et Yeza le suivirent en silence. Maletta souriait, satisfait. Les gardes instruits par Procida ne refuseraient pas au couple royal l'accès au prisonnier, et lui n'était que leur accompagnateur.

Tandis que Roç et Yeza descendaient les marches derrière le chambellan et ses sbires pour rejoindre les cerbères de la Kalsa, leur suite ou, pour mieux dire, leur cour, à l'exception de Philippe, était revenue dans la tour de Yeza et s'était répartie dans les chambres. Peu après, Demetrios frappa à la porte de Mafalda. Le moine portait sa corbeille comme une hostie sur un coussin invisible. Il la posa précautionneusement devant Mafalda.

— Il semble impossible qu'un moine de peu d'importance soit invité à la table du roi. Mais je suis un bon chrétien et je n'ai pas de rancune. Je veux au moins faire parvenir au roi Manfred la précieuse relique dont mes frères, au monastère, ne se sont séparés qu'à contrecœur.

Mafalda brûlait déjà de curiosité, mais Demetrios tenait encore la main au-dessus de la corbeille.

— Comme le célèbre franciscain a donné l'idée de faire au roi un cadeau digne de lui, puis-je vous demander de le prendre avec vous demain et de le transmettre au roi...

— Puis-je au moins voir de mes yeux cet objet précieux ? insista Mafalda.

Demetrios souleva le tissu qui recouvrait la corbeille, dévoilant une cassette en bois exotique sombre, abondamment ornée d'incrustations en ivoire. Il entrebâilla le couvercle et laissa Mafalda y jeter un regard. Un crucifix y reposait sur un coussin de velours. Le corps du Sauveur paraissait d'albâtre.

— Seul le roi est autorisé à toucher le corps sacré, à le prendre en main et à le presser ardemment contre ses lèvres ! avertit Demetrios d'une voix sévère. Abstenez-vous donc de toute curiosité coupable et laissez ce coffre fermé jusqu'à ce qu'il soit ouvert par les mains auxquelles on l'a destiné avec tant d'amour.

Il tenta de reprendre la corbeille.

— Je vous la donnerai demain soir, avant que l'on ne vienne vous chercher pour vous emmener au palais.

Mais Mafalda avait déjà la main sur l'anse.

— Si vous tenez à ce que moi, l'indigne, à laquelle le moindre contact avec la sainte relique est interdit, s'indigna la Première dame de cour, si vous tenez à ce que je joue la coursière, j'exige au moins que vous me fassiez suffisamment confiance pour me la remettre immédiatement en mains propres. Sans cela, gardez-la. Ou demandez à votre seigneur Maletta de vous servir de porteur !

Le moine tressaillit à ces mots, ce qui n'échappa pas à Mafalda. Puis il desserra progressivement son poing sur le panier, et la jeune femme tira jusqu'à ce qu'il le lâche entièrement.

— Je vous implore, bredouilla Demetrios, n'agissez pas contre le commandement divin! Ne lâchez pas la corbeille des mains et ne la laissez pas tomber, je vous en prie!

Toutes ces simagrées fatiguaient Mafalda. Elle savait d'ores et déjà qu'elle se soucierait de cette interdiction comme de sa première chemise, et poussa le moine hors de sa chambre.

— Allez voir le Grec sur le port et tranquillisez votre esprit avec du vin, du pain et de l'huile, cela aide lorsqu'on a trop de sang dans les veines.

Demetrios finit par s'en aller. Dame Mafalda, quant à elle, appela ses suivantes. Chez le roi, avec cette corbeille, elle aurait l'air d'une crieuse de marché. Potkaxl et Geraude arrivèrent de la terrasse en gloussant. Elles avaient passé tout ce temps à suspendre du linge et à vouloir échapper aux pattes du Matou. Celui-ci surgit d'ailleurs lui aussi, sans y avoir été invité.

— Déballe cela prudemment, Geraude! ordonna la Première dame. La suivante tira le linge de la corbeille et prit entre ses mains la cassette incrustée d'ivoire. L'intérieur est fragile! ajouta Mafalda avant de chuchoter: ouvre-le précautionneusement!

Geraude obéit. Devant elle reposait, couché sur du velours, un crucifix d'argent orné de saphirs et de perles. Le corps du crucifié était en albâtre, mais son sang circulait à l'intérieur, rouge rubis. Il paraissait épais dans les membres, mais sortait des blessures en fines gouttes. Une gouttelette sortait aussi de l'aine, où l'on avait enfoncé la sainte lance. Geraude s'apprêtait à prendre dans ses mains cette relique qui ne lui rappelait en rien son Paraclet cathare, lorsque des hurlements hystériques de Pallavicini retentirent au rez-de-chaussée.

— Misérable bande d'assassins! criait le vicaire à tue-tête. Marie Joseph! Des scorpions! Au secours!

Mafalda referma rapidement le couvercle. Beni fila, dévala l'escalier de marbre, courut dans le couloir, et trouva le redouté Oberto Pallavicini debout,

pieds nus dans son lit, immobile comme un pilier de
marbre. Entre ses jambes se tenait un petit scorpion,
sans doute tombé du baldaquin. Autour de lui, ses
sbires avaient tiré leurs épées et en dirigeaient la
pointe vers l'insecte. Mais Oberto, d'une voix stridente, leur interdit de passer à l'attaque, craignant à
juste titre que le scorpion, se sentant acculé, ne
pique avant que les gardes du corps lui règlent son
compte.

— Ne bougez pas d'un pas! ordonna Beni aux
guerriers. Il attrapa la coupe en verre du vicaire,
versa au sol l'eau qui y restait et s'approcha à quatre
pattes, par-derrière, de l'insecte venimeux. Arrivé
entre les jambes nues de Pallavicini, il renversa la
coupe en un éclair et la fit glisser sur la couverture et
les draps. Au bord du lit, un mouvement habile suffit
à coincer l'animal.

— Mon sauveur! s'exclama Pallavicini, rayonnant,
en chassant les sbires de la chambre. Tu es le page
de la dame Esclarmonde? s'assura le vicaire. Que
souhaites-tu en récompense?

— Que vous m'appeliez par mon titre de Premier
secrétaire du couple royal, et que vous me laissiez
garder le scorpion!

Pallavicini éclata de rire et lui jeta un bezant d'or.
Beni attrapa la pièce et fila avec la coupe où dansait
le scorpion.

Dans la tour de Yeza, les femmes avaient aussi
appelé Kefir Alhakim pour lui demander conseil:
Geraude avait encore entrouvert la cassette et trouvait que le Christ avait une odeur suspecte: il sentait
la mort douloureuse, la gangrène, la pestilence et la
corruption. Le vizir était devenu livide.

— Du virus cadavérique? demanda anxieusement
Geraude.

Kefir s'était contenté de secouer le corps et sa
boîte, ce qui fit couler le liquide rouge par la blessure de la jambe.

— Il n'existe aucun reptile sur cette terre, aucun serpent sous l'eau, aucun dragon dans les airs...

À cet instant, Beni se précipita dans la pièce, avec son scorpion prisonnier de la coupe. Mafalda, effrayée, fit un pas en arrière, mais Potkaxl, à laquelle Beni ne pouvait rien refuser, lui demanda :

— Donne-moi cela !

Elle lui prit la coupe des mains et la souleva au-dessus du crucifié. D'un geste décidé, elle fit basculer le scorpion sur l'écume rose qui sortait de la blessure et, par sécurité, retourna le verre sur l'animal. Un tremblement parcourut l'insecte. Il se mit à tourner en rond, comme s'il avait été piqué par une tarentule, son aiguillon frappa furieusement l'albâtre, son poison sombre gicla sur le corps blanc, ses pinces ne trouvèrent rien où s'accrocher, il tenta encore de planter son dard dans le corps, comme le font les scorpions lorsqu'ils sont entourés par les flammes, mais les forces lui manquaient déjà. Il se tortillait misérablement, tous crurent même l'entendre crier, il se retourna sur le dos et mourut, recroquevillé.

Sans que nul l'ait remarqué, Gosset les avait rejoints, avait regardé par-dessus l'épaule des dames et assisté à la conclusion du drame.

— Un mélange infernal ! soupira Kefir en allant repêcher avec un fétu de paille le scorpion mort dans la cassette. Un simple contact suffit, le *venenum* se fraie un chemin en dévorant la peau et se glisse dans le sang.

— Refermez cette caisse à poison ! ordonna Gosset, et faites-moi une description précise de cette mixture.

— Je n'y toucherai plus ! annonça Mafalda. Même dix chevaux...

Et tous furent soulagés lorsque l'énergique Potkaxl eut remis la cassette dans sa corbeille.

LE PRIX DE LA LIBERTÉ

En dessous, dans la Kalsa, nul n'avait entendu le cri d'angoisse d'Oberto Pallavicini, pas plus d'ailleurs que l'on ne percevait, d'en haut, les hurlements des suppliciés. Taxiarchos n'était soumis à aucune torture, mis à part l'insupportable silence et l'obscurité totale qui régnaient dans son réduit. Après un instant de terreur, il ressentit donc comme un bienfait la visite de Roç et de Yeza.

On avait interdit à Maletta l'accès aux cachots. Il dut rester dans le sombre couloir donnant sur les cellules des prisonniers. Comme les gardes avaient suivi le couple royal, il attendait seul et tentait d'écouter la conversation. Mais il n'entendait que les gouttes qui tombaient une à une du plafond, et le bruissement des profondeurs. Sa main agrippait fermement la poudreuse, la preuve irréfutable qui lui permettrait de confondre le Pénicrate.

— Ce n'était guère intelligent de votre part, messire Taxiarchos, dit Roç, en grec, au prisonnier enchaîné, d'emporter cette preuve avec vous. D'autant plus que Gavin était mort et que nul ne s'en souciait plus.

— Je voulais cette preuve, répliqua le prisonnier en soupirant.

— Et elle s'est à présent retournée contre vous, intervint Yeza. À qui, ici, vouliez-vous faire croire l'histoire du rêve mégalomane du précepteur?

— Nous devons essayer de prendre cette pièce à conviction au chambellan, ou du moins de la rendre inutilisable, affirma Roç. En tout cas, nous allons vous faire sortir de là. J'ai découvert une galerie qui débouche sur une grotte, dans la mer.

— Les lémures m'en parlent chaque jour! répondit Taxiarchos, moqueur. C'est l'unique voie qui permette de se débarrasser des tas de merde et des cadavres dont on ne sait plus quoi faire.

— Je parlerai au roi Manfred, lui garantit Yeza, prise de pitié pour le marin.

— Ayez confiance en nous ! s'exclama Roç, alors que les gardes se raclaient la gorge et agitaient leurs torches pour leur faire comprendre que la visite était terminée. Une certaine agitation s'était emparée de la Kalsa. Roç et Yeza n'en comprirent pas la cause. Gosset était descendu dans les appartements du vicaire de l'empereur. Il lui raconta en quelques mots que, grâce à la vigilance du couple royal, on était parvenu à identifier un empoisonneur qui en voulait manifestement à la vie du roi Manfred. L'individu en question avait cherché à se faire inviter le lendemain soir à la table du roi. Cela lui ayant été refusé, il avait convaincu la Première dame de cour d'apporter un présent à Manfred.

— Il s'agit d'un effroyable poison, et surtout si diaboliquement présenté (rendez-vous compte, une sainte relique !) qu'il aurait atteint le roi en toute certitude. Un seul contact, et c'est la mort inévitable ! ajouta Gosset, qui perdait son calme, alors qu'il s'était jusqu'ici efforcé de décrire l'incident aussi sobrement que possible. Même le scorpion a péri dans des douleurs atroces.

— Ah, celui-là ! répondit le vicaire, auquel ce souvenir déplaisait visiblement. C'est bien fait pour cet animal perfide.

— Le poison qui l'a tué et qui était destiné au roi, expliqua Gosset d'une voix ferme, était constitué des éléments suivants : jusquiame et noix d'arec à parts égales, mélangées avec le jus de la belladone et de la digitale, à quoi l'on a ajouté une décoction du chapeau d'une amanite tue-mouches, la dent d'une vipère cuivrée, les aiguillons de deux tarentules en cours d'accouplement et le jabot d'un crapaud dont je ne me rappelle plus le nom, expliqua-t-il en citant tout ce qui lui était revenu des allusions et des présomptions de Kefir.

— Ce sujet, un simple moine grec, n'a pas pu imaginer cet attentat tout seul. Sa préparation est trop parfaite, l'interrompit le vicaire.

— Seul un cerveau malade a pu concocter pareille abomination ! conclut Gosset.

Oberto Pallavicini avait écouté tranquillement le récit du prêtre.

— Tout indique que ce cadeau venait de Nicée! constata-t-il.

— Cela cadrerait bien! s'exclama Gosset. Ce Demetrios s'est introduit auprès du couple royal en lui apportant les salutations de Guillaume de Rubrouck.

— Cela aurait dû vous mettre en alerte. Ce franciscain passe pour un homme extrêmement dangereux.

— Guillaume est un bon et vieil ami du couple royal. Il n'aurait jamais fomenté un acte pareil!

Oberto réfléchit.

— Je propose que nous exaucions le vœu de ce Demetrios: nous allons l'inviter auprès du roi au Palazzo dei Normanni, avec son cadeau. J'en prends la responsabilité, ajouta le vicaire en se frottant les mains. Votre seule mission sera de prévenir le moine du fait que vous avez pu vous procurer une invitation supplémentaire. Mais il ne doit pas nourrir le moindre soupçon.

— Pensez-vous qu'il me croira?

— Dites simplement: «Le couple royal est parvenu à...» Même s'ils n'en savent rien, puisqu'ils sont à la cave avec Maletta.

Roç et Yeza parcouraient avec le chambellan la galerie des gardes, qui surplombait des deux côtés l'entrée principale. Ils marchaient vers la sortie.

— A-t-il avoué ses intentions criminelles? demanda Maletta, curieux.

— Nous ne lui avons pas posé la question! répondit Yeza, laconique.

— Nous considérons que Taxiarchos est innocent! ajouta Roç.

— Mais je tiens la preuve entre mes mains! s'exclama le chambellan en sortant la petite boîte de sa poche.

— Montrez-moi cela! ordonna Yeza, sur un ton qui ne tolérait aucune contradiction.

Maletta lui tendit son précieux objet.

— Laissez-moi sentir ! ajouta Roç d'une voix aussi énergique, et tous deux placèrent la tête au-dessus du *corpus delicti*. Yeza avait ouvert le couvercle depuis longtemps et dispersé le reste du sable moisi dans la pénombre, sur le sol trempé de la Kalsa. Elle tendit à Roç la boîte retournée.

— Traces d'encre — sépia —, une décoction de fleurs de tilleul, de mauves et de thym. Un somnifère inoffensif pour des gens malades de l'estomac, conclut Roç. Yeza tenta le tout pour le tout, tendit la poudreuse vide au chambellan.

— Sentez vous-même !

Maletta y plongea le nez sans voir, à la faible lueur de la torche, qu'il n'y avait plus rien dans le flacon. Il ne put que secouer la tête. Yeza referma le couvercle et lui rendit l'objet.

— Maletta ! s'exclama-t-elle d'une voix sévère. Vous condamnez un innocent.

Au même instant, de l'autre côté de la galerie, on ramenait Raoul, Mas et Pons dans la Kalsa. Ils avançaient tant bien que mal, tête baissée, portant de lourdes chaînes au cou et aux poignets.

Le chambellan rangea son flacon. Pourquoi ces trois-là revenaient-ils déjà ici ? Cela dépassait l'entendement. Roç et Yeza, eux non plus, n'y comprenaient rien. Mais ils n'en laissèrent rien voir, passèrent derrière les torches pour dissimuler leur étonnement et s'éloignèrent en silence.

Le soir tombait déjà lorsque Roç et Yeza quittèrent les caves de la Kalsa pour remonter dans leurs tours respectives. Roç s'était attendu à ce que Yeza lui tourne le dos pour rejoindre ses appartements. Mais elle resta à côté de lui et le suivit dans sa tour. Rien n'aurait fait plus plaisir à Roç que de demeurer seul avec elle à cet instant précis, mais, lorsqu'ils franchirent la porte, ils crurent se retrouver en pleine basse-cour. Gosset ayant été envoyé au port, en compagnie de Beni, pour aller chercher le moine

Demetrios, et Kefir Alhakim ayant été mis aux arrêts
par le vicaire de l'empire pour que ses bavardages
inconsidérés ne mettent pas le moine en alerte, c'est
Mafalda qui se chargea de raconter les événements
au couple royal. Yeza n'en fut pas surprise, mais
déçue de ne pas avoir démasqué Demetrios, elle qui
avait, d'emblée, eut un mauvais pressentiment à
l'égard de cet homme.

Roç ne disait rien. Il ne voulait poser de question à
personne, et surtout pas aux suivantes. Or Philippe,
son fidèle serviteur, était justement absent lorsque
l'on avait découvert l'effroyable secret de la relique.
Yeza entraîna Roç dans une alcôve où l'une des rares
fenêtres donnait sur le parc et sur la mer qui s'étendait derrière lui. Le soleil s'apprêtait à disparaître
dans les arbres violets et bruns de l'horizon. Sous ses
derniers rayons, l'eau scintillait comme un tapis en
or massif.

— Tel que je te connais, tu es décidé à libérer
Taxiarchos de son cachot aujourd'hui même..., lui
demanda-t-elle d'un ton très aimable.

Roç ne regardait pas le jeu de couleurs que l'astre
rougeoyant faisait miroiter derrière les silhouettes
noires des palmiers. Il observait fixement Yeza, et
ses yeux n'étaient plus que méfiance.

— Comptez-vous m'aider, par hasard, ma *damna*?

Yeza fit ce qu'elle put pour le déstabiliser : elle lui
lança son regard rayonnant. Que sont les étoiles qui
se lèvent face à l'éclat de ces pupilles sombres dans
leur iris gris vert?

— Mes femmes pourraient détourner l'attention
des lémures. Car il est facile d'entrer dans les geôles
sans se faire voir, mais difficile de libérer Taxiarchos
de ses chaînes. Par ailleurs, que devons-nous faire
des trois oiseaux de malheur?

— Ceux-là, j'en ai besoin. J'espère qu'ils n'ont pas
encore été enchaînés. Avec leur aide, je compte me
rendre maître des lémures et les forcer à me donner
les clefs.

— On vous reconnaîtra, mon bon Trencavel.

— Vous me donnerez un alibi.

— Pensez-vous à Rosamonde ?

Roç se mit à rire, confus.

— Si je ne fais rien pour mes gens, comment peuvent-ils me respecter ? Pourquoi devraient-ils me suivre ?

— Peut-être peut-on obtenir plus, et d'une manière moins aventureuse, rétorqua Yeza. Pourquoi Taxiarchos devrait-il encore croupir dans sa geôle puisque l'on connaît le véritable empoisonneur envoyé par Nicée ?

— Vous voulez dire que nous devrions attendre le repas chez Manfred ?

À cet instant, Hamo fit irruption dans la pièce, l'air hagard, les cheveux en bataille. Il ne semblait pourtant pas avoir été blessé.

— Rendez-vous compte, ce Procida m'a mis le couteau sur la gorge. J'ai dû signer un ordre de remettre immédiatement au porteur la trirème et un équipage suffisant, sans quoi...

— Sans quoi ? demanda Roç, indigné.

— Sans quoi je ne reverrais plus avant longtemps Shirat et notre fille Alena Elaia !

— On n'a rien exigé de plus d'un vassal du roi en rébellion ? Roç avait du mal à le croire, à juste titre.

— Non ! Je dois attendre ici comme un prisonnier jusqu'à ce que mon navire accoste.

— Ensuite, vous repartirez à pied, en homme libre ?

— Ensuite, je pourrai m'engager dans la guerre de Grèce sur n'importe quel navire, mais sans aucun pouvoir de commandement.

— Nous voici donc face à un deuxième problème, dit Yeza à Roç. Elle souriait, mais elle n'en avait guère envie. Elle en avait assez de se soucier constamment des difficultés des autres, en oubliant ses propres préoccupations.

— Il me semble que j'ai besoin d'un temps de

réflexion! dit-elle à Roç. Permettez, messire, que je me retire dans ma tour.

Elle sortit. Ses servantes la suivirent.

Minuit était déjà passé depuis longtemps lorsqu'en bas, dans la Kalsa, des soldats du chancelier Jean de Procida demandèrent à entrer. Ils se firent conduire au cachot de Taxiarchos et ordonnèrent aux lémures de l'ouvrir. Quand il fut libéré de ses chaînes, ils lui passèrent une capuche noire et le menèrent en silence dans les longues galeries, jusqu'à la capitainerie. Taxiarchos crut d'abord que son exécution en secret était une question de minutes. Mais il reprit espoir lorsque ses gardiens le conduisirent près du port, à en croire le clapotis de l'eau sur la pierre et l'odeur puissante du poisson et du goudron, dans un bâtiment qui sentait, comme une église, l'encens et la bougie de cire. Ils durent aussi marcher dans une boue qui leur montait jusqu'aux chevilles et avait parfois l'odeur d'un égout. Il monta ensuite un escalier en colimaçon, une porte grinça et on lui ôta sa capuche. Il se trouvait dans une pièce sombre et haute. Devant lui, Jean de Procida se tenait derrière sa table de travail.

— Je ne perdrai pas de temps, dit-il, l'air agacé. Soit nous nous mettons d'accord, soit vous aurez droit à un procès expéditif!

Le geste qu'avait fait le chancelier incita Taxiarchos à se retourner. Par une porte ouverte, il aperçut un billot. Des torches illuminaient un homme puissant au buste nu. Le visage du bourreau était caché, mais sa hache brillait dans la pénombre de la cour. Taxiarchos revint lentement vers le chancelier.

— Bien, faisons vite, dans ce cas, Jean de Procida. Je suis disposé à me rendre pour votre compte sur les « Îles lointaines », mais à une condition : je veux faire le voyage sur *L'Atalante*!

Ces mots produisirent le même effet que si le bourreau avait laissé s'abattre sa hache. Puis un sourire illumina le dur visage du chancelier, et il se mit à rire aux éclats.

— Voilà qui me plaît, Capitano! Cela m'arrange remarquablement! Je connais déjà la manière dont nous ravirons ce bateau miraculeux aux Templiers!

— Avec quel équipage?

— Cela, je m'en charge. Mais il sera digne de *L'Atalante*, comme son amiral!

Il tendit à Taxiarchos un rouleau de parchemin scellé, qu'il avait préparé à l'avance.

— Voilà déjà une lettre vous donnant le pouvoir de récupérer à Otrante la trirème et ses fameux *lancelotti*. Le navire vous conduira en un lieu qu'il reste à déterminer. Là, vous recevrez d'autres instructions. On vous dira où vous pourrez prendre *L'Atalante*.

— Puis-je emmener mes trois gaillards, quoi qu'ils aient pu faire?

— Oh non! Ils restent à la disposition de ce seigneur, là, dehors, au cas où vous-même et la trirème ne seriez pas au lieu convenu et le jour dit. Demain matin, un navire vous conduira à Otrante. Pour le reste de la nuit, vous êtes mon invité. Je vous souhaite un bon repos, amiral. Pour ma part, je suis exténué.

On conduisit Taxiarchos dans une chambre du Palazzo Arcivescovile, où l'on avait préparé un lit à son intention. Il s'endormit tout de suite.

V

UNE COUPURE DOULOUREUSE

CE QUE RÉVÈLE LE MIROIR

Le château de Hamo se réchauffait au soleil d'un doux automne, une brise fraîche dansait au-dessus de la baie d'Otrante et faisait scintiller les vagues sur le velours bleu foncé de la mer Ionienne. La vieille trirème se balançait tranquillement dans son port, comme une poule dans son nid. On avait ramené les voiles pour leur éviter d'essuyer les tempêtes d'hiver imminentes, et les rames, équipées de leurs faux redoutées, avaient été rangées dans l'arsenal. Les *lancelotti*, tous des fils de la noblesse locale d'Apulie, un mélange de Normands, de Souabes et des habitants de la toute proche Hellade, avaient pris congé de la comtesse et étaient revenus dans leurs tours et leurs châteaux, le long de la côte bien surveillée du Salentin. Seule une petite garnison était restée pour protéger les murailles, avec quelques Maures qui n'habitaient pas dans les villages voisins avec leurs familles. Ils préféraient vivre au « château », comme ils l'appelaient, et s'occuper de la maintenance des murs, des catapultes, des tours, et de l'entretien des armes. On vivait paisiblement ici, au château d'Otrante, aucun péril ne s'annonçait et tous les troubles qui échauffaient les esprits entre la Sicile et Rome n'arrivaient pas même ici sous forme de rumeurs. Seuls des voiliers vénitiens qui revenaient de leurs points d'appui grecs dans l'Adriatique cherchaient parfois refuge dans la baie d'Otrante, lorsque les tempêtes du cap de Lucques étaient trop menaçantes.

La comtesse Shirat avait gardé son visage de jeune fille. La princesse mamelouk pouvait difficilement cacher son héritage kurde, qui lui avait laissé des yeux clairs malgré sa peau mate. Son frère aîné était le fameux « Archer », le plus puissant émir et meilleur général du Caire, Rukn ed-Din Baibars Bunduktari. Shirat se tenait droit dans un fauteuil en corbeille sur l'une des terrasses surélevées d'Otrante, où elle avait créé avec des roses et de la lavande, du jasmin et de l'acanthe en pot, ainsi que des lauriers-roses en gros vases d'argile, un jardin arabe où ne manquaient plus que les palmiers et le clapotis des fontaines artésiennes.

Shirat aimait à rester assise là et à regarder la mer. Moins pour rêver que pour surveiller les alentours, car elle savait, par expérience, combien la paix pouvait être trompeuse à Otrante, d'autant plus que son époux était parti pour la lointaine capitale. De la terrasse, elle pouvait aussi apercevoir sa jeune fille Alena Elaia qui cueillait des fleurs dans la cour intérieure, à l'ombre, sous la surveillance des femmes. Celui que la comtesse regardait le moins était le peintre, installé hors du soleil à l'autre extrémité de la terrasse et qui était censé faire son portrait sur du bois fin, avec des couleurs préparées à base d'œufs et de différentes petites poudres. Les ingrédients (calcaire broyé et charbon de bois, zinobre brûlé, terre cuite, depuis le sable clair jusqu'au jaune sulfureux, un peu de sépia et de henné et le coûteux lapis-lazuli) avaient été achetés au marché, lorsqu'il ne les avait pas apportés dans ses bagages. Quels que soient les mélanges que préparait cet étrange invité dans différents creusets, il les étalait ensuite soigneusement, avec sa spatule et son pinceau, sur le fond préparé avec des essences. Shirat avait plusieurs fois allongé le cou, mais elle n'était pas parve-

nue à apercevoir son portrait. La surface en bois
était accrochée, à hauteur de la poitrine, à un châssis
qui ressemblait à un trépied. Le maître vénitien avait
bien du mal. Il lui manquait un bras, et il devait tout
faire avec la main qui lui restait. Rinat Le Pulcin —
c'est sous ce nom qu'il s'était présenté — avait été
débarqué dans l'île par une galère vénitienne, avec
de nombreux cadeaux et une étrange justification : la
Serenissima, dit-il, avait si souvent utilisé la protection du port d'Otrante qu'elle souhaitait en remercier
le seigneur en chargeant le « Maestro » (c'est le titre
que se conféra modestement l'artiste) de fixer son
portrait pour la postérité. L'idée avait plu à Shirat :
cela la divertirait. Elle aurait certes préféré avoir sa
fille avec elle, car elle se considérait avant tout
comme une mère. Mais le maître avait vigoureuse-
ment refusé.

— Je vous vois comme la femme libérée de
l'Orient, qui ne renonce pas à sa féminité et qui peut
donner de nouveaux élans à la vie amoureuse de
l'Occident. Vous êtes la mère, la femme et la maîtresse de la nouvelle vie, qui dépasse toutes les oppo-
sitions et les unit dans la paix et le bonheur.

Shirat sentit un frisson lui parcourir la peau. Cet
homme-là n'était pas venu pour faire son portrait. Il
dissimulait le véritable motif de sa présence. Celle-ci
avait pourtant un lien avec elle et avec Otrante. Shirat prit l'air calme et indolent d'un sphinx. Mais elle
était aux aguets. Qui était ce Rinat Le Pulcin s'il ne
gagnait pas sa vie en maniant le pinceau ? Il se promenait le long des fortifications d'Otrante, elle l'avait
trouvé près des catapultes des bastions, et dans le
port, non loin de la trirème, toujours prêt à exprimer
son enthousiasme pour ces « vues divines, d'une
beauté immortelle ! » et cette « harmonie entre la
nature de Dieu et l'action glorieuse de la main de
l'homme ». Et chaque fois ce *Maestro* manchot était
tant bien que mal arrivé sur l'un de ces lieux, en rampant, en grimpant, en se faufilant tant bien que mal,
il avait toujours sur lui son matériel de dessin, craie,

sanguine ou charbon, et couchait minutieusement
sur le parchemin tout ce qu'apercevaient ses yeux.

— Tel est l'effroyable destin de l'artiste, avait-il
gémi lorsqu'elle l'avait trouvé suspendu dans le vide
entre deux créneaux, dans le seul dessein de mieux
distinguer la trirème dans le port. Il est forcé de tout
saisir, ennoblir et pérenniser, tandis qu'un homme
heureux, dénué de tout don de ce genre, peut se
contenter de regarder et de se réjouir, en se moquant
bien de la postérité.

— Vous vous considérez certainement comme un
être exceptionnel, avec autant de talent ? lui avait
rétorqué Shirat. Car vous ne créez pas seulement des
œuvres d'art : vous êtes aussi capable de célébrer
votre propre gloire de créateur.

— Je suis un mercenaire des arts, lui avait alors
avoué Rinat avec une étonnante franchise. Celui qui
me paie doit savoir ce qu'il a payé en m'achetant.
Autrement, ma valeur décroît. Car elle n'augmente
pas seulement avec la qualité du travail, mais aussi
avec la renommée de l'artiste !

— Otrante est très honoré, *Maestro*, avait-elle fini
par répondre en esquissant une courbette.

Peut-être pourrait-elle, en jouant sur sa vanité,
apprendre quelque chose sur ses commanditaires et
sur leurs mobiles ?

Shirat se tenait assise dans son fauteuil en corbeille, sur la terrasse, elle regardait l'autre côté de la
mer et observait à la dérobée l'activité du peintre,
toujours prête à laisser ses yeux rêveurs glisser vers
le lointain lorsque, le pinceau coincé à la verticale
devant son pouce, il prenait les proportions de la
jeune femme, en l'observant aussi fixement que le
serpent regarde le petit oiseau. Un cri strident dans
les jardins, suivi des lamentations des femmes,
annonça qu'Alena Elaia s'était enfin piquée sur les
roses interdites. Et comme, au même instant, l'un
des *lancelotti* se présenta devant sa maîtresse et lui
indiqua à voix basse qu'il y avait de la visite à la
porte, elle se redressa.

— Il suffit pour aujourd'hui, *Maestro* ! déclara-t-elle au peintre qui dissimula habilement sa surprise et peut-être aussi sa mauvaise humeur, et s'inclina en direction du siège vide. Shirat avait déjà suivi le garde et descendu l'escalier.

— C'est Laurent d'Orta, l'informa le serviteur, ce franciscain...

— Conduisez-le dans la cour, ordonna la comtesse. Je dois d'abord aller voir ma fille.

Mais c'est à ce visiteur inattendu qu'elle pensait vraiment. Laurent d'Orta l'avait accompagnée jadis, lors de cette traversée vers Constantinople au cours de laquelle ils avaient été attaqués par des pirates. Ils lui avaient arraché son enfant et l'avaient vendue, elle, à un marchand d'esclaves. Ce moine malingre, mais très intelligent et plein d'esprit, avait survécu à ce drame. Il avait fait en sorte qu'on les retrouve, elle et sa fille, après quatre années de recherches. Aux dernières nouvelles qu'elle avait eues de lui, il était devenu patriarche de Karakorom à la place de Guillaume.

Shirat se fit montrer les doigts ensanglantés de sa fille. Alena Elaia avait sept ans, à présent. Les épines plantées sur son visage et sur ses jambes indiquaient que sa nourrice ne la tenait plus. Elle courait désormais partout comme un petit diable. Rien d'étonnant à cela, songea Shirat : Hamo, le père de la petite, n'était pas du tout le fils légitime du vieil amiral, mais celui d'un cavalier intrépide, l'une des nombreuses extravagances que s'était offertes sa mère Laurence, « l'Abbesse », qui s'était fait secrètement engrosser par un prince mongol. Hamo était un *kungdaitschi,* et Alena Elaia en avait hérité toutes les qualités. Mieux valait ne pas parler de sa grand-mère ! Shirat essuya les gouttes de sang et se sentait prise par l'envie d'assener une gifle à l'enfant qui lui lançait un regard de défi, lorsque Laurent traversa la haie de roses et se dirigea vers elles.

— Mais c'est un miracle de la nature ! fit-il aussitôt, l'air exalté, comme s'il avait mis son texte au point avec Rinat. La fille devient une jeune dame, et la mère rajeunit chaque jour !

Ces mots, eux, semblaient au moins venus du fond du cœur. Lorsque le *Maestro* les prononçait, ils paraissaient toujours intentionnels et chargés de signification. Même si Shirat ignorait dans quel dessein.

— Ah, Laurent ! s'exclama-t-elle en apercevant le frère mineur, dont la tonsure était à présent bien plus large que la couronne de cheveux. Conseillez une mère : que doit-elle faire avec une fille qu'aucun homme ne vient encore chercher pour la dompter au sein d'un mariage, mais qui se sent déjà bien trop à l'étroit dans cette humble demeure ?

Avant même que Laurent ait eu la moindre idée de réponse, Alena Elaia lui avait sauté sur le dos.

— Je vous en prie, expliquez à ma mère que je ne veux pas non plus aller au couvent, avec les nonnes. Je veux conquérir le monde avec Roç et Yeza, le couple royal.

— Oh Sainte Vierge ! s'écria le moine en courant un instant en rond avec l'enfant sur son dos. (Puis il la fit descendre et s'adressa à Shirat :) Quelles billevesées notre Hamo l'Estrange est-il allé glisser à l'oreille de cette enfant !

— Je ne suis plus une enfant ! répondit dans un feulement la jolie petite fille. Et Yeza n'avait que trois ou quatre ans lorsqu'elle est partie avec Guillaume pour les pays lointains.

— Ce sont donc les contes de fées de Guillaume ! constata le franciscain avec un sourire. Dans ce cas, je vous souhaite bien du plaisir ! dit-il à la maîtresse de maison. Pourquoi, au juste, avez-vous quitté le palais Kallistos à Constantinople ? Vous y étiez chez vous...

— Vous pourriez aussi bien demander pourquoi je suis revenue de chez les Mongols. Mais commençons par répondre à la première question : parce que la ville de la Corne d'Or tombera tôt au tard aux mains des Grecs, quel qu'en soit le chef. Un patriarche orthodoxe réclamera donc l'ancien siège de l'évêque romain, et nous serons chassés, sinon pire !

— Je ne peux que vous le confirmer, s'exclama Laurent, j'en ai fait physiquement l'amère expérience. On ne devrait jamais essayer d'obtenir des fonctions élevées. La chute est trop haute — et le plus souvent, trop dure.

— Moi non plus, je ne veux pas devenir évêque ! intervint Alena Elaia, qui se sentit exclue de la conversation. Je veux être l'écuyer de Roç Trencavel et de Yeza Esclarmonde lorsqu'ils partiront au combat.

— Asseyez-vous et rafraîchissez-vous, proposa Shirat avant d'ordonner à sa fille : va chercher quelque chose à boire, écuyer.

— Du vin, peut-être, à cette heure ? s'enquit gracieusement la petite avant de filer à travers les plates-bandes.

— Où se trouve donc votre époux ? s'enquit Laurent en regardant autour de lui.

— Hamo est parti pour Palerme, afin d'assister au couronnement de Manfred, notre nouveau souverain.

— À pied ? J'ai vu la trirème.

— À cheval, et tout seul. Je me fais du souci. Il y est bien arrivé, si je me fie aux récits que l'on m'a faits, puisque l'on a solennellement déposé la couronne sur la tête de Manfred, à la cathédrale. Il pourrait donc être revenu depuis longtemps... (Elle soupira.) Alena Elaia tient beaucoup à son père, même s'il ne correspond pas du tout à l'idéal de chevalerie qu'elle s'imagine devoir suivre dans sa propre existence.

— Elle préférerait même certainement être chevalier que dame de cour ! (Laurent se mit à rire.) Vous auriez dû la laisser filer avec Hamo.

— Je serais morte d'angoisse !

Shirat changea rapidement de sujet. Alena Elaia revint, balançant une cruche sur sa tête.

— Que se passe-t-il de l'autre côté de la mer Noire? interrogea-t-elle. Je suppose que vous en revenez...

— Si l'on veut, répondit Laurent. J'ai évité de me rendre dans l'une des cours rivales. J'ai voyagé de monastère en monastère. Cela permet de tout savoir sans risquer sa tête parce que l'on a misé sur le mauvais cheval.

— Vous devriez apprendre l'équitation, frère Laurent, l'interrompit Alena Elaia. Si vous m'enseignez la géométrie et l'algèbre, alors je vous montrerai...

— Je croyais que vous vouliez partir à la Guerre sainte?

— Il faut aussi pour cela les capacités d'un ingénieur, afin de construire les fortifications, et celles d'un spécialiste en balistique, pour les détruire de nouveau.

— Votre fille m'étonnera toujours, commenta le moine avec un sourire amusé.

— Moi, elle m'effraie. Mais continuez donc votre récit.

— Il est compliqué par le fait que les maisons régnantes de la Grèce ne semblent s'entendre que sur un seul point : choisir toutes les mêmes prénoms. Ainsi, l'ancien général Michel Paléologue est à présent unique empereur de Nicée, et il a nommé son frère Jean le Sebastocrator (allez savoir ce que cela peut signifier!) au poste de commandant en chef de l'armée. Son pire ennemi est lui aussi un Michel, le despote d'Épire, et il a pour principal allié son fils bâtard Jean, marié à la fille d'un prince de Valachie, une femme racée!

— Je vous en prie, ne parlez pas des femmes comme si c'étaient des chevaux, même si elles viennent de Valachie! le sermonna Shirat.

— Soit, acquiesça Laurent en souriant. Comme tous ont peur de Nicée, le despote a reçu le soutien des derniers princes francs, le duc Guillaume d'Achée, le duc Guido la Roche d'Athènes et en dernier lieu, car il n'a même pas de quoi s'offrir une armée de chevaliers en ordre de marche, l'empereur romain Baudoin de Constantinople.

— Et la guerre va éclater ? questionna Alena Elaia.

— Aussi certain que l'amen dans la Hagia Sophia ! affirma Laurent. Et celui qui la gagnera entrera en vainqueur à Constantinople !

Shirat réfléchit un instant avant de demander :

— Et pour nous, qu'est-ce que cela signifie ?

— La question est de savoir si Manfred se tiendra à l'écart de cet affrontement byzantin. S'il ne le fait pas, il recevra un coup de pied aux fesses, d'une botte pontificale répondant au nom de Charles d'Anjou.

— Voilà une vision bien énergique des choses. Il reste tout de même encore Venise.

— Venise n'a qu'un seul intérêt : les choses doivent rester telles qu'elles sont, car sur les terres de tous les seigneurs concernés, c'est elle qui détient les meilleurs morceaux, sous forme de comptoirs de négoces extrêmement lucratifs avec statut d'extra-territorialité, hormis, peut-être, à Nicée ! Gênes, en revanche, ne peut que tirer bénéfice d'un change-ment, surtout si Nicée en ressort vainqueur.

— Je dois vous parler de quelque chose en parti-culier, murmura Shirat. Venez avec moi à l'intérieur. J'ai un étrange invité...

Alena Elaia fila, vexée, avant que sa nourrice et les gouvernantes aient pu la reprendre sous leur surveil-lance. Sa mère éprouvait toujours le besoin de la traiter comme une enfant, surtout devant des visi-teurs étrangers. Rinat, le peintre, se comportait tout autrement. Il lui avait promis de démonter un trébu-chet avec elle, puis de le remonter. C'est elle qui pourrait tirer le coup d'essai.

Shirat exposa à Laurent ce qui n'était encore qu'un vague soupçon : le *Maestro* en séjour à Otrante pour-rait avoir de tout autres intentions que celles qu'il prétendait nourrir.

— Rinat Le Pulcin ? s'informa Laurent, qui avait

manifestement du mal à conserver son calme. C'est un agent de Venise, mais il a la réputation d'être vénal. Et donc d'aimer à espionner pour d'autres puissances !

— C'est bien ce que je redoutais. Et Hamo n'est pas là !

— Otrante a-t-elle encore son miroir, tout en haut du donjon ?

— Qui donc l'en aurait décroché ? Mais je ne suis jamais allée là-haut, dans la coupole. Et je ne sais pas non plus comment on s'en sert.

— Laissez-moi m'en occuper. S'il y a bien une chose que nous ne désapprenons jamais, nous autres, vieux membres de l'Ordre secret, c'est l'art d'envoyer et de lire les signaux !

— Mais l'engin doit être totalement encrassé, à cause des pigeons, et le miroir aveugle !

— Pour cela, il va vous falloir mettre personnellement la main à la pâte, car nous devons éviter que cela ne se sache. Faisons le nécessaire ce soir, lorsque tous dormiront. Ensuite, lorsque le soleil se lèvera, nous poserons la question et nous saurons avant que ne sonnent mâtines qui est actuellement le commanditaire de l'espion.

— Nous saurons peut-être aussi quelles sont ses intentions à mon égard...

— À l'égard d'Otrante ! supposa le franciscain.

Un lézard fila au-dessus de la fenêtre du bureau du comte, où avait lieu l'entretien. Il avait été dérangé par cette agitation inhabituelle. Alena Elaia se faufila avec la même habileté, serrée contre le mur. Elle pouvait désormais entendre tout ce que l'on disait dans la pièce, mais elle ne perçut que les dernières phrases. Elles lui suffirent.

La nuit tomba et se leva. À la première heure (il faisait encore sombre), Shirat réveilla son invité. Sans faire de bruit, ils traversèrent la cour intérieure du château. La lourde porte armée de fer, située bien au-dessus des têtes et que l'on ne pouvait atteindre que par une échelle, s'ouvrit dans un grincement. On ne l'avait manifestement plus utilisée depuis des années. Tout était couvert de poussière. Enfin, ils arrivèrent sur une plate-forme en plein air, ceinturée par une double couronne de créneaux.

Laurent dégagea l'entrée.

Ils se faufilèrent sous le mur, dans la voûte. Il faisait nuit noire, mis à part quelques minces rayons de lumière qui passaient à travers les fines crevasses du bois de la porte. Le moine chercha à tâtons une chaîne de fer, et l'entrée s'ouvrit comme une gueule, en gémissant. La lumière vive de la lune tomba sur Alena Elaia, qui était assise devant la porte et éclata de rire en voyant la stupéfaction des deux adultes.

— Mais comment as-tu donc... ? s'étonna la comtesse d'une voix sévère. Elle s'interrompit aussitôt, car sa fille indocile tournait déjà comme une toupie pour décrire l'ascension d'un escalier en colimaçon. Elle fut rapidement prise de vertige.

— Tu vas encore tomber ! l'avertit Laurent en l'arrêtant.

— Cela va bien plus vite qu'avec votre échelle ! fit Alena Elaia. Il y en a même deux, de ces escaliers. Le premier va jusqu'à la cave.

— Bon, dit la comtesse sans attendre la description de ce passage secret qu'elle ne connaissait pas. Dans ce cas, tu retrouveras aussi toute seule le chemin pour redescendre.

— Ma très chère mère, je vous supplie de me laisser rester ici !

La petite savait manier Shirat. La comtesse ne pouvait pratiquement rien refuser à sa fille unique. Elle lança un regard interrogateur à Laurent, qui donna son accord en hochant la tête. Comment l'enfant pourrait-elle comprendre les informations qu'il avait à transmettre ? Aucun étranger ne déchiffrerait jamais les codes du Prieuré, quelle que soit son expérience en matière d'émission de signaux.

Alena Elaia lui adressa un regard reconnaissant.

— Toute ma vie, j'ai souhaité savoir ce qui se passait ici, d'où venaient ces feux au milieu de la nuit !

— Reste sur le côté, ordonna Shirat, et pas un mot !

Le moine paraissait connaître le système. D'un geste sûr, il tira une bâche en cuir fin et défraîchi sur la paroi de bois voûtée qui se trouvait dans leur dos, et le miroir apparut. Il était composé d'un bon nombre de plaques d'argent noirci qui, formant une courbe douce, suivaient le cercle concave du cadre de bois.

— Nous n'avons plus beaucoup de temps, dit-il à Shirat, qui s'efforçait de l'aider : elle n'était pas le genre de femmes à laisser faire son travail par un homme. Ce n'est possible qu'aux premiers rayons du soleil, ajouta Laurent. Nous devons être prêts dans un quart d'heure.

Elle prit un seau plein de cendre de bois et lança un morceau de chiffon à sa fille.

— Tu peux te rendre utile ! Plus il brillera, plus l'éclair ira loin !

— Il fait aussi du tonnerre ? s'enquit Alena Elaia, l'air grave, en regardant fixement le miroir. Elle s'efforça aussitôt d'y effacer les taches, mais n'y parvint pas. Shirat lui donna une leçon : elle cracha sur le chiffon, le plongea dans la cendre puis frotta le métal. Et l'argent se mit rapidement à briller.

— La salive sert à tout ! criailla Alena Elaia en l'imitant aussitôt sous le regard ému de Laurent. Puis le moine passa derrière le miroir, où un tabouret en bois était installé, avec le cadre, sur des lattes disposées en biais. Il n'était pas sur la pierre, mais semblait planer, à une distance d'un doigt au-dessus du sol. Laurent essuya la poussière sur le siège et sur les marques que l'on avait tracées par terre. Il prit place et vérifia le mouvement des deux chaînes qui passaient à sa droite et à sa gauche. Lorsqu'il en tirait une, la porte se fermait. L'autre la rouvrait.

Shirat, qui avait nettoyé la partie supérieure du miroir, celle où sa fille n'arrivait pas, vint rejoindre le moine.

— Êtes-vous prêt ? demanda-t-elle. Le soleil va se lever.

Laurent hocha la tête.

— Viens avec nous par-derrière, à présent, mon enfant, ordonna la comtesse. Autrement, la lumière t'aveuglera !

Alena Elaia s'installa, furieuse, derrière l'appareil. Elle posa les mains sur son visage et regarda à travers ses doigts. Nul ne devait voir qu'elle était folle de rage et bien décidée à apprendre par cœur le rythme des éclairs.

Laurent ouvrit la porte d'un coup, la laissa ouverte l'espace de trois battements de pouls, la referma, compta doucement jusqu'à dix, l'ouvrit pendant trois coups, puis la referma d'autant, avant de l'ouvrir à nouveau et d'attendre.

— C'est le signe de reconnaissance de l'une des îles situées devant Kerkyra. Elle est aux mains de la Serenissima et de nos gens, expliqua-t-il. Le signal date du temps où elle appartenait à Byzance.

Ils regardèrent tous fixement la mer, dont l'horizon se perdait dans la brume, au-dessus du ciel bleu. Mais on n'y voyait rien.

Laurent répéta l'opération : trois — pause longue — trois — pause brève — dix !

Ils attendirent encore un instant, jusqu'à ce qu'Alena Elaia se mette à crier :

— Là ! Ça brille !

Effectivement, de l'autre côté de l'Adriatique, on apercevait une lueur, pas particulièrement brillante, mais bien visible. Laurent vérifia le signal et confirma, trois courtes, une longue.

— Commencez ! lui demanda la comtesse, entre ses dents.

Alena Elaia fut bientôt moins fascinée par l'ouverture et la fermeture de la porte que par le moine qui, semblable à un marionnettiste furieux, tirait sur les chaînes sans cesser de regarder, au sol, les marques sur lesquelles un rayon de lune semblait se promener point par point. Alena Elaia chercha à découvrir le trou par lequel il tombait dans la coupole. Elle n'y parvint pas : il lui aurait fallu, pour cela, se glisser sous le siège du moine.

Le maigre frère mineur était en nage. Il avait commencé par chuchoter le nombre des battements de son pouls. À présent, il les comptait d'une voix forte, et il finit par les crier ; les chaînes cliquetaient, les portillons claquaient. Par à-coups, il se replaçait, lui, le siège et tout le miroir, dans des positions toujours nouvelles. La poussière tourbillonnait, Laurent toussait, gémissait d'une voix rauque, lançait de temps à autre des regards hâtifs sur les marques du sol, comptait, faisait des pauses et comptait encore. Un dernier claquement, et tout retomba dans la pénombre.

Lorsque ses yeux se furent habitués à l'obscurité, Shirat vit le moine recroquevillé sur son tabouret. Il respirait lourdement. La poussière se redéposa sur le sol. En revanche, elle ne trouva plus sa fille. La petite aura eu peur, songea-t-elle.

— Rinat Le Pulcin est un espion, annonça Laurent, résumant le message qu'on lui avait transmis de l'autre côté de la mer. Un espion au service de l'Anjou. Otrante est en danger, ajouta-t-il, songeur. On saura plus tard si c'est un danger immédiat ou à long terme. En tout cas, nous devrions empêcher ce lascar de nuire.

Lorsque Shirat appela ses *lancelotti*, elle apprit que messire Rinat avait quitté le château à la première heure, en toute hâte, mais avec tous ses ustensiles de peinture. Il voulait, avait-il annoncé à la garde qui ne lui avait rien demandé, peindre Otrante de loin à la lueur du petit jour. Il avait pris un cheval. Mademoiselle Alena l'avait accompagné jusqu'à la porte et lui avait fait ses adieux d'un geste de la main.

— Devons-nous le poursuivre ?

— Non, trancha Shirat d'une voix lasse. Cela pourrait être un piège !

— Il croisera de nouveau votre chemin à un moment ou à un autre, fit le moine. Mais à présent, vous êtes avertie !

Repas divin, poison d'enfer

La grande porte du palais royal de Palerme resplendissait. Les *Gardia dei Saraceni* qui s'étaient installés devant elle en haie d'honneur n'avaient pas
seulement allumé les torches coincées dans les
anneaux de fer, le long du mur, mais aussi celles pla-
cées sur les pylônes, à gauche et à droite de la montée. La chaîne de lumière éclairait loin dans la cour
intérieure et lançait des ombres tremblantes sur les
murs du Palazzo dei Normanni. Le couple royal
arriva à cheval. Yeza avait sèchement refusé la litière
qu'on avait amenée à son intention, si bien que le
chambellan Maletta avait dû lui laisser son cheval et
s'installer dans la chaise à porteurs avec Gosset,
Mafalda et le moine. Auparavant, il s'était plaint
auprès de Gosset : Taxiarchos avait été enlevé dans
sa geôle de la Kalsa et sa boîte, la preuve qu'il tenait
contre le criminel, avait été, sans qu'il puisse
comprendre comment, vidée de son contenu.

— Cet empoisonneur grec doit avoir conclu un
pacte avec le diable! marmonna le chambellan.

— Possible, répondit le prêtre pour calmer le haut
fonctionnaire courroucé. Mais je vous conseille de
ne pas laisser échapper le moindre mot là-dessus, ni
sur le Grec ni sur les poisons!

Comme Gosset avait prononcé ces paroles sur un
ton très décidé, le chambellan se contenta de secouer
la tête, agacé. Il fut le dernier à monter dans la
litière, qui se mit alors en marche. Face à lui, le
moine Demetrios se tenait raide comme un piquet. Il
portait sur ses genoux un coussin de velours pourpre
ourlé d'une bordure dorée. Sur le coussin était posée
la cassette incrustée d'ivoire. Il la serrait des deux
mains, pour qu'elle ne glisse pas avec les balance-
ments de la litière. Mafalda lui avait vivement
conseillé de ne pas se présenter devant le roi avec la
corbeille à fruits, et Geraude, secourable, lui avait
aussitôt proposé de coudre un coussin fin. Demetrios n'avait certes pas compris ces efforts, mais il

acceptait tout depuis que Gosset l'avait surpris en l'informant, contre toute prévision, qu'à la suite de la bienveillante intervention de Roç et Yeza il pourrait tout de même se présenter à la réception que messire Manfred offrait le soir même en l'honneur du couple royal. Au lieu de remercier avec joie, le moine était devenu livide. Gosset et Mafalda savaient pourquoi. Seul Maletta ne se doutait pas un seul instant que l'on s'apprêtait, sous son nez, à faire entrer clandestinement au palais royal un objet qui valait bien une bombe de feu grégeois.

Les deux autres personnes dans le secret ne se sentaient pas si bien non plus. Mais Pallavicini leur avait demandé un silence absolu, et il leur avait lancé un tel regard qu'ils n'en parlèrent même plus l'un avec l'autre. Gosset supposait cependant que le vicaire de l'empire avait mis au courant le chancelier Jean de Procida. Sans son accord, il aurait été impensable et extrêmement dangereux pour tous ceux qui seraient présents, au courant ou non, de mettre en œuvre le scénario prévu. Le prêtre comprit d'un seul coup que cela pourrait aussi être un piège mortel pour Roç et Yeza. Si Pallavicini jouait un double jeu, si, par exemple, à la demande de Rome, il avait l'intention d'éliminer Manfred, ou le couple royal, ou bien encore les deux... Si Manfred n'avait pas été prévenu, il serait très vraisemblablement victime de cet attentat infernal. Dans ce cas, Roç et Yeza subiraient la vengeance immédiate de la garde sarrasine, ou bien, après la torture et un procès expéditif, l'impitoyable justice du chancelier, pour complicité avérée de *regicidio!* Gosset se mit à transpirer.

Demetrios, lui, pâlissait encore, au fur et à mesure qu'ils montaient le Cassaro et approchaient du Palazzo dei Normanni. Seule Mafalda rayonnait de fierté à l'idée d'être invitée à la table du roi. Pendant la chevauchée nocturne, Roç et Yeza avaient répondu avec patience aux signes et aux joyeuses acclamations des groupes qui étaient dispersés çà et

là, sur la route d'apparat. Mais ils n'avaient guère
parlé l'un avec l'autre.

— Voilà comment je m'imagine notre entrée à
Jérusalem, commenta Roç, brisant le silence à l'instant même où ils aperçurent l'illustre palais.

— Si les applaudissements sont aussi modérés,
répondit Yeza en souriant et en désignant les personnes qui s'étaient rassemblées le long du chemin
(par pur hasard, car le chambellan, qui ne tenait pas
à offrir un nouveau grand défilé au couple royal,
n'avait pas fait annoncer la réception au palais), et si
notre escorte a fondu au point de tenir dans une
chaise à porteurs, nous pouvons connaître le même
sort que, jadis, le seigneur Jésus de la lignée de
David.

— Tu penses que le Prieuré nous fera crucifier?

Roç ne voulait pas se laisser gâcher la fête, et tenta
de sauver sa bonne humeur en plaisantant. Mais un
frisson le parcourut dès qu'il eut prononcé ces
paroles macabres : et si elles devenaient réalité? Il
replongea dans le silence, mais Yeza n'eut pas de
pitié.

— La puissance secrète qui le poussait sur son
chemin vers Jérusalem et le Golgotha n'était certainement pas très différente du Prieuré. Elle a fait
croire au Paraclet qu'il se trouvait à la tête d'un mouvement populaire, que la ville allait se dresser contre
Rome en un seul cri de ferveur, et lui faire porter la
couronne de roi. Au lieu de cela, il n'a trouvé que
quelques pauvres bougres, déjà adeptes de ses théories, pour agiter leurs branches de palmier. Et il a
même fallu un Judas pour convaincre le gouverneur
qu'un ennemi dangereux et puissant était entré dans
l'enceinte de la ville. Sans cela, l'épisode n'aurait
même pas attiré l'attention.

— Vous débordez de sarcasmes, aujourd'hui, ma
dame, s'étonna Roç. Et qui sera donc notre Judas à
nous?

Yeza le regarda longuement. Elle était triste de
voir si bien ce que Roç ne pouvait pas discerner. Elle

était moins touchée de le voir opposer une lourde
résistance à tout ce qu'elle lui rapportait de son
monde spirituel. Mais elle ne comprenait pas que
certaines pensées ne lui viennent jamais, ne puissent
même jamais l'atteindre.

— Judas est une partie de nous-mêmes, dit-elle à
voix basse. Il est en nous.

— Dois-je y penser la prochaine fois que vous
m'embrasserez?

— La prochaine fois que vous m'embrasserez,
vous n'y penserez pas! s'exclama Yeza. Et si cela
vous paraît trop dangereux, si vous craignez pour le
salut de votre âme, il n'y aura pas de prochain baiser!

Elle éperonna son cheval, mais Roç lui emboîta le
pas.

— Même si vous étiez le Démiurge, se mit-il à
crier en haletant, même si Lucifer était entré en
vous, je continuerais à vous aimer.

Ému, le souffle court, il attrapa les rênes de Yeza,
et tira son corps vers lui. Elle avait déjà passé les
bras autour de son cou. Les deux chevaux s'arrêtèrent en attendant la fin de cet accès de passion
débridée, ils se rapprochèrent et empêchèrent ainsi
les deux cavaliers de tomber. Ils étaient agrippés l'un
à l'autre et s'embrassaient comme deux éperdus. Ils
ne se détachèrent qu'au moment où la litière approcha. Roç et Yeza se redressèrent. Ils dirigèrent
ensuite leurs regards vers l'illustre palais qui se dressait devant eux dans la nuit. On les applaudissait. Ils
franchirent la haie de Sarrasins armés de torches.

« C'est la porte de l'enfer! pensa Roç, d'un seul
coup. Je l'ai embrassée, son feu brûle sur mes lèvres,
sa braise me consume intérieurement. Et pourtant,
je ne la quitterai jamais. »

Ils montèrent la rampe. Ils attendirent, pour
mettre pied à terre, d'être arrivés dans la cour intérieure. Maletta descendit aussitôt de la litière, mais
Jean de Procida était déjà dehors pour accueillir le
couple royal.

Gosset (qui n'avait qu'une idée en tête : tout expliquer au chancelier aussi vite que possible) fit sortir rapidement Mafalda de la chaise à porteurs, parce qu'il ne voulait pas apporter son aide à Demetrios. Celui-ci, en dernier, apparut un peu perdu, avec son cadeau dans les mains. Le moine suivit les autres, d'un pas aussi rapide que le tolérait sa dignité, portant la cassette devant lui, sur le coussin, comme s'il s'agissait de la sphère de l'Empire.

On conduisit les invités dans un gigantesque escalier (ils auraient aussi bien pu monter à cheval) jusqu'au deuxième étage du palais, dans les salles que le grand roi normand Roger s'était fait construire, il y avait bien longtemps de cela. Des scènes de chasse colorées ornaient les murs et s'animaient à la lumière vacillante des innombrables bougies qui, plantées dans des chandeliers en argent à plusieurs bras, assuraient l'éclat de la longue table déjà dressée. Les invités étaient encore debout. On y voyait quelques parents de Manfred, issus de la Maison Lancia. Les yeux de Gosset, inquiet, cherchaient Oberto Pallavicini, mais il n'était pas là. Le prêtre fit mine de s'adresser au chancelier, très affairé, pour être enfin certain que tout se passait normalement. Car le moine se tenait dans un coin, désormais discrètement observé par tous ceux qui savaient ce qu'il avait entre les mains. Mais tandis que Gosset cherchait encore à se frayer un chemin, le héraut annonça : « Le roi ! »

Tous s'inclinèrent en direction de la porte par laquelle Manfred entra alors d'un pas léger. Il était suivi de près par un guépard qui tirait derrière lui sa maîtresse, la petite Constance. Le souverain s'installa au milieu de la table, offrit à Yeza la place qui se trouvait à sa droite, et demanda à Roç de tenir compagnie à sa fille, assise à sa gauche. Celle-ci dévisagea le chevalier avec un intérêt non dissimulé — d'autant plus qu'il avait attrapé Immà par la gueule, sans la moindre crainte, et lui caressait la fourrure.

Gosset vit alors avec terreur que Demetrios s'adressait au chancelier.

— J'ai ici un précieux cadeau pour le roi Manfred.

— Pas maintenant ! répondit Procida. Vous aurez tout le temps de le lui remettre après le repas.

Procida ne donnait pas du tout l'impression d'être au courant. S'il l'était, c'était vraiment un maître de la dissimulation.

Le chancelier et Mafalda prirent place à droite de Yeza. Le moine s'était retrouvé en bout de table, entre deux vieilles dames de la Maison Lancia. Gosset s'installa en face de Roç. Le guépard ne dérangeait pas le Trencavel. En revanche, il ne plaisait guère à Maletta, qui resta debout et veilla au bon acheminement des plats, ce qui n'était pourtant pas de son ressort.

— En *amuse-goule*, on servira des langues de faisans, des œufs de caille et des cœurs de paons finement hachés et en gelée, sans poivre, Monseigneur, expliqua Constance au prêtre, pour bien montrer à Roç qu'elle n'avait pas besoin de sa compagnie. J'ai demandé ces entrées-là parce que ce sont les préférées d'Immà !

— Dans ce cas, je renoncerai volontiers à ma part, répondit galamment Gosset.

Les assiettes étaient tellement garnies qu'une seule aurait suffi à les nourrir tous les deux. Contrairement au guépard, Gosset n'avala cependant pas d'un seul coup le contenu de deux plateaux, et s'abstint de lécher le plat d'argent.

— J'échangerais volontiers avec Immà ! déclara Roç, en servant du vin à Constance. Il versa quelques gouttes sur la main de la jeune fille, ce qui lui donna la possibilité de toucher sa peau en l'essuyant.

— Avez-vous donc une telle faim, messire Trencavel ? s'enquit-elle en jetant un regard sur Immà qui se léchait les moustaches avec délectation.

— Non, assura Roç en posant sa jambe contre la sienne. Mais je pourrais me coucher à vos pieds !

Le genou de la jeune fille se mit à trembler. Devait-elle éloigner sa jambe et fermer les cuisses ? La jeune fille mûre avant l'heure se réfugia auprès de Gosset.

— Et voici à présent *mes* plats préférés! Des cuisses de dinde rôties dans le miel, du foie de perdrix grillé avec des pommes sucrées et du raisin, de la poitrine de palombe panée aux amandes et à la cannelle. J'en mangerais jusqu'à éclater.

C'est du reste ce qu'elle fit, sous le regard ahuri de Roç.

— Pense aux autres invités, mon enfant, rappela son père, soucieux, les sourcils froncés. Laisse donc quelque chose à messire Trencavel, pour qu'il devienne aussi grand et fort que toi!

Manfred éclata de rire, puis se tourna vers Yeza. Roç s'abstint de rire, même lorsque Constance l'autorisa, magnanime, à mordre dans un pilon.

— On m'a raconté que votre seigneur et chevalier, reprit Manfred, se bat admirablement dans les tournois. Mais connaît-il aussi bien l'art de la guerre proprement dit, lorsqu'on ne fait pas appel à l'esprit chevaleresque, lorsqu'il faut se battre pour la victoire ou la défaite?

Yeza lui lança de biais un regard amusé.

— Comptez-vous l'envoyer au secours de votre beau-père?

Manfred fut troublé de se voir ainsi percé à jour.

— Je voulais dire... Le hardi Trencavel a-t-il déjà mené une armée au combat?

— Il brûle de le faire, avoua Yeza à voix basse. Si vous l'en chargez, Manfred, vous allumerez un feu que je ne veux pas avoir à éteindre.

— Vous avez éludé ma question, Yeza. Je veux savoir si je puis lui confier quatre cents de mes meilleurs chevaliers.

— Le couple royal n'élude jamais, précieux cousin. Je vous ai donné mon opinion. Pour le reste, c'est à Roç Trencavel lui-même que vous devez le demander.

Le chancelier avait lui aussi entendu la question et se sentit obligé de commenter la réponse:

— Si j'ai bien compris, mon roi, cette dame avisée estime que cela demeurera notre problème, parce que la réponse certaine à une question stupide n'élimine nullement l'incertitude !

C'était trop de subtilité pour Manfred.

— Attendons donc la fin du repas, nous en débattrons en cercle restreint avec nos chers invités.

Les cuisiniers apportèrent fièrement (c'était leur privilège) les fruits de mer, de grands poissons en croûte ou cachés sous une épaisse couche de gros sel, cuits tantôt avec des olives, tantôt avec du fenouil baignant dans son jus. Mais on servit aussi de petits tas de chair de thon rouge découpée en lanières, avec du gingembre râpé, des langoustes grillées dans le safran avec des anneaux d'oignons croustillants, des anguilles plantées vives sur des piques et qui se tortillaient au-dessus des flammes, tout comme les homards majestueux qui continuaient, sous les yeux des invités, à brandir leurs pinces vers les cuisiniers jusqu'à ce qu'on les plonge dans l'eau bouillante. On apporta des instruments qui permettaient d'ouvrir les coquilles des animaux. On agrémentait l'ensemble de sel en gros grain, de poivre d'Inde, d'huile d'olive pressée à froid, et de jus de citron vert. Tous mangeaient à grand bruit, arrachaient avec les dents la chair rouge et blanche, aspiraient avec ardeur les parties détachées, décortiquaient, fouillaient et avalaient de répugnante manière. On crachait les arêtes, on jetait les carapaces vides derrière soi, on se tachait et l'on se rinçait les doigts avant de les plonger dans des coupes d'eau tiède où nageaient des nénuphars. On rotait, on arrosait les plats du vin blanc et râpeux de l'île, le « *regaleali* » des vignes royales, et l'on rotait encore une fois pour confirmer son plaisir. Des musiciens entrèrent, avec leurs luths et leurs flûtes de Pan, leurs crécelles et leurs guimbardes.

On desservit le poisson. Tous buvaient abondamment. Seul le moine Demetrios restait tout droit, comme planté au bout de la table. Les dames des Lancia avaient renoncé depuis longtemps à leurs efforts pour l'entraîner dans leur conversation. Le prêtre semblait assis sur des charbons ardents.

Pour amuser Roç, mais aussi par exubérance,
Constance renversa sa coupe. Elle ne buvait que du
vin rouge que messire Manfred coupait personnellement de l'eau lorsqu'elle ne parvenait pas à
tromper sa vigilance et à se resservir elle-même. Une
flaque rouge se forma sur le lin blanc. Roç y plongea
un instant le doigt. « Pour qu'il ne porte pas malheur ! » chuchota-t-il avant de lui frotter quelques
gouttes derrière le lobe de l'oreille. Constance
gloussa de plaisir, mais Manfred fronça les sourcils.

— Ma fille est déjà fiancée ! laissa-t-il échapper
sur un ton un peu trop agacé, si bien que Jean de
Procida se crut obligé d'intervenir en riant.

— Messire Trencavel est déjà promis, lui aussi !
annonça-t-il à la fille du roi, et Manfred le prit à son
tour à la plaisanterie, d'autant plus que Yeza s'en
amusait.

— Il faut encore que j'y réfléchisse ! annonça-
t-elle.

— Pardonnez à ce jeune homme. Il est bien assez
puni. À sa place, d'ordinaire, est assis un dresseur de
fauves, ajouta le chancelier, ce qui lui valut un
regard indigné de Manfred. Au cas où Immà perdrait
ses esprits..., ajouta-t-il.

— Où elle se rappellerait qu'elle est un guépard !
précisa Roç pour reprendre pied dans une conversation qui se déroulait sans lui. J'ai rarement vu un
chaton aussi docile.

— Cette fois-ci, il ne pouvait vraiment pas parler
de votre fille, Majesté !

Jean de Procida s'était levé pour se dégourdir les
jambes. Gosset profita de l'occasion pour s'approcher discrètement de lui. Le chancelier se dirigea
dans la cour et chercha un coin sombre afin de soulager sa vessie. Gosset, qui éprouvait le même
besoin, s'installa à côté de lui. Mais Procida lui
adressa la parole avant qu'il ne puisse lui faire part
de ses soucis.

— Monsignore, vous êtes bien le confident et le
conseiller du couple royal ?

La question était toute rhétorique. Gosset urinait lui aussi.

— C'est la raison pour laquelle je voulais vous parler.

— Me parler ? l'interrompit le chancelier en éclatant de rire. Je suis en train de pisser. Tout le reste peut attendre la fin de cette beuverie !

— Le cadeau du moine ! gémit Gosset.

— Nous nous en occuperons au dessert, Monsignore.

— Savez-vous que...

— Quelle pression j'avais sur la vessie ! gémit Procida avant de lancer à Gosset : vous faites trop peu honneur à notre vin. Si vous en buviez plus, vous vous videriez mieux, et sans ouvrir la bouche !

Sur ces mots, il repartit vers la salle du repas. On avait entre-temps apporté les viandes. Mais on servit d'abord une petite soupe chaude, pour flatter l'estomac. Chacun put choisir entre les moules à l'orge, l'os à moelle aux carottes ou la queue de bœuf cuite dans de gros haricots.

— Ceux-là font bien péter ! dit Constance en riant et en tendant sous la table son écuelle au guépard. Sa main toucha un bref instant celle de Roç, et son visage vira au pourpre. Roç voulut s'adresser à Gosset. Mais celui-ci attrapa un cuissot de sanglier sur le plus proche plateau, et le lui tendit.

— Prenez l'os avec les deux mains, elles resteront au-dessus de la table, lui ordonna-t-il d'une voix basse, mais impérieuse. Et lorsque vous l'aurez rongé jusqu'au bout, jetez-le derrière vous, ne le tendez pas à Immà, ni même à sa princesse, comme succédané pour une promesse que vous ne pouvez tenir.

— Je prendrais volontiers un plaisir de cochon ! reconnut Roç à voix basse. Mais la truie en moi sait qu'elle ne doit pas laisser sortir le verrat.

— Je l'espère bien ! grogna le prêtre, effrayé. Une seule bombe me suffit à cette table !

On servit du gibier, du dos de chevreuil, du héris-

son et du râble de lièvre, des bécasses entières. Le
tout était agrémenté de fruits cuits, citrouilles et
poires, figues et prunes, baies de la forêt, mousse de
châtaigne et noisettes confites. C'était l'heure de
Constance : elle engouffrait littéralement les sucreries. Roç s'abstint de lui lécher les doigts qu'elle lui
tendait complaisamment. Son père était un chasseur
passionné, et il portait toujours son couteau à la
ceinture. Roç ne tenait pas à l'énerver une seconde
fois. Et la jolie femme-enfant aux traits rebondis ne
savait pas à quel point elle jouait avec le feu.

— Et voilà le dessert !

Constance trépignait de bonheur à l'idée de dévorer la conclusion tant attendue du repas.

— Les petits gâteaux tendres au fromage frais,
fourrés à la pomme et au miel, le gâteau au saindoux
rempli de mûres aigres, roulées dans le sucre, des
dattes en massepain à la place des noyaux, des
boules de pistache en beurre brun et œufs battus,
arrosés de crème...

Roç vit la langue rose de la jeune fille danser sur
ses lèvres épaisses. C'est l'instant que choisit le chancelier pour se lever et commencer une allocution.

— L'un de nos invités, le moine Demetrios, venu
de la lointaine Hellade, berceau de cette grande
culture qui a aussi irrigué le sol de la Sicile et à
laquelle l'île doit aujourd'hui son éclat rayonnant, le
règne glorieux de la lignée des Normands et des
Hohenstaufen, a apporté un cadeau au roi Manfred,
une précieuse relique... (Jean de Procida s'interrompit un bref instant, pour faire signe à Demetrios de
quitter son bout de table et de le rejoindre.) ... qu'il
va maintenant remettre personnellement à notre
bien-aimé roi Manfred.

Des vivats et des applaudissements accompagnèrent le parcours du moine qui, blanc comme
avait pu l'être la nappe avant le début du repas, porta
alors son coussin et sa cassette vers le milieu de la
table, où messire Manfred se tourna vers lui, l'air
aimable. Les autres invités s'étaient levés. Tous ceux

qui avaient mangé à proximité du roi formèrent alors un demi-cercle, dans lequel entra le moine. Il s'inclina devant le roi et lui tendit le coussin.

— Que la bénédiction du Seigneur accompagne ce cadeau, murmura Demetrios dans sa barbe noire et hirsute. Ses yeux sombres semblaient lancer des flammes. Il évita de dévisager Manfred : son regard resta fixé sur la cassette que le roi souleva de son coussin, des deux mains, et présenta à l'assistance avant d'ordonner gentiment au moine de l'ouvrir. Tous dressèrent le nez, pressés de voir l'objet — mis à part les habitants de la Kalsa. Lentement, Demetrios ouvrit le couvercle abondamment orné d'incrustations. Mais il n'y trouva pas du tout son Christ d'albâtre sur une croix d'argent. C'est un simple calice noir qui reposait sur le velours violet ! Roç et Yeza retinrent leur souffle et osèrent à peine échanger un bref regard. Le calice noir ? Roç secoua imperceptiblement la tête. Tous observaient fixement la coupe. Comme le roi n'avait manifestement pas l'intention de prendre la relique en main, Demetrios rassembla son courage et parla.

— Vous devriez vous rappeler le sang sacré du Christ et porter cette coupe à vos lèvres chaque fois qu'il vous prendra l'envie d'y boire. Ainsi, vous participerez constamment à sa grâce et à sa bonté.

Manfred, apparemment comblé de bonheur, joignit les mains et adressa au moine un regard rayonnant.

— Donnez-moi donc votre magnifique cadeau, homme pieux, je veux y boire tout de suite, en toute humilité.

Il fit signe à son goûteur, qui, l'air suspicieux, versa dans une petite coupe qu'il portait au cou un peu du vin qu'il avait puisé dans la cruche du roi et déjà goûté. Il en grappilla quelques gouttes et les fit rouler dans sa bouche avant de les avaler et de les sentir lui descendre dans les entrailles. Il donna à cet acte une tournure tellement solennelle que tous crurent éprouver les mêmes sensations que lui. À la fin, l'homme hocha la tête, satisfait.

Demetrios avait tenu la coupe dans sa direction depuis le début de l'opération. Mais ce fut à cet instant seulement que le goûteur lui ôta le récipient des mains, versa le vin qui restait dans sa coupelle et le secoua dans la coupe avant de le vider au sol, d'un geste expert, sans éclabousser. Alors seulement, il remplit le calice noir et, sur un bref clin d'œil du roi, le tendit au moine visiblement ahuri.

— Prêtre, bénissez à présent ce vin, afin que pour le serviteur croyant de l'Église, il se transforme en sang de Notre-Seigneur Jésus-Christ, par le miracle de la transsubstantiation! prononça Manfred d'une voix obséquieuse.

Le moine fit le signe de la croix sur le calice, mais le roi plissa le front, très mécontent.

— Seules vos lèvres, semblables au Saint-Esprit, peuvent faire descendre la grâce sur ma misérable personne.

La voix du roi avait la douceur du miel, mais ses yeux étincelaient de fureur. Demetrios ne comprenait pas où voulait en venir le souverain. Incertain, presque désespéré, il tendit la coupe à Manfred.

— Vous devez en boire avant le roi! lui chuchota Procida.

Le moine se mit à frissonner de tout son corps.

— Comment cela? Je n'en suis pas digne!

— Nul n'en est plus digne que vous, insista le roi. Seule votre bouche engendrera l'eucharistie!

Les mains de Demetrios tremblaient tellement qu'il parvenait à peine à tenir la coupe. Il se mordait si fort les lèvres qu'elles devinrent blanches comme de la craie, semblables au reste de son visage. Il éloigna le calice.

— Bois à ma place! lui ordonna Manfred.

Alors, le moine laissa tomber la coupe, comme si la terreur la lui avait fait glisser des mains. La pierre noire éclata. Le vin se renversa, rouge rubis, sur le sol de marbre. Le silence horrifié ne dura que quelques secondes. Demetrios fit un geste désemparé, comme pour aller ramasser les éclats. Immà tirait sur sa laisse et reniflait, poussée par la curiosité.

— En arrière ! cria Roç en se jetant sur le chemin du guépard qui avait bondi en feulant, entraînant sa maîtresse. Immà répondit en mordant le bras de l'assaillant. Le sang coulait sur la manche de Roç. Yeza, aidée par Mafalda, l'entraîna à l'écart et l'installa sur une chaise. Le roi observa fixement la flaque rouge, à ses pieds, sa veine de colère gonflait à vue d'œil. Mais il croisa le regard amusé de son chancelier. Il se força à sourire, ce qui incita Demetrios à lever vers lui un regard plein d'espoir.

— Lèche ! lui dit doucement le roi. C'est le sang de ton Seigneur. Lèche-le !

Le moine tomba à genoux, leva les mains pour s'agripper aux jambes du roi, mais celui-ci recula d'un bond.

— J'ai dit : lèche ! hurla-t-il, et ses gardes du corps appuyèrent la tête du moine contre le sol. Ils le poussèrent et lui donnèrent des coups de pied aux fesses jusqu'à ce qu'il ait le visage plongé dans la flaque rouge. Demetrios tambourinait des deux poings sur le sol. Ses mains se crispèrent. Ses doigts tentèrent de s'enfoncer dans la pierre, tous purent entendre le bruit écœurant des ongles qui se cassaient. Une convulsion parcourut son corps, il poussa un cri à glacer le sang, se cabra, frappa plusieurs fois du front dans la flaque, s'étira d'un seul coup et s'immobilisa.

— Faites-le sortir ! ordonna le chancelier. Ne le touchez pas avec les mains !

Les Sarrasins plantèrent les crochets de fer de leurs lances dans la chair du moine, à hauteur des épaules, et le traînèrent hors de la salle, le visage au sol, comme on fait sortir un taureau mort de l'arène. Il laissa derrière lui une traînée rouge qui ressemblait à du sang.

— Ne restons pas ici, suggéra le roi à ses hôtes. Le cadeau de Nicée m'a gâché le plaisir de la table !

Entouré par ses gardes du corps, Manfred quitta la salle d'un pas rapide, en évitant soigneusement de marcher sur les taches de poison. Sa fille et son guépard le suivirent sans y avoir été invités, après que Constance, encore honteuse, eut chuchoté à Roç, livide : « Je vous remercie, mon chevalier », et à Yeza : « Excusez mon Immà ! »

Yeza avait déchiré la manche de Roç sur toute sa longueur et coupé avec son petit poignard un morceau de soie qui paraissait à peu près propre, l'avait plongé dans le vin et avait ainsi pansé la blessure. Maletta, qui avait été surpris et sincèrement bouleversé par tout l'épisode, parce qu'il se reprochait son manque de vigilance, avait immédiatement envoyé chercher le médecin de la cour, un Arabe. Il avait commencé par ôter le pansement de fortune noué par Yeza. « *Da'adam jassri !* » dit-il. Il lava la blessure avec du vin, la saupoudra d'inula contre le tétanos et la septicémie, mais n'employa pas d'herbes cicatrisantes : ainsi, les bords de la blessure se nettoieraient par la voie naturelle. Puis on entoura le bras d'un bandage, et on le mit en écharpe. C'est l'instant où Jean de Procida vint les rejoindre.

— Sa Majesté Manfred vous doit des remerciements, ô couple royal. Il était trop furieux pour vous le dire. Et puis, ajouta-t-il en s'adressant surtout à Roç, nous avions prévu un entretien qui devait porter sur votre avenir immédiat, Trencavel. Nous le repoussons jusqu'à ce que vous soyez guéri.

Roç ne fit aucun signe d'approbation, ce qui agaça le chancelier et lui donna un ton plus froid. Mais il ajouta :

— Si le couple royal le souhaite, il peut prendre ses quartiers ici, au palais, où le Trencavel serait sous surveillance médicale.

— Je vous remercie, dit Yeza. Nous rentrons à la Kalsa, où nous avons notre propre médecin arabe.

— Un médecin arabe ? demanda le chancelier d'un air supérieur. Quel est son nom ?

— Pour l'heure, cela ne fait sans doute rien à l'affaire ! répliqua sèchement Yeza. Il appartient à notre cour et jouit de toute notre confiance !

— Comme il vous plaira !

— L'entretien avec le roi peut également avoir lieu à la Kalsa si messire Manfred le souhaite et veut nous exprimer sa gratitude. Nous vous ferons savoir, chancelier, quand cela nous conviendra. Et je prie à présent messire le chambellan de faire préparer la litière.

— Elle est déjà là! s'exclama Maletta, prévenant. Je vous escorterai à travers la ville!

Mafalda et Gosset aidèrent Roç, qui était tout de même un peu affaibli, à regagner la litière. Yeza fit le parcours à cheval. Maletta avançait devant eux. À cette heure, ils ne rencontrèrent presque plus personne dans les rues sombres de Palerme. Et c'est ainsi qu'ils rentrèrent dans la Kalsa.

L'AMBASSADEUR DE L'EMPEREUR

Les jours suivants, Roç resta cloué dans son lit.

— Les dents de ce guépard n'étaient pas aussi propres que l'on pourrait s'y attendre de la part d'un chaton de lait.

Il souriait faiblement lorsqu'on changea son bandage, sous les yeux attentifs de Gosset et de Yeza.

— Aviez-vous vraiment besoin d'aller jouer les tueurs de dragons devant cette enfant? se moqua doucement Yeza.

C'est Geraude qui s'était chargée de nettoyer la blessure. Toutes les heures, elle y étalait de nouvelles pâtes médicales. Elle prenait à cœur son rôle de bonne Samaritaine. Kefir Alhakim hachait et pressait, frottait et cuisinait l'hysope et l'ajonc que Beni et Potkaxl allaient chercher selon ses indications, dans les forêts qui entouraient la ville. Le vizir veillait rigoureusement à ce que ses consignes soient scrupuleusement respectées. Il aurait préféré y aller en personne, mais Yeza craignait à juste titre que Procida, lui-même médecin, ne fasse pas d'exception à l'*approbatio universitatis* qui ne permettait qu'aux *doctores medicinae*, ceux qui avaient passé leurs épreuves à la faculté de Salerne, d'exercer cette pro-

fession. Comme Kefir Alhakim avait une fois été
banni pour être contrevenu à cette loi, il ne pouvait
espérer aucune grâce. On aurait déjà suffisamment
de problèmes pour faire sortir le mycologue de la
ville.

Dès le lendemain, Constance avait elle aussi fait
demander si elle pourrait rendre visite à son héros
blessé, en compagnie d'Immà. Mais Gosset l'avait
renvoyée à une date moins critique. La fièvre provo-
quée par la blessure avait été très élevée ; seuls l'*Arc-
ticum lamma* et le *Sempervivum* avaient permis à
Roç de franchir cette première passe où il avait été
entre la vie et la mort.

Yeza avait d'abord voulu installer Roç dans sa
tour, parce que ses femmes pouvaient mieux l'y soi-
gner. Mais on avait finalement choisi le domicile de
Roç, qui disposait d'un escalier secret. Deux dames
dormaient ainsi constamment dans la chambre de
derrière, à portée de voix du lit du Trencavel. Au
cours des premières nuits, Yeza avait tenu à veiller
elle-même son compagnon. Mais il était désormais
sur la voie de la guérison. On le traitait avec de
l'opium et de la valériane que Philippe et Mafalda se
procuraient dans les couvents ou les hospices. Jordi,
lui, resta dans la tour de Yeza. Il surveillait sa caisse
au trésor. Ni son luth ni ses chansons n'étaient sou-
haités au chevet du malade.

Au Palazzo dei Normanni, la vie de la cour et les
affaires de l'État suivaient leur ordre routinier, ce
qui ne signifiait pas que l'on avait oublié l'héroïsme
de Roç. Manfred avait personnellement ordonné que
l'on apporte chaque jour au convalescent des plats
choisis à la cuisine du palais. Ses médecins les
composaient spécialement, même s'ils étaient offus-
qués de ne pas avoir pu participer aux soins du
blessé. Constance fit en sorte que son courageux chevalier ne manquât pas non plus de friandises.

Le roi s'était pris d'affection pour Roç. Chaque
matin, il s'enquérait de sa santé auprès de Pallavicini, et seul son chancelier pouvait le retenir de faire

une visite au malade, à la Kalsa. Depuis cette mémo-
rable soirée, au plus tard, Jean de Procida savait
quant à lui que ce n'était pas avec le Trencavel, mais
avec sa dame Yeza qu'il devait s'entretenir sur l'avenir du couple royal et sur la manière la plus élégante
de les éloigner tous deux de Palerme. Le chancelier
n'avait pas oublié l'enthousiasme avec lequel le
peuple leur avait couru après, le jour du couronnement. Nul ne devait être amené à avoir des idées
déplacées en raison de leur longue présence sur l'île
(même s'il ne soupçonnait nullement Roç et Yeza
d'avoir des visées sur la Sicile). Un régicide, on
l'avait vu, ce n'était pas si difficile que cela à mettre
en œuvre, pourvu que le criminel et ceux qui le
manipulaient fassent preuve d'un peu plus d'habileté. Et les ennemis ne manquaient pas! La meilleure garantie contre ce genre de menées demeurait
l'absence d'alternative crédible. Or le couple royal en
constituait une, et de taille!

Le chancelier fut dérangé dans ses réflexions. La
Capitenaria della Cala annonçait l'arrivée totalement
imprévue d'un messager grec. Jean de Procida pensa
bien entendu à un message du despote d'Épire, le
futur beau-père du roi, et fit vérifier la nouvelle à
deux reprises par des courriers lorsqu'on lui
annonça un certain « Nikephoros Alyattes, ambassadeur de l'empereur de Nicée ». Le chancelier
commença par le faire venir sous bonne escorte au
Palazzo Arcivescovile, ce palais avancé dans lequel
lui-même résidait puisque le pape n'avait toujours
pas renvoyé l'évêque dans son diocèse. Puis Jean se
rendit en toute hâte auprès de son roi.

— Il tombe bien, celui-là! tonna Manfred après
un instant d'étonnement incrédule. Michel Paléologue veut sans doute présenter ses condoléances à
ma fille, pour la perte si soudaine et si atroce de son
père vénéré, auquel Nicée porte un tel amour! Nous
accorderons à sa visite la durée requise pour un
deuil aussi profond! annonça le roi en éclatant de
rire. Combien de temps porteriez-vous mon deuil,
Jean de Procida?

— Pas une heure, Majesté! Ma douleur serait si vive que je mettrais fin à mes jours sur votre lit de mort.

— Je vous l'interdirai par testament. Car vos services seraient indispensables au royaume orphelin et à mes pauvres enfants.

— Dois-je donc laisser messire Nikephoros paraître devant vous?

— Nous allons lui offrir la terreur de me voir en vie. Ensuite, il aura tout le temps de le regretter.

Le chancelier envoya des coursiers à cheval prendre l'ambassadeur sur le Cassaro et le conduire directement au palais, où messire Manfred, l'air sombre, continuait à imaginer la réception qu'il pourrait réserver au représentant de Nicée.

— Dommage que nous ayons déjà brûlé le cadavre du moine.

— Nous n'avions pas le choix. Dans la mer, il aurait empoisonné les poissons.

— Je l'en aurais volontiers fait sortir au moment où l'ambassadeur entrera dans cette pièce.

— Nul n'aurait pu reconnaître le visage de Demetrios. Moi-même, je n'aurais pas supporté cette vision plus longtemps.

Le chancelier tentait de tempérer l'accès de cruauté de son maître.

— J'ai une bonne nouvelle de la Kalsa. La guérison du Trencavel progresse. Nous devrions réfléchir à l'entretien que nous comptions avoir avec lui.

— Voilà longtemps que je voulais rendre une visite à Roç et à Yeza!

— Mais c'est à eux de venir vous voir! objecta le chancelier. D'ailleurs, là-bas, vous pourriez bien tomber sur votre comte d'Otrante, ce récalcitrant qui demande une audience depuis des jours pour obtenir de vous une dispense. Hamo l'Estrange veut rentrer chez lui pour se cacher derrière le tablier de son épouse.

— Je ne veux pas le voir, renvoyez-le.

— Nous attendons encore que Taxiarchos nous annonce que la trirème lui a été livrée.

— J'ai promis à mon beau-père, répliqua Manfred, agacé, que je lui enverrais mes chevaliers sans délai. Je ne veux pas que leur départ soit encore retardé, uniquement parce que certains de mes vassaux, des vermisseaux effarouchés comme ce Hamo l'Estrange, cherchent des échappatoires absurdes.

Manfred avait épanché sa colère. Jean de Procida en profita pour jeter Roç dans la conversation, comme une bûche dans la cheminée allumée.

— Roç, lui aussi, sera bientôt suffisamment rétabli pour ne pouvoir refuser de prendre part à ce convoi des quatre cents sans perdre la face !

— Mais si ! grogna messire Manfred. Et pour une raison toute simple : ce n'est pas mon vassal ! Vous pouvez aussi en discuter avec dame Yeza, c'est elle qui décide !

— Nous allons nous débarrasser de cette dame au plus vite ! laissa échapper le chancelier. Oberto Pallavicini m'a annoncé qu'elle veut se rendre en Italie afin d'obtenir, à Rome, que les Bolonais laissent partir votre demi-frère Enzio, l'homme que Yeza considère comme son père.

— Intéressant, marmonna le roi.

— Voilà qui nous ouvre de toutes nouvelles perspectives ! corrigea son chancelier. Et elles ne sont pas sans danger !

— Vous voulez dire qu'elle court un risque...

— Ce serait le cadet de mes soucis, répliqua froidement Jean de Procida. Non, c'est vous qui êtes en danger si elle réussit.

— Il y a encore un instant, vous vouliez vous débarrasser d'elle. Souhaitez-vous à présent qu'elle reste ?

— Il faut qu'elle parte et qu'elle n'arrive pas.

La phrase résonnait encore, menaçante, dans la haute salle, lorsque les gardes annoncèrent l'arrivée de l'ambassadeur.

Le roi s'installa sur son trône et pria le chancelier de se tenir à côté de lui, avant d'ordonner aux gardes :

— Faites entrer cet homme, et restez ici à notre disposition!

L'ambassadeur fut amené dans la pièce comme un détenu. Il protesta aussitôt contre ce traitement indigne.

— Je suis Nikephoros Alyattes, ambassadeur extraordinaire de Sa Majesté l'empereur de Byzance! s'exclama-t-il, indigné, au moment où il franchissait la porte. Voulez-vous voir mes lettres de créance?

— On les a remises en votre nom il y a quelques jours déjà, répondit Jean de Procida. Mais vous, vous devriez vous agenouiller, à présent. Vous vous trouvez devant le roi des Deux-Siciles!

— Je m'en doute! répondit fièrement l'ambassadeur. Mais je ne vois aucune raison de courber l'échine!

— Gardes, ordonna le roi, aidez cet homme à trouver le sol. Un coup de pied aux fesses!

Deux gigantesques Sarrasins prirent Nikephoros sous les deux bras et le plièrent vers l'arrière tandis que deux autres, d'un coup de pied au creux du genou, le plaçaient dans la position souhaitée.

— Bien, approuva le roi, satisfait. Qu'avez-vous donc à nous exposer en toute humilité? Êtes-vous venu exprimer vos regrets, puisque l'ambassadeur extraordinaire de votre général putschiste, Michel Paléologue, a tout simplement laissé tomber le cadeau que ce fils de putain nous destinait?

— Je ne sais pas de quoi vous parlez. Vos propos me paraissent bien singuliers. Mais on ne m'a pas envoyé ici pour douter de votre entendement. Votre père très vénéré se retournerait dans sa tombe s'il lui fallait voir comment son fils, ou l'un de ses fils..., ajouta-t-il finement. (Il aurait presque dit « son bâtard », mais cela lui aurait coûté sa tête, et sur-le-champ. Il était déjà à genoux, exciter encore un peu plus le roi n'était pas nécessaire.) Vous traitez d'une manière honteuse l'ambassadeur de son vieil allié, Nicée! Avez-vous perdu le sens des hiérarchies, de l'autre côté de la route de Messine?

Curieusement, Manfred paraissait se calmer peu à peu. Il en devenait presque aimable.

— Nicée a failli me faire perdre la vie, et vous venez me parler d'alliance, vous osez prononcer le nom du grand empereur Frédéric ? Votre Paléologue a dû être pris de *delirium tremens*.

— Je ne comprends toujours pas à quoi vous faites allusion.

— Ah, railla le roi, un faible d'esprit, peut-être ? Comment cet usurpateur a-t-il pu, dans ce cas, vous charger de cette mission téméraire : venir nous demander si nous aimons encore l'empereur de Nicée ! Manifestement, Paléologue, qui n'avait déjà plus sa raison, est aussi en train de perdre la mémoire. Vous ne connaîtriez pas un moine nommé Demetrios, par hasard ?

— Jamais entendu parler, répliqua Nikephoros Alyattes. Vous voyez des esprits. À moins que vous n'ayez été victime d'un *impostor*. La cour de Nicée n'utilise pas de moines comme ambassadeurs !

— Mais votre patriarche Arsenios, si ! objecta le chancelier, que ce jeu du chat et de la souris ennuyait. Dans son extraordinaire bonté, le roi renonce à votre tête, Nikephoros Alyattes, une tête que vous aviez pourtant perdue de droit, pour complicité de tentative de meurtre. Nous allons vous donner le temps d'y réfléchir, et au général Paléologue le loisir de regretter votre absence. Gardes ! Conduisez cet homme à la Kalsa !

Cette fois-ci, les Sarrasins donnèrent un coup de pied à Nikephoros pour qu'il se lève plus vite, le reprirent par les deux bras et le traînèrent à l'extérieur.

— Un dernier mot ! s'exclama-t-il alors qu'ils étaient déjà au seuil de la porte.

Le roi accéda à ce vœu d'un geste de la main.

— Mon puissant seigneur obtiendra bientôt mon retour. Il m'échangera, et par la force !

— En rendant la mère de l'empereur ? l'interrompit le roi, narquois. Il restituera aussi ma pauvre sœur Anna, après en avoir fait bon usage, au terme d'une vie pleine d'humiliations ?

— Non, répondit Nikephoros Alyattes, en échange des survivants, parmi les quatre cents fiers chevaliers enfermés dans les geôles de Nicée !

— Jetez-le dehors ! cria Manfred aux gardes.

Hamo, la mine sombre, apparut dans la tour.

— Je dois vous dire *A Diaus*, mon cher Trencavel. On vient de me transmettre l'ordre de me rendre dans le port, où je dois m'embarquer pour la Grèce. En guise de consolation, on a placé sous mes ordres une dizaine de chevaliers allemands. Je ne comprends pas leur langue, et leurs manières ne me siéront certainement pas beaucoup.

— Et réciproquement, Hamo l'Estrange, se moqua Roç d'une voix faible, car si le Trencavel n'était plus alité, il n'avait tout de même pas retrouvé toutes ses forces. Tu pourras au moins être sûr qu'au combat, ils s'attaqueront à tes ennemis et protégeront ta vie. Que veux-tu de plus ?

— Du confort dans ma tente ! Je ne peux pas supporter ces barbares, il me suffit de les avoir autour de moi pour le combat !

— Comment puis-je t'être utile, mon pauvre Hamo ?

— Il y a cinq ans, j'ai laissé à Guillaume de Rubrouck, pour son voyage auprès du grand khan, le meilleur de mes serviteurs. À votre retour à Constantinople, vous l'avez pris à votre service.

— Philippe ?

— Oui, Philippe ! Rendez-le-moi, ou du moins prêtez-le-moi pour cet effroyable voyage en Grèce. Il parle la langue des Hellènes, au cas où je devrais m'y faire comprendre. On ne sait jamais !

— Je ne peux te refuser cela, dit bravement Roç, mais je veux que Philippe prenne la décision. Pour moi, depuis longtemps, c'est plus qu'un serviteur : c'est un ami.

— Je le traiterai volontiers comme tel !

Gosset entra alors dans la tour et annonça :

— Philippe prépare ses affaires, il va vous quitter pour quelque temps.

Roç, indigné, dévisagea Hamo, qui rougit jusqu'aux oreilles :

— Je lui ai proposé un salaire de prince.

— Vraiment ? répondit Roç. Précieux Gosset, informez Philippe qu'il peut prendre dans mon coffre autant d'or qu'il le voudra. Il est inutile qu'il vienne me faire ses adieux.

— Autre chose, ajouta Gosset. Le roi Manfred a entendu dire que vous étiez guéri et demande si le couple royal pourrait lui rendre visite dans son palais...

— Le roi Manfred n'a certainement pas prononcé les mots « couple royal », l'interrompit Roç.

— C'est exact, dut admettre Gosset. Mais je me suis permis de refuser en votre nom. Et comme le chancelier s'oppose fermement à ce que son seigneur fasse une visite dans la Kalsa, nous nous sommes mis d'accord sur un compromis. L'entretien d'adieux aura lieu dans l'église de San Giovanni degli Eremiti. Nous honorerons ainsi le patron de notre bon ami de Procida, et le roi devra vous faire vos adieux en vous remerciant devant le splendide cadeau que vous lui avez fait. Car c'est là, comme vous l'avez ordonné, que le groupe du Golgotha a trouvé un abri, au moins provisoire.

— Comment cela, « vos adieux » ? demanda Roç, méfiant. Compte-t-il nous bannir de l'île ?

— Non, dit Gosset, mais Yeza quittera Palerme demain matin.

Le silence tomba comme la hache du bourreau et se posa, semblable à une rosée de plomb, sur tous ceux qui se trouvaient dans la pièce. Roç s'approcha de la fenêtre. Il s'était toujours imaginé que les larmes lui viendraient aux yeux s'il arrivait un jour ce qui venait d'arriver, aussi froides et brûlantes que la mort. « Abandonné ! » Mais Roç ne pouvait pas pleurer, ses larmes étaient séchées par l'onde de chaleur, gelées par le froid glacial. Il se sentit mal. Il serra les barreaux de la fenêtre, si fort que les os de ses phalanges se dessinèrent en blanc sur ses mains. Il aurait aimé perdre connaissance.

Hamo se racla la gorge, et Roç se retourna lentement.

— Quel vœu puis-je encore remplir pour toi, Hamo? s'enquit-il d'une voix basse et douce-amère. Réponds-moi. Ensuite, je te dirai comment tu peux me remercier.

Hamo était bouleversé.

— Si tu y arrives, Roç, alors salue ma petite femme et surtout ma fillette Alena Elaia! Console-les et dis-leur que je reviendrai bientôt.

— Je le ferai, Hamo, garantit Roç.

— Et moi, comment puis-je t'être utile?...

— En disparaissant enfin! laissa échapper Roç, avant de se retourner vers la fenêtre.

HYPOCRISIE ET FAUSSE ÉMOTION

C'était Roger II, le souverain normand, qui avait fait bâtir l'église de San Giovanni degli Eremiti. On n'avait pas rasé la mosquée qui se trouvait sur ces lieux, on l'avait intégrée au nouvel édifice. Le respect de la réalisation artistique des Arabes et la tolérance religieuse allaient si loin que même la partie chrétienne, la nef, et le campanile carré avaient reçu des coupoles roses. Il n'y avait rien d'étonnant à ce que le roi Manfred, qui se sentait étroitement lié à l'héritage hellénistique et islamique du pays (semblable en cela à son père), ait plus apprécié ce joyau architectural que le puissant palais érigé juste à côté d'elle, bien que la petite église ait servi de chapelle funèbre à la cour. Le jardin, entouré par un calvaire, n'était cependant pas un cimetière. Et Manfred n'était pas superstitieux! Il aimait s'y rendre avec son conseiller Jean de Procida. Cette fois, ils attendirent cependant à l'intérieur de l'église l'arrivée de Roç et de Yeza, qui avaient pris du retard.

— Ce comportement était prévisible, murmura le

chancelier, de mauvaise humeur. Je parierais que la dame Yeza est responsable de ce manque de ponctualité.

— Elle s'en sortira bien, assura le roi en souriant, et nous supporterons aussi ce terrible affront, mon cher Jean !

— Taxiarchos est arrivé à Messine avec la trirème et tout son équipage. Quatre-vingts des *lancelotti* ont répondu à votre appel, l'informa son chancelier, sans transition.

— Et pourquoi ne vient-il pas jusqu'à Palerme ? Ces *lancelotti* sont certainement de remarquables combattants, qui arriveraient à point nommé pour remplir des régiments encore incomplets. Car je ne veux pas donner à mon beau-père prétexte à se plaindre de ma nonchalance ou de mon manque de précision. Je lui enverrai les quatre cents soldats promis au complet !

— Taxiarchos réclame la libération des trois chevaliers d'Occitanie.

— Comment cela ? Ils sont de nouveau enfermés ?

— Parce que même un Taxiarchos ne doit pas mettre en doute l'exactitude de votre parole. C'est seulement lorsque la trirème sera amarrée dans la Cala que les liens de ces jeunes seigneurs seront détachés dans la Kalsa !

— Et on les enverra à Épire par le prochain bateau ! Rien ne plaisait plus à messire Manfred que ce genre de revirements désagréables dans le destin des autres. À peine libérés, cap sur Hellade !

Il rit de malin plaisir, sans prendre garde au mécontentement manifeste de son chancelier. Le roi finit tout de même par remarquer que celui-ci ne partageait pas sa gaieté.

— Jean, dit-il, mieux vaut que vous quittiez à présent ce lieu joyeux, je voudrais m'entretenir seul avec Roç et Yeza.

— Comme vous le souhaiterez, Majesté.

Jean fit une courbette et sortit rapidement de l'église.

Roç et Yeza, suivis d'une escorte que Maletta, le chambellan, avait mise à leur disposition, passèrent devant la porte Saint-Antoine, le chemin le plus court pour retrouver messire Manfred. Ils avançaient vite pour rattraper leur retard et n'avaient pas le temps de discuter longuement, ce qui n'était de toute façon l'intention ni de l'un ni de l'autre. Roç était énervé, et Yeza paraissait épuisée. Il ne put cependant s'empêcher de l'agresser :

— Je suppose que, si nous sommes en retard, c'est que vous étiez encore en train d'emballer votre trousseau ?

— Vous vous trompez, Roç Trencavel, même ma Première dame de cour a déjà bouclé ses dernières malles !

Roç cherchait la querelle. Il voulait la blesser, elle qui s'en allait aussi simplement qu'un chevalier partant au combat, et le laissait comme une vierge abandonnée.

— Je garde Beni ! s'exclama Roç, provocateur. En remplacement de Philippe. Mais je vous laisse le vizir !

Yeza ne réagit pas.

— Cela brisera tout au plus le cœur de Potkaxl, répondit-elle, mutine. Que vous voulait la jeune fille du roi ? Ne peut-elle donc pas attendre que je sois partie, cette petite ?

— Constance, entourée de ses suivantes et de ses gardes du corps, voulait seulement savoir si je me portais mieux ! répliqua Roç. Elle, au moins, se soucie de ma santé.

— Ah oui, cette santé que d'autres femmes piétinent en prenant le large ! Je suis heureuse que cette enfant se soucie de vous. Je vous sais ainsi en de bonnes mains.

Comme la montée progressive de leur dispute avait fini par les mettre au grand galop, ils étaient rapidement arrivés à San Giovanni. L'escorte les suivait de loin.

Roç et Yeza mirent pied à terre presque au même

instant. Cela les fit sourire malgré eux. Ils s'étaient tacitement entendus pour se présenter comme un couple uni devant le roi. Roç tendit galamment le bras à sa dame. Et c'est ensemble qu'ils entrèrent à l'intérieur de l'église, plongée dans une lumière crépusculaire.

Ils trouvèrent le roi Manfred dans la salle jouxtant le presbytère. On y avait remonté avec soin le groupe du Golgotha. On aurait dit que l'artiste chargé de cette mission avait vu les personnages debout, à l'église Sainte-Madeleine de Rhedae. Même la colline était là, tout comme la troisième croix. Les légionnaires romains jouaient de nouveau aux dés sur la marmite retournée, comme si elle n'avait jamais éclaté en mille morceaux en dévoilant la tête dorée de Baphomet. Bien entendu, l'effet était tout différent : les personnages portaient désormais des vêtements précieux et colorés, et les soldats romains avaient posé à côté d'eux leurs casques à frange rouge.

— Vous vous étonnez, mais je ne vous laisserai pas dans l'ignorance, dit Manfred d'un air aimable en allant à leur rencontre. Votre remarquable nain, messire Jordi, a apporté son aide à nos menuisiers. C'est en outre un troubadour de premier ordre, nous avons beaucoup chanté ensemble.

À cet instant seulement, leurs regards tombèrent sur le luth, que le roi avait posé sur un tabouret.

— Je le garderais volontiers auprès de moi, à la cour.

Yeza tressaillit, mais Manfred sourit de nouveau.

— Ils vous est tellement attaché, madame, qu'aucun bien, aucun or n'a pu le convaincre de vous abandonner.

— Je suis heureuse qu'il me soit fidèle, répondit-elle, soulagée. J'ai une longue marche devant moi.

— Vous comptez nous quitter demain matin par les terres, dit Manfred. J'ai chargé Maletta de vous escorter jusqu'à Messine. Et sur le continent, à Regium, vous attend mon oncle Lancia, le prince de

Salerne. Son influence considérable va jusqu'aux frontières de l'État de l'Église, sinon plus loin. Et à Rome, c'est notre partisan Brancaleone qui a pris le pouvoir.

— Il semble que votre puissance n'a pas de frontières, intervint Roç. Comment se fait-il que les Bolonais puissent s'opposer à la libération de votre frère ?

— Sa vie est entre vos mains, déclara Manfred en s'efforçant de faire preuve de compassion. Notre père nous a interdit à tous de le mettre en péril en tentant de le libérer, que ce soit par un siège ou un assaut.

Roç lança à Yeza un regard qui devait signifier « Tu as entendu ? », mais Yeza fit comme si elle ne l'avait pas remarqué.

— Vous connaissez certainement les chansons qu'il rédige depuis sa triste prison ? demanda-t-elle d'un air de défi en dirigeant le regard du roi sur le luth.

— Plus tard, s'excusa courtoisement Manfred. Je voudrais d'abord connaître les projets du couple royal.

Il avait fait des efforts considérables pour utiliser ces mots, et n'avait pu s'empêcher d'y glisser une note d'amusement. Il ajouta rapidement :

— Ni à Rome ni nulle part en Italie ou sur les côtes de la Méditerranée, on ne peut conquérir un royaume qui répondrait à vos attentes.

— À Constantinople, un trône impérial sera bientôt à céder, si je suis bien informé, affirma Roç insolemment.

— Je ne peux que vous mettre en garde contre celui-là, reprit Manfred avec un rire tourmenté. Au trône de Byzance, on peut préférer n'importe quel siège incandescent sorti des flammes de l'enfer, l'assise hérissée de clous et le dossier plein de lames acérées.

— Et pourtant, tous s'efforcent d'en prendre possession, se battent pour y parvenir ?

Roç semblait d'humeur à aller jusqu'au bout de ce sujet. Mais Yeza mit un terme à cette discussion.

— Le couple royal n'a aucune intention de contre-carrer vos ambitions, cher cousin. Ni en Méditerranée, ni au-delà des Alpes, ni sur le Bosphore.

— Notre royaume n'est pas de ce monde! lança Roç.

— J'ai déjà entendu ces mots quelque part, se moqua Manfred. Comment a fini celui qui les a prononcés?

— Vous ne pourrez pas nous effrayer, rétorqua Yeza d'une voix ferme. C'est intentionnellement que l'on a mal compris Jésus le Nazaréen. C'est sur cette méprise que repose aujourd'hui l'Église romaine de l'apôtre saint Paul.

— C'est certainement plus son œuvre que celle du simple pêcheur qu'était Pierre! (Le roi paraissait songeur.) Et comment comptez-vous éviter qu'il ne vous arrive la même chose?

Manfred, malgré lui, éprouvait pour ses deux interlocuteurs une certaine solidarité. Finalement, n'avaient-ils pas les mêmes ennemis?

— Nous voulons Jérusalem! s'exclama Roç. Cela étonna Yeza — non pas tant la chose en soi, c'était un vieux rêve, mais le fait qu'il l'exprime ouvertement, ce jour-là, en ce lieu, et en disant « nous ». Cela l'émut. Mais ces mots ne provoquèrent que la raillerie de Manfred.

— Jérusalem, bien entendu! laissa-t-il échapper en feignant l'épouvante (ou bien avait-il vraiment peur?). Vous défiez l'histoire! Il ne vous manque plus que de vous parer du titre de « rois des Juifs », et vous êtes certains d'être lapidés. Les trois religions s'en chargeront ensemble, ce sera leur seul sujet d'unanimité!

— Si notre mort pouvait donner le jour à une union durable, c'est-à-dire à la paix, cela ne serait pas absurde, objecta Yeza. Mais il me semble que notre vie, une vie sans prétention au pouvoir, à la domination, aux terres et aux rapports féodaux sur l'âme et le corps d'autres êtres humains, cette vie-là peut nous permettre d'établir une paix universelle!

— Vous avez des rêves admirables, ma chère. Mais le lieu qui conviendrait pour cela serait la Lune, certainement pas cette terre, et encore moins Jérusalem.

— Peut-être notre Jérusalem se situe-t-elle sur une lointaine étoile, intervint Roç, songeur, ce que Yeza entendit en frissonnant de bonheur. À nous de faire en sorte que les hommes reconnaissent la ville sainte comme une étoile rayonnante, et pas comme une pomme de discorde entre des religions concurrentes.

Manfred le regarda de côté.

— Je vous aurais pris, Roç Trencavel, pour un homme aux deux pieds sur terre.

— Vous auriez eu raison. Je ne me suis pas encore séparé de ce monde. Il me faudra le parcourir long-temps avec mes deux jambes, mes deux bras et ma pesante tête. Il me faut apprendre à supporter le combat, les privations, les défaites et les victoires jusqu'à ce que je puisse me rapprocher de notre Jérusalem. Et cela vaut aussi pour ma dame. Yeza doit elle aussi trouver sa voie.

— Laisse-moi parler pour moi-même, mon cher Roç. Je suis plus que jamais convaincue que le che-min est le but. Il ne s'agit pas de la possession de cette ville convoitée, mais de l'acquisition d'une Hie-rosolyma céleste, une Jérusalem spirituelle, un lieu de l'esprit !

— Dommage, regretta Manfred. J'aurais volon-tiers contribué à y organiser votre entrée triomphale et à faire converger vers vous les cœurs de tous ceux qui cherchent la paix.

— Ne faites pas, pour nous, abstraction des droits de Conradin ! répondit Roç en souriant. Ce sera pour une autre fois, ajouta-t-il. Nous n'avons pas besoin des insignes terrestres, même s'il est vraisemblable que votre neveu n'y prendra jamais le pouvoir.

— Qui vivra verra, conclut laconiquement Man-fred. À lui aussi, je céderai volontiers mon trône s'il se montre assez fort pour le garder. Et lorsque vous aurez atteint votre Jérusalem, la terrestre, bien entendu, lorsque vous aurez, peut-être, soif de reconnaissance dynastique, sachez que mon soutien ne vous fera pas défaut. Le monde a besoin de souverains aux si nobles ambitions.

— Nous vous remercions de votre amitié, répondit Roç, tout aussi faussement, et nous vous souhaitons un long règne béni par les cieux.

— Oui, approuva Yeza. Vous avez un beau pays. Soyez heureux, Manfred ! (Avant que l'émotion ne devienne insupportable, elle ajouta rapidement :) Vous vouliez nous faire entendre un chant du roi Enzio.

Manfred prit le luth et entonna, d'une belle voix claire :

> *« Va, cansonetta mia,*
> *e saluta messere,*
> *dilli lo mal ch'i'agio :*
> *Quelli che m'a'n bailia*
> *si distretto mi tene.*
>
> *Salutami toscana,*
> *quella ched è sourana,*
> *in cui regna tutta cortezia,*
> *e uanne in pugla piana,*
> *Lamagna, capitana,*
> *là doue lo moi core è nott'e dia. »*

Lorsque la dernière note eut retenti, les deux hommes virent que Yeza avait les larmes aux yeux. Manfred se racla la gorge. À l'extérieur, le soir était tombé depuis bien longtemps.

— Je partirai tôt demain matin, annonça Manfred. Rien ne me donne des palpitations de bonheur plus que de m'en aller à la chasse à l'aube rose de l'automne, lorsque la rosée froide recouvre encore l'air, dans la joyeuse attente du premier rayon de soleil !

— Prenez le Trencavel avec vous ! suggéra Yeza à brûle-pourpoint. Chevaucher dans les prés et les forêts au petit matin lui fera du bien.

— Si vous vous sentez assez rétabli pour cela, acquiesça aimablement le roi, j'aurai plaisir à vous avoir à mes côtés. Mes chasseurs viendront vous chercher !

Roç ne put que hocher la tête. Yeza avait atteint son objectif. Il n'aurait pas à la regarder lorsqu'elle quitterait la Kalsa.

Manfred les accompagna hors de l'église. Les sbires de Maletta leur amenèrent les chevaux. Manfred resta au seuil de l'édifice et les suivit du regard lorsqu'ils disparurent dans la pénombre de la nuit.

SÉPARATION AU PETIT MATIN

Devant la grande porte de la Kalsa, Gosset et Jordi attendaient le retour de leurs maîtres. Yeza brida son cheval et noua un petit foulard sur son corselet. Roç le reconnut aussitôt à la croix de Toulouse brodée.

— Vous me l'aviez donné il y a des années, lorsque le destin nous avait déjà imposé une séparation. (Elle le porta à ses lèvres.) *Que Diaus vos bensigna*, mon Trencavel !

Sur ces mots, elle tendit à Roç le morceau de tissu et lui adressa un long et dernier regard.

Des yeux comme des étoiles, songea Roç avant de répondre :

— *Que Diaus vos bensigna*, Esclarmonde. Et il serra le petit foulard dans son poing.

Yeza mit pied à terre et franchit le portail sans se retourner. Jordi la suivit.

Roç se laissa glisser de son cheval.

— Étaient-ce les adieux à votre dame ? demanda Gosset, inquiet de l'état d'esprit de son seigneur.

— Yeza et moi-même sommes d'accord, non pas sur le chemin, mais sur l'objectif. C'est ce qu'a montré, de manière fort réjouissante, l'entretien avec Manfred. Et cela me suffit ! J'en suis très heureux !

— Comment avez-vous trouvé le roi ? s'enquit Gosset, qui voulait tout savoir.

— D'une amabilité débordante lorsqu'il a compris que notre objectif est Jérusalem. Il voulait nous l'offrir tout de suite !

— Quelle générosité ! Donner une maison vide dont la couronne pare déjà le front du régent Henri de Chypre !

— Manfred nous a offert son amitié et tout le soutien dont nous aurions besoin.

— Voilà qui devrait suffire à éveiller votre méfiance. Car messire Manfred ne pense aux autres que s'ils lui sont utiles. Sans cela, il fait en sorte qu'ils ne puissent plus lui nuire !

— Chacun a ses petites faiblesses, Gosset. Ne soyez pas aussi suspicieux, Manfred m'aime bien ! Au petit matin, je pars avec lui à la chasse. À l'occasion, je lui glisserai un mot en faveur des trois Occitans, pour ne pas avoir à me reprocher de ne pas penser au sort des autres !

— On peut douter qu'ils vous soient jamais utiles à quoi que ce soit, mon cher Trencavel ! Vous gaspillez votre bonté pour des gens qui n'en sont pas dignes. Pour ma part, je suis très heureux de ne pas les avoir entre les jambes !

— Vous êtes un sans-cœur. Ce sont juste de jeunes cabots qui ne savent pas encore sur quel arbre ils ont le droit de pisser.

— Faites comme il vous plaira, Trencavel. Mais veillez à ce qu'ils ne vous prennent pas pour un tronc ! (Gosset était las de faire la leçon à un homme qui ne voulait pas écouter.) Essayez, je vous prie, de trouver le sommeil pour les quelques heures qui vous restent encore à dormir. Bonne nuit !

Dans les geôles de la Kalsa, le nouveau venu avait immédiatement montré comment il fallait manier le personnel de garde. Les lémures, d'ordinaire obtus et grognons, le pas traînant, bondissaient désormais pour rendre la vie de Nikephoros Alyattes aussi agréable que possible. Ils montèrent même en courant à l'« *Oleum atque vinum* » d'Alekos non seulement pour aller chercher du vin et de l'huile, mais aussi pour acheter des poissons frais, des bougies et du lin pour couvrir la table, des serviettes et des couverts. Car le seigneur ne souhaitait pas manger autrement.

Les trois prisonniers du Languedoc en restèrent bouche bée. La salive ne tarda pas à y monter lorsque l'on fit tourner les grands poissons sur la broche et griller les petits à la poêle.

— À table, messieurs! ordonna l'ambassadeur de Grèce, et les lémures se dépêchèrent d'ouvrir les cellules et de mener les prisonniers dans la salle centrale, vivement éclairée, qui donnait sur les différents réduits.

— Permettez-moi de me présenter : Nikephoros Alyattes, envoyé de Sa Majesté l'empereur de Nicée.

D'un mouvement de la main, il désigna les succédanés de sièges que l'on avait apportés, de simples caisses recouvertes de peau. Les lémures assuraient le service. Raoul entreprit de se présenter, lui-même et ses compagnons :

— Pons de Levis, comte de Mirepoix !

Pons, déjà amaigri, ne comprenait plus rien à ce qui lui arrivait et prenait son hôte pour l'inquisiteur.

— Je suis innocent, laissa-t-il échapper d'une voix pitoyable.

Mas éclata de rire.

— Voilà une chose que je ne pourrai jamais affirmer! Seriez-vous le diable, Mas de Morency est votre homme! lança-t-il avant de se jeter sur les plats. Il avala un poisson entier et voulut l'arroser de vin lorsque Raoul arrêta son bras.

— Raoul de Belgrave se permet de lever son verre à la santé de Son Excellence!

À cet instant seulement, Mas l'imita et Nikephoros but avec eux.

— Qu'est-ce qui amène de si nobles sires en ce lieu inhospitalier ?

— C'est le Pénicrate de Constantinople qui nous a mis dans cette situation, répondit Mas.

— Qui? demanda Nikephoros, et Pons précisa en geignant :

— C'est Taxiarchos, le coupable!

Raoul jugea de son devoir de clarifier la situation.

— Nous voyagions avec lui en mission spéciale, et l'on nous a pris pour des tueurs à gages grecs envoyés par votre empereur.

— On semble se soucier considérablement de l'empereur, à cette cour, constata Nikephoros. Comme si mon seigneur n'avait rien d'autre à faire que d'empoisonner cet insignifiant bâtard de Sicile! (Les lémures remplirent les coupes vides.) Je comprends à présent...

— Vous peut-être, nous pas! rétorqua Mas d'une voix sèche. À ce moment-là est arrivé un moine nommé Demetrios...

— Je ne le connais pas! déclara aussitôt Nikephoros, d'une voix sans appel : il se demandait tout de même si ces trois étranges prisonniers n'étaient pas des mouchards du chancelier, placés là pour lui arracher des aveux. Jamais entendu parler!

— Il prétendait apporter un message adressé au couple royal par un certain franciscain...

— Ça n'est tout de même pas Guillaume de Rubrouck? (L'ambassadeur perdit son air indifférent.) Si ce moine est de la partie, il ne reste plus à Satan qu'à y glisser la queue et à se suicider. Ça vaudrait mieux pour lui!

Il vida sa coupe jusqu'à l'ultime goutte, comme si c'était la dernière. Les trois compères ne comprenaient pas sa remarque, mais ils levèrent leur verre en silence dans sa direction.

— Messieurs! s'exclama Nikephoros, qui tentait de reprendre contenance. Nous devons nous préparer à un long séjour. Pour aujourd'hui, nous allons nous soûler!

— Voilà qui me convient, dit Mas, et les lémures resservirent à boire.

— J'espère que Roç et Yeza ne nous oublieront pas! geignit Pons.

L'ambassadeur s'adressa alors à Raoul, qu'il tenait pour le plus malin des trois, et qu'il ne prenait plus, désormais, pour un espion :

— Si nous sortons un jour vivants d'ici, je vous inviterai à Constantinople, et mon empereur vous dédommagera de tous les ennuis que vous avez subis à cause de lui !

— Voilà une belle parole, déclara Raoul en levant son verre.

— C'est la parole de Nikephoros Alyattes, et vous pouvez vous y fier !

L'aube se montrait sur le lac paisible, les silhouettes noires des palmiers élancés se découpaient sur la surface d'argent qui se fondait dans l'horizon.

Devant la Kalsa, Beni tenait un faisceau de javelots et, par le bridon, le cheval de son seigneur. Les chasseurs de Manfred étaient arrivés. Roç descendit l'escalier en pourpoint de cuir et s'enfonça dans la légère brume du matin. Beni lui tendit un arc et un carquois bien rempli.

Roç se hissa sur un cheval. Il aperçut alors Sigbert von Öxfeld, le Chevalier teutonique, venant vers lui. Il prit conscience, et cela lui serra le cœur, du fait qu'il ne verrait pas Yeza en revenant de la chasse. Le vieux commandeur avait porté Roç dans ses bras lorsqu'on les avait emmenés de Montségur pour les sauver. Portant toujours le manteau blanc, la croix noire en forme d'épée, d'une fidélité inébranlable, Öxfeld avait été pendant toute sa vie le gardien des enfants du Graal. Sigbert tenait déjà son sac de voyage. Il allait accompagner Yeza.

Roç mit pied à terre et courut vers le chevalier. Il le prit dans ses bras comme il le faisait lorsqu'il était petit garçon. Mais il ne trouva pas les mots.

— Fais attention à elle ! parvint-il juste à bredouiller.

Le commandeur le serra dans ses grandes pattes.

— Je veux te retrouver en bonne santé — et vous revoir tous deux réunis, grogna le vieil homme d'une

voix émue avant de plaisanter : avant cela, je ne laisserai même pas le petit doigt à la Camarde !

Il donna à Roç une bourrade qui, jadis, l'aurait
mis au sol. Mais cette fois-ci, le Trencavel tint bon.

— Merci, mon vieux Sigbert ! cria-t-il en se retournant.

— Je n'ai rien entendu, grommela le géant en
franchissant la porte.

Roç remonta en selle, et ils partirent. Beni courait
à côté de lui, à pied. À l'est, l'horizon prenait une
teinte rose et violette. Puis le disque solaire sortit de
la mer et l'enflamma comme de l'or liquide.

L'escorte de Maletta était arrivée devant la Kalsa,
tout comme la litière et les chariots destinés à transporter les bagages. Autour, des montagnes de caisses
et de coffres, de linge en ballots et de corbeilles.
Mafalda, assise comme une poule sur son perchoir,
surveillait le chargement des voitures, et grondait
Geraude. Potkaxl était absente. Quelqu'un avait-il vu
la princesse toltèque ?

— Pour ce matin, personne ! fit en haletant Jordi
qui descendait marche par marche, avec Kefir, le
lourd bahut contenant le trésor.

— Notre Potkaxl aura oublié de se réveiller ! suggéra la bienveillante Geraude pour défendre la suivante.

— La seule question est de savoir dans quel lit !
ajouta sèchement Mafalda, qui se vit contrainte de
mettre elle-même la main à la pâte.

Jordi et Kefir déposèrent la lourde caisse devant la
litière et aidèrent les femmes.

— Voulez-vous que j'aille voir où elle est ? proposa
Geraude.

— Cela te ferait trop de plaisir ! répliqua la Première dame de cour. Kefir Alhakim ! ordonna-t-elle.
Allez la chercher et faites-la sortir de ses édredons !

Mais rien n'y fit : on ne l'avait toujours pas retrouvée au moment où toutes les caisses furent empilées
sur les chariots tirés par des attelages de deux bêtes.
Sigbert souleva tout seul le coffre au trésor pour le

déposer dans la litière, où allèrent s'installer les deux dames et Kefir. Jordi grimpa sur le siège du cocher, sa place préférée.

Gosset apparut au portail, encore un peu endormi.

— Ce ne sont pas des adieux, dit-il à Yeza. Je connais mon destin depuis longtemps. Je sais que nous nous reverrons.

— Merci, Gosset, pour tout ce que vous avez fait pour nous. Et j'ai l'intention d'accroître encore notre dette à votre égard : je vous en prie, veillez bien sur le Trencavel !

Gosset s'inclina.

— C'est le motif, ma chère dame, pour lequel je ne vous accompagne pas. Je veux essayer de vous ramener notre noble chevalier en bonne santé et plus riche, non pas en or, mais en expériences.

Yeza lui tendit la main, et Maletta donna le signal du départ. Yeza et le commandeur laissèrent passer le petit cortège. Les deux chariots se mirent en marche en grinçant, suivis de la litière. L'escorte les précédait. Pour les hommes du roi, le chemin à travers la Sicile ne présentait guère de danger. Cet accompagnement était plutôt une manière de rendre honneur à Yeza.

— *Adieu, monsignore !* cria-t-elle encore une fois à Gosset en passant devant lui à cheval. *Et au revoir !* Puis la mince jeune femme et l'imposant Commandeur teutonique rejoignirent le convoi.

Gosset les suivit du regard en leur faisant signe. Puis il monta, pensif, sur l'étage vide de la tour. Il entra dans la pièce qui, derrière la chambre de Roç, dissimulait l'entrée secrète. C'est là qu'avait habité Philippe. Beni avait pris sa place. Mais, dans le lit du Matou, Potkaxl, enroulée sur elle-même, dormait profondément. Gosset sourit et ne la réveilla pas.

Roç chevauchait à côté de Manfred. Ils traversaient les sous-bois, loin de tous les chemins. Sur les prairies, quelques lièvres, perdrix et faisans étaient passés devant leur arc. Ils pendaient à présent sur les

chevaux de l'équipage sur lequel Beni avait lui aussi
pu prendre place. Il portait toujours les javelots.
Jusqu'ici, on n'avait pas vu le moindre sanglier.
Seule une petite troupe de chevreuils parvint à
s'échapper en bondissant avant que les chasseurs ne
soient à portée de tir. Roç n'appréciait guère tout
cela. Ce n'était pas un chasseur passionné, contrairement à Manfred, qui lui racontait avec exaltation la
chasse aux faucons qu'il allait organiser dans les
jours à venir. Roç appréciait en revanche le calme de
la forêt, les rayons de soleil qui passaient comme des
doigts dorés dans le feuillage des arbres et faisaient
briller le sol, les torrents qui gargouillaient entre des
pierres rondes, et le lointain appel du coucou. Il pensait, plein d'amour, à Yeza. Si douloureux que ce fût,
il l'aimait aussi parce qu'elle suivait son propre chemin, audacieuse et imperturbable. C'est également
ce qu'elle attendait de lui. C'était la seule manière
pour eux de se retrouver. Il vit son chemin s'ouvrir
devant lui.

— Vous attendez à juste titre une réponse, noble
Manfred, dit tout d'un coup Roç au roi. J'accepte
votre offre. Je mènerai en Grèce les chevaliers qui
doivent encore vous arriver.

Le roi lança à Roç un regard de côté. Un imperceptible sourire de triomphe se dessina sur ses
lèvres.

— Je savais que je ne pouvais pas me tromper sur
votre compte, Trencavel! (Il éperonna son cheval et
cria :) Hue!

Tous deux traversèrent la forêt au grand galop. Les
mottes de terre humide volaient autour d'eux.

— Sanglier! Sanglier! criaient les rabatteurs. Le
sanglier est lâché!

NOTES

LE SECRET DES TEMPLIERS

I. Lucifer à Rhedae

Rinat Le Pulcin : Peintre de cour, dans la suite de Roç et Yeza, les enfants du Graal.

Damna : (occitan) Dame.

Gosset : Prêtre envoyé en ambassade par le roi Louis IX, accompagna les enfants du Graal et les franciscains Guillaume de Rubrouck et Bartholomée de Crémone pendant un voyage présumé auprès du grand khan des Mongols.

Trencavel : Nom de la lignée des vicomtes de Carcassonne (Vescomtat de Carcassey), étroitement liée à la maison des souverains occitans de Toulouse qui, à sa grande période, avait un pouvoir et un territoire tout à fait comparables à ceux du royaume de France. Le nom de « Trencavel » a muté, au cours de la formation de la légende qui s'est tissée autour du plus fameux membre de cette lignée, Roger Ramon II, pour donner « Perceval ».

Clericus maledictus : (latin) Prêtre de mauvaise réputation.

E cels... : (vieux français) Et ceux de Carcassonne se sont bien armés / Ce jour-là, ils donneront des coups, ils en prendront / Et des deux côtés, il y aura des morts et du sang.

Peireiras... : Les balistes et les catapultes sont dirigées vers les murs / tirent (sur la citadelle) jour et nuit, de près et de loin. Lorsqu'il le vit (le roi), le vicomte accourut / et tous ses chevaliers furent saisis par une grande joie. *(La Conquête de Carcassonne, in Les Croisades contre le Sud,*

1209-1219, auteur : Guilhèlm de Tudèla, xiiie siècle, & anonyme.)

Barò... (refrain) : Baron de Quéribus, Xacbert de Barbera, lion dans la bataille.

Xacbert de Barbera : (1185-1275) Dit « Lion de Combat », seigneur de la guerre et cathare excommunié par le pape. Souvent exilé pour avoir constamment résisté (en vain, au bout du compte) à la France (Toulouse 1218-1219 et Carcassonne 1240-1241). Sous les ordres du roi Jacques Ier d'Aragon (cf. ci-dessous), a participé à la conquête de Majorque. S'est finalement installé, sous la protection de Jacques, dans la citadelle de Quéribus. Xacbert était apparenté aux Trencavel de Carcassonne et aux comtes de Foix.

Jacques d'Aragon : (Don Jaime ; Jaime el Expugnadorà) Jacques Ier (le conquérant), roi d'Aragon (1213-1276), conquit les Baléares et les émirats de Valence et Murcia.

Quéribus : Le château imprenable de Xacbert de Barbera, tombé entre les mains du sénéchal de Carcassonne, et donc de la couronne de France, à la suite de la trahison d'Olivier de Termes (voir ci-dessous).

Jordi Marvel : Troubadour, dans l'escorte des enfants du Graal.

Francos : Les Francs.

Olivier de Termes : Né en 1198 ; son père, Ramon de Termes, fut tué après la chute de la ville en 1211 ; son oncle Benoît était l'évêque cathare de Rhedae (Razès). Termes fut transmis à Alain de Roucy, qui avait abattu Pierre II, roi d'Aragon, lors de la bataille de Muret en 1213 (cf. ci-dessous : *croisades des Albigeois).* Olivier, qui était ainsi devenu un proscrit *(faidit),* soutint le dernier Trencavel. Après l'échec de celui-ci, il rejoignit les bannières de la France et entra dans une lutte acharnée contre Xacbert de Barbera, qui continua à résister avec résolution aux Français.

Roç et Yeza : Les enfants du Graal. Roç, de son nom entier Roger-Ramon-Bertrand, né vers 1240-1241, parents inconnus ; il adopta par la suite le nom de « Trencavel du Haut-Ségur », ce qui permet de conclure à un lien avec la lignée éteinte de Perceval. Le dernier descendant de Perceval (vicomte de Carcassonne), Roger Ramon III, tomba au combat en 1241 en essayant de reprendre Carcassonne.

Yeza, Isabelle-Constance-Ramona, née vers 1239-1240, parents inconnus, choisit le nom de « Yezabel Esclarmonde du Mont y Sion ». Sa mère n'était vraisemblablement pas la fameuse Esclarmonde de la légende de Perceval, mais Esclarmonde de Perelha (Pereille), fille du châtelain de Montségur. Son père était peut-être le fils bâtard de Frédéric II, Enzio, né en 1216, qui mourut en 1272 dans les geôles de Bologne, ou encore l'empereur lui-même.

En 1244, peu avant la capitulation de Montségur, sur ordre du Prieuré de Sion (voir ci-dessous), les enfants furent mis en sécurité auprès de la comtesse d'Otrante par les chevaliers Créan de Bourivan, Sigbert von Öxfeld et Constance de Selinonte, *alias* Faucon rouge, ainsi que Gavin Montbard de Béthune (précepteur de l'ordre des Templiers).

Leur surnom, « enfants du Graal », laisse penser qu'ils portaient le sang royal de la maison de David.

E viven... : (occitan) Que vivent les enfants du Graal !

Reyes de paz : (espagnol) Rois de la paix.

Graal : Le Graal était le grand mystère qui ne se révélait qu'aux initiés, pas seulement aux cathares, mais à beaucoup d'autres personnes au cours du Haut Moyen Âge. On ne sait pas précisément, jusqu'à nos jours, si le Graal était un objet (une pierre, un calice ayant recueilli des gouttes de sang du Christ), ou un savoir secret concernant la dynastie de la maison royale de David, allant de Jésus de Nazareth jusqu'au mythe celte des chevaliers du Graal, à la Table ronde du roi Arthur. En outre, au plus tard depuis la disparition des Mérovingiens, une thèse affirme que le saint Graal doit être lu comme « Sang Réal », « Sang sacré ». En alchimie, le Graal s'identifie à la « pierre philosophale ».

Grazal dos tenguatz... : (catalan-occitan) C'étaient les deux enfants du Graal, ils furent sauvés de grands périls la dernière nuit de Munsalvätsch. Beaucoup de chevaliers risquèrent leur vie pour Roç et Yezabel, les enfants du Graal. Depuis, on ne parle que d'eux, Roç Trencavel et son Esclarmonde.

Papa di Roma... : Le pape, à Rome, en veut à leur vie. Ils sont protégés par le pouvoir magique de Sion, il les guide sur les profondeurs de la mer, Byzance est à leurs pieds. Roç et Yezabel, les enfants du Graal. Elle court à tout jamais, la nouvelle de Trencavel et de son Esclarmonde. (Ballade « Les enfants du Graal » de Miguel Cortes, d'après la traduction de Peter Berling.)

Grazal lo venatz... : (catalan-occitan) Gardiens du Graal, ils font leurs preuves dans le désert des Tatars ; vaincre le Vieux de la montagne, conquérir la couronne des Mondes,

Roç et Yezabel, les enfants du Graal, Roç Trencavel et son Esclarmonde. *(Ibid.)*

Ni sangre reis... : (catalan-occitan) La ronde des mondes n'a jamais vu un plus noble homme de sang royal, une plus belle dame courageuse et avisée. Leur royaume secret, c'est l'amour, pour que vainque l'espoir de l'homme. Roç et Yezabel, enfants du Graal, héros de la dernière heure, Roç Trencavel et son Esclarmonde. *(Ibid.)*

E tant... : (catalan-occitan) Et tant que la montagne est encore debout, il n'y a pas de meilleur chevalier, ni au près ni au loin, un noble courage uni à la bonté du cœur. *(La Conquête de Carcassonne,* voir ci-dessus.)

Pog : Cf. ci-dessous, *Montségur.*

Perceval : L'idée qu'il existait une lignée du sang royal sacré connut une nouvelle vogue lorsque le catharisme (voir plus bas), qui se propagea à la fin du XIe siècle, prit une dimension religieuse. Les deux courants se rejoignirent dans l'idée du Graal. La reprise d'une légende celte de l'époque des Grandes Migrations, le mythe du roi Arthur et de ses chevaliers, colportée par les troubadours, donna naissance à l'idée de gardiens du Graal et de la famille du Graal, qui fut ensuite incarnée avec le début des persécutions en Occitanie. Ce fut le début de l'épopée de Perceval, liée à la personne du malheureux vicomte de Carcassonne, Roger-Ramon, de la lignée des Trencavel (« coupe bien »), dit « Perceval » (de « percer »). La mère de ce Trencavel (l'avant-dernier) portait le nom d'Adelaïde de Burlats-Toulouse (Herzeloïde) Esclarmonde. Il n'avait pas de sœur, mais une tante nommée Esclarmonde de Foix, qui s'engagea avec force pour les cathares persécutés. En 1209, une croisade menée par la France et par Rome balaya le Languedoc, brûla les villes et les hommes, détruisit la culture et la langue du pays. Perceval fut capturé et empoisonné, le comté de Toulouse devint français. Seul Montségur résista jusqu'en 1244 — mais on ne trouva pas le Graal lors de sa conquête.

Bezù de la Trinité : Inquisiteur de l'Occitanie, dominicain.

Fernand Le Tris : Capitaine français au service du sénéchal de Carcassonne, frère de Bezù de la Trinité.

Faidits : Les proscrits (de l'arabe *faida*).

Montségur : (Munsalvätsch) Le plus célèbre des châteaux cathares, situé sur un piton rocheux (le « Pog ») dans l'Ariège (comté de Foix). En 1204, à la demande d'Esclarmonde, il fut transformé en forteresse. Jusqu'en 1244, ce fut l'un des derniers bastions des cathares du sud de la France. Un lieu de culte celte se trouvait déjà sur le Pog avant l'édification de Montségur. Les ruines du château, bien conservées, peuvent encore être visitées aujourd'hui.

Mas cò qu'es... : (catalan-occitan) Mais à ce que le destin décide, aucun homme ne peut se dérober. Il est mort après minuit, aux premières lueurs de l'aube. *(La Conquête de Carcassonne, op. cit.)*

Ladoncs... : (catalan-occitan) On y voyait beaucoup d'hommes et de femmes qui se lamentaient à voix haute. *(La Conquête de Carcassonne.)*

Catharisme : (du grec *hoi katharoi*, les purs) Mouvement de rénovation religieuse qui se détacha radicalement de l'Église officielle catholique romaine. Cette hérésie trouva autant de partisans dans le Languedoc qu'en Provence, en Lombardie et en Allemagne. La doctrine des « purs » avait son origine dans le manichéisme persan, un courant dualiste qui fait la distinction entre le Dieu bon, invisible, et le « méchant créateur des mondes », le démiurge. Au cours du XIIe siècle, le catharisme devint un contre-pouvoir menaçant pour Rome. Le peuple, mais aussi la noblesse locale, se rallièrent à cette foi. Les communautés cathares élurent des évêques (Carcassonne était elle aussi un évêché cathare). Ils ne revendiquaient aucun pouvoir : ils avaient plutôt une activité d'organisation et de direction spirituelle. La plus haute instance de décision était le « Conseil des Parfaits ».

Les croisades qu'on lança contre eux au début du XIIIe siècle ne provoquèrent pas l'élimination des cathares. L'élément décisif fut plutôt la « contre-mission » lancée par les dominicains. C'est dans la lutte contre les hérétiques que l'Église mit au point la procédure de l'Inquisition, qui fut partiellement consignée dans des « manuels ». La création des tribunaux de l'Inquisition dura de longues années. On peut considérer qu'elle remonte à la bulle « *Ad abolendam* » (1184, pape Lucien III). Grégoire IX codifia la procédure d'Inquisition en 1231. Innocent IV la résuma dans la ville « *Ad extirpanda* », et en rendit les principes encore plus rigoureux.

Rennes-le-Château : L'un des sièges des Templiers dans le sud de la France, issu de l'ancienne ville gothique de Rhedae, que les conquérants français détruisirent presque totalement pendant les guerres des Albigeois.

Aragon : Royaume du nord-est de l'Espagne, créé par Sancho le Grand de Navarre à sa mort (1035) ; ancienne

capitale Jaca, dans les Pyrénées, puis Saragosse ; au
xiie siècle s'y ajoute le comté de Catalogne, avec Barcelone.

Gavin Montbard de Béthune : Chef (précepteur) de la
maison de l'Ordre à Rennes-le-Château. Son prédécesseur,
André de Montbard, était l'un des membres fondateurs et
le quatrième grand maître de l'ordre des Templiers, fondé
après la première croisade, celle de 1096-1099. Conon de
Béthune, issu d'une famille noble du nord de la France,
était un ménestrel connu, mort en 1219. Son fils fut de
1216 à 1221 régent de l'Empire latin et mourut en 1224.
Gavin, jeune chevalier, avait été utilisé en 1209 par les
meneurs de la croisade des Albigeois pour proposer un
sauf-conduit au vicomte de Carcassonne (Trencavel, Perceval). Mais cette parole ne fut pas tenue.

Les Templiers : La date et les circonstances de la fondation de cet Ordre médiéval puissant, entouré de scandales
et de mystère, sont encore inconnues. La rumeur prêtait
aux Templiers des trésors gigantesques et un savoir mystique secret. Juste après la conquête de Jérusalem, après la
première croisade, quelques chevaliers (parents de Bernard de Clairvaux) reçurent l'autorisation de s'installer
dans un bâtiment annexe de la mosquée Al-Aqsa, sur la
montagne du Temple. En 1118, le premier grand maître
Hugues de Payns demanda la reconnaissance comme
ordre de chevalerie, qui eut lieu en 1120. L'ordre des
« Sacrae Domus Militiae Templi Hierosolymitani Magis-
tri » fut dissous en 1307 après un procès en hérésie (Philippe le Beau / pape Clément V). Le dernier grand maître,
Jacques de Molay, fut brûlé en 1314 à Paris. Une partie de
la fortune du Temple fut reprise par le roi de France, les
bailliages et les concessions de l'Ordre furent remis aux
chevaliers de Saint-Jean. De nombreux Templiers échap-
pèrent à l'arrestation en fuyant par les Pyrénées, où le roi
de Castille leur permit de survivre sous un autre nom. La
fameuse flotte des Templiers se réfugia en Écosse. Ce sont
les deux pays où l'ordre des Templiers subsiste encore de
nos jours, sous la direction d'un Grand Prieur.

Le roi Louis : Louis IX, né en 1214, roi de France, marié
à Marguerite de Provence. Il fut nommé « Saint Louis »
avant même sa mort, et fut canonisé en 1297. Ses deux
croisades malheureuses en Égypte (1248-1254) et en Tuni-
sie (1270) ne lui rapportèrent aucun profit matériel, mais
une grande popularité, à une époque où la mystique des
croisades n'était vivante qu'au sein du peuple. Louis mourut à Tunis, lors de la VIIe croisade.

Tympan : (grec) Pignon triangulaire installé au sommet des portes ou des fenêtres.

On met fin... : Job, 28, 3 (Bible de Jérusalem).

Hic domus... : (latin) C'est ici la maison de Dieu.

Ainsi chemineras-tu... : Proverbes, 2, 21.

Alamut : Siège principal et forteresse des Assassins, dans le massif persan du Khorassan. C'était la principale citadelle des Assassins, qui en possédaient une trentaine, le quartier général et le siège de l'imam, au sud-ouest de la mer Caspienne, le long de l'ancienne route de la Soie. Il n'en reste plus aujourd'hui que des ruines difficilement accessibles.

Assassins : Secte secrète chiite ismaélienne, dont le siège était Alamut mais qui prit pied en Syrie en 1176. Son premier grand maître en Syrie fut le cheikh Rachid ed-Din Sinan, devenu célèbre sous le surnom de « vieux de la montagne ». Ce surnom a été porté comme un titre par tous ses successeurs.

Masyaf : Forteresse principale des Assassins de Syrie, entre Homs et Hama, à la hauteur de la ville portuaire de Tortosa (Tartus), dans le massif du Noasiri.

Sigbert : Cf. plus bas : *Sigbert von Öxfeld.*

Chevaliers teutoniques : L'Ordre teutonique des chevaliers et frères de la maison allemande de Jérusalem (Ordo Equitum Teutonicorum) fut fondé en 1190 devant Saint-Jean-d'Acre. C'était une fraternité destinée à apporter des soins. En 1198, elle devint un ordre de chevalerie (manteau blanc à croix noire). En 1225, l'Ordre s'installa aussi en Prusse et s'unit, en 1237, avec les frères Porte-Glaive. Après la chute de Saint-Jean-d'Acre, en 1291, le siège de l'Ordre fut d'abord Venise (jusqu'en 1311), puis le Marienburg (jusqu'en 1809).

Protopoma : (grec) Symbole, archétype.

Gesta Dei per francos : (latin-occitan) Que Dieu accorde sa faveur aux Français ! Au Moyen Âge, expression figée et assez répandue.

Cabaliste : Interprétateur de la cabale, la science secrète juive (développée aux IXe et XIIIe siècles). Pratique les interprétations mystiques de l'Ancien Testament ; transposition des connaissances en nombres et en formes.

Jakov Ben Mordechai Gerunde : Cabaliste de Gerone.

Abaque : À l'origine, planche à compter. Le terme fut ultérieurement utilisé pour désigner le bâton de commandement des seigneurs Templiers.

Pons de Levis : Fils du comte de Mircpoix.

Mas de Morency : Fils d'une famille noble du sud-ouest de la France.

Raoul de Belgrave : Issu d'une lignée normande anglaise de Leicester, arrivée dans le pays avec Simon de Montfort.

Pier de Voisins : Sénéchal de Carcassonne.

Gengis-Khan : (Djinggs-Quyan, 1167-1227) Unificateur des peuples mongols vers 1195 ; souverain absolu à partir de 1206. Marié à Börke.

Le nichmat : Prière prononcée lors de l'office matinal des sabbats et jours de fête.

Talmud : (hébreux : l'enseignement) Recueil du judaïsme post-biblique, composé de la Mishna et de la Gemara, recueil des commentaires explicatifs et critiques sur la Mishna.

Les Dioscures : Castor et Pollux.

Chiron : Célèbre centaure de la mythologie grecque. Se sacrifia pour Prométhée en descendant aux Enfers à sa place. Zeus le plaça, pour cette raison, au firmament.

Nessos : Le chasseur, autre centaure de la mythologie grecque.

Aigle : Cette ancienne constellation « fixe » a été remplacée plus tard par celle du Scorpion. On la retrouve dans les caractéristiques astrologiques de l'apôtre saint Jean.

La colline du Golgotha : On a d'abord cru qu'il s'agissait d'un lieu d'exécution public devant Jérusalem. Mais elle se trouvait sur les terres privées de Joseph d'Arimathia.

Priape : Faune de la mythologie grecque, représenté avec des pieds de bouc, parfois des cornes, et toujours avec un membre gigantesque en érection.

Baphomet : Idole à trois visages, dont on dit que les Templiers la vénéraient secrètement. Aujourd'hui encore, on n'explique ni son nom ni son origine.

Il-Khan : Titre de Hulagu (Hüleyu, 1218-1294), d'origine mongole, Il-Khan de Perse.

Takt : Salle à coupole circulaire et soutenue par des piliers ; la légende dit que c'est là que se tenaient les rites secrets des Templiers. On la retrouve aussi dans la mythologie du Graal.

Gea : (grec) Déesse de toute vie ; la Terre, épouse d'Uranus.

Hic sunt leones : (latin) Les lions sont ici.

Astrolabe : (grec) Instrument astronomique historique destiné à mesurer les angles d'après la voûte céleste.

Kasda : Fille de Mustafa Ibn-Daumir, *alias* Crean de

Bourivan, ambassadeur des Assassins; astrologue de l'observatoire d'Alamut.

Djebl al-Tarik : (arabe) Le Gibraltar actuel. « Montagne » ou « cône rocheux du Tarik », d'après le nom du chef de guerre des Moajades qui avait quitté Tanger en 711 pour y vaincre l'armée des Wisigoths, dirigée par Roderich.

Atlas : Géant de la mythologie grecque, il porte le ciel debout, au bord du disque terrestre. L'océan auquel on a donné son nom était censé entourer la terre.

Taxiarchos, le Pénicrate : Ancien roi des mendiants de Constantinople. Le terme de Taxiarchos (« colonel ») est ici utilisé comme nom propre. Pénicrate (grec) signifie « seigneur des pauvres » ou « roi des mendiants ».

Beauséant alla riscossa ! : (occitan-italien) À l'attaque! À la reconquête! À l'origine, c'était un appel au secours lorsque des Templiers au combat se trouvaient en situation difficile; cri de guerre des Templiers.

Guillaume de Rubrouck : (1222-1293) Né sous le nom de Willem dans le village de Roebruk (également Rubruc ou Roebroek), dans les Flandres. Fait ses études à Paris sous le nom de Guilelmus, franciscain. Professeur d'arabe du roi de France Louis IX. En 1243, celui-ci l'envoie comme délégué au siège de Montségur. Il participe au sauvetage des enfants du Graal, dont il accompagne ensuite le destin. En 1253, le roi nomme Guillaume ambassadeur et l'envoie comme missionnaire auprès du grand khan des Mongols, un voyage dont il profite pour ramener les enfants du Graal. Guillaume a rédigé une chronique officielle sur ce voyage, l'*Itinerarium*.

Status animae : (latin) État d'âme. Employé ici avec ironie.

Potkaxl : Dernière descendante d'une lignée de souverains toltèques.

Toltèques : Peuple indien de l'ancien Mexique, installé sur le haut plateau du Mexique (Tollan), d'une grande culture et d'un haut niveau artistique. Période de prospérité aux environs des xie-xiie siècles. Roi-prêtre Quetzalcoatl.

Meridies, oriens, occidens : (latin) Sud, est, ouest.

Beauséant : Bannière de guerre des Templiers. Pendant le combat, elle devait toujours être brandie à la verticale.

Chanterai... : (vieux français) Je veux chanter pour consoler mon cœur, car je ne veux ni mourir ni perdre la raison, malgré ma grande peine. Je ne vois jamais per-

revenir de ce pays désert où vit celui qui réconforte mon
cœur lorsque j'entends parler de lui.

Dex, quant... : (refrain) Dieu ! Lorsque leur cri,
« Outree » (du vieux français « Outremer », qui désignait la
Terre sainte), retentit, aide les pèlerins pour lesquels je
tremble, car les Sarrasins sont cruels.

Soufrerai : Je veux être patient et supporter mon sort
jusqu'à ce que je le voie revenir. Il est parti en croisade,
j'espère ardemment son retour. Car je ne voudrais en
prendre un autre pour époux. Fou celui qui m'en parle.
(Auteur : Guiot de Dijon ; IIIe croisade, 1189.)

Xolua : Frère cadet de Potkaxl, prince toltèque.

Le Prieuré : Le Prieuré de Sion, mystérieuse société
secrète qui s'était, dit-on, vouée à conserver la lignée
dynastique de David, puis des Mérovingiens, et se mani-
festa pour la première fois en 1099, après la conquête de
Jérusalem. L'ordre des Templiers aurait été son bras
séculier. Le Prieuré s'opposait avec virulence à la papauté.
À cette époque, il était dirigé par Marie de Saint-Clair, dite
« La Grande Maîtresse ».

Guillaume de Gisors : (né en 1219) Commandeur de
l'ordre des Templiers, successeur désigné de sa mère
Marie de Saint-Clair aux fonctions de grand maître de
l'ordre secret du Prieuré de Sion. En 1269, il fut admis
dans l'« Ordre du navire et du double croissant de lune »
que Louis IX avait créé pour les nobles ayant participé à la
VIe croisade.

Chevalier mult estes... : (ancien français) Messires mes
chevaliers, le salut vous est assuré, puisque Dieu vous a
appelés contre les Turcs et les Almoravides qui ont tant
froissé son honneur. Car ils se sont accaparé ses fiefs. Cela
doit nous inspirer une profonde douleur, car c'est là-bas
que Dieu, pour la première fois, a été servi et reconnu
comme souverain. (Auteur anonyme, IIe croisade, 1147.)

Alum conquer... : (vieux français) Allons conquérir le
pays de Moïse, qui repose sur le Mont Sinaï. Il ne doit plus
rester aux mains des Sarrasins, pas plus que son bâton,
avec lequel il sépara d'un coup la mer Rouge lorsque le
peuple élu le suivit et que Pharaon le traqua jusqu'à ce que
tous ses soldats périssent misérablement. (Auteur anonyme.)

De ce sui... : (ancien français) Le chagrin s'empare de
moi, car je ne l'ai pas accompagné lorsqu'il est parti. Il m'a
envoyé la chemise qu'il portait, pour que je la serre dans
mes bras. La nuit, lorsque mon amour pour lui me fait

mal, je prends sa chemise avec moi dans mon lit et je la
serre contre mon corps nu pour apaiser mes douleurs.
(Auteur anonyme.)

II. Sous le signe de la croix rouge griffue

Concurrunt universi : (bas latin) Ils sont tous venus, le
peuple joyeux, riches et pauvres, de haut et de bas rang.
Princepes... : Princes, généraux de sang royal, seigneurs
de ce monde en possession de la grâce.
Peccaminium... : Confessez vos péchés à voix haute, bat-
tez votre coulpe, agenouillez-vous et criez : Louée soit la
Vierge ! (Chant de pèlerinage d'un auteur anonyme, extrait
du *Llibre Vermell* de Montserrat, 1399.)
Rostand Masson : Cardinal, nonce pontifical à la cour de
Louis IX.
La reine Marguerite : Épouse de Louis IX, reine de
France, fille du comte Raymond-Berengar IV de Provence.
Elle épouse Louis en 1234 ; leur fils et successeur fut Philippe III, le Téméraire. Les sœurs de Marguerite ont elles
aussi épousé des rois. Eleonore, en 1236, le roi Henri III
d'Angleterre, Sancha en 1244 Richard von Cornwall,
(anti-) roi allemand, Béatrice en 1246, Charles d'Anjou, le
futur roi de Naples.
Gilles Le Brun : Successeur du connétable de France,
Imbert de Beaujeu, après la mort de celui-ci lors de la
croisade de Louis IX.
Esclarmonde : Dans la légende, sœur de Perceval. En
réalité, sa tante. Le fils d'Esclarmonde, Bernard Jourdain,
épousa India de Toulouse-Lautrec, la sœur d'Adélaïde de
Toulouse, mère de Perceval ; ce décalage de génération a
conduit à voir en Perceval et Esclarmonde un frère et une
sœur. En réalité, Esclarmonde était de la lignée des comtes
de Foix ; elle a largement contribué à l'achèvement du Pog
de Montségur (première pierre le 12 mars 1204) et est
entrée dans la légende comme la gardienne classique du
Graal.
L'empereur Hohenstaufen Frédéric : L'empereur Frédéric II, 1194-1250, fils de l'empereur allemand Henri VI et
de l'héritière normande Constance de Hauteville, petit-fils
de l'empereur Frédéric Barberousse. En 1197, roi de Sicile,
en 1212 roi d'Allemagne, en 1220 empereur. Épouse
Constance d'Aragon († 1222), Isabelle de Brienne (reine de
Jérusalem, dite « Yolande », † 1228) et Isabelle-Elisabeth

d'Autriche († 1241). De ces mariages, et de nombreuses autres relations, sont issus quatre enfants légitimes et onze « naturels ». « Conradin », exécuté en 1268 par Charles d'Anjou, était le petit-fils de Frédéric. Débordant de talents, d'énergie et d'idées, Frédéric était une personnalité étonnante, à laquelle ses contemporains donnèrent déjà le surnom de « stupor mundi », la stupeur du monde. Après un conflit virulent avec le pape, Frédéric fut excommunié. Mais il mena encore une croisade (1227-1229) au terme de laquelle le sultan d'Égypte restitua en 1229 aux chrétiens Jérusalem et les lieux saints. En 1245, le concile de Lyon (sous le pape Innocent IV) proclama une nouvelle fois l'excommunication de Frédéric, et le démit. Il mourut en Apulie en 1250. Par testament, il légua son empire et le royaume de Sicile à son fils Conrad IV.

Le comte Jean de Joinville : Né en 1224 ou 1225, deuxième fils du comte de Joigny. La mort de son père et de son frère en fait l'héritier du comté dès la fin 1238. Vers 1241, il devient sénéchal de Champagne. Dès 1244, il est occasionnellement au service du roi Louis IX, qu'il accompagne dans sa croisade en Égypte. Ensuite, Joinville devient conseiller royal, une fonction que lui confiera à son tour le successeur de Louis, Philippe III. Celui-ci nomme Joinville régent de la Champagne jusqu'à la majorité de Jeanne, qui épousa plus tard le roi Philippe le Bel. Cette reine demanda en 1305 au vieux sénéchal de rédiger la *Vie de Saint-Louis*. Joinville est mort en 1317 ou 1319.

De mortibus nihil nisi bene : (latin) Des morts, on ne dit que du bien.

Charles d'Anjou : Depuis 1246, comte titulaire d'Anjou. Épouse Béatrice de Provence, mais la Provence ne lui revient qu'en 1267. En 1265, le pape le nomme roi de Naples. En 1266, Charles bat Manfred, le bâtard Hohenstaufen, à la bataille de Bénévent, et en 1268 le dernier Hohenstaufen, Conradin, près de Taglicozzo.

Robert de Sorbon : Ancien chapelain et confesseur de Louis IX, ouvrit en 1253 à Paris une école de théologie, qui a donné son nom à la « Sorbonne ».

Militiae templi Salomonis : Les combattants du temple de Salomon, une partie du titre officiel de l'ordre des Templiers, qui se réfère au lieu de sa fondation, bien qu'à cette date, le temple juif n'ait plus existé. Les premiers Templiers établirent leur siège dans l'aile résidentielle de la mosquée Al-Aqsa.

Yves le Breton : Né vers 1224, étudia à Paris la théologie et l'arabe dans l'intention de devenir prêtre, abattit en 1244, en légitime défense, quatre sergents royaux, mais fut gracié par le roi Louis, qui le prit comme garde du corps à son service.

Si le grand œuvre devait réussir : (latin : *opus magnum*) La création de la « pierre philosophale », dans le sens alchimique du terme, le catalyseur qui transforme les métaux bas en or, dans le sens métaphysique, l'obtention de la sagesse divine.

Les noces chimiques : Notion d'alchimie, accomplissement du « grand œuvre », découverte de la « pierre philosophale », fusion de l'eau et du feu.

Thomas Bérard : Grand maître des Templiers de 1256 à 1273.

Librarius multiplex : (latin) « Écrivant plusieurs fois » : désigne ici un engin précurseur de la presse à imprimerie.

Villard de Honnecourt : Architecte français du xiiie siècle, connu pour son *Carnet des croquis* où l'on trouve des indications sur la nouvelle technique de construction des cathédrales gothiques ; il s'est également fait un nom en inventant des outils et installations techniques (croquis d'une scierie actionnée par une roue à eau, qui ne fut vraisemblablement pas réalisée, et d'un *perpetuum mobile*). Une écluse en Hollande et un trébuchet ont été construits selon ses croquis.

Eo ipso : (latin) De lui-même.

Imprimendum mecanicum : (latin) Presse mécanique. Ici, reproduction d'écrits grâce à la presse à imprimer.

Veni creator spiritus : (latin) Viens, esprit créateur (hymne des Croisés).

Marie de Saint-Clair : Dite « La Grande Maîtresse », née en 1192, grande maîtresse de l'ordre secret du Prieuré de Sion, épousa en 1220 Jean de Gisors alors que celui-ci était déjà sur son lit de mort, pour assurer la succession au titre de grand maître de l'Ordre à Guillaume de Gisors (né en 1219), la mère de celui-ci, Adelaïde de Chaumont, étant morte en couches. Marie de Saint-Clair est considérée comme la mère de Blanchefleur, fille de l'empereur et nonne (1224-1279).

Alphonse de Poitiers : (Alphonse, duc de Poitou) Devenu à la suite d'un mariage (forcé) avec l'héritière Jeanne (fille de Raymond VII) comte de Toulouse (*de facto* depuis 1226, *de jure* à la mort de Raymond en 1249). À la mort d'Alphonse, en 1271, le Poitou et Toulouse devinrent des terres de la Couronne française.

Patrimonium Petri : (latin) Possessions pontificales : les territoires italiens qui formaient, au Moyen Âge, l'État de l'Église : le Latium, des parties contestées de la Toscane, de l'Ombrie et des Marches (Bologne, Ferrare, Ancona).

Le Grau de Maury : Massif montagneux dans le Roussillon, où se situait aussi le château de Quéribus.

Aliénor d'Aquitaine : Épouse du roi de France Louis VII. Elle l'accompagnera lors de la IIe croisade de 1147 (« croisade des rois », ce fut un échec) et lui compliqua l'existence en négociant avec son oncle, le prince d'Antioche. Les ménestrels disent que c'était la plus belle femme de son époque. Après avoir divorcé de Louis, elle épousa Henri II, le fils de son amant Godefroy le Bel d'Anjou. Ce mariage en fit la reine d'Angleterre, et la mère de Richard Cœur de Lion.

Richard Cœur de Lion : Richard Ier, né en 1157, succéda à son père Henri II sur le trône (1189-1199). En 1190, il se rendit à la IIIe croisade avec Philippe de France. Sa mère Aliénor le maria à Berengaria de Navarre. Richard reprit Saint-Jean-d'Acre et prit Chypre. Il quitta la Terre sainte en 1194, et fut capturé pendant le voyage du retour par le duc Léopold d'Autriche, qui l'emprisonna à Vienne. Après en être sorti en 1194, contre une forte rançon, il dut céder son trône et son pays aux ambitions de son frère Jean sans Terre. Richard, qui était déjà devenu de son vivant l'idole de la chevalerie occidentale, mourut en 1199 dans les bras de sa mère, devant le château de Chalus, dans le Poitou, à la suite d'une blessure par flèche.

Leur joyeux frère mineur : Les frères mineurs étaient des moines des Ordres mendiants. En l'occurrence, c'est un franciscain.

Le grand projet : Document secret, vraisemblablement rédigé par John Turnbull à l'intention du Prieuré de Sion. Il donnait sous une forme cryptée des renseignements sur le destin des enfants du Graal. On ignore dans quelle mesure le Prieuré reprit à son compte le grand projet.

Au royaume des Mongols : L'unificateur des tribus Tatares (appelées plus tard Mongols) fut Gengis-Khan. Il laissa quatre fils : Jöchi, Dschagetai, Ögedai et Toluy. À Ögedai, son successeur au trône de grand khan, ne succéda pas, comme il était prévu, son fils Chiremon, mais, en 1246, son fils aîné Guyuk. Le roi Hethoum d'Arménie envoya alors son frère Sempad faire allégeance. Guyuk était marié avec Ogul Kaimish, qui reprit la régence après sa mort, en 1248. Les successeurs au trône de grand khan ne furent pas les fils de Guyuk, mais ceux de Toluy, dont la veuve, Sorghaqtani, une princesse keraïte, fit en sorte que le *Kuriltay* (l'assemblée des Mongols) élise d'abord Möngke, puis Kubilai (futur empereur de Chine) au titre de grand khan, tandis que son troisième fils, Hulagu, devenait grand khan de Perse. Batou, le fils de Jöchi, renonça au titre de grand khan et fonda avec son fils Sartaq le khanat de la Horde d'Or.

Un précieux bréviaire : Le *breviarium* était un livre de prières des hommes d'Église catholiques, contenant les prières des huit heures de la journée : mâtines, laudes, prime, tierce, sixte, none, vêpres et complies.

O.F.M. : Ordo Fratrum Minorum, Ordre des franciscains.

Möngke : (Monka, Mangu, 1208-1259) Petit-fils de Gengis-Khan, élu en 1251, au Kuriltay, successeur de son cousin Guyuk au trône de khagan (grand khan).

Les chrétiens nestoriens : Adeptes de la doctrine du patriarche Nestorius de Constantinople, chassé de l'Empire romain comme hérétique en 431 (IIIe Concile d'Éphèse). Les nestoriens fondèrent une Église en Perse, avec un patriarcat à Ctésiphon. Ils évangélisèrent l'Inde, la Chine, l'Afrique et les Mongols, sans rompre avec le chamanisme. Doctrine dualiste, refus du culte de la Vierge.

Berke : Successeur de Sartaq, frère de Bartus.

Ayyubides : Dynastie fondée par le sultan Saladin ; régna sur la Syrie (Damas) et l'Égypte (Le Caire) où elle fut déposée en 1249 par une révolte de palais, tandis que la branche syrienne prenait son autonomie et subsista jusqu'en 1260.

An-Nasir (al-Malik an-Nasir II Salah-ad-Din) Souverain ayyubide, petit-fils de Saladin, malik (roi) d'Alep à partir de 1237 ; prit Damas lors d'un coup de main après l'assassinat du dernier sultan ayyubide du Caire par les mamelouks, et s'y proclama sultan de Syrie en 1250 ; il y régna jusqu'à la prise de la ville par les Mongols, en 1260.

Ata el-Mulk Dschuveni : Grand chambellan du Il-Khan Hulagu, musulman sunnite.

Kitbogha : (Kitbuqa) Général mongol de foi chrétienne (nestorienne), chef d'armée sous le Il-Khan Hulagu ; exécuté en 1260 par Baibars.

Hamadan : Ville située à peu près à mi-distance de Bagdad et de Téhéran ; Hulagu y installa son armée pendant la conquête de Bagdad.

Kito : Fils de Kitbogha, chef de section, tué par les Assassins pendant le siège d'Alamut, en 1257-1258.

Manfred de Sicile : Né en 1232, issu d'un mariage morganatique légalisé (sur le lit de mort de Frédéric II) avec la comtesse Bianca Lancia (comtesse de Lecce), qui fut de longues années la maîtresse de l'empereur ; Manfred obtient le titre de « prince de Tarente », devient en 1250, pour le compte de Conrad IV, gouverneur de la Sicile, puis se proclame roi après la mort de Conrad (1254), sans tenir compte de la dynastie.

Constance de Sélinonte : Alias Fassr ed-Din Octay, né en 1215, fils du grand vizir Fakhr ed-Din et de l'esclave chrétienne Anna. Surnommé « Faucon rouge ». Élevé à la cour de Palerme, l'empereur le fait chevalier, d'où son titre de « prince Constance de Sélinonte ». Son père était d'une famille mamelouk.

Madulain : Née en 1229, ancienne maîtresse de Guillaume de Rubrouck, épouse de Faucon rouge. Provient d'une famille *saratz* de l'Engadine, région qui fut conquise en 850 par une fraction détachée de l'armée sarrasine, qui se mêla aux habitants ; d'où son surnom de « princesse des *Saratz* ». Les Sarrasins des Alpes (comme ceux de l'Apulie et de la Provence) furent toujours « impériaux » (gibelins, c'est-à-dire fidèles aux Hohenstaufen).

Henri III : (1216-1272) Roi d'Angleterre, fils de Jean sans Terre, marié à Éléonore de Provence, une fille de Marguerite, l'épouse de Louis IX. Gouvernant faible, il perdit pendant sa régence une partie considérable des territoires anglais sur le continent.

Alexandre IV : Rainaldo di Jenna, pape de 1254 à 1261, de la lignée des comtes de Conti. Choisit son prénom pontifical d'après son modèle, Alexandre le Grand, roi de Macédoine.

Richard de Cornwall : (1209-1272) Frère de Henri III, neveu de Richard Cœur de Lion, comte de Cornwall depuis 1225. Fut l'invité de Frédéric II en Sicile en 1240-1241, lors de son retour de croisade. Après la mort de Frédéric, il est engagé contre les Hohenstaufen avec Alphonse de Castille, antiroi allemand (1257-1272).

Bagdad : Fut de 752 à 1258 la capitale du royaume abbasside et le siège du califat ; instance spirituelle et laïque suprême de l'Islam, mais dont le pouvoir ne fut plus que théorique lorsqu'elle fut conquise par les Mongols.

Le calife el-Mustasim : (1242-1258) Al Mustqs'imn, 27ᵉ et dernier calife abbasside de Bagdad. Les Abbassides étaient une dynastie sunnite de califes, qui s'étendit de 759 à 1258, successeurs des Omeyades. Ont été anéantis par les Mongols.

Muwayad ed-Din : Grand vizir (« ministre des Affaires étrangères ») du calife de Bagdad, chiite, nommé nouveau gouverneur de Bagdad par les Mongols après la conquête de la ville.

Le dawatdar Aybagh : Chambellan du calife de Bagdad et chancelier, essentiellement chargé de la politique intérieure.

Le royaume des Choresmii : Royaume nomade dont le seigneur portait le titre de chah. Situé au sud-est de la mer Caspienne, il s'étendit parfois jusqu'en Inde, *via* la Perse. Ils eurent quatre dynasties, de 990 à 1231, puis les Choresmii ne furent plus que des hordes sans gouvernant. Mais on les engageait souvent comme mercenaires, et ils allèrent à ce titre jusqu'en Turquie et en Égypte. Ils sont célèbres pour avoir repris définitivement et détruit Jérusalem en 1244.

Baitschu : Général et gouverneur mongol.

Seldjoukides : Ethnie turque d'Asie centrale, qui fonda en Asie Mineure le puissant sultanat d'Ikonium (Rum); les Seldjoukides de Rum soumirent pendant une brève période la partie orientale du monde islamique et entravèrent l'accès des chrétiens au Saint Sépulcre.

Arménie : Il s'agit de la Petite Arménie, qui n'existe plus aujourd'hui; sa capitale était Sis, elle se situait au sud-est de la Turquie, avait des frontières communes avec la Syrie et la principauté d'Antioche. La Grande Arménie, dont les restes subsistent encore, se situait au sud du Caucase, entre la Perse et la Géorgie, mais elle avait été occupée au XIIIe siècle, d'abord par les peuplades turques, puis par les Mongols.

Xenia : Veuve arménienne.

Antioche : La principauté d'Antioche fut créée pendant la première croisade par le duc normand Bohémond de Tarente, sur la route de Jérusalem. Son neveu Tancred de Lecce la reprit ensuite; lorsque sa lignée s'éteignit, la principauté revint aux Toulousains, qui la firent fusionner avec leur comté de Tripoli.

Amál : Fille de l'Assassin Omar d'Iskenderun.

Imam : (arabe) Descendant de Mahomet, et donc chef religieux des chiites.

Assalamu : (arabe) Que la paix et la miséricorde soient avec vous tous!

Damas : Capitale de la Gézireh, c'était une sorte de « ville libre de l'empire » ; elle était la troisième force du camp islamique, entre Bagdad (siège du calife) et Le Caire (siège du sultan). Elle fut le plus souvent dirigée par un « malik » (roi). Homs, Hama et Kerak étaient des émirats syriens.

Clarion, comtesse de Salente : Née en 1226, « effet secondaire » de la nuit de noces de Brindisi (9 novembre 1225, au cours de laquelle Frédéric II engrossa Anaïs, la fille du vizir Fakhr ed-Din, demoiselle d'honneur de Yolanda). Clarion grandit à Otrante ; elle reçut de Frédéric un titre et un apanage.

Les barons du royaume de Jérusalem : Le royaume de Jérusalem, produit de la première croisade, en 1099, comprenait une ceinture côtière s'étendant jusqu'à Gaza, au sud, et Beyrouth, au nord. Sa capitale était Jérusalem. Lui étaient associés les comtés de Tripoli et la principauté d'Antioche. En 1188, Saladin reprit Jérusalem. La capitale devint alors Saint-Jean-d'Acre. Au XIIIe siècle, le royaume de Jérusalem ne comprenait plus que ce port fortifié et celui de Tyr.

Saint-Jean-d'Acre : Ville portuaire située au nord de Haïfa, servait de capitale au royaume de Jérusalem depuis 1191. Dernière forteresse chrétienne, elle tomba en 1291.

L'émir mamelouk Rukn ed-Din Baibars Bunduktari : Dit l'« Archer » (1211-1277). En 1269, après l'assassinat du sultan Aibek par le sultan, il tua son successeur Qutuz et se proclama lui-même sultan. Il voulait chasser définitivement les chrétiens de la Terre sainte, mais il n'y parvint pas de son vivant. « Bunduktari » est le nom de famille de Baibars.

Turan-Shah : Sultan du Caire (dernier sultan ayyubide), abattu par Baibars.

Izz ed-Din Aibek : (Al-Mu'zz 'Izz-ad-Din Aybak) Général mamelouk. Après l'assassinat du dernier sultan ayyubide, premier sultan mamelouk du Caire. Assassiné par les eunuques du palais à la suite d'une intrigue de son épouse, Shadjar ad-Durr.

Mahmoud : Fils de l'émir Baibars.

Sigbert von Öxfeld : Né en 1195 ; servit sous les ordres de son frère Gunther pour le compte de l'évêque d'Assise, se rallia en 1212 à la Croisade des enfants, fut prisonnier en Égypte. Après sa libération, entre dans l'ordre des Chevaliers teutoniques, et devient leur commandeur à Starkenberg.

Starkenberg : Siège originel de l'ordre des Chevaliers teutoniques, situé dans les montagnes, au nord de Saint-Jean-d'Acre, il fut acheté pour le compte de l'Ordre par des marchands de la Hanse, de Lübeck, et reconstruit ; les croisés appelaient aussi cette forteresse « Montfort ».

Serenissima : Surnom de la République de Venise ; avec Gênes et Pise, l'une des trois grandes républiques commerciales de la Méditerranée.

Les Vénitiens tenaient... : Vers la fin du xie siècle, Venise se proclama ville-république et élut son premier doge. Au fil du temps, la république maritime devint indépendante de l'empire et se mit, grâce à sa flotte, à édifier son pouvoir sur l'Adriatique, puis sur l'ensemble de la Méditerranée.

Makika : Patriarche de Bagdad, installé par les Mongols après la conquête de la ville. Chrétien nestorien.

Nur ed-Din Ali : Fils d'Izz ed-Din Aibek (cf. plus haut). Qutuz le chassa de la succession au trône.

Shadjar ad-Durr : Ancienne esclave d'origine arménienne, veuve de Turan-Shah, future épouse d'Izz ed-Din Aibek, qu'elle fit assassiner pour prendre le pouvoir. Dans l'histoire de l'islam, on n'avait jamais vu une femme prendre le titre de sultan. Elle fut assassinée sur ordre de Saif ed-Din Qutuz après qu'il eut fait provisoirement proclamer Ali comme nouveau sultan.

Musa el-Ashraf : L'un des petits-fils de la sultane Shadjar ; origine ayyubide. Co-sultan du Caire (dans son enfance) aux côtés de Nur ed-Din Ali.

Saif ed-Din Qutuz : Émir, adversaire de la sultane après l'assassinat d'Aibek ; pendant les troubles qui suivent l'assassinat du sultan, se bat dans le camp d'Ali.

Halafan... : (arabe) Formule de serment.

Fal yahya... : (arabe) Vive le sultan Nur ed-Din Ali !

Mossoul : Ville du nord de l'Irak.

Abdal le Hafside : Marchand d'esclaves du Maghreb, partenaire commercial des Templiers.

Georges Morosin : Dit « Le Doge », Vénitien, représentant des Templiers à Ascalon.

Né dans l'Empire latin : Empire fondé à Constantinople par des Vénitiens et des croisés, lors de la IVe croisade, en 1204. À l'origine, la croisade à laquelle le pape Innocent III avait appelé la noblesse d'Europe était dirigée contre l'Égypte. La république de Venise, qui ne tenait pas du tout à ce que l'on se fixe cet objectif, força l'armée à se retourner contre l'Empire chrétien de Byzance. Constantinople fut prise en 1204, mise à sac, et l'on proclama l'« Empire latin ». Baudoin de Flandres fut le premier empereur, tandis que Boniface de Montferrat devenait roi de Thessalonique. D'autres seigneurs se proclamèrent princes d'Achaïe, d'Athènes, de Thèbes et de l'Archipelagos. Byzance, le puissant rempart contre la progression de l'Orient, fut détruite à tout jamais par cet éparpillement.

Muezzin : Crieur qui appelle à la prière depuis le minaret.

Salat... : (arabe) Prière de midi.

Allahu... : (arabe) Dieu est grand !

La illaha... : (arabe) Il n'y a pas d'autre dieu qu'Allah.

Shai : (arabe) Thé.

Citrus medicatus : (latin) Remède miracle obtenu à partir du citronnier.

La doctrine ismaélienne : Doctrine des chiites extrémistes. Les abbassides, qui régnaient à Bagdad, étaient des sunnites ; ils furent donc combattus dans le sang par les Assassins chiites.

Amors me... : (vieux français) Je suis empli d'amour, je ne peux m'empêcher de penser constamment à cette douce fille que je ne puis oublier. Ses yeux sont clairs, son visage rayonnant.

Je ne puis... : Je ne peux et ne veux pas quitter ma douce amie ; cela m'est trop douloureux, puisqu'elle ne peut me donner son amour.

Ne mes maus... : Si elle ne peut me récompenser de ma peine. Ah, je ne puis vivre sans elle, elle me fait payer un prix trop élevé pour l'amour que je ressens pour elle. Ah, douleur, combien je regrette l'instant où je l'ai vue pour la première fois, car je ne puis supporter la douleur qu'il me faut endurer à cause d'elle. (Auteur : troubadour anonyme du XIIIe siècle, chant de l'époque des croisades.)

John Turnbull : (1170 ou 1180-1251) Pseudonyme du Conde Jean-Odo du Mont-Sion. Il fut de longues années durant membre du Prieuré de Sion, et à ce titre protecteur et éducateur des « enfants du Graal », auteur du « grand projet ».

III. La nuit de Montségur

Bartholomée de Crémone : Dit « Le Triton », franciscain, travaillait pour les Services secrets de la curie, accompagnateur officiel de Guillaume de Rubrouck lors de sa mission auprès des Mongols, de 1253 à 1255, il aurait en fait été représenté par son frère d'Ordre Laurent d'Orta.

Le Cardinal gris : Mystérieuse fonction au sein de la curie au Moyen Âge. Superviseur de l'Inquisition, et chef des Services secrets, il avait sa résidence au château Saint-Ange ; lorsque la curie fut chassée de Rome, le Castel d'Ostia, à l'embouchure du Tibre, lui servit de quartier de repli.

Dòmna, pòs vos... : (occitan-catalan) Oh, ma dame, puisque je vous ai choisie, acceptez-moi de bonne grâce, car je vous appartiens avec toute ma vie, je suis à vous et à vos ordres. (Troubadour anonyme, xiiie siècle.)

Consolamentum : (latin) Consolation ; sacrement du catharisme, remplace l'extrême-onction chrétienne ; on y célèbre une vie ascétique.

Pierre Valdès : (Petrus Valdesius, Waldensis) Marchand de Lyon qui, au milieu du xiie siècle, fit traduire la Bible en langue vulgaire (provençale). Excommunié en 1184 ; fonde une doctrine dont les adeptes sont nommés les « Valdésiens » ; bien qu'ils n'aient pas eu le désir de mort qui caractérisait les cathares, les Valdésiens furent mis dans le même sac que les « purs », sous le terme général « d'Albigeois » (voir ci-dessous). Mais ils ont pu se frayer un chemin à travers les troubles des croisades et ont survécu jusqu'à nos jours.

A vòstre comand... : (occitan-catalan) Je suis à votre service tous les jours de ma vie. Je ne vous quitterai jamais pour une autre femme, quelle qu'elle soit. (Troubadour anonyme, xiiie siècle.)

La nuit de Montségur : Lors de la capitulation de la dernière citadelle cathare, Montségur (1244), les assiégés demandèrent un délai qu'ils utilisèrent pour célébrer leur fête de la « Maximae Constellationis » ; après cette « dernière nuit », au cours de laquelle les enfants du Graal furent sauvés, ils rendirent la forteresse et marchèrent volontairement vers les bûchers de l'Inquisition.

Mauri En Raimon : L'un des rares prêtres cathares à avoir échappé à l'Inquisition en Occitanie ; il vivait dans les montagnes du Roussillon.

Un « bonhomme » : Expression désignant les « purs » admis dans la communauté cathare.

Que Diaus vos bensigna! : (occitan) Dieu vous bénisse !

Na India : Herboriste du Roussillon, cathare.

Geraude : Fille de Na India.

Les bures noires des dominicains : Les dominicains étaient un ordre religieux fondé par Domingo Guzman de Calruega, saint Dominique (1170-1221). Les prédicateurs itinérants avaient pour mission de convertir les cathares. À partir de 1231-1232, ils furent chargés de l'« Inquisition » des hérétiques.

Paraclet : (latin, de *paracletus* : assistance) Celui qui plaide pour Dieu, souvent employé pour désigner Jésus-Christ.

Démiurge : (latin, de *demiurgus* : créateur de mondes) Dans la foi cathare, le mauvais créateur du monde terrestre, déchu par Dieu.

Camp des Crematz : (occitan) « Champ des brûlés », coteau en pente douce situé en dessous de Montségur, sur lequel les cathares de cette forteresse furent brûlés en 1244 sur les bûchers de l'Inquisition. Ce coteau porte encore ce nom aujourd'hui.

Notre ami le prince Bohémond : Bohémond IV d'Antioche, dit « Bo », né en 1237, gouverna de 1251 jusqu'au 29 mai 1268, date à laquelle la principauté d'Antioche fut prise par les mamelouks de Baibars.

Nâch den kom... : (moyen haut allemand) Alors, la reine entra, son visage exaltait une telle clarté que tous pensaient que le jour allait se lever. Comme robe, la vierge portait le plus beau tissage d'Arabie. Sur un aquamarin vert, elle portait le prix du paradis, de la sainte racine, tronc et riz. C'était un objet qui s'appelait le Graal, un lieu de miracles innombrables. (Wolfram von Eschenbach.)

Herzeloïde : Dans la légende, mère de Perceval.

Kundry : Tante de Perceval ; dans la légende, magicienne chevauchant un âne.

Amfortas : Le roi blessé et souffrant de la légende.

Vitus de Viterbe : (1208-1251) Fils bâtard de Rainer de Capoccio, et, vraisemblablement, de Loba La Louve, une faidite cathare. Chargé par son père, le « Cardinal gris » en fonction, de liquider les enfants du Graal, il mourut lors de sa dernière tentative, dans la forteresse des Assassins à Masyaf.

Loba, La Louve : (Loba, occitan, la lionne) Née en 1194, surnom d'une parfaite cathare nommée Roxalba Cécelie Stéphanie de Cabaret (Cab d'Aret), famille noble occitane ; son cousin, Pierre-Roger de Cabaret, était l'un des chefs des faidits ; Loba aurait été la mère de Vitus de Viterbe, qui l'étrangla.

Quelle ellipse... : Ici, le cours du destin.

Der grâl was... : (moyen haut allemand) Par la nature sublime du Graal, ceux qui voulaient s'en montrer dignes devaient être des cœurs prudes, purs et dénués de toute fausseté. La reine s'inclina solennellement avec ses vierges et posa le Graal devant le seigneur. Perceval était assis, songeur, et lui lança un regard hostile. (Wolfram von Eschenbach, *Parzival*.)

Jourdain de Levis, comte de Mirepoix : Père de Pons de Levis. La famille noble des de Levis avait, après la croisade contre le Graal (1209-1213), reçu le vice-comté de Mirepoix, dont faisait aussi partie Montségur.

Wolf de Foix : Faidit, parent avec la maison Trencavel. Le frère de la célèbre Esclarmonde, Roger-Bernard II, était mort en 1241. Roger-Bernard III lui succéda, dont le frère bâtard Wolf, « Lops de Foisch », devint un célèbre faidit. Sa sœur était Esclarmonde d'Alion.

Simon de Cadet : Neveu de Jourdain de Levis.

Burt de Comminges : Beau-fils de Jourdain de Levis.

Gaston de Lautrec : Beau-frère de Jourdain de Levis, époux d'Esterel, la sœur de Jourdain.

Mon cher cousin : Terme de courtoisie utilisé par les membres de la haute noblesse.

Principiis : (latin) Empêchez les commencements !

Fete fu pour... : Elle a été créée pour la joie de tous, et chacun devait l'aimer. À peine l'avais-je aperçue, je l'ai enfermée dans mon cœur, et je n'ai jamais pu l'oublier.

IV. Carnaval et autodafé

Coram publico : (latin) Publiquement, devant le monde entier.

Feu grégeois : Arme découverte par Kallinikos de Byzance, en 671. Il était expédié par des catapultes dans des pots fermés, et même l'eau ne pouvait l'empêcher de brûler. C'était un mélange de soufre, de salpêtre, de résine, de pétrole, d'asphalte et de calcaire brûlé ; il fut utilisé avec succès par les Byzantins, en 672, pour défendre Constantinople contre les Arabes.

Constellatio maxima : (latin, astrologie) Constellation de planète ayant une signification extrême.

Hugues des Arcis : Prédécesseur de Pier de Voisins dans les fonctions de sénéchal de Carcassonne. Dirigea l'attaque contre Montségur.

Pierre-Roger de Mirepoix : Oncle de Guy de Levis, vicomte de Mirepoix, commandant des défenseurs de Montségur.

Jean de Procida : Né en 1210. Médecin dont la chaire se

trouvait dans sa ville natale de Salerne. Fut au cours des dernières années de sa vie le médecin personnel de l'empereur; resta ensuite au service des Hohenstaufen. Manfred le nomma chancelier de l'empire.

Vila cadaver eris... : (latin) Tu seras un misérable cadavre, pourquoi ne te tiens-tu pas loin du péché? Pourquoi cherches-tu à t'élever? Pourquoi cours-tu après l'argent? Pourquoi portes-tu de beaux vêtements? Pourquoi cherches-tu les honneurs? Pourquoi n'es-tu pas prêt à reconnaître tes péchés? Pourquoi ne t'occupes-tu pas de ton prochain?

Quam felices : Comme ils seront bienheureux, ceux qui régneront un jour avec le Christ, la joie rayonnera de leur visage. On te dira le sacré Seigneur du Sabaoth.

Et quam tristes... : Et comme ils seront tristes, ceux qui seront condamnés à tout jamais, qui ne pourront jamais se libérer ni échapper à l'anéantissement. Ah, ah, crient les maudits, car ils n'en sortiront jamais.

Ni conversus... : Si tu n'es pas innocent et pur comme un enfant, si tu ne règles pas ta vie sur les bonnes actions, tu n'arriveras jamais dans le royaume sacré de Dieu, dans le royaume sacré de Dieu. (Anonyme, chant de pèlerin, extrait du *Llibre Vermell* de Montserrat, 1399.)

Electio... : Celui qui a l'élection a le supplice.

Miserabiliter infectus : (latin) Tombé misérablement malade, empoisonné.

Interdictum : Interdiction de tout acte administratif religieux, punition infligée à une personne ou un territoire.

Vita brevis... : (latin) Brève est la vie, et elle sera de plus en plus courte, la mort arrive plus vite qu'on ne le croit. La mort éteint tout et n'épargne personne.

Cloaca maxima : (latin) Grand égout.

Tuba cum... : (latin) La trompette sonne pour le dernier jour et le juge apparaît, il annonce, avec une sévérité éternelle : les élus iront au ciel, les damnés en enfer.

Arslan : Chaman mongol, conseiller des khans mongols descendants de Gengis-Khan.

Niketa Burdu : Neveu du général Kitbogha.

Chrétien de Troyes : Poète important, auteur de romans courtois. Ses œuvres principales furent créées entre 1160 et 1190 environ. Parmi elles, *Lancelot* ou *Le Chevalier de la Charrette*, ainsi que (inachevé) *Perceval* ou *Le Conte du Graal* (vers 1180).

Uf einem... : Sur un aquemarin vert, elle portait le prix

du paradis : c'était un objet qu'on appelait le Graal. (Wolfram von Eschenbach, *Parzifal.*)

Dies war : On t'appelle Parsifal, un mot qui signifie « coupe au milieu ». *(Ibid.)*

Raymond Berengar IV : (1209-1245) Comte de Provence. Il eut quatre filles. Margarete épousa Louis IX, roi de France (1234) ; Eleonore (1236) Henri III, roi d'Angleterre ; Sancha (1244) Richard de Cornwall, antiroi d'Allemagne ; Béatrice (1246) Charles d'Anjou, frère de Louis IX, qui le nommera roi de Naples en 1265. La Provence échappa à l'Empire allemand parce que Berengar la légua entièrement à sa fille Béatrice pour éviter une partition.

Tolosa : Toulouse. Après Raymond VI (1194-1222), c'est Raymond VII, fils de son quatrième mariage avec Joan Plantagenet (la sœur de Richard Cœur de Lion), qui prit nominalement le titre de comte et reconquit la ville en 1218 (à Simon de Montfort), mais il perdit définitivement le comté en 1229, avec le traité de Meaux, qui le rendait définitivement à la France. Dernière insurrection ratée en 1242. En 1249 meurt le dernier comte de Toulouse de droit.

Les guerres des Albigeois : Les Albigeois, un groupe de cathares provenant d'Albi, dans le sud de la France, prônaient une ascèse rigoureuse, la pauvreté, le refus du monde terrestre. Leur nom finit par symboliser tous les hérétiques, qu'ils soient cathares ou valdésiens. Lorsque, le 15 janvier 1208, le légat Pierre de Castelnau fut assassiné par un page de Raymond VI de Toulouse, Innocent III appela à la croisade contre les Albigeois. Les croisés prirent d'abord Béziers, en 1209, puis Carcassonne. Simon de Montfort prit les terres de Raymond, à l'exception de Toulouse et de Montauban. Le roi Pierre II d'Aragon, qui accourut à l'aide de ses vassaux, fut battu par Montfort en 1213, lors de la bataille de Muret, et mourut. Le IVe Concile du Latran retira ses terres à Raymond VI, ce qui provoqua l'insurrection du Languedoc. En 1218, Simon de Montfort fut tué pendant le siège de Toulouse. Mais les croisés ne l'emportèrent qu'au moment où le roi de France, Louis VIII, intervint dans les combats (1226). Les principaux succès furent sanctionnés en 1229 par le traité de Paris : indemnités pour l'Église, mesures contre les hérétiques, villes et châteaux rasés. Dans le Languedoc, on entreprit d'autres campagnes militaires contre les hérétiques. Elles débouchèrent entre autres sur la prise de Montségur.

Les incroyants dévoués au croissant de lune : Les musulmans.

Tengi : « Seigneur de la voûte céleste recouvrant toute chose », suprême divinité des Mongols.

A Diaus ! : (occitan) Dieu soit avec vous !

Bulgai : De son vrai nom Chigi Khutukhu ; grand juge des Mongols, chef des Services secrets du grand khan.

Nizamiya : La plus ancienne école coranique de Bagdad.

Madrasa : École coranique.

Mustamsiriya : Fameuse école coranique de Bagdad.

Ma'abad : (arabe) Temple des morts.

Chevaliers de Saint-Jean : Ordre de chevaliers issu de la Fraternité de l'Hospital de Jérusalem. Avant même la première croisade, il y soignait des pèlerins malades. En 1099, le procurateur de l'Hospital, Gerald de Provence, décida la création de l'Ordre. Elle fut confirmée en 1113 par le pape Pascal II. En 1220, le premier grand maître Raymond du Puy (de Poggio) le transforma en ordre de chevalerie, et le saint patron de l'Ordre fut remplacé par saint Jean l'Évangéliste, un personnage plus combatif. Tenue de l'Ordre : manteau noir. En guerre, pourpoint rouge à croix blanche. Les chevaliers de Saint-Jean furent ainsi nommés d'après le lieu de leur fondation, chevaliers de l'« Hospital ». En 1291, après la chute de Saint-Jean-d'Acre, l'Ordre se retira à Chypre, en 1309 à Rhodos, en 1530 à Malte (jusqu'en 1798, d'où leur nom de « chevaliers de Malte »). L'Ordre existe encore aujourd'hui à Rome sous le nom d'« Ordre souverain de Malte », en zone extraterritoriale (Aventin).

Les trois républiques maritimes : Il s'agit de Venise, la « Serenissima », de Pise et de Gênes, « La Superbe ». Pise régna sur la Sardaigne vers la fin du XIIe siècle ; elle possède une colonie à Byzance, et de riches concessions en Syrie, à Tyr et à Saint-Jean-d'Acre. À peu près à la même époque, Gênes, bien que déchirée par des querelles internes incessantes, devient une grande puissance fondée sur sa prospérité économique. En 1191, l'empereur Henri IV lui confirme sa souveraineté sur les côtes, de Porto Venere jusqu'à Monaco, elle contrôle la plus grande partie de la Corse, dispose de privilèges spéciaux en Sicile, de concessions et de droits spéciaux à Byzance et dans plusieurs villes de la Terre sainte.

Viterbe : Ville située en Moyenne-Italie. Les papes y avaient un palais (XIIIe siècle) où ils se réfugièrent plusieurs fois. Eugène III fut le premier pape à s'y réfugier après que la Commune de Rome se fut soulevée contre le pouvoir pontifical.

Brancaleone : (Brancaleone degli Andalo) Gibelin, comte du Casaleccio, meneur d'un mouvement populaire qui chassa de Rome le pape et la noblesse ; sénateur, créa une république entre 1252 et 1258.

Des houris : (arabe) Les compagnes du paradis.

V. Un joyeux tournoi

Melisende : Fille aînée de Jourdain de Levis, épouse de Burt de Comminges.

Mafalda : Fille cadette de Jourdain de Levis.

Gers d'Alion : Chevalier promis à Mafalda ; neveu de Jourdain de Levis.

Pez de fica : (occitan) Un morceau de vulve.

Aries : (latin) Bélier.

Chevalier du Lys d'or : Chevalier de la France.

Novel'amor : (franco-occitan) Un nouvel amour, qui me plaît tant, qui fait chanter mon cœur de joie. Mes pensées ne cessent de renouveler mon chant.

M'amor... : (J'ai) donné mon amour, et je n'exige rien d'elle. Elle ne sera pas trompée, la chérie qui est la mienne, si elle m'aime de tout son cœur. (Auteur : Rogeret de Cambrai, xiiie siècle, dans une traduction anonyme en occitan.)

Le fils de Bélisse : Presque tous les vassaux des comtes de Foix et de Mirepoix, ainsi que le vicomte de Carcassonne (Perceval) portaient aussi le titre de « fils de Bélisse ». Ce nom fait allusion à une origine mythique, la descendance de la reine de la Lune Belissena, l'Astarte celte-ibérique. C'est la raison pour laquelle la lune, le poisson et la tour apparaissent aussi fréquemment sur leurs blasons. C'est cet élément toujours païen dans les conceptions religieuses de l'Occitanie et du Languedoc qui a provoqué l'intervention de l'Église romaine catholique contre les « parfaits ».

E lo vescoms... : (vieux français) Et le vicomte Trencavel monta sur les murs, dans la plaine se tenait la gigantesque armée des croisés. Il appela aussitôt ses soldats et ses chevaliers, les meilleurs à la lance, les meilleurs à l'épée : « Debout, barons, s'exclama-t-il, sellez vos chevaux de combat. » (« La conquête de Carcassonne », extrait de *Les Croisades contre le Sud, 1209-1219*, auteur : Guilhèlm de Tudèla & Anonyme.)

Lionel de Belgrave : Grand-père de Raoul de Belgrave, escorte de Simon de Montfort, originaire de Leicester.

Nuestra Señora de Quéribus : (espagnol) Notre chère Vierge de Quéribus, navire dédié à la Sainte Vierge. Quéribus fut la dernière citadelle des cathares dans le sud-ouest de la France ; elle ne tomba aux mains des Français qu'en 1255, à la suite d'une perfidie d'Olivier de Termes.

La croix de saint André : Une croix dotée d'une poutre en diagonale, nommée d'après l'apôtre André, qui serait mort sur une croix de ce type.

VI. Que Diaus vos bensigna !

La basilique Sainte-Madeleine : Basilique située à Rhedae, cœur du château des Templiers de Rennes-le-Château, surnommé « la porte de l'enfer ».

David : Au cours du IIe siècle av. J.-C., roi de Judée, puis d'Israël, avec pour capitale Jérusalem, la « ville de David ». À l'époque du déclin d'Israël, on ranima le souvenir du grand souverain ; on attendait que David revienne en personne, ou que son successeur, le Messie, vienne au secours d'Israël.

Joseph d'Arimathia : Adepte et oncle de Jésus, il réclama son cadavre et l'enterra dans une tombe de roche ; après la crucifixion, il aurait emmené à Marseille les enfants de Jésus. Dans la légende celte, il passe pour le premier gardien du Graal.

Magus medicus : (latin) Ici : médecin doté de pouvoirs magiques.

Le royaume de Thulé : Royaume insulaire légendaire. Il s'agit peut-être d'un territoire découvert dans l'Antiquité par Pytéas, au nord de la Bretagne. On le considérait comme l'extrémité la plus septentrionale du monde.

Ai, Capitan !... : (espagnol) Bien, capitaine !

Viva la suerte ! : (espagnol) Vive le destin ! Vive la mort ! Notre seigneur l'amiral !

Non meta... : (latin) Non pas l'objectif, mais le chemin.

Joseph, leur saint patron : Fils de Jacob, personnage principal de l'histoire de Joseph (Genèse 37-50), qui décrit le conflit entre Joseph et ses frères. Ceux-ci vendent Joseph comme esclave en Égypte, où il devient le plus haut fonctionnaire du royaume. Les fils de Jacob (d'Israël) incarnent aussi les tribus d'Israël.

L'adepte de Maimonide : De son vrai nom Mose ben Maimon, Maimonide (1125-1204) était un philosophe juif, de la religion qui exerça aussi une grande influence sur la pensée chrétienne du Moyen Âge. Recueillit et publia les lois de la religion juive.

Codex militaris : (latin) Loi militaire.

Esséniens : Fraternité, secte juive rigoureuse qui exista entre environ 150 av. J.-C. et 100 apr. J.-C. Le fondateur en serait le légendaire « maître de l'équité » (Avatar Melchi-Tsedeq); le même maître invisible se retrouve chez les soufis sous le nom de « Khidr-Elias ». Les Esséniens ésotériques unissaient les enseignements monothéistes de Moïse et de Zarathoustra. Jésus de Nazareth aurait été un Essénien.

Quand sa chair... : Job, 33, 21 (Bible de Jérusalem).

Trismégiste : (grec) Se rapporte à Hermes Trismegiste, le « trois fois le plus grand »; dix-sept livres qui lui sont attribués ont vraisemblablement été rédigés au cours des premiers siècles après le Christ, dans l'école ésotérique d'Alexandrie. Ils traitent de l'astrologie, des rituels du Temple et de la médecine.

Doctores : (latin) L'Université médiévale était divisée (au maximum) en cinq facultés : la faculté des artistes (les arts libres, le cours fondamental), la théologie, la médecine, le droit canonique et civil. Les études étaient longues; rares étaient les étudiants qui allaient au-delà de la faculté des artistes; et, parmi eux, beaucoup n'allaient pas jusqu'au titre de docteur, pour lequel, en général, il fallait attester de six années de faculté des artistes et de six autres années d'études de droit ou de médecine. Les *doctores* constituaient ainsi une élite intellectuelle et sociale.

In nomine... : (latin) Au nom du Père, du Fils et du Saint-Esprit, je t'absous de tes péchés.

Da servis... : (latin) Donne la paix à ton serviteur.

Le traité de paix de Corbeil : Dans le traité de Corbeil (1258), Louis IX reconnaissait le roi d'Aragon, qui avait renoncé à la souveraineté sur la Gascogne, comme souverain de la Catalogne, du Roussillon et de Montpellier.

Altas undas... : (occitan) Hautes vagues qui venez de la mer, fouettées par le vent, vous qui y êtes chez vous, pouvez-vous me donner des nouvelles de mon ami qui y est jadis parti? Il n'est jamais revenu! (auteur : Rimbaut de Vaqueiras.)

La Sainte Révélation : Dernier livre du Nouveau Testament, son thème principal est le triomphe imminent du règne de Dieu, dont la victoire définitive a déjà commencé avec la résurrection du Christ, et le Jugement dernier. Les cathares le considéraient comme l'unique évangile authentique de Jésus, dont ils avaient peut-être une autre version que celle, officielle, de la Bible.

Endura : Chez les cathares qui avaient atteint le rang de « perfectus » et étaient ainsi admis dans la « gleyiza », méthode courante pour accélérer la mort par refus complet de toute alimentation (et de l'eau). Débutait après l'obtention du *consolamentum*.

Oy aura... : (occitan) Il est difficile d'aimer le vassal d'un autre pays, car ses yeux et son rire suscitent les larmes. Je n'aurais jamais cru que mon ami me trompait, car en amour, je lui donnais tout ce qu'il demandait. (Refrain :) Ah! Comme avec cette amour, il m'a souvent causé de la joie et de la peine! (Auteur : Rimbaut de Vaqueiras, 1180-1205.)

L'ÉPOUSE DE PALERME

I. Le testament du précepteur

Le cardinal Octavien degli Ubaldini : Le Cardinal gris, maître des Services secrets de la Curie.

Trastevere : Le nouveau découpage de Rome, entrepris par Auguste, créa en guise de quatorzième quartier l'arrondissement du « Trans Tiberium », « Au-delà du Tibre », considéré comme le quartier le plus romain et le plus populaire de la ville.

Le château Saint-Ange : Situé juste au bord du Tibre, sur le tombeau de l'empereur Adrien, il servait de refuge aux papes en cas d'attaques ou d'insurrections.

Via Cassia : Voie romaine antique, qui sort de Rome vers le nord.

Colli Albani : (italien) Les Monts d'Albanie, situés à une vingtaine de kilomètres de Rome, jusqu'à 950 mètres de hauteur; la ville fortifiée d'Anagni, en particulier, était un refuge des papes. Le castel Gandolfo sert aujourd'hui encore de résidence d'été au pape.

Les pleins pouvoirs au sénateur... : Lorsque le sénat romain fut recréé, en 1144, il était constitué de 56 membres, et cette organisation subsista presque sans interruption jusqu'en 1204; après cette date, il était courant de ne désigner chaque année qu'un ou deux sénateurs qui disposaient de conseillers.

Podestà : (italien) Chef de la ville, bourgmestre élu par le conseil de la ville. Signe de la croissance du pouvoir politique de la bourgeoisie dans les villes d'Italie du Nord et du Centre situées à proximité immédiate de l'Empire.

Le pape Innocent IV : En fonction du 24 juin 1243 au 7 décembre 1254, successeur de Célestin IV, qui ne régna que 26 jours, à l'automne 1241, avant d'être éliminé. Innocent combattit l'empereur Hohenstaufen Frédéric II, puis, après sa mort, son fils et successeur Conrad IV et, en Italie du Sud, son fils bâtard Manfred de Sicile. Il s'efforça de trouver pour le royaume de Sicile, qu'il considérait comme un fief, des souverains disposés à en chasser les Hohenstaufen.

Commentatio Rerum Sicularum : (latin) Prise de position sur l'affaire sicilienne.

Conrad IV : Né le 25 avril 1228, fils et successeur de Frédéric II sur le trône allemand. Conrad est issu du deuxième lit (fils de Yolande de Brienne, qui mourut en couches); à sa naissance, il devint nominalement « roi de Jérusalem », épousa le 1er septembre 1246 Élisabeth de Bavière (fille d'Otton II de Wittelsbach); de ce mariage est issu Conrad V, dit Conradin.

Conradin : (Conrad V, 1252-1268) Duc de Souabe, fils de Conrad IV, petit-fils de Frédéric II. Mort au cours de la bataille de Tagliacozzo en tentant de reprendre le royaume sicilien, dont il avait hérité, à Charles d'Anjou, auquel le pape avait donné la Sicile en fief.

Lucera : Ville d'Apulie, à proximité de la résidence impériale de Foggia. La ville fut aménagée par Frédéric II pour les Sarrasins insurgés qu'il avait éloignés de Sicile. Ils devinrent ses plus fidèles partisans, si bien que, par la suite, les Hohenstaufen leur confièrent même leur trésor d'État.

Omissis : (latin) Omis, abandonné. Expression propre aux copistes, qui invitait à ne pas reprendre un mot ou un passage.

Unio regni : (latin) L'union du royaume (de Sicile) avec l'Empire (allemand), une réalité politique qui indignait les papes, parce qu'elle prenait l'État religieux en tenailles.

Saluti suae consulens : (latin) En tenant compte de sa santé.

Philomele... : (latin) Louons le rossignol et sa voix

tendre, comme nous l'enseigne la musique, sans l'art véritable de laquelle les chants n'ont aucune valeur.

Cum telluns... : Lorsqu'au printemps nouveau, la vie jaillit de la terre, lorsque les branches s'habillent de vert, le parfum du miel suave monte des fleurs des plantes.

Hilarescit... : Il est joyeux, le rossignol, connaissant le son suave, et en tournant son petit cou, il chante vers le soleil.

Istat nocti... : Jour et nuit, obstinément, il vole dans cette suave mélodie, il apaise le dormeur avec sa voix qui monte et descend, et ôte la peine au promeneur.

Vocis eius... : Le beau son de sa voix, plus clair que la note de la lyre, l'emporte sur les vols d'oiseaux qui remplissent la forêt et les bois de leurs trilles. *De Luscinia*, attribué à Fulbert de Chartres (vers 960-1029).

Olov ha shalom : (hébreu) La paix (soit) avec lui.

Sanctus... : (latin) Saint, saint, saint, Seigneur, Dieu des légions, le ciel et la terre sont emplis de ta splendeur. Hosanna au plus haut des cieux !

Benedictus... : Béni soit celui qui vient au nom du seigneur. Hosanna au plus haut des cieux.

Kyrie eleison... : (grec-latin) Seigneur, prends pitié de nous. Tout-puissant créateur du ciel et des étoiles. Christ, prends pitié de nous.

Qui mundum... : (grec-latin) Celui qui a sauvé le monde en versant son sang. Seigneur, prends pitié de nous. Sainte Trinité, qui règne pour l'éternité. (Chant religieux latin.)

Croix griffues : Les armes des Templiers.

Sphère armillaire : Instrument classique de mesure des angles en astronomie. Ce fut avec l'astrolabe l'instrument de calcul préféré de l'astrologie, jusque dans les temps modernes. On attribue son invention à Thalès ou Anaximandre (IVᵉ siècle av. J.-C.).

Terribilis... : (latin) Ce lieu est terrible !

Exequien : (latin) Dans l'Église catholique, toutes les cérémonies qui relèvent de l'enterrement religieux. Également : messe des morts, cérémonie d'enterrement.

Allah isamhak ! : (arabe) Dieu nous garde !

Pacta sunt servanda : (latin) Il faut respecter les traités.

Mashiat Allah ! : (arabe) Que Dieu m'aide !

Alma Virgo... : (latin) Belle vierge parmi les vierges, couronnée dans le ciel, intercède pour nous auprès de ton fils !

Et post hoc... : Et lorsque nous sortons de la vie, viens à notre secours, intercède pour nous.

Iam est... : L'heure est déjà venue de se relever du bref sommeil de la mort.

Ad mortem... : Nous allons joyeusement à la mort et nous nous préservons du péché. (Extraits de *Ad mortem festina- mus*, chant de pèlerin anonyme du « Llibre Vermell ».)

Zih' rono... : (hébreu) Puisse-t-il se relever !

Oleh l'shalom ! : (hébreu) Puisse sa mémoire être une bénédiction.

Veneficus : (latin) Mélangeur de poisons.

Et la nuit... : Psaume 139, 12.

II. Les chercheurs de trésor

Le palais royal de Palerme : Frédéric n'était pas seule- ment roi d'Allemagne (il céda cette dignité à son fils Conrad IV dès 1237), mais aussi, de 1198 à sa mort en 1250, roi de Sicile. Sa cour de Palerme passait pour la plus somptueuse de l'Occident. De là (et de ses palais d'Apulie), il gouvernait l'Empire. Au cours des années de sa régence (1220-1250), Frédéric ne demeura pas plus de quatre années en Allemagne.

La comtesse Bianca di Lancia : Elle fut de longues années durant la maîtresse de Frédéric II, qui eut avec elle deux enfants « naturels » : Manfred, prince de Tarente, né en 1232, et Constance, dite « Anna », future épouse de Jean Vatatses, empereur de Nicée. Sur son lit de mort, Frédéric déclara ces enfants « légitimes » et éleva leur mère, Bianca, au titre de comtesse de Lecce.

Bomba : (italien) Récipient d'argile empli de feu grégeois ou de poix liquide, utilisé comme projectile et envoyé par une catapulte.

Nicée : Ville antique située au nord-ouest de l'Anatolie, sur la rive orientale du lac d'Isnik. Siège des premier (325) et septième (787) conciles œcuméniques.

Il a envoyé Vatatses... : L'empereur Jean III Ducas (1193- 1254). Après la fondation de l'Empire latin, en 1204, les membres de la maison des souverains byzantins avaient quitté l'Asie Mineure et y avaient fondé les royaumes de Trebizonde et de Nicée. De là, ils tentèrent de reprendre Constantinople. Ils y parvinrent en 1261 sous les ordres de Michel Paléologue, qui recréa l'empire de Byzance.

Jamala ua... : (arabe) Une chamelle du nom de...

Hijab : (arabe) Le voile des femmes.

Homs : Ville et émirat de l'ouest de la Syrie, au bord de l'Oronte.

Hama : Ville et émirat à l'ouest de la Syrie.

Saladin : Salh ad-Din Youssouf Ayub ; (né en 1137 ou 1138 ; mort en 1193 à Damas) a remplacé la dynastie des fatimides et s'est proclamé en 1176 sultan d'Égypte et de Syrie ; a conquis Jérusalem en 1187.

El-Aziz : Fils d'An-Nasir, sultan de Syrie.

Granata franscecana : (italien) La « grenade franciscaine », plaisanterie désignant Guillaume de Rubrouck.

Constance : La fille de Manfred, issue de son premier mariage avec Béatrice de Savoie.

L'infant d'Aragon : Don Pedro. Devait épouser Constance.

Guillelmus ante portas ! : (latin) « Guillaume est à nos portes ! » Parodie du cri de terreur romain, « *Hannibal ante portas !* ».

Limassol : (en grec, Lemesos) Ville située sur la côte centrale du sud de Chypre, sur la baie d'Akrotiri ; ancien château byzantin du XIIᵉ siècle. Servit fréquemment de siège gouvernemental aux rois de Chypre.

Demetrios : Prêtre grec.

Théodor Iᵉʳ : Fils et successeur de Jean Vatatses.

Arsenios : Patriarche de Nicée.

Achaïe : (Achée) Région antique, située au nord du Péloponnèse, principauté latine.

Anna : Sœur aînée de Michel, souverain d'Épire.

Helena Angelina d'Épire : Sœur cadette de Michel d'Épire, deuxième épouse de Manfred de Sicile.

Nomen est omen : (latin) Le nom l'indique à lui seul.

Constance de Hauteville : (1154-1198) Fille et héritière du roi Roger II de Sicile, épousa Henri VI en 1186 et gouverna à partir de 1197 pour son fils Frédéric-Roger, le futur Frédéric II, qu'elle fit couronner roi de Sicile alors qu'il avait quatre ans.

Épire : Région montagnarde historique sur la mer Ionique, montant à plus de 2 600 mètres (Pindos), chaînes calcaires couvertes de forêts, élevage de moutons et de chèvres.

L'orthodoxie schismatique : Le refus de certains dogmes catholiques et de la souveraineté du pape par le patriarche de Constantinople provoqua en 1054 le schisme, la scission entre Rome et l'Église orientale. Celle-ci, sous le nom d'orthodoxe (« de la juste foi »), devint l'Église d'État du royaume de Byzance.

Lapis excellens, lapis ex coelis : (latin) La pierre excellente, la pierre du ciel. Querelle d'interprétation, qui se rapporte au Graal.

Baudouin : L'empereur Baudouin II (1228, démis le 25 juillet 1261, † en 1273).

Hellade : Nom classique (et officiel, depuis le début du XIXᵉ siècle) de la Grèce.

Iocalia : Les joyaux de la couronne.

Berthold von Hohenburg : Sénéchal de l'Italie du Sud sous le roi Conrad IV.

Trébuchet : Grande catapulte démontable dotée d'un bras de lancer long sur un châssis élevé.

L'église du Saint-Sépulcre : À Jérusalem, bâtie au IIIᵉ siècle après J.-C. à l'instigation d'Hélène, la mère de l'empereur Constantin, au-dessus de la tombe supposée du Christ. A été plusieurs fois détruite et reconstruite par la suite.

O Maria... : (occitan) Ô Marie, mère de Dieu, Dieu, tu es le fils et le père : Sainte Vierge, prie pour nous ton fils céleste.

Eva creet... : Ève a cru le serpent, un ange rayonnant, c'est donc une bonne chose pour nous, cela fit de Dieu un véritable humain.

Car de femna... : Car il a été engendré par une femme, Dieu a sauvé la femme, et l'Homme est né pour que l'être humain soit sauvé.

Vida qui mort... : La vie qui a vaincu la mort nous a ouvert le paradis afin que la gloire, celle que nous a donnée Dieu, se réalise. (*O Maria, Deu Maire,* troubadour anonyme, XIIᵉ siècle.)

Que Diaus : (occitan) Dieu te bénisse !

Trou des tipli'es : Le trou des Templiers. Une ruine portant le même nom se trouve à l'est de Rennes-le-Château, mais son accès est interdit.

Oy, aura dulza,... : (occitan) Ah, toi douce brise qui vient de là où mon ami dort, vit et a trouvé abri, porte-moi son souffle doux, je l'inspire, tant mon désir est grand. (Rimbaut de Vaqueiras, 1180-1205.)

III. DES ÎLES LOINTAINES

L'évêque de Grigenti : Grigenti était l'actuelle Agrigente.

Episcopus provinciae : (latin) Un évêque de la province.

Constance d'Aragon : Première épouse de Frédéric II,

décédée en 1222, veuve du roi de Hongrie. Au moment de son mariage, à vingt-quatre ans, elle était de dix années plus jeune que Frédéric.

Enzio : (1216-1272) Fils naturel de Frédéric II, roi de Torre et Gallura (Sardaigne); fait prisonnier par les Bolonais près de Fossalta. Frédéric a tenté, en vain, de faire céder les Bolonais par les menaces et la corruption. Ils répondaient qu'ils avaient prêté serment de ne jamais libérer Enzio.

Orefici fiorentini : (italien) Les orfèvres florentins.

Cassaro : La rue centrale de Palerme, qui mène de la Cala, le port, au Palazzo dei Normanni.

Qasr : Terme d'origine arabe par lequel les Hohenstaufen désignaient le Palazzo dei Normanni à Palerme.

Camino real : (italien) La voie royale.

Maletta : Grand chambellan et maître de cérémonie de Manfred.

Palazzo Arcivescovile : Siège de l'archevêque de Palerme.

Atalante : Navire amiral des Templiers, trirème.

Trirème : Navire de combat à trois ponts, animé par trois rangées de rameurs superposés et par des gréements.

La comtesse d'Otrante : Dite « L'Abbesse », Laurence de Belgrave, née en 1191 du mariage morganatique de Livia de Septimsoliis-Frangipane avec Lionel, lord de Belgrave. Laurence devient abbesse du couvent des carmélites sur le Monte Sacro, à Rome. En 1217, elle est chassée de Rome par l'Inquisition et se rend à Constantinople. Devient tenancière de bordel. Plus tard, se taille une sinistre réputation de pirate et de marchande d'esclaves. En 1228, elle épouse l'amiral de l'empereur Frédéric II, le comte Henri de Malte, et hérite, après sa mort, d'Otrante et de la trirème.

Les colonnes d'Hercule : Le détroit de Gibraltar.

Oleum atque Vinum : (latin) L'huile et le vin.

Alekos : Marchand de vin à Palerme.

Henri, comte de Malte : Amiral anobli par Frédéric II. Envoyé en 1221 comme éclaireur à Damiette. En 1228, il capture la fameuse pirate Laurence de Belgrave; au lieu de la pendre, il l'épouse. Elle devient ainsi comtesse d'Otrante.

Terra di Lavoro : Bande de terre située sur la mer Tyrrhénienne.

La princesse valache : La Valachie était un territoire qui s'étendait entre les Carpates du Sud et le Danube, dans la Roumanie actuelle.

Hugues de Revel : Chevalier de Saint-Jean, représentant du grand maître ; grand maître de 1259 à 1278.

Guillaume de Châteauneuf : Grand maître des chevaliers de Saint-Jean à Saint-Jean-d'Acre (1244-1259) ; était tombé entre les mains des Égyptiens à la bataille de La Forbie, dès son entrée en fonction ; il ne fut libéré qu'en 1251.

Bezant : Pièce d'or en circulation depuis les croisades.

Ustica : Petite île située devant la côte nord de la Sicile, dans la mer Tyrrhénienne.

Kefir Alhakim : Raccommodeur et charlatan, gouverneur autoproclamé de Frédéric II sur l'île d'Ustica.

Trachinidae, Scorpanea : Poissons dont le poison déclenche des douleurs vives, et même, pour le premier, des crises d'étouffement.

Myketologia : (grec) Connaissance des champignons et des éponges.

Muscaria : Champignons contenant du muscarin (alcaloïde particulièrement dangereux).

Nebbich... : (origine incertaine) Et même, un miracle !

Tibère : (Tiberius Julius Caesar Augustus) Fils de Livia et de Tiberius Claudius Nero, 42 avant J.-C., 37 après J.-C. ; empereur romain à partir de 14 après J.-C. ; beau-fils et fils adoptif d'Auguste.

Kadr ibn Kefir ad-Din Malik Alhakim Benedictus : dit Beni le Matou, fils de Kefir Alhakim.

Grazal dos tenguatz : Ballade *Les Enfants du Graal* de Miguel Cortes.

Hanno von Sangershausen : Vice grand maître de l'ordre des Chevaliers teutoniques ; grand maître de 1257 à 1274.

Oberto Pallavicini : Vicaire (gouverneur) de l'Empire pour la Lombardie et la Toscane ; seigneur de Crémone (1250) ; Podestà de Pavie et Vercelli (1254).

Galvano di Lancia : Prince de Salerne.

Ezzelino de Vérone : (Ezzelino da Romano) Maître de Vérone, réputé pour sa cruauté. Marié avec Selvaggia, l'une des six filles illégitimes de Frédéric II ; depuis 1236-1237, Ezzelino gouvernait Padoue, Trévise et Vicenza.

Capella Palatina : Chapelle normande byzantine, au premier étage du palais royal de Palerme.

Croisade des enfants : Dans le cadre du mouvement de croisade de 1212, cortège de plusieurs milliers d'enfants de dix à quinze ans, parti de Vendôme et des pays rhénans. La plupart moururent de faim et de maladie pendant le voyage ; une partie d'entre eux furent capturés pendant la traversée de la Méditerranée, à la suite d'une trahison, et vendus comme esclaves.

Alexandrie : Ville portuaire égyptienne située dans le delta occidental du Nil, fondée en 331 avant J.-C. par Alexandre le Grand ; la ville possédait l'une des sept merveilles du monde, la tour lumineuse de Pharos ; à l'époque de Ptolémée, la ville était connue pour sa bibliothèque, le centre artistique et scientifique du monde.

Dir balak... ! : (arabe) Prends garde, Immà !

Xavier d'Urgel : (d'Urgel le Jeune) Sculpteur sur bois, créateur du groupe du Golgotha à Rhedae.

Michel Paléologue : Général de l'empereur Théodor II de Nicée ; coempereur avec Jean IV ; empereur de Nicée sous le nom de Michel XIII à partir de 1258 ; recréa l'empire de Byzance en 1261, après la reconquête de Constantinople.

Jean IV : Laskaris Vatatses ; fils et unique héritier de Théodor II ; coempereur avec Michel Paléologue.

Karakorom : (Qara-Qorum) Ville que Gengis-Khan éleva vers 1220 au rang de centre de l'Empire mongol.

L'archimandrite... : (grec) Archiprêtre dans l'Église orthodoxe.

Capitano... : (italien) Capitaine en mission spéciale.

Homo Mortuus : (latin) Homme mort.

Caput Stragis : (latin) Chef de la dévastation.

Nécropoles : Villes des morts, lieux funéraires de l'Antiquité.

Orchis maculata : (latin) Les racines de cette orchidée sont utilisées, sous différentes formes, comme aphrodisiaque.

Latifolia : (latin) Orchidée aux feuilles en forme de lancettes.

Éleusis : Importante ville grecque de l'Antiquité sur le golfe d'Égine, reliée par la Voie Sacrée à Athènes, située à environ 20 kilomètres à l'ouest.

Kaolin : Jeune fille toltèque.

La Corne d'Or : Nom donné à la baie portuaire de Constantinople.

La Merica : Nom donné, dans des documents et cartes maritimes médiévales, aux « Îles lointaines », de l'autre côté de l'Atlantique.

Aquil : Vent du nord-est.

Rota septentrionalis : (latin) Itinéraire nord-nord-ouest.

Le cercle de rotation du Cancer : Cercle de déclinaison sur la sphère céleste, sur lequel se trouve le soleil au moment du solstice d'été (21 juin).

Cheîtan : (arabe) Le diable.

Crux fidelis... : (latin) Plus fidèle de toutes les croix, plus noble de tous les troncs : aucune forêt n'a produit des arbres, des feuilles, des fleurs et des branches comme toi.

Dulce lignum... : (latin) Vous portez du bois aimable, des clous aimables, un poids aimable.

Pange lingua... : Chante, langue, le combat courageux du Glorieux, que la Croix soit notre signe de victoire.

Sit patri... : Au père et au fils, par la plus haute grâce, avec l'esprit de l'éternelle Trinité, que soient donnés la louange, le salut et l'honneur.

Quae creavit... : Qui nous a créés, nous a sauvés et nous illumine. (Chant grégorien, choral de la semaine de Carême.)

IV. Un cadeau pour le roi Manfred

Jacob Pantaleon : (Pantaleone) Patriarche de Jérusalem.

Maremma : Zone côtière de Toscane du Sud, sur la mer Ligurienne et Tyrrhénienne.

Outremer : Terme en usage à l'époque pour désigner la Terre sainte.

Impetus : (latin) Moteur, impulsion.

Suum cuique ! : À chacun le sien !

Hamo l'Estrange : Né en 1229, fils unique de la comtesse d'Otrante, qui avoua que le père de Hamo n'était pas le comte Henri de Malte.

Ave Maris Stella : (latin) Chant religieux. « Étoile de la mer, je te salue. »

Sir Darius Turnbull : Envoyé du roi anglais Henri III auprès du pape Alexandre IV.

Civitavecchia : Ville portuaire située sur la mer Tyrrhénienne, au nord-ouest de Rome.

Vinum... ! : (latin) Du vin, Alekos ! Le bonheur rit dans le vin !

Rota Fortunae : (latin) L'itinéraire de la chance ; étroit passage maritime qui mène aux « Îles lointaines ».

Shirat : Plus jeune sœur de l'émir Baibars, épouse de Hamo l'Estrange.

Alena Elaia : Fille de Shirat et de Hamo l'Estrange.

Hildegarde von Bingen : (1098-1179) Sainte, bénédictine, mystique. Œuvre littéraire abondante, écrits scientifiques, médicaux et mystiques.

Soufi : (arabe : porteur de vêtements de laine) Mystiques

de l'islam qui avaient élevé l'exploration du spirituel au rang d'une science et utilisaient la méditation ; fortes influences sur la scolastique occidentale du Moyen Âge. À cette époque, leur principal représentant était Ahmed Badawi (1199-1277). Il vivait à La Mecque, il avait des visions dans lesquelles lui apparaissait le prophète Mahomet.

Le grand Rumi : Mevlana Jellaludin Rumi, mystique soufiste d'Afghanistan ; pour échapper aux Mongols, se réfugia chez les Seldjoukides Rumi (Ikonium). Fut en 1244 le disciple de Shams-i Täbrisi. Selon la légende, c'est Rumi qui a inventé la danse des « derviches tourneurs », le « sema », pour exprimer la douleur que lui inspirait la perte de son ami Shams, mort assassiné. Son œuvre la plus fameuse est le *Mesnevi*, rédigé en persan.

La Ligue lombarde : Regroupement de villes ne dépendant pas de l'Empire, en Italie du Nord et du Centre, qui s'allièrent souvent avec les guelfes pour rejeter les prétentions de l'empereur.

Liturgie grégorienne : Choral à une voix de la liturgie catholique, qui tient son nom du pape Grégoire Ier le grand.

Regulae... : (latin) Directives de l'administration judiciaire.

Venenum : Poison.

Lancelotti : Nom que se donnaient les nobles rameurs-combattants sur la trirème de la comtesse d'Otrante, d'après leurs rames équipées de faux, et qui servaient aussi d'armes de combat.

V. Une coupure douloureuse

Laurent d'Orta : Franciscain, né en 1222, Portugais, envoyé par le pape Innocent IV à Antioche en 1245 afin d'apaiser la querelle religieuse avec les orthodoxes grecs.

Kungdaitschi : Expression mongole désignant les membres de la dynastie des Gengis.

Jean le Sebastocrator : Frère de Michel Paléologue, empereur de Nicée ; commandant suprême de l'armée.

Guillaume d'Achée : Prince Guillaume de Villehardouin, prince d'Achaïe, auquel Louis donna en 1249 le droit de battre monnaie. Son oncle, Guillaume Ier, était issu d'une lignée parallèle des comtes de Champagne, et avait participé à la croisade de 1204 contre Constantinople, dont il fut aussi le chroniqueur. C'est de lui que son secrétaire John Turnbull reçut le fief de Blanchefort. Achaïe (Achée) tomba en 1267 aux mains de l'Anjou.

Guido la Roche : Guido Ier, de la lignée des aventuriers de la Roche; seigneur de Thèbes (1208); grand seigneur d'Athènes (1225); le roi Louis IX le fit duc en 1260.

Hagia Sophia : (grec : sagesse sacrée) Église construite à Constantinople entre 532 et 537.

Kerkyra : (Kerkira) Ville portuaire grecque, sur la côte orientale de Corfou.

Guardia dei Saraceni : (italien) Garde sarrasine.

Le roi normand Roger : Roger Ier, 1031-1101, grand comte de Sicile, premier souverain normand de Sicile, qu'il reçut en fief en 1061, de son frère Guiscard.

Regaleali : Vin blanc sicilien.

Le miracle de la transsubstantiation : Dogme proclamé lors du IVe concile du Latran, à Rome, concerne la transformation du pain et du vin en corps du Christ par la bénédiction accordée lors de la messe.

Da'adam... ! : (arabe) Laisser saigner!

Approbatio universitatis : (latin) Agrément médical accordé par Frédéric pour le royaume de Sicile.

Nikephoros Alyattes : Envoyé de l'empereur de Nicée.

Regium : (Rhegium) L'actuel Reggio Calabria, à la « pointe de la botte » italienne. Fondation grecque.

Va, cansonetta... : (italien) Vole, petite chanson, et salue pour moi le Seigneur, raconte-lui le malheur qui m'est arrivé. Ceux qui me tiennent en leur pouvoir me serrent si fort que je ne peux plus vivre.

Salutami toscana... : Salue pour moi la Toscane, la princière où règne (encore) l'esprit de chevalerie. Vole sur les plaines de l'Apulie, la Lamagna, la Capitana, là où se trouve mon cœur, jour et nuit. (Chanson du roi Enzio, citée d'après Masson, H., p. 374.)

Henri de Chypre : Henri Ier, régent du royaume de Jérusalem de 1247 à 1259 (pour Conrad IV, puis Conrad V). La succession au trône du royaume de Jérusalem était héréditaire, y compris par les descendants de sexe féminin (primogéniture). Mais les époux ne restaient pas forcément rois à la mort de leurs épouses, titulaires du titre. Frédéric II perdit ainsi son titre en 1229 lorsque Yolanda mourut en couches; mais il resta régent de son fils Conrad IV, qui venait de naître. Comme le régent devait être présent sur place, il transmit la régence à Alice de Champagne, qui épousa Hugues Ier roi de Chypre. Hugues se donna même

le titre de roi titulaire de Jérusalem. Alice mourut en 1246,
Hugues en 1247; la régence revint à son fils, le roi Henri Ier
de Chypre. Le roi fut ensuite le Hohenstaufen Conrad IV;
Conrad V (Conradin) lui succéda en 1254.

L'auteur adresse tous ses remerciements à :

Michaël Görden, pour l'aide amicale qu'il a prêtée à l'auteur et l'intérêt inépuisable qu'il a accordé au texte, auquel il a contribué de manière essentielle en y apportant ses connaissances abondantes en ésotérisme et sur le domaine apocryphe des religions. Je remercie tout autant Regina Maria Hartig pour son travail de lectrice consciencieuse et dévouée. Elle a su conforter l'auteur à chaque phase de son travail sans renoncer à porter sur le texte un regard critique.

Le Pr Dario Della Porta, pour ses conseils sur la liturgie chrétienne et la philologie classique.

Le Pr N. Popoff et Roland Belgrave, de la Bibliothèque nationale de Paris, pour leurs recherches sur l'héraldique occitane.

Daniel Speck et Jubrail Mashael pour leurs contributions sur l'Islam et la langue arabe, ainsi que le Pr Wieland Schulz-Keil pour ses précieuses indications dans le domaine du judaïsme.

Tout particulièrement, au Dr Michael Korth, dont la connaissance profonde de la musique des troubadours, du *canzo* et du chant courtois a été extrêmement précieuse à l'auteur, et à Schirin Fatemi, pour ses connaissances en *materia medica*, en toxicologie et en pharmacologie.

À mes collaboratrices indispensables et infatigables, Anke Dowideit et Sylvia Schnetzer, qui ont saisi sur ordinateur les bien plus de deux mille pages que comptait mon manuscrit. Je sais qu'écrire est un rude labeur.

Les collaborateurs de l'« agentur spezial » à Ilsede-Bülten, pour leurs illustrations très sensibles et leur cartographie (pour l'édition allemande), Alexandre Aspropoulos, Anne-Kristin Baumgärtel et Andreas Henk pour leur travail sur la vignette et la couverture.

Last, but not least, à Arno Häring pour la coordination de la fabrication.

Je suis particulièrement heureux de l'hommage de mon ami Enki Bilal, qui s'est laissé inspirer par le personnage de Yeza pour dessiner les portraits repris en annexes (dans l'édition allemande), et qui sont très proches de l'image que je me faisais moi-même de Yeza.

Peter Berling, Rome, le 20 mars 1997

BIBLIOGRAPHIE

J'ai trouvé de nombreuses citations dans l'ouvrage *A Garden Beyond Paradise, The Mystical Poetry of Rumi,* Jonathan Star et Shahram Shiva (éd.), Bantam Books, New York 1992 : un choix réussi de la poésie du fameux soufi Rumi.

Je peux en dire autant des ouvrages *Der Sohar; Das Heilige Buch der Kabbala,* Ernst Müller (éd.), Eugen Diederichs Verlag, Munich 1993, et *Parzival* de Wolfram von Eschenbach, dans l'édition de Walther Hofstaetter pour les éditions Philipp Reclam Jr., Stuttgart 1956.

La source de toute la bibliographie que j'ai utilisée pour mon travail est l'ouvrage *Der Kreuzzug gegen den Gral,* d'Otto Rahn, Urban Verlag, 1933 (rééd. 1997 chez le même éditeur), livre auquel je dois mon intérêt pour le Haut Moyen Âge.

Le chef-d'œuvre de l'historiographie des croisades reste à mes yeux le livre *A History of the Crusades,* de Steven Runciman, Cambridge University Press, 1950-1954, pour la pondération de son point de vue, qui tient compte aussi bien du point de vue occidental que des multiples perspectives de l'Orient. J'ai d'autre part eu recours aux ouvrages suivants :

Bedu, Jean-Jacques, *Rennes-le-Château,* Loubatières, 1990.

Billings, Malcolm, *The Cross and the Crescent,* BBC Books, 1987.

Bosworth, C. E., *The Islamic Dynasties,* Edinburgh Univ. Press, 1967.

Bradbury, Jim, *The Medieval Siege*, The Boydell Press, 1992.

Brenon, Anne, *Le Vrai Visage du Catharisme*, Loubatières, 1991.

Charpentier, John, *L'Ordre des Templiers*, Ullstein Verlag, 1965.

Costa i Roca, Jordi, *Xacbert de Barberà, Lion de Combat, 1185-1275*, Llibres del Trabucaire, 1989.

Demurger, Alain. *Vie et mort de l'ordre du Temple*, Le Seuil, 1989.

Eschenbach, Wolfram von, *Parzival*, Bd. 1, Reclam, Stuttgart, 1989. (On trouve une édition partielle de *Parzival* en français aux éditions 10/18, 1989.)

Forey, Alan, *The Military Orders*, Macmillan Education Ltd., 1992.

Fuentes, Pastor, *Jésus, Crónica Templaria*, Iberediciones, 1995.

Garnier, Patrick, *Le Trébuchet de Villard de Honnecourt*, Association la promotion du patrimoine en Midi-Pyrénées, 1995.

Gimpel, Jean, *The Medieval Machine*, Victor Gollancz Ltd., 1976.

Girard-Augry, Pierre (éd.), *Aux origines de l'Ordre du Temple*, OPERA, 1995.

Godwin, Malcolm, *The Holy Grail*, Labyrinth Publishing, 1994.

Goldstream, Nicola, *Medieval Craftsmen*, British Museum Press, 1991.

Graetz, Heinrich, *Das Judentum im Mittelalter* (vol. 4, *Volksgeschichte der Juden*), Benjamin HarzVerlag, 1923.

Knight, Chris et Lomas, Robert, *The Hiram Key*, Century, 1996.

Lampel, Yvi (éd.), *Maimonides', Introduction to the Talmud*, Judaica Press, 1975.

Levy, Reuben, *A Baghdad Chronicle*, Cambridge Univ. Press, 1929.

Lewis, Bernard, *The Arabs in History*, Oxford Univ. Press, 1958.

Loiseleur, Jules, *La Doctrine Secrète des Templiers*, Tiquetonne éditions, 1973.

Maalouf, Amin, *Les Croisades vues par les Arabes*, J.-C. Lattès, 1983.

Marti, Claude (éd.), *Guilhèlm de Tudèla & L'Anonyme* (Extraits), Loubatières, 1994.

Martin, Bernd et Schulin, Ernst (Hg.), *Die Juden als Minderheit in der Geschichte*, dtv, 1981.

Masson, Georgina, *Das Staunen der Welt*, R. Wunderlich-Verlag, 1958.

Matthew, Donald, *The Norman Kingdom of Sicily*, Cambridge Univ. Press, 1992.

Matthews, John, *The Grail. Quest for the Eternal*, Thames and Hudson, 1981.

Niel, Fernand, *Albigeois et Cathares*, Presses Universitaires de France, 1955.

Obermeier, Siegfried, *Walther von der Vogelweide. Der Spielmann des Reiches*, Ullstein, 1982.

Prawer, Joshua, *The History of the Jews in the Latin Kingdom of Jerusalem*, Oxford Univ. Press, 1988.

Prutz, Hans, *Entwicklung und Untergang des Tempelherrenordens*, G. Grote'scheVerlagsbuchhandlung, 1888.

Reznikov, Raimonde, *Cathares et Templiers*, Loubatières, 1993.

Roquebert, Michel, *Les Cathares et le Graal*, Éd. Privat, 1994.

Runciman, Steven, *The Medieval Manichee*, Cambridge Univ. Press, 1947.

Runciman, Steven, *The Sicilian Vespers*, Cambridge Univ. Press, 1959.

Smail, R.C., *Crusading Warfare, 1097-1193*, Broadwater Press, 1956.

Van Buren, Elizabeth, *Refuge of the Apocalypse : Doorway into Other Dimensions*, Burlington Press, Cambridge, 1986.

Table

Composition réalisée par EURONUMÉRIQUE

Achevé d'imprimer en Europe (Allemagne)
par Elsnerdruck à Berlin
LIBRAIRIE GÉNÉRALE FRANÇAISE - 43, quai de Grenelle - 75015 Paris.
Dépôt légal Édit. : 4345-10/2000
ISBN : 2-253-14927-6